Zikmund Winter

Magister Kampanus

TSCHECHISCHE BIBLIOTHEK

Herausgegeben von Peter Demetz,
Jiří Gruša, Peter Kosta, Eckhard Thiele
und Hans Dieter Zimmermann

Eine Initiative
der Robert Bosch Stiftung

Zikmund Winter

Magister Kampanus
Ein Historienbild

Aus dem Tschechischen von Alfred Dressler

Mit einem Essay von Peter Demetz
und einem Nachwort von Eckhard Thiele

Deutsche Verlags-Anstalt
Stuttgart München

DER AUTOR WIDMET DIESES BUCH SEINER HEIMATSTADT, DEM SCHÖNEN, HUNDERTTÜRMIGEN, GOLDENEN, SLAWISCHEN PRAG,
DER HAUPTSTADT DES KÖNIGREICHS BÖHMEN, MIT DEM WUNSCHE, DASS SIE FÜR ALLE ZEIT AUFBLÜHE, WACHSE UND GEDEIHE UND DASS IN ERFÜLLUNG GEHE, WAS IHR VON LIBUŠE, DER FÜRSTIN, GEWEISSAGT WURDE

Erster Teil

I

Am Tage vor dem Examen

Ungefähr eine Stunde vor der Vesper am Sonntag vor dem St.-Wenzels-Tag – es war ein angenehmer Herbsttag – traten aus Rečeks Studentenkolleg zwei Studenten, offensichtlich Alumnen dieses Kollegs.

Samuel Měřinský ging verstört und ermattet einen Schritt voraus. Hinter ihm schritt strammer und fröhlicher der Student Knobelius, der sich gerade den Gürtel mit dem Hirschfänger, einer den Studenten streng verbotenen Waffe, umschnallte.

Knobelius ist ein stattlicher, sehniger Jüngling, mit einem für seine zwanzig Jahre ziemlich ansehnlichen Bärtchen unter der Nase, mit mächtigen Händen wie ein Fleischer. Nicht umsonst nennt man ihn im Heim Bärentatze.

Der Student Samuel ist hager und hoch aufgeschossen, so daß ihn seine Kollegen gar nicht so einfach wegtragen und hinauswerfen können, wenn er ihnen mit seiner Sittsamkeit auf der Stube lästig wird. So wird es wenigstens erzählt. Er hat ein bleiches Gesicht, reißt ständig die Augen auf, als machte ihm alles angst, und ist dabei ein gutmütiger Kerl. Seine spottlustigen Kollegen haben ihm den Spitznamen Kordulka gegeben.

Kordulka und Bärentatze schlagen beide längs

des Grabens die Richtung zur Kalkhütte und zur Fähre ein.

Sie sind nicht allein auf der Straße. Vor und hinter ihnen gehen verschiedene sonntäglich herausgeputzte Leute, alle zur Fähre.

Kordulka bleibt stehen und sagt weinerlich zu dem ihn vorwärtsstoßenden Knobelius: »Morgen die Prüfung!«

»Der Teufel soll die Prüfung holen, was schert sie uns, wir alle machen sie und haben keine Angst!« schnauzt ihn Knobelius an und schiebt dabei seine große Hand dem verstörten Kandidaten der Baccalaureuswürde unter den Arm.

»Hab keine Angst, Kordulka«, fährt Knobelius in milderem Tone fort, »du hast dem Aristoteles und all der übrigen Wissenschaft so viele saure Mühe und Schweiß geopfert, daß du Baccalaureus wirst, ebenso wie wir übrigen, die wir dem Aristoteles den Rücken gekehrt haben. Komm nur, sieh zu, daß wir weiterkommen. Recht sagt Kollege Moller, das Studium soll nicht trübselig sein, gerade vor der Prüfung soll der Mensch fidel sein, damit er seine Sinne erleuchtet und schärft, und darauf versteht sich Moller –«

»Ei nun, darauf versteht er sich wirklich!« wehrt Kordulka mit leichtem Spott ab, »im Frühjahr hat er die Baccalaureatsprüfungen nicht bestanden, ward abgewiesen, weil er nichts konnte, propter ingenii infirmitatem, er hat eben nichts gewußt!«

»Aber geh, du gelehrter Stockfisch, morgen wird er was können, sorg dich weder um dich noch um die anderen, du darfst dich nicht von uns trennen und abschließen, komm nur, das Studium soll nicht trübselig sein, auf der Insel gibt es Jungfern und Vogelschießen, aber die Jungfern, das ist die Hauptsache.« Dabei schnalzte er mit der Zunge.

»Ich weiß, daß du den Jungfern und Frauen gar eifrig dienst«, warf Kordulka vorwurfsvoll ein, als sie gerade an der Straßenecke bei dem Bad mit dem gemalten Schild ankamen, wo an einem eisernen Arm fünf blanke Barbierteller in die Gasse herabhingen und mit blechernem Rasseln aneinanderschlugen.

Knobl hängte sich wie eine Klette an Kordulka.

In diesem Augenblick schlug ein junger Mann den zwei Studenten plötzlich mit beiden Händen auf die Schultern. Er hatte sie eingeholt, weil er noch schneller als sie der Insel zueilte.

»Salvete, domini!« rief er und schlug noch einmal zu.

Beide wandten sich rasch um. Das Gesicht des lang aufgeschossenen Studenten verriet das Gefühl unangenehmer Überraschung, aber das währte nur einen Augenblick. Dann riß der Student wieder wie vorher seine Augen auf, als hätte er ständig vor etwas Angst.

Der andere fragte indessen den eben angekommenen jungen Mann, dessen glattrasiertes Gesicht ein wenig jüdisch aussah: »Sag mal, Vokoun, ist es wahr, daß du statt des Aristoteles ein Register mit dir trägst, in dem die Namen der Prager Jungfern, der ehrbaren und der weniger ehrbaren, verzeichnet sind, und daß die weniger ehrbaren in der Mehrzahl sind?«

»So ein Register hab ich, und ich hab auch vermerkt, welche von ihnen Feuer fangen wie ein Kienspan und welche nicht«, erwiderte der junge Herr

Vokoun von Vokounstein mit einem gewissen Selbstbewußtsein. Dabei streichelte er sein rasiertes Gesicht, dessen unterer Teil einer Schnauze ähnelte.

»Der ist dumm wie meine Stiefel«, flüsterte Knobelius dem langen Samuel zu. Dieser fragte weiter: »Gehet Ihr morgen auch zur Baccalaureatsprüfung, Herr Vokoun?«

»Freilich, warum sollte ich nicht gehen? Der akademische Titel kann mir doch nicht schaden, wenn ich ihn auch nicht brauche.«

»Natürlich, natürlich«, rief Bärentatze belustigt, »der Sohn eines zu Wohlstand gelangten Bürgers, eines reichen Advokaten, Redners, Bierverlegers, der – eh – (er wollte sagen, daß der Herr Vater Vokoun Geld zu hohen Zinsen verleihe, behielt es aber dann doch für sich). Die Kollegen nennen dich mit Recht Gloria, das ganze Geschlecht der Vokounsteins ist lauter Glorie!«

Der lange Samuel fügte hinzu: »Wer hat euch gesagt, daß sich die Burschen aus dem Kolleg und die Famuli aus dem Carolinum heut auf der Insel treffen wollen?«

»Euer Spießgeselle Mollerus vulgo Wänzchen hat es mir angezeigt und mich eingeladen. Deshalb geh ich hin.«

Samuel seufzte: »Dieser Mollerus, dieses vertrackte Wänzchen verleitet uns zu allem Üblen. Er ist der Anführer und das Haupt alles Schlimmen, auch heut hat er alles angezettelt – und morgen das Examen – –« Dabei versuchte er, sich Knobelius' schwerer Hand zu entwinden, aber vergebens. Gutwillig oder nicht, er mußte voran.

Sie standen an der Fähre.

Vor ihren Blicken öffnete sich ein weiter Ausblick auf die von der erhabenen Kathedrale der Prager Burg gekrönten Weinberge von Zion und Petřín; dort, wo an den Weingärten Obstbäume standen, war das matte Grün der Reben von tiefem Grün umrahmt, durchdrungen mit Gold- und Orangefarbe, wie sie der Herbst ausstreut. Alles war in Sonnenschein gebadet. Weiter unten floß dann der mächtige Strom, dessen kleine und rasche Wellen wie Perlmutter glitzerten, im Wasser lag die grüne Insel, von der aus eine hohe Pappel mit ihrem gewaltigen gelblichen Wipfel gleichsam die Ankömmlinge begrüßte, die über den Fluß setzten oder sich bei der Fähre versammelten.

Die Fähre war heute ungewöhnlich belebt. Zwei große Plätten, zwei gezimmerte Schiffe und ein Kahn waren in Tätigkeit. Fünf Fährleute hantierten flink mit Rudern und Stangen, alle Schiffe waren voll von Menschen, und am Ufer warteten neue Scharen.

Mathes Pulpit, ein Bürger und einfacher Mensch, ward in der Menge der bekannten Studenten ansichtig und bahnte sich den Weg zu ihnen. Knobelius begrüßte ihn als den lieben Nachbar des Rečekkollegs.

Pulpit schüttelte den Studenten die Hände und sprach mit tiefer Bierstimme: »Wie geht es, meine Herren, wie geht es?«

Knobelius antwortete für alle: »Je nun, uns geht es recht und schlecht und Euch, wie Ihr selbst es wollet.«

»Ihr habt immer etwas Scharfsinniges auf Lager«, antwortete Pulpit, dem es schmeichelte, daß es ihm so gehe, wie er es selbst wollte, »immer etwas Scharfsinniges, mordidi, aber was fehlt euch denn, um alles in der Welt? Seit St. Jakob habt ihr schon Schulferien, und die Hundstage, wie ihr sie nennt, dauern doch, mordidi, bis zu St. Gallus.«

Knobelius hörte nicht auf Pulpit. Er stand zwar neben ihm, lugte aber mit keckem Verlangen nach den Mädchen, die mit ihren Müttern und Vätern auf die Fähre warteten. Auch Vokoun glotzte anderswohin.

Der lange Samuel antwortete aus vollem Herzen und schmerzvoller Seele: »Zum Teufel, die Hundstage! Das sind richtige Hundstage! Morgen beginnt für uns das Baccalaureatsexamen. Das macht uns Kummer!«

»Man sieht Euch an den Augen an, daß Ihr Kummer habt, aber auf der Insel schlagt Euch das alles aus dem Kopf; Ihr werdet sehen, daß ihr alle beim Examen noch Lob einheimsen werdet; mein Gott, wieviel Studenten ich schon kennengelernt habe, aber lernen hab ich sie nur selten gesehen. Meine Mägde haben sie geschreckt, den Balkon in meinem Haus haben sie mir mit ihren nächtlichen Klettereien schon ein paarmal zum Einsturz gebracht, im Kolleg haben sie Nacht für Nacht gelärmt, als donnerte es, und mich dabei auch geweckt, und doch sind alle, die ich kannte, schon längst Baccalaurei und die Mehrzahl von ihnen sogar schon Magister!«

Samuel hörte nur noch mit einem Ohr zu. Während er das Fährboot bestieg, sagte er im Geiste logische Formeln auf, Barbara, Darii, A est B, B est C –

Der Fährmann stieß ab.

Der Kahn senkte die Borde ziemlich tief ins glitzernde Wasser. Ein Mädchen kreischte auf. Pulpit wies den Fährmann gebührlich zurecht.

»Daß dir nur nicht das Boot entgleitet, mordidi, und unter das Floß gerät!«

Der Fährmann, ein kräftiger bronzefarbener Mensch in einer roten Joppe, wie sie die Schiffer aus Podskalí tragen, kehrte sich nicht an die Worte des Bürgers und murmelte nur etwa zweimal zwischen den Zähnen die Worte »Mordidi, entgleitet«. Dabei stieß er ruhig mit der Stange zu, bis er mit seiner kostbaren Fracht bei der Insel angelangt war.

Das Inselufer, wo sonst die Wäscherinnen ihre Wäsche schlugen, auswanden und auf Pfähle hängten, lag heute ruhig da.

Zwei oder drei vereinzelte Männer standen wie Statuen mit ihren Angelruten da, und am Ufer liefen Hühner mit einem prächtigen Hahn, ihrem stolzen Gebieter, umher.

Knobelius bemerkte den Hahn und sagte, daß er so ernst einherschreite wie ein Professor, daß das Scheusal aber ein Weib nehmen könne, was die Professoren nicht dürfen.

Samuel wandte seine furchtsamen Augen ab; er wollte solche Reden nicht mit anhören, besonders nicht in Anwesenheit so vieler Leute.

Die Insel war mit einigen Blicken zu übersehen. An den Pflaumenbäumen war schon fast kein Laub mehr, so daß der Ausblick durch sie nicht behindert wurde. Auf der Südseite waren hier und dort Schießscheiben aufgestellt. Ansonsten war die Insel eine grüne Wildnis. Alle Ankommenden widmeten ihre Aufmerksamkeit dem nördlichen Zipfel, wo eine hohe Stange aufragte, an deren Spitze drei Latten so zusammengenagelt waren, daß sie ein wenig einem

Vogel mit ausgebreiteten Flügeln ähnelten. Rings um die Stange stand dichtgedrängt das Volk. Hie und da gingen Leute zu zweit oder in Gruppen, ziellos mitten über den Anger, von dem der vorsichtige Pächter der Insel das Grummet schon eine Woche zuvor hatte einbringen lassen.

Die Mehrzahl der Angekommenen strebte langsamen Schrittes einer ungeheuren Pappel zu, die wenigstens anderthalb Klafter im Umfang hatte und über hundert Jahre alt war. Unter der Pappel stand hinter einem Zaun ein Häuschen aus Brettern und Ziegeln, um das herum Menschen beiderlei Geschlechts und jeden Alters auf grobgezimmerten Bänken an langen Tischen saßen. Sie hatten hölzerne Krüge und Kelche aus Zinn oder Glas vor sich, die mit Bier, Milch oder Wein gefüllt waren.

Die Getränke wurden vom Pächter, seiner Frau und der Mundschenkin Maruše aufgetragen, der man von allen Seiten zurief.

Ein buckliger Bäckergeselle bot zwischen den Tischen knusprig gebackene Pfannkuchen feil.

Kleine Kinder tollten hinter dem Häuschen ausgelassen um den Koben herum, in dem eine trächtige Sau mit bald schmerzlicher, bald wütender Tenorstimme gegen die Quälereien protestierte, denen sie ausgesetzt war. Die Buben steckten ihr durch ein Astloch eine Rute in die Nase. Zur Abwechslung krochen sie dann in den Stall, in dem eine Kuh ratlos dastand und das Geschrei nicht begreifen konnte, das sich heute ringsumher erhob.

Die ankommenden Studenten hielten sich unter dem Baum nicht weiter auf und schritten geradewegs unter das vorspringende Dach und weiter in das Schankzimmer, wo, wie sie wußten, ihr Häuptling, Georg Mollerus, vulgo Wänzchen, saß.

Das Schankzimmer war voll besetzt.

Am Tische saßen Bürger mit Studenten und Baccalaurei in holder Eintracht und freundschaftlicher Unterhaltung. Einige unterhielten sich, andere spielten Karten.

Zu diesen gehörte Mollerus. Er war schon vormittags aus dem Kolleg gekommen und hatte wahrscheinlich die ganze Zeit gespielt; offenbar war ihm heiß, denn er hatte den Rock abgeworfen und saß nun da im Hemd und Beinkleid, das lose an fettstarrenden Hosenträgern hing. Mollerus hatte ein rundes, gesundes Gesicht, kleine pfiffige Augen, ein wenig hervorstehende Backenknochen, Spitzbärtchen, die Haare hingen ihm in die Stirn, und so kugelrund, wie er war, schien er für einen Studenten, der am nächsten Tag endlich zur ersten akademischen Prüfung antreten sollte, schon etwas gesetzt und fast überreif zu sein.

Die Kartenspieler hatten gerade eine Runde beendet, als der lange Samuel, der vierschrötige Knobelius und der geckenhafte Vokoun mit Pulpit in der Tür erschienen.

Mollerus wies den Anschreiber an, wieviel er jedem von ihnen als Ergebnis des eben beendeten Spieles ankreiden sollte, und während der Student mit dem Schreiben beschäftigt war und die übrigen Spieler seinen Stift und die Rechnung verfolgten, stand Mollerus auf und hob zur Begrüßung der Kumpane mit seinen dicken Fingern eine zinnerne Pinte in die Höhe.

»Seid gegrüßt! Da seid ihr nun endlich!« sprach er mit gemächlicher, ruhiger Stimme, fast wie ein Prediger, was eigentlich nicht so recht zu der fröhlichen Begrüßung paßte. »Ihr, die ihr dürstet, kommt zu den Wassern, kommt, höret den Propheten Isaias, eilt herbei, kauft Wein und Milch ohne Silber und ohne jedes Entgelt!«

»Für solche Gäste würde sich die Wirtin schön bedanken!« fiel ihm der Student Georg Bergerus in die Rede.

Aber Mollerus ließ sich in seiner Ansprache nicht stören. Ruhig und ohne zu lächeln, als ob er ewige Wahrheiten vortrüge, sagte er: »Als Berger zu uns ins Kolleg eintrat, gaben wir ihm den Beinamen ›Haltsmaul‹. Jetzt sagt doch nur, ob der Name nicht zu ihm paßt?«

Die Studenten riefen fröhlich: »Und ob!«

»Jetzt hilft dir nichts mehr. Wehr dich nicht und halt dein Maul!« fügte Mollerus hinzu und fuhr gleich fort: »Seid gegrüßt, liebe Freunde, seid gegrüßt, Herr Nachbar Pulpit! Mir gehen die Augen vor Rührung über, wenn ich daran denke, daß dieser Mordidi Pulpit sich weder über unsere Vorgänger noch über uns jemals im Carolinum beklagt hat, obgleich unsere Vorgänger ihm den Balkon einrissen; obendrein hat unser lieber Nachbar schon soundso oft bereitwillig und freigebig der Wirtin die Rechnung der armen Kollegszöglinge bezahlt, und mich deucht, daß er auch heute nicht wie Judas auf seinen Beutel schlagen und daß der liebe Herr Nachbar etwas springen lassen wird. Das wäre ja doch nur einmal von tausend. Vivat Pulpit, vivat academia!«

Im kleinen Schankraum dröhnte es aus mindestens zwanzig Kehlen.

»Der dicke Slowake spricht nicht schlecht!« bemerkte Bergerus zu Samuel, der sich zu ihm setzte.

»Er kommt auf Dinge, die niemand einfallen!« seufzte Samuel mit stillem Vorwurf, denn die Formeln der Logik, Barbara, Darii, Celarent und andre mehr drückten ihn schwer aufs Hirn.

Während Mollerus den Befehl gab, die Soldaten- oder Reisepritschen aus dem Zimmer hinauszuwerfen, um Platz zu machen, schleppten die Studenten aus einem Winkel einen Lehnstuhl herbei, und alle nahmen, dicht aneinandergedrängt, in dem engen Raum Platz. Mollerus verabredete mit den Kartenspielern schon wieder eine neue Runde.

»So hoch spiele ich nicht!« sagte er beim Verhandeln.

»Lassen wir es also bleiben«, meinte einer der Spieler, scheinbar ein Metzger aus dem Bürgerstande, »die Herren studentes werden lieber etwas Würziges erzählen!«

»Warum nicht – o nein – Herr Fleischhauer«, entgegnete gleich Mollerus, »wir spielen jetzt so wie früher um eine halbe Pinte Bier. Das As gilt sechzehn Augen, die Sechs gilt achtzehn.«

Und schon mischte er die Karten, ließ sie flink durch seine Finger gleiten, die dicken Bratwürstchen ähnelten. Im Handumdrehen warf er die erste Karte hin, die in derbem Holzschnitt fünf Augen zeigte.

»Ihr denket immer nur an das Examen!« schalt Pulpit gutmütig den langen Studenten, der in Gedanken versunken war, »mordidi, der neue Rektor,

Herr Kampanus, ist ein guter Mensch, er war auch einmal Student und weiß, daß ein junger Mann nicht alles wissen kann. Ich nähe die Fellbälge auch besser zusammen als mein Geselle, mordidi!«

Daniel Třebický, der Rektor der Schule am Týn, der im Vorjahr die Magisterprüfung glücklich bestanden hatte und dem Bürgersmann gegenübersaß, sagte mit mildem Lächeln: »Mir scheint, die Studenten haben Magister Kampanus nicht allzusehr ins Herz geschlossen; er ist wohl der erste Rektor, der sie ohne Erbarmen in den Hühnerstall im Carolinum steckt, wenn sie die Schule schwänzen, und das behagt ihnen nicht, denn im Hühnerstall stinkt es gehörig.«

»Neue Besen kehren eben gut!« ließ sich Mollerus hören, der sich beim Spiel blind und taub stellte, aber alles recht gut sah und hörte.

Samuel und zwei oder drei andere machten eine verlegene Miene, und Berger-Haltsmaul schrie: »Das hat gesessen!« Auch Knobelius gab zu verstehen, daß Moller recht habe.

Gerade traten neue Studenten ein, Famuli der Professoren aus dem Carolinum. Einem riefen sie Hovorka und Hovorinus zu, dem anderen Macek und auch Mathiades.

Sie hatten noch nicht recht Platz genommen, als der Rektor vom Týn in der unterbrochenen Unterhaltung fortfuhr: »Mir gefällt an Kampanus, daß er sich der Reformierung unserer Karlsakademie annimmt, er und Magister Nudožerský sind wackere Kämpen!«

»Das hören wir gern, das gilt heut etwas, da doch die Jesuiten in ihrem Clementinum so gegen die Unsrigen eifern und von den großen Herren so vielfach unterstützt werden!« stimmte einer der Bürger zu.

»Inzwischen hat man nur im Karlskolleg die Uhren instand gesetzt und in den übrigen Kollegien die alten Uhren, diese Rumpelkästen, belassen, wie sie sind! Schöne Reformation!« warf Moller leicht hin.

»Was für Uhren, mordidi?« fragte Pulpit neugierig.

Knobelius gab ihm Bescheid: »Im Professorenkolleg wurden neue deutsche Uhren angeschafft, die 12 Stunden anzeigen, damit die Lektionen zur Zeit stattfinden können, aber uns Studenten in den Kollegien hat man die böhmischen Uhren belassen, die stehen und die Stunden nicht anzeigen, und deshalb kommen wir zu den Vorlesungen zu spät oder gehen überhaupt nicht hin. Daran sind die Luder, die Uhren, schuld. Wänzchen, der Slowake, hat schon recht.«

Bald darauf verschwanden Knobelius und Vokoun aus der Stube.

Rektor Třebický fuhr sich unruhig über die rötlichen Haare, die sich vorn schon ein wenig lichteten, und widersprach noch eifriger als zuvor. Seine blauen Augen wurden stahlfarben.

»Ei, was«, sagte er, »und daß die Akademie jetzt drei neue Professoren und neue Wissenschaften aufgenommen hat, ist das nicht der Beginn einer Reformation? Es gab keine Medizin, jetzt wird Huberus sie vortragen, es gab keine Rechtswissenschaft, und jetzt beginnt Sudetus damit; es gab kein Hebräisch, und jetzt hat man dafür Meister Kamenek gewonnen. Ist all das nichts?«

»Du mußt zugeben, nur schön Farbe bekennen, mein lieber Fleischverderber!« rief Moller dem Metzger zu, und zu Třebický gewendet, als ob da ein Zusammenhang bestünde, sagte er: »Und was hilft das, Herr Rektor – was bedeuten schon drei neue Professoren, wenn die alten sie nicht in ihre Mitte aufgenommen haben; der Hebräer Kamenek hat samt seiner Familie nichts zu beißen und gilt in der Judenstadt mehr als im eigenen Hause. Das ist keine Reformation. Das Carolinum ist ein Haus der Finsternis, ad noctuam, und bleibt es!«

»Vielleicht war es das, aber es wird nicht so bleiben, Nudožerský und Kampanus sind die Erleuchtung!« sprach der Rektor von Týn mit Überzeugung in der Stimme.

»Nudožerský ist Slowake, ein Landsmann von mir. Jetzt lacht ihr über die Slowaken, kann sein, daß der Slowake auch hilft, aber Kampanus, das Armsünderglöcklein, der Schulfuchs – ich hab Eichelas, Metzgerlein –«

»Kampanus ist die Zierde des Landes Böhmen, insigne decus Bohemiae, unser bester Versdichter!« sagte Třebický.

Pulpit nickte zustimmend, obgleich er von Versen soviel verstand wie die Kuh vom Orgelspiel.

»Er stopft seine Rhetorik mit Stroh aus!« warf Mollerus ein.

In diesem Augenblick erschien in der offenen Tür der winzige Baccalaureus von der Kleinseite, Herr Basilides, ein selbstgefälliges Herrchen mit großem Kopf und Hakennase, mit einer Halskrause aufgeputzt und in gleißenden Samt gekleidet.

»Hihi, da steckt ihr beieinander«, rief er in das Gastzimmer, »draußen ist es besser. Gerade sind die

Armbrustschützen gekommen, bald wird das Schießen losgehen. Kriecht hervor hinter dem Ofen, hihi!«

»Willkommen, Zodiakus!« riefen ihm einige zu.

Andere forderten ihn auf, mitzuzechen, und reichten ihm ihren Becher, damit er ihn auf ihr Wohl bis auf den Grund leere.

»Schönen Dank, nehmet ihn für ausgetrunken«, machte Basilides höfliche Ausflüchte.

»Warum nennt man ihn Zodiakus?« fragte einer der bärtigen Gesellen seinen Nachbarn.

Basilides verstehe sich auf die Sterne und den Kalender, lautete die Antwort.

Moller, der das hörte, brummte in seinen Bart: »Ach was, Papperlapapp, einen Schmarrn versteht er – nichts versteht er. Die Sterne betrachtet er durch ein Klistier aus Messing.«

Diese Kritik brachte die Zuhörer zum Lachen.

Basilides drängte sich zwischen die Zecher. Ein Primaner von der Kleinseitner Schule, den er mitgebracht hatte, ein Jüngling mit schon ziemlich dichtem Bartflaum, blieb in der Tür stehen, wo ihm Maruše, die in der einen Hand ein paar Maß Bier und in der anderen ein Glas Wein trug, eben einen recht derben Rippenstoß versetzte.

»Wovon ist die Rede, meine Herren Kollegen und Freunde?« fragte Basilides, indem er der Wirtin ein Glas abnahm.

Der Student Táborský stieß mit sichtlichem Vergnügen hervor: »Wänzchen hat den Rektor und seine Rhythmen und carmina in der Arbeit!«

»Aber, aber, ist es möglich?« wunderte sich Basilides, »ich lese sie zwar nicht alle, denn er schreibt ihrer zu viele, aber Kampanus steht mit dem Olymp und mit Apollo auf gutem Fuß, das ist doch allgemein bekannt. Kampanus gehört auf dem Parnaß mindestens zu den Fürsten!«

»Würsten!« widersprach Mollerus mit einer Wortverdrehung, über die die meisten in Lachen ausbrachen, denn der Gedanke an Würste vertrug sich schlecht mit dem Parnaß.

Třebický zupfte ungeduldig an seinem rötlichen Bart und sagte recht hörbar: »Mollerus hat Mutterwitz, aber es liegt schon in seinem Wesen, allen zu widersprechen. Was alle loben, das schilt er. Mir scheint, daß er auch im Kolleg verkehrt im Bett liegt, gegen allen Brauch mit den Füßen dort, wo der Kopf sein soll. Aber das schadet nichts. Es muß auch solche lustigen Flausenmacher geben, damit es etwas zum Lachen gibt. Wenn er Kampanus so in die Arbeit nimmt, was würde er wohl sagen, wenn ich ihn um seine Meinung über den geizigen Professor Skála befragte? Den würde er wohl verteidigen?«

»Skála ist ein Kamel mit Haaren auf der Seele!« erwiderte Mollerus rasch. »Du siehst, lieber Magister, daß ich nicht in allem widerspreche, daß ich auch zustimmen kann!«

Von draußen erschollen Rufe aus vielen Kehlen. Dazu wütendes Trommeln. Einige stürzten aus dem Zimmer, andere steckten die Köpfe aus Tür und Fenster. Es hieß, daß einer der Schützen dem hölzernen Vogel einen Flügel abgeschossen und so den zweiten Preis gewonnen habe, nämlich eine Schüssel aus Zinn und das Schützenwappen. Man sagte, daß ihm der Stadtschreiber ein Schock Groschen ausbezahlt habe.

Gleichzeitig berichtete der Student Macek, daß gerade die Jungfer Käthchen Lisbeth mit ihrem Bruder auf die Insel gekommen sei.

Als Mollerus diesen Namen hörte, rückte er schnell die schmutzigen Hosenträger zurecht und zog seine Jacke an.

»Was für ein Käthchen?« fragte Pulpit, indem er rasch den Kopf wendete.

»Die Tochter des Professors Albert Kamenek, des Hebräers«, antworteten ihm zwei oder drei Studenten zugleich.

»Ach, ich weiß schon«, lächelte Pulpit, »die kenne ich, das ist doch die ältliche Jungfer, die sich, mordidi, wie eine Närrin kleidet?«

Der lange Samuel, in dessen Augen immerfort die Angst saß, belehrte Pulpit leise, daß die Jungfer keine Närrin sei, sondern gelehrter als mancher der hier anwesenden Kollegen, daß sie Latein, Griechisch, Tschechisch, Deutsch und Hebräisch beherrsche.

Draußen ertönte gerade eine piepende Musik, und die jungen Männer, Alumnen und Famuli standen von ihren Gläsern auf: auch der Primaner von der Kleinseite verschwand. Als letzter der Studenten schob sich der lange Samuel aus der Tür.

Mollerus entließ sie mit den Worten: »Grünschnäbel, schaut, daß ihr weiterkommt!« Aber er konnte es sichtlich selbst kaum erwarten, bis die Runde zu Ende gespielt war. Mit Behagen rief er siegesbewußt: »Also, ich bin erster!«

Als sich das Schankzimmer leerte, wetzte auch Basilides sichtlich unruhig hin und her. Alle Augenblicke hob er das Glas, behauptete, der Wein sei so wunderlich rein und ungetrübt, voll Feuer und mache einen leichtsinnig. Und schon erhob er sich und wollte sich auf seinen kurzen Beinchen davonmachen.

Mollerus, der ihm das Lob des Weines versauern wollte, sagte, daß er die riesigen Füße des Knechts vor sich sehe, der den Wein gekeltert habe, und daß diese Füße wohl niemals an Podagra leiden werden.

»Pfui, mordidi«, entfuhr es Pulpit.

»Humor frigidus«, sprach Třebický und ging hinaus.

Basilides lief zappelnd hinterdrein, die Hakennase weit vorgereckt.

Draußen sah sich Třebický um, ob Moller nicht nachfolge, und sagte zu Basilides: »Der Kerl ist im Grunde ein verschlafener Faulpelz, sein Humor ist eisig, dabei wundere ich mich, er hat Witz genug, und es ist viel Wahres an seinen Spötteleien, aber gegen Kampanus wütet er nur deshalb, weil dieser ihn im Frühjahr bei den Prüfungen durchfallen ließ.«

Basilides Zodiakus hörte nicht mehr hin. Seine Augen irrten unruhig über das Bild, das sich geräuschvoll auf der Insel darbot.

Die grüne und gelbliche Inselwildnis duftete feucht und schimmelig nach abgefallenem Laub und war überall – in allen Zipfeln und Winkeln der Insel, zwischen den strauchartigen Weiden und den bejahrten, schiefen verkrüppelten Bäumen, die sich wie alte Weiber mit zerzausten Haaren zur Erde duckten – voll von Menschen, voll junger Leute, voll Lärm, Geschrei, Leben, Lachen, Jauchzen und Farben.

Besonders in der Mitte der Insel auf dem wilden Rasen, der mit dem abgefallenen Laub der Pflaumenbäume vermischt war, das unter den Füßen knirschte, leuchteten die Bänder auf den Köpfen der Mädchen, die buntseidenen Mieder, die weißen Ärmel, himmelblaue und rote Röckchen, blonde und schwarze Köpfchen und perlengeschmückte Kränzchen, als hätte der Frühling seine üppigsten und buntesten Blüten über die Wiese ausgestreut.

Und im Sonnenschein, der noch wärmte, aber nicht mehr heiß brannte, mischten sich die hellen Farben der Frauen anmutig mit den dunklen Samtbaretten der Männer, ihren scharlachenen und zimtfarbigen Röcken und ihren Mänteln von grüner und löwenfellähnlicher Farbe.

Siehe da, auch der Studiosus Knobelius ist hier. Es ist ein überraschender Anblick, ihn, Bärentatze, Arm in Arm mit einem jungen Mädchen zu sehen, das sich in freudiger Erregung dreht und wendet wie ein Kreisel. Hinter den beiden schreitet majestätisch die Frau Mutter einher. Sie hat ein Pfauenauge an der Haube, und an der linken Hand, die sie ein wenig auffällig vorstreckt, prangt ein Ring mit einem geschliffenen Diamanten und daneben ein Ring aus Bein als Mittel gegen Krämpfe.

Knobelius erzählt dem Mädchen gerade, daß ein Baccalaureus, wenn er heirate, um seiner herzlieben Frau willen seinen akademischen Titel in die Schublade lege, daß die Akademiker ihn dann verspotten, als wäre er von einem Ritter- oder Dichterroß auf einen Esel herabgesunken, daß er das aber für ein geliebtes Mädchen auf sich nehmen würde.

Das Mädchen lauschte vergnügt, und die Frau Mutter mit der Pfauenfeder an der Haube hörte alles mit glücklichem Lächeln an.

Hinter ihnen kam eine Gruppe junger Handwerksgesellen, sie stritten darüber, wer den Vogel von der Stange herunterschießen und damit Schützenkönig werden solle.

Zwei Famuli aus dem Carolinum, zwei Stutzer mit Zierdegen, lärmten hier fröhlich mit drei Mädchen, die zwischen ihnen schritten. Hovorinus gab den Jungfern mit süßlicher Stimme den Rat, sich nachts ein Sträußchen Tausendschön unter das Kissen zu legen und an einen bestimmten Burschen zu denken, dann bekämen sie ihn sicher.

Eine der Jungfern, ein blasses Mädchen in einem schwarzen Samtleibchen belehrte den Studenten mit raschem Augenzwinkern, daß sie selbst aber nicht dergleichen tue, da die jungen Männer dessen nicht wert seien.

In diesem Augenblick kam Vokoun von Vokounstein heran, begrüßte die Studenten und schlenderte gemächlich weiter. Der stolze Patriziersohn hatte sich hübsch herausgeputzt und lauerte auf die Gelegenheit, Anschluß zu finden. Die Mädchen, die er bisher eines Blickes gewürdigt hat, sind ihm, dem reichen Prager Bürgersöhnchen, zu schlicht und zu ärmlich.

»Mit Gott und herzlich willkommen, liebe Frau!« ruft Basilides fröhlich, indem er mit Händen und Füßen zappelnd dicht an die Seite einer jungen Frau tritt, die in ein reiches, taubengraues, mit einem silbernen Gürtel geschmücktes Seidengewand gekleidet ist. Sie war recht beleibt, und der Kleinseitner Baccalaureus erschien neben ihr wie ein Zwerg.

»Wo habt Ihr, liebe Frau, Euren vielgeliebten Gemahl? Wie geht es euch beiden?«

»Mit Gottes Hilfe sind wir beide gesund.«

»Ich war schon lange nicht in eurem Bräuhaus, aber bald komme ich, bald«, plapperte Basilides weiter, wobei er alle Augenblicke ganz ohne Not mit seinen fleischigen Fingern die Hand der jungen Frau berührte, der dies sichtlich recht wohl behagte.

Da wieder gehen zwei Mädchen allein. Sie sind aber gar nicht betrübt. Sie lachen, kichern und erzählen einander etwas Lustiges. Sie sind beide von kleiner Gestalt, ziemlich hübsch, und während die eine von ihnen, ein Schwarzköpfchen, ein etwas aufgestülptes Näschen hat, versteckt die andere, blondhaarige, ein wenig geziert ihre Zähnchen; beide sind lustige Geschöpfe, wie kleine Kätzchen, und sie lachen, so wie heute die ganze Insel des Lachens voll ist. Jetzt begegnen sie jedoch einem hochgewachsenen freundlichen Mädchen, das mit herzlicher Begrüßung zu ihnen tritt. Die beiden Mädchen, diese Kätzchen, verstummen ganz plötzlich. Aus ist es mit dem Lachen und der Unterhaltung. Jetzt gehen sie alle drei in beharrlichem Schweigen nebeneinander, eine hohe Gestalt und zwei kleingewachsene, und weil sie nicht zueinander passen, ist die Harmonie unangenehm gestört. Frauen sind grausam zueinander.

Hier wieder springen vier junge Männer um ein einziges Mädchen herum.

Magister Třebický zieht einen von ihnen am Ärmel beiseite, und obwohl der Magister nur um wenige Jahre älter ist als der Student, spricht er dennoch zu dem Studenten: »Tollt Euch nur herzlich aus, aber hütet Euch vor den Frauenzimmern, die das Gesicht voll Schminke und Salben haben. Die sind erzfalsch.«

Der Student zeigte dem Rektor vom Týn freundlich seine Zähne, und schon war er mit den Weibsleuten und seinen Kameraden im Trubel verschwunden.

Im Weidengebüsch am Ende der Insel, wo der Schall der Flöte und das Geschrei vom Vogelschießen kaum mehr zu hören war, deklamierte der Student Květonský einem Mädchen, das errötete wie die Mohnblumen auf ihrem gestickten Sonntagstüchlein: »So wie der Schwan, der wunderbar im Sterben singt, ich, trauriger Scholar –«

Da taucht mit einem Male aus dem Gebüsch eine pfauenfedergeschmückte Haube auf, blickt um sich, späht sichtlich nach Knobelius und dem Mädchen, das sie in der Menge verloren hat. Der traurige Scholar faßt sein errötetes Mägdlein unter dem Arm und eilt von dannen.

Bei einer der hölzernen Zielscheiben, auf die die Schützen zur Übung und Unterhaltung schießen, hat, wie es scheint, auch Vokoun endlich gefunden, was er suchte. Er macht einen zierlichen Kratzfuß und verneigt sich höflich vor zwei Frauenzimmern, von denen eines älter, das andere noch jung ist: »Ich stehe Euch, edle Frau, ebenso wie der Jungfer Isabell zu Diensten!«

»Wir freuen uns mit unserer Jesinka, Euch hier zu treffen. Ist auch Euer Herr Vater und Eure Frau Mutter hier?«

»Nein, ich weiß es nicht, ich brauche sie doch nicht!« antwortete Vokoun voll Selbstgefühl.

Das Mädchen, dem Vokoun seine Dienste anbot, ist klein und hager, hat bleiches Haar und noch bleichere Augenbrauen, die ihrem rosigen Gesicht den Ausdruck eines lieblichen kleinen Ferkels verleihen.

Die Frau Mutter ist wohlbeleibt und hat ebenfalls helle rostbraune Augenbrauen. Beide sind prunkvoll in Seide gekleidet, und ihre Hüte sind mit ungewöhnlichen vergoldeten Troddeln und Röschen geschmückt.

Vokoun schlenkert mit den Armen und beginnt irgendeine sonderbare Geschichte zu erzählen. Dabei spricht er langsam, aufgeblasen und würzt gleich die ersten Worte mit einem kräftigen Fluch, weil dies dem reichen Prager Bürgersöhnchen einen recht männlichen Charakter verleiht.

Die ältere Dame lächelt nachsichtig, der jüngeren scheint das alles ziemlich gleichgültig zu sein. Beide verlieren sich im Gewühl.

Plötzlich bleibt alles wie gebannt stehen. Der Lärm vielstimmiger Rufe vermischt sich mit Trommelschlag und Trompetenschall.

Alles wendete sich der Richtung zu, wo die Stange mit dem Schützenvogel emporragte. Viele liefen hin. Zwischen den Schranken, die rings um die Stange einen nicht allzu großen Raum umgrenzten, herrschte festliche Aufregung. Der jüdische Prager Stadtmusikant Lebl Herold spielte aus Leibeskräften auf seiner Handorgel, und ein anderer betrunkener Bursche schlug so eifrig die Trommel, daß ihm die Augen aus den Höhlen traten. Ein Bläser stieß in die Posaune.

Wer herbeigelaufen kam, erfuhr, daß soeben jener junge Gürtelmacher dem Vogel den rechten Flügel abgeschossen habe, so daß die Schützen heute schon ihren zweiten Marschall hatten. Der erste Marschall ist nicht zu verkennen. An seiner Brust hängt das silberne Wappenschild, auch Kleinod genannt, er steht mit seiner Armbrust neben dem Gürtelmacher, blickt mit gespieltem Gleichmut vor sich hin. Nur ab und zu schaut er um sich, als wollte er sich überzeugen, daß ihn auch die ganze Gemeinde sehen könne.

Die »Armbrustschützen« stellten sich in Reih und Glied. Manche konnten sich kaum mehr im Gleichgewicht halten, da sich dieses in Bier aufgelöst hatte. Sie stellten sich vor den erlesenen Gästen auf, die – offenbar waren es Herren aus dem Rathause – sehr gemessen auf ihren Stühlen saßen und das Schauspiel verfolgten.

Der Vorstand des Schützenkonvents, der Kürschner Straka, ein untersetzter Alter, dessen Antlitz faltig und eingeschrumpft wie eine Möhre und mit einem kurzen grauen Ziegenbart geschmückt ist, steht vor einem weiß gedeckten Tisch, auf dem in einer beschlagenen Truhe Wappenschilde als Belohnung für die glücklichen Schützen bereitliegen. Er blickt ungeduldig beiseite zum Baum hin, wo eine rundliche Bürgersfrau einem schön gewachsenen, weiß gekleideten Mädchen eine seidige helleuchtende blonde Haarflechte zurechtrückt, die sich vorwitzig gelöst hat.

Der Schützenhauptmann Straka hat schon zweimal mit lebhaftem Händefuchteln zum Baum hin gerufen: »Nun also, kommt doch schon, meiner Treu, das sind mir Zeremonien!«

Aber immer noch hat das rundliche Mütterlein hinten an dem Leibchen, das die Brust des Mädchens wie ein Brett zusammenpreßt, etwas zurechtzurücken. Zu guter Letzt gibt die Frau dem Mädchen einen

Stoß, und dieses tritt schüchtern zu Straka hin und bleibt vor ihm stehen. Vom blonden Haar umrahmt, gleicht das zarte Gesicht des Mädchens in seiner Keuschheit und demütigen Bescheidenheit einem zarten Altarbild.

»Wer ist das?« richtet das Mädchen Isabella mit den bleichen Augenbrauen seine Frage an Vokoun. »Woher ist sie?«

»Ach, das ist Lidka Revír. Der alte Schütze dort, der gerade hustet und sich räuspert, das ist Revír von St. Linhart, ihr Vater. Das Mädel ist hübsch, hat hübsche blaue Augen und – –«

Die Jungfer schürzte verächtlich die Lippen und fiel ihm ins Wort: »Hübsch, hübsch – Ihr macht ihr wohl den Hof?«

»Warum nicht gar, ihr Väterchen hat mir dazu nicht genug Taler.«

In diesem Augenblick reichte der alte Straka Lidka Revír ein kleines silbernes Wappenschild mit einem Kettchen. Das Mädchen wurde bleich und gleich darauf wieder glühend rot im Gesicht und schaute ganz verlegen auf das silberne Wappenschildchen.

Straka winkte dem jungen Gürtelmacher näher zu treten.

Als dieser nun näher trat, sprach Straka von ritterlicher Kurzweil, bei der sich der Gürtelmacher mit seinem trefflichen Schuß ausgezeichnet habe, und fügte hinzu, daß er selbst vor sechsundachtzig Jahren geboren wurde, als König Ludwig in Ungarn im Sumpf versank, und obgleich diese Mitteilung ganz und gar nicht in die Festrede paßte, fügte er gleich noch eine weitere hinzu, nämlich daß er schon im

Schützenkonvent gewesen sei, als Ferdinand der Erste den Schützen den Majestätsbrief über diese Insel gab, und endlich rief er den Gürtelmacher zum zweiten Marschall aus.

Es war nicht alles ganz verständlich, was der Alte mit seiner brüchigen Stimme dem jungen Manne sagte, denn es gab Lärm und Geräusch genug, selbst als der Jude Herold aufhörte, Musik zu machen, und der Trommler davon abließ, wie ein Besessener das Fell zu schlagen. Als sich dann Straka zu Lidka Revír wandte, faßte sich das Mädchen ein Herz und schritt hastig auf den jungen Gürtelmacher zu, um ihm das Schützenwappen als Belohnung umzuhängen. Gleich darauf eilte Lidka zu ihrer Mutter unter den Baum, so wie ein Küken zur Henne läuft, wenn es Angst hat.

Kašpar von Polehrad, ein Schöffe aus der Altstadt, trat ernst auf den neuen Marschall zu und schüttelte ihm mit vornehmer Herablassung die Hand, der Jude Herold begann wieder mit einem Arm den Balg zu quetschen und fuhr mit der anderen rasch über die Tasten seiner kreischenden Orgel, während der Posaunenbläser die Backen aufplüsterte.

Dann spannte alt und jung die Armbrust und bereitete sich darauf vor, das Schießen fortzusetzen, die ausgelassenen Buben liefen wieder auseinander, um die zur Erde fallenden Pfeile einzusammeln und den Schützen zurückzubringen.

Moller nahm einem der Schützen die Armbrust aus der Hand, betrachtete sie, als ob er etwas davon verstünde, und sagte endlich spöttisch mit seiner Predigerstimme: »Mit dieser Armbrust kannst du leicht einem alten Weib das Fell durchschießen.«

»Schmäh nicht, du Flegel, sonst kleb' ich dir eine!« Da machte sich Moller aus dem Staube, denn er war kein Freund solcher Art von Freigebigkeit, wenigstens nicht, soweit sie ihn selbst betraf.

Unterdessen zerstreute sich die Volksmenge von den Schranken wieder über die ganze Insel. Viele eilten zu einem guten Trunk, und die Mädchen liefen zu ihren Vätern und Müttern, die auf den Bänken unter der Pappel saßen, und nippten dort züchtig vom Bier oder vom Wein.

Hier saß auch der Bürger Pulpit an der Seite einer Bürgersfrau, die den Umfang eines Kleiderschranks hatte. Ihr gelbliches, fettiges Gesicht mit seinen alltäglichen Zügen war gespannt, denn sie erzählte wichtigtuerisch dem freundlichen Pulpit und dem mürrischen Schankmädchen Maruše, wie gut sie den im Glase schäumenden Saazer Bock und das würzige Bier aus Rakovník kenne, das nach Hopfen duftet, schließlich daß hier nur Dünnbier geschenkt werde und daß kein Wirt der Welt ihr was vormachen könne. Danach warf sie sich ungestüm an die Stuhllehne zurück und blieb so sitzen, steif, wie mit Watte ausgestopft und siegreichen Blickes.

Pulpit brummte nur leise vor sich hin, daß das Bier, mordidi, gar nicht so schlecht sei.

Da näherte sich ihnen von rückwärts eine hohe und dünne Stimme, die sagte: »Frauenliebe ist wie Nebel, sie steigt auf und verfliegt –«

Die feiste Bürgersfrau sah sich um und erblickte ein sich entfernendes Pärchen.

»Komische Welt«, meinte sie zu Pulpit, »ist noch nicht trocken hinter den Ohren und führt schon solche

Reden. Zu unsrer Zeit waren wir tugendhafter, und ich glaube dem hochwürdigen Herrn von St. Michael recht gern, daß das Ende der Welt nicht mehr lange auf sich warten läßt.«

Auf der gerade gegenüberliegenden Seite der Insel saß, verdeckt durch das Weidengesträuch, ein Mädchen mit zwei jungen Männern auf einem Holzstoß. Der eine saß neben ihr auf einem Holzklotz, der andere, der lange Samuel Kordulka, stand vor ihr mit verstörtem Blick.

Das Mädchen war nicht mehr jung, ihr Gesicht und ihre Gestalt waren hager, das weiche rötliche Haar jedoch schimmerte in goldenem Glanz, wenn ein Sonnenstrahl es traf, und stand dem ältlichen Mädchen so gut an, daß auch eine Jüngere sie darum beneiden konnte. Mit Berechnung trug sie die Haare nicht so wie andere Mädchen mit einem Bändchen zusammengebunden. Auch den engen Rock aus Schamlatt, in dem ihr verblühender Leib steckte, hätte ein anderes Mädchen kaum angezogen. Jede alte Jungfer oder Witwe hätte sich gehütet, einen solchen schwarzen, engen und einfachen Frauenrock zu tragen. Auf der Insel und in Prag überhaupt mußte zur Zeit jede Jungfer, die etwas auf sich hielt, den »Kotrkal«, nämlich einen breiten, auf Reifen gespannten Rock, haben und mußte sich spreizen wie die alte Brünnerstadt. Wenigstens Mollerus war der Meinung, daß die Mädchen sich spreizten wie die alte Brünnerstadt, und schon an die zehn Jungfern und Frauen, die er spöttisch bewunderte, hatten es von ihm zu hören bekommen.

Katharina Elisabeth strich sich lächelnd die blonden Haare zurecht und erzählte Samuel beredt, wie eifrig sie schon darüber nachgedacht habe, ob auch die Tiere Träume haben und ob nur der Mensch allein den Vorzug habe, sich an Duft zu erfreuen.

Was sie sagte, hätte recht gut zu einem alten Blaustrumpf gepaßt, machte aber den Eindruck weiblicher Geziertheit, wenn es so fließend vorgebracht wurde.

Samuel horte der Tochter des Professors andächtig zu und erinnerte sich von Zeit zu Zeit an die parva logicalia und die Formeln Barbara usw.

Ja, er scherzte sogar, als eine Händlerin herbeikam, die Rettiche trug und sie zum Verkauf anbot.

Die Jungfer bat ihren Bruder Albert, der verträumt auf die Wellen der Moldau schaute, Rettiche zu kaufen. Aber schon hatte Samuel zwei kleine Münzen aus seinem mageren Beutelchen hervorgezogen und dafür drei Bündel eingehandelt.

»Seit jeher habe ich mich auch für die Physiognomienlehre interessiert, die aus den Merkmalen und der Beschaffenheit des Körpers auf die Seele schließt, aber jedesmal, wenn ich den Charakter eines Menschen nach seinem Gesicht und seinen Augen beurteilte, habe ich mich arg getäuscht, besonders unter einer schönen Larve pflegt eine nichtssagende Seele zu hausen.«

Samuel kannte ein wenig diese Art von Kopfzerbrechen von den philosophischen Lehrsätzen her, die er in der Schule gelernt hatte, und kramte rasch in seinem Gedächtnis nach, um der gelehrten Jungfer entgegnen zu können; er wünschte sich wieder eine Händlerin mit einigen Bündeln weißer beißender Rettiche herbei, die ihn aus der Verlegenheit ziehen würde.

Die Jungfer hob öfters ihr Taschentüchlein zu den Augen und sprach dabei immerfort über die Seele.

Endlich stieß Samuel scharfsinnig hervor: »Wer kann denn wissen, wo die Seele ist, im Herzen oder im Gehirn. Ich meinerseits würde die Menschen hauptsächlich danach unterscheiden, wo ihre Seele sitzt.«

»Nicht schlecht gedacht und gesagt«, lobte die Jungfer, »danach könnte man auch beurteilen, ob die Philosophie die Sitten veredelt oder nicht. Wenn sie im Herzen sitzt, dann veredelt sie, sonst aber nicht. Ich beobachte das an den Philosophiestudenten und den Philosophieprofessoren. Manch einen von jenen, die das Biret eines Magisters der Philosophie tragen, hat die Philosophie ganz und gar nicht berührt oder veredelt.«

In diesem Augenblick tauchte der wohlbeleibte Georg Mollerus auf. Als er die Professorentochter sah, zupfte er sein braunes Spitzbärtchen, zwinkerte mit den braunen Augen, weitete einen Augenblick lang die breiten Nüstern seiner kleinen Nase – das war das Zeichen zum Angriff – und machte eine höfliche Verbeugung.

Gleich hinter ihm drängte sich Bergerus Haltsmaul und reichte dem Mädchen ohne Umschweife die Hand.

Mollerus begann sogleich zu scherzen: »Wenn ich Euch sehe, Jungfer, gibt es mir einen Stich im Herzen, so sehr freut es mich, Euch zu sehen.«

»Dann kocht Euch Heideröschen in Essig und trinkt das Gebräu, dann wird Euch das Herzstechen vergehen«, erwiderte das Mädchen, indem es mit dem Tüchlein seine Augen vor der Sonne schützte, die sich schon zum Petřín neigte und das Moldauwasser golden und rosenrot färbte.

»Morgen beginnt Euer Examen, Herr Moller«, fuhr das Mädchen fort. »Im Frühjahr habt Ihr kein Glück gehabt, nicht wahr?«

Moller fuhr sich – sichtlich unangenehm beruhrt – über die Nase und antwortete in ernstem Predigerton: »Nun alsdann, da hilft ja nichts. Etwas habe ich ja doch gewußt, und – aber was – ich habe halt die Arbeit, wie man bei uns sagt, hingeschleudert, wie ich eben konnte, und Rektor Kampanus hat bei der Rhetorik eben so lange gelauert, bis er mir auflauerte und die These erwischte, die ein Baccalaureus der St.-Gallus-Schule für mich ausgearbeitet hatte, der Teufel soll ihn holen, den Kampanus, und den Baccalaureus dazu, weil er mir das Ding so blöd zugesteckt hat.«

So sprachen sie ein Weilchen hin und her, bis Mollerus die Jungfer überredete, bei den kommenden Prüfungen persönlich die Hilfe für die Studenten zu vermitteln, auf sie werde im Kolleg kein Verdacht fallen, da mag Rektor Kampanus aufpassen, soviel er will.

Bergerus gab sich mit dieser Verabredung nicht zufrieden.

»Ei, so schlecht steht es denn doch nicht mit uns. Die Thesen werden wir in die Schuhe stecken, wie es seit jeher Brauch ist, das Wörterbuch des Dasypodes hat in den Schaftstiefeln auch Platz, und so –«

In diesem Augenblick erschollen plötzlich von der Vogelscheibe her Geschrei und Trommelschlag. Man rief von dort, daß man schon den Schützenkönig habe. Die Jungfer stand auf, um mit ihrem Bruder den Schützenkönig, den geschicktesten Schützen, zu sehen, der die Ursache des Geschreis und Getrommels war, dann müsse sie nach Hause.

Alles eilte zur Vogelscheibe.

Der glückliche Schütze, der dem Vogel den Kopf abgeschossen hatte, stand nun vor dem Zunftmeister Straka und wurde von ihm zum Schützenkönig ausgerufen, der nun ein Jahr lang bis zum Amtsantritt eines neuen Königs herrschen sollte.

Der Schützenkönig war ein untersetzter Wagnermeister aus dem St.-Haštal-Viertel. In seinem hübschen weißen, gegerbten Rock, der mit dreißig blanken Knöpfen besetzt war, stand er ganz glückselig da, aber als ihm Lidka Revír auf Geheiß des alten Straka schüchtern den silbernen Wappenvogel an einer dünnen Kette umhängte, zeigte sich auf dem Gesicht des Wagners plötzlich der Ausdruck unbändigen Stolzes auf seine ruhmvoll vollbrachte Tat. Sobald ihm dann der Schützenschreiber den Tisch zeigte, wo ein Haufen Groschen für ihn bereitlag, lächelte er wieder vor Glück und verzog den Mund noch breiter, als ihm einer der Ratsherren aus der Altstadt ein Fäßchen Weißbier als Geschenk des Bürgermeisters übergab. Gerührt gestikulierte der Wagner mit den Händen, und wortlos, aber mit ausdrucksvoller Gebärde, lud er den ganzen Schützenkonvent ein, sich das Ehrengeschenk hinter die Binde zu gießen.

Dann ordneten sich die Schützen in Reih und Glied; der greise Straka voran, hinter ihm der König, hinter dem König die beiden Marschälle, dann die Mitglieder der Bruderschaft, zu beiden Seiten und auch an der Spitze des Zuges sprangen Buben. Dann setzte sich der Zug unter lautem Geschrei und Trommelwirbel über die Insel hin in Bewegung. Lidka und ihre Mutter gingen zu zweit den Fußpfad entlang.

Zur gleichen Zeit zerrte und stieß die Jungmannschaft den jüdischen Musikanten Herold zur Pappel und zur Hutte hin, wo er nach Beendigung des Umzuges zum Tanz aufspielen sollte.

Unter der Stange mit dem Schützenvogel blieben nur diejenigen zurück, die auf das Ergebnis gewettet hatten, wer Schützenkönig sein werde, denn jetzt wurde abgerechnet. Die Gewinner hielten die Hand auf.

Vom Häuschen und von der riesigen Pappel her übertönte indessen schon die Handorgel des Juden den Lärm. Schon spielte er zum Tanz auf.

Auf dem weidlich zerstampften Rasen bewegte sich eine bunte Menge. Knobelius schien den Tanz anzuführen, denn er schlenkerte mit seinen großen Händen nach allen Seiten und geleitete die Jungfern zu ihren Jünglingen, von denen manche regungslos, wie angewurzelt dastanden, während andere sich selbst an die Jungfern heranmachten und sie um einen Tanz baten. Wieder andere kamen herbei, die Hand schon um die Hüfte ihres Mädchens gelegt und bereit zum Reigen.

In diesem Lärmen und Treiben lockt und ruft ungeduldig das Spiel des Juden. Und schon geht es los.

Da gibt es ein Springen und Sichdrehen. Die Köpfchen bieten einen hübschen Anblick wie Mohnblumen auf dem Felde; der Himmel rötet sich, und rot wird auch das ganze tanzende Völkchen; die

Wangen glühen; die mit Schleifen durchflochtenen Zöpfe fliegen nach rechts und nach links, die Röcke heben sich bedenklich in die Höhe; die Paare drücken sich aneinander. Hier jauchzt einer hoch auf, dort flüstert einer etwas in ein rosiges Ohr; da gibt es pfiffiges Lächeln, zurückhaltende und züchtige Verlegenheit, weiblichen Mutwillen, lautes und schallendes Gelächter, alles durcheinander nach Belieben und Wahl; heiß pulst hier das Leben in wohligem Beben.

Jetzt läuft eine dem Knobelius aus dem Reigen fort; Bärentatze hat da wohl etwas Schönes angestellt. Der bärtige Primaner aus der Kleinseitner Schule sagt wiederum kein Wort, aber seine Sprünge macht er mit so außergewöhnlichem Fleiß, solcher Ausdauer und Gründlichkeit, daß sich sein langes Sommerhabit aufbläht wie eine Fuhrwerksplache; ein Mädelchen dreht sich wie ein Kreisel um den bärtigen Burschen. Jetzt plötzlich fährt Knobelius als Anführer des Tanzes dazwischen und läßt alle still stehen.

Den Juden Herold heißt er aufhören. Die Tänzer bleiben erhitzt und atemlos auf der Stelle. Knobelius klatscht in die Hände und kündigt einen Reigen- und Rundtanz an.

Die Mädel und Burschen bildeten einen Kreis, Knobelius kaufte sich als erster beim Juden seinen Tanz, erwischte ein Mädchen und drehte sich wie närrisch mit ihr im Kreise. Dann kauften sich noch zwei oder drei Burschen einen Tanz, aber sonst niemand mehr, zum großen Ärger des Musikanten Herold.

Wieder begannen alle gleichzeitig unter Singen, Stampfen und Händeklatschen zu hüpfen. Wer nicht tanzte, stand herum. In Liebesgeflüster vertieft, gab man sich mit den Augen Zeichen, und manche der Mädchen schienen mit den Augen geradezu zu winken.

Mollerus ging schon eine Weile lang zwischen den Paaren umher und verdarb ihnen die Laune. Da rief er einem Pärchen zu: »Jungfer, nehmt Euch in acht vor dem Kerl, der lügt was zusammen!« Dort wieder schrie er etwas Derbes und war gleich auf und davon. Wer beiseite stand und sich vom Tanz fernhielt, den nannte er Hänschen hinterm Ofen.

Abseits von den Tanzenden stieß Mollerus auf den Marschall Gürtelmacher, der einem Mädchen einen Kuß abzwingen wollte. Als er von einem Kuß hörte, hakte Mollerus ein.

»Bei uns in Mähren und Ungarn heißt ein Kuß ein Mäulchen!«

Der Gürtelmacher bemerkte den Zudringlichen sogleich und war um die Antwort nicht verlegen: »Und bei uns in Böhmen bist du ein Großmaul!«

Die Sonne versank hinter dem Berg, und auf der Insel war mit kurzen Unterbrechungen der Glockenton von der Kirche des Magisters Hus am Hohlweg zu vernehmen.

Sobald Samuel das Bimmeln hörte, begann er gleich, die Kollegen zum Heimweg anzutreiben.

Die Famuli aus dem Carolinum ließen sich nicht lange nötigen, denn das Abendessen war bald nach sechs Uhr nach deutscher Zeit, der Professor, der als Probst waltete, saß zu Hause, und wenn er nicht gewußt hätte, daß die Schüler nachmittags aus dem Kolleg entwischt waren, dann wäre er beim Abendessen doch darauf gekommen. Die anderen Studenten hatten, wie es Samuel schien, keine Lust, nach Hause zu gehen.

Als sich die Studenten sammelten, um sich auf den Weg zu machen, erzählte eben Pulpit beim Tisch unter dem Baum seiner fettstrotzenden Nachbarin und der zahlreichen Schützengesellschaft, die ringsum bei ihren Krügen und Kannen saß und stand, wie der neue Erzbischof am vergangenen Sonntag von den Mönchen von St. Jakob begrüßt wurde.

»Ein Deutscher«, sagte Pulpit mit schon ein wenig ungelenker Zunge, »er soll aus Eger sein – ein Deutscher, mordidi, der kein Wort Tschechisch kann. Die Mönche von St. Jakob haben ihn lateinisch begrüßt und –«

»Erzbischof und Mönche sind Rom hörig, laßt sie lateinisch reden«, ertönte eine Stimme.

»Mordidi, Hörige Roms, das sind sie. Aber auch die Metzger waren dabei –«

»Die haben das Kirchenpatronat inne, die Kirche bei den Fleischbänken –«

»Ausreden lassen!«

»Nicht unterbrechen!«

»Also, mordidi, die Metzger waren auch dabei. Einer begann, mordidi, deutsch zu reden, ein tschechischer Schafskopf, begann den Erzbischof deutsch zu begrüßen, die Zunge blieb ihm im Halse stecken, der Metzger wälzte die Augen heraus, brachte nichts hervor als – Euer Gnaden – und – und – und – und da schrie einer: »Spund« dazwischen und mordidi, aus war's!«

Beim Tisch brach ein wildes Gelächter los, das geraume Zeit die Musik und den Lärm ringsum übertönte.

Abseits vom Tanz und der Musik waren die Studenten hinter dem Häuschen bei einem Haufen von Stroh und Reisigbündeln zusammengekommen, um zu beraten und schlüssig zu werden. Mollerus meinte, als man ihn fragte, die Famuli müßten nach Hause gehen, da die Nacht schon anbreche und es Zeit zum Abendessen sei; aber die Zöglinge der übrigen Kollegien müßten doch noch nicht nach Hause, die Köchin werde nicht verraten, daß sie nicht zum Abendessen gekommen seien, und Kampanus werde heute kaum Nachschau halten, weil er überzeugt sei, daß die Studenten vor der Prüfung mit ihrem Aristoteles, den Sphären und den Lehrbüchern der Logik und Dialektik zu Hause säßen.

Die Studenten hielten nicht lange bei der Beratung aus.

Die Famuli verabschiedeten sich von den anderen rasch, ja, allzu rasch, so daß zu sehen war, welchen Schrecken Rektor Kampanus unter ihnen verbreitete. Sie wollten nur wissen, wo sie heute nacht mit den Zöglingen und den Schülern von auswärts, die sicherlich schon zur Prüfung gekommen waren, zusammentreffen sollten. Sie versprachen, augenblicklich aufzubrechen, sobald die Professoren sich nach dem Nachtessen in ihre Habitationen zurückgezogen hätten.

»Ich komme nicht«, kündigte Koptiades an. »Ich auch nicht«, verkündete Mathiades.

»Alte Weiber seid ihr!« schalt sie Mollerus, »Kamele seid ihr, Störenfriede, zieht ab, Gott mit euch: und wenn ihr es euch überlegen solltet, dann wißt, daß wir euch in der Zeltnergasse beim Tatrman erwarten. Losung: Bei Tatrman!«

Und zu den Seinen sagte Mollerus-Wänzchen: »Wir sind nicht unter der Fuchtel, machen wir uns frei, wir gehen nicht ad coenam, was?«

Aber sie ließen sich nicht zurückhalten. Táborský, Bergerus und allen voran Samuel Měřinský waren schon drauf und dran zu gehen, und andre folgten nach. Mollerus mit Knobelius und den übrigen gingen eben mit, wenn auch ungern.

Da erinnerte sich der biedere Mollerus, daß er auch Vokoun von der geplanten nächtlichen Zusammenkunft unterrichten müsse. Einige machten sich auf, um Vokoun auf der Insel zu suchen. Er war, wie es hieß, schon lange nicht gesehen worden.

Die anderen verabschiedeten sich inzwischen von ihren Mägdlein. Man hörte: »Gott befohlen, gute Nacht!« Kann sein, daß hie und da auch im Dunkeln ein Küßchen getauscht wurde.

Vokoun von Vokounstein, das aufgeblasene Söhnchen des zu Ansehen gekommenen Prager Patriziers, wurde schließlich im Stall aufgestöbert, wo er mit der vor Schmutz starrenden Magd schäkerte.

Sanfte Nacht senkte sich auf das Wasser der Moldau herab.

II

Die Nacht vor dem Examen

Im unteren Saal bei Tatrman in der Zeltnergasse, am Tisch hart neben dem hinter einem schmierigen und von Fliegen beschmutzten Vorhang versteckten Fenster, sagte der Bürger Wenzel Boží, ein bejahrter, kropfhalsiger Riemenschneider, zu seinen Nachbarn, die mit ihm würfelten:

»Das Bier ist jetzt rein wie Blut. Die frühere Wirtin hielt den Keller nicht sauber, auf allen Fässern war Schimmel, es sah aus wie ein gesträubtes Katzenfell, die Haare konnte man rupfen wie Gänsefedern. Ich habe mich selbst davon überzeugt – jetzt ist es hier schön sauber, das Bier wie Blut, die dicke Hanne soll leben!«

»Es lebe die dicke Hanne!« stimmten ihm mehrere am Tisch bereitwillig zu.

Die dicke Hanne, die Schankwirtin, deren üppige Formen ein rotes Leibchen aus Kanevas kaum umfassen konnte, lief zwischen den Tischen umher und freute sich über diese Ehrung.

Nach dem Zutrunk warf der, der an der Reihe war, den Würfel in ein leeres Glas, schüttelte ein Weilchen und ließ den Würfel dann auf den Tisch fallen; alle streckten die Hälse, um zu sehen, wieviel Augen gefallen waren.

»Zeisig!« schrien einige von ihnen zu gleicher Zeit, »fünf Augen, das ist ein Zeisig, einen schönen Zeisig hat er gefangen!«

Wenzel Boží, dem die Haare abstanden wie ein Pinsel, schenkte bereitwillig aus dem großen, mit Reifen umflochtenen Krug in der Mitte des Tisches ein besonders großes, bemaltes Trinkglas bis zum Rande voll, und der, dem der Zeisig auf den Leim gegangen war, mußte es bis auf den Grund leeren.

Er trank langsam bis auf den Grund, schnalzte mit der Zunge und wischte sein Kinn mit dem Ärmel ab. Dann gab er das Glas mit dem Würfel der Reihe nach weiter.

An dem ungewöhnlich langen Tisch nebenan hatten andere Bürgersleute Platz genommen, jung und alt, mit den schwieligen und abgearbeiteten Händen der Handwerksmeister, einer von ihnen hatte nicht einmal seine Schürze abgelegt; einige aßen eine abgestandene Brühe, die aussah, als wären die Kutteln versulzt.

Am Tischende saßen zwei Bürgersleute, die keine Handwerker, sondern aus dem Kaufmannsstande waren. Der ältere von ihnen war auf den ersten Blick als Händler zu erkennen, der andre hatte ein gutmütiges Gesicht, sah ehrbar und rechtschaffen aus, hatte glattgekämmtes Haar und einen langen blonden Bart, der eine kleine Halskrause verdeckte. Er schenkte dem Händler keine Aufmerksamkeit und hörte eifrig dem Gespräch der Studenten zu, die am Nebentisch saßen. Er war den Studenten wohlbekannt und wurde von ihnen ehrerbietig Herr Sixtus genannt.

Bei den Studenten führt Mollerus wie gewöhnlich das große Wort. Er hält die Karten in der Faust, aber ohne zu spielen; er spricht zwar in seinem Predigerton, scheint aber diesmal erhitzt und aus irgendeinem Grund zornig zu sein.

»Ihr habt es ja jetzt ganz schön in Böhmen«, sagt er, »den Majestätsbrief über die Religionsfreiheit hat euch der Kaiser vor drei Jahren unterschrieben, und dabei gab er euch nicht einmal die Freiheit des evangelischen Glaubens, sondern die Freiheit soll offensichtlich nur für die Utraquisten gelten und –«

»Ei, das ist doch alles eins, wir Evangelischen und die Brüder – wir Tschechen sind doch in der großen Mehrzahl utraquistisch – darauf kommt es nicht an; die Freiheit gilt für uns alle«, entgegnet Herr Theodor Sixtus von Ottersdorf.

Aber Moller setzt fort: »... und die Römlinge wollen die Freiheit gar nicht anerkennen, sie soll ihnen aufgezwungen worden sein, der Erzbischof und alle, die an der Macht sind, stellen sich ihr wie eine Mauer entgegen – und ihr, wo ihr doch jetzt fest zusammenhalten solltet, ihr habt Hader untereinander, Brüder und Evangelische, Tschechen und Deutsche, die Priester untereinander sind sich nicht einig über die Glaubenslehre und die Predigt, sind ganz verschiedener Ansicht, schmähen einander –«

»Und Ihr, junger Baccalaureus, versteht Ihr denn etwas davon?« ließ sich unter den Bürgern der Händler hören, ein bejahrter weißhaariger Mann. Dabei sah ihm der Schalk aus den Augen, und ein Lächeln spielte um seine Lippen.

»Und ob!« antwortete Knobelius behend, »der versteht es sehr wohl, Herr Wenzel, er kennt alle Pfaffenkniffe besser als Ihr, war er doch selbst ein Jahr lang dabei, dann hat er das Pfaffentum sein lassen und sich in die Welt geschlagen. Der versteht mehr als –«

»Da haben wir die Nachtvögel«, rief mit erhobener Stimme der Bürger Kukla von Paurnperk, der eben die Stube betrat. Mit lauter, kreischender Stimme überschrie er den Gasthauslärm. Er verneigte sich vor Herrn Sixtus von Ottersdorf, trat zu den Studenten, die er gut zu kennen schien, und fragte Mollerus, wie ihm die Zucht und der Erbsenbrei im Kolleg munde.

»Ach was – weder so noch so!« wirft Mollerus hin, indem er die Worte »so noch so« mit einer doppelten Handbewegung wie auf der Kanzel begleitet.

»Ich setze mich zu euch, doctissimi, zu euch gehöre ich, denn ich habe noch nicht aus der Grammatik vergessen, daß studere, studeo, studes, studui das Supinum stultum hat!«

An dem sommersprossigen Gesicht des jungen Bürgers war nicht zu erkennen, ob er die Studenten oder sich selbst verspottete.

»Und Gott sei's gedankt, Herr Baccalaureus, das, was Ihr von unserer Sprache und unserer Nation gesagt habt, ist auch nicht wahr!« sagte Herr Theodor Sixtus, indem er sich wieder Mollerus zuwandte, »bedenkt nur, als im vorigen Jahr beim Einfall der unmenschlichen Passauer Horden der Herr von Donin auf dem Rathaus deutsch sprach, schrie das Volk, daß man in Böhmen tschechisch zu sprechen hat und in Deutschland deutsch, und ließ ihn nicht ausreden. Nehmt es, wie Ihr wollt, darin eben liegt unsere Stärke, und das läßt uns hoffen, daß wir nicht so leicht und ohne weiteres untergehen werden, wie Ihr behauptet!«

»Ich habe gar nicht behauptet, daß ihr Tschechen zugrunde geht, mir scheint nur, daß ihr euch mit den Deutschen zu sehr verbandelt. Die Deutschen werden die Herren spielen, die Deutschen sind mächtig, es sind ihrer in Böhmen nicht so viele im Vergleich zu euch, aber sie sind mächtig und sitzen schon überall, in allem und jedem; bei den Römlingen ist der Erzbischof ein Deutscher, der böhmische Adel plappert seit jeher deutsch, bei Hof gibt es lauter Deutsche, bei den Evangelischen führen die Deutschen das große Wort, sie bauen sich in Prag eine Kirche, woran sie noch vor einigen Jahren nicht denken konnten, und als Georg Karolides heuer den Deutschen in seinen Versen vorhielt, daß sie sich in Böhmen bereichern und das Land obendrein noch undankbar verunglimpfen, da haben sie ihn vergiftet –«

»Das ist eine vorwitzige Rede! Ihr könnt nicht beweisen, daß unser gekrönter Dichter Georg Karolides vergiftet wurde!« nahm Kukla das Wort.

»Lasset solche Reden, damit kann man nicht spaßen wie mit dem Bauernvolk«, sagte vorsichtig der Nachbar an der Seite des Herrn Sixtus.

»Zeisig!« schrie jemand am Tische beim Fenster, und »Zeisig« riefen nach ihm die übrigen.

Und Vokoun, der von der dicken Hanne ein Kännchen in Empfang nahm, verlautbarte, daß er einen schönen Trinkspruch wisse, was besser sei als die Plackereien mit der Religion und den Deutschen.

»Ein Bleischädel bist du, Vokoun, hast ein Maul wie ein alter Latschen; schau, daß du in die Pfarrschule kommst, damit dir der Baccalaureus noch einmal den Hintern wischen kann!« sagte Mollerus zornig.

Aber Vokoun mit seiner Schnauze, der sich auf seine Deklamationen nicht wenig einbildete, verlieh seinem glattrasierten Gesicht mit dem spitzen Mund und der vorspringenden Nase einen fröhlichen und feierlichen Ausdruck und hub an: »Oremus«, rief er in singendem Ton und fuhr in furchtbarem und sinnlosem Latein fort: »oremus, domine, Räucherfaß, fatus benedicatus, ensis, mensis, potensis, lati pati, eatis comedere stercus, quercus«, und so fort in scherzhaften, törichten und anstößigen Worten, bis er endlich mit dem allbekannten Trinklied schloß: »Edite, bibite, cari sodales, collegiales!« Dabei trank er mit erhobener Bierkanne seinen Kollegen zu.

Die übrigen Studenten fielen in den Rundgesang der Zecher ein und sangen, ja, schrien aus jungen Kehlen, harmonisch und falsch (besonders Berger-Haltsmaul), mit dröhnenden und schallenden, tiefen und hohen Stimmen: »Fiat voluntas tua!«

Auch der kropfhalsige Riemenschneider Wenzel Boží wankte zum Tisch der lustigen Studenten, indem er ständig wiederholte, daß er schon dreimal einen Zeisig geworfen habe, daß er dreimal hintereinander bis auf den Grund austrinken und seine Schuldigkeit tun mußte, um nicht Strafe zu zahlen, daß er mit seinen drei Zeisigen mehr als genug habe und daß ihm schon schwindlig werde.

»Dann troll dich nach Hause, alter Kropf, und geh dein Weib walken. Sie beklagt sich ohnehin überall, wie schlecht du mit ihr umgehst!« reizte höhnisch der junge Kukla den betrunkenen Nachbarn.

»Bring noch ein Maß!« schrie Wenzel Boží über alle hinweg der dicken Hanne zu, »der junge Kukla da will das Maul voll nehmen! Bring noch ein Maß!«

Dabei gab es noch allerlei Reden, und der Saal war von Singen und Schreien erfüllt.

Mollerus unterhielt sich unterdessen mit Theodor Sixtus; als zufällig Stille eintrat, konnte man den Slowaken räsonnieren hören.

»Das war schon so und wird so bleiben, einer schindet den andern, jeder nimmt, was er kann, der König nimmt das Erz aus der Erde und die Steuern von Städtern und Bauern, Ritter und Adel säckeln den König aus, Wucherer und Juden schinden den Ritter, den Juden schindet der König und den Wucherer der Pfaffe, der ihm mit dem Höllenfeuer droht und das Geld selbst für einen Altar abpreßt; den Pfaffen schindet ein Weibsbild, der Wirt zieht der Hure das Fell ab, der Bäcker dem Schankwirt und ein jeder dem anderen, wo er nur kann. Da kann eben nur eine Sintflut Ordnung schaffen, damit die Menschen ein neues und besseres Leben anfangen!«

»Was Ihr da sagt, Herr Baccalaureus, das habe ich schon irgendwo gelesen (Mollers gesunde Gesichtsfarbe wurde bei diesen Worten noch röter), aber ich bin nicht der Meinung, daß ein solch verzweifelter Krieg aller gegen alle der Weisheit letzter Schluß ist; es gibt bei uns genug ausgezeichnete Leute, bei uns gab es und gibt es noch Menschen genug, die menschlich sind, die für ihren Nächsten, für ihre Muttersprache, für die Religion ihr Leben wie Helden hergäben, wenn uns nur einer mit Umsicht führen wollte –«

»Ja, das ist es eben, das ist es, wenn nur – ja wenn.«

»Edite, bibite, cari sodales«, tönte der Gesang, der jedes Gespräch untergehen ließ, und vom Ecktisch schrien die benebelten Nachbarn, daß wieder einer den Zeisig gefangen habe.

Theodor Sixtus rief die Schankwirtin Hanne zu sich und fragte sie freundlich: »Nun, Gevatterin, was habt Ihr über der Tür aufgeschrieben?«

»Wenn du nichts mehr im Beutel hast, bist du hier kein willkommener Gast!« gab die von Fettflekken strotzende, verschwitzte und rotwangige ältliche Maid rasch und frohgelaunt zur Antwort.

Herr Sixtus zahlte, verabschiedete sich von den Studenten und ging; mit ihm und bald nach ihm gingen auch andere Nachbarn, denn es ging schon auf die dritte Nachtstunde nach Sonnenuntergang zu.

Die Wirtin und der Hausknecht schlossen auch schon den eisernen Fensterladen, um den Vogt nicht zu erzürnen, wenn er mit seinen Bütteln vorbeikäme.

Die Studenten sangen lustig und ausgelassen weiter – Bergerus immerfort falsch, aber voll Inbrunst; der Primaner von St. Nikolaus stieß heisere Laute aus und verzog dabei kläglich den Mund. Mit Begeisterung sangen sie:

Schüler, merk dir heut das Datum,
lieb die Jungfer, est probatum!
Eine schöne Frau dir find
oder auch ein schönes Kind,
denn die Weiber allesamt
sind so leicht von Lieb' entflammt!

Mollerus fragte Basilides, warum er den borstigen Primaner mit sich in die Schenken schleppe. Der kurzbeinige Baccalaureus von der Kleinseite gab gern Aufklärung darüber und verschwieg nicht, daß der Primaner oft genug an seiner Statt den kleinen Jungen Unterricht erteile, daß er zwar erst Schüler der obersten Klasse sei, aber dabei doch schon gut die Rolle eines Zechkumpans spiele und alles in allem ein guter Kerl sei. Und dazwischen dröhnte es immer wieder:

»Sind die Weiber allesamt
doch so leicht von Lieb' entflammt!«

Durch den Gesang angelockt oder vielleicht auch nur zufällig schob sich ein fettleibiger Mensch in die Tür, dem man schon auf den ersten Blick anmerkte, daß er sehr in Stimmung, ja, stark angeheitert war. Er schrie sogleich: »Sieh da, da sind ja lauter wackere Saufbrüder. Sieh nur an!«

Das war nun so recht ein gefundenes Fressen für die Studenten, deren Köpfe auch schon ziemlich benebelt waren.

Vokoun drehte sich hurtig dem Fettleibigen zu und stellte ihm ein Bein, so daß dieser ins Wanken geriet und Měřinský auf den Rücken fiel. Měřinský riß seine Augen noch weiter auf als sonst.

Knobelius nahm ein Licht vom Kamin und hielt es ganz nah, um den neu Angekommenen besser betrachten zu können. Der stellte sich wieder auf die Füße und blinzelte – noch immer schwankend – arg beim grellen Lichtschein, denn er hatte blutunterlaufene Augen. Dabei ließ er sich aber nicht aus der

Fassung bringen und rief voll Dünkel: »Und wer seid ihr schon? Wer seid ihr denn? Ich bin ein Bürger, bin Stadtverordneter, fragt nur nach dem Gerbermeister, man nennt mich Magerkraut, aber an mir ist nichts Mageres, da schaut ihr, gelt?«

Dabei zog er eine Handvoll kleine und größere Geldstücke hervor und schüttelte sie.

»Fragt nach dem Gerber und ihr werdet sehen, wer der Meister Ge…«

Knobelius legte den Kienspan wieder in den Kamin neben der Tür zurück und zwang den Gerber mit zwei Schlägen auf die Schultern sich auf die Bank zu setzen. Der Gerber fiel wie ein schwerer Mehlsack nieder.

Die dicke Hanne nahm sich seiner mütterlich an und brachte ihm ein Glas wenn auch sehr trüben Weins.

»Ich zerbreche mir in einem fort den Kopf«, bemerkte Mollerus mit sanfter, ruhiger Stimme, indem er seine dicken Finger fächerartig auseinanderspreizte, »es geht mir nicht in den Kopf, daß die Gemeinde nur deshalb von Dummköpfen geleitet werden soll, weil es reiche Leute sind.«

Der Gerber Magerkraut schaute auf den anzüglichen Schwätzer und schüttelte dabei sein Geld so ungeschickt, daß ihm die Münzen aus der Hand auf den Boden fielen. Wie ein Blasbalg keuchend, hockte sich der Gerber nieder und suchte, was er verloren hatte, wobei ihm Hanne und einige Studenten halfen. Als sie ihm alles aufgelesen hatten, setzten sie ihn wieder auf die Bank. Er strich sich zufrieden den Bauch.

»Meister Gerber, du blähst dich auf wie Äsops Frosch. Bist den jungen Bürgersleuten und den Studenten nur zum Spott!« ließ sich Kukla hören, der den Meister reizen wollte.

Der Gerber nahm einen Schluck trüben Weins und sagte ruhig, jedes Wort wiederholend: »Studenten, das sind Studenten? Ich habe Gold und Silbergroschen, aber den Studenten gucken die Zehen aus den Schuhen! Ich habe Groschen – ich – ich –«

»Laßt doch den Hader und den Zwist«, mahnte Knobelius, »wir wollen lieber guten Willens sein: Hört Euch, Meister Gerber, eine Neuigkeit an; gestern hat ein Judenweib ein Tier, einen Bären, zur Welt gebracht, der ist eine Weile im Zimmer umhergelaufen und hat sich hinterm Ohr gekratzt, dann ist er verendet, ich habe ihn mit eigenen Augen gesehen, er schaute Euch ähnlich wie der Sohn dem Vater!«

Der Gerber ließ sich die häßlichen Reden ein Weilchen durch den Kopf gehen und stieß dann plötzlich hervor: »Du schmähst mich, du schmähst die Nachbarn, du Laffe, Rebellanten seid ihr, ich bin Bürger und Stadtverordneter, ihr seid nur Laffen –« und dabei hieb er auf die Tischplatte, daß alle Kannen nur so sprangen.

Als er immer wieder zuschlug, bis zwei der Gefäße umfielen, umringten die Studenten den Gerber, packten ihn an Händen und Füßen und trugen ihn ebenso sanft wie höflich auf die Straße hinaus bis an die Ecke, wo man aus der Zeltnergasse »Zu den Juristen« geht, und ließen ihn dort los.

Sie ließen ihn wohl etwas unchristlich niederfallen, denn der Gerber ächzte, dann schimpfte und fluchte er, der Teufel soll die Bengel –

Mollerus beteiligte sich nicht am Hinauswurf des fetten Gerbers. Er spielte den reifen Mann. Er quälte unterdessen Basilides mit einem Gespräch über den verstorbenen Karolides, der gekrönter Dichter und ein besserer Poet als Kampanus gewesen sei, »ich habe gehört und glaube es gern, daß Kampanus ihm die Krönung bis in den Tod nicht gegönnt hat; denn freilich, den Kampanus hat man noch nicht gekrönt, und dabei hat er ganze Eimer von Versen zusammengeschmiert! Schade, daß ich nicht daran gedacht habe, solange noch der weise Herr Theodor Sixtus dasaß, der Defensor des Glaubens und der Nation. Der verstorbene Karolides hat den sicheren Untergang das Landes Böhmen prophezeit, dem könnte Sixtus schon Glauben schenken, vielleicht hat er es auch schon irgendwo gelesen. In Böhmen nimmt halt jeder alles auf die leichte Schulter.«

»Nun schweig endlich schon«, widersprach ihm Basilides, »du und wir alle nehmen die Dinge doch auch nicht allzu schwer.«

Das weitere Gespräch wurde von den zurückkehrenden Studenten mit dem johlenden Gesang unterbrochen:

»Sind die Weiber allesamt
doch so leicht von Lieb' entflammt.«

Und Knobelius forderte sogleich Mollerus auf, als ehemaliger Zögling der Priesterschule, den langen Měřinský mit der dicken Hanne in lustiger Ehe zu verbinden.

Moller winkte verdrießlich mit der Hand ab.

»Dann bleib also sitzen, lieber Hochwürden, hast Blei in den Gliedern!« schrie Knobelius auf.

»Doch so leicht von Lieb' entflammt!« sang der Chor, und die Schenkwirtin Hanne in ihrem Leibchen aus Kanevas verzog ihr gesundes breites Gesicht zu einem heiteren Lächeln. Ohne Zweifel veranlaßte dieses Lächeln Knobelius dazu, nun doch die Rolle des Brautwerbers auf sich zu nehmen und die Ehe des ungleichen Paares zu segnen.

Mehrere Studenten umringten den langen Kordulka, um ihn an der Flucht zu hindern, andere nahmen die Wirtin in ihre Mitte, so daß sie nicht entschlüpfen konnte.

Aber die dachte gar nicht daran!

Sie stemmte die Hände wie ein Feldhauptmann in die Seiten und harrte der Dinge, die da kommen sollten.

»Ruhe, Bärentatze hat das Wort!« ermahnte man sich gegenseitig.

Knobelius sagte mit winselnder Stimme, daß der, der die Augen wie ein Kalb aufreißt, ihn gebeten habe, für ihn die Jungfer Hanne zu freien, denn er sei der ehrbaren Jungfer seit langem zugetan und wolle sie heiraten, wenn sie auch willens sei.

»Meinetwegen braucht er keine Zeit verlieren und kann sein Glück suchen, wo er will, ich mag ihn nicht heiraten!« gab die Wirtin im Spaß zur Antwort.

Bärentatze brachte seine Bitte zum dritten Mal vor, während alle einander ständig zutranken und ganz grundlos schrien. Der Primaner sprang dabei wie ein Affe umher.

Der lange Kordulka veränderte immerfort seinen Gesichtsausdruck; bald lächelte er schmerzlich, indem er zu verstehen gab, daß alle Spitzbuben seien, er ihnen aber nicht die Freude verderben wolle, bald schaute er drein, als ob der Vogt und seine Knechte ihn an den Pranger stellten, bloß daß am Pranger in der Altstadt eine scheußliche, mit höllisch rotem Firnis bemalte Larve mit bleckender Zunge grinste, während hier die dicke Hanne ihre gesunden Zähne und ihre fröhlichen Augen zeigte und ihr Leibchen zu platzen und aufzuklaffen drohte.

Knobelius sagte: »Hör zu, Kordulka, du Schafskopf! Die Jungfer Hanne hier hat sich endlich entschlossen, deine Frau zu werden. Du kriegst ein Mägdlein, das ein bißchen dick ist, das gut und lieb ist und noch nicht zu raunzen versteht. Wenn alle alten Weiber raunzen, die wird nicht raunzen. Sie ist obendrein wohlverhalten und hat noch kein Trundel-Bundel erlebt –«

»Was ist das?« fragte die Braut.

Als er ihr erklärte, daß Trundel-Bundel die Tracht Prügel am Pranger sei, die leichten Frauenzimmern für ihre Verführungskünste und ihr anrüchiges Leben verabreicht wird, versetzte ihm die dicke Hanne flugs eine derbe Maulschelle, und aus war es mit der Hochzeit.

Vergebens beteuerte Bärentatze, daß es eigentlich ein Lob war, was er von ihr gesagt hatte.

Da aber half alles nichts; das beleidigte Weib wiederholte wütend die wunderlichen Worte Trundel-Bundel, Knobl hatte seine Maulschelle sitzen, und mit der Hochzeitsfeier war es zu Ende.

Einige begannen wieder zu singen, der lange Bräutigam sank wie nach überstandener Folter auf seinen Stuhl, und Mollerus gab das Zeichen zum Aufbruch.

Mancher bezahlte sofort, andre blieben schuldig und bezahlten später.

Mollerus bat die Wirtin mit einer Stimme, in der sich Entschiedenheit mit Angst mischte, seine Schuld an das Türfutter zu schreiben.

Hanne machte ein verdrossenes Gesicht.

Sogleich mischte sich Knobelius bereitwillig ein: »Ich bin sein Bürge, und die Maulschelle verzeih ich dir!«

»Bürge, Bürge«, wiederholte die Wirtin spöttisch, »ihr beide habt Läuse im Beutel, solltet mir eigentlich das Barett oder den Mantel als Pfand hinterlassen – das wären erst die wahren Trundel-Bundel!«

Als Mollerus ihr nun schöntat und auf die Schulter klopfte, schritt sie langsam, als wäre sie tief in Gedanken versunken, zur Tür und malte bei Mollers Namen zu den alten Strichelchen ein paar neue hinzu.

Die Studenten vereinbarten, nicht geradewegs nach Hause zu gehen, denn sie hatten die Absicht, den einen unterm Fenster ein schönes Ständchen zu bringen und anderen eine Katzenmusik zu machen. Es wurden einige Namen genannt, aber sie konnten sich nicht einigen.

Měřinský riß wieder seine Augen wie verstört auf und erklärte mit verzweifelter Entschlossenheit, daß er schnurstracks nach Hause gehe.

»Nun, wenn du nach Hause willst, dann hau ab«, meldete sich Mollerus im Predigerton, »aber borg mir deinen Mantel, damit er an die Luft kommt, wenn schon du selbst uns im Stich läßt, und wenn ich dann Sand ans Fenster werfe, schieb den Riegel zurück, damit ich heute auf eurer Bude im Kolleg schlafen kann!«

Die Studenten liehen nicht gern ihre Mäntel her, aber Měřinský tat es doch, es schien, als wären alle Kollegen und besonders die Jüngeren unter ihnen Mollerus-Wänzchen botmäßig.

Die mehr oder weniger gelehrte Gesellschaft trat auf die dunkle Straße hinaus. Hovorinus trug einen rußenden Kienspan und leuchtete auf den Weg. Alle waren angeheitert, nur Mollerus war nüchtern. Wenigstens schritt er fest und breitbeinig aus.

Die jungen Leute gingen nicht lange still nebeneinander durch die Zeltnergasse. Schon beim dritten Haus hockte sich Kukla an der Wand nieder, und Vokoun kletterte auf seine Schultern. Dann schritt Kukla den anderen voran und trug den randalierenden Vokoun.

Mollerus feuerte Vokoun an, er möge, wenn er sich schon so hoch emporgeschwungen habe, die dummen Deklamationen sein lassen und lieber die Häuser vom Aberglauben befreien.

»Ich habe bemerkt«, sagte er, »daß jetzt in dieser Straße über einigen Haustüren Meerzwiebeln aufgehängt sind, damit die Dummköpfe durch Hexerei, Zauber und Nachtgespenster nicht zu Schaden kommen. Du, Vokoun, wirf sie ihnen herunter, damit wirst du eine nützlichere Tat vollbringen als mit dem Deklamieren, und jetzt los!«

Der schnauzgesichtige und bartlose Jüngling hatte anfangs wenig Lust dazu, denn, weiß der Teufel, Zauber ist Zauber – vielleicht konnte noch ihm selbst – wer weiß –, aber als Hovorka auf Mollers Geheiß die Türpfosten und Haustore beleuchtete, umwickelte

Vokoun seine Hand mit dem Mantel, um mit dem ekligen Teufelszeug nicht geradezu in Berührung zu kommen, und riß die Zwiebeln von der ersten Haustür herunter, und einige Schritte weiter von der zweiten und der dritten. Dann warf er die Zwiebeln übermütig unter seine Begleiter, die mit sichtlicher Befangenheit und in Verwirrung vor dem scheußlichen Hexenwerk, das auf sie herabflog, beiseite sprangen. Bärentatze trat dabei Basilides mit seinem ganzen Gewicht auf den Fuß, so daß Mollers und Vokouns aufklärerisches Beginnen jäh unterbrochen und zunichte gemacht wurde, denn Basilides begann zu fluchen wie der Fuhrknecht vom Grünen Ochsen.

Kukla lehnte sich ärgerlich an die Wand, und Vokoun stieg von seinen Schultern herunter.

Unterdessen hatten einige der guten Jungen eine andre Beschäftigung gefunden, die weniger unbehaglich, aber doch lustig genug war: sie steckten ihre Hirschfänger in die Türschlösser und schraubten sie ab.

Kochan und auch der abgeschleckte Koptiades, die keine Hirschfänger hatten, schmierten Kot von der Straße in die Schlüssellöcher. Ihre Finger fanden die Schlösser auch ohne Licht mühelos, denn die Schlosser, die für die Schlüssel eine handliche Führung aus Blech besaßen und es so nächtlichen Wanderern ermöglichten, ohne Licht nach Hause zu kommen, hatten es damit auch den nächtlichen Windbeuteln leichtgemacht, mit dem Straßenkot in die Öffnung hineinzutreffen.

Man kann nicht sagen, daß sich die Jünglinge bei ihrer Arbeit lange aufhielten. Alles ging rasch vonstatten.

Bald darauf waren sie am Ende der Zeltnergasse angelangt; an der Straßenecke, gegenüber dem Sixtus-Hause, brannten in einem eisernen Korb, der mit einer Kette an einer Eisenstange aufgehängt war, Pechfackeln. Während die Fackeln im Korb, der wie der Maulkorb eines großen Hundes aussah, langsam herunterbrannten, beleuchteten sie matt ein Stückchen Mauer im Umkreis. Einige Studenten wollten da dem Bürger und Defensor der evangelischen Religion, Herrn Theoder Sixtus, ein Ständchen darbringen.

Aber Mollerus wollte nicht. Also gingen sie weiter.

Am Altstädter Ring unterhielten die Gerichtsknechte vor dem Rathaus ein schwaches Licht. Die Knechte selbst waren nicht zu sehen, vielleicht lauerten sie im Tor, vielleicht schliefen sie.

Die jungen Männer schritten zurückhaltend und recht still über den Platz, denn sie hatten das Gefühl, daß es für sie keineswegs günstig wäre, wenn der eine oder andre von ihnen just vor der Prüfung mit dem Nachtlager im Rathausturm vorlieb nehmen müßte. Sie schritten so leichtfüßig einher, daß man deutlich das Geplätscher des Wassers im Marmorgehäuse des Stadtbrunnens unweit des Prangers vernehmen konnte. Die hochaufragenden Giebel der nahegelegenen Häuser neigten sich in der Dunkelheit zueinander, als wollten sie in die Straße herabstürzen, die Giebel auf der entfernteren, gegenüberliegenden Seite wiederum beugten sich zurück, als legten sie sich auf die Dächer; so wenigstens schien es Mollerus.

Die mutwilligen Studenten und Baccalaurei waren kaum um die Ecke gebogen, als sie in der dunklen

Eisengasse wieder anfingen, Radau zu machen. Ihr gelungenstes Stück war, daß sie die kleine, mit Ketten an einem Stein festgemachte Blechtafel herunterholten, auf der aufgemalt war, was der Händler Treytlar, ein Deutscher, verkaufte.

Das gab ein schönes Stück Arbeit, und es dauerte geraume Zeit, bis ihnen ihr Vorhaben gelang. Moller stand in seinem ausgeliehenen Mantel abseits und ärgerte sich über das kindische Spiel. Er hätte die Studenten lieber veranlaßt, vor den rückwärtigen Fenstern des Karlskollegs, wo Kampanus wohnte, mit einer Katzenmusik und sonstigem Lärm Unfug zu treiben und so den verhaßten Professor aus dem Schlaf zu reißen.

Diesmal ließen sich die Studenten aber nicht verleiten. Für sie war der gestrenge Professor keineswegs eine so verhaßte Persönlichkeit wie für Moller.

Treytlars bemalte Aushängetafel schleppten sie bis zum Carolinum. Hier trennten sich zwei Famuli von den übrigen; sie gingen angeblich schon nach Hause.

Einer von ihnen, Mathiades, stieg mit Hovorkas Hilfe geschickt auf das vorspringende Dach, das sich unter dem Laubengang über dem Buchbinderladen wölbte, der sich seit alters her im Kolleg breitmachte. Der Student packte zunächst den Stützpfosten, auf dem das Dach ruhte, dann stemmte er sich an den Schindeln empor, wobei er im Geist Gott anrief, daß keiner der Nägel in den Schindeln nachgäbe.

Oberhalb des Vordachs war das Fenster des Kollegsökonomen, eines ausgesucht braven Studenten, der seinen auf Abwegen wandelnden Kollegen, diesen

Nachtschwärmern, zur Nachtzeit das Haustor öffnete. Auch diesmal schloß er in aller Stille die Tür auf.

Die beiden Famuli drängten sich ins Haus hinein. Moller warf ihnen mit großer Gewandtheit Treytlars Tafel ins Kolleg nach. Die Tafel schlug dröhnend auf die eichenen Fliesen hinter der Haustür auf. »Das hättest du nicht tun sollen!« meinte Knobelius. »Wenn die Magister aufgeweckt werden, wird dabei für uns alle nichts Gutes herauskommen!«

Die übrige Gesellschaft war unterdessen schon im engen Gäßchen, das zum Markt des hl. Havel führte, mit jemandem in Streit geraten.

»Ha, was hat euch der besoffene Kerl da getan?« fragte Moller, der sich um ein paar Schritte verspätet hatte.

»Wir sollen ihn lecken, wo es sich nicht gehört«, gab der Student Kochan zur Antwort.

»Kreuzschwerenot! – Aber was – gebt ihm ein paar Maulschellen zur guten Nacht und kommt weiter!« befahl Mollerus.

Da trat der freche Vokoun an den Einwohner der königlichen Stadt Prag, dessen Gesicht im Dunkeln nicht zu erkennen war, heran und stieß ihn mit der Achsel an.

Der schrie auf voll Wut und Angst: »Laß mich in Frieden, ich tu dir nichts, geht eurer Wege, ihr Bestien, Nachtvögel, Wölfe, Räuberbande, ihr gehört auf die Schulbank!«

»Hört ihr? Haut ihm eine herunter und kommt schon«, wiederholte Moller ungeduldig und befehlend.

Der Mann schlug mit dem Hut und einem Stock oder dem Stiel einer Axt um sich, aber es fiel ihm nicht leicht, von den neun jungen Männern loszukommen, die wie Wespen auf ihn eindrangen.

Der Kampf war nicht so schlimm, und es floß kein Blut, es war bloß eine Neckerei; bald stieß einer der Studenten den Mann mit der Achsel, bald zog ihn ein anderer an der Nase – bis Bergerus mit dem Axtstiel des nächtlichen Wanderers einen heftigeren Schlag auf die Hand erhielt. »Donnerwetter«, schrie er auf und gab den Schlag gleich zurück, daß es nur so dröhnte.

Jetzt erhob der Unbekannte ein fürchterliches Geschrei, schalt sie Dummköpfe, Rüpel, Mörder, so daß es ihm fast die Kehle zerriß.

Dieses Geschrei konnte den Studenten gefährlich werden.

Die ungebärdigen Nachtvögel stoben daher in größter Eile nach allen Seiten auseinander.

Bei den Verkaufsbuden hinter den Tuchläden kamen die Flüchtlinge wieder zusammen.

Knobelius stellte erst fest, daß die Nachtwärter, die die Verkaufsbuden zu behüten hatten, irgendwo schliefen, so daß also seine Kollegen ungestört eine der Buden von ihrem Platz rücken könnten. Die Krämerstühle unter den Lauben zu verrücken sei nichts Rechtes, denn so leichte Stühle könne jeder Betrunkene wegschieben, und vorige Woche, als wir einen nächtlichen Ausflug unternahmen, haben wir ihrer genug von ihrem Platz gerückt und sie mitten in den Weg gestellt, so daß die nichtsahnenden Messerschmiedgesellen dadurch zu Fall kamen. Ich selbst habe ein Stühlchen, in das sich ein Krämerweib Kohlen gelegt hatte, von hier bis zur Kalkmühle in der

Neustadt getragen, ihr erinnert euch doch, da ist also nichts dabei, aber eine der schweren Bäcker- oder Leinweberbuden woandershin zu verschieben, das wäre etwas Neues.

»Worüber dann Kampanus in seiner Historie Verse drechseln könnte«, fügte Mollerus lächelnd hinzu.

Der Vorschlag fand Gefallen und wurde gutgeheißen.

Sie machten sich ans Werk, die Leinweberbude konnten sie aber nicht von der Stelle rücken.

»Da liegt Leinwand drin, und sicher sitzt obendrauf eine Vettel, schwer wie ein Braukessel!« entschied Knobelius. Sie ließen die unbewegliche Bude also sein.

Eine Bäckerbude hingegen brachten sie von der Stelle, als sechs der gelehrten Jünglinge zupackten. Sie schoben sie weithin vor die Reihe der übrigen Buden und freuten sich schon darüber, was die Bäkkerin wohl morgen dazu sagen werde, ihre Bude an die Spitze der übrigen gestellt zu finden, als ob sie einen Kampf gegen die Schuhmacherbuden anführen wollte, die ihr gegenüber standen.

Inmitten des Grünen Marktes, dessen spitze Giebel und schiefe ziegelfarbene Dächer sich nur schwach vom Dunkel des Himmels abhoben, blinkte mit einemmal ein zitternder gelblicher Lichtschein auf und kam langsam auf die Studenten zu.

Denen gab es einen Ruck.

Das Licht näherte sich nicht schweigend. Zwei oder drei Stimmen waren zu hören. Und dazu noch junge Stimmen. Mutwilliges Lachen begleitete den Lichtschein, so wie es bisher die Studenten hatten hören lassen.

Vokoun und Kukla entschlossen sich, zur Erkundung vorauszugehen. Angeblich ging es um junge Burschen, die lateinisch sprachen, in ihrem Latein hörte man zwischendurch hie und da ein »maladetto« und ein »Herrgott« und auch tschechische Worte, alles durcheinander.

»Jesuitenschüler von St. Klement«, meinte Moller und fügte gleich hinzu: »Gebt ihnen einen Denkzettel!«

»Aber wenn sie uns erkennen, was dann?« wandte einer der Zöglinge ein. »Wenn ihnen auch nur einer von uns bekannt ist, dann kommt morgen alles an den Tag, morgen mitten in den Examina.«

»Kukla ist kein Student, er wird ihnen das Licht ausblasen!« verkündete Moller halb tröstend, halb befehlend.

Kukla erklärte sich mit gepreßter Stimme einverstanden und war schon dabei, sich auf allen vieren an die Ankömmlinge heranzuschleichen.

Basilides war das, was sich hier vorbereitete, gar nicht recht. Mochte die Sache nun gut oder schlecht ausfallen, ihm, als Rektor des Kleinseitner Gymnasiums, konnte sie nur Unheil bringen, nämlich den Verlust seiner guten Stelle und den Hühnerstall im Carolinum. Zorn gegen Mollerus erfaßte ihn. Als er sah, daß die übrigen ihre Waffen entblößten und die Hirschfänger und kurzen Stoßdegen in den Händen hielten, während Mollerus nichts dergleichen tat, konnte er sich eine ätzende Stichelei nicht versagen: »Mollerus gibt uns nur gute Ratschläge, aber schlagen will er sich nicht!«

Mollerus zückte schweigend seine Waffe, ohne jedoch seinen Platz im Hintergrund zu verlassen.

Der bärtige Primaner jammerte leise vor sich hin, daß die Sache nicht geheuer sei.

Als Basilides keinen anderen Ausweg sah, riß er sich das seidene Barett vom Kopf und steckte es vorsichtshalber in seinen Ärmel.

Der bärtige Primaner jammerte wieder leise, daß die Sache nicht geheuer sei und daß er keine Waffe habe.

»Alsdann nimm dir einen Stein!« riet Mollerus.

»Nichts dergleichen!« befahl Basilides.

Da erscholl Geschrei, und das Licht verlöschte. Knobelius rief den Ankommenden mit gedämpfter Stimme entgegen: »Wer seid ihr, qui estis?«

»Und wer seid ihr«, war die Antwort.

»Carolini«, meldete sich Knobelius.

»Clementes!« kam als Antwort.

»Jesuiten!«

»Pikarden, Ketzer!«

Die Worte flogen hin und her und fielen schwer wie Steine nieder.

»Wehr dich«, zischte Knobelius, »wenn du der ehrliche Sohn deiner Mutter bist.«

Der Jesuitenschüler waren drei, der Karolinen sieben, den Kleinseitner Rektor und seinen Schüler nicht mitgerechnet.

Von den Jesuitenstudenten bewies nur einer seine Unerschrockenheit: er faßte seinen Degen und umwickelte den Arm mit dem Mantel, wie es die Italiener vor einem Zweikampf zu tun pflegen, er allein gab Antwort, und in kurzen Zwischenräumen konnte man hören, wie er die Zähne hart zusammenbiß.

Die beiden andren zogen sich kampflos zurück,

als sie die Übermacht des Gegners erkannten, und machten bloß in der Luft mit ihren Waffen das Zeichen des Kreuzes, einer von ihnen, der Furchtsamere, bekreuzigte sich mit dem Schwert und zugleich mit der Hand.

Beide Seiten enthielten sich allen Geschreis, sie schienen zu fürchten, daß sie durch Geschrei die Nachtwache oder die Gerichtsknechte herbeirufen könnten, und dann hätten weder die patres Jesu noch der Rektor Magister Kampanus an ihren Studenten Freude erlebt.

»Hundsfott, wehr dich, wenn du der ehrliche Sohn deiner Mutter bist!« wiederholte Knobelius, indem er einen Schritt vorwärts tat und seine Waffe gegen den Schüler des Clementinums richtete, der in einem fort das Wort Ketzer, Ketzer wiederholte.

Seine zwei Kumpanen waren schon fast in der Dunkelheit verschwunden.

»Schöne Helden, einer wie der andere!« sagte Bergerus, und dabei schlug er mit dem Degen nach ihnen, aber mit flacher Klinge, denn er wollte ihnen einen Denkzettel geben, aber ohne Blutvergießen.

»Schlagt sie, was das Zeug hält!« kommandierte Mollerus von hinten.

Der bärtige Primaner, der mit leeren Händen dastand, rief recht laut: »Wir fürchten uns nicht, nicht ein bißchen!«

Da klirrte schon des Knobelius Waffe an die des Jesuitenschülers. Knobelius wehrte hurtig den Schlag ab und stieß zu. Gleichzeitig schlug Bergerus den Deutschen mit der flachen und stumpfen Klinge über den Rücken.

»Da hat dich Gottes Hand berührt!« rief Mollerus spöttisch dem Studenten zu. Der aber folgte im Schutz der Dunkelheit eilends den Seinen nach.

»Ich glaube, ich hab ihm ein Loch in den Rock gemacht, aber ich halt nicht dafür, daß ich ihn gefährlich am lebendigen Fleisch verletzt hab, er hat keinen Laut von sich gegeben und läuft frisch wie der Wind!« So beurteilte Bärentatze seine Leistung.

»Laßt die Narrheiten und kommt, ich gehe!« drängte Basilides und setzte sich das seidene Baccalaureusbiret wieder auf.

Einer der Studenten, der Sohn des Defensors Kochan, meinte ganz aufrichtig: wenn es den Jesuitenstudenten ins lebendige Fleisch getroffen hätte, hätte es ihm nicht geschadet, viele der Jesuitenbrüder seien durch eine Art von Skapulier geschützt, so daß ihnen Waffen nichts anhaben können, und sie seien sozusagen Eiszapfen.

Darauf sagte Mollerus: »Ach was – dann wäre er dageblieben und nicht davongelaufen, ein schöner Eiszapfen! Kochan, du bist dumm wie das Wasserschaffel da, das könnten wir auch ausgießen!«

Sie gossen es also aus.

Dabei beschütteten sie dem Schulrektor Basilides die seidenen Strümpfe an beiden Füßen bis zu den Knien hinauf. Der fühlte sich beleidigt und erklärte, daß er sich in Zukunft von den Studenten fernhalten werde, er liebe wohl Lustigkeit, habe im Ausland die Rechte studiert und wisse, wie dort die jungen Männer seien, was aber heute hier getrieben werde, das sei Narrheit, sie benähmen sich heute wie reißende Bären und Seelöwen.

Unter diesen Vorwürfen gelangte die nächtliche Gesellschaft über das Brückel und das Stadttor auf den Roßmarkt.

Da umringten die Studenten den Baccalaureus, drangen in ihn, baten um Verzeihung und besänftigten ihn, indem sie zu verstehen gaben, daß die Beteiligung der Baccalaurei an solchen nächtlichen Ausflügen für die Studenten der Karlsakademie eine Ehre sei, daß seit Menschengedenken die Schullehrer in Prag mit den Studenten gemeinsame Sache machten und daß es immer und ewig so bleiben werde.

Der Baccalaureus mit den dünnen und nassen Füßchen gab sich zu guter Letzt zufrieden, schlug sich aber doch mit seinem Primaner beiseite und strebte dem Stadttor bei der Brandstätte zu, um von da zur Brücke und nach Hause zu gelangen.

Weit stiller als zuvor schritten die Studenten längs der Marktstände und Kaufläden bei St. Maria Schnee. Vokoun hatte zwar Lust, die Bänke der Kuchen- und Wildbretverkäuferinnen, der Schürzennäherinnen und andrer Händlerinnen umzuwerfen, aber seine Begleiter ließen sich nicht aufhalten.

Bergerus schlug vor: »Wir wollen eine Motette singen für Herrn Kaplíř von Sulevice, der ist ein bekannter Verehrer unseres Vaterlands und unsrer tschechischen Sprache, hier steht sein Haus!«

Der Einfall fand Anklang. Bald einigten sie sich darüber, was sie singen wollten, nur Knobelius bat Berger, mit seinen falschen Tönen nicht alles zu verderben.

Dann begannen sie, so wie sie das Lied im Gedächtnis hatten.

Im Tenor störte Kukla mit seiner hohen und kreischenden Stimme die Harmonie und den Rhythmus. Im Baß brummte Bergerus hie und da falsch dazwischen, im ganzen konnte sich ihr Gesang aber wohl hören lassen. Die drei Stimmen, die wie Rippen eines Kirchengewölbes in einem anmutigen regelmäßigen Stern zusammenliefen, erklangen rührend durch die nächtliche Finsternis über den breiten Graben zur Moldau hin. Fensterläden klapperten, und Köpfe – hier mit einem Häubchen, dort barhäuptig – lugten hervor.

Nachdem die Sänger geendet hatten, gingen sie still und ernst den Graben entlang, um die Rührung des Herzens nicht zu stören, die der alte Kaplíř, der Verehrer des Vaterlandes und seiner Sprache, über die schöne und fromme Motette empfinden mußte. Kaum hatten sie aber dreißig Schritte in der Richtung zur Mikulandergasse hinter sich, da brachen sie plötzlich alle in ein fürchterlich grölendes Gelächter aus.

Kukla unternahm und erbrachte schließlich den Beweis, daß der alte Herr Kaplíř gar nicht in dem Hause wohnte, vor dem sie gesungen hatten, sondern weit entfernt von da in einem andren Hause, daß er – Kukla – ihnen aber nicht ihr löbliches Vorhaben verderben wollte, daß sie ihr Lied zu Ehren der Frau Witwe Veronika Konias gesungen hätten, einer wohlbegüterten Frauensperson, die ungeachtet ihres nicht mehr jugendlichen Alters noch zum Heiraten Lust hatte.

»Allmächtiger Gott«, rief Knobelius entsetzt, »das war also die große weiße Nachthaube, die aus dem Fenster lugte?«

Darauf erscholl lautes und breites Gelächter, und Knobelius bemerkte: »Waschet dem Kukla den Kopf für dieses unbedachte Stückchen, verprügelt ihn, schlagt ihn, werfet ihn in die Lache, damit wir uns an ihm unser Mütchen kühlen – –«

Und schon fielen alle halb ärgerlich, halb scherzhaft über Kukla her.

»Weichet von hinnen –«, schrie Kukla und begann zu laufen.

»Lauf nicht davon!« riefen sie, ihm nachjagend. »Lauf nicht davon! Bekommst nur zwei Kopfstücke auf deinen schamlosen Schädel. Bleib stehen! Lauf nicht davon!«

Aber sie holten ihn nicht mehr ein. Ein Weilchen stampften sie über den holprigen Weg, wobei sie irgendein unstetes Mädchen aus dem Versteck aufscheuchten. Tacitorius stolperte, fiel in den Graben und konnte sich nur mit Mühe wieder freimachen.

Bei dieser vergeblichen Jagd fielen diejenigen von der Gesellschaft ab, die nach Hause wollten.

Die Zöglinge des Rečekkollegs trafen sich schließlich nach einigem Warten an der Haustür.

Mollerus fehlte.

Deshalb warteten sie noch ein Weilchen.

Unterdessen brachte Bergerus, der keine bessere Unterhaltung zu finden wußte, unter dem Fenster neben dem Kolleg dem Kürschnermeister und guten Nachbarn Pulpit und seiner Frau mit furchtbarer Stimme ein Ständchen dar. Närrisch genug sang er, daß die Weiber allesamt ...

Als Mollerus endlich ankam, warf der ungeduldige Knobelius eine Handvoll Sand an das Kollegfenster, und ein paar Augenblicke darauf schlüpften die Zöglinge durch die Haustür.

III

Das Examen

Es war noch früh am Morgen, als Mollerus erwachte. Eigentlich erwachte er nicht von selbst, sondern seine Kollegen, die mit ihm gemeinsam in der geräumigen Stube schliefen, weckten ihn. Aber nicht durch Sprechen, Lärm und Geschrei hatten sie ihn geweckt, wie es sonst der Fall war, denn zum Sprechen, Lärmen und Schreien waren sie heute nicht aufgelegt, sie waren ganz ermattet, nicht bloß der Kopf, sondern auch die Füße schienen nicht ausgeschlafen und waren geschwächt, alles fiel ihnen aus der Hand, der lange Kordulka warf eine Wasserkanne um, Knobelius ließ zweimal seinen schweren Schaftstiefel zu Boden fallen, und dieses Getöse weckte Mollerus.

Das träge Nilpferd Mollerus hatte aber nicht genug Entschlußkraft und festen Willen, um aufzustehen. Er rieb seine schmalen braunen Augen, kratzte sich an der kleinen Nase und blieb im Bett liegen, wobei er ganz ruhig das Treiben der Studenten beobachtete, das sich vor seinen Augen abspielte.

Nur wenn ihn einer der Kollegsflöhe stach – und die Studenten hatten ihrer in den Betten mehr als genug –, machte er eine leichte Bewegung, um den Floh auf einen anderen Weideplatz zu treiben.

Die Studenten sprangen hin und her. Niemand

sprach auch nur ein Wort über die vergangene Nacht. Lange Zeit schwiegen überhaupt alle, zogen sich rasch an, wuschen sich flüchtig und trockneten sich mit dem einzigen, allen gemeinsamen Laken ab, das sie hin und her zerrten und an dem sie vergebens eine noch trockene Stelle suchten.

Nur Měřinský stellte sich dabei noch saumseliger an; als er schon die Beinkleider anzog, hielt er noch ein beschriebenes Blatt in der Hand und schaute alle Augenblicke hinein.

»Ei, was denn –«, ließ sich Mollerus von seinem Bett vernehmen. »Martere deinen Kopf nicht, Kordulka, hast schon Augen wie Pflaumen, das ist doch umsonst, bei deiner dummen Angst wird dir immer die Rede im Hals steckenbleiben, ob du dein Sprüchlein nun heute aufsagst oder übers Jahr.«

»Also?« Knobelius war schon bereit und fragte, »werden wir also die Kollegskutten anziehen oder nicht?«

»Lasset die verrückten Priesterröcke lieber zu Hause, unlängst berieten die Magister in der Akademie darüber, ob dieses Gewand nicht abzuschaffen sei, wenn die Akademie nun erneuert und in besseren Stand versetzt wird; lasset die Kutten lieber da, ich ziehe meine nicht an!«

Die Zeit langte nicht mehr zu großen Beratungen.

»Měřinský, der für uns alle zur Fakultät und zu den Professoren sprechen soll, muß sie anziehen!« wurde eine Stimme laut.

Kordulka legte auch schon die lange Kutte an. Der weite faltige Priesterrock ließ ihn mit einemmal breiter erscheinen, war aber nicht für eine so lange Hopfenstange berechnet; er ließ die langen mageren Beine des Studenten, die in unförmigen alten Schuhen staken, unbedeckt. Ein nicht gerade majestätischer Anblick.

Deshalb ließ sich Mollerus von seinem Bett aus hören: »Geh schon, sonst kommt mich das Kotzen an!«

»Rülps nur, soviel du magst, wenigstens rührst du dich aus deinem Hühnerkorb, du wirst ohnehin zu spät ins Carolinum kommen und von Magister Kampanus eine Zurechtweisung bekommen.«

Měřinský, der sich beleidigt fühlte, sprach ärgerlich und entfernte sich mit seinem Blatt Papier.

Die übrigen folgten ihm rasch nach.

Knobelius zog in einer Ecke noch geschwind seine Barschaft aus dem Beutel und zählte sie mit bekümmerter Miene in die Hand.

»Wieviel hast du?« fragte Mollerus scheinbar nur nebenbei.

Knobelius gab keinen Laut von sich.

Eiligst schüttelte er seine Groschen wieder in den Beutel zurück, ergriff seine Kutte und war auf und davon.

Mollerus schickte ihm ein verächtliches Lächeln nach.

»Mit dem Priesterrock will Bärentatze sich bei den verknöcherten Professoren beliebt machen, diese Schwäche ist mir an ihm noch mehr zuwider, als daß er mir nicht einen Groschen lieh.«

So redete Mollerus im leeren Zimmer mit sich selbst. Aber er war schon aufgestanden. Erstaunlich schnell bekleidete er seinen rundlichen sündigen Leib. Schon hatte er die abgewetzten Tuchstrümpfe sowie die Hosen an, die er mit einem knotigen Strick zusammenschnürte, und gleich darauf auch den Rock; etwas länger dauerte es, bis er unter den Sachen seiner Kollegen eine Halskrause fand, die weniger schmutzig war als das zerknitterte spitzenbesetzte Stückchen Leinwand, das er selbst besaß.

Zuletzt zog er einen langen Sommerrock über das Wams: ohne Überrock getraute er sich nicht zu kommen, um in den Augen der Professoren nicht als Windbeutel zu erscheinen.

Eine bejahrte, etwas gebückte Frau, die Köchin des Rečekkollegs, betrat die Schlafkammer der Studenten.

Als sie eintrat, trug sie ein rauchendes Bündelchen glimmenden Wacholders, um mit dem duftenden Brandgeruch die stickige Luft zu vertreiben, die die Studenten zurückgelassen hatten. Vorläufig gelang es ihr jedoch nur, Mollerus auszuräuchern.

Dieser stieg aus dem Stockwerk in den unteren Saal hinunter, wo die Studenten zu essen pflegten. Der helle Junge bemerkte sofort, daß die Kollegen heute weder die Gesangsbücher noch andre Schmöker auch nur angerührt hatten, daß sie also in Eile und ohne zu beten gegessen hatten.

Die Studenten waren schon fort.

Mollerus aß im Stehen einige Löffel von der Biersuppe, die in der Schüssel für ihn übriggeblieben war, fischte ein paar geröstete Brotscheibchen heraus und machte sich sogleich auf den Weg. In der Tür sagte er zur Köchin, die den verglimmten Wacholder trug, daß ihre Suppe ein Schlangenfraß sei, wie Powidelwasser, das nur Bauchweh verursache, und daß er das bei den Prüfungen nicht brauchen könne.

»Freilich, freilich«, erwiderte die Alte, »zur Zeit der Prüfungen haben unsere Studenten auch ohne Schlangenfraß Bauchweh, besonders so brave wie Herr Moller.«

Mollerus hörte ihre giftigen Reden nicht mehr. Mit breit ausholenden Schritten, aber doch etwas schneller als sonst, bog er vom Rečekkolleg in die nächste winklige Gasse ein. Den kleinen Häuschen, die sich von der Moldau her dahinziehen, schenkte er keine Aufmerksamkeit: heute sah er nicht den schiefen Giebel des Krocín-Hauses, bemerkte nicht die übelriechenden Winkel zwischen den Häusern, die finsteren Stiegenhäuser und die feuchten Höfe. Kaum daß er hie und da die zerzausten Frauenzimmer beachtete, die, jung und alt, bei ihrer morgendlichen Arbeit hin und her liefen. Bald stieß ihn ein Hausknecht mit seinem Schubkarren voll Kehricht fast in den Rücken, bald mußte er irgendeiner wild aussehenden häßlichen Frauensperson ausweichen, die wie von Sinnen ein ausgeliehenes Stück glühender Kohle trug, um im eigenen Herd Feuer zu machen, und es deshalb eilig hatte.

Er ging am Friedhof vorbei, hinter dem die niedrige armselige Bethlehemskapelle stand, die, vorn auf drei Pfeiler gestützt, auf ein kleines Plätzchen hervorblickte. Er bemerkte wohl ihre abgeblätterten Mauern sowie daß in den spitzen Fenstern Steinstückchen fehlten, und er dachte sich, daß die Kapelle in diesem Zustande den Defensoren des Glaubens und den böhmischen Ständen keine Ehre mache. Schade, daß er nicht daran gedacht hatte, als er mit Herrn Theodor Sixtus sprach, denn der gelehrte Tuchmacher gehörte auch zu den Defensoren, und er, Moller, hätte es ihm gern vorgehalten.

Als er zum Sladkýschen Bräuhaus kam, hatte er schon andere Schrullen im Kopf.

»Das ist jetzt alles eins«, sagte er sich, um sich zu trösten, »was ich weiß und kann, das kann ich, und wenn mich das Glück nicht verläßt, werde ich wohl kein Lazarus sein.«

Dann sagte er sich wieder, daß dessen nicht allzuviel sei, was er wisse, aber alles kann man nicht wissen, tröstete er sich, die Kollegen würden schon helfen; nur die schriftliche Rhetorik, wie die wohl ausfallen wird, auf die Jungfer Lisbeth, auf ein Frauenzimmer, kann sich der Teufel verlassen – – –

Am Brückel wurden seine Gedanken durch einen Menschenauflauf und das Geschrei der Buben unterbrochen, die fröhlich einen wie wütend über das holprige Pflaster rumpelnden Wagen begleiteten.

Der Knecht des Vogts führte darin schlechte, verdorbene Ware weg, ranzige Heringe, die er den Händlern aus den Bottichen genommen hatte. Er fuhr die Fische zur Moldau, um sie nach althergebrachtem Recht ins Wasser zu werfen.

Der fröhliche Auflauf hielt den Studenten ein wenig auf. Mollerus streckte deshalb seine dicken Beine, und als er die St.-Havel-Schule und die Gemeindeküche, aus der der Geruch von Kuttelfleck drang, hinter sich hatte, erblickte er das Ziel seines Weges, das altehrwürdige Carolinum, er sah die drei Ecktürmchen, von denen eines schief stand, den großen Erker, der wie das offene schwarze Maul des Walfischs aussah, der einst den Jonas verschluckte und der auch ihn bei den Prüfungen im Frühjahr verschluckt hatte; ihm entgingen nicht die grauen Mauern des berühmten Kollegs und das Dach, das hier mit roten Dachziegeln, dort mit bläulichem Schiefer ausgeflickt war, wie der Mantel jenes Bettlers, der in seinem zweirädrigen Karren an der Wand von St. Havel dem Carolinum gegenübersaß und um Almosen bat.

Im schnellen Fortschreiten bemerkte Mollerus auch einige zerbrochene Fenster, die sehnsüchtig darauf warteten, daß der Probst des Carolinums oder die Herren Defensoren einige Schock runder Glasscheiben einsetzen ließen.

Im Laubengang des Kollegs öffnete der Apotheker eben seinen Laden. Auch der Buchbinder ließ gerade den Fensterladen herunter, und die Töpfersfrau an der Traufe des Kollegs stellte ihre Töpfe und Krüge aus, wobei sie dem Apotheker zornig etwas zumurmelte.

Mollerus blieb in dem schmutzigen, verstaubten Haustor stehen, dessen ursprüngliche Farbe kein menschliches Auge mehr wahrnehmen konnte.

Als er stehenblieb, holte der Pedell Gottlieb Jičinský eben die Ankündigung der Baccalaureatsprüfungen herunter.

Mollerus kannte diese Ankündigung gut, hing sie doch drei Wochen lang da, wie an dem geschwärzten Papier deutlich zu erkennen war. Jičinský legte das verunreinigte Intimat des Dekans auch mit aller Vorsicht zusammen, um seinen schwarzen Pedellentalar nicht zu beschmutzen.

Moller kannte das Intimat, und volle drei Wochen hindurch war es die Zielscheibe seiner Spottreden gewesen. Anfangs erschien es ihm lächerlich, das Wort Baccalaureus von bacca laurea – Lorbeer der Gelehrsamkeit – abzuleiten; dann machte er sich über die Ankündigung lustig, wonach die Professoren die Studenten nicht etwa deshalb zur erwünschten Belohnung ihres Fleißes aufriefen, um ihnen Geld abzunötigen, wie das dumme Volk behauptet, denn die Gebühren für die Prüfungen seien seit jeher nur gering, obgleich der Preis aller Waren seither ungeheuerlich gestiegen sei.

Schließlich belustigte ihn auch die zum Schluß an die Studenten gerichtete Ermahnung zum häufigen Wiederholen, damit diese bei den Prüfungen nicht als Zuflucht ihrer Faulheit und Unkenntnis auf die Milde der Professoren angewiesen wären.

Gerade diese Worte über Faulheit und Unkenntnis sah Mollerus noch einmal, als der Pedell endlich das Papier zusammenlegte.

Aber jetzt schienen sie ihm nicht mehr zum Lachen.

Er fragte den Pedell, ob die Fakultät schon beisammen sei.

»Wißt Ihr, wißt Ihr, sie ist noch nicht beisammen!« antwortete mit hurtiger Zunge Jičinský, der dünn war wie ein Schnürsenkel und lebendig wie Quecksilber, mit seinem zusammengeschrumpften, aber durchaus nicht alten Gesicht. Das schmale lange Bärtchen, das einem wirklichen Ziegenbart glich, ließ ihn größer erscheinen, als er in Wirklichkeit war.

»Nun, das ist mir eine schöne Ordnung!« begann

Mollerus zu kritisieren, »wir wurden für sechzehn Uhr bestellt, und die Herren Professoren sitzen noch hinterm Ofen; und was treibst du denn, du Strick von einem Pedell, deine Beinchen bewegen sich ja wie auf Stelzen, wir haben uns schon lange nicht gesehen, man sagt, daß du geheiratet hast. Ist das Mädel auch so spindeldürr wie du? Du bist mir ein schöner Bräutigam! Zur Hochzeit hast du mich auch nicht eingeladen!«

In diesem Augenblick trug ein rothaariger Hausknecht mit blauer Schürze die Tafel des Kaufmanns Treytlar aus der Einfahrt des Kollegs.

Mollerus war wie vom Blitz getroffen.

»Was will der Onkel da?« fragte er Jičinský und gleich darauf auch den Hausknecht: »Was soll's damit?«

»Ei, die Herren Studenten haben uns Bescheid geben lassen, daß irgendein Lotterbube und Lump ihnen nachts unsere Tafel hereingeworfen hat und daß sie sie als ehrliche Nachbarn gerettet und aufbewahrt haben; deshalb hat mein Dienstherr mich ausgeschickt, sie zu holen.«

»Wißt ihr, wißt ihr«, meldete sich die dünne Stimme des Pedells, »das ist wunderlich.«

Mollerus hörte nicht mehr auf ihn; wenn die Kollegen dem Kaufmann Bescheid geben ließen, dann führten sie sicherlich etwas im Schilde, aber er selbst, Mollerus, hätte die Tafel lieber hinter der Tür gelassen.

Unter solchen Erwägungen schritt der rundliche Mollerus durch die Einfahrt, die voll Kehricht war; im Hofe traf er die Magd der Kollegsköchin, die gerade einen Eimer Wasser in die Professorenküche schleppte. Sie war ein hübsches Mädchen. Heute hatte Mollerus keine Lust, die Magd auf der Stiege zu kneifen.

An seine Ohren drang wilder Lärm und Stimmen, die seine Aufmerksamkeit fesselten.

Auf dem Flur vor dem Sommer- und dem Winterauditorium standen in Gruppen mindestens dreißig Studenten beisammen, da gab es über dreißig Gesichter und Köpfe, und alle waren verschieden. Die Kandidaten lärmten in gedämpften oder auch recht lauten Gesprächen, man hörte Flüstern, Rufen und Schreien.

Das waren die Schulsukkursanten, »Kollegen« oder Hilfslehrer, die von den Schulen in Prag und aus allen Winkeln des böhmischen Landes gekommen waren, einige fast noch Bübchen, andere gesetztere Jünglinge, schwarzköpfig und blondhaarig, kurz geschoren oder mit langen Haarsträhnen, einige wie stutzerhafte Bürgersöhnchen gekleidet – bloß den Hirschfänger und den Zierdegen hatten sie heute zu Hause gelassen oder im Wirtshaus – andre wiederum standen da in abgetragenen Gewändern und altem, abgetretenem Schuhwerk.

Hie und da flatterte die schwarze Kutte eines Prager Kollegsstudenten dazwischen.

Einer aus der Gruppe warf hin: »Ich kann nur kärglich bezahlen, ich habe wenig!«

»Ich ebenso, habe Schulden gemacht, der Pfarrer hat mir geborgt!«

In einer anderen Gruppe beklagte man sich über die Schulkost und den Schulmeister: »Die Nachbarn sind bei uns Geizhälse, Rindviecher, sie schicken uns Abfälle als Kost in die Schule!«

»Wenn ihr erst sehen würdet, in was für einem Loch wir an der Schule in Pardubice wohnen!«

Solche und ähnliche Reden flogen hin und her.

Im Winkel am Ende der Galerie, unter dem Verschlag, in dem der vorige Rektor Bachacius seine Tauben hielt, hatte Mollerus schon einen wohlgenährten gesunden Studenten angepackt und überredete ihn nun, die paar Groschen herzuleihen, die ihm zur vorgeschriebenen Gebühr fehlten.

Der Student bekannte freimütig, daß es Magister Kampanus in eigener Person war, der ihm selbst und dem Adam dort je ein Schock Groschen geborgt hatte, das sie zurückzahlen sollten, wenn sie eine bessere Stelle erlangt hätten, und daß er das Schock deshalb nicht leichtsinnig ausgeben dürfe.

Moller machte eine Grimasse, aber gleich darauf war er wenigstens zum Schein wieder guter Laune, denn als der dünne Pedell Jičinský eben vorbeiging, richtete Mollerus an ihn die fröhliche Frage, ob er, Jičinský, es gewesen sei, der nach dem Tode des Rektors Bachacius die Tauben von da weggefangen und sie zum ewigen Andenken an den Magister und zu Ruhm und Ehre der Akademie in Gesundheit verzehrt habe.

Jičinský wurde zornig. Er fuhr wild auf und fuchtelte mit seinen langen Händen.

»Weißt du, weißt du«, stieß er mit hoher, raunzender Stimme hervor, »laß deine Anzüglichkeiten, deinen Witz, du wirst ihn noch sehr nötig haben, weißt du, ich war auch Studiosus, war Kollege in der

Schule von St. Nikolaus, ich weiß mehr als mancher von euch, wißt ihr, wißt ihr –«

Dabei umringten ihn die ausgelassenen Kumpane, denen die Unterhaltung mächtigen Spaß bereitete.

Da erscholl von der Treppe her ein Zeichen, das die Übermütigen zur Ruhe mahnte. Professor Skála von Kolinec, ein ungefähr fünfzigjähriger Mann mit schleppendem Gang und wachsgelben, fast leichenfarbenen Wangen, kam; er trug einen violetten Talar und hatte ein rotseidenes Magisterbirett auf dem spärlich behaarten Kopfe.

Die Studenten zogen ihre Hüte und Mützen, die alle möglichen Formen und Farben hatten.

Skála schleppte sich zwischen den Gruppen der jungen Männer hin, den Blick auf den Boden gerichtet und ohne sein Birett auch nur zu berühren.

Als Skála das Winterauditorium betrat, wo bei den Prüfungen die Beratung stattfinden sollte, sagte Mollerus recht laut zu den Studenten: »Der schaut gerade so drein, als wenn er Werg essen täte, das ist einer von den überklugen Herren, die aus allem ihren Gewinn ziehen wollen. Werg ißt er!«

Dann zerstreuten sich die Studenten wieder. Nun kam Troilus, ein stattlicher, schwarzbärtiger Mann, von dem Mollerus behauptete, daß er wie ausgestopft einherschreite.

In diesem Augenblick wurde die Tür des Auditoriums geöffnet, und Dekan Nudožerský forderte die Kandidaten lateinisch auf, einzutreten und sich dem Dekan und der Fakultät vorzustellen.

Die Jünglinge folgten ihm in den Saal. Teils

drängten sie sich in die Bänke, teils stellten sie sich rings um sie auf.

Dekan Laurenz Nudožerský, ein bewegliches, glatzköpfiges Männchen von kleinem Wuchs, sagte zu den Studenten, er hieße sie herzlich willkommen, da sie so zahlreich pro prima laurea erschienen, müsse aber sein Mißfallen darüber kundtun, daß die Vorbereitung zur Baccalaureatsprüfung nach alter Sitte nur sehr kurz, nicht einmal ein Jahr dauere, mancher sei kaum ein halbes Jahr an der Akademie und wolle schon Baccalaureus werden, obgleich er noch nichts wisse, daß dieser Mißbrauch aufhören müsse, daß die Herren Professoren und die hochverehrten, von den böhmischen Ständen gewählten Herren Defensoren die Reformation der altehrwürdigen Akademie vorhätten und daß dies ebenso wie andre üble Gepflogenheiten aufhören müsse. Er schloß mit einer Begrüßung aller Anwesenden.

Vom Katheder ließ sich Professor Skála hören und sagte mit schneidender, zittriger Stimme, er habe eine größere Zahl von Kandidaten erwartet, auch habe er gehört, daß aus Kuttenberg kein einziger Sukkursant da sei. »Ist Vokal hier? Wie? Ist er hier?«

»Nein!« hörte man eine starke jugendliche Stimme im Hintergrund.

»Und warum nicht?«

»Er hat in Prag nichts zu beißen!«

Dieses Zwiegespräch, in dem Skálas Habgier deutlich genug zutage trat, mißfiel Nudožerský, und deshalb sagte er: »Er hätte um Nachsicht ansuchen können«, und gleichzeitig winkte der Dekan schon Měřinský zu sich, der bleich wurde wie die Wand.

Skála schnitt eine widerliche Grimasse und betrachtete das schmutzige Fenster.

Měřinský trat einen Schritt vor die Gruppe der übrigen Studenten und sagte – an seinem abgewetzten kurzen Kollegstalar zerrend – die übliche lateinische Rede her, daß alle Anwesenden bereit seien, sich der Zensur der gelehrten Herren Professoren zu unterwerfen, und um die Zulassung zu den Prüfungen bäten.

Während der Rede trat Magister Kampanus ein.

Er war ein hochgewachsener Mann, das Bild männlicher Kraft, mit so ruhigem und männlich schönem Gesicht, daß es schien, als könnte der Ausdruck von Zorn, Schmerz oder Leidenschaft in diesem Gesicht keinen Platz finden. Das ganze Äußere dieses Mannes, der kaum über die vierzig hinaus war, zeigte eine ungewöhnlich harmonische Mischung von Würde und Herzlichkeit.

Schon in der Tür heftete er seinen Blick auf das Häuflein Studenten, und als er sein seidenes Biret abnahm, schien er ihnen gleichsam mit stummem Gruß zuzuwinken. Dann blieb er im Rücken des langen Kordulka stehen, vielleicht um diesen nicht bei der Rede zu stören, und spielte mit seinem langen schmalen Spitzbart, in dem schon mancher Silberfaden schimmerte.

Nach der Rede des Studenten fiel die ganze Versammlung samt den Professoren auf die Knie.

Nur Skála blieb auf seinem Stuhl sitzen und beugte sich ein wenig vor, und Mollerus hockte sich nieder.

»Veni sancte Spiritus –« erscholl es in mächtigem Choral. Der majestätische Gesang der jugendlichen ehernen Stimmen erfüllte den alten Saal und drang weit hinaus; die Stimmen des Chorals klangen bald harmonisch aus, so daß das Gebet der jungen Leute zum Heiligen Geist mit einem schönen Akkord endete.

Nach dem Gebet wurden die Kandidaten hinausgewiesen, damit die Fakultät darüber beraten könne, wer nach dem Status zu den Prüfungen zugelassen und wer ausgeschlossen werden sollte.

Beim Hinausgehen gab jeder dem Pedell ein Stückchen Papier, nämlich das Verzeichnis der Vorlesungen, die er besucht, und der Disputationen, an denen er teilgenommen hatte.

Die sechs Professoren blieben im Saal, und der jüngste von ihnen – Magister Vratislavský genannt – rückte mit dem Pedell den langen Tisch von der Wand weg, so daß die Magister sich zur Beratung setzen konnten.

Sie ließen sich nieder und blätterten in den Papieren, die die Studenten abgegeben hatten. Die neue deutsche Uhr tickte ruhig über ihren Häuptern, während die altböhmische Standuhr in einem engen und gleichsam kahlen Kasten der Ecke stand und stillschwieg; ihr toter, schwarzer Zeiger wies die vierundzwanzigste Stunde.

Der Pedell las die einzelnen Namen vor, alles ging rasch vor sich, der einzige, der durch Saumseligkeit und nicht enden wollende Einwendungen und Erklärungen aufhielt, war der alte Skála. Besonders langatmig wehrte er sich jedesmal, wenn der Dekan oder der Rektor bekanntgaben, daß diesem oder jenem Studenten die Mittel fehlten, um die Prüfung zu bezahlen.

Skálas leichenähnliches Gesicht nahm dann gewöhnlich plötzlich Farbe an, und seine Augen funkelten lebhafter; venia oder Befreiung sollte seiner Meinung nach allen abgeschlagen werden, aber gegen die Stimme von Kampanus und Nudožerský, die die übrigen Magister mitrissen, blieb er jedesmal in der Minderheit, und es dauerte dann immer eine Weile, bis er aufhörte, mit seiner vertrockneten, behaarten Hand auf den Tisch zu trommeln. Ein Weilchen später mußte er aber wieder mit seinem Trommeln beginnen, denn allzu viele der jungen Leute verlangten veniam.

Unter ihnen waren besonders alle jene Alumnen, die in der vergangenen Nacht in Prag ihr fröhliches Unwesen getrieben hatten.

Als Mollerus an die Reihe kam, zog sich die Beratung am längsten hin.

Der Dekan, der in der heutigen Sitzung als erster seine Stimme abgab, sagte kurz, daß Mollerus die übrigen verderbe und daß ein räudiges Schaf den ganzen Schafstall anstecke, daß er aber dennoch nicht gegen die Befreiung wäre.

Von allen Seiten waren Klagen zu hören.

Kampanus, dem die zweite Stimme zufiel, gab seine Ansicht kund: »Er hat wohl manches Häkchen, manchen Makel an sich, das ist sicher, im Vorjahr war er mein Famulus, ich mußte ihn davonjagen wegen seiner Faulheit und seines vorlauten Wesens, er tat mir leid, er ist der Sohn eines Bauernknechtes, und von jung auf hat er nur Elend gekannt. Im Frühjahr haben wir ihn durchfallen lassen, er ist also schon genug gestraft. Dabei ist er hell im Kopf, hat nie gearbeitet, alle Aufgaben haben andere für ihn gemacht, bevor er zu mir kam, war er eine Zeitlang Gehilfe in der Schule in Slaný. Alle Kollegen und die ganze Schule hat er arg verurteilt, aber selbst hat er nichts zur Besserung beigetragen, andere hat er übel beredet, aber selbst wollte er nichts tun; er ist von phlegmatischer Veranlagung, ist – verzeiht mir, Magister, mein lieber Freund (dabei wandte er sich an Nudožerský) – Slowake wie du, aber von ganz anderem Schlag, du bist wie Quecksilber, er aber wie ein Erzblock und dabei nicht vom reinsten Erz. Es verdrießt mich, ihm ständig den Fürsprecher zu machen, aber diesmal bitte ich euch noch um Nachsicht für ihn, mag ihm venia zuteil werden und vergönnt sein, er ist nicht dumm, und wenn er einmal sich selbst findet, dann kann er der Gelehrtengemeinde von größerem Nutzen sein als mancher andre.«

Dem Alter nach war es nun an Skála, seine Stimme und sein Urteil abzugeben.

Der strich sich mit der behaarten, vertrockneten Hand über das spärliche Grauhaar und sagte: »Ich fühle mich nicht verpflichtet, solchen Burschen das Zahlen zu erlassen.«

Dabei legte er seine Rechte auf den Tisch und schickte sich zum Trommeln an.

Als die übrigen Professoren ihre Stimmen abgeben sollten, sprachen sie eigentlich weder dafür noch dagegen. Sie bestätigten, über Mollerus nichts Lobenswertes gehört zu haben, angeblich beschwere er sich über seine Armut, verlange Nachsicht, aber dabei spiele er Karten. Schließlich erklärte jeder, mit den älteren Magistern stimmen zu wollen.

Magister Vratislavský, der jüngste der Herren, bemerkte mit bescheidenem Lächeln, er kenne Mollerus nicht gerade als fleißig, aber Karten spiele er vielleicht nur deshalb, um zu etwas Geld zu kommen. Er selbst werde mit der Mehrheit stimmen.

Kampanus begann von neuem seine Fürsprache und fügte noch hinzu: wenn er sich vorhin über das kalte, phlegmatische Temperament des trägen Mollerus beschwert habe, so müsse er jetzt anderseits erklären, welchen Eindruck dieses Phlegma auf ihn mache. »Als er letztlich bei der Prüfung wegen Mangels an Kenntnissen abgewiesen wurde, nahm er diese in der Akademie seit vielen Jahren unerhörte Schande mit Ruhe und schweigend hin; ein anderer mit heftigerer Veranlagung hätte uns Schwierigkeiten gemacht, hätte uns sicherlich mit Bitten, Schreien und Weinen zugesetzt; Mollerus trug den verdienten Schicksalsschlag mit rührender Würde und Ergebenheit in Gottes und unseren Willen; ich habe diese Art von Geduld schon an einigen Slowaken bemerkt, und sie macht auf mich einen rührenden Eindruck. Ich bitte für Mollerus, daß ihm die venia erteilt werde; wenn er sie nicht bekommen sollte, werde ich selbst das Schock Groschen für ihn bezahlen!«

Skála trommelte auf den Tisch und verzog häßlich die Lippen.

Dann wurde durch Handaufheben abgestimmt, und Mollerus wurde von der Prüfungstaxe befreit, aber die Nebengebühren sollte er bezahlen, ebenso wie die übrigen Studenten.

Bei den übrigen Studenten wurde rasch alles zu Ende verhandelt.

Die Studenten traten wieder in den Saal.

Auf dem Fuße folgte ihnen der Pedell mit zwei Famuli des Carolinums; in den Armen trugen sie irgendwelche bläuliche Fetzen, die sie auf die Bänke legten.

Der Dekan fragte die Kandidaten der Reihe nach, ob sie ehrlicher, ehrbarer Geburt seien.

Als die Reihe an Mollerus kam, antwortete er: »Ich glaube schon!«

Durch die Menge ging ein Raunen. Einigen gefiel eine solche unbestimmte Antwort, sie fühlten den zweideutigen Humor heraus, anderen schien sie ein wenig frech.

Skála streckte seinen geäderten Hals vor, daß er fast platzte, Kampanus blickte um sich; der jüngste Professor hatte seine Freude daran.

Der Dekan winkte nur unwillig mit der Hand. Das war alles.

Als dann einer nach dem anderen mit schweigendem Handschlag dem Dekan und der Fakultät gelobte, in allem und jedem das Statut einzuhalten, erklärte der Dekan, daß alle zur Prüfung zugelassen seien.

»Ihr seid mit gutem Mut und Vorhaben gekommen«, sprach er ernst, »trachtet also in Gottesfurcht zu bestehen, bewahret Ruhe, Ernst und Ehrbarkeit, suchet nur gute Gesellschaft auf, kleidet euch anständig, legt die Epomis an, als Zeichen dessen, daß ihr zu den Baccalaureatsprüfungen eingeschrieben seid, damit ihr so auch andere ansporenet, die Frucht der Minerva zu gewinnen; bewahret das Prüfungsgeheimnis, lachet nicht über die Antworten eurer Mitschüler, lachet nicht über die Argumentation der gelehrten

Herren Magister; wenn etwas Derartiges vorkommen sollte, könnten wir nicht ruhig zusehen. Wer nicht zur festgesetzten Zeit zur Prüfung erscheint, bezahlt zur Strafe zwei Groschen, das ist alter Brauch, und den werden wir einhalten, weil er weise ist. Legt nun die Epomis an und geht in stubam facultatis!«

Im Handumdrehen entfalteten die Studenten die gezipfelten, sonderbaren, kleinen, bläulichen Tuchflecken und bedeckten damit ihre Schultern. Dabei waren sie ganz und gar nicht still. Diejenigen, denen ein Knopf oder ein Schnürchen fehlte, polterten laut genug und ließen es an Vorwürfen gegen den Pedell nicht fehlen.

Dieser stand bei einem Tischchen an der Tür und kehrte sich nicht an die Vorwürfe der Studenten, sondern forderte vielmehr die Kandidaten auf, nach altem Brauch ein kleines Geschenk für die Herren Professoren in ein Schächtelchen zu legen.

»Wißt ihr, wißt ihr, munusculum!« rief er alle Augenblicke mit seinem dünnen Stimmchen und wies auf das Schächtelchen.

Beim Verlassen des Saales warf jeder der Kandidaten ein paar Groschen in das Schächtelchen, der eine mehr, der andere weniger und einige überhaupt nichts. Mollerus, der in der Epomis eines Baccalaureus – bis auf das breite Spitzbärtchen – wie ein Kanonikus aussah, sagte, statt ein Geschenk zu geben, zu Jičinský: »Du Spindeldürrer stehst hier an der Tür wie der Zyklop, der die Schafe aus der Höhle herausließ und dabei ihr Fell betastete, an mir wirst du aber nichts ertasten, ich schlüpfe dir durch wie Odysseus dem Zyklopen.«

Damit verließ er gleich den übrigen den Fakultätssaal.

Bei diesen Worten Mollers blickte der Pedell Jičinský mit ohnmächtiger Verzweiflung im Gesicht zu den Professoren hin.

Die aber hörten und sahen nichts. Sie steckten die Köpfe zusammen, um Kampanus anzuhören, der gerade entschied, daß außer ihm selbst noch zwei weitere Professoren als Examinatoren wirken sollten – er nannte Skála und Vratislavský – und gleich darauf gelobten die beiden Auserwählten schweigend in die Hand des Rektors, die Kandidaten gerecht beurteilen zu wollen.

Wiederum fiel die Versammlung im Fakultätssaal auf die Knie, und in machtvollen Klängen erscholl der Choral: »Veni sancte Spiritus –«

Bei der Einteilung der Gruppen wurde Mollerus Měřinský zugeteilt, und darin sah er ein günstiges Vorzeichen des Schicksals.

Es wurde ihm leichter ums Herz.

Die Prüfung aus Orthografie ging rasch vorbei. Eine Gruppe nach der anderen setzte sich zum Tisch und trat bald darauf wieder ab. Etwas länger dauerte die Prüfung aus Religion. Die Magister fragten nach den einzelnen Lehrsätzen der Böhmischen Konfession der utraquistischen Partei. Dabei bestand Mollerus besser als die anderen. Kampanus flüsterte Nudožerský zu, daß der Mann sich offensichtlich lange in Mähren unter den Böhmischen Brüdern umhergetrieben habe. »Hörst du, er spricht, ebenso wie die Brüder, vom Glauben als einer Gabe Gottes.«

»Gott zum Gruße!« ertönte es in der Tür, durch die ein breitschlächtiger, fettleibiger Mensch eintrat.

Pedell Jičinský machte bloß zwei schnelle Schritte vom Tisch weg und drängte den fettleibigen Mann aus dem Fakultätssaal auf den Gang hinaus, wo er eine Weile mit ihm unterhandelte.

Das dünne »Wißt ihr, wißt ihr« des Pedells drang schwach bis zum Tisch, wo die Prüfung stattfand. Der Fettleibige ließ sich sichtlich nicht so leicht vertreiben, denn endlich rief er mit schon sehr lauter Stimme, er müsse mit dem Herrn Rektor sprechen, sei es auch nur auf ein oder zwei Worte.

Kampanus ließ die Prüfung sein und ging hinaus.

Die Schuldigen erkannten wohl auf den ersten Blick die fettleibige Figur des Gerbers, des Nachbarn und Stadtverordneten Magerkraut, den sie tags zuvor aus dem Wirtshaus hinausgetragen hatten. Vokoun, Měřinský und besonders Knobelius, aber auch alle übrigen zuckten arg zusammen.

Nur Mollerus ließ sich nichts anmerken.

Měřinský lehnte sich lang an die Wand hin und stöhnte leise: »Das habt ihr angezettelt! Das wird mein Unglück sein!«

Dabei trat ihm der Schweiß in Tropfen auf die Stirn, und die Augen gingen ihm noch mehr als sonst über.

»Schwätz nicht, Schwatzkopf«, sagte Mollerus leise, aber mit der Entschiedenheit eines Befehlshabers, »schwätz nicht, und das zweite, was du zu tun hast, ist: steck deine Augen ein bißchen zurück, du rollst sie wie ein Krebs heraus, und daran erkennt dich dieser Mistkäfer gleich, wenn er jetzt reinkommt!«

Der lange Kordulka stöhnte nochmals auf.

»Ein Donnerwetter über dein feiges Herz!« zischte Mollerus und kehrte ihm den Rücken zu.

Knobelius schüttelte seinen Talar und dankte im Geiste der göttlichen Vorsehung für die Eingebung, heute den Talar angezogen zu haben, obgleich er dazu wenig Lust gehabt hatte, denn so wird Magerkraut, der noch dazu ein Gerstenkorn am Auge hat, nicht imstande sein, ihn zu erkennen; im übrigen, wer weiß, ob ihn Kampanus in den Saal führen wird, da doch die Prüfungen stattfinden!

Den anderen verschlug es die Rede; Koptiades, dessen Haar bisher hübsch zurückgekämmt und glatt gebürstet war, fuhr sich in seiner Aufregung mehrmals über den Scheitel.

Kaum hatte Mollerus seinen Freunden den Befehl erteilt, auseinanderzugehen, sich zu zerstreuen und in den übrigen Gruppen zu verschwinden, trat auch schon Kampanus mit betrübtem und verdüstertem Gesicht ein.

Er setzte sich und winkte, in der Prüfung fortzufahren.

Während der Prüfung irrten seine Blicke von Zeit zu Zeit über das Gesicht dieses und jenes Studenten, den er als leichtfertig kannte. Am durchdringendsten blieb der Blick des Rektors auf Mollerus haften, aber der rundliche Knorren hätte mit seinem eisigen Phlegma auch durchdringendere Augen als die von Kampanus abgewehrt oder durch seine Ruhe unsicher gemacht.

Als die letzte Gruppe die Prüfung beendet hatte, verkündete der Dekan, daß die nächste Prüfung morgen um achtzehn Uhr stattfinden werde.

Rektor Kampanus ordnete gleich darauf an, daß die Kandidaten aus Prag, namentlich die Alumnen, die in den Kollegien von Reček und St. Hedwig wohnten, sowie die Famuli der Herren Professoren im Saal zurückzubleiben hätten, während die übrigen Kandidaten in Gottes Namen ihren eigenen Angelegenheiten nachgehen und sich zur morgigen Prüfung rüsten durften.

Als die auswärtigen Unterlehrer und Schulhelfer weggegangen waren, legte der Rektor die Hände ineinander und sprach voll Bitterkeit: »Es wird euch immer wieder in Erinnerung gebracht, daß ihr den Leuten zur Freude und nicht zum Ärgernis gereichen sollt. Gestern nacht verursachten aber einige von euch ein großes Ärgernis, beleidigten einen Nachbarn und ehrbaren Bürger schwer bei einem nächtlichen Trinkgelage, das an und für sich schon untersagt ist. Sogar ein Blinder kann einigen von euch ansehen, daß der Verdacht auf euch fällt!«

Dabei durchbohrten seine Blicke Knobelius, denn diesen hoffte er leichter zu fangen als den ungerührten Mollerus.

Knobelius sagte keck: »Mir ist nichts bekannt von einem Verdacht, Magnifizenz, Ihro Gnaden, Ihr schaut auf mich, aber ich weiß von nichts, jedoch kränkt es mich und meine Kollegen, daß jemand es wagt, mit einer erlogenen Behauptung vor Euer Gnaden hinzutreten und uns grundlos ins Gerede zu bringen.«

Die Mehrzahl der Studenten nickte Zustimmung.

»Irgendein Saufbold hat sich beschwert, ein schöner ehrbarer Bürger!« brummte Mollerus.

Kampanus hörte es wohl und beurteilte den beschwerdeführenden Bürger ebenso, aber der akademischen Zucht mußte doch Genüge getan werden.

Kampanus tat also, als hätte er Mollerus nicht gehört: »Einmal, zweimal und zum dritten Mal ermahne ich diejenigen von euch, die sich etwas zuschulden kommen ließen, es mir zu gestehen!«

Der Rektor berührte dabei Koptiades mit der Hand.

Dieser fuhr sich wiederum in die Haare, die am Morgen glatt gescheitelt gewesen waren, und sagte mit verzweifelter Frechheit: »Gott steh mir bei, ich weiß nicht wer und nicht was, wir waren zu Hause!«

»Ach was«, fiel Mollerus ein, ohne gefragt zu sein, »wir waren auch zu Hause, daß mich der Herrgott ..., wir waren auch zu Hause!«

»Ich will, daß weder ihr noch die Akademie im geringsten an der Ehre gekränkt werdet«, verkündete Kampanus wie in Gedanken versunken und gleichsam zu sich selbst.

Da hakte Mollerus ein, der unterdessen zur Überzeugung gekommen war, daß der Beschwerdeführer schon längst das Carolinum verlassen habe und daß Kampanus die Sache im häuslichen Kreis beilegen wolle.

Deshalb hieb er kühn in diese Kerbe.

»Soll uns doch der Ankläger alles ins Gesicht sagen!«

Kampanus antwortete ruhig: »Wenn ihr wollt, wird er es euch geradezu sagen!«

Und schon schritt er hinaus.

»Donnerwetter, ich war der Meinung, daß der

Rektor nur auf den Busch klopft; aber dieser Luderkerl –«

»Ich will es den Kollegiaten ins Gesicht sagen«, sprach der Bürgersmann in der Tür mit möglichst weicher Stimme und schritt an der Seite des Rektors bis zum Prüfungstisch, wobei er dreimal hintereinander wiederholte, daß man ihn in der Nacht auf Montag an der Gesundheit und am Gewand geschädigt habe, an Gesundheit und Gewand.

»Belieben, Euer Gnaden, herzusehen, auch am Gewand, meine Ehegattin hat gesagt, daß das nicht wieder hergerichtet werden kann, beliebt nur herzusehen!«

Und schon drehte er sich um, hob seinen Rock hoch und zeigte Magister Kampanus seine samtenen Hosen, die an der Sitzfläche – just in der Mitte – zerrissen waren.

Die Studenten brachen alle zugleich in ein so schallendes Gelächter aus, daß es sich wie eine Flintensalve anhörte.

Auch Kampanus konnte ein Lächeln nicht unterdrücken.

»Sie haben mich an der Gesundheit und am Gewand geschädigt!« sprach der Mann, wobei er seinen Hintern wieder verdeckte und sich aufrichtete, »sie haben mich getragen, fallen lassen und mich an den Beinen gezerrt, so wie an einen Schlitten zieht.«

Und wieder, zum zweiten Mal, erdröhnte schallendes Gelächter.

Kampanus runzelte zu den Jünglingen hin sehr streng die Stirn, so daß das Lachen verstummte, ihnen auf den Lippen und in der Kehle erstarrte.

»Herr Nachbar, schaut Euch die hier anwesenden Studenten an, ob Ihr jemanden erkennt, dem Ihr eine Schuld beimessen könnt, nur bitte ich, daß niemandem irrtümlich ein Leid zugefügt wird.«

Magerkraut, dessen Augen noch geröteter schienen als gestern, trat auf einige zu, kehrte um, kam wieder näher; Měřinský klappte die Augenlider nieder, Vokoun blies sein Gesicht auf wie ein Frosch, so daß er wirklich anders aussah, der eine machte diese, der andre jene Grimasse.

Und erst der prächtige, faltige Kollegstalar! Der veränderte den größten Übeltäter so, daß ihn die eigene Mutter nicht erkannt hätte, und noch viel weniger ungesunde Augen und ein vom Trunk am Vortage umnebeltes Gehirn.

Der Bürger blieb endlich beim Kollegsökonomen stehen und sagte: »Vielleicht ist es dieser, der hat mir von der Jüdin erzählt, die einen Bären zur Welt gebracht hat –« Der Ökonomus, ein gesetzter Student mit einem Gesicht, gesund und rund wie der Mond, erblaßte vor Aufregung und wollte etwas sagen, aber Kampanus kam ihm zuvor.

»Herr Nachbar, den verwechselt Ihr mit jemand anderem, für unseren Hauswart verbürge ich mich!« sprach der Rektor, »und woher wißt Ihr, daß die, die euch ein Leid zugefügt haben, Studenten waren? Und daß es Studenten unserer Akademie waren?«

»Aber sie haben mir es doch selbst gesagt, bevor sie mich hinausgeworfen haben!«

Die Studenten, die bisher regungslos dastanden, traten auseinander, machten Bemerkungen und schrien einer über den anderen, daß Studenten doch nicht so auf den Kopf gefallen seien, sich offen zu erkennen zu geben, wenn sie jemanden verprügeln wollen.

»Das waren Handwerker, das waren Gesellen, die dem Mann da eins aufgebrannt haben.«

»Diesem Schwätzer!« fügte Mollerus hinzu.

»Er war schnapstrunken«, schrie Bergerus.

»Das sind Klagen, entsprungen den Tiefen eines Handwerkerverstandes!«

»Die Frau selber hat ihm die Hosen aufgetrennt«, brüllte ein anderer.

»Von dem Schlag ist er nicht gestorben!« rief Koptiades heldenhaft.

»Der Pedell soll ihn hinauswerfen!« riet Mollerus.

Es war wie ein Aufstand.

Magerkraut ging verlegen mit dem Rektor hinaus.

In der Tür erschien plötzlich der Kaufmann Treytlar.

Im Nu verstummte die Versammlung.

Měřinský rollte die Augen heraus wie ein Krebs. Aber nicht lange.

Das deutsche Männchen sprach heiter, er sei gekommen, um den Herrn Kollegiaten, den Herrn Studenten, nachbarlich für die Rettung seiner Tafel zu danken: »Herr Rektor, Ihre Magnificentis, man hat sie mir gerettet, die Tafel gerettet, ich werde zum Philosophenfrühstück nach der Prüfung ein Fäßchen Wein schicken, das werde ich tun.«

Der Handelsmann stammelte noch etwas in ununterbrochenem Redefluß, und als er das Carolinum verließ, konnte man ihm die dankbare und freudige Bewegung anmerken.

Ganz anders Magerkraut, der mit ihm ging und furchtsam um sich schaute, aus welcher Richtung wohl eine tüchtige Maulschelle geflogen kommen könnte.

Rektor Kampanus schüttelte den Kopf, als er seine Wohnung betrat.

IV

Der Letzte im Album

Heute, am zweiten Prüfungstag, blieb Mollerus morgens wieder etwas länger als seine Mitschüler im Kolleg, aber nicht aus Trägheit.

Er hatte einen geradezu verzweifelten Entschluß gefaßt. Heute findet die Prüfung aus lateinischer Grammatik statt. Schon gestern, als er eine dicke Grammatik von Melanchton auf dem Tisch liegen sah und eine andere auf einem der Betten, hatte er vorsichtig die Frage gestellt:

»Wem gehört dieses Buch?«

Aber jedesmal meldete sich einer seiner glücklicheren Kollegen als Eigentümer des Buches; so ein schändliches Ekel, wert, erschlagen zu werden!

Des Morgens, kaum daß am Friedhof zu St. Stephan die Hähne krähten, erwiesen sich die Eigentümer beider Bücher als bereitwillige und gute Kollegen; sie hatten nichts dagegen (und durften auch nicht, denn sonst hätten sie eine Tracht Prügel erhalten), daß Bergerus die Grammatikbücher des gelehrten Autors Melanchton, verlegt bei Melantrich, wie ein Metzger ausweidete und sie wie Fleischstücke in einzelne Kapitel zersäbelte. Das war keine schwere Arbeit, denn die Bücher waren zerfetzt, vom häufigen Gebrauch mitgenommen. Dabei teilte Bergerus gleich seine Befehle aus: »Du versteckst bei dir das, du das!«

Als er Mollerus das Kapitel über die Adjektiva zusteckte, wollte der ehrenwerte Jüngling es nicht annehmen. Er lehnte ab mit den Worten, daß ein Kapitel ihn doch nicht herausreiße und daß er lieber »alles auf einmal« haben wolle.

»Aber, du vollgefressenes Wänzlein«, tröstete und besänftigte Knobelius den Halsstarrigen, »wir werden uns doch im Notfall gegenseitig aushelfen, so wir bloß wissen, wer die einzelnen Kapitel unter dem Hemde oder im Schuh versteckt hat!«

Das Buch wurde zerschnitten und aufgeteilt, und sie machten sich auf den Weg.

Als Mollerus allein geblieben war, machte er sich rasch ans Werk. Nur daß es ein wenig schwieriger war als das, was Bergerus kurz vorher vollbracht hatte.

Das dem Kolleg gehörige Buch war in steife Deckel gebunden, und der Einband war am Rücken so fest und kunstvoll durchnäht wie bei einem kostbaren Choralbuch. Mollerus stach und schnitt mit seinem Taschenfeitel drauflos, aber erst als er einen großen Hirschfänger zur Hand nahm, ließ es sich das Buch gesagt sein und fiel endlich aus den Holzdeckeln heraus. Mollerus zerschnitt es in zwei gleiche Hälften und steckte die eine Hälfte in seine weiten Beinkleider, zu jedem der Schenkel einen Teil, zum linken Schenkel den Teil von der Etymologie bis zum Verbum, und zum rechten die Abschnitte über das Verbum bis zum Ende der Syntax und zur Lehre von den poetischen Figuren.

Als er dann rasch noch eine Wassersuppe zu sich genommen hatte, ging er.

Das Gehen fiel ihm schwerer als gestern. Gestern hatte er einen schweren Kopf, heute schwere Beinkleider oder, besser gesagt, Hosenhälften.

Die ständigen Ermahnungen im Prüfungssaal hätte sich der ehrliche und glatzköpfige Dekan wohl schenken können! Wieder predigt er den Studenten, daß sie ehrerbietig antworten und nicht lachen sollen, mein Gott, wem ist schon bei der Grammatik zum Lachen zumute! Nicht einmal Měřinský, und der kann doch die Grammatik von vorn und rückwärts hersagen.

In dem Verbot des Rektors, während der Prüfung ständig hinauszugehen, war ein Stachel verborgen, und auf diese vom Rektor eindringlich wiederholte Mahnung hin erzählte Mollerus leise seinen Nachbarn etwas von der Wassersuppe, deren Wirkung und unangenehmer Einfluß sich bei der Grammatikprüfung vergrößere.

Und wieder fielen die Kandidaten auf die Knie und sangen Veni sancte –

Heute waren auch die falschen Töne von Bergerus' schrecklicher Stimme herauszuhören, denn angesichts der Grammatikprüfung war er von so frommer Inbrunst erfüllt, daß er, so machtvoll er nur konnte, den Heiligen Geist um Hilfe anrief.

Auch Mollerus, den die beiden Stücke der Kollegsbibliothek in seinen Hosen am ordentlichen Niederknien hinderten, verdrehte fromm die Augen, wahrscheinlich aber nur deshalb, weil Kampanus einige Male auf ihn schaute.

Im übrigen war Mollerus überzeugt, daß er eher als vom Heiligen Geist von seinem Buch und seinen

Freunden Hilfe zu erwarten habe. Und wenn die nicht zu Hilfe kommen, wird es schlimm werden.

Die erste Gruppe nahm an der einen Seite des Tisches Platz, die vier Professoren an der anderen.

Skála machte den Anfang.

Er begann mit dem ersten Kapitel der Grammatik. Sobald er begonnen hatte, verschwand ein Kandidat nach dem anderen aus der zweiten und dritten Gruppe, um draußen in aller Eile das zweite, das dritte und das vierte Kapitel durchzulesen.

Es war eine alte Erfahrung, daß es in dieser Reihenfolge weitergehen werde. Flugs hatte sich Mollerus ausgerechnet, daß auf die Gruppe, zu der er gehörte, das Kapitel über die Adjektiva entfalle.

Aufgrund dieser seiner festen Überzeugung durchströmte wohlige Wärme seinen Körper.

Er hatte es nicht einmal sehr eilig, hinauszukommen.

Draußen störte ihn der Pedell mit seinen Erzählungen. Deshalb ging er auf die Galerie und versenkte schon seine Hand in die Hosen, um die eine Hälfte der Grammatik herauszuholen, als die Magd mit dem Besen erschien. Er stieß einen Fluch aus, der das Donnerwetter auf das hübsche schwarzäugige Mädchen herabrief.

Er mußte deshalb, ob er wollte oder nicht, in die Kollegslatrine, das »Hinterzimmer«, gehen, einen unsauberen Verschlag, den der Henker mit seinen Knechten in sechs Nächten nicht gesäubert hätte. Hier, beim Türspalt, durchflog Mollerus das Kapitel über die Adjektiva.

Die Gruppe mit Mollerus nahm Platz.

Die erste Frage. Mollerus traute seinen Ohren nicht.

Daß dich der Donner, verräterischer Kampanus! Steinherz, Eisherz, Hundeherz, du bist ein Stöberhund, der das unschuldige Getier im Waldschlupfwinkel aufstöbert, willst mich wieder von der Prüfung wegjagen; welcher Teufel hat dir eingegeben, mich nicht nach den Adjektiven zu fragen, sondern nach den Tropen und Figuren, die ich gar nicht gut beherrsche!

Solche und andre wenig höfliche Gedanken, Vorwürfe, Schimpfworte jagten dem bedauernswerten Mollerus durch den Kopf wie Irrlichter über den Sumpf; und der unbewegliche, schwere Sumpf war jetzt sein Gehirn. Das Gesicht des Kandidaten wurde hochrot, die Ohren erröteten und standen vom Kopf ab.

Unterdessen gab Měřinský seine Antworten wie aus der Pistole geschossen, und Kampanus strich sich langsam durch den schmalen Bart, wobei er seine blauen Augen freundlich auf den hageren Studenten richtete.

Mollerus hörte nicht, was gesprochen wurde.

Er war nur von dem einzigen machtvollen Gedanken beherrscht, daß Kampanus die Fragen nur deshalb geändert habe, um ihn, Mollerus, hereinzulegen.

Erst als er geradezu gefragt wurde, sammelte er sich wieder einigermaßen.

Einige Figuren und Tropen kannte er, selbstverständlich, aber als der zudringliche Rektor Beispiele und feinere und seltenere Formen verlangte, verstummte Mollerus, wobei er recht verstockt dreinschaute.

Nach beendeter Prüfung ging die ganze Schar der Prüflinge zur Tür hinaus, um den Magistern die Beratung über die Ergebnisse zu ermöglichen. Es dauerte eine geraume Weile, bis sie wieder in den Saal zurückgerufen wurden.

Die Rede, die Dekan Nudožerský hielt, war nach alter Gewohnheit eher tadelnd als lobend, aber heute klang sie doch etwas schärfer.

Er sagte den Kandidaten, die in zwei Reihen hintereinander dastanden, daß die Herren Magister verwundert seien über die Kühnheit einiger Baccalaureatskandidaten, die verblendet genug seien, sich mit so kümmerlichen Grammatikkenntnissen in palaestram certaminis philosophici zu wagen. Das sei ein armseliger Wettstreit mit so kümmerlichen Waffen! Einige wüßten nicht einmal soviel, wie ein kleiner Tertianer aus dem Pfarrgymnasium wissen muß. Um den Kandidaten jedoch die väterliche Liebe der Herren Magister zu erkennen zu geben, sei beschlossen worden, daß morgen alle zur Prüfung und zum Wettstreit in der Dialektik kommen dürfen; die Magister hegten die feste Hoffnung, daß die Kandidaten sich zum Wettstreit weit besser vorbereitet und ausgerüstet als heute einstellen werden.

Rektor Kampanus wiederholte einiges davon mit maßvoller Stimme, und zum Schluß nannte er Kochan, Knobelius und Mollerus, besonders Mollerus, als die schlechtesten; er bedauere, daß diese scharfsinnigen Köpfe das Studium so vernachlässigen und der Minerva so feind seien.

»Schall und Rauch«, sagte Mollerus draußen vor dem Carolinum, »der Tadel des Rektors bedeutet doch nichts für mich und für keinen von uns, so redet jeder Dekan; aber daß Kampanus uns drei namentlich genannt hat, das ist eine Neuerung, die ungewöhnlich, schändlich, unanständig ist. Daß ihn der Donner rühre in seinem eiskalten Herzen!«

Dann ließ der Ärger Mollerus bis zum Abend nicht zur Ruhe kommen.

Er sprach kein Wort.

Erst abends in der Zeltnergasse im Wirtshaus beim Tatrman knüpfte er mit Knobelius und Kochan ein Gespräch an.

Und es war ein sehr vertrauliches Gespräch. Mollerus führte dabei das große Wort.

Immerfort steckten sie die Köpfe zusammen und beleidigten den alten Pulpit mit ihrer Geheimniskrämerei; es dauerte lange, bis er sie mit seinen »Mordidi« auseinanderbrachte.

Bei den Karten waren endlich die Mühsale des heißen Tages vergessen.

Als am nächsten Tage Magister Skála, der in der Dialektik die Grundbegriffe aller Erkenntnis prüfte, Měřinský über die Kategorien des Aristoteles befragte, sagte sich Mollerus im Geist, es sind ihrer zehn, sechs davon könnte ich leicht und gut hersagen, die anderen kaum, ich rieche schon, daß Kampanus mich gerade nach den übrigen fragen wird.

Und es geschah, wie es dem Jüngling sein Mutterwitz vorausgesagt hatte.

Měřinský erklärte die Substanz aller Dinge, die Quantität, die Qualität, die Relation oder die Beziehungen aller Dinge, erklärte bei jeder der Kategorien, wie notwendig es für die Wissenschaften sei, sie gründlich innezuhaben, daß der Arzt die Substanzen erforsche, der Mathematiker mit den Quantitäten arbeite, der Jurist und der Theologe mit den Relationen, und redete so teils von selbst, teils unterstützt von Magister Skala, dessen Getrommel auf den Tisch diesmal Ruhe und Zufriedenheit bedeutete.

Dann kam Mollerus an die Reihe.

Kampanus begann ihn zu prüfen.

Er sollte die Kategorie der Zeit erklären.

Über die Zeit wußte Mollerus einiges zu sagen. Hätte er es auf tschechisch erklären können, dann hätte er es besser getroffen, aber es machte ihm große Schwierigkeiten, seine Wissenschaft in lateinischer Sprache zu erklären, wovon Kampanus auch nicht im geringsten abwich.

Als ihm die Frage über die »Tätigkeit« vorgelegt wurde, wußte Mollerus noch weniger.

Kampanus lächelte dabei; in diesem Lächeln konnte die Freundlichkeit eines Professors liegen, der durch strenges und kühles Aussehen nicht verschrekken will, aber sobald der Magister den trägen Mollerus mit »Tätigkeit« in Verbindung brachte und dabei lächelte, konnte das nur als stechender Hohn ausgelegt werden.

So wenigstens empfand das Mollerus, und deshalb begann es ihm vor den Augen zu flimmern, und sein rechtes Ohr brannte wie Feuer.

Aber Kampanus beendete schon die Prüfung.

Die Studenten mußten hinaus.

Draußen am Gang sagte Mollerus, daß er, wenn

er heute bei der Prüfung durchfallen sollte, darin nur einen wunderlichen Racheakt Kampanus' erblicken und es in diesem Falle nicht als Sünde betrachten könne, zu den Jesuitenpatres überzutreten. Die Jesuiten schätzen ihre Studenten, aber die hier schinden sie nur.

Er sprach ziemlich laut, und die Gesichter der Kollegen verrieten, daß sie sich durch seine Worte über die Jesuiten unangenehm berührt fühlten.

Knobelius spuckte hoch an die Wand und begann die Versammelten damit zu beruhigen, daß Mollerus dummes Zeug quassele und daß die Worte von seinem Übertritt zu den Jesuiten, die er fallengelassen hatte, nur von den Lippen, aber nicht vom Herzen kämen.

Mitten in dieser Aufregung wurden die Prüflinge in den Saal gerufen.

Der Dekan ergriff das Wort: »Die erste Hälfte der Prüfung liegt hinter uns. Die tentamina sind mit Gottes Hilfe beendet. Nun beginnt die zweite Hälfte, die examina. Glaubt mir, meine jungen Freunde, daß die Herren Magister wieder mit Bedauern bemerkt haben, daß die meisten von euch mit kläglichen und mageren Kenntnissen hierhergekommen sind, nichtsdestoweniger lassen die Magister euch alle ohne Ausnahme zu den weiteren Prüfungen zu und sagen euch bonum nuntium; bevor ihr weggehet, erlegt nach gutem altem Brauch das Geld für die Lektionen, die pflichtgemäße übliche Summe, und gebt dem Pedell das munusculum, eine kleine Gabe.«

Die Professoren gingen hinaus.

Es dauerte geraume Zeit, bis Jičinský seine Rechnung mit den Studenten ins reine gebracht hatte. Wieder und wieder überzählte er die Groschen, bis er endlich das Schock abgezählt hatte, das jeder Kandidat zu bezahlen hatte. Bald schien ihm ein Groschen beschnitten, bald wieder nicht gangbare Münze zu sein.

Mollerus gab den Professoren nichts und wollte dem Pedell statt eines Geschenks hoheitsvoll die Hand drücken.

»Wißt Ihr, wißt Ihr – ich habe keine Zeit«, wehrte sich der spindeldürre Pedell.

Als Mollerus am nächsten Morgen sein Bett mit den Flöhen verließ, um sich zur Prüfung aus Logik aufzumachen, sagte er zu den Kollegen, die sich rasch wuschen und anzogen, daß er einen Traum gehabt habe.

»Einen Priester im Traum zu sehen ist gut, ja sehr gut, aber ich habe ihn nicht lange gesehen, er ist nur vorbeigehuscht; mit einem Frauenzimmer zu schlafen bedeutet schwere Mühsal, und ich habe im Traum lang bei irgendeinem Frauenzimmer geschlafen! Gott helfe mir heute bei der Logik! Das wird eine schöne Plackerei werden!«

»Heut liegt es nicht am Professor«, tröstete ihn Měřinský, »heute ziehen wir Zettel mit den Prüfungsfragen, wenn du Glück hast, dann ziehst du einen Zettel mit einer kinderleichten Frage und kannst besser dran sein als ich oder jeder andre.«

»Natürlich«, fügte Berger hinzu, »ihr werdet sehen, daß er die Frage über die Trugsyllogismen zieht, darin hat Mollerus die größte Übung!«

Bergerus hatte dabei besonders jenen Trugsyllogismus im Auge, mit dessen Hilfe Mollerus sich von den Kollegen Geld auslieh. Er pflegte zu sagen: »Was du nicht verloren hast, das hast du! Oder vielleicht nicht? Zehn Groschen hast du nicht verloren, also hast du sie und wirst sie mir gleich bereitwilligst borgen!«

Der erste, der heute Rečeks Kolleg verließ, war Knobelius, und ihm auf dem Fuße, aber viel langsamer folgte Mollerus.

Als Mollerus zu den Tuchhändlerbuden bei St. Gallus kam, kamen ihm schon Knobelius und Kochan mit einem Päckchen entgegen, und alle drei verschwanden im hohen Torbogen der Tuchmarkthalle, wo sie ein Weilchen im Halbdunkel blieben.

Als Mollerus mit seinen Freunden herankam, hatte gerade eine Frau auf einem zweirädrigen Wägelchen den Bettler vor das Carolinum gebracht.

In der Haustür erzählte der Pedell den Studenten eine heitere Geschichte vom Geiz des Professors Skála, der unlängst angeblich sogar einen Juden drangekriegt und um zwei Schock Groschen gebracht habe.

»Wißt ihr, wißt ihr, der hat eine Seele mit Krallen, er versteckt sich, wißt ihr, hinter seiner Haushälterin und leiht gegen hohe Zinsen: eine Seele mit Krallen hat er!«

»Geh nur, du Spindeldürrer, berede nicht andere, du hast dem seligen Bachacius seine Tauben aufgegessen! Die liegen dir im Magen!« schrie Mollerus aus vollem Halse, als er zu der Ansammlung kam, und mit diesem Angriff trieb er sie auseinander; der Pedell wenigstens sprang schnaubend und mit den Händen fuchtelnd davon, und die Studenten folgten ihm nach.

Schon auf der Treppe verteilten Knobelius und Kochan unter den Studenten gedruckte Blätter mit lateinischen Versen.

Die Jünglinge balgten sich wild um die Blätter, denn jeder wollte sie lesen. Und schon waren sie mit ihrem Urteil fertig, einige lobten die Blätter, andere warfen sie weg wie ein lästiges Ding.

Die flinke Bewegung einer unsichtbaren Hand klebte auch schon eines der Blätter fest an die Tür der Professorenküche, ein zweites an die Tür des Sommermuseums, eines hier und eines dort.

Bevor noch die Studenten den Prüfungssaal betraten, brachte der Pedell Jičinský mit erstarrtem und entsetztem Gesicht den Magistern die Nachricht von den Spottversen, die auf sie gemünzt waren, denn im Gedicht wurde behauptet, daß die Magister, wenn sie prüfen, Löwenmut bezeugten, aber selbst das Herz in den Hosen hatten, als sie ihren Vorgängern bei den Prüfungen antworten sollten.

»Ei, bring es her, wir werden sehen!« rief der Rektor. Sie sahen es an, aber es wirkte nicht auf alle gleich.

Skála wollte alle die Tölpel von der Prüfung fortjagen; und der junge Magister Vratislavský hielt es mit ihm.

Der Dekan war dafür, die Sache zu untersuchen, denn es konnten doch nicht alle die Übeltat vollbracht haben.

Kampanus meinte, die Magister sollten der Sache gar keine Bedeutung beimessen, die Blätter könnten eingesammelt und verbrannt werden, denn was da in lahmen Versen und in kümmerlichem Latein gesagt wurde, war im Grunde nichts Übles.

»Für ihn gibt es nichts Übles«, lehnte Skála mit knarrender Stimme ab, indem er wütend mit der Hand auf den Tisch trommelte. »Als ihn vor Jahren der närrische Junge Jizbic mit Schmähversen anfiel, ließ sich unser Apollo nicht die Laune verderben, und als der Junge später bei einer Straßenrauferei erschlagen wurde, verfaßte unser Apollo auf ihn zum Begräbnis ein Trauergedicht; so weichherzig sind wir nun doch nicht!«

Es blieb dabei, daß der Rektor den Schuldigen ausforschen sollte.

Das Veni sancte klang heute sehr schwach, die Bewegung, die am Professorentisch allzu sichtlich war, übertrug sich auf die Kandidaten, aber am meisten Schrecken verriet das lange und vor Angst aschfahle Gesicht des Pedells.

Der wiederholte laut und dann wieder flüsternd: »Wißt ihr, wißt ihr, das wird nicht gut enden.«

Über alles Erwarten verlief die Prüfung aus Logik rasch.

Mollerus zog das Zettelchen mit der Frage über die Definitionen, Měřinský, sein Nachbar, hatte den Zettel über den einfachen Syllogismus.

»Da hast du meinen, gib mir gleich deinen!« befahl Mollerus flüsternd, aber mit Nachdruck.

Měřinský wälzte seine Krebsaugen mehr als sonst heraus, gab aber seinen Zettel heimlich und nicht ohne Zittern her.

Mit den einfachen Syllogismen war Mollerus aus der Patsche, und wenn er dabei auch ein wenig ramponiert wurde, war er sonst doch heil und gesund; bei der Erklärung der Definitionen, wie sie sein sollen und wie sie nicht sein sollten, wäre er untergegangen.

Nach der Prüfung ermahnte sie der Dekan, zum nächsten Examen, das die Physik des Aristoteles und das Buch von der Seele zum Gegenstand haben sollte, besser vorbereitet und gerüstet zu erscheinen. Sie durften aber noch nicht nach Hause gehen.

»Einer von euch –« und dabei blickte er plötzlich zornig auf Mollerus – »hat Spottverse in einem fast so elenden Latein verfaßt, wie ihr es hier sprecht, er hat die Verse kühn und frech drucken lassen und damit einen öffentlichen Skandal verursacht, denn so was spricht sich herum, und die Akademie, die so viele arge Feinde hat, wird darunter leiden. Das ist Undank, damit werdet ihr bei den Magistern und bei anderen denkenden Menschen wenig Liebe erwecken, darin liegt eine gewisse Hoffart und Unbescheidenheit der heutigen jungen Leute. Ich wünschte, die Jugend unserer Zeit wäre nicht so hochmütig, keck, spottsüchtig, aufgeblasen, großschnäuzig, sondern daß sie sich mit allen Kräften bemühte, sich der Bescheidenheit zu befleißen, denn diese ist die Mutter der Ehre. Mollerus, ich vertraue darauf, daß du nicht mehr sagst, als was wirklich geschehen ist, und daß du die Wahrheit sprichst!«

»Reverendissime magister, meiner Seel, ich weiß nichts, ich selbst habe nichts gedichtet, und ich bestreite, daß ich jemanden angeleitet hätte!«

Kampanus: »Wenn du doppelzüngig bist, wird es dir nicht gut ergehen auf der Welt! Der Schuldige wird sich nicht so leicht herauslügen!«

Skála trommelte dabei immer geräuschvoller, räusperte sich und spie auf den Fußboden.

Der Rektor nahm das Spottblatt zur Hand und sprach mit einer Stimme, in der der Vorwurf bebte: »Wozu die jungen Leute zu einem Geständnis nötigen, das für sie schon die halbe Buße wäre, wozu sie nötigen? Die Sache kommt auch ohne ihre Aufrichtigkeit an den Tag: diese Typen stammen – ich kenne sie genau – aus Hanuš' Typographie, diese Umrahmung hat nur Hanuš aus Landskron; hol den Drukker Marynek, der wohnt im Tschechischen Kolleg: steht also unseren lieben Studenten sehr nahe, und wenn er nicht zu Hause ist, dann such ihn in Hanuš' Typographie, wo er arbeitet.«

Der Pedell ging, ohne sich zu beeilen.

Knobelius und Kochan erstarrten, sie waren halb tot vor Entsetzen.

Mollerus erschrak überhaupt nicht.

Im Prüfungssaal breitete sich peinliches Schweigen aus, das nur von den langsamen, regelmäßigen Schritten des Rektors Kampanus und dem Ticken der deutschen Uhr unterbrochen wurde.

Die Studenten standen oder saßen schweigend da, und die Magister blickten ebenso schweigend auf den Tisch, der Dinge harrend, die da kommen sollten.

Und diese ließen nicht lange auf sich warten.

Der alte Impressor Mathes Marynek erfuhr auf dem Wege vom Pedell, was los war; nachdem er sich die große Brille mit der schwarzen Umrahmung auf die Nase gesetzt hatte, zeigte er ohne langes Suchen und ohne Umstände auf Kochan und Knobelius, die ihm die Verse gebracht hätten mit der Versicherung, daß sie weder ihm noch jemand anderem zum Schaden gereichen werden. Deshalb habe er sie bei Hanuš, dem die Jünglinge noch ein halbes Schock Groschen schuldig seien, drucken lassen. Diese beiden seien es gewesen, mit anderen Baccalaurei habe er nichts zu tun gehabt, und es sei gut, daß Ihre Gnaden der Herr Rektor es erfahre, wenigstens erhalte der Impressor seinen ehrlichen Lohn, sonst wäre es wohl möglich, daß die jungen Kollegiaten ihm nichts bezahlten.

Bei diesen Worten blickten, vielmehr schielten die beiden Übeltäter mit – allerdings nur schweigendem – Vorwurf zum rundlichen, stämmigen Mollerus hin, der schon gestern ein halbes Schock für das Drucken hätte abführen sollen.

Mollerus stand fest und unbeweglich wie eine Säule da, aber als der Rektor sich den beiden Schuldigen näherte, um über sie das Urteil zu sprechen, fuhr er sich zweimal über die kleine aufgebogene Nase, nun doch von Unruhe und Angst erfüllt, daß die Kollegen, die so rettungslos in der Patsche saßen, verraten könnten, wer sie zu alldem verleitet hatte.

Magister Kampanus dankte vorerst dem alten Buchdrucker dafür, daß er bereitwillig gekommen sei, um die Wahrheit aufzudecken, aber dafür, daß er den Studenten bei ihrem häßlichen Stückchen seine Unterstützung geliehen habe, werde er zweifellos aus dem Gebäude des Tschechischen Kollegs ausziehen müssen, denn die Fakultät werde ihm dieses Vergehen nie verzeihen.

»Aber – aber – Euer Gnaden, man hat mir doch versprochen, daß ich nicht zu Schaden komme –«

»Trotzdem«, entgegnete der Dekan, »hättest du Verstand und Voraussicht beweisen sollen, wenn sie schon denen da fehlt.«

»Ach, da bin ich schön hereingefallen, ich werde bei den Defensoren dagegen Berufung einlegen – aber –« und damit ging er.

»Habt ihr dieses scandalum verfaßt und in Druck gegeben?!« fragte Kampanus.

»Ich gestehe es«, gab der eine zur Antwort.

»Zugegeben!« antwortete der andere.

»Auf daß ihr in Zukunft klug genug sein möget, euch vor Übeltaten in acht zu nehmen, werdet ihr jetzt sogleich in den Hühnerstall gehen und dort bis zum Morgen, bis zur nächsten Prüfung verbleiben, die um die vierzehnte Stunde nach voller Uhr, um die neunte Stunde nach deutscher Uhr beginnt. Wer die Druckblätter hat, soll sie herausgeben, Schmähschriften werden nach altem Brauch im Kollegsgarten verbrannt. Wir gehen sofort dorthin.«

Ein Weilchen später stürmten dreißig junge Leute, einige sehr fröhlich, ja übermütig, am Brunnen vorbei in den Kollegsgarten.

Der spindeldürre Pedell trug das schandbare, zur Verbrennung verurteilte Erzeugnis in einem Korb, er war in solcher Hast, daß die dürftige Haarsträhne unter seinem Kinn wie eine Troddel hin und her flog.

Die Küchenmagd brachte ein Häufchen Scheite und einen Kienspan, wollte aber nicht unter die jungen Männer treten. Sie blieb beim Brunnen stehen, als schämte sie sich.

Der alte Skála schaute der Hinrichtung von der Galerie aus zu, der Dekan mit Kampanus und Magister Vratislavský gingen zum Richtplatz hinab, der an der Schwelle des Gärtchens lag.

Auf das wiederholte Geheiß des Rektors näherte sich die Magd, lachend ihre weißen Zähne zeigend, und legte das Häufchen auf die Erde; beim Bücken entblößte sie ihre Waden, die großen Krügen glichen, und bereitete damit den Studenten unbeschreibliches Vergnügen.

Der Pedell leerte die verbrecherischen Verse auf den Scheiterhaufen.

Aber niemand wollte den Scheiterhaufen in Brand stecken.

Der jugendliche Professor Vratislavský machte den Vorschlag, daß die beiden Übeltäter zur Strafe den Scheiterhaufen anzünden sollten.

Knobelius entgegnete jedoch, daß es Sache der Büttel und Henker sei, den Scheiterhaufen anzuzünden, und daß ihn dazu niemand und nimmer zwingen könne. Damit ging er in den Winkel beiseite, wo sich zwischen der Galerie und dem Keller irgendeiner Höckerin, etwa zwei Klafter über dem Erdboden, das akademische Gefängnis, der Ornithoboscus oder Hühnerstall, befand.

Der Trotz des angehenden Baccalaureus machte auf Kampanus einen wohlgefälligen Eindruck, denn er ließ erkennen, daß Knobelius seine Studentenehre zu wahren wisse, und Kampanus gab deshalb der Magd einen Groschen, damit sie selbst den brennenden Kienspan auf den Scheiterhaufen werfe.

Unterdessen fand Knobelius irgendwo eine Leiter, stellte sie an den Hühnerstall und stieg unter großer Heiterkeit der jungen Leute ein. Nach ihm kletterte Kochan mit einer gewissen wohltuenden Leichtigkeit in die Höhe.

Der Hof des Karlskollegs füllte sich mit üblem Brandgeruch.

Mollerus ging inzwischen von einem Kandidaten zum andern, wobei er diejenigen bevorzugte, deren Gewand und Schuhwerk besser aussah, und sammelte von jedem von ihnen ein paar Denare zur Bezahlung des verbrannten Druckwerks ein, weil ihnen dieses eigentlich geholfen habe, denn es war sicher, daß die Professoren – ob sie sich nun ärgerten oder nicht – bei den Prüfungen milder vorgingen, und der geringfügige Überschuß der Sammlung sollte zur Kostaufbesserung für die Häftlinge im Hühnerstall verwendet werden.

Als die ersten Abendschatten in die engen Gassen von Prag fielen und sich auf den kleinen Hof der altehrwürdigen Karlsschule niedersenkten, schlich der rundliche Mollerus mit einem großen Bierkrug zur angelehnten Tür, hinter ihm kroch Bergerus mit einer bauchigen Kanne voll Wein.

Studiosus Hovorinus, der ihnen mit tänzelnden Schrittchen auf den Fersen folgte, trug in einem steifen Papier zwei Hechte, Käse, ein Stück Wildbret, das aus der Beize kam, alles zusammen verpackt und zusammengeklebt.

Der geschniegelte Koptiades hatte drei Talgkerzen, einen blechernen Kollegsleuchter und Zündstein in der Tasche.

»Wir sind Burschen, die sich nicht unterkriegen lassen«, flüsterte Mollerus, als sie über die Eichenpflasterung des Torwegs schritten. »Ich bin ein Rebell, wir alle sind Rebellen, Beschützer der Unterdrückten, also jetzt gut aufgepaßt!«

Leise fiel der Riegel, der die Tür geschlossen

hielt, und dann ging es lustig zu im Hühnerstall bis in die späten Nachtstunden.

Mollerus hatte seine abgegriffenen Karten nicht zu Hause vergessen.

Am nächsten Tag bedauerte Kampanus bei der Prüfung im stillen die beiden Jünglinge, die einen halben Tag und eine Nacht in der vergifteten Atmosphäre des Hühnerstalls hatten zubringen müssen. Sahen doch beide sehr bleich aus, ihre Augen waren gerötet, und die bläulichen Ringe unter ihnen gaben Zeugnis davon, daß die armen Teufel schlecht geschlafen hatten.

Aber auch anderen fehlte aus irgendeinem Grunde die gewöhnliche Gesichtsfarbe. Wahrscheinlich war dies eine Folge der Prüfungen, die doch schon recht lange dauerten und aufregend waren.

An diesem und am folgenden Tag wurden die Prüfungen mit sichtlicher Hast erledigt.

Mollerus würdigte das mit den Worten, die Prüfungen wären nur so abgeklimpert worden.

Tatsächlich gab es kein langes Hin und Her, die Fragen waren kurz und bündig, wenn einer eine Frage nicht wußte, dann antwortete ein zweiter oder ein dritter, Měřinský wurde nach dem »intellectus«, Koptiades nach dem »Willen«, ein anderer nach dem »Gedächtnis« gefragt. Mollerus fragte man nach dem »Traum«. Im Nu erinnerte er sich seines Traumes mit dem Frauenzimmer, und dieses verteufelte Frauenzimmer bewirkte, daß er keine rechte Erklärung hervorstottern konnte, was der Traum sei. Es wollte ihm durchaus nicht gelingen.

Auch die Prüfung aus Astronomie wurde schnell beendet. Dekan Nudožerský redete dabei fast allein.

Nach dieser Prüfung stand der Pedell Jičinský wieder beim Tischchen an der Tür.

»Wißt ihr, wißt ihr«, sagte er jedem, »jetzt wird für die Herren Magister das Bad bezahlt, für die Arbeit, pro labore, wißt ihr, wißt ihr!«

Vergebens rief er Mollerus nach, er sollte sich doch nicht so unedel und tölpisch drücken. »Wißt ihr, wißt ihr, die Gebühr ist ihm erlassen worden – und jetzt will er nicht einmal für das Badehaus –«

Mollerus wandte sich in der Tür um und sagte über die Köpfe der Studenten hinweg ohne allen Ärger, ja, mit einer gewissen majestätischen Ruhe, zum Pedell: »Schweig still, altes Scheusal, dir hängen die Zotteln vom Kinn, ich werde sie dir noch einmal ausreißen, laß mich lieber in Frieden gehen!«

Diese Rede, das Wort Scheusal und besonders die Zotteln unter dem Kinn waren für den Pedell schier unerträglich, er fuhr böse auf, und um ein weniges wäre der Arme in Tränen ausgebrochen.

Und zu guter Letzt kam noch dazu, daß sich niemand seiner annahm! Als er sich beim Rektor Kampanus wegen der Zotteln beklagte, lächelte dieser freundlich und wehrte mit der Hand ab, als ob er damit nichts zu tun haben wollte; da soll der Teufel Pedell sein, wenn man, wißt ihr, wißt ihr, vor Schwätzern und Maulhelden weder Schutz noch Schirm findet.

Für den Montag, gerade eine Woche nach dem Beginn der Baccalaureatsprüfungen, war das Ende der Prüfungen festgesetzt.

Der Dekan ordnete an, daß die Studenten an diesem Tag Papier, Federn und ein Tintenfaß mitzubringen hätten, denn ihrer harrte die letzte Erprobung, nämlich die schriftliche Arbeit aus der Rhetorik.

Mollerus kam mit einer schon Sonntag abends im Kolleg ausgeliehenen Feder, nachdem er vorher vorsichtig gefragt hatte, wem sie gehöre.

Ein Tintenfaß hatte er nicht, aber dafür hatte er die Hosenhälften mit ungefähr fünfzehn lateinischen Arbeiten ausgestopft, die er im Kolleg aufgetrieben hatte.

Solche Arbeiten machten gemeiniglich unter den Studenten die Runde. Sie hatten beliebte und geläufige Themen zum Gegenstand, die sich bei den Prüfungen und Disputationen bis zum Überdruß wiederholten, und die Studenten vermachten sie einer dem andern.

Die Themen behandelten solche Fragen wie: Steht die Erde fest oder bewegt sie sich? Was ist die Pest? Lob der Philosophie, der Redner und wie er sein soll, ist das Wasser oder die Erde kälter, und andere hochernste und bedeutende Themen mehr, die Mollerus, als er sie in die Hosen steckte, dumme Schmierereien und Schleim nannte, die nichts als »Haki – baki – tuti – muti« wären.

»Wenn uns die Magister ein freies Thema geben oder mir irgendeinen solchen Quatsch auswählen«, sagte er zu seinen Kollegen, »dann werde ich ihnen etwas hinschmieren, daß ihnen die Augen übergehen. Sie sollten uns ein freies Thema geben oder etwas, was ich schon bei mir selbst fertig habe, schon deshalb, weil ich bisher wenig Glück gehabt habe und weil selbst der beschränkte Vokoun ständig besser daran ist als ich! Tschechisch schreibe ich besser als ihr alle, mitsamt dem Kampanus, aber die Sprache Ciceros ist eine verdammte Sache!«

Veni sancte Spiritus – erscholl es zum letzten Mal, und die ehernen Klänge der jugendlichen Männerstimmen schallten nicht mehr so bittend, sondern eher freudig. Vielleicht deshalb, weil sich schon das Ende näherte.

Die vorwitzigen Strahlen der Morgensonne drangen matt durch das mit Spinnweben und Staub bedeckte Fenster, und die goldenen Stäubchen zitterten im Licht und verloren sich unter dem gotischen Gewölbe.

Mollerus sah in den Sonnenstrahlen ein gutes Vorzeichen, denn in der ganzen vorhergegangenen Woche hatte sich die Sonne hinter einer schweren Wolkendecke am Himmel versteckt.

Magister Kampanus, Professor der Geschichte und der Rhetorik, versenkte den Blick seiner ruhigen blauen Augen in ein Papier und sprach: »Nehmet die Feder zur Hand, schreibet!«

Mollerus wird das Herz schwer wie Stein. Seine Neugier ist zum Bersten gespannt.

O Schrecken!

Freundlich und mit einem etwas sonderbaren Lächeln in den Mundwinkeln ordnete Kampanus an, die Kandidaten in der ersten Bank sollten binnen einer Stunde das argumentum bearbeiten: »Können Kriege aus den Sternen prophezeit werden?«, und der Bank Mollers gab er die Ausarbeitung einer schwungvollen »Bittschrift der Akademie an die ständischen Defensoren, zu Gottes und ihrer eigenen Ehre und zum Wohl des Vaterlandes die Hohe Schule Karls IV. zu verbessern.«

Was den übrigen Bänken auferlegt wurde, hatte Moller in seiner Bestürzung gar nicht mehr wahrgenommen.

Grausam, heimtückisch ist dieser Kampanus. Er rührt sich nicht aus dem Saal. Steht da wie eine steinerne Säule. Sonst, bei den Prüfungen im Frühjahr, pflegte der Pedell die Aufsicht zu führen, und jetzt Kampanus, grausam, heimtückisch, eisig.

Wie sollen nun die Fragen hinabgelangen?

Wer wird sie in den Buchbinderladen bringen?

Knobelius und Moller haben sich gestern die Füße abgelaufen, um ein paar geschickte Baccalaurei der Prager Schulen zu gewinnen, die bereit waren, im Laden der Witwe Veleslavín die Aufgaben auszuarbeiten.

Sie hatten ihrer drei ausfindig gemacht. Auch Käthchen Kamenek kam, was den Baccalaurei nicht lieb war. Die bereitwilligen Schriftsteller sitzen schon länger als eine Viertelstunde in der stickigen Kammer des Kramladens der Witwe Veleslavín zwischen gebundenen und nicht gebundenen Büchern, die vom Fußboden bis zur Decke übereinandergeschichtet liegen.

Aber es kam nichts!

Auf dem Tisch liegen vier Bücher bereit mit Klassikerzitaten und ausgewählten lateinischen Phrasen – sogenannten Elegantiae –, aus denen es dies und jenes in aller Eile abzuschreiben gibt. Ein Zitat in einer rhetorischen Arbeit nimmt sich sehr gut aus; es hat oft mehr Wert als die ganze übrige Arbeit, die zumeist nur Katzengold ist, worin das Zitat wie ein Edelstein eingebettet liegt.

Noch immer nichts.

Endlich. Die Küchenmagd, die hinter ihrem Verschlag ebenso ungeduldig wartete wie unten die Baccalaurei und die gelehrte Jungfer, kommt mit aufgerissenen Augen und offenem Mund herbeigelaufen und schüttet die Papierschnipsel mit den Fragen über den Tisch aus. Wie verabredet, hatte sie ihr der erste Student gebracht, den Kampanus eines dringenden Bedürfnisses wegen hinausließ.

Oben arbeiteten unterdessen die Kandidaten ebenfalls, jeder wie er konnte. Flüsternd leisteten sie sich gegenseitig Hilfe.

Kampanus, der auf dem Katheder irgend etwas las, tat, als sähe und höre er nichts. Im geheimen war er froh darüber, daß die Jünglinge imstande waren, einander zu helfen; seiner Meinung nach wäre es schlecht bestellt um ihre Bildung, wenn sie wie ins Wasser gefallene Hühner stumm dasäßen und sich keinen Rat wüßten. Eine solche Hilfe betrachtete er nicht als Betrug, denn er war überzeugt davon, daß ein Dummkopf sich ihrer dumm, ein Kluger aber geschickt bedient, so daß das richtige Verhältnis doch an den Tag kommt.

Hilfe von außen dagegen widerstrebte seinem Charakter und seiner Denkungsart. Sie war für ihn Betrug, ein Schmücken mit fremden Federn. Die tschechische Jugend sollte ehrlich studieren.

Um jeden Betrug unmöglich zu machen, hatte Kampanus deshalb auf eigene Faust eine Reform der Prüfung durch eine Verschärfung der Aufsicht durchgeführt. Im Frühjahr war ihm eine fertige Ausarbeitung der Argumente in die Hände gefallen. Nach altem Brauch wurde dieser gelehrte Handel in sehr laxen Formen betrieben: die Prager Baccalaurei kamen, um sich die Fragen auf dem Gang zu holen, ja einige steckten keck den Kopf in den Saal, und auf dieselbe Weise lieferten sie die fertigen Arbeiten ab.

Deshalb durfte jetzt niemand auf dem Gang bleiben. Nur die schwarzäugige Küchenmagd mit ihrer abgescheuerten Schürze machte sich hier zu schaffen, aber ein solches Geschöpf erschien Kampanus unschuldig, einfältig und unverdächtig.

Mollerus überlegte bei seiner Arbeit hin und her. Um Gedanken war er nicht verlegen; er hatte ihrer mehr als genug. Und darunter auch bissige, satirische. Gern hätte er geschrieben, daß die adeligen und nichtadeligen Stände, die die Universität in ihre Gewalt bekamen, für ihre Verbesserung ein wenig den Beutel und nicht bloß den Mund auftun müßten so wie bisher, denn das sei zuwenig.

Unter solchen und ähnlichen Gedanken saß Mollerus über seinem Papier. Geschrieben hatte er bisher nichts. Nur ein großer schwarzer Tintenklecks fiel von der Feder auf das leere Papier und zerfloß da mit so frecher Gemächlichkeit, daß Mollerus sich rächte, indem er den Klecks mit seinem dicken Finger verschmierte.

»Was hast du schon geschrieben?« fragte Měřinský mit herzlicher Anteilnahme seinen Nachbar Mollerus.

Der antwortete ruhig: »Ein schwarzes Schweinchen! Nichts weiter! Schau nur her! Das Schweinchen da ist wie der himmlische Stern mit dem Schweif, der Komet genannt wird, der bedeutet nichts Gutes!«

Darauf machte er sich etwas eifriger an die

Lateinarbeit. Auf einem grauen Lösch- oder Fließpapier steckte ihm Kordulka lateinische Redewendungen zu, wobei er seine verschreckten Augen jedesmal dorthin rollte, wo Kampanus stand oder ging.

Als das dritte Viertel der Prüfungsstunde um war, gingen einige ungeduldige Kandidaten auf den Gang, um nachzusehen, ob Hilfe komme.

Kampanus bemerkte die Bewegung und ging ebenfalls hinaus, um von draußen jeden schimpflichen Unterschleif bei dem ernsten Akt der Baccalaureatsprüfung zu verhindern.

Er sandte an seiner Statt den Pedell Gottlieb Jičinský in den Saal, und hinter diesem trat bald darauf die kleine lebhafte Gestalt des Herrn Dekans in den Saal.

Kampanus schritt den Gang entlang und skandierte Rhythmen unter Zuhilfenahme der Finger.

Da sprang der tänzelnde Hovorinus aus dem Saal, und ihm nach schob sich der rundliche Mollerus, denn die Magd hatte mit dem Abfallkästchen an die Tür gestoßen, und das war das vereinbarte Zeichen.

Hovorinus tänzelte auf Kampanus zu, um ihn wegen eines Textes für die auferlegte Arbeit um Rat zu fragen, und während er auf den geschätzten und erhabenen Rektor einen Wortschwall niedergehen ließ, nahm Mollerus mit einem raschen Griff von dem Mädchen ein Bündelchen mit Blei beschriebener Papiere in Empfang.

Ein Weilchen später verbesserte manch einer der Kandidaten in fieberhafter Hast seine Aufgabe mit Hilfe dessen, was die Magd gebracht hatte.

Die, welche die ihnen gebotene Hilfe nicht benötigten, blickten mit stolzer Ruhe auf das Treiben, das sich jetzt rings um sie abspielte.

Als Moller das Konzept der Jungfer Käthchen las, brummte er alle Augenblicke: »Ein Mädel! Ein Weibsbild! Weiberverstand, Weiberlogik, lange Nudeln, Wassersuppe!«

Zu guter Letzt schrieb er aber aus der Wassersuppe, dem Powidelwasser, alle Zitate und einige Sätze mit einer bei diesem »kugeligen« Jüngling ungewöhnlichen Eile ab.

Kampanus, der draußen nichts Anstößiges oder Verdächtiges bemerkt hatte, kam in den Saal und sammelte endlich die Arbeiten der Kandidaten ein, ließ vor dem Abliefern auf jede noch eine Ziffer schreiben, trug sie zu der Konferenz der Professoren, die im Museum nebenan stattfand, und dort erhielt jeder der vier Magister die gleiche Anzahl von Arbeiten, um sie sofort zu beurteilen.

Der Pedell sammelte unterdessen die Gabe für »das Bad« ein.

»Wißt ihr, wißt ihr, das ist das letzte Mal.«

Manch ein Witzbold hänselte dann Mollerus auf der Straße wegen der Hilfe, die ihm die Jungfer gebracht habe.

»Ach was –« antwortete er, »das Mädel kann Lateinisch, das ist wohl sicher, aber ein Weibsbild bleibt ein Weibsbild, auch wenn sie eine gelehrte Maid ist; eine ungelehrte spricht viel, und eine gelehrte schreibt Powidel oder Zwetschgenmus, Měřinský hat ja gesehen, wieviel ich davon benutzen konnte.«

Es dauerte nicht einmal eine Stunde, bis Jungfer

Käthchen Kamenek von irgendeiner männlichen Klatschbase erfuhr, sie hätte Powidel geschrieben.

Sie weinte über den Undank der groben Männerwelt.

Am gleichen Tag vor der Vesper versammelten sich die Kandidaten im Carolinum, um das Gesamtergebnis der Prüfung zu erfahren. Daß alle heil durchschlüpfen und bestehen würden, hatten sie schon unten im Kolleg vom Pedell gehört.

Und wiederum waren auf dem Gang vor dem Auditorium an die dreißig Gesichter und Köpfe versammelt, jeder zwar anders, aber alle in lärmendem Gespräch, das nicht mehr gedämpft, sondern laut und heiter war.

Knobelius hatte nicht mehr die Kollegskutte an, derentwegen er sich schämte.

Kaum hatten die Kandidaten den Halskragen oder die epomis, das Zeichen der Prüfung, angelegt, kam der mürrische Skála in seinem violetten Talar schleppend daher, und gleich nach ihm erschien in der Menge das würdige Gesicht Kampanus'. An der Seite des Rektors trippelte mit kleinen Schritten der geschäftige Dekan, keusch und schamhaft wie eine Jungfrau. Vratislavský, der jüngste Magister unter den Examinatoren, kam zuletzt.

Die Magister gingen in den Saal, und die Studenten kamen in hellen Haufen und lärmend hinterdrein. Schon in der Tür drangsalierten sie – sehr unchristlich – den hageren Pedell, so daß sein Ziegenbärtchen wie eine Quaste hin und her flog.

Dekan Nudožerský strich sich über die Glatze, stellte sich vor seine drei Kollegen und sprach: »Vielliebe Jünglinge, carrissimi juvenes, ich kann weder von mir noch von den übrigen gelehrten Magistern sagen, daß wir mit den Ergebnissen eurer Prüfungen sonderlich zufrieden sind; glaubt nicht, daß wir mit euch hart verfahren sind und daß wir euch nach strengstem Recht beurteilen: der von euch angestrebte Baccalaureusgrad verlangt bedeutendere Kenntnisse, als ihr sie bewiesen habt. Aber die gelehrten Magister begnügen sich und lassen Milde walten. Erklärt also zuvörderst jeder für sich oder einer für alle: ob ein jeder zufrieden und dankbar sein wird, ob wir ihm nun den Titel eines Baccalaureus zuerkennen oder nicht, und zweitens: ob jeder damit zufrieden sein wird, daß er je nach bewiesenem Können den ersten, einen mittleren oder niedrigeren und vielleicht sogar den letzten Platz zugewiesen erhält.«

Während dieser Ansprache war Měřinský-Kordulka so aufgeregt, daß die Zipfel seines Baccalaureusmäntelchens merklich zitterten und die Augen ihm noch weiter aus den Höhlen traten.

Als Nudožerský geendet hatte, unterfing sich der lange Kordulka, den einige Nachbarn nach vorn geschoben hatten, in lateinischer Rede den gelehrten Herren Magistern Dank zu sagen für ihre Nachsicht, er versprach, daß sie alles gern in Empfang nehmen, ihre ungenügenden Kenntnisse verbessern, sich der Studien befleißen und ihren Wandel so einrichten würden, daß es dem Titel eines Baccalaureus, durch den sie sich zu ihrem Vorteil von den Laien unterschieden, entsprechen werde.

Nach dieser Rede kniete die Versammlung zu einem stillen Gebet nieder.

Darauf verkündete der Dekan, daß die und die aus allen Gegenständen »bene«, die beste Note, erhalten hätten. Zu ihnen gehörte Měřinský-Kordulka.

Unter denen, die die Zensur »mittelmäßig« erzielt hatten, hörte man auch die Namen der Kollegstudenten, die sich durch ihren nächtlichen Ausflug in die Schenke in der Zeltnergasse auf die Prüfung vorbereitet hatten.

Mollerus gehörte zu jenen, die schwach – tenuiter – bestanden, und der Pedell trug ihn im Album des Dekans als letzten unter den Baccalaurei der Philosophie ein.

In der folgenden Nacht zog jemand am Glockenzug am Tor des Großen Karlskollegs.

Wie von Sinnen schrillte das Glöckchen auf und bimmelte noch lange, ehe es zur Ruhe kam.

Als der Kollegsökonomus, der in Hemd und Unterhosen aus dem Bett gesprungen war, das Tor ein wenig öffnete, war keine Menschenseele zu sehen. Aber als sich die Tür bewegte, fiel ein Blatt Papier zu Boden.

Der verschlafene Student hob es auf. Das Blatt war feucht und klebte an den Fingern.

Rasch verschloß er die Tür und brachte seinen Fund in die gewölbte Kammer, in der er mit Hovorka und Macek schlief.

Er weckte sie auf, steckte den Leuchter an, und sie lasen die groben Worte, die nicht mit der Feder, sondern mit einem Stück Holz geschrieben waren, nämlich daß die Magister und Professoren nebulones seien und Manpakus, der Ärgste von ihnen, sei ein Zyklop.

Der nun vollständig aus dem Schlaf erwachte Ökonomus legte sein rundes Gesicht in Falten, denn es leuchtete ihm ein, daß Manpakus eine Verdrehung von Kampanus sein sollte.

Nach langer Beratung kamen die Studenten zu dem Beschluß, den tückischen Zettel zu vernichten, um Kampanus, den guten Mann, nicht zu erzürnen.

Als sie den Zettel zerrissen und zerknittert hatten, hegten sie bei sich mancherlei Verdacht, aber keiner von ihnen sprach ihn offen aus.

Tags darauf schlug der Pedell an derselben Stelle, an der noch die fettige Spur des tückischen Zettels zu sehen war, die öffentliche Einladung ad sacrae Minervae spectaculum, zur Promotion der Baccalaurei an, die eine Woche später stattfinden sollte.

Daneben schlug er die Thesen an, die die neugebackenen Baccalaurei gegen jedermann zu verteidigen willens waren.

V

Gewitterwolken

Im Carolinum fand das ehrwürdige Schauspiel der Minerva statt.

Das Tor des Großen Kollegs ist auch heute weder abgewaschen noch abgestaubt; es steht aber angelweit offen, um die gemeinen sowie die hochgeborenen Gäste freundlich zu empfangen.

Ein vom Rathausturm entlehnter Posaunenbläser steht im Torweg an der Wand, um die geschätzteren unter den Gästen mit zwei langgezogenen und zwei kurzen Tönen in harmonischer Folge zu begrüßen.

Es klang, als riefe er in zwei Terzen: »Seid uns gegrüßt!«

Auf ein Zeichen des Pedells bläst er sein Horn so schon seit der neunten Stunde nach der zwölfstündigen Uhr.

Der Pedell muß jedermann kennen, der Posaunenbläser mit seiner bläulichen Nase kennt nur die Herren vom Rathaus und auch die nicht alle.

Die Kandidaten stehen unter der Treppe beisammen. Am oberen Ende der Treppe begrüßen der Rektor und der Dekan die Gäste. Eine Begrüßung folgt der anderen.

Der Gäste gibt es genug. Sie kommen einzeln

oder in Gruppen. Die Kandidaten waren eine ganze Woche lang mit den Einladungen unterwegs.

Der Posaunist bläst immer wieder zweimal hintereinander.

Herr Wenzel Budovec kommt, ein adeliger Herr, der Denker und das Haupt der Evangelischen, der Führer im Landtag, der Verfasser des Majestätsbriefs, ein interessanter Mann mit ausdrucksvollem Kopf, mit schütterem, schon leicht ergrautem Bart; er lüftet den hohen goldverzierten Hut und läßt dabei seine schütteren Locken sehen. Er begrüßt in lateinischer Sprache, aber ohne die Spur eines Lächelns, die Studenten, denn das Leben hat tiefe Falten in sein eingetrocknetes Gesicht eingegraben, so daß das Lachen darin keinen Raum findet; hier war nur ein fester Wille eingegraben, und aus den großen Augen blickte Entschlossenheit.

An seiner Seite schritt in eifrigem Gespräch der langbärtige Theodor Sixtus. Als dieser die Studenten erblickte, gab er einigen von ihnen wie alten Bekannten die Hand.

Vom Alter gebückt, wie zerbrochen und ohne Gelenke, kommt Professor Skála. Hinter ihm schreitet inmitten einer Gruppe von Frauen, voller Neugier, die alte Veronika Konias. Sie trägt den breiten »Kotrkal« und gebärdet sich züchtig und verlegen wie ein junges Mädchen. Wer hat die Alte eingeladen? Es ist wohl wahr, daß einige der Prager Frauen sich Studenten aushalten, aber welcher der Jünglinge mag es wohl sein?

Beim Kommen zweier Ratsherren bläst der Trompeter aus Leibeskräften.

Da schreitet Herr Sušický mit Valentin Kochan einher.

Ei! Auch Pulpit, Mordidi Pulpit! Mollerus begrüßt ihn herzlicher als andere, und in diesem Gefühl der Herzlichkeit keimt ohne Zweifel der Wunsch nach einem Darlehen.

Der Posaunist bläst aus Leibeskräften.

Der Herr Mathematicus Kepler kommt, der berühmte Astronom, der frei von jedem Hochmut und, nach der abgewetzten Schaube zu schließen, mit irdischen Gütern nicht allzu gesegnet ist.

Einige Mütter mit ihren Töchtern stiegen die Treppe empor. Auch Jungfer Jesinka mit ihrer Mutter, beide mit widerlich bleichen Augenbrauen, schritten in gespielter Gleichgültigkeit einher. Bürger kamen paarweise und in Häuflein, unter ihnen Wenzel Bílek, einige Baccalaurei und jugendliche Magister, die an ihren Bireten kenntlich waren, unter ihnen der dicke Doktor der Medizin Borbonius, einer der wackersten Trinker.

Auch ein Jesuitenpater in eckigem Barett war da, mit einem seiner Schüler. Er lüftete das Biretchen vor den Kandidaten. Einige dankten ihm, andre taten nichts dergleichen.

»Was soll der Spürhund da?« fragte Knobelius Mollern.

»Warum denn nicht? Stand doch in der Einladung gedruckt, die Baccalaurei werden heute ihre Thesen gegen jedermann verteidigen; darum wurde der Jesuitenbruder eingeladen wie jeder andre.«

Und wieder kommen Männer, mit ihnen und ihnen folgend die Frauen; Federhüte wechseln mit perlengeschmückten Hauben ab, einfache Tuchröcke mit weißen Schnüren lösen mit Goldbrokat verbrämte Röcke ab, hier fällt grelles Orange auf, dahinter Gewänder in mattem Taubengrau, da wieder leuchtet ein geblümtes Mädchenkleid neben der schwarzen pelzbesetzten Schaube eines Greises.

Das ganze bunte Gewoge strömt durch die kleine Tür in die große Aula der Akademie, den größten Palast in der Prager Altstadt.

In der Aula unterhielt man sich teils mit Gesprächen, besonders die Frauen kreischten um die Wette, teils betrachtete man die Wandmalereien, las die Inschriften in lateinischen Versen, stritt darüber, welchem adeligen Herrn dieses und welcher Stadt jenes gemalte Wappen gehöre.

Auch die mit vergoldeten Butzen verzierte Dekkentäfelung erweckte Aufmerksamkeit, ebenso wie die Marmortafel, die Paläologus, der Fremdling aus Griechenland, zum Andenken an den Dichter Kolín meißeln und anbringen ließ.

Die eingetroffenen Magister und Doktoren nahmen auf den erhöhten Bänken an der Wand ihre Plätze ein, die Baccalaurei, in der Mehrheit Lehrer an den Prager Schulen, besetzten die tieferstehenden Bänke.

Als die Professoren und Kepler sich an der Stirnseite des großen Saales auf rot bespannten Stühlen niedergelassen hatten, nahm das ehrwürdige spectaculum seinen Anfang.

Kampanus stieg ernst eine Stufe herab und betrat das Magisterkatheder. Mit schöner, eherner Stimme sprach er über König Wenzel IV.

Er erklärte und stellte unter Beweis, daß es die

Deutschen waren, die ihm den Beinamen der Faule gaben, und zwar aus Zorn darüber, daß er ihre unberechtigte Vorherrschaft an der Universität beseitigte. Das Pathos stand dem stattlichen schwarzbärtigen Kampanus wohl an, als er ausrief: »König Wenzel ist unser Camillus, der den Feind vom Kapitol verjagt hat; widersprach es denn nicht jedem Recht, daß die geborenen Tschechen hier, auf ihrem eigenen Boden, wie Fremde lebten und den zweiten Platz einnahmen? Mit Gottes Hilfe wird es nie wieder geschehen, daß die Tschechen in diesem Lande mit Füßen getreten und beiseite geschoben werden, das wird es in alle Ewigkeit nicht mehr geben!«

Alle, die Lateinisch verstanden, bezeugten am Ende mit lautem Beifall ihr Wohlgefallen und ihre Zustimmung. Wer nicht Lateinisch verstand, der begriff, daß der Herr Rektor mit Eifer etwas Bedeutendes zum Ausdruck gebracht hatte.

Dem Pedell Jičinský stand es heute wohl an, als er auf einen Wink des Rektors nach altem Brauch mit einem metallbeschlagenen Buch an das untere Katheder herantrat, das für die Baccalaurei bestimmt war.

Der breite Pedellentalar, die bauschig herabhängenden Ärmel verhüllten die Schwächlichkeit seiner hageren Gestalt, und das unschöne Bärtchen unter seinem Kinn, das sonst so lächerlich flatterte, versank heute im breiten Fellkragen und in der Halskrause.

Der Pedell las mit heller, vor Aufregung in unnatürliche Höhen aufsteigender Stimme die sieben Gebote vor, zu deren Einhaltung sich die Kandidaten gegenüber der Fakultät verpflichteten; er ermahnte sie, dem Dekan in allen ehrbaren Dingen Folge zu leisten, die Statuten der Fakultät einzuhalten, sich an den Disputationen und den akademischen Festlichkeiten zu beteiligen, die Vorlesungen zu besuchen, damit sie Magister werden könnten, an keiner anderen Universität den Baccalaureusgrad anzunehmen und immer, welche Stellung sie auch einnehmen sollten, das Wohl der Fakultät im Auge zu behalten.

Siebenmal hintereinander antworteten die Kandidaten im Chor: »Promitto«, ich verspreche es!

Dann trat einer nach dem anderen zum Katheder der Baccalaurei, wo er aus den Händen des Dekans den blauen Rock des Baccalaureus in Empfang nahm.

Das Katheder war voll von solchen Röcken.

Die Kandidaten nahmen die Halskragen, das Zeichen des Kandidatenstandes, ab und legten, der eine hier, der andere dort, zwischen den beiden Kathedern vor den Augen der gelehrten und nichtgelehrten Gemeinde die breiten blauen Baccalaureusröcke an.

Die Frauenzimmer wisperten und kicherten, als die jungen Herren Baccalaurei sich anzogen, denn manch ein gelehrter Tolpatsch konnte nicht in den Ärmel treffen und schnitt vor Verlegenheit verzweifelte Grimassen.

Mollerus sah in seinem Rock wie ein hochwürdiger Herr aus, aber er machte ein gar verdrießliches Gesicht. Hatte er doch am heutigen Festtag schon so oft zu seinen Kollegen gesagt, daß ihn das »Gekasper«, die leeren und langatmigen »Zeremonien« verdrossen. Mollerus war ein praktischer Mensch.

Während die neuen Baccalaurei sich ankleideten, verteilte Kampanus an die Gäste aus einem Bündel Papier in seinen Händen das gedruckte Gedicht

»Applausus gratulatorius«, das er den frischgebackenen Baccalaurei zu Ehren verfaßt hatte.

Auch diesen selbst gab er eine Handvoll mit der Bitte, die Blätter an Gäste und Freunde zu verteilen.

Dann betrat ein Kandidat nach dem andern das nunmehr leere Katheder der Baccalaurei, um seine These herzusagen.

Mollerus hatte sich die These gewählt, daß und welcherlei Adel man durch Tugend und Bildung gewinne. Er hatte seine These fertig und ausgearbeitet unter den rhetorischen Aufgaben vorgefunden, die er im Kolleg aufgetrieben und bei der Prüfung in seinen weiten Hosenhälften verstaut hatte.

Einer der auswärtigen Baccalaurei sprach über die sonderbare These, ob es dem König zustehe, die Schulen zu behindern und die Akademie aufzuheben.

Als Knobelius auf dem Katheder stand, sprach er davon, welchem Krieger der Vorzug zu geben sei, dem einheimischen Soldaten oder dem fremden, dem geworbenen Söldner.

Der junge Baccalaureus behauptete und belegte es mit Zitaten aus Tacitus, daß Söldner seit jeher nichts taugten und immer eher Diebe und Räuber waren als ehrenhafte Soldaten; wie ganz anders kämpften dagegen die eigenen Landsleute, die für Gott und ihr Vaterland stritten, wie mannhaft kämpften die Taboriten und wie lustig trieben sie mit ihren eisernen Weihwedeln den Feind aus dem Land hinaus; im Gegensatz dazu ging das große Kaiserreich und die Stadt Konstantinopolis nur deshalb zugrunde, weil ihre Bürger die Verteidigung Söldnern und Fremdlingen überließen.

Was Knobelius sagte, war gut und wahr, aber er sagte es ausdruckslos und verschämt, obgleich er in der Schenke, auf der Straße und im Studentenkolleg so ein Großmaul war.

Es schien, daß niemand der von Knobelius vorgetragenen Wahrheit Beachtung schenkte.

Möglich, daß die Gäste vom langen Sitzen, von den langatmigen lateinischen Reden und den »Zeremonien« übersättigt und ermüdet waren.

Deshalb standen sie gern auf und streckten sich auf alle mögliche Weise, als der Dekan als Promotor die Feier damit beendete, daß er die anwesenden Jünglinge als Baccalaurei verkündete; er verlieh ihnen den ersten Grad der akademischen Würden aufgrund der ihm von Gott dem Allewigen und vom Vater des Vaterlandes Karl IV. und allen böhmischen Königen, namentlich vom gegenwärtigen erlauchtesten Fürsten und S. M. König Matthias sowie durch den einstimmigen Beschluß der Fakultät erteilten Machtbefugnis. Auf daß dies alles gültig und unabänderlich bleibe, das möge der allmächtige Gott, sein Sohn, unser Herr und Erlöser, und der Heilige Geist bewirken. Amen.

Während alle durch die enge Tür aus der Aula hinausströmten, luden Kampanus und der Dekan die anwesenden vornehmen und geschätzten Herren zum Philosophenfrühstück ein und baten sie, sich mit den Professoren zur Tafel zu setzen.

Der kurzatmige Magister Skála ging nach Hause, in das Wenzelskolleg.

Beim Verlassen der Aula legte Herr Johannes Kepler, der astronomus und mathematicus des verstorbenen Kaisers Rudolf, Kampanus beide Hände auf die Schultern und sagte herzlich: »Gern will ich ein Weilchen in eurer Mitte sitzen, besonders du, Magister Kampanus, bist mir lieb, du besonders, mir gefällt es sehr, wie du es verstehst, deinen frommen christlichen Sinn mit dem Heidentum des Poeten zu vereinen, wie du Christus anrufst und Apollo meinst, wie du Jupiter anrufst und zum dreieinigen Gott betest. Als ich gestern nachts aus dem Observatorium herunterstieg, von den himmlischen Sternen herabstieg, da begann ich deine Psalmen Davids zu lesen, wie du sie gedichtet hast, und mir stiegen Tränen unsäglicher Rührung in die Augen, salve, Magister, salve!«

Kampanus errötete ob solchen Lobes und solcher Anerkennung wie ein kleiner Junge.

Er sagte, daß ihm nicht alle solche Anerkennung zollten.

»Schon manch einer hat gegen mich seine Spottschriften verfaßt und gedruckt, das hat mich Bescheidenheit gelehrt!«

»Laß sie schreiben, du schreibe das Deine und gib ihnen keine Antwort, du weißt doch, daß der weise Pythagoras die Majestät der Philosophie durch bloßes Schweigen zu bewahren wußte!«

Aus dem Sommermuseum war schon das Tafeln der neuen Baccalaurei zu hören.

Man kann jedoch nicht behaupten, daß die Kollegsküche dabei den Duft kostbarer Gerichte verbreitete. Ganz und gar nicht! Die neugebackenen Baccalaurei hatten die Baccalaurei der Prager Schulen und die übrigen Gäste ausdrücklich zu einer ihrem unzureichenden Vermögen entsprechenden Bewirtung eingeladen, und so war es in der Tat.

Ihr Vermögen war unzureichend.

Da gab es ein Stück kalten Rinderbraten mit Safran, der Käsehändler, der im Kolleg eingemietet war, hatte den Baccalaurei billig ein Rad holländischen Käse aus seinem Laden überlassen, Pulpits Lehrling hatte Tags zuvor eine Schüssel Klöße aus Hackfleisch gebracht, und das war auch alles, was die neuen Baccalaurei ihrem unzureichenden Vermögen entsprechend auf den Tisch bringen konnten.

Aber es langte.

Denn eigentlich ging es ja immer nur um den Trunk. Und da zeigte es sich wiederum, daß die Baccalaurei gelagertes und würziges Bier im Überfluß hatten. Da gab es auch ein Fäßchen, allerdings sauren Prager Weines vom Händler Treytlar; Kochans und Vokouns alte Herren hatten auch etwas springen lassen und jeder zwei Viertelfäßchen Rakovníker Bier geschickt; zum Trinken gab es also genug.

Die neuen Baccalaurei schenkten fleißig ein und warteten selbst auf, denn nach altem Brauch waren Frauen weder zum Schmaus noch zur Bedienung zugelassen.

Bald erschollen vom allgemeinen Trinkgelage der Männer im Sommerauditorium fröhliche Lieder.

Dann, als man mit den Trinksprüchen begann, wurden die Stimmen immer fröhlicher, lauter, durchdringender und kräftiger.

Man trank auf die Akademie, die Magister und jeden einzelnen der Magister, die zu einem kurzen Besuch unter die Jugend gekommen waren, und man tat dies mit großer Begeisterung.

Auch Pulpit nahm einmal das Wort, »auf daß der

Herrgott euch alle schütze, auf daß der Herrgott, mordidi, euch einen guten Verdienst an den städtischen Schulen schenken möge!«

Anfangs wurde hübsch nach Noten gesungen; dann weniger hübsch, und schließlich sang jeder nach seiner Weise.

Im Saal des Wintermuseums hingegen wurden ruhige und ernste Gespräche geführt.

Kampanus stellte zu Ehren der Gäste gold- und silbergefaßte Gläser, ein Geschenk weiland Karls IV., auf den Tisch.

Die altertümlichen und kostbaren Gläser blieben jedoch wie ein Heiligtum inmitten des Tisches stehen. Die Herren tranken den süßen Tiroler Wein aus Bechern, die weniger altertümlich waren.

»Die Tschechen sind überall verhaßt«, sagte Kepler, »bei Hof streuen die Jesuitenpatres Haß gegen sie aus, aber noch weitaus mehr und ärger schädigen manche geborene Tschechen ihr eigenes Volk, – ich habe es schon mehrmals mit Mißfallen bemerkt – das macht die Religion; aber wer im Auslande üble Nachrichten über euer Volk verbreitet und zusammenschreibt, der kennt das Volk nicht, ich habe es kennengelernt während der Jahre, die ich unter euch verbracht habe.«

»Magister, wir haben erwartet, daß du als Professor bei uns bleibst, bis an das ferne Ende deiner Tage, unsere alma mater möchte sich deiner rühmen!« bemerkte Kampanus mit aufrichtiger Trauer.

»Wir wären von Herzen dankbar dafür!« ließen sich einige der Magister vernehmen.

»Die Magister müßten das veraltete Eheverbot aufheben, das schändliche Mönchstum, dann könntet

Ihr, Herr Kepler, samt Eurer Familie sehr wohl in Prag verbleiben und an der Akademie lehren!« meinte Budovec.

Aber Magister Kepler dankte nur immer wieder. Er würde, wie er sagte, Kaiser Matthias erzürnen, wenn er auf dessen Ruf nicht nach Wien ginge, und bekäme das ausständige Gehalt nicht, das ihm die Kammer des verstorbenen Kaisers Rudolf seit vielen Jahren schuldete.

»Ihr wißt wohl, wie übel es um mich stand, ich will euch allzeit eure Freundschaft vergelten, ihr habt mir eine Kollegswohnung überlassen, habt meine Familie gesättigt, als es für mich, einen Evangelischen, unter den Höflingen auf der Burg keinen Platz gab, ich weiß euch dafür vielen Dank, aber es bleibt mir nichts anderes übrig, als Abschied zu nehmen und euch in allem, in euerem Streben, vielen Erfolg und alles Gute zu wünschen!«

Keplerus starrte eine geraume Weile auf eine und dieselbe Stelle des weißen Tischtuches, aber sein Blick war leer, und weiß Gott, wo die Gedanken des berühmten, aber armen Astronomen umherirrten, dessen Geist so oft aus den unendlichen Himmelsräumen herabsteigen mußte in den irdischen Schmutz der Alltagssorgen und der Angst um das Stückchen Brot.

Es wurde für eine Zeitlang still im Winterauditorium, rings um die Gläser Karls, des Vaters des Vaterlandes.

Wenzel Budovec strich sich den Schnurrbart hoch und brach das Schweigen: »Teurer Herr Magister, Ihr ziehet von hinnen, und wir bleiben hier in unserer Bedrängnis; über uns Utraquisten halten

Herodes und Pilatus Rat; wir haben den Majestätsbrief über die Glaubensfreiheit, aber eine solche Freiheit gibt es nicht; es hatte den Anschein, als brächte Gott mit dem königlichen Majestätsbrief das einstige Goldene Zeitalter in unser geliebtes Vaterland, aber das Goldene Zeitalter kam nicht, und ich glaube auch nicht, daß es kommen wird. Die Herren Freunde wissen vielleicht noch nicht, daß Polyxena von Lobkovic unlängst wie ein Drache nach Litomyšl gefahren kam und den Evangelischen die Spitalskirche weggenommen hat; daß der Erzbischof in der vorigen Woche unsere utraquistischen Priester von den kaiserlichen Gütern in Brandýs, Unhošť und wer weiß noch von wo vertreiben ließ!«

»Das ist denn doch! Der Teufel soll ihn …«, rief Sušický eifernd, »von den erzbischöflichen Gütern hat er unsere Priester schon im Vorjahr vertreiben lassen, jetzt vertreibt er sie also von den kaiserlichen Gütern, und wer gab ihm das Recht dazu?«

»Ihr wißt doch! Slavata, Martinic, diese klugen Berater«, gab Budovec zur Antwort.

»Und wie steht es um die Bürger von Hrob?« fragte Kampanus.

»Schlimm steht es, sie begannen eine Kirche zu bauen, wir Defensoren bestärkten sie in ihrem gottgefälligen Tun, ich selbst schrieb ihnen, daß laut Majestätsbrief alle, die sich zur Konfession bekennen, ihre Religion wo immer ausüben können, auch das Bauernvolk darf von seiner Obrigkeit nicht gezwungen werden, von seiner Religion abzulassen; sie bauten also, aber der Erzbischof ließ die führenden Personen in Osek in Haft setzen, und einen von ihnen haben sie angeblich schon umgebracht; den Schulmeister, den Schreiber jagte er aus der Stadt, den Landleuten verbot er, Getreide in die Stadt zu fahren, er will die Stadt aushungern. Dann äffte der Abt von Broumov den Erzbischof nach, nahm den Bürgern ihre Kirche weg, aber die sind in Aufruhr, der Abt hat die Statthalter schriftlich gebeten, Soldaten zu Hilfe zu schicken. Als ich gestern im Namen der Defensoren oben auf der Burg in der Kanzlei war, da sagte mir Slavata, daß der Majestätsbrief eine Lücke habe, daß die Religionsfreiheit sich nicht auf die Untertanen erstrecke, daß nur die Stände Kirchen bauen dürfen, die Untertanen aber nicht, und daß die geistlichen Obrigkeiten auf ihren Gütern überhaupt keinen Evangelischen dulden müßten, daß der Majestätsbrief sich nicht auf die geistlichen Obrigkeiten beziehe, diese hätten angeblich niemanden darum gebeten, so und ähnlich sprach mit mir dieser feiste, widerliche Kerl, dieser tollwütige Römling. Bald schüttelte mich der Zorn, bald war mir zum Weinen zumute – das also ist der Majestätsbrief, den wir nach so vieler Mühsal erwirkt haben!«

Und wieder wurde es still im Winterauditorium.

In die Stille drang der fröhliche Gesang der jugendlichen Kehlen aus dem Sommerauditorium.

»Nichts für ungut!« bat Theodor Sixtus nach einer Weile, »sagt mir bitte nicht, ich hätte meine Weisheit auskramen sollen, solange noch Zeit war, ich bin auch der Meinung, daß der Majestätsbrief eine Lücke hat, – wir haben vergessen darin anzuführen, daß die Freiheit sich auch auf das untertänige Volk auf dem Grundbesitz der Priester bezieht, das war und ist ein Fehler.«

»Nein, nein, tausendmal nein!« rief Budovec leidenschaftlich – dabei glänzten seine Augen, und seine Wangen glühten –, »das ist kein Fehler, dahinter steckt nur die Bosheit unserer Feinde; im Majestätsbrief steht doch klar geschrieben, daß auch das Bauernvolk nicht zum Religionswechsel gezwungen werden darf – damit ist doch auch gesagt, daß die untertänigen Bürger sich eine Kirche bauen dürfen – –«

»Darüber wird es Streit geben, und ich befürchte, daß es zum Blutvergießen kommt!« antwortete Sixtus.

»Wenn wir Angst haben werden, werden wir unseren Feinden nur Mut machen! Ich fürchte mich nicht!«

»Edite, bibite, cari sodales!« tönte der Gesang aus dem Sommerauditorium. Aber im Winterauditorium, rings um die Kelche Karls IV., gab es gewichtiges Nachdenken, und manchen Augenblick herrschte eisiges Schweigen.

VI

Ein wichtiges Konsilium

Am nächsten Tage – kaum daß der Morgen graute – wurde das Carolinum von einem Gewimmel ganz andrer Leutchen als gestern und vor einer Woche belebt.

Auf dem Hof und in den Gängen gingen Studenten hin und her, die auf den ersten Blick etwas jünger waren als die am Vortag abgefertigten Baccalaurei, und unter sie mischten sich kleine Jungen, die umhertollten und jagten wie die Spatzen am Obstmarkt.

Wenn einer von ihnen ganz unchristlich dem Pedell Jičinský mit dem Kopf gegen den schmächtigen Bauch rannte, so daß sich der schwächliche Mann fast überschlug, dann schrie der zornig auf, wollte, wißt ihr, wißt ihr, gegen die Buben die Rute nehmen und ihnen eins versetzen, tat aber in Wirklichkeit nichts dergleichen. Er selbst lief ebenfalls hin und her, aus dem Auditorium zum Fiskus, vom Fiskus in die Wohnung des Rektors, von da wieder in die Habitation eines anderen Professors. Er war ständig in Eile und hatte keine Zeit, sich um die Buben zu kümmern.

Um bei der Wahrheit zu bleiben, waren es nicht alle Jungen, die zwischen den ankommenden Studenten umherliefen. Einige standen still bei ihren Vätern und sperrten Augen und Mund gleichzeitig auf angesichts des lärmenden Gewirbels, das sie noch nie gesehen hatten. Andere Bübchen wieder widmeten sich einer ruhigeren Beschäftigung; drei der stillsten bröckelten den gesprungenen Mörtel von der Mauer des altertümlichen Carolinums ab und scheuchten Ohrwürmer und Mauerasseln, diese unschuldigen Tierchen, aus ihren engen feuchten Gängen unter dem Mörtel.

Als das Treiben seinen Höhepunkt erreicht hatte, trug der Pedell ein Tischchen vom Fiskus auf den Gang heraus, schob einen mit Nägeln beschlagenen Stuhl dazu, legte ein ungeschlachtes Buch darauf, brachte ein Tintenfaß aus Messing, das ziemlich bekleckst und mit Tinte beschüttet war, legte zwei Schreibfedern daneben und forderte die Studenten auf, sich einzutragen, und zwar diejenigen, die in die Akademie Karls IV. einzutreten gedachten, auf der einen Seite des Buches und auf der anderen Seite die, die Stipendisten, Famuli, Diener, werden wollten. Sobald alle eingetragen waren, sollten sie ihn rufen, dann werde er das Buch dem Herrn Dekan bringen. Damit verließ er sie und widmete sich den Vätern und ihren kleinen Jungen.

Der meist wohlbeleibten Väter gab es an die fünfzehn, alle in Schauben und Pelzmützen, einige in Samt gekleidet. Jičinský tat ihnen schön, denn er wußte aus Erfahrung, daß es manchmal Landleute und fast immer wohlhabende Bürger und Ratsherren aus den Kleinstädten zu sein pflegten, die ihre Söhnchen in den Musterklassen bei der Universität haben wollten und die Erziehung ihrer Kinder unmittelbar den Professoren anvertrauten. Hatte doch jeder von ihnen einen Reisesack, eine Tasche, einen Korb oder ein Bündel mit sich. Jičinský weiß wohl, daß sie Butter, Eier, Geflügel und Hasen bringen und daß die Professoren – mit Ausnahme des geizigen Skala – einen guten Teil dieser Gaben dem Pedell zum Verzehren überlassen.

»Wißt ihr, wißt ihr«, sprach er zu ihnen, »Ihro Gnaden der Herr Rektor will in seiner Wohnung keine Jungen haben, sie stören ihn, aber die übrigen Magister nehmen sie auf, heuer werden die Buben in die Karpfengasse zu Herrn Magister Kamenek zur Schule gehen, dort sind in diesem Jahr die Universitätsklassen; bei uns haben es die Jungen gut, wir kümmern uns um sie, wißt ihr, wißt ihr, bei uns haben sie es besser als bei den Jesuiten, dort schreckt man sie mit Teufel und Aberglauben, das gibt es bei uns nicht, höchstens die alte Köchin hat zwei Teufel im Leibe, aber auch in die – wißt ihr – fahren die Teufel nur hie und da.«

Unter solchen Reden führte Jičinský die Väter der Schüler mit ihren Bündelchen zum Herrn Rektor, der sie beraten und die Einschreibung vornehmen sollte.

Inzwischen zog ein schöner heiterer Herbsttag herauf, die Wölkchen am Himmel verloren ihren rosigen Glanz und wurden weiß, der Himmel blaute und blickte freundlich auf das baufällige Universitätsgebäude herab, in dem gerade ein neues Winterschulsemester begann.

Es war ungefähr um die zehnte Stunde nach deutscher Uhr, als gegenüber dem Carolinum die Glocken von St. Gallus läuteten und die Magister der

Karlsakademie sich nach einem Gebet zum prandium, zum Frühstück, setzten, bei dem sie sich über die Vorlesungen im kommenden Semester einig werden sollten.

Zwei Famuli brachten ein Kupferbecken mit einer Wasserkanne und ein Handtuch aus der Küche und boten es den Professoren zum Händewaschen an; einer der Famuli schleppte auch schon einen Krug Bier herbei und stellte eine Schüssel mit Braten auf den Tisch, ein dritter Student brachte geflochtene Kuchen.

Gleichzeitig las einer der dienenden Studenten (es geschah heute zum letzten Mal, denn morgen sollten schon neue Famuli ihren Dienst antreten) laut und schnell eine Epistel des hl. Paulus vor, aber niemand hörte ihm zu; sogar Skála erzählte dabei dem Magister Vratislavský, der neben ihm saß, daß er einen verhärteten Magen habe.

»Bis zum Morgen liefen mir ein wenig die Füße an, es steht zu befürchten, daß ich Wasser im Leib habe, die Haushälterin hat mich mit Schmalz eingerieben, Wassersucht ist eine arge Sache.«

Der Braten war bald aufgegessen, und als sich die Herren wieder die Hände gewaschen hatten, wies Kampanus die Famuli hinaus.

Kaum war die Kutte des letzten Schülers aus der Tür geflitzt, da begann Skála damit, daß er Sonnabend weder Vorlesungen noch sonst eine Arbeit in der Akademie haben wolle, weil an diesem Tag die Fleischer Markt hielten und unter den Fenstern Tumult verursachten. Dabei trommelte er eindringlich mit der behaarten Hand auf den Tisch.

Dekan Nudožerský strich sich aufgeregt die Glatze und sagte recht gutmütig, daß dies jeder der Magister sagen könnte und Sonnabend dann schulfrei wäre.

Der Dekan wollte sichtlich vermeiden, daß auch die übrigen Professoren sich gegen den Sonnabend wehrten. Er erreichte zwar seinen Zweck, aber Skála fühlte sich schwer gekränkt. Sein aschfahles Gesicht überzog sich mit leichter Röte, die Ader an seinem eingefallenen Halse begann zu zittern, und der Greis stieß zwischen den Zähnen hervor, daß die hohen Mutes zu sein pflegten, deren Körper zu kurz geraten sei.

»Bona res quies! Ruhe! Ruhe!« bat Kampanus, und Nudožerský schlug rasch die Statuten auf, um dem Brauch entsprechend vorzulesen, was darin bezüglich der Vorlesungen vorgeschrieben war.

Und schon las er. Aber es dauerte nicht lange.

Polternd wie ein Fuhrmann im Torweg fiel ihm Skála ins Wort und kündigte in kurzen Worten an, daß er nicht Logik vortragen werde, sondern a logicis ad ethica übergehe.

»Nicht doch«, meldete sich rasch der schwarzbärtige Troilus, »ethica sind mein Gegenstand, und den lasse ich mir nicht nehmen.«

»Ohne Logik kann die Akademie nicht sein und bestehen!« sagte Kampanus versöhnlich und beruhigend.

Skála trommelte wütend.

Plötzlich raffte er sich auf, um wegzugehen.

Sein schleppender Gang wurde merkwürdig rasch, und er war nur darauf bedacht, hinauszukommen.

Der Dekan rief ihm verzweifelt nach, er möge warten: »Exspectate, exspectate!«

Aber der wutschnaubende Greis war schon auf und davon. Der Dekan lief hinter ihm her.

»Gott möge es zum Guten lenken!« sagte Kampanus nicht ohne Bewegung, »über ein Weilchen kommen die Defensoren und die Freunde unserer Schule zum wichtigsten Konsilium, das jemals hier stattgefunden hat, und wir sind im hellen Zwist.«

»Der Alte ist gleich aus dem Häuschen«, fügte Troilus hinzu, »das Alter ist schnell beim Reden, aber langsam beim Zuhören, gibt ungern, aber nimmt gern; der Alte ist mißmutig, hadersüchtig, grämlich, der Teufel soll so ein Greisentum holen!«

»Was hat er sich da angewöhnt? Wenn ihm in seinem Schädel etwas in die Quere kommt, läuft er davon!« wunderte sich der Professor der Physik.

»Es ist Christenwerk, einem verstockten Sinn in Freundschaft entgegenzukommen und ihn zu besänftigen«, riet Kampanus.

»Ich übernehme also auch die Logik, ich will nachgeben«, entschied sich Troilus, und da geleitete der Dekan auch schon Skála zurück, dessen Gesicht fast farblos war. An seinen zusammengepreßten, schmalen Lippen war Zorn zu erkennen und in seinen Blicken Bitterkeit und Geringschätzung.

Den beiden Magistern auf dem Fuß folgend, stürzte der Pedell in den Saal, um anzukündigen, daß die geschätzten Herren schon auf der Treppe seien. Der junge Magister Vratislavský ließ den geflochtenen Kuchen stehen, den er während der stürmischen Beratung bis zu diesem Augenblick in aller Gemächlichkeit gegessen hatte, und alle standen vom Tisch auf, um die geschätzten Gäste zu begrüßen, die von den Landständen ausgesandt waren, um die Hochschule zu verbessern.

Es erschien Budovec mit seinem schütteren Lokkenhaar und dem energischen Blick. Ihm folgend schob sich Doktor Borbonius in den Saal. Die dichte Halskrause, auf der der Kopf wie auf einer Schüssel sitzen sollte, hatte sich seitlich verschoben, und die Stützen aus Draht ragten hilflos ins Leere wie zum Beweis dafür, daß der dicke Doktor kein Stutzer war und sich wenig Sorgen um sein Äußeres machte.

»Was will denn der hier?« fragte Troilus leise und argwöhnisch Nudožerský, als er Adam Andreae, den Stadtschreiber der Altstadt, eintreten sah, »das ausgemergelte Gerippe hält es ja mit den Jesuiten!«

»Ein Abgesandter des Rathauses; du siehst doch, daß Faltýn Kirchmajer vom städtischen Zehnherrengericht kommt und gleich hinter ihm Sixtus von Ottersdorf.«

Kirchmajer, der sich das kleine Schnurrbärtchen glättete, sagte schon in der Tür zu Kampanus, sein Vater, der Primas, hätte ihn geschickt und er solle den Herren bestellen, daß Gott allem ihren Tun und der geplanten Reform seinen Beistand schenken möge.

Schon brauste im Saal das Gewirr vieler Stimmen.

Mitten in diesem Lärm erkundigte sich Kampanus bei Budovec nach dessen Gesundheit.

»Die gelichteten Locken sind wie Schnee, aber die Beine hurtig – Ihr versteht, albicapillus, pedibus mobilis!«

Unterdessen setzte sich Borbonius an den Tisch, bei dem sich der Pedell mit den Famuli zu schaffen machte und Wein einschenkte. Sein Glas schwenkend, erzählte Borbonius den zwei Professoren, die neben seinem Stuhl saßen, daß der Rotwein sich schön im Glas spiegle, aber am Ende tückisch sei wie eine Schlange.

»Wenn er nur schmeckt!« bemerkte einer der Gelehrten nicht ohne anzügliche Spitze.

»Der schmeckt mir!« war das aufrichtige Echo des Doktors.

Kampanus reichte dem jungen Advokaten Simon Sušický beide Hände zur Begrüßung und beglückwünschte ihn herzlich zur Vermählung. »Ich habe gehört«, sprach er, »daß die Čenvička, das Töchterchen des Primas von Hradec, eine brave Jungfer ist, möge Euch Euer Vorhaben gelingen!«

Zu gleicher Zeit redete Borbonius mit öliger Stimme von seinen Büchern und erzählte, er habe schon die Hälfte davon in weißem Leder gebunden und seine ganze Bibliothek werde weiß sein.

Herr Mathes Thurn trat ein. Er war Soldat, kam in einem abgetragenen Mantel, den er in der Tür abnahm und zur Seite warf, ohne zu sehen, wohin, und hinterdrein flog irgendwohin der breite Soldatenhut mit der geknickten Feder.

Die Studenten hoben die Sachen des adeligen Herrn bereitwillig auf und hängten sie an dem Gesimse auf.

Herr Thurn wurde von allen Seiten umringt und begrüßt. Er war nahe an die fünfzig Jahre, hatte kurzgeschorene Haare, einen breiten, braunen, ins Rötliche spielenden Bart und den Schnurrbart hochgedreht, kurz, ein Soldat. An den Tisch tretend, sagte er zu Kampanus in schlechtem Latein und noch schlechterem Tschechisch, er sei nicht so sehr in Vertretung der Landstände gekommen als vielmehr der deutschen Schule und Ansiedelung in Prag, auf daß das neue deutsche Gymnasium von St. Salvator in die Reformation der Akademie einbezogen werde, falls es dazu kommen sollte.

Doktor Borbonius begann gerade, seinem Nachbarn von Thurns Wunde zu erzählen, die ihm die Türken bei Gran zum Andenken beigebracht hatten, und von der Verletzung, die er im vorigen Jahr in der Welschen Gasse durch die Passauer Horden erlitt, weiter, daß Thurn immer die gleichen Kleider trage, so lange, bis sie zerschlissen waren.

Da verlangte der ungeduldige Budovec, man möge beginnen; hurtig und voll Eifer nahmen die Herren ihre Plätze ein.

Der Dekan begrüßte die Defensoren und die Gäste.

Deus optimus laudandus est, Gott sei gelobt, denn er veranlaßte illustrissimos, generosissimos, amplissimos defensores zur Reform der Karlsschule. Der Dekan lobte die Stände und die Defensoren mehr, als es not tat. Er schloß, daß Gott, der wahre Michael, alles segnen möge, was sie heute zur Ehre Gottes und zum Frommen der studierenden Jugend, des tschechischen Volkes und der reinen Religion unternehmen wollten.

Die Verhandlungen des Konzils schritten erstaunlich rasch vorwärts. Wenn die Professoren allein waren, pflegte das Konzil endlos zu sein, denn was schon zwei der Professoren gesagt hatten, mußte ein dritter wiederholen, das liegt schon im Charakter der Professoren. Heute ging das nicht.

Herr Budovec von Budov geht – seine schwarzen Augen funkeln nur so im abgezehrten Gesicht – mit Macht ins Zeug, offensichtlich hat er alles schon im voraus wohl überlegt und vorbereitet.

»Ihr seid schlimm daran, liebe Magister, die Jesuitenakademie ist besser geleitet, sie wächst, und ihr geht zugrunde. Das muß anders werden. Zuvörderst macht euch von den Höfen, Feldern und Ställen los, entsagt der Ökonomie. Ihr plagt euch mit den Bauern in Michle und anderswo, um von ihren jährlichen Zahlungen leben zu können, aber das paßt nicht für euch, ihr verbauert. Wählt einen Beamten, irgendeinen Quästor für die Güter, der soll für euch wirtschaften und den Professoren ihren Anteil am Ertrag ausbezahlen. Das ist auch die Meinung der böhmischen Stände. Ich habe euch Herrn Wenzel Magrle mitgebracht, der als ein weiser Prokurator euch alles berechnen wird, sofern ihr wollt. Auch Herr Sušický wird euch mit Rat beistehen!«

Kampanus erwiderte gleich voll Eifer: »So ist es. Unser Katheder ist mit den Worten des römischen Dichters Juvenal – vanis et sterilis – schal, wir sind wie Schaffer, kümmern uns um die Felder und das Vieh, und die Bauern schimpfen, trinken Branntwein, verspielen ihr Geld in der Schenke, ihre Weiber treiben Zauberei, oft müssen wir sie hier einsperren – ständig sind Aufwendungen nötig, wir können nichts in Angriff nehmen, wir haben trotz aller Mühe kein Geld in den Händen, cathedra vanis, es wird weise sein, wenn jemand anders um die Wirtschaft sorgen wird!«

Alle nickten mit dem Kopf.

Nur Skála nicht, der trommelte schon längst auf den Tisch, wobei er ständig etwas zwischen den Zähnen brummte. Endlich brach er los: »Ich werde die Besitzung des Wenzelkollegs nicht zugunsten der gemeinsamen Wirtschaft herausgeben. Das wäre die communitas der Wiedertäufer! Ich behalte, was ich als Professor bekommen habe!«

Während Skála sprach, spielte Budovec aufgeregt mit seinem vergoldeten Dolch, dann ließ er den Dolch los, strich sich mit der Hand über die Locken und bat, ohne auf diese Bemerkung einzugehen, jeden der Professoren um seine Stimme oder eine Äußerung.

Es wurde abgestimmt, und Skála blieb allein mit seinem Trotz.

»Die Ökonomie wird also aufgehoben, damit nimmt auch eure communitas ein Ende, nämlich das gemeinsame Wohnen im Kolleg, die Tischgemeinschaft; ein jeder soll wohnen, wo er mag – und im Zusammenhang damit könnt ihr das veraltete, schändliche Zölibat der Professoren aufheben. Heiratet! Heiraten ist göttliches Gebot, nicht zu heiraten wegen der Schule ist bloß menschliche Satzung! Und wem sind wir eher Gehorsam schuldig?«

Magister Troilus sagte kurz, daß er nichts dagegen habe.

Kampanus wiederholte bloß, daß das Zölibat menschliches, nicht göttliches Gebot sei.

Der junge Magister Vratislavský, der jeder Schürze nachlief, lächelte wohlgefällig. Skála trommelte.

Mit einem Blick auf die Sanduhr, die in einem hölzernen Kästchen am Tisch stand, wandte sich Budovec an Skála mit der Frage, was er davon halte.

Der Greis verzog die dünnen Lippen, senkte den Kopf, blinzelte und ließ bedächtig die giftigen Worte hören: »Jetzt heiratet alles Hals über Kopf wie in den Tagen von Noah und Sodom, sollen also die Magister auch heiraten; über zweiundeinhalb Jahrhunderte hat das ruhmreiche Karlskollegium ohne Weiber bestanden, wenn die Herren Magister Frauen haben werden, dann werden sie ja was erleben! Die fangen dann alle an, untereinander zu streiten und zu raufen! Die werden ja sehen!« Und zu seinem Nachbarn gewendet sagte er höhnisch: »Nehmt euch nur Weiber mit spitzen Nasen, das sind die streitsüchtigsten von allen!«

Der Schreiber Andreae neigte sich mit Kopf und Mund an das Ohr des Advokaten Magrle, flüsterte ihm etwas zu, und beide lächelten verschmitzt, was Troilus in Ärger versetzte.

»Diese verdammten Jesuitendiener haben was zu lachen!« sagte er nicht allzu leise zu Nudožerský.

Thurn strich sich über sein an der Brust verschmutztes Lederwams und sagte mit grobem Soldatenwitz, der Herr Magister Skála brauche natürlich nicht mehr zu heiraten.

Doktor Borbonius platzte vor Lachen so laut heraus, als schösse eine Kugel aus einer Haubitze. Es war ein ansteckendes Lachen.

Als Budovec das leichenblasse Gesicht Skálas und das böse Aufblitzen seiner Augen gewahrte, hob er schnell seinen Becher mit Wein: »Möge Gott euch allen und auch uns Gesundheit schenken, Magister, zum Wohle und zum Gedeihen des ruhmreichen Kollegs!«

Geräuschvoll erhoben sich alle, und es begann ein allgemeines Zutrinken; lärmend stießen die Gläser aneinander.

Inzwischen beruhigte Kampanus den alten Skála, der auf seinem Stuhl hin und her rutschte und fortlaufen wollte.

Thurn, der wahrscheinlich einsah, daß er zu weit gegangen war, begann versöhnlich zu reden: »Hol's der Fuchs, es wird lustiger sein, wenn es hier Frauen geben wird, nur dürfen sie nicht zu hübsch sein, sonst werden alle jungen Männer Sturm laufen auf sie, wie auf eine feste Burg; in dem Bücherschrank könnt ihr eure Frauen nicht verstecken, denn dann würde jeder den Schrank hüten und den Schlüssel am Gürtel tragen wollen!«

Budovec, der als Angehöriger der Böhmischen Brüdergemeinde auf strengere Sitten hielt, waren solche Reden schier unerträglich; er setzte sich rasch wieder nieder und ließ darüber abstimmen, ob es sich bei dem Zölibat der Professoren um ein ewiges Gelübde handle wie bei den Mönchen.

Bis auf den alten Skála verurteilten und verwarfen alle Professoren die jahrhundertelang dauernde Unbeweibtheit.

Als Skála seine Stimme abgeben sollte, murmelte er halblaut: »Venerare doctos homines, aeternitatis vasa!« Immer von neuem wiederholte er dieselben Worte. Offensichtlich zielte er damit auf den Soldaten, der den Gelehrten, »dieses Gefäß der Ewigkeit«, mit seiner rauhbeinigen Mißachtung beleidigt hatte.

»Die Herren von den Landständen, denen die Universität durch königlichen Majestätsbrief übergeben wurde, wünschen weiter, daß jeder Professor bestimmte Lektionen, eine bestimmte Professur habe, von der er nicht ohne weiteres zurücktreten könne.«

Kaum hatte Budovec diesen weiteren Teil der Reformen angekündigt, als sich Kampanus zum erstenmal gegen den Antrag hören ließ, indem er ohne alle Umschweife sein Urteil und seine aufrichtige Meinung äußerte, daß die Stände sich in den Lehrbetrieb der Professoren nicht einmischen sollten und daß Lehrfreiheit zu herrschen habe.

Auch Nudožerský setzte mit einer Verteidigung der Lehrfreiheit ein.

»Lassen wir das also sein, in Eintracht gedeihen auch kleine Dinge, durch Zwietracht gehen selbst große zugrunde!«

»Aber wir haben eine Bitte«, begann Kampanus von neuem, »wir bitten sehr darum, daß keine der Parteien im Landtag, kein städtisches oder königliches Amt befugt sei, unsere Akademie zu öffentlichen Gottesdiensten und Prozessionen zu nötigen, jetzt ist die Religion von Aberglauben gereinigt, ihr Goldenes Zeitalter könnte anbrechen, niemand soll uns deshalb dazu nötigen, was nicht unseres Glaubens ist; ist doch der Glaube eine Gabe Gottes!« Kampanus sprach eifrig, so eifrig, daß seine blauen Augen sich verdunkelten und die Farbe reifer Pflaumen annahmen.

Borbonius rief mitten in die Rede hinein: »Recht so!« Er gehörte zur böhmischen Brüdergemeinde und verstand Kampanus wohl.

Auch Budovec nickte Zustimmung.

Einige Professoren schüttelten den Kopf. Der Prokurator Magrle und der Schreiber aus dem Rathaus verzogen ihre Lippen zu einem mißtrauischen Lächeln. Und plötzlich, als hätte man einen trocknen Holzstoß in Brand gesteckt, begann es rings um den Tisch zu prasseln, und helle Flammen loderten auf. Alle redeten, hier im Zwiegespräch, dort über den Tisch hinweg, alle sprachen, ja, schrien fast. Eigentlich war es kein Streit, vielmehr nur ein gegenseitiges, sehr nachdrückliches Argumentieren. Offensichtlich war in allen der Katechismus und die Religion lebendiger als die gelehrten Angelegenheiten der Akademie.

Thurn rief mit starker Stimme mitten in das Gewirr hinein, daß er selbst als Lutheraner freilich gegen Prozessionen und Gaukeleien sei, von den Umzügen zum Týn mit gemeinsamer Beichte und von dem feierlichen Gang zum heiligen Abendmahl, den die Akademie am Gründonnerstag veranstaltet, sollten sie jedoch nicht ablassen, denn die Katholischen hätten die Akademie ohnehin schon als kalvinistisch erklärt.

Das wirkte wieder wie Öl aufs Feuer. Das Gespräch wurde wieder stürmisch, und die Argumente flogen hin und her wie Raketen oder Feuerwerk. Magister Troilus schnauzte dabei Herrn Magrle und den Stadtschreiber recht unwirsch an.

Der Schreiber und der Prokurator rechtfertigten sich, sie seien gute Utraquisten, obgleich sie manchmal zu den Jesuiten gingen, wo es allerlei Sehenswertes gab.

Kirchmajer nahm sich der beiden Herren mit

einem freundlichen Wort an und lobte die Schulen der Jesuitenbrüder, den Gesang und die Musik in ihren Kirchen.

»Viele Utraquisten schicken ihre Kinder zu den Brüdern in die Schule. Ich bin Utraquist, aber die jesuitische Musik höre ich gern an!«

Als Thurn sich die Schnurrbartenden in die Höhe drehte und zur Wand trat, um vom Gesims sein Schwert, den Mantel und den breiten Hut zu nehmen, beruhigte sich die Versammlung ein wenig, und Nudožerský bat mit erhobener Stimme den Grafen, nicht wegzugehen, denn es gäbe bezüglich der Hochschulreform noch etwas Wichtiges zu beraten.

Mit einem Schlag trat Stille ein.

Thurn setzte sich, beide Hände auf den Schwertknauf gestützt.

Nudožerský legte ziemlich langatmig seinen Lieblingsgedanken dar, daß ein adeliger Student zum Rektor der Universität gewählt werden solle.

»Als Karl frommen Angedenkens die Akademie begründete, war bei den Juristen bald ein gräflicher Student Rektor und hatte damit Erfolg; in Jena, Altdorf, Wittenberg sind adelige Studenten Rektoren, ihnen zur Seite steht ein aus den Reihen der Magister gewählter Prorektor, und alles geht vortrefflich. Der Adel würde unserer Akademie mehr Aufmerksamkeit schenken, wenn einer seiner Söhne durch dieses Amt beehrt und erhöht würde!«

So und ähnlich sprach der Dekan.

Das Schweigen, das zu Beginn seiner Rede eingetreten war, hielt auch nachher an. Offensichtlich fand der Antrag keinen Gefallen.

Kampanus glaubte nicht, daß ein junger Bursche da helfen könne, aber er schwankte. Endlich sagte er: »Wenn der junge Scipio seinem Vater in der Schlacht am Ticino geholfen hat, warum könnte uns nicht ein adeliger Student beistehen, um die Hilfe und Gunst nicht nur seines Vaters, sondern des gesamten utraquistischen Adels zu gewinnen.«

Skala trommelte wieder mit seinen behaarten Fingern, das Haupt bis zur Tischplatte vorgeneigt, sagte aber kein Wort.

Doktor Borbonius ließ seine tiefe Stimme voll Aufrichtigkeit erdröhnen: »Wenn das Bübchen recht faul sein wird, werdet ihr mit ihm eure Not haben, in den Hühnerstall könnt ihr ihn als Rektor doch nicht einsperren!«

Diese Worte machten den Herrn Prokurator und den Stadtschreiber von Herzen lachen.

»Ihr werdet den Jesuiten zum Gespött dienen!« stieß Skala hervor, als er ihr Gekicher hörte. Auf diese Worte hin erstarrte Herrn Magrle und dem Schreiber das Lachen auf den Lippen.

»Julius Graf Šlik, Herrn Joachims Sohn, den wir in Gottes Namen wählen würden, ist ein Bürschchen von edler Gesinnung und Mutterwitz!« wußte der Dekan einzuwenden.

Thurn bestätigte es, und nach einigem Hin- und Widerreden wurde beschlossen, beim Vater des jungen Herrn Šlik anzufragen, wie er sich zu dem Antrag stelle, daß sein Sohn als Rektor zur Verbesserung der Universität beitragen möge.

Damit wurde das Konzil beschlossen.

Kampanus bat die hochgeborenen Herren Budovec und Thurn, als diese schon aufbrachen, sich zur Beschämung der Feinde und zum Gefallen aller, die das Vaterland und die schönen Künste liebten, lebhaft und unerschrocken der Akademie anzunehmen und sie als die Nährerin der Musen nicht fallenzulassen.

»Gehen wir, in Gottes Namen!« befahl Thurn. »Gehabt euch wohl! Der Name des Herrn in alle Ewigkeit!«

Die Professoren geleiteten die Gäste bis zur Treppe. Als Kampanus vor seiner Tür drei der Baccalaurei von gestern und drei andere bemerkte, die ungeduldig in der Galerie hin und her liefen, sagte er den adeligen Herren: »Weiter kann ich Ihro Gnaden nicht folgen!«

»Bleibt hier, magnifice, und Gott befohlen!«

Zurückgekehrt, winkte Kampanus den jungen Baccalaurei zu, öffnete die Tür seiner Habitation und trat ein; die Jünglinge folgten ihm schüchtern nach.

Im ersten der Zimmerchen sah Měřínský-Kordulka bloß, daß es mit Steinfliesen ausgelegt war. Seine Glotzaugen blickten zu Boden. Dem vierschrötigen Knobelius und dem ganz anders gearteten Bergerus entging jedoch nicht der große Holzstoß an der Wand, der ihnen der Rektorshabitation unwürdig schien, sie bemerkten auch die zwei Tuchtalare an der Wand und das Handtuch, das sich in aller Bequemlichkeit auf den Fliesen breitmachte; Bergerus tippte obendrein mit dem Finger an das Waschbecken aus Zinn, das an der Wand hing, und Knobelius streichelte mit seiner großen Hand wie kosend das Junggesellenbett des Herrn Rektors, das der Famulus ganz erbärmlich aufgeschüttelt hatte.

Kampanus trat in das zweite, größere Zimmer ein, und die jungen Leute folgten ihm nach. Die Baccalaurei blieben in der Tür stehen. Kampanus wandte sich heiter an sie: »Nun seid gegrüßt, eruditi juvenes! Seid gegrüßt!« Darauf legte er ohne jede Scheu vor ihren Augen den taftenen Rektorstalar ab und zog einen schon recht abgetragenen und alten Damastschlafrock an.

Die Jünglinge gafften nach allen Seiten. Der vorwitzige Berger las auf den Bücherrücken im Repositorium neben der Tür: Vergilii Bucolica, Tertia pars Ovidii, Ciceronis Orationes – hier standen an die hundert kleine und große Bücher.

Kordulka heftete seine Blicke auf eine gemalte Truhe von bäuerischer Art, wie sein Mütterchen eine zu Hause hatte, und gleich fiel ihm ein, daß der edle Magister die Truhe wohl auch von seiner Mutter erhalten habe.

Kampanus ließ sich in dem mit einem zottigen Fell bezogenen und mit Messingknöpfen beschlagenen Lehnstuhl nieder, der dem in einem schmalen Rahmen an der Wand hängenden Bild König Karls gerade gegenüberstand.

Die herbstliche Mittagssonne, die kaum mehr wärmte, warf eben einen goldenen Schimmer auf das Haupt des Gründerkönigs.

»Eruditi juvenes!« begann Kampanus ein wenig feierlich, »gestern haben sich euer zwanzig als Bewerber in das Buch eingetragen, aber ich habe für euch nur siebzehn Stellen. Es ist sehr lästig, daß sich von den Prager Schulen niemand wegrühren will und daß die Baccalaurei sehr ungern Schulen auf dem Lande besetzen, Für Měřínský habe ich die Schule von St. Heinrich bestimmt, der Magister, der sie leitet, ist ein gelehrter Mann, die Arbeit ist nicht leicht, aber Schullehrerarbeit ist nirgends leicht, sie bringt immer ihre Sorgen mit sich, mit Gottes Beistand jedoch gewährt auch die Schulmeisterei Befriedigung, das glaubt mir, ich habe schon viele Schulen durchlaufen. Du, Baccalaureus, verdienst es, Helfer an einer hervorragenden Schule zu werden, morgen schreibe ich deinetwegen den Neustädtern einen Brief, und nun tritt näher und gelobe, Ehre und Glauben hochzuhalten bei dieser Arbeit.«

Měřínský legte seine Hand in die des Rektors, stotterte etwas wie clarissime domine rector, machte eine ungeschickte Verbeugung und ging.

Die beiden nächsten Baccalaurei hatte der Rektor bald abgefertigt. Er bot ihnen die Stelle eines Präzeptors in einer adeligen Familie an; sie würden, so sagte er, zwei adelige Knaben, vielleicht auch ein Mägdlein zu unterrichten haben, dabei bat er sie, sich nicht zu widersetzen und neben der Pädagogik die Kleinen zu waschen, zu kämmen, zu unterrichten, milde zu strafen und alles zu tun, was den häuslichen Präzeptoren obliegt, dagegen habe er für sie ausgedungen, daß sie mit der Herrschaft speisen könnten, nicht mit dem Gesinde.

»Trachtet eure Zeit und eure Jugend nicht mit Herumtreiben zu vergeuden. Morgen werde ich für euch die Empfehlungsbriefe schreiben!«

Sie verneigten sich und gingen.

Knobelius und Bergerus hielt Kampanus eine jener Moralpredigten, die recht lang und verdrießlich zu sein pflegten; jedenfalls nahmen die Gesichter der beiden Baccalaurei einen verdrießlichen Ausdruck an. Seinen langen schwarzen Kinnbart knabbernd, vergaß der Rektor im langsamen Fluß seiner lehrhaften Worte nicht zu sagen, daß die beiden Jünglinge zyklopische Manieren haben, der heilige Paulus wünsche zwar, daß der Lehrer im Vergleich zu andren Leuten doppelt zu ehren sei, aber der Lehrer müsse sich diese doppelte Ehre auch verdienen. Zum Schluß ermahnte er sie, ihr Vorhaben zu Ende zu bringen und übers Jahr die Magisterprüfungen abzulegen.

Bergerus dankte für die väterliche Belehrung, flocht jedoch ein, er sei keineswegs so, wie verleumderische Menschen es Ihro Magnifizenz dem Herrn Rektor zugetragen hätten, worauf sich auch Bärentatze-Knobelius hören ließ, daß er bei Ihro Magnifizenz schlechter angeschrieben sei, als er es verdiene. Kampanus versprach Berger die Stelle eines Unterlehrers in Zderaz, Knobelius ließ er zwischen drei Landschulen wählen, die Bezahlung sei die gleiche, die Kost auf der Pfarre, ein Kämmerchen in der Schule, aber auf einem der Posten müsse er den Glöckner machen.

Knobel betrachtete verlegen seine großen Hände und sagte, Ihro Magnifizenz möge nach eigenem Gutdünken entscheiden, aber Glöckner wolle er nicht werden. Kampanus nahm von beiden Jünglingen das Gelöbnis entgegen und entließ sie.

Von der Tür näherte sich Vokoun-Gloria, der stutzerhafte Sohn des reichgewordenen Bürgers, dem viele Grundstücke in den Weinbergen und anderswo gehörten. Er trug heute eine neue, feingewebte Spitzenhalskrause, die – nach französischer Art eng anliegend – hübsch weiß und gestärkt war, und hübsche glänzende Strumpfbänder mit Schleifen und Fransen. Aus dem glattrasierten Gesicht von fast jüdischem Typ lachten dem Rektor die braunen Augen frohgemut entgegen.

Der Jüngling war nicht mundfaul. Nach seinen Worten war es der Wunsch seines Vaters, daß er einige Zeit an einer der hervorragenden Prager Schulen verbleibe, jedoch nicht in untergeordneter Stellung, sondern als Verwalter, am besten zu St. Martin, damit er es nicht weit nach Hause habe.

Magister Kampanus machte ein düsteres Gesicht. Er überlegte ein Weilchen. Dann begann er langsam: »Da wir unter vier Augen sind, kann ich dir die Wahrheit sagen, die Wahrheit ist zwar immer bitter, aber du mußt lernen, ihr ins Auge zu blicken; glaube mir, du kannst nicht für voll und entsprechend ausgebildet angesehen werden, du bist schwach –«

Der Jüngling wurde unruhig, und das Lachen verschwand aus seinen Augen. Kampanus fühlte seinen Trotz und wollte ihm sagen, daß er nichts vom Wein Salomons genossen habe, sagte aber nichts dergleichen und sprach bloß: »Dein Wunsch und Begehr kann nicht in Erfüllung gehen, die Herren Defensoren und Professoren sind sehr besorgt darum, daß nur wackere Männer zu Verwaltern bestellt werden, du würdest bei St. Martin schlimm bestehen und die Akademie lächerlich machen, bestelle deinem Herrn Vater, daß ich mit ihm sprechen werde – nun gehe und studiere, damit du besser vorbereitet zu den Magisterprüfungen kommst!«

Der junge Herr öffnete den Mund und antwortete schnell: »Was die Verwalter bei St. Gallus, Kastalus und anderswo treffen, das könnte ich auch!«

Damit wandte er sich um und ging.

In der Tür stieß er mit einem dicklichen, noch jungen Mann zusammen, der einen Geruch wie ein Faß ausströmte. Als der Mann eintrat, stob Vokoun-Gloria hinaus.

Der übelriechende Mensch bat mit einer weichen Baßstimme in ergreifendstem Pianissimo um eine Lehrerstelle.

»Was soll ich mit dir anfangen?« erwiderte der Rektor verdrießlich, »nirgends will man dich haben, ich weiß wohl und überzeuge mich immer von neuem davon, daß alle musizierenden und singenden Lehrer keinen roten Heller wert sind, keine Furcht vor Gott und keine Scham vor den Menschen kennen, nur das Trinken schätzen und ohne jede Würde trinken, damit ihre Kehle nur recht ausgepicht ist, aber was du treibst, das ist die Höhe. Als man dich unlängst aus dem Kotter entlassen hat, bist du, heißt es, mit dem Krug auf den Markt gelaufen und hast den Leuten zugetrunken?«

»Ich bin kein schlechter Mensch, ich habe ein gutes Herz!« erwiderte der weiche Baß.

Kampanus verstummte für einen Augenblick. Er wußte nicht, ob der Lehrer sich nicht einen guten Tag machen wollte. Er kürzte die Audienz ab.

»Warte bis zum Donnerstag, bis übermorgen ist keine zu lange Frist, vielleicht finde ich für dich eine Stelle, vielleicht auch nicht!«

»Gott vergelt es Euch, wenn Ihr es tut!«

Der gelehrte Rektor wußte wieder nicht, was das versumpfte Hirn des Sängers damit meinte, daß es ihm Gott vergelte. Er zerbrach sich aber nicht lange den Kopf über dieses Rätsel, denn es blieb ihm keine Zeit dazu.

Draußen summte der Lehrer im Abgehen:

Geh dein letztes Hemd verkaufen,
Lehrer, du mußt ewig saufen.

Mollerus traf ihn auf der Treppe und fragte ihn, wie der Rektor aufgelegt sei.

»Ei, ausgezeichnet, ein liebenswürdiger, lustiger Herr!«

Der Baccalaureus kniff die gelblichen Augen zusammen und rieb sich mit den fleischigen Fingern seine kleine Nase, als er in die Rektorswohnung eintrat.

»Dich, lieber Baccalaureus, lasse ich nicht in Prag!« begrüßte ihn Kampanus.

Wolfsbrut! dachte Moller bei sich und zwang sich zum Lächeln.

»Wähle zwischen Pardubice und Chrudim! Dort braucht man einen zweiten oder dritten Kollegen als Gehilfen.«

»Das sind wenig geschätzte Städte, Magnifice«, antwortete schlagfertig der Baccalaureus, immer noch sauer lächelnd.

»Nun, die Schulen in Leipzig, Wittenberg, Louny oder Žatec sind nicht vakant, die warten nicht auf dich, nimm, was du bekommst!« meinte Kampanus verdrießlich.

Aber Moller erwiderte sofort unverfroren: »Die Schule in Leipzig, das ist ein guter Witz!«

Kampanus zuckte zusammen, aber besann sich gleich und biß sich in die Lippen, denn er sah ein, daß er nicht gerade die Schule in Leipzig hätte erwähnen müssen.

Es trat Stille ein.

»Und wie hoch ist dort das Gehalt, wie ist der Pfarrer, gibt es Verköstigung auf der Pfarre, ich möchte nur ungern bei der Arbeit in der Schule körperlich herunterkommen, mancher Pfarrer ist deswegen schlecht angeschrieben.«

Der Rektor schwieg ein Weilchen. Man sah ihm am Gesicht an, daß in seinem Innern die Mäßigung mit dem Zorn kämpfte. Dann sagte er ruhig zum helleuchtenden Fenster gewendet: »Das ständige Gehalt ist 9 Schock und dazu die Kost auf der Pfarre und eine Menge aller möglichen Draufgaben, Sporteln, für den Kalender –«

»Der letzte Rathausschreiber hat ein größeres Salär als ein Lehrer in Pardubice!« brach Moller plötzlich los.

Da stand der Rektor von seinem Fellstuhl auf, ergriff den Baccalaureus am Arm und sagte ihm ruhig: »Solche verhätschelte Charaktere sind mir wohlbekannt, ich bin mit ihnen in officio schwer genug gestraft, diese Faulpelze können wenig, aber fragen sofort, wie hoch das Gehalt ist, du bist heute der erste, der mich nach der Bezahlung ausholt; Zwerge seid ihr, homunculi, ich habe dich gern, du hast den Kopf nicht aus Blei, aber eine bleierne Natur, glaube mir, daß ich nur mit Schrecken daran denke, dich an eine Schule zu schicken!«

Während dieser Rede sagte sich Mollerus im Geist nur immer wieder und ohne Unterlaß: Bestie, Bestie –

Als der Rektor geendet hatte, fragte Mollerus mit recht unterwürfiger Stimme, was Ihro Magnifizenz gegen ihn habe.

Wieder wurde es still, doch diesmal noch dumpfer und peinlicher.

Nach einer Weile sagte der Rektor ganz ruhig: »Mir mißfällt deine Trägheit, aber dem kann man abhelfen, mir mißfällt dein Hang zu tückischen Zettelchen, du machst Spottverse auf Leute, die dir nicht recht sind, und wenn du es selbst nicht tun willst, dann verführst du andere dazu, du bist der Urheber der tückischen Zettelchen über die Prüfungen, und die Beschimpfungen, die nachts ins Kolleg geflogen kamen, sind dir auch nicht allzu fremd.« (Moller ließ dabei Augen und Hände spielen und beteuerte halblaut und beschwörend: »Gott soll, Gott soll –«)

Der Rektor fuhr jedoch unbarmherzig fort: »Ich denke mit Schrecken daran, daß du zum großen Ärgernis der Kleinstadt Karten spielen wirst, du hast einen häßlichen Hang zu den Karten, und denke auch daran, daß jeder Spieler vor Gott ein Dieb ist, denn er will seinen Nächsten bestehlen, wenn er ihm nichts abnehmen wollte, würde er nicht spielen!«

»So sprechen die Böhmischen und die Weinerlichen Brüder, Magnifizenz, bitte, ärgert Euch nicht, aber ich habe wirklich noch niemanden betrogen!«

»Du nimmst meine Vorhaltungen schlecht auf, plusterst dich auf und bist aufgeblasen, und ich will doch nur dein Bestes!«

Und wieder trat Stille ein. Ganz dumpfe Stille. Schwer und dicht wie Tuch.

Der Rektor ließ sich in seinen Stuhl nieder, und

sein Herz ließ ihn bedauern, daß er gleichsam Donner und Hagelschlag auf den jungen Mann niedergehen ließ. Deshalb erhob er sich, nahm diesen bei der Hand, versuchte ihn mit einigen freundlichen Worten aufzurichten und entließ ihn auf gute Art.

Mollerus nahm die Lehrerstelle auf dem Lande an, legte durch Handschlag sein Gelöbnis ab und ging.

Hinter der Tür spie er aus.

Kampanus blieb eine Weile in Nachdenken versunken sitzen, und als niemand mehr kam, trat er ans Fenster, öffnete es, die Butzenscheiben klirrten, und des Magisters Blicke blieben am Kollegsgarten hängen; aber nicht lange betrachtete er das vergilbte Blattwerk, dessen spärliche Reste an den feuchten, gleichsam müden und betrübten Zweigen hingen, denn bald sprang eine Amsel auf das Fensterbrett, dann eine zweite und eine dritte, die ganz von grauer Farbe war, in ihrem Gefolge flog ein Schwarm zwitschernder Spatzen vom abgeblätterten Gesims des Kollegs auf, und die Tauben und übrigen Vögel warteten, so wie sie es gewohnt waren, auf das Futter, das der freundliche Mann im Fenster ihnen zuwerfen würde.

Kampanus fütterte die Vögel, schloß das klirrende Fenster, blickte noch einen Augenblick lang auf die absterbenden und abgestorbenen Blätter im Garten, setzte sich zum Pult, und schon begann er den Anfang eines Gedichtes zu schreiben: De morte non timenda – man braucht den Tod nicht zu fürchten – –

VII

Die Hochzeit

Der Storch kam in die Nische unter dem Kreuz auf der Týnkirche geflogen, um ein Nest zu bauen für sich und seine Gefährtin, die vorläufig im Sumpf bei Zbraslav geblieben war; der warme Wind sauste ein paarmal durch das Moldautal, und schon legte Prag im weiten Umkreis sein Frühlingskleid an. Die Felder und Hänge leuchteten in hell aufjauchzendem Grün, unter dem Letnaberg erwachten die ersten Blüten, tausende Mücken und Bienen umschwirrten die goldenen Weidenkätzchen an den Ufern, die Schwalben kehrten wieder in ihre Nester am Gesims des Karlskollegs zurück, und das Gärtchen des Rektors atmete jugendfrischen Duft aus.

Kampanus sitzt beim offenen Fenster an seinem Pult, und der Gänsekiel, mit dem er schreibt, gleitet flink über das steife Papier. Begeistert hat der Dichter gerade sein Gedicht an die so heiß geliebte Čechia beendet, und auf einem weiteren Blatt beginnt er sein Carmen de nata Lidomila, filia Rosacii. Die kleine Lidmila wurde seinem Freunde Magister Rosacius in Sušice geboren und mußte auf dieser Welt freundlich und in Versen begrüßt werden. Er schrieb nicht allzu lange; der Rhythmus lockerte sich und wurde stokkend, bis er schließlich endgültig versiegte.

Kampanus versank in Nachdenken.

Das Kind des Freundes ward im weichen ehelichen Nest geboren! Kampanus gab sich der Erinnerung hin. Es war zwanzig Jahre her, seit er mit voller Lebenslust der Jugend geliebt hatte, ebenso wie das Mädchen, das so holdselig war wie eine Grazie und dem er aufrichtig Liebe mit Liebe vergelten wollte; er versank in Erinnerung daran, wie er – närrisch vor törichter Sehnsucht – zu allen Weltelementen von seiner Liebe redete; einst ging er in milder Nacht und erfüllt von Inbrunst über die steinerne Brücke, da erblickte er hoch am Firmament einen Stern, dem sich eine finstere Wolke näherte, die Wolke war noch weit entfernt, und der törichte blutjunge Baccalaureus forderte den Himmel heraus, ihm ein Zeichen zu geben; wenn die Wolke den strahlenden Stern bedecken und verschwinden lassen sollte, ehe er selbst den Brückenturm erreichte, dann war seiner jungen Liebe ein trauriges Ende vorausbestimmt; er ging neugierig, aber sorglos ausschreitend fürbaß, der Stern stieg höher und ebenso die Wolke, der Baccalaureus beschleunigte seine Schritte, er lief, es liefen der Stern und die drohende Wolke – aber vergebens – er erreichte den Turm nicht mehr zur Zeit, der Stern war in der Wolke verschwunden.

Und was konnte auch ein Baccalaureus bieten? Der Vater des Mädchens befahl, und es wurde die Frau eines angesehenen Mannes, in dessen trunkenen und rohen Händen es bald zugrunde ging.

Seit damals war es Kampanus nicht in den Sinn gekommen, sich um eine Frau zu bemühen und in Liebessehnsucht zu entflammen. Er las die süßen, von

Liebesglut erfüllten Verse Catulls mit ebensolchem Genuß wie die übrigen Verse seiner Freunde aus Griechenland und Rom, aber die Leidenschaftlichkeit Catulls berauschte ihn nicht, er neidete ihm nicht die glühenden Umarmungen am blauen Seeufer zwischen Feigen und Weintrauben, in denen Honig und Sonnenfeuer eingefangen war. In den Rhythmen seiner Gedichte rief er oft den Bacchus Bromius und die Innigkeit und die Reize der Venus an, aber er tat dies bloß zur Ausschmückung seiner Verse und aus Höflichkeit zum gesamten Olymp. Dem Wein wich er aus, denn er wußte: Venus in vinis, ignis in igne – heiß brennt die Flamme.

Und heiraten?

Er hörte oft von sittenstrengen Predigern, daß ein unbeweibter Mann nur ein halber Mensch sei, ein Tropf, der alltäglich in der Hand des Teufels sei und gewöhnlich Schaden nehme an Ehre und Vermögen, an Leib und Seele.

Aber Kampanus lächelte philosophisch über solche Reden; ein weiser Mann, der sich in dieser Welt hohe und weite Aufgaben erwählt hat, kann sich nicht um Kinder kümmern und ein Weib nehmen wie der ehrbare Gevatter Schneider oder der wackere Meister Handschuhmacher.

Ein weiser Mann soll frei und unabhängig bleiben, rieten die Philosophen von den ältesten Zeiten bis zu Theophrast, dem das Weib ein Gemisch von Trug und Leidenschaft bedeutete.

Kampanus war lange Jahre hindurch derselben Meinung und dachte mit Lächeln daran, wie es dem Weisesten der Weisen, Sokrates, erging, als er dem

Grundsatz aller Philosophen untreu geworden war und von seiner Frau auf offenem Markt geprügelt wurde.

An der Universität hatte Kampanus sich unlängst nur deshalb für die Abschaffung des Zölibats erklärt, weil die Unbeweibtheit die besten Professoren von der Universität vertrieb. War doch seinerzeit auch Rosacius, dem nun in Sušice Klein Lidmila geboren wurde, Professor am Carolinum!

Kampanus hatte andere Sorgen als um ein Weib. Durch unablässige und eifrige literarische und Lehrtätigkeit hatte er im Laufe der Jahre jede Liebesregung in sich abgestumpft, hatte schließlich seinen Geist mit aller Kraft in das Bestreben vertieft und eingesponnen, die Schule des großen Karls, die er niedergebrochen und am Boden liegend vorgefunden hatte, zum Wachsen und Gedeihen zu bringen. Ihr hatte er sich voll gewidmet, sie wurde seine Liebe und seine Hoffnung.

Auch wenn er sich in der Einsiedelei seines Zimmers einschloß, um mit den olympischen Göttern Zwiesprache zu pflegen, geschah dies nur zu Ehren der Hohen Karlsschule, die so tief gesunken war.

Mit den olympischen Göttern mußte er aber seine Gespräche führen, das war ihm Bedürfnis und Notwendigkeit, das war seine Freude auf dieser Welt, die Karlsuniversität war seine Liebe, griechisch und lateinisch zu dichten, war ihm Genuß; er erblickte die Aufgabe des Dichters darin, Gedanken in anmutigen Formen und Farben zu vermitteln, und er war überzeugt von der Macht des schönen Wortes.

Dabei war Kampanus trotz seinem Verkehr mit

dem Olymp ein frommer Mensch, manchmal gab er sich sogar religiösen Grübeleien hin. Diese Neigung hatte er aus dem traurig melancholischen südböhmischen Gau mitgebracht, aus dem er stammte. In der Tiefe seines Herzens waren ihm Chelčický und die sittlichen Grundlagen der tschechischen Brüdergemeinde lieber als Luther, zu dessen Anhängern die Universität sich seit nun fast schon einem Jahrhundert bekannte.

Aber das Eifern der Zeloten war nicht nach seinem Geschmack. Im Religionsstreit, der schon geraume Jahre rings um ihn tobte, wollte er weder Anführer noch Blutzeuge sein, da er wie Sokrates wußte und fühlte, wie wenig der Mensch von der Wahrheit weiß und daß er oft sich selbst vorgab, etwas zu wissen, obwohl er doch nichts wußte.

Die Philosophen und besonders die Dichter der Antike bildeten in Kampanus den Charakter des frommen tschechischen Humanisten heran. Die Dichter der Antike waren für ihn die menschlichsten Menschen, die sich des Lebens erfreuten, so wie es sich ihnen darbot. Von ihnen lernte er, die Welt nicht trübe, sondern mit einem Lächeln zu betrachten. Ohne niedrige Genußsucht hatte es Kampanus bisher verstanden, das Christentum mit der antiken Lebensfreude in Einklang zu bringen.

Das machte ihn aber nicht völlig zum Optimisten, für den die ganze Welt ein erhabenes Gedicht bedeutet. Kampanus hatte immer einen scharfen Blick für die dunklen Seiten dieses Tränentales, aber sein religiöser Fatalismus bewirkte, daß er nicht allzusehr der Wehmut verfiel; er tröstete sich damit, daß das, was Gott im Schicksal des Menschen bestimmt und eingerichtet hat, eben geschah und geschehen werde und jeder auf seine Art damit fertig werden müsse.

Kampanus saß in Gedanken versunken am offenen Fenster. Er begann ein Glückwunschgedicht zur Geburt Klein Lidmilas, des Töchterchens Magister Rosacius, des Primas von Sušice, zu schreiben, dachte dabei aber an eine ganz andre Lidmila.

Vor zwei Monaten – er wußte den Tag und die Stunde – hatte er sie in der Schule von St. Linhart gesehen, als er dort war, um seiner Pflicht als Rektor gemäß Nachschau zu halten. Sie kam mit einer Magd und half, den bedürftigen Schülern das Mittagessen zu bringen; ein Baccalaureus sagte Kampanus, Lidunka Revír bringe den Jungen das beste Mittagsbrot, aus den Häusern der übrigen Nachbarn bringe man nur Spülicht, Lidunka bringe gutes Essen, worauf sich die Freßsäcke in der Schule immer schon freuten, und Lidunka bereitete das Essen selbst zu, da sie kein Mütterchen habe, ihre Frau Mutter sei im Vorjahr verstorben.

Kampanus nahm damals das hübsche, zarte Mägdlein bei der Hand und dankte ihr, und auch ihrem Vater ließ er herzlichen Dank bestellen.

An diese Lidunka dachte der Rektor am offenen Fenster, in das der jugendliche Frühlingsduft aus dem Kollegsgärtchen hereinströmte. Die graue Amsel hüpft am Fenster umher und blinzelt dem gar tief in Gedanken versunkenen Herrn Rektor zu.

Wie ein Sperling auf dem Dach bin ich zur Einsamkeit verurteilt, und meine Tage sind die eines

Taglöhners – das waren für Kampanus neue Gedanken, bisher hatte er sich über seine Einsamkeit nicht beschwert.

Ich lebe von einem Tag zum andern, habe die Schule und die gelehrte Gemeinde im Sinn und Verse im Herzen, mein Leben ist wie Wasser in der Ebene ein regungsloses Leben, tot, ohne Liebe, und wie wird es erst werden, wenn das tückische Alter heranschleicht, das grämliche, häßliche Alter mit seinen Gebrechen. Bettet doch der Famulus so hart unter dem Kopf auf, wartet die Haushälterin doch so sehnsüchtig darauf, daß du endlich fortgehst und sie das Bettzeug unter dir wegnehmen kann – ach, wer hätte es gedacht, ich bin Kampanus, ein Glöckchen – eine Glocke – und Glocken gehen nicht an Altersschwäche zugrunde, die bersten und zerbrechen mit einem Mal.

Aber ich bin doch nur eine alte Glocke. Das Mädchen ist nur wenig über zwanzig Jahre. Ich bin doppelt so alt wie sie.

Kampanus tauchte einmal seinen Gänsekiel ein, dann nochmals, und endlich begann er die Verse auf die Geburt des Kindes zu schreiben. Aber kaum hatte er zwei Verse niedergeschrieben, verfiel er wieder in Nachsinnen.

Er überlegte, was für wunderliche Gedanken ihm doch kamen und warum sie ihn je länger je mehr ausfüllten und aus der gewohnten Bahn rissen. Und was dann, wenn seine Liebe eitel bliebe? Wer weiß, ob auf der anderen Seite ein Körnchen Zuneigung besteht? Hatte er doch dem blondhaarigen und blauäugigen Mädchen nichts weiter gesagt als seinen Dank für das

Mittagessen der Schüler, und als er sie unlängst traf, sprach er: »Mein herzliebes Mägdlein, wie geht es Euch?« und sonst nichts. Und sie antwortete kein Wort und errötete nur wie eine Mohnblume.

Ist das alles nicht nutzlos? Mit Recht rät der alte Plautus, man möge schon am Vortag erwägen, was man heute tun will, damit man es morgen nicht bereue – und daß die Mehrzahl der Kollegen geheiratet hatte, konnte Kampanus nicht irremachen, denn die hätten auch ohne Heirat das Kolleg verlassen, er selbst wird bis ans Lebensende unbeweibt im Kolleg verbleiben.

Und wieder tauchte er die Feder ein und schrieb einen Vers über das junge Glück in der Wiege zu Sušice nieder, oh, das Glück –

Wieder sank die Feder matt auf das bleierne Tintenfaß nieder.

Und wenn sie zu mir käme, wenn ich sie hierherführte in meine Klause, wo ich so viele Jahre ruhig und zufrieden mit meinen Büchern gelebt habe, werden dann nicht die Musen entweichen müssen, wird nicht der göttliche, lichte Apoll von hier vertrieben werden?

Der sonnige Gott der Poesie wird und darf nicht vertrieben werden – das Mädchen begreift Apollo zwar nicht, aber gerade deshalb wird sie ihm ehrfürchtig ausweichen und ihm nicht trotzig in den Weg treten. Das ließe sich mit der zarten Jungfer vereinbaren, daß ich, auch wenn sie bei mir sein wird, jederzeit unbehindert in den Tempel der Poesie eintreten darf und die Alltagssorgen dann nicht mehr auf meinen Schultern, sondern auf jenen der angetrauten

Frau ruhen werden. Lidunka, das einfache, brave Mädchen, ist anders als Kameneks gelehrte Tochter, die fünf Sprachen beherrscht. Wenn ich die zur Frau nähme, gäbe es zwei Schreibpulte in meinem Heiligtum, bei einem schriebe sie, beim anderen müßte ich selbst schreiben – die Musen aber würden entfliehen und bitter hinter der Tür weinen, und ich müßte oft Nüsse knacken und mit dem Brunswick Mittag essen gehen.

Kampanus lächelte über seinen Einfall und tauchte rasch die Feder ein, fuhr schnell über das Papier und beendete die Strophe von der Geburt des Kindes in der Familie des Magisters Rosacius.

Am nächsten Sonntag nach dem Gottesdienst trat der alteingesessene Bürger und Kaufmann Wenzel Bílek mit dem schwarzbärtigen Magister Troilus in Johann Revírs Haus im Zipfel der Plattnergasse, um die Jungfer Lidmila mit Magister Kampanus zu verloben.

Der hatte seinen Entschluß gefaßt und sie ausgesandt mit dem Ring und dem seidenen, mit vergoldeten Engelsköpfchen bestickten Gürtel.

Nach einigem Hin und Wider und leeren Redensarten sagte endlich Troilus, was der Zweck ihres Kommens war.

»Magister Kampanus hat uns gesandt und läßt Euch sagen, Ihr möget ihn in Eure Verwandtschaft aufnehmen und nicht dagegen sein, ihm Eure ehrbare Jungfer Tochter zur Ehegattin zu geben, wobei er gleichzeitig verspricht, die Jungfer – wenn er sie mit Gottes Hilfe bekommt – als seine Gemahlin treu und aufrichtig zu lieben, damit ihre Ehe zu Gottes Ehre, zur Freude des Herrn Vaters und der übrigen Freunde dienen möge!«

Der alte, von Husten geplagte Revír begann vor Rührung arg zu husten, und als seine Kehle ein wenig zur Ruhe gekommen war, rief er seine Tochter herbei, die vorhin, sobald sie die Herren eintreten sah, bescheiden in ihre Kammer gegangen war.

Als der Herr Vater sie rief, kam sie folgsam in das große Zimmer. Schlank, subtil stand sie an der Tür, ihre schneeweißen Wangen überzog eine leichte Röte, und die großen, feucht glänzenden Augen waren fragend auf den Vater gerichtet.

»Liebe Lidka«, begann der Alte, »wir wollen keine langen Umschweife machen, Magister Kampanus begehrt dich zur Ehefrau, willst du ihm wohl?«

Das Mädchen wurde plötzlich dunkelrot bis an die blonden Haarwurzeln und raffte voll Verlegenheit mit beiden Händen ihre gestickte Schürze zusammen.

Ihr Vater stieß unter ständigem Husten mühsam hervor: »Du weißt, Lidka, ich liege fast auf dem Siechbett, wer weiß, wie lange ich noch dasein werde, Magister Kampanus ist ein weltberühmter Mann, ich werde dir eine schöne Ausstattung geben – –«

Da erhob sich auch schon Troilus, trat mit dem goldenen Ringlein näher und fragte, ob er der ehrbaren Jungfer namens des Magisters Prorektor den Ring als Angebinde an den Finger stecken dürfe. Und ohne die Antwort abzuwarten, nahm er die Jungfer bei der erkalteten Hand und steckte ihr den Ring an.

»So, und jetzt geh!« befahl der Vater.

Das Mädchen küßte ihn auf die graue Schläfe und ging still und leicht wie ein Lufthauch hinaus.

Nun war sie verlobt.

Alles übrige wurde rasch und ohne Schwierigkeiten vereinbart. Eine geringfügige Mitgift und Widerlage wurde ausbedungen und schließlich der Tag bestimmt, an dem der Gatte die ehrbare Jungfer zur Frau erhalten sollte.

Am selben Sonntagnachmittag zog Kampanus seine Kalbslederhandschuhe mit der seidenen Stickerei und seinen fast neuen Mantel aus englischem Tuch an, nahm ein dichtes, hübsches Kräuslein um den Hals und den Degen an die Seite und kam sehr behenden Schrittes zu seiner Braut.

»Euch vertraue ich, Herr Magister«, sagte diese ihm leise, indem sie die Augen niederschlug, »Euch, mehr als anderen Menschen, gehört mein Vertrauen und meine Hoffnung!«

Mit Worten und Händedruck legte Kampanus sein Gelöbnis ab.

Dann saß er mit seiner Braut und dem alten Revír da und sprach ernst, nicht wie ein närrisch Verliebter. Zeitweise verstummte er und überlegte, wie es gekommen sei, daß ihm das Mädchen fast mit einem Mal so lieb geworden war. Er erinnerte sich der Philosophen, die da behaupteten, daß zwei Menschen aneinander Wohlgefallen finden, wenn sie einander lange betrachteten; daß subtile Geister, die aus dem Blute stammen, gleichsam mit Gewalt in die Augen eindringen, durch sie ins Herz gelangen und von da aus alle Glieder durchdringen; er sah aber ein, daß dies alles auf ihn nicht zutraf – er hatte nicht lange geschaut – nur lange überlegt. Eher schenkte er den Sterndeutern Glauben, die behaupteten, daß zwei

Personen, die unter einer und derselben Konstellation zusammentreffen, durch die Gewalt der Natur genötigt werden, einander zu lieben. Er gestand sich, daß Lidunka ihm vorausbestimmt war, daß ihre Liebe in den Sternen und bei Gott vorgezeichnet war, daß das gute Geschöpf würdig war, ins Carolinum heimgeführt zu werden, und daß er selbst seine Liebe und seine Freuden getreulich zwischen Lidmila, der Karlsakademie und den Musen zu teilen hätte.

Am folgenden Tag sandte Kampanus den Professoren und Kollegen an der Akademie einen lateinischen Brief, daß er Gottes Eingebung folgend seine Lebensführung zu ändern und binnen drei Wochen seine Ehe einsegnen zu lassen gedenke; und schließlich bat er die Herren Kollegen, diesen Tag durch ihre Teilnahme an einem kleinen Festessen zu feiern.

Die Kollegen, die von Nudožerský in das Wenzelskolleg beiseite gerufen wurden – nur Skala blieb fern –, trugen dem Quästor auf, Kampanus zum Hochzeitsschmaus ein Kälbchen vom Landgut in Počernice, aus Psář fünfzehn Hühner, aus Michle einen Schöpsen und einen nicht zu kleinen Laib Käse zu liefern, und dem Forstknecht Vaněk Sedmkop befahlen sie, Vögel zu fangen, sofern ihm dazu Zeit bliebe.

»Kampanus verdient unsere Gaben schon deshalb, weil er, mit uns und früher als wir, viele Jahre lang um das Gedeihen unserer Akademie bemüht war und dafür gearbeitet hat!«

So begründete der geschäftige Nudožerský seinen Vorschlag, den Professor zur Hochzeit zu beschenken. Schließlich kamen sie überein, daß nur zwei von ihnen sich im Namen aller übrigen am Hochzeitsschmaus beteiligen sollten, denn Troilus setzte ihnen auseinander, daß der Prorektor die Hochzeit lieber in Stille und Zurückgezogenheit feiern wolle; am allerliebsten hätte er sie – so sagte man – verheimlicht.

Ein paar Tage später kam zum Karlskolleg ein Wagen angerumpelt, dessen Ladung nicht wenig Verwirrung in der Wohnung Kampanus' anrichtete. Der Wagen brachte nämlich Truhen mit Zinngeschirr, Federbetten mit weißem Überzeug und Fellpolster, Leinwandrollen und andere zur Brautausstattung gehörige Dinge; tags darauf kam ein zweiter und dann ein dritter Wagen an. Kampanus mußte die Sachen vorläufig in seiner Bibliothek aufstapeln. Dann machte er sich mit nicht allzuviel Lust an das Auspacken und Ordnen. Die geblümten Krüglein, die ihm die zarte Natur seiner Verlobten verrieten, gefielen ihm wohl. Aber für manche der Geräte fehlte ihm das Verständnis, die Messingform für Marzipan drehte er fünfmal in den Händen herum, ohne zu erraten, wozu sie dienen sollte.

Am Tag vor der Trauung brachte ein Bedienter ein silbernes Moschusäpfelchen als Brautgeschenk vom jungen Herrn Julius Šlik, der zur Zeit adeliger Rektor der Karlsuniversität war. Bergerus überreichte dem Magister im Namen der Baccalaurei an den Prager Schulen als Geschenk ein Alabastertintenfaß, einer der Baccalaurei vom Lande schickte ein halbes Schock Forellen. Der Apotheker aus dem Kolleg brachte persönlich roten und weißen Zuckerkandl und gab im Fluß der Rede unauffällig zu erkennen, daß das Pfund von dem roten 20 Groschen und vom weißen sogar 36 Groschen koste: er sei sogar aus Venedig gebracht worden.

Kampanus vereinbarte mit dem Priester von St. Linhart, daß dieser die Trauung an einem Werktag früh nach dem Aveläuten vornehmen sollte, sobald er am Tage vorher Nachricht erhalten habe; Kampanus wollte nicht, daß sich die Sache herumspreche, er wollte keine Gaffer in der Kirche, weil er dem Jugendalter längst entwachsen war; er erklärte dem Pfarrer ausführlich, daß er keine kostspielige Hochzeit ausrichten werde und nur die nächsten seiner guten Freunde zu Tisch laden wolle.

Und wie vereinbart, so geschah es.

Als in der Marienkirche an der Lache ad ave geläutet wurde und das Glöckchen von St. Linhart ertönte, dem das dünne Stimmchen der Mittagsglocke von St. Nikolaus antwortete, führte der Herr Prorektor Kampanus seine Lidunka, nur in Begleitung einiger Freunde und gegen alles Herkommen ohne Brautjungfern und Gefolge, in das kleine, dunkle Kirchlein.

Der Hufschmied am Linhartsplatz ließ Hufeisen und Pferde sein und schaute nach, was da vor sich gehe; beim Zaumzeugladen ließ der Meister gerade den Fensterladen herunter, aber als er den Hochzeitszug erblickte, ließ er alles stehen und liegen und kam mit aufgerissenem Mund herausgelaufen, auch aus der Gemeindeküche kam irgendein schmutzstarrendes Frauenzimmer herbeigerannt.

Das war die ganze Zuschauerschaft bei Kampanus' Hochzeit, und dazu kamen noch vier Bettler vor der Kirche und ein Kerzelweib mit dem Glöckner.

Die Braut hatte ein helles pfirsichfarbenes Seidenkleid an, und unter dem Rock trug sie als üblichen Putz der Frauen ein keineswegs kleines und recht in die Breite ausladendes Geflecht aus Reifen, so daß sie ziemlich unförmig wirkte (was Kampanus nicht im geringsten gefiel). Die alte Magd mußte ihr einen großen Rosmarinkranz auf den Kopf setzen. Kampanus zuliebe war sie ohne Brautjungfern gekommen, obwohl sie selbst eine ehrbare Jungfer war, aber ohne Kränzel und Brautschmuck hätte er sie kaum dazu gebracht.

Auf dem Weg lachte und weinte sie und drückte von Zeit zu Zeit ein weißes Tüchlein mit Gittermuster und schwarzen Spitzen an die Augen.

Der Priester in der Kirche sagte, daß Haus und Gut von den Eltern stamme, aber Gott allein könne ein bedachtsames Weib schenken. Dann fragte er den Herrn Prorektor, ob er Lidunka zur Frau wolle und ob er nicht einer anderen sein Versprechen gegeben habe, und beide fragte er, ob sie einander aus freiem Willen nähmen, und als beide antworteten, wie es sich ziemt, reichten sie sich die Hände, und der Priester bekräftigte ihren Ehebund.

An der Hochzeitstafel im Kolleg saßen Troilus, Nudožerský, der alte Bílek, Vater Johann Revír, der vor Freude und ständiger Rührung aus dem Husten nicht herauskam, und zwei Verwandte von Kampanus, Zvoníček und Satrapa, ehrbare Gevattern aus der Stadt Vodňany, wo Kampanus zur Welt gekommen war.

Als während des bescheidenen Festschmauses gerade der Mandelkäse aufgetischt wurde, trat verschämt und schwänzelnd der Pedell mit einem Hochzeitsgedicht ein, das die Verehrer Kampanus' für ihn in Bohutskýs Druckerei hatten drucken lassen.

Kampanus ließ den hageren Pedell neben dem rechtschaffenen Bílek Platz nehmen, mit dem er genug Gesprächsstoff hatte, und begann die literarischen Geschenke durchzusehen.

Diese waren voll von Schmeicheleien. Kampanus streifte mit seinem Blick die Stelle im Gedicht von Krupský, wo er die Zierde des gegenwärtigen und der künftigen Zeitalter genannt wurde – o secli, Campane, tui decus, atque sequentum –, und er erklärte lachend seiner Braut: »So beweihräuchern wir uns gegenseitig, in dieser Beziehung gleichen wir Weibern – –«

Dann las er die Verse eines anderen Dichters, deren Anfang: »In studiis Phoebi genus insuperabile Čechi, Si modo sint Bromii toxica dira procul« er seiner jugendlichen Gattin erklärte, und fügte hinzu: »Ich darf wohl sagen, daß ich den Trunk, das schreckliche Gift des Bacchus, anderen überlasse.«

Dann stockte er, denn aus einigen wenigen Worten in dem Gedicht des Priesters Georg Tesák, das er rasch überflog, entnahm er, daß darin von einer Vettel die Rede war, die sich in Kampanus verliebte, als er Lehrer in Hradec Králové war. Er stockte, aber es ließ ihm keine Ruhe, er las immer weiter, und über sein Gesicht breitete sich ein leichtes Lächeln aus. Zu Lidunka gebeugt, begann er zu übersetzen: »In der Alten schlug die schon verlöschte Flamme wieder empor: sie sagte: Ich will Kampanus zum Mann, nur er allein gefällt mir. Das Feuer reizte ihn nicht, wohl aber das Haus und der Reichtum. Aber Herd und

Feuer sind nun schon lange erkaltet, nur Asche ist geblieben. Kampanus jubelt darüber, daß ihm eine zarte Jungfer angehört.«

Dann legte er die Verse beiseite, nahm Lidunkas Hand und hielt sie lange mit beiden Händen fest.

Erst die Bauern aus Michle störten ihn auf, sie kamen mit einem Dudelsackpfeifer, um dem gelehrten Herrn Bräutigam, Ihro Gnaden dem Herrn Prorektor, und seiner achtbaren Frau Gemahlin ihren herzlichen Glückwunsch darzubringen, und als ihnen ein Fäßchen Bier auf den Hof gebracht wurde, erfüllten sie das Carolinum mit höllischem Spiel und Gesang, der bis auf den Altstädter Ring hinausdrang.

Als dann drei Tage später Lidunka in der Abenddämmerung das Haupt an die breite Brust ihres stattlichen Gemahls lehnte, legte sie ihm ein Geständnis ab: »Bevor ich Eure Ehefrau wurde, wünschte ich Euch vom ersten Augenblick an, als ich Euch erblickte, alles Gute, aber als wir mit dem Herrn Vater und den ehrbaren Gästen zur Kirche gingen, da befielen mich in der Kirchengasse gegenüber der Schmiede so sonderbare Gedanken, daß ich mich auf der Stelle von Euch abwenden wollte, und als wir in der Kirche waren, dachte ich daran, fortzugehen, aber ich durfte und wollte es nicht, aus großer Scham. Jetzt bitte ich Euch, mir diese krausen Gedanken zu verzeihen!«

Dabei neigte sie ihren Kopf, um Kampanus einen Kuß auf die Hand zu drücken.

»Jetzt halte ich dich fest, Lidunka, jetzt gehörst du mir und läufst mir nicht mehr davon!« sagte Kampanus, indem er ihr Haupt mit beiden Händen an seine Brust drückte.

Die Fliederblüten dufteten im Garten, als der Magister seine junge Frau innig küßte, und das Zimmer im verwitterten Carolinum war voll von Licht und Liebe.

VIII

Der Schritt der Jahre

Der Schritt der Jahre bringt einschneidende Veränderungen in die Schicksale der Menschen, und da es seit jeher wenig Glück auf Erden gibt, sind auch diese einschneidenden Veränderungen nur selten erfreulich.

Es geschah eines Tages in Laudas Kolleg, daß Nudožerský nicht mehr aufstehen konnte. Er hatte sich lang gegen die Bettlägerigkeit gewehrt, denn der Professor aus der mährischen Slowakei war immer rührig wie Quecksilber, aber jetzt fühlte er, daß ihn die Kräfte verließen.

Als Kampanus ihn besuchen kam, lag Nudožerský da, ohne zu sprechen und aufzublicken. Kampanus war betroffen, bestürzt. Er fühlte das Nahen des unerbittlichen Sensenmannes. Voll Mitleid sprach er zu seinem kranken Kollegen: »Mein lieber Bruder, wie geht es dir, sieh mich an!«

Dann zog Magister Benedikt die Hand unter der Decke hervor, schob sich mit den Fingern die Augenlider empor und blickte ihn an, schwieg aber. Da fragte Kampanus noch einmal: »Wie geht es dir?«

Die Antwort war: »Gut, Gott sei's gedankt.«

Erst ein Weilchen später, als Kampanus ihm die Hand streichelte, sprach er: »So stoßen wir einer nach dem anderen zum großen Haufen, jetzt ist die Reihe an mir.«

Kampanus wollte von der Hoffnung reden, die nicht aufhört, solange das Herz schlägt. Aber Nudožerský wies die Tröstung zurück.

»Die Todesstunde tritt zwar unerwartet, aber nicht zu früh an mich heran. Meine Seele ist der Erlösung gewiß, ich habe niemandem etwas zuleid getan, niemandem Unrecht zugefügt.«

»Zwar ist der Mensch, dessen sterblicher Leib unter der Sonne wandelt, keine Stunde vor dem Tod gefeit, aber du wirst noch nicht von hinnen gehen!« sagte Magister Johannes, jedoch ohne Überzeugung.

An diesem Abend versammelte sich die Mehrzahl der Magister am Bett des kranken Kollegen und betete und sang Psalmen von der Unsterblichkeit und der Hoffnung auf die Auferstehung der Toten.

Tags darauf kam der Pedell in das Karlskolleg und erzählte voll trauriger Rührung, daß er dem Herrn Magister von seiner Frau ein klein wenig Suppe gebracht habe, daß der aber schon seine Seele ausgehaucht hatte.

»Wißt ihr, wißt ihr, ein Weilchen zuvor war er noch bei klarem Bewußtsein, er sah nichts mehr, aber er sprach noch.«

Die Magister bestatteten den Professor in aller Ehrbarkeit in geweihter Erde und wählten gleich darauf einen neuen.

Professor der Sternkunde an der Prager Hochschule wurde Magister Basilides. Das gefällige Männchen hatte sich in Thurns Gunst eingeschlichen, und die Defensoren hatten das Ihre beigetragen zu seiner

Wahl, wiewohl Kampanus zum kleinen Zodiakus kein besonderes Vertrauen hegte, denn dieser machte sich auf der Kleinseite allzusehr mit den Deutschen und den katholischen Herren zu schaffen, und schließlich glaubte Kampanus auch nicht an die Tiefe seines Wissens.

Basilides, das kleine Männchen mit dem großen Kopf in der gestärkten, reinen Halskrause, reckte nunmehr als Professor seine Hakennase noch höher und bemühte sich, auch in die Breite zu wachsen, indem er stattlich einherschritt. Bald darauf heiratete er eine angesehene Witwe von der Kleinseite, die das Haus »Bei Skálas« auf dem Kleinseitner Ring besaß, und wurde noch stolzer. Schon lange ging er nicht mehr zu Tatrman in die Zeltnergasse, und mit seinen ehemaligen Kumpanen hatte er längst nichts mehr gemein. Nur mit Mollerus unterhielt er eine Art von Verbindung. Wenigstens sandte ihm der wackere Baccalaureus vom Land ein Gedicht über Kampanus' Heirat, dem der biblische Text zugrunde lag: Et rex David senuerat, als David hochbetagt war, sagten seine Knechte: Laßt uns für den König ein Mädchen suchen, das unseren Herrn König erwärmen soll. Dieses Gedicht bereitete Basilides und ebenso einigen anderen guten Leuten unter den Gelehrten, denen er es zeigte, ein willkommenes Vergnügen.

Dann machte das neue Jahr wieder einen Schritt vorwärts.

Es war Anfang August, als der asthmatische Skála seinen Famulus um den Doktor Borbonius schickte. Der Köchin Elschen Hurtig und dem Famulus gebot er, keine Menschenseele und besonders keinen der Professoren zu ihm hereinzulassen. Der griesgrämige Greis sperrte sich in seinem Wenzelskolleg wie in einer Festung ein.

Als der dicke Doktor Borbonius kam, erkannte er sofort, daß der Tod den alten Professor bald von dieser Welt abholen werde. Die greisen Augen waren tief eingefallen, und der Kopf glich schon einem Totenschädel. Skála erzählte dem Doktor mühsam und mit lispelnder Stimme, daß er in der Herzgegend ein Stechen verspüre.

»Ich weiß und fühle es, daß mir Gefahr droht, mir ist zumute, als ob mir das Hirn im Kopf eingetrocknet wäre, manchmal glaube ich, daß sich in meinem Innern ein Krebs oder ein arges Geschwür breitmacht.«

Der Doktor setzte sich in den gepolsterten Stuhl und schrieb auf ein langes schmales Papier irgendein Recipe für die Apotheke.

Die Köchin Elschen Hurtig, eine kleine, vertrocknete Frau mit ansehnlichem Bartwuchs unter der Nase, stand demütig bei der Tür, hatte voll Verzweiflung die Hände gefaltet, und ihre Augen waren voll Wehmut und tiefem Bedauern über ihren alten Herrn.

Als sie mit dem Papier zur Apotheke gegangen war, sagte Skála zum Doktor: »Ich glaube, daß die spitzmäulige Bestie mir etwas angetan hat, denn ich bin zu rasch verfallen, ich glaube, die Spitzmäulige hält es mit dem Teufel.«

Nach einer Weile bat er dann Borbonius, aus der kleinen Kanzlei dort das Testament in Gewahrsam zu nehmen, das er bei guter Gesundheit und klarem Verstand niedergeschrieben habe, und gestattete dem

Doktor, für sich einige Bücher zu nehmen und dieses Kästchen da mit Geld bei sich zu verstecken, damit es niemand stehlen könne, falls ihn Ohnmacht und Bewußtlosigkeit befallen sollte; er vertraue – wie er sagte –, daß Borbonius es ihm redlich wiedergeben werde, wenn er die Krankheit überstehen sollte.

Borbonius bemühte sich, ihn zu trösten, dann trat er zum Büchergestell, suchte sich drei Bände der Historia des Plinius in einer Miniaturausgabe aus, die er in die Tasche stecken konnte, und das Buch des Doktor Jessenius über die Knochen.

»Dieses Büchlein unseres Freundes Jessenius: De ossibus ist sein bisher bestes Werk; das nehme ich mir, wenn du Magister es so haben willst.«

So sprach er, und zu guter Letzt ging er mit einem recht gewichtigen, fast ellenlangen Kästchen fort und hatte auch noch die Taschen voller Bücher. Elschen Hurtig, die den schmerbäuchigen Herrn mit dem unter dem Sommermantel nur schlecht verborgenen Kästchen weggehen sah, wurde grün im Gesicht, und das Bärtchen unter der Nase sträubte sich.

»Die Würmer wären aus ihm gekrochen, wenn ich ihn mit diesen meinen Händen nicht geputzt, verbunden, gepflegt hätte, die Würmer hätten ihn aufgefressen, und er wäre schon längst abgekratzt, wenn ich nicht gewesen wäre.«

Borbonius ließ sich nicht aus der Ruhe bringen: »Nun, da hast du wohlgetan, aber jetzt mach schon das Gitter auf!«

Das kleine wutschnaubende Frauenzimmer jedoch war im besten Fahrwasser: »Jemandem muß ich gründlich meine Meinung sagen. Immer wenn er sich verunreinigt hatte, da war ich gut zum Bedienen, dabei war ihm nichts recht und nichts gut genug, niemand konnte ihm etwas recht machen, nur ich, nur ich allein, er sagte mir immer, wenn du mich bis zum Tod pflegst, dann soll mein geringes Hab und Gut niemand anderem gehören als dir, woraus meine Habe auch bestehen mag, dir werde ich alles vermachen – ich werde schon dazu sehen, zu dem Meinigen zu kommen, und es ausfindig machen, ich werde schon dazu sehen – (sie ahmte die breite gequetschte Stimme von Borbonius nach) für solches Gerede – du hast wohl gehandelt – gibt der Jud nichts, auf so ein Lob pfeif ich!«

»Mach auf, oder ich helfe mir mit einem Fußtritt!« befahl Borbonius.

Das aufgeregte Weib machte auf, wobei es in einem fort das gleiche wiederholte, und warf hinter dem Doktor die Tür ins Schloß, so daß das Dröhnen im ganzen Kolleg zu hören war.

»Die Tür hast du, alte Schachtel, heftig genug zugeschmissen, hättest noch dein Maul dazwischenstecken sollen!« sagte Borbonius ganz ruhig zum Abschied und ging.

Seit dieser Zeit öffnete Elschen Hurtig niemandem mehr die Tür, nicht einmal dem Famulus, den diese unfreiwilligen Ferien keineswegs verdrossen. Oft kamen Abgesandte der Kollegien und Studenten, die von den Magistern geschickt wurden, um zu erkunden, was los war, manche Magister kamen selbst, auch Kampanus stellte sich ein, aber die spitzmäulige Else ließ niemanden ein, sie erzählte nur hinter dem Gitter – den Famuli unwirsch und den Professoren sehr ehrerbietig –, daß der kranke Magister schlafe und nicht gestört werden dürfe.

Als der alte Mathes Pulpit nachts von Tatrman nach Hause ging und in Skálas Fenster Licht sah, sagte er: »Der alte Geizhals hat Licht, mordidi, und zählt seine Dukaten!«

Aber der alte Skála zählte keine Dukaten mehr, sondern es war die Köchin, die Dukaten – sogar unter Skálas Kopf – suchte, und irgendein Gevatter trug in einem großen Korb weg, was sich nur wegtragen ließ. So schleppten sie bis zum Morgengrauen, als der Hahn im benachbarten Hof zu krähen begann.

Am Morgen wurde Kampanus mit Troilus in das Zimmer eingelassen, und ihnen auf dem Fuße folgten die übrigen Magister. Troilus stolperte über einen Schlafrock aus Halbwolle, der auf der Schwelle lag, Kampanus stieß mit dem Fuß an eine offene Blechschachtel.

In der ganzen Wohnung lag das Unterste zuoberst wie nach einer Feuersbrunst.

Der alte Skála konnte nur mehr den Mund aufmachen, aber nicht mehr sprechen; wie anklagend bewegte er seinen Mund, aber seine Stimme war nicht zu hören. Ein rotseidenes schwarzgeblümtes Mützchen lag auf dem schmutzigen Fußboden, als ob es in Verzweiflung nach jemandem geworfen worden wäre.

»Ich war der Meinung, er schlafe, und dabei ist er schon wie entseelt, mein gütiger, gnädiger Herr«, jammerte Elschen Hurtig.

Die Professoren standen beim Bett und nahmen schweigend Abschied von dem Sterbenden. Schließlich sprachen sie mit tiefer Stimme den Psalm: Miserere mei, Deus, sei gütig, mein Gott, in deiner großen Barmherzigkeit!«

Im Wohngemach nahm sich Kampanus mit Troilus die Köchin vor. Sie eröffneten ihr ihren Verdacht, daß sie den Verstorbenen bestohlen habe.

»Heilige Maria, da soll es für mich keine Erlösung geben, was? Ich? – Ich habe ihn aufs beste betreut, habe ihm die Nägel beschnitten, die Würmer hätten ihn – nicht um die Burg hätte ich etwas genommen, nicht, was unter den Fingernagel geht – ich werde doch nichts im geheimen wegführen und nehmen, ich werde mir am hellen Tage nehmen, was mir gebührt, der Selige hat soundsovielmal gesagt, daß alles mir gehören soll und der Akademie nichts, jedesmal, wenn ich zu ihm kam – gestern noch –, hat er froh gesagt, wie gern er mich sieht, wie wenn der Herrgott vom Himmel käme – ich und heimlich? Ich habe keine Angst –«

Die Professoren waren schon auf der Treppe und draußen.

Einer meinte, daß sich der Prorektor der Sache annehmen müsse, ein anderer, daß der Probst des Carolinums sie untersuchen solle, ein weiterer dachte an den Quästor, und niemand wollte mit der grünlichen, kleinen, verschrumpften Kröte etwas zu tun haben.

Der alte Skála wurde in der Bethlehemskapelle unweit der Kanzel des Magisters Hus bestattet.

Doktor Borbonius mußte aus dem Kästchen an die hundert Schock geben, und die Magister setzten eine Marmortafel auf Skálas Grab.

Die Tafel ließen sie mit einer schmeichelhaften Inschrift versehen, dem Datum im Jahre des Herrn 1617 und dem Wappen mit zwei Rosen und einem Vogel, der von einem Pfeil durchbohrt wird. Eine ganze Sammlung von Trauergedichten, unter denen diejenigen, die von Kampanus stammten, die herzlichsten waren, wurde gedruckt herausgegeben.

Anders konnte es auch nicht sein.

Kampanus befand sich in einer glücklichen Gemütsverfassung, jedermann war ihm lieb, aller Welt verzieh er, er war geneigt, jedermann zu umarmen.

Die glücklichen Hoffnungen wurden durch die ziemlich langwierige Genesung der Frau Lidunka nach der Geburt des Kindes getrübt.

Die Taufe fand statt, dem Knaben wurde nach dem Vater und dem von Husten geplagten Großvater der Name Johann gegeben, er erhielt eine Menge Patengeschenke – meistenteils dicke, gekerbte Groschen, einen viereckigen, zwei polnische –, die Dichter von den Prager Schulen und Kampanus' Freunde auf dem Land verfertigten und sandten zur Geburt des Knaben Gedichte, die sie mit einer Handvoll teils duftender, teils tauber Blüten des Parnaß geschmückt hatten, wie es bei Dichtern zu sein pflegt.

Einer von ihnen brachte mit Anspielung auf den Namen Kampanus seinen Wunsch in Reime, der Vater der erhabenen Bücher möge, bis ihn die mißgünstige Klotho von dieser Welt trennen werde, Campanulam, eine Glocke, ein Glöckchen hinterlassen, das dem guten Vater gleicht, und dieser Wunsch sei schon erfüllt.

Als der kleine Junge da war und gedieh, wurde das volle Glück wieder dadurch getrübt, daß Frau

Lidunka nach dem Kindbett auf lange Zeit erkrankte. Lidunka war schwächlich, zart wie ein Spinngewebe. Die Hebamme wollte lange nicht von Kampanus aus dem Kolleg wegziehen. Tag für Tag mußte sie mit Rat und Hilfe beistehen.

Zeitweise verbohrte sich Kampanus in den verdrießlichen und schmerzlichen Gedanken, daß die stille, brave Lidunka sich ihr Siechtum im Kaufladen des Kollegs zugezogen habe. Lieber Gott, warum war er ihr gefolgt, als sie den Laden haben wollte. Er hätte ihr nicht nachgeben sollen, aber sie hatte so lange und so eindringlich gebeten, denn sie glaubte, was Kampanus selbst wohl wußte und fühlte, daß der Professorenanteil an den Universitätsgütern zu einem anständigen Auskommen nicht hinreiche.

»Ihr wißt doch, Liebster, daß jede Professorenfrau ein kleines Gewerbe betreibt, um ihrem Herrn und Gemahl behilflich zu sein; daß ich meinen Vater um Geld angehe, das wollt Ihr nicht erlauben, jetzt ist im Angeluskolleg der Laden mit getrockneten Fischen frei, Ihr habt das entscheidende Wort im Kolleg bezüglich des Ladens, ich werde mich da hineinsetzen, ohne mich zu schämen, und es wird eine gute Hilfe für unseren Herd sein, wenn ich getrocknete Fische verkaufen werde.«

Dann setzte sie sich in den Laden und verkaufte.

Warum hatte er das nur zugelassen? Dabei war der Verdienst nicht einmal glänzend. Jetzt lag sie an einer Erkältung darnieder, und wenn Frau Lidunka jetzt schon so lange liegen muß, wer weiß, ob nicht der Kollegsladen mit den getrockneten Fischen daran schuld war!

Doktor Borbonius kam bereitwillig selbst, konnte aber nichts Arges finden. Er beschränkte sich darauf, eigenhändig und mit zornrotem Gesicht die Hebamme aus dem Kolleg hinauszubefördern, als er darauf kam, daß sie hinter seinem Rücken der jungen Frau in Bier gekochte taube Nesseln zu trinken gab. Diese Hebamme verursachte ihm gar viel Mühe.

Nach einiger Zeit konnte die immer noch bleiche Lidunka aus dem Bett aufstehen und sich zum ersten Mal ankleiden; Kampanus erschien nun alles wieder voll Licht, strahlendem Sonnenschein und Glück.

Jetzt konnte er sich mit mehr Ruhe den Universitätsangelegenheiten widmen, die alle Professoren ebenso unvermeidlich wie eindringlich und hart bedrückten.

Die Magister fanden heraus, daß der Quästor Hippius zu seinem eigenen Wohl, aber nicht zum Wohl der Magister wirtschaftete. Als er zum Verwalter der Güter bestellt wurde, hatte man ihm aufgetragen, die Einkünfte aller Kollegen getreu und fleißig in die Register einzutragen, die Wochenzettel in einem Kästchen aufzubewahren, alle Ausgaben mit Quittungen zu belegen; das Geld sollte im Fiskus hinterlegt werden, von dem die Professoren einen Schlüssel hatten. In allem sollte Hippius Rechtschaffenheit und Voraussicht betätigen und Gottes Ehre und das Wohl der Akademie im Auge behalten. Magister Hippius beschwor, daß ihm bei allen seinen guten Vorhaben und Verpflichtungen Gott Vater, Gott Sohn und der Heilige Geist beistehen sollten.

Hippius aber stahl, was nur zu stehlen ging, in die Register schrieb er nur wenig ein, und ebenso ließ er nur wenige Groschen in den Fiskus gelangen. Wenn Magister Hippius gestohlenes Getreide von einem der der Universität gehörigen Höfe wegführte oder ein Kälbchen wegtrieb, drückte der Schaffer jedesmal ein Auge zu, und wenn der Schaffer eine kleinere Fuhre für sich beiseite brachte und ein Kälbchen der Universität verkaufte, drückte wieder Hippius beide Augen zu.

Jetzt brachte Kampanus mit energischer Hand Ordnung in diese diebische Wirtschaftsführung. Eine Magisterkonferenz wurde einberufen.

Kampanus schilderte die Defekte in der Gutsverwaltung und verlangte, daß Hippius seines Amtes enthoben und zur Rechenschaft gezogen werde. Der Magister schloß voll Zorn: »Dieser Betrüger? Für unser Geld hat er sich ein Haus am Roßmarkt gekauft! Dieser Betrüger! Ich schäme mich dessen, daß dieser unredliche Magister aus Vodňany, meiner patria, stammt.«

Rasch wurde Jičinský ausgesandt, um den unredlichen Hippius aus Vodňany herbeizuholen. Die Magister saßen geduldig da und warteten eine geraume Weile auf ihn, obgleich es vom Kolleg bis zum Roßmarkt nicht weit war.

Der Pedell kehrte aber allein zurück, und das Bürstchen unter seinem Kinn bebte vor Aufregung, als er eifrig berichtete: »Der Herr Beamte Hippius, wißt ihr, läßt den Herren einen guten und glücklichen Tag bestellen, er wird den Herren angeblich nicht Rede stehen, weil er nicht mehr ihr Beamter ist, er hat – sagt er – das Bürgerrecht in der Neustadt erworben.«

Da wurden die Magister zornig (nur der wohlhabende Basilides hatte seinen Spaß dabei), und der Pedell mußte von neuem sofort wieder den untreuen Beamten aufsuchen. Diesmal kehrte er nach kürzerer Zeit zurück, und die Zotteln unter seinem Kinn bewegten sich noch aufgeregter: »Bitte, Ihro Gnaden, wißt ihr, er sagte, daß ihr nicht mehr seine Herren seid und daß er Ihro Gnaden Rechnung legen werde, wann es ihm paßt, und wenn ich ihn, sagte er, noch einmal Herr Beamter nenne, dann wird er, wißt ihr, wißt ihr, mir mit dem Degen ein paar Schrammen machen, wißt ihr, ich soll ihn auch mit dem Beamten am Etcetera lecken – wißt ihr –«

Todbeleidigt beschlossen die Professoren, gegen Hippius Vodňanský beim Neustädter Gericht Klage zu erheben. Basilides stimmte auch dafür, aber das Etcetera hatte ihn sehr angenehm erheitert.

Bei der nächstfolgenden Konferenz brachte Kampanus noch eine andere leidige Sache vor. Er sprach lang und vorsichtig, aber der kurze Sinn seiner Rede war der, daß sich sechs adelige Jungen in halbjährigen Fristen im Rektorat abgelöst hätten und daß das Adelsrektorat eine wertlose Einrichtung sei.

»Wir erwarteten und hofften, daß die Jungen, ihre Eltern, ihre mächtigen Freunde höheren Standes zugunsten unserer Akademie wirken werden, daß sie eine solche Ehrung wenigstens in irgendeiner Weise verdienen werden, aber unsere Hoffnungen waren vergeblich. Was habe ich nur gebeten und geschrieben, damit Herr Radslav von Vchynice unserer Universität etwas hinterließe, denn schon zwei Jahre lang ist er am Sterben, aber der adelige Herr tat nichts, rein gar nichts dergleichen. Ich bin dafür, das Rektoramt der adeligen Studenten aufzuheben.«

Der eine und der andere der Professoren ließ sich noch dahingehend hören, daß die Herren und Ritter es der Akademie nicht krummnehmen werden, wenn das adelige Rektorsamt beseitigt werde. Der jüngste Professor, Georg Šultys, der Sohn des Primators von Kuttenberg, konnte seine jugendliche Geradheit und Spottsucht nicht beherrschen und sagte: »Die Herren und Ritter werden uns sicherlich weiterhin mit demselbem Wohlwollen günstig gesinnt bleiben, denn das kostet sie nichts!«

Die älteren Magister, Kampanus und Troilus, taten, als hätten sie nichts gehört. Endlich wurde beschlossen, daß der junge Herr Střela von Rokyce, der gegenwärtige Rektor, der nicht einmal das Kolleg besuchte, der letzte Rektor sein sollte.

In derselben Sitzung wurde die Wahl des Doktors Johann Jesenský vorgenommen, zu dessen Gunsten die Fürsprachen der Defensoren so energisch und entschieden lauteten, daß sie Befehlen glichen.

Das war aber gar nicht nötig. Kampanus und die übrigen Magister wußten und brachten in Erinnerung, daß Magister Johannes de Magna Jessen schon vor siebzehn Jahren zu den Beratungen der hiesigen Professoren hinzugezogen wurde, daß er damals in der Prager Karlsakademie vor versammelten Gelehrten und Hochgeborenen einige menschliche Körper sezierte und zur Erinnerung daran und zum Ruhm der böhmischen Schule das Werk Anatomia pragensis drucken ließ und nur deshalb nicht Professor wurde, weil er verheiratet war.

Jetzt steht die Sache anders, und wenn er nicht kaiserlicher Medikus bleiben und Professor werden will, kann die Karlsschule dabei nur gewinnen, denn der berühmte Mann wird die Stütze der medizinischen Fakultät sein, und da er eques ungarus ist, würde auch wieder ein Ritter Rektor sein. Nur sollten sich die adeligen Herren Stände und die Defensoren um seine Bezahlung bekümmern. Von den Kollegseinkünften wird für den neuen Professor nichts übrigbleiben; wir haben selbst nicht genug, und es steht zu befürchten, daß es ihm ebenso ergehen wird wie dem verstorbenen Magister Kamenek, den die Defensoren samt seiner Familie fast Hungers sterben ließen.

Solche und ähnliche Gespräche führten die acht Professoren bei der Wahl. Als Jesenský schon gewählt war, stieß Kampanus endlich einen aufrichtigen und tiefen Seufzer aus, weil der ehrenwerte Doktor Jessen nicht tschechisch spreche; infolge seines langen Aufenthaltes in Deutschland hat er seine natürliche Sprache vergessen, wenn er nur das echte Herz für die Akademie Karls, des Vaters, habe. Darauf bemerkte Troilus geschwind: »Ach was, Kepler hätten wir auch mit beiden Händen und mit ganzem Herzen genommen, und er war ein Deutscher. Jetzt ist mehr als jemals entscheidend, daß der Professor dem reinen evangelischen Glauben angehört, und das tut Jesenský!«

Und dabei blieb es.

Eines Tages, bald nach Mittag, kam Herr Budovec zu Kampanus ins Kolleg. Er war erhitzt und gerötet und strich erregt und sehr rasch die Spitzen seines Schnurrbartes nach oben, als Kampanus ihn in die Große Aula führte, um mit ihm allein zu sein.

»Reverendissime magister, ich begehre einen Rat, du bist ein Kenner der böhmischen Geschichte und des Rechts in unserem Königreich, gib mir einen Rat; hör zu: Kaiser Matthias beruft einen allgemeinen Landtag nach Prag ein und verlangt, daß wir, da er keine Erben hat, schon zu seinen Lebzeiten den Erzherzog Ferdinand als böhmischen König anerkennen und krönen, er hat ihn angeblich an Sohnes Statt angenommen; aber da, sieh selbst!«

Kampanus las.

»Reverendissime, übersieh nicht, daß dies sogleich geschehen soll, ohne Aufschub, der Landtag findet in ein paar Tagen statt, die Krönung in ein paar Tagen, übersieh nicht, was hier angeordnet wird, daß nämlich die, die sich zum Landtag einfinden, Beschluß fassen können, und wer zu Hause bleibt, der bleibt eben weg.«

Kampanus bedachte sich kurz. Mit ruhigem Gesichtsausdruck sagte er: »Ferdinand ist der Enkel der Anna Jagello, der würdigsten und herzensgütigsten Königin, die es jemals in Czechia gegeben hat!«

»Aber er vertreibt die Evangelischen aus der Steiermark, jeden Augenblick tauchen hier bettelnde Flüchtlinge auf!« wandte Budovec heftig und mit den Händen fuchtelnd ein.

»Herr«, wehrte sich Kampanus, »geruhe in Betracht zu ziehen, daß König Matthias namens seines Neffen alle Privilegien dieses unseres Königreiches zu bestätigen verspricht, darunter ist doch auch der Majestätsbrief über die Freiheit, er verspricht, dessen wohl eingedenk zu sein und sich den Ständen erkenntlich zu erweisen.«

Budovec fuchtelte mit beiden Händen.

»Das verstößt gegen den Brauch und die Rechte des Königreichs, wir wollen wählen und nicht anerkennen!«

Dabei nahm er schon seinen hohen Federhut in die Hand und verließ den Großen Saal.

Kampanus begann noch einmal vom Enkel der herzensgütigsten böhmischen Königin zu sprechen, die sterbend ihren Gemahl bat, den Tschechen seine Gunst zu schenken.

Budovec hörte aber nichts mehr. Sein Degen pochte einige Male an die Stiegen, sein schwerer, aber rascher Schritt dröhnte, und schon war der adelige Herr fort.

Es verdroß den Magister, daß der Herr ihn für dumm oder lau oder sonst irgendwie anders halte, als er war, aber er zerbrach sich nicht lange den Kopf darüber, denn er meinte, daß die Stände dem Kaiser seinen Willen tun werden, sobald dieser die Bestätigung ihrer Rechte verspreche.

Er hatte richtig vorausgesehen.

Einige Tage später wurde am Schloß eine volle Stunde lang die größte Glocke geläutet; man läutete den Landtag des Königreichs Böhmen ein. Am Abend desselben Tages brachte Simon Sušický die Nachricht ins Kolleg, daß die Stände an diesem Tag mit ihrer Beratung nicht zu Ende gekommen seien, sie wollten – so hieß es – frei wählen; am heftigsten gebärdeten sich Herr Thurn, Herr von Roupov, Herr Joachim Šlik, Herr Budovec, der kaiserliche Rat Ritter Kaplíř, in den Reihen der Bürgerschaft bewies der Primas von Žatec Hošťálek großen Eifer; in summa waren diese Heißsporne in der Minderheit; die Mehrheit der Evangelischen verdrehte nur die Hände und die Köpfe. Slavata soll vor dem Landtagssaal unter Hinweis auf die Paläste der Adeligen gesagt haben, die sollten sich in acht nehmen, daß man ihnen nicht die Köpfe zwischen die Beine legt. Sušický fügte hinzu: »Ich war nicht dabei, als er das sagte, aber wenn er es gesagt hat, wird es ihm schlecht ergehen.«

Am Nachmittag darauf wurde die große Glocke Zikmund wiederum eine Stunde lang geläutet, und gleichzeitig fielen die sechs übrigen Glocken am Turm von St. Veit ein, und es dauerte nicht lange, bis alle Glocken im hunderttürmigen Prag ertönten.

Ferdinand wurde von der Mehrheit der Landtagsstimmen als König anerkannt.

Kampanus verfaßte zur Krönung Verse, die die Karlsakademie auf Pergament drucken ließ, was sieben Schock kostete. Am Tage vor der Feierlichkeit gaben Kampanus und Troilus die Verse in der königlichen Kanzlei ab, mit dem Wunsche froher Gesundheit und der Gabe der Erleuchtung durch den Heiligen Geist.

Das Pergament, das in einem mit Seide bezogenen Köfferchen lag, wurde von Herrn Bořita Martinic aus Kampanus' Hand in Empfang genommen, Martinic war ein Mann mit hoher Stirn, kurzgeschnittenem Haar, mit unscheinbarem Spitzbärtchen am Kinn, aber dafür mit langem, spitzem Schnurrbart; er hatte traurige Augen, aber scharfe

Züge und ein energisches Gesicht. Dabei blieb das verträumt stolze, hübsche Gesicht des hohen Herrn ohne jede Veränderung, als Kampanus mit einem lateinischen Spruch und dann auf tschechisch Ihro Gnaden bat, der königlichen Akademie Karls IV. seine Gunst zu schenken.

Neben dem adeligen Herrn stand – in schwarzen Samt gekleidet und mit einer goldenen Kette um den Hals – ein zweiter Mann von untersetzter Gestalt, dickem, feistem Gesicht, das um den Mund herum ein wenig aufgebläht war, als hätte der Herr Wasser im Mund. Der sorgfältig hochgekämmte Haarschopf über der Stirn verschönerte das Gesicht keineswegs, dafür verliehen aber die kleinen stechenden Augen, die allzu nahe beieinander lagen, dem ganzen Äußern des Mannes einen schlauen Ausdruck. Der Herr war dem Anschein nach ungefähr drei bis vier Jahre älter als Kampanus, und während Kampanus sprach, griff er sich an den winzigen rötlichen Schnurrbart, um so das spöttische Lächeln zu verbergen, das sich ständig in der Bewegung seiner Mundwinkel verriet.

Es war Slavata, der Herr von Jindřichův Hradec, der Kammerpräsident. Der adelige Herr dachte sich, daß die Gratulanten nur durch die Not gezwungen erschienen waren, ihr Glückwunsch aber nicht vom Herzen kam. Er sagte ihnen jedoch kein Wort davon.

Martinic versprach mit einigen wenigen Worten, sich bei Ihro Gnaden zu verwenden, und entließ sie mit unbeweglichem Ernst.

Am Krönungstag ehrte Rektor Kampanus nach uraltem Brauch jeden, der zu ihm ins Carolinum kam, mit einem Glas Rotwein zu Ehren des neuen Königs und auf das glückliche Gedeihen des böhmischen Königtums. Abends berichtete der Pedell, daß er ein ganzes Fäßchen ausgeschenkt habe, verschwieg aber, wieviel davon die Famuli und Studenten heimlich ausgetrunken hatten.

Als am Tage nach der Krönung die Akademie der Brüderschaft Jesu auf dem Schloß ein herrliches Schauspiel zu Ehren des Königs und der fremden Gäste veranstaltete, färbte sich der Himmel auf einige Stunden blutig, und am dritten Tag fiel vom Altstädter Rathaus die Zwiebel mit dem kaiserlichen Adler herab und zerschellte; infolge dieser Vorkommnisse begann man davon zu sprechen, daß bald etwas Ungewöhnliches geschehen und es im Königreich Böhmen übel zugehen werde.

Das Jahr schritt vorwärts. Und einer dieser Schritte vernichtete gar roh die Blüte, die Magister Kampanus am meisten liebte.

Kaum hatten die Magister nach den Sommerferien von neuem mit ihren Vorträgen begonnen, da stürmte an einem Herbsttag frühmorgens Doktor Borbonius mit solcher Eile ins Kolleg, daß sein Mantel wie eine Fuhrwerksplache flatterte und der Schweiß in Strömen über sein dickes, fast blaurotes Gesicht rieselte.

Bei Kampanus in der Stube stand es schlimm.

Frau Lidunka lag im Bett, ihr Gemahl stand mit verängstigtem Gesicht bei ihr, und hinter ihm und an seiner Seite waren alle gelehrten und nichtgelehrten verheirateten Kollegsbewohner versammelt. Das Zimmer war vom Duft des Maiblumenessigs erfüllt, mit dem die Frauen die ohnmächtige Frau

Lidunka zum Leben zu erwecken suchten. Im Winkel wimmerte in der Wiege das kleine Kindlein, das hilflose Kerlchen.

Borbonius untersuchte die Kranke eifrig, hielt ihre Hand lange in seinen Händen, stand lange da, schaute in ihr weißes Gesicht, das plötzlich wieder purpurfarben wurde. Frau Lidunka kam zu sich und richtete ihre großen Augen wie um Hilfe flehend auf den Doktor.

»Gegen den Tod ist kein Kraut gewachsen!« sagte Borbonius beim Weggehen draußen auf dem Gang.

Auf diese Worte hin erbebte der stattliche Leib des Magisters wie unter einem furchtbaren, unerwarteten Hammerschlag. Er wurde zu Stein. Hörte nicht, was der Doktor weiter sprach.

Nach geraumer Zeit löste sich der starre Ausdruck in seinem Gesicht, die Augen wurden feucht, und Kampanus sagte ruhig: »Es ist der Wille Gottes, über Gott klage ich nicht!«

Er ging zu seiner Frau hinein, ließ sich auf der Stufe nieder, die zum Bett führte, und auf der Truhe sitzend, sah er voll Trauer, wie ihr Gesicht bleich und dann durch die Glut des tödlichen Fiebers wieder von Blut übergossen wurde.

Als nach einer Weile wieder eine Erleichterung eintrat, begann Lidunka zu weinen:

»Ich weiß, daß der liebe Gott für mich die letzte Stunde bereithält und sie mir herniederschickt; ich werde nicht mehr aufstehen, muß euch beide verlassen – –«

Kampanus küßte seiner Frau die heiße Hand und sagte: »Liebe Lidunka, weine nicht und sei nicht traurig, vielleicht will der Herrgott nicht, daß du bei mir bleibst, ich bin deiner vielleicht nicht würdig!«

Die Frauen, die ringsum standen und hin und her liefen, weinten, und die Männer verließen vor Rührung das Zimmer.

Man hörte Glockengebimmel, dessen durchdringender Ton immer näher kam – der Priester von St. Gallus kam mit dem Kelch unter einem seidenen Traghimmel zu der kranken Frau ins Kolleg. Ihm folgte unter lauten Gebeten eine Gruppe von Leuten, die sich zufällig auf der Straße befanden und, wie es Brauch war, aus frommer Anteilnahme und menschlicher Neugier mit dem Priester kamen. Sie blieben mit dem seidenen Traghimmel und den Ministranten vor der Wohnungstür des Magisters. Der Glöckner von St. Gallus reichte dem Priester das Löffelchen aus einem Futteral, und Frau Lidunka empfing aus der Hand des Priesters Brot und Wein, den Leib und das Blut des Herrn.

Als der Priester gegangen war, brachte Frau Troilus eine Lichtmeßkerze, um mit ihr den Tod auszutreiben.

Kampanus schaute eine Zeitlang stumpf auf die Kerze, dann legte er den Kopf in die Hände, um nicht sehen zu müssen.

Als der Pedell Jičinský sich auf dem Gang und der Galerie halbwegs ausgeweint hatte, kam er in das trauererfüllte Zimmer, drängte unter höflichem und eindringlichem Wißt ihr, wißt ihr, alle Gäste aus der Stube, nahm das Kind aus der Wiege, legte es einer Dienstfrau in die Arme und trug ihr auf, gemeinsam mit ihm das Kind behutsam in das Hedwigskolleg, wo er mit seiner Frau wohnte, fortzutragen.

Kampanus blieb mit seiner Frau allein.

Es dämmerte.

Kampanus dachte an die Worte der Schrift über die Eitelkeit aller Dinge; in diese Gedanken tönte ihm ständig der Vers des Horaz mit der Klage darüber, daß das Schicksal ihm so früh seine Geliebte Cinara entrissen habe.

»Cinarae breves annos fata dederunt –«

Dann fiel ihm wieder ein, daß sich alle irrten, daß sein Goldköpfchen, die geliebte Cinara, nicht sterben könne, nicht sterben dürfe, daß er, Kampanus, da sei, daß das Kind da sei – wie kann ein Rosenstock zugrunde gehen, der eine Knospe trägt?

»Der Herrgott geleit Euch, mein geliebtes Herz!« flüsterte Lidunka, »ich war Euch eine getreue Ehefrau, betet für mich, das wird meiner Seele in jener Welt zustatten kommen, gedenket meiner, mein Herzlieb, in Euren Geb…«

Das war das Ende.

Kampanus verlor seine Cinara, die süße Geliebte, Lidunka, sein Sonnenkäferchen.

IX

Das Gebet

Fürchterlicher Lärm und wildes Gebrüll tobten in der St.-Kastalus-Schule in der Prager Altstadt.

Das niedrige ebenerdige Häuschen mit dem windschiefen Schindeldach war am Einfallen. In Prag ging das Spottwort um: »Bei St. Kastalus gleicht die Schule einem Karzer.« Unter dem Dach hängen acht Feuereimer, aber es wäre nicht schade, wenn die Schule niederbrennen würde. An den Türen hatten die lieben Schüler einigen Nägeln die breiten Köpfe abgeschlagen, und die Bretter aus Kienholz hielten nur mehr wie durch ein Wunder zusammen. Von den roten Ziegeln, mit denen der feuchte Gang einst gepflastert war, sind nur noch kärgliche Reste übriggeblieben, sonst waren überall Löcher; der Gang hat zwei einander gegenüberliegende Türen, die in die zwei Schulräume des Kastalus-Gymnasiums führen, und hinten im Winkel befindet sich das Türchen zur Wohnung des Baccalaureus, der die Schule leitet.

Im Winkel herrschte Ruhe, aber hinter der Tür zur rechten Hand war fürchterliches Geschrei zu hören. Ein Knabe brüllte wie von Schmerz gepeinigt, es brüllte auch ein Mann. Der Knabe: »Au weh!«, der Mann: »Du Monstrum, ihr seid alle Scheusale, Hundsfotte, haltet ihn fest, da hast du! Was man euch jetzt nicht einbläut, das wißt ihr nicht, und was man euch einbläut, das vergeßt ihr; da hast du – eher möchte ich Kamele im Orgelspiel unterrichten als euch in Latein!«

»… Au weh, Ihro Gnaden, au weh, Ihro –«

»Schon genug!« rief eine dröhnende, starke Stimme, und das Jammern brach jäh ab.

»Jetzt zieht dem asinus Peter die Hosen aus!« befahl dieselbe Stimme aufs neue. Da begann ein allgemeines Stoßen und Treten wie bei einem Ringkampf. Sicher rauften die Jungen mit dem Knaben, um ihm die Hosen herunterzuziehen. Man hörte eine Stimme: »Teuflischer Wildling, wie Blutegel und Zecken hält er sich fest! Sixtus, hilf mir!«

Einen Augenblick darauf ertönte wieder das Auweh mit fürchterlichem und so schmerzlichem Geschrei, daß es die baufälligen Mauern des St.-Kastalus-Karzers erweichen mußte.

Aus der anderen Tür des Ganges schlich leise ein Kollege heraus, der die Kinder das Abc lehrte, und gleich hinter ihm steckte ein zweiter Kollege, der sie aus der Fibel unterrichtete, den Kopf heraus.

Beide hörten eine Weile zu und verkrochen sich lachend wieder in ihre Löcher.

Kaum hatten sich die Türen geschlossen, als der Pedell Jičinský den engen, feuchten Gang betrat. Als er das Gebrüll hörte, blieb er stehen, machte behende eine halbe Wendung, als wollte er wieder fortgehen. Er machte einen Schritt zurück, hob schon den Fuß zum nächsten Schritt, aber dann schüttelte er den Kopf, so daß sein Ziegenbärtchen wackelte, blieb wieder stehen, kehrte um und betrat kühn die oberste Klasse des Kastalus-Gymnasiums.

Magister Mollerus hörte auf, den halbwüchsigen Jungen zu prügeln, der von drei handfesten Mitschülern auf der vordersten Schulbank festgehalten wurde.

Der Bestrafte zog gleich die Hosen wieder an, denn seine Mitschüler hatten losgelassen; dafür begann er nun, sie zu beschimpfen, weil sie ihn festgehalten hatten, und dies keineswegs nur etwa halblaut, sondern ohne jede Rücksicht auf den Besucher aus der Akademie.

Der Besucher bestellte unterdessen Mollerus seine Botschaft, wobei er den sechs Jungen zuzwinkerte, die mit Eselsohren, dem Zeichen der Schande, und mit einem Täfelchen auf der Brust an der Wand standen; zwei von ihnen mußten knien. Er sagte: »Ihro Magnifizenz und der Herr Dekan lassen nämlich beide anfragen, warum du deine fortgeschrittensten Schüler nicht wenigstens zweimal in der Woche ins Kolleg schickest, so wie es andre Schulmagister tun; es ist, weißt du, Beschluß der Magister, daß sich die Schüler der städtischen Schulen die Sitten Erwachsener aneignen sollen, weißt du, dieser Bengel da könnte sehr wohl zu uns kommen, um etwas über Vergilius zu hören; weiter, weißt du, lassen die Herren sagen, daß du die Disputationen nicht besuchst, so wie es alle übrigen tun, weißt du –«

»Bist du schon zu Ende, bist du fertig mit deinem Sermon?« fällt ihm Mollerus in die Rede.

Sogleich setzte er, aber viel leiser, hinzu: »Du Zwirnfaden, du gehst im Auftrag deiner Herren in den Schulen herumspionieren, du machst hinterrücks den Zuträger; jetzt mache ich die Tür auf, und du spring ab wie ein lockerer Knopf, sonst geht es dir schlecht!«

Der Pedell sprang also weg wie ein Knopf, maulte aber von der Tür bis zum Altstädter Ring, und die Barttroddeln unter seinem Kinn bewegten sich unruhig.

Mollerus nahm am Katheder Platz, setzte sich das Magisterbarett auf den Kopf, hatte aber kaum einen Vers im Ovid gelesen, als sich die Tür ein wenig öffnete und der hochwürdige Herr Pfarrer von Kastalus, Georg Tesacius Mošovský, den Kopf hereinsteckte, ohne einzutreten.

Kaum hatte sich die Tür geöffnet, fiel sie wieder zu.

Mollerus verstand und ging hinaus. Im feuchten Gang reichte der Priester, ein alter, aber rüstiger Mann, der auf weltliche Art mit einer breiten Halskrause aus Spitzen geputzt war, Mollerus ein zerknittertes Papier zum Lesen, wobei er ihn mit den Augen wie mit zwei Dolchen durchbohrte.

Mollerus blickte auf das Papier. »Ach was, was ist da Schlechtes daran –

›*Denn wiss' Bescheid,*
dein Pfaffenkleid,
schützt dich nicht für alle Zeit:
für den Hohn
trägst zum Lohn
du nur selber Schand davon –‹

nun und? auch wenn ich das geschrieben hätte, was soll da Schlechtes daran sein; Ihr, ehrwürdiger Vater, habt mich verleumdet, Ihr führet ständig gegen mich Krieg in der Gemeinde und beredet, beleidigt uns Schulmagister von der Kanzel herab, was wollt Ihr denn – –«

»Du, du hast das geschrieben und an die Pfarrtür geklebt, du bist kein Magister, sondern ein gemeiner Kerl, hast zu große Ohren, ich werde dich daran ziehen, du zielst mit deiner losen Zunge zu hoch hinauf, es wird sich schon einer finden, der sie dir stutzt und beschneidet, ich selbst werde sie dir beschneiden –«

Mollerus jedoch blieb nicht still, er sprach fast zu gleicher Zeit mit dem Priester, ermahnte ihn, sein Geschwätz zu lassen, drohte ihm, falls er sich in der Akademie beklagen sollte, neue Verse darüber zu verfassen, wie sich der hochwürdige Herr gestern mit seiner Frau Gemahlin gerauft und geschlagen habe, und diese Verse an alle Schulen zu schicken.

Als dann aus der einen Tür die Schüler und aus der anderen die Herren Kollegen die Köpfe herauszustecken begannen, erachteten es Tesacius und Mollerus für klüger, auseinanderzugehen. An Tesacius' verstörtem Gesicht war zu erkennen, daß es Mollerus gelungen war, den Priester einzuschüchtern.

An diesem Vormittag hatte Mollerus keine Lust mehr, zu unterrichten, und er beendete die Schule mit einem Gebet, wobei er im Innern froh war, den heutigen Unterricht um eine Stunde früher beschließen zu können, da er auf diese Weise bequem seiner geliebten Ehegattin entging, die jeden Sonnabend kam, um aus seiner Hand das von den Schülern eingesammelte Geld, die sobotales, in Empfang zu nehmen.

Heute entwischt er ihr bestimmt, dachte er beim Beten.

Mollers Ehegattin war eine Frau besonderer Art.

Sie war urwüchsig, energisch, rührig, blaß, hübsch, hatte jungenhafte Manieren und reiches, samtenes, schwarzes Haar. Sie hatte Moller schon vor sechs Jahren gefallen, als er sich in Prag aufhielt, um die Baccalaureusprüfung abzulegen. Auf seiner Station in Chrudim vergaß er sie nicht; er suchte und fand die blasse schwarzhaarige Jungfer wieder, als er zur Magisterprüfung nach Prag zurückkam, und sie gefiel ihm immer besser.

Damals war sie ungefähr zweiundzwanzig Jahre alt. Wenn sie mit unbeweglichem Gesicht ruhig dastand und die Hände hängen ließ, war sie wie ein stiller Engel in Gestalt eines Weibes, aber die äußere Ruhe dauerte bei ihr niemals allzu lange; ein Wort genügte, und ihre Augen begannen feurig zu funkeln, die Hände gerieten in Bewegung, und mit einemmal sprühte der Engel Leben, Temperament, ja, Leidenschaft aus.

Sie gefiel Mollerus in jeder Beziehung, er fand Gefallen daran, was sie sprach, wie sie lachte, wie sie dreinschaute und daß sie sich durch nichts aus der Fassung bringen ließ. Keines der Mädchen in Prag hätte sich mit leichtem Herzen entschlossen, die Haare so kurz geschnitten zu tragen wie sie, denn jede von ihnen wollte sich mit möglichst langen Zöpfen brüsten, um jungfräuliche seidene Haarbänder, das Zeichen der Ehrbarkeit, den Stolz der jungfräulichen Unschuld, einflechten zu können.

An dieser Mißachtung des allgemeinen Brauchs fand Mollerus außerordentlichen Gefallen, und dies um so mehr, als das Mädchen auch ohne jungfräuliche Zöpfe wirklich ehrbar war. Sie war früh selbständig geworden. Mutter und Vater hatten sie nicht lange behütet; zu bald waren sie ins Jenseits abberufen worden. Jahrelang stand sie allein in der Welt da. Ein Glück, daß sie nähen, lesen und schreiben konnte; der alte Wenzel Bílek, ihr Vormund, gab ihr ein paar Schock Groschen, und die energische Jungfer richtete eine Nähschule ein, in der sie die Mädchen auch lesen und schreiben lehrte. An der Schule selbst war nichts Besonderes oder Merkwürdiges. In jedem Stadtviertel von Prag gab es solche. Während jene aber von alten Jungfern oder Witwen unterhalten wurden, wurde diese von einem jungen Mädchen geführt.

Als der alte Bílek sah, wie selbständig das Mädchen auftrat, kümmerte er sich nicht mehr um sie, und so gab es niemanden in der Welt, dem Eva gehorchen mußte. Sie kämpfte sich selbständig tapfer durch; das war die Ursache ihrer Jungenhaftigkeit und einer gewissen Härte, die hinter ihrem äußerlichen Liebreiz steckten.

Auch ihr gefiel Mollerus. Nicht wegen seines Aussehens. Der dicke Baccalaureus und spätere Magister sah gar nicht wie ein Ritter oder ein Freier aus, für den das weibliche Geschlecht in Liebe entflammt, aber sie fand Gefallen daran, wie er auftrat; sobald er den Mund aufmachte, war er schon fertig mit seinem Urteil, beurteilte jedermann mit Strenge, trieb mit allem seinen Spott, und das nicht ohne Witz. Und alles, was er redete oder tat, ging gewöhnlich den anderen wider den Strich.

So wurden die beiden Leutchen untereinander einig. Sie war für ihn verlockend und er für sie. Sie sprachen nie wie närrische Verliebte miteinander, zwischen ihnen gab es nicht die verrückten Gebärden verliebter Leute, die vor Sehnsucht seufzen und jammern und sich die Finger zerstechen, um sich mit ihrem eigenen Blut gegenseitig zu ewiger Liebe zu verpflichten.

Sie sprachen miteinander wie zwei alte und ernsthafte Kollegen. Sie wäre ihm jederzeit und überall nachgefolgt, aber solange Mollerus nur Unterlehrer auf dem Land war und nur ein kärgliches Fortkommen hatte, konnten sie nicht zusammenleben, bis er Schulmagister in Prag wurde.

Das war vor fünf Jahren. Sie konnten nicht öffentlich zusammenwohnen, denn die Ratsherren und der Pfarrherr verstanden keinen Spaß, ein solches Zusammenleben konnte Stockschläge, Pranger und Hohn einbringen. Das kühlte die widerspenstigen Gemüter ab.

Das eheliche Beilager war den Lehrern an den Pfarrschulen jedoch nicht offen gestattet, die Rektoren der Universität, die die Obrigkeit für alle Schulen im Königreich waren, wollten es nicht leiden, daß die Lehrer heirateten.

Falls sie also in den Ehestand treten wollten, mußten sie dies dem Rektor zum Trotz und heimlich tun und mußten auch, wenigstens bis zu einer Besserung der Verhältnisse, ihre Ehe geheimhalten. Das gefiel den beiden. Der Geist des Trotzes flammte in ihnen auf; die Heimlichkeit der künftigen Ehe lockte sie.

Mollerus wartete eines Abends auf Eva und sagte zu ihr: »Ich nenne dich nicht schönstes Mägdlein und Herzallerliebste, und du sagst mir nicht: mein schöner grauer Täuberich, aber wir können einander gut leiden, und noch keinem weiblichen Wesen war ich freundlicher zugetan als dir; wenn du es willst, dann versprechen wir uns die Ehe; mit dem alten Bílek habe ich schon verhandelt. Er wird seinen Mund halten. Ich werde dich nie auf dem trockenen lassen und dir kein Unrecht zufügen!«

»Das weiß ich, und wenn du mir einmal unrecht tun wolltest, dann ließe ich es mir nicht gefallen!«

Dann reichten sie sich die Hände, und die Brautwerbung war erledigt.

Ein Mönch von Maria Schnee segnete eines Tages am frühesten Morgen ihre Ehe ein, was sich Mollerus vom einzigen anwesenden Zeugen, dem alten Bílek, auf einem Zettel bestätigen ließ.

Für 4 Groschen Jahreszins mieteten sie auf der Kleinseite nahe dem Mäuseloch eine Wohnung, wo sie sich im dichten Gewimmel der welschen Handwerker und anderen ärmeren Volkes zu verlieren hofften.

Als ein Knabe zur Welt kam, mußte Frau Moller ihre Nähschule aufgeben. Dann kam noch ein zweiter Knabe dazu.

Alles wäre erträglich gewesen im neuen Haushalt, wenn Mollerus sein kärgliches Einkommen nicht von Zeit zu Zeit beim Kartenspiel verloren hätte. Das war ein arger Stein des Anstoßes.

Der zweite war die Unzufriedenheit der blassen und hübschen Frau Eva mit der elenden Stellung ihres Ehegatten, von dem sie überzeugt war, daß er über mehr Weisheit und Mutterwitz verfüge als alle Professoren der Karlsakademie.

Sie wollte ihn als Professor sehen.

Wegen der Karten und der Professur an der Akademie gab es zwischen ihnen sehr häufig lauten Streit.

Als Mollerus die St.-Kastalus-Schule verließ, spiegelten sich auf seinem weinroten Gesicht die frohen Gedanken, die ihm während des Gebetes gekommen waren. Heute gelingt es ihm ganz bestimmt, der schönen Frau Eva mit dem Geld zu entwischen. Es erweckte ohnehin schon Verdacht, wenn sie ihn hier immer erwartete, den Leuten immerfort zu erzählen, daß sie eine Freundin sei, – das war schon zu dumm – und es war beschämend für ihn, sich das Geld abnehmen zu lassen. Allerdings hatte er zwei Kinder – –

Mit langen Schritten ging er dahin, seine kleinen braunen Äuglein blickten bald nach rechts, bald nach links. Er langte auf dem Platz vor der St.-Kastalus-Kirche an und – Frau Eva war da.

Sie steht gut im Fleisch und ist sogar ein wenig dick geworden, ist aber immer noch hübsch und von schöner Blässe; sie hat einen gelblichen Schleier um den Kopf gewickelt. Sie schlenkert mit den langen Armen, trägt kein Mieder, hat den Rock ohne jede Sorgfalt aufgerafft und seitlich ein wenig aufgetrennt; macht den Eindruck einer jungen Frau, die lieber in süßer Trägheit ausruhen möchte, statt herumzulaufen.

Mollerus erschrak nicht angesichts seiner Allerliebsten. Er zwinkerte etwas heftiger mit seinen braunen Augen, aber es war ihm nicht anzusehen, daß ihn der Zorn gepackt hatte.

Die Frau lachte hämisch.

Sie gingen langsam nebeneinander, und nach einer Weile gab der Magister Frau Eva gleichgültig ein mit einem kleinen Ringlein zusammengezogenes Beutelchen in die Hand, das zur Hälfte mit Groschen und Silberlingen gefüllt war. Ein Weilchen darauf sagte er bloß, daß alles, was er schwer und mühsam verdiene, wie in den Wind gestreut sei und zum Teufel gehe.

»Und wenn es bei dir bleibt, nimmt es auch der Wind oder der Teufel!« trumpfte ihn die Frau scheinbar ruhig ab.

Mollerus schritt ernst weiter und bemerkte nur so nebenbei: »Das macht deine schlampige Hauswirtschaft!«

Mit ebenso ruhiger Stimme erwiderte sie, während ihre Augen schon zu funkeln anfingen: »Und die Karten!«

In diesem Augenblick kam ihnen die Jungfer Kamenek entgegen. Sie hielt Moller an und bemerkte, daß sie ihn schon in der Schule gesucht habe. Moller verabschiedete sich von Eva wie von einer Freundin und erfuhr bald, was das Herz des ältlichen gelehrten Mädchens bedrückte.

Ein Wunder, daß die Ärmste nicht mitten auf der Straße in Tränen ausbrach. Nach dem Tode des Vaters geht sie – wie sie sagte – zugrunde; weder die Akademie noch die Stände wollen das Honorar auszahlen, das man ihrem Vater fast für die ganze Zeit seiner Professur schuldig geblieben war, sie hätte alles beim Juden versetzt; schon ihr seliger Vater hätte angefangen, bei dem Juden zu versetzen, jetzt sei sie am Ende; gestern habe sie den Juden geholt, um ihm die letzten Ziechen zu geben, die sie noch von ihrer Mutter hatte; sie gehe mit ihrem Bruder zugrunde; sie sei in Mähren gewesen und habe die Brüdergemeinden um Hilfe gebeten, denn ihr Vater hatte die Kralitzer Bibel übersetzt; deshalb hoffte sie auf Hilfe, aber alles war vergeblich, daher sei sie zurückgekommen; Kampanus habe ihr ein Schock Groschen gegeben, aber wie lange reiche das? Die anderen Magister wollten nicht einmal mit ihr sprechen, sie halte Mollerus für einen klugen Freund, er solle ihr einen Rat geben, falls er es könne.

Mollerus besann sich nicht lange.

Sie kehrten zusammen in die Schule zurück, er jagte einige Schüler, die in der Schule wohnten und unchristlich herumtobten, aus dem Zimmer, setzte sich hin und schrieb für die Jungfer eine sehr heftige und vorwurfsvolle Beschwerde an die Professoren der Karlsschule, dann noch eine zweite Beschwerde an die Stände als die Herren der Universität, und diese Beschwerde war etwas höflicher gefaßt, nur dort, wo er die Professoren selbst für die grausame Behandlung der Waise verantwortlich machte, war die Klage recht schroff und vorwurfsvoll.

Dann riet er ihr, ihren Bruder täglich zum Magister Kampanus zu schicken, um das Gehalt einzumahnen, der sei zwar gefühllos, schäme sich aber doch mehr als die übrigen.

Das alte gelehrte Mädchen strich sich verlegen über die bleichen Haare an der Stirn und dachte nach.

Moller riet ihr, an welche der Herren sie sich mit ihrer Beschwerde wenden solle.

Sie dankte ihm und verließ mit sorgenvollem, traurigem Gesicht die Schule zugleich mit Mollerus.

»Wo sind deine Kollegen aus der Akademie, wohin sind sie verschwunden? Wo ist Měřinský, Knobelius, du weißt doch, der mit den großen Händen?«

»Ja, ja, das hat Kampanus geschickt einzufädeln verstanden, Měřinský hat er eine Schule in Prag gegeben, mich hat er hinausgejagt, Měřinský sind die Prager Buben auf den Buckel gestiegen, deshalb hat ihn Kampanus weggeschickt; vielleicht ist er Pfaffe geworden, ich weiß es nicht, von Knobelius weiß ich auch nicht, wo er ist, Bergerus hat man in die Schulklassen berufen, und Basilides, den blöden Kerl, haben sie zum Professor gemacht; im akademischen Dienst haben sie aber nicht allzuviel zu sagen, das geschieht ihnen recht, denn sie berufen eben solche Leute, wie sie selbst sind, zu Professoren. Was habe ich nicht gebeten und bestellen lassen, damit mir der Poet Kampanus – das Glöcklein – in Prag eine Schule überlasse, lange Zeit habe ich nichts ausrichten und nichts von ihm bekommen können, bis er mich halt in dieses Gefängnis, diese Tretmühle, in die ärgste Schule von Prag gegeben hat. Daß ihn der Donner und die Pest! Liebe Jungfer, du hast einen Schmerz, und ich habe auch einen Schmerz, und unser beider Schmerzen haben uns dieselben unedlen, heimtückischen Hände zugefügt, wehr dich also, Jungfer, wie ich dir gesagt habe, poche nur immer wieder an, du wirst sehen, daß dir aufgetan wird, wenn auch mit Zähneknirschen – und ich will es ebenso tun!«

Als Mollerus wieder zum Mäuseloch auf der Kleinseite zurückkam, den kleinen Hof voller Kehricht überquerte und seine Wohnung, eine keineswegs große, mit Balken gedeckte Stube betrat, lag Frau Eva bequem auf das Bett hingestreckt, ihre Füße steckten in wollenen Pantoffeln, sonst aber war sie vollständig angezogen und schaute finster drein; ein ungefähr vier Jahre altes Bübchen spielte auf dem Fußboden mit einem Holzpferdchen, einem Krüppel, der nur drei Beine hatte und immerfort umfiel; das zweite Kind, hübsch, schwarzäugig und lockig, wälzte sich neben der verdrießlichen Mutter.

Mit einem Blick seiner braunen Augen nahm Mollerus die Gewitterwolken wahr, die sich in der Stube zusammengezogen hatten. Mit der ihm eigenen Ruhe fing er an: »Sitzt dir eine Fliege auf der Stirn, summt der Wurm im Ohr?«

Seine Frau zog spöttisch die Lippen zusammen: »Der Ohrwurm summt nicht, Magister, der Ohrwurm ist stumm!«

Darauf drehte sie ihm den Rücken zu und begann, das Kind zu streicheln. Stille trat ein.

Plötzlich setzte sich Frau Eva auf, ihre Augen leuchteten, ja loderten.

»Damit du es nur weißt, ich habe geweint vor Zorn darüber, daß wir so arm sind!«

Mollerus, der nachlässig am Tisch saß, antwortete gelassen: »Ach was, laßt uns Arme sein, denn ihrer ist das Himmelreich!«

Frau Eva lachte düster auf und warf sich auf das Bett. Wieder wurde es still.

»Ach«, sagte Mollerus nach einer Weile, »im Evangelium des heiligen Matthäus steht, wer kein Brot hat, braucht es nicht zu beißen.« Frau Eva erwiderte nichts.

Als Frau Eva ihrem Mann keine weitere Beachtung schenkte, stand der Magister auf, ging in die winzige Diele hinaus, nahm vom Kamin, in dem das Holz schwelte, eine Schüssel mit Essen und trug sie zum Tisch.

Das kleine Bübchen begleitete den Vater mit seinem Pferdchen hin und zurück, wofür Magister

Georg es mit seinen dicken Fingern streichelte, so zärtlich er es eben konnte. Dann setzte sich der Magister wieder zum Tisch und aß den Mandelgugelhupf aus gerösteten Brotscheiben mit Zucker und Honig, der mit Anispulver bestreut und geschmalzt war.

Allzusehr mundete er ihm nicht. Der Magister war genäschig. Er sagte aber nichts, denn er wußte, was Frau Eva antworten würde. Frau Eva war wirklich zu aufgebracht.

Im stillen beklagte sie sich darüber, daß sie auf diesen trägen Mann gestoßen war, es schien ihr, ja, sie war überzeugt davon, daß er sich nicht die geringsten Sorgen darüber mache, wie er Weib und Kinder besser ernähren könnte, sagte er doch immer – ach was, irgendwie wird es schon werden – andere, die viel dümmer sind, sind Professoren und dürfen sich öffentlich und in allen Ehren zu ihrer Frau und ihren Kindern bekennen, nur er darf es nicht, er ist gezwungen, sie zu verstecken, zu verheimlichen, sein Blut zu verleugnen, und warum das alles? In ihm steckt eine gewisse Abgestumpftheit dem ganzen Leben gegenüber, so schien es ihr, man kann ihn zu keiner energischen Tat bringen; wohl setzt sie ihm immer zu, aber er, dieser Klotz, geht ruhig seinen Weg weiter, um sich ja nicht anstrengen zu müssen. Er tut nichts, und deshalb will ihm auch nichts glücken; es ist wahr, er ist bei Thurn gewesen, was allerdings nichts geholfen hat, er sollte immer wieder hingehen – alles läßt ihn unbekümmert, und dabei hat er Weib und Kind – –

Mollerus ließ den gezuckerten Gugelhupf aus gerösteten Brotscheiben stehen und begann – wie so oft – Frau Eva in ernstem Predigerton zu erzählen, daß er »im Stehen und Liegen« nichts anderes im Sinne habe, als ihr Freude zu bereiten. Aber Eva gab ihm lange keine Antwort, weil sie übler Laune war.

Da verstummte auch er. Schweigend irrten seine Blicke über das in der Stube verstreute Gerümpel, dann fragte er den älteren Knaben, was er da treibe, und sprach mit ihm Unsinn.

Als es ihm dann doch ein wenig zu lange dauerte, trat er, sich zur Zärtlichkeit zwingend, zu Frau Eva heran: »Evchen, altes Mütterchen! Du bist doch meine größte Freude auf dieser Welt!«

»Ich werde mir wieder meine Nähschule einrichten, und du kannst die Kinder warten, wir kommen aus den Schulden nicht heraus!« lautete die zornige Antwort.

»Ach was, bleib nur immer schuldig, eine gute Regel sagt: komme niemals aus den Schulden heraus, die Gläubiger werden sich mehr um mich sorgen, damit ich ihnen bezahle, als ich mir Sorgen darüber mache, womit ich bezahlen soll. Also werden sie an mich denken und sich meiner erinnern, ich aber denke nicht an sie. Sei nur nicht ungeduldig, wenn sie schimpfen!«

»Du deklamierst da wie die Magister ihre weisen Reden in der Akademie, dabei ist aber das, was du sagst, so dumm wie meine Pantoffeln. Und ich sage dir geradeheraus«, dabei raffte sie sich auf und richtete ihre fast übermenschlich groß werdenden Augen mit drohendem Ausdruck auf ihn, und ihr Körper spannte sich wie im Krampf zu einem schönen Bogen, »ich sage dir, wenn du noch weiter die Ohren hängen läßt und nicht endlich das Herz dazu haben wirst, dir eine Professur in der Akademie zu erzwingen, dann tu ich dir die Schande an und werde selbst handeln.«

»Gib Ruh, leg dich nieder und schlaf, der Morgen ist besser als der Abend, leg dich jetzt nieder!«

Aber alles Reden war umsonst.

Bald darauf gab es bei Mollerus Tumult; beide fluchten. Immer wieder schrie er, er lasse sich nicht von ihr befehlen, er sei sein eigener Primas, werde tun, was er für gut befinde, und werde »zu seiner Zeit« handeln, und wenn sie keine Ruhe gäbe, dann – »ach was, du zischst und schnatterst wie eine Gans, stampfst und schlägst aus wie ein Pferd, bist voller böser Leidenschaften!«

Lange stritten sie, dabei weinten die Kinder erschreckt, eines von ihnen drückte sich in den Winkel, das andre hielt sich am Rock der Mutter fest.

Mollerus schwieg verstockt. Der Gedanke schoß ihm durch den Kopf, daß er lieber eine alte Vettel zum Weibe hätte nehmen sollen, eine, die nur einen Zahn hat, aber dafür reich ist; so wie es andre, Klügere, tun.

Kurz darauf fing er wieder an, seiner Frau zuzuzwinkern. Sie war doch hübsch. Schöner als eine Vettel mit nur einem Zahn.

Dann stand er schließlich auf, und mit wütender Entschlossenheit schwor er sich, morgen wegen der Professur zu Kampanus zu gehen.

»Bei Gott, ich geh, du bist wie ein Blutegel, jetzt laß das Greinen, ich geh zu ihm!«

Frau Eva war wunderschön in ihrem Zorn, voll heißen Lebens!

Tags darauf – die morgendlichen Vorlesungen waren noch nicht zu Ende – kamen einige bedeutende Herren ins Kolleg.

Seitdem Doktor Jesenský als Professor der Akademie eingesetzt war, wurde das Karlskolleg bald zu einem Sammelpunkt der Persönlichkeiten der utraquistischen Partei unter den Landständen.

Die Magister der Universität und besonders Kampanus hofften, daß die Verbindungen des berühmten Doktors mit den hochgeborenen Herren die vollständige Reformierung der Karlsschule zur Folge haben werden, und deshalb wählten sie Jessenius auch sofort zum Rektor.

Der Doktor begrüßt die Herren auf der Treppe.

Er ist ein Fünfziger, aber wie ein Jüngling mit seiner Lebhaftigkeit und seinen großen kühnen Augen, wie ein Stutzer in seiner gewählten Kleidung und wie ein ungarischer Magnat mit seinem selbstbewußten Auftreten. Er reicht den hochgeborenen Gästen ganz wie seinesgleichen die Hand, ja, er läßt sie ein wenig fühlen, daß er ihnen geistig überlegen ist.

Das gelbliche, wildlederne Wams mit den dreißig Kristallknöpfen steht ihm wohl an, und die kleine einfache Halskrause verleiht der Kleidung des Doktors im Vergleich mit den großen gerafften Spitzenkrausen der adeligen Herren den Charakter geschmackvoller Ungewohntheit und Neuartigkeit. In seinem schwarzen Spitzbärtchen am Kinn, seinem langen Schnurrbart und in seinem kurzen Haar gibt es kaum ein Silberfädchen. Ein stattlicher Mann.

Es ist ein trüber Wintertag, die eintretenden Herren knöpfen ihre schweren Pelze auf, in den Zügen des Herrn Wilhelm von Roupov ist Kummer zu sehen, der alte Kaplíř, der ihm folgt, schlägt mit dem Knotenstock auf die Stiege, als erregte etwas seinen Zorn.

Nach ihnen steigt der friedliche, langbärtige Sixtus von Ottersdorf, der Stadtbürger, die Treppe hinauf und nach ihm noch zwei oder drei Besucher. Sie tauschen auf der Treppe mit Jessenius und untereinander Begrüßungen aus.

Einige Studenten und Kostgänger der Professoren stehen an die Wand gereiht und gaffen neugierig wie immer.

Kampanus ist nicht zu sehen. Er hat keine Vorlesung und ist in seiner Wohnung. Derlei Besuche pflegen ihm keine Freude zu bereiten – nicht, daß er die Herren ungern sähe – aber es kommt ihm über sie nichts Erfreuliches zu Ohren. Es ist nichts zu hören von einer Verbesserung und Ergänzung der Karlsuniversität, bloß Jammern und Klagen darüber, daß der Statthalter und der Erzbischof den Evangelischen in Religionssachen Trotz bieten und Schaden stiften.

Er war diesem Jammern und Klagen gegenüber nicht gleichgültig, aber er fühlte seine Ohnmacht, Rat und Hilfe zu bringen. Die Besucher beriefen ihn zwar oft in ihre Mitte, denn er war Beisitzer des religiösen Konsistoriums. Sie beriefen ihn aber eben nur der Religion und nicht der Universität halber. Das schmerzte ihn. Seit dem Augenblick, da er seine Frau verloren hatte und sich um das kleine Kind, das zum alten, hustengeplagten Revír übersiedelt war, nicht mehr kümmern mußte, war er noch inniger mit der Karlsuniversität verwachsen, und er war froh, wenn die Herren ihn vergaßen. Er schrieb Verse, gab seine Rhythmen im Druck heraus und unterschrieb sie mit herzlicher Aufrichtigkeit »Studii Pragensis amicus protector«.

Dabei war er mehr als ein bloßer Freund der Prager Hochschule.

Herr Wilhelm von Roupov, ein geschniegelter Herr in vorgerückten Jahren, mit kohlschwarzen, unruhigen Augen, zog im Kollegsmuseum die gestickten und mit Zobelfell besetzten Handschuhe aus und sagte ärgerlich:

»Immer neue Umtriebe, um uns mit unserem Glauben aus der Welt zu räumen!«

Die Herren liefen vor Aufregung im Museum hin und her, und vielleicht taten sie es auch wegen der Kälte, obgleich die Scheite im Kamin prasselten und loderten.

Der Pedell Jičinský rückte den Herren die altertümlichen, mit Schnitzwerk reich verzierten Stühle zurecht, aber es dauerte lange, bis sich der oder jener niederließ.

Sixtus von Ottersdorf strich sich seinen langen Bart und betrachtete eingehend eine große Weltkarte, die an der Wand hing. Über der Karte hing ein Bild, das den Tod darstellte.

Wieder betraten einige Ständevertreter das Wintermuseum. Die hohe Stimme des Advokaten Sušický schallte schneidend in dem Zimmer.

Aber noch lebhafter wurde es, als Albrecht Smiřický, ein ungefähr dreiundzwanzigjähriges Bürschchen mit unruhigen kleinen Augen und von sonderbarem, ungewöhnlichem Aussehen, wie eine Sturzflut hereinbrach. Unter der langen spitzen Nase trug er zwei unscheinbare Bürstchen, und an seinem Kinn standen ein paar schüttere, feine Barthärchen. Aber dafür sein Kopf! Den konnte sich der junge Herr unmöglich selbst so herrichten. Dafür hatte er gewiß täglich seinen Barbier, der ihm das reiche, dichte Haar genau in der Mitte der Stirn scheitelte und den Haarschopf seitlich zu den Ohren hin schön in Locken drehte, wie sie eine Jungfer nicht hübscher haben konnte.

Der Jüngling übertraf alle anderen Herren in der Pracht der Kleidung. Allein schon die gewichsten Stöckelschuhe aus rotem preußischen Leder! Die anderen Herren tragen Reitstiefel, als ob es in den Kampf ginge, der junge Smiřický aber kommt wie zu einem Bankett.

Dem luxuriösen Äußeren widersprach ganz und gar die Redeweise des jungen Herrn. Gleich nach seinem Eintritt bebte sie vor Leidenschaft, Zorn und Schimpfworten. Als er Herrn von Roupov die Hand reichte, rief er mit lauter kreischender Stimme: »Wir müssen uns wehren, wir werden doch nicht immer den Buckel hinhalten, damit Martinic und die übrigen Jesuitenknechte auf uns eindreschen können, wir müssen auch zuschlagen, zuschlagen, zuschlagen!«

Sušický klatschte zum Zeichen des Einverständnisses in die Hände, Sixtus wandte sich traurig von der Karte ab und setzte sich wortlos nieder.

Der alte Herr Kaplíř kratzte sich mit einem silbernen Messerchen die Zunge und sagte ernst und bedächtig: »Es steht schlimm, wirklich schlimm, man beleidigt und reizt uns, auf Befehl des Erzbischofs will man auf seinen Gütern und den Kollaturen, die ihm übergeben wurden, die Utraquisten nicht bestatten, und wenn man sie beerdigt, geschieht es ohne Priester und ohne Glockengeläute. Gestern hat man mir hinterbracht, daß unlängst in Pardubice eine alte, ehrwürdige Matrone aus dem Bürgerstande wie ein Hund verscharrt wurde, von der Herrschaft Slavata werden die Leute unseres Glaubens ausgesiedelt oder gezwungen, katholisch zu werden, der Hauptmann von Křivoklát hat den Pfarrer von Kněževes auf Befehl des Erzbischofs auf der Burg Křivoklát eingekerkert und sein Weib und seine Kinder aufs Feld hinausgetrieben – guter Gott, wohin soll das führen, wo soll das haltmachen?«

»Zuschlagen, zuschlagen!« schallte kreischend die Losung des jungen Smiřický durch das Museum.

»Man sagt, daß bei Smečno und bei Slaný die Büttel des Martinic Bücher verbrennen«, ließ sich Herr von Roupov hören.

»So ist es!« sagte Jessen, »und – ich kann nicht sagen, wo es geschah, kann sein bei Brandýs – da ließ der Hauptmann zwanzig Bürgersleute in den Keller sperren, weil sie anstatt des Priesters, den er verjagt hatte, den katholischen Pfarrer nicht anerkennen wollten.«

Budovec trat mit düsterer Miene ein, und als er seinen Pelz abgelegt hatte, ließ er sich wie gebrochen in den Stuhl fallen. Man wiederholte ihm die neuesten Beschwerden, die Geschehnisse in Smečno und an anderen Orten, wo Slavata, Martinic und der Erzbischof Lohel herrschten. Man schrie wirr durcheinander und brachte ältere Vorkommnisse in Erinnerung. Darauf sagte Budovec: »Dies alles geschieht uns widerrechtlich und im Widerspruch zum Majestätsbrief und den erkämpften Freiheiten, Herr Sixtus da ist zwar der Meinung, daß der Majestätsbrief eine Lücke hat und daß wir ihn hätten besser aufsetzen sollen!«

»Klarer!« fiel ihm Sixtus ins Wort, »klarer, so daß nicht jede Obrigkeit auf ihrer Herrschaft bezüglich des Glaubens nach eigenem Gutdünken Befehle erteilen dürfte!«

»Das sind Apothekerskrupeln!« schrie Smiřický.

Budovec zog ein zusammengefaltetes Blatt aus dem Beutel und sprach:

»Und was sagt ihr dazu – wo ist Magister Kampanus? Beruft ihn hierher – wartet noch – wißt ihr schon, daß Thurn als Burggraf von Karlštejn abgesetzt ist?«

Einen Augenblick herrschte Stille – die Herren waren wie gelähmt – sie rollten die Augen, der und jener öffnete den Mund – dann begannen plötzlich alle zugleich zu reden, und aus dem Lärm, der sich erhob, drangen nur die immer wiederholten Worte hervor: »Sie wollen eben nicht, daß er die Krone der böhmischen Könige betreut!«

Lange Zeit konnten sie sich nicht beruhigen.

Selbst der friedliche Sixtus, der gewillt war, sich mit aller Welt zu versöhnen, schritt ganz aufgeregt auf und ab.

»Und wer wurde an seiner Statt eingesetzt?« fragten einige Stimmen zugleich.

»Martinic!« entgegnete Budovec, indem er spöttisch sein abgehärmtes, hageres Gesicht verzog.

»Das ist das Werk dieser Leute! – Uns stoßen sie beiseite, um selber hochzukommen!«

»Eine Herausforderung!«

»Zuschlagen! Zuschlagen!«

Und wiederum erhoben sich im grauen Saal die vielen von Schmerz und Zorn erfüllten Stimmen.

»Doktor, Rektor«, meldete sich Budovec, indem er auf Jesenský zutrat, »ruft Kampanus herbei, ich habe noch eine Bescherung für euch und für ihn sowie für eure Schule!«

Damit übergab er Kaplíř ein zusammengefaltetes Blatt, an dem ein großes Siegel hing, das mitten entzweigerissen war.

Der alte Herr Kaplíř nahm das silberne Okular aus einem Futteral und begann zu lesen. Er schüttelte den Kopf. Dann ging das Blatt von Hand zu Hand.

Kampanus trat ein und wurde freundlich begrüßt.

Budovec wandte sich an die beiden Magister: »Reverendissime rector et prorector, hört mich an, hier in diesem Brief fragen die Regenten – Herr Slavata, Martinic und die übrigen – an, ob ihr ein Recht auf das Dorf Michle habt, und fordern euch auf, dieses Recht zu beurkunden; weiters läßt euch der Kanzler bestellen, daß euch die Bethlehemskapelle weggenommen wird, falls dort ein Priester der Brüdergemeinde oder, wie sie es nennen, ein Pikarde predigen sollte!«

Kampanus las den Brief durch und sagte ruhig, indem er die letzten Worte betonte: »Ich glaube nicht, daß die natio bohemica ihrer Kapelle oder ihres Dorfes beraubt werden kann, wir haben unsre diesbezüglichen Privilegien im Fiskus hinterlegt, und die Herren Defensoren werden uns Beistand leisten!«

»Mir ist es klar«, fügte Doktor Jesenský hinzu, »sie haben die Jesuitenschule zur Akademie erhoben, und jetzt will man irgendwelche Güter für sie auftreiben; aber zwei Universitäten in einer Stadt, das gibt es auf der ganzen Welt nicht, das ist eine Schmach für die Karlsschule!«

»Wir müssen öffentlich Protest und Verwahrung einlegen, wozu hat unser Freund Henyk von Valdštýn auf der Kleinseite eine Druckerei, wir werden unsere Beschwerden drucken lassen, damit sie aller Welt bekannt werden!«

Aber Smiřický schrie mit seiner durchdringenden Stimme dazwischen:

»Drucken lassen? Meinetwegen, laßt sie drucken! Aber besser wäre es, zu tun, wie Jesenský, der Magister der Chirurgie, es tut, schneiden, schneiden, und mit glühendem Eisen dazu; das glühende Eisen geht in der Chirurgie über alles –«

Schon längere Zeit war Mollerus auf dem Gang auf und ab gegangen, blieb oft am Eingang zum Wintermuseum stehen und lauschte an der Tür. Ein Weilchen horchte er auch an der Tür der Musterschule, wo eine ölige Stimme laut etwas über Dreiecke zum Besten gab, dann erkannte er an der Stimme Bergerus und riß sich sogleich von der Türe los, denn er verspürte einen ungestümen und spitzen Stachel im Herzen. Zurückgesetzt wie er war, mochte und konnte er keinem seiner Kollegen eine bessere Stellung gönnen.

Nur weg von der Tür!

Als kurz darauf die Knaben aus den Klassen herauskamen, bog Mollerus um die Ecke, um mit Berger nicht zusammentreffen zu müssen.

Hier hinter der Ecke fand ihn Kampanus, der die glänzende und aufgeregte Gesellschaft verlassen hatte.

Moller entbot dem Herrn Prorektor seine Salutation, die Kampanus nicht allzu freundlich erwiderte, denn er sagte zwar: »Salve, Gesundheit«, legte aber dabei die Stirn in Falten, und seine Augen verdüsterten sich. Auch seine Frage: »Was ist dein Begehr?« klang nicht einladend, sondern verdrießlich.

Als sie beide die Wohnung des Professors betraten, schien Moller ringsum alles grau und finster, ja sogar Karl IV. auf dem Ölbild schien finster dreinzuschauen.

Kampanus bemerkte, daß Moller einen abgeschabten und für das Winterwetter zu leichten Mantel trug.

Das bessere Gewand hast du sicherlich verschachert und verspielt! dachte er bei sich. Er bemerkte auch mit Mißfallen, daß Mollers Batistkrause ungewaschen und schmutzig war. Weiter betrachtete er ihn nicht genauer. Kampanus ließ sich nieder und wiederholte seine Frage: »Was willst du von mir?«

Mollerus drückte die Brust heraus, zwinkerte mit den Augen und stieß kurz und ohne Einleitung hervor. »Ich kann es nicht länger aushalten in diesem Gefängnis bei St. Kastalus!«

Kampanus zuckte zusammen, als er diese ungewohnt schneidende Sprache vernahm, besann sich aber sogleich und sagte ruhig, jedoch mit Bitternis in der Stimme: »Ich weiß, auf dem Lande hast du die Kollegen und die Bürger so beschimpft, daß du sie schmählich um Verzeihung bitten mußtest, jetzt haderst du wieder, wie man sagt, mit dem Herrn Pfarrer.

Vulpes mutat pilos, non mores. Der Fuchs wechselt sein Fell, aber nicht die Sitten, du bist derselbe geblieben, der du warst!«

»Das war nichts, das ist alles schon ausgeglichen!« entgegnete Moller.

»Dann steckt also etwas anderes dahinter; die Bewohner von Kastalus waren beim Rektor und haben darüber Klage geführt, daß du pecuniam a scholasticis collectam für dich behalten und verzehrt hast!«

»Das ist nicht wahr, reverendissime prorector, o nein«, wehrte sich Moller sichtlich zornig, »vom Geld der Schüler habe ich nur das einbehalten, was mir gebührte; einige der Einwohner zürnen mir, weil ich sie nicht grüße!«

»Und was macht es dir schon aus, du hast den Hut oder das Barett doch nicht am Kopf festgenagelt, an deiner Stelle würde ich es abnehmen und dem Alter die Ehre erweisen!« ermahnte ihn Kampanus.

Moller murmelte etwas zwischen den Zähnen.

Kampanus fuhr mit strenger Stimme fort und hielt Moller vor, daß er die älteren Baccalaurei beschimpfe, unlängst habe er beim Kartenspiel auf der großen Insel mit Magister Češpivius zu raufen begonnen.

»Er hat mich mit hämischen Worten abgekanzelt, hat mich slowakische Bestie beschimpft, deshalb bin ich ihm zwei- oder dreimal mit den Fingern übers Maul gefahren. Er hat mir auch gesagt, ich sei ein Bettler, mendicus, und damit hat er recht. Der Schulmagister von St. Kastalus ist nur ein Bettler!«

»Da muß ich dir denn doch sagen, Magister, wenn jemand einen Papageienvogel etwas lehren will, dann muß er ihn mit einer Eisenrute über den Schädel schlagen, denn der hat gar harte Schädelknochen. Du hast auch einen harten Schädel, du bist ein Dickkopf, für dich brauchte ich auch eine Eisenrute. Mit den Spöttereien, die du über die Leute verbreitest, gewinnst du dir keine Freunde, kannst du nicht ablassen von der Versemacherei und deinen gewohnten Schmähungen? Und kannst du nicht von den Karten ablassen, damit du kein Bettler wirst?«

»Ich schmähe nicht«, wehrte sich Mollerus, »was ich von den Leuten und zu den Leuten sage, ist lauter Wahrheit, und die Wahrheit muß schließlich siegen, ich bin kein Mensch, der krumme Wege geht, bin viel zu geradeaus, und deshalb werde ich hier im Carolinum so hart und ungerecht beurteilt, sogar der Herrgott hat an seinen Engeln manches Unrecht gefunden, deshalb solltet auch Ihr, reverendissime magister, milder und freundlicher sein!«

Kampanus stand auf und ging voll innerer Erregung im Zimmer auf und ab. Die letzten Worte waren ihm gar sehr nahegegangen. Moller hatte ihn damit sichtlich beim Herzen gepackt. Plötzlich entschlossen blieb er stehen: »Damit du siehst, wie ich dir zugetan bin, versetze ich dich zum nächsten Termin an die Schule von St. Petrus, die ist nicht tenuis, nicht mager!«

Statt eines Dankes stieß Mollerus mit offensichtlichem Vorwurf hervor:

»Wenn ich ein Greisler oder ein gewöhnlicher Krämer wäre, hätte ich ein Leben wie ein Satrap, so aber habe ich zwei akademische Grade und dabei eine lausige Tasche, und auch bei St. Petrus wird es nicht anders sein, lieber –«

»Was willst du also?« unterbrach der Rektor schnell und in kaum beherrschtem Zorn die grobe Rede, »was willst du? Du bist doch nicht vielleicht schon wieder gekommen, um eine Professur bei uns zu verlangen, hast du den törichten Gedanken, Professor zu werden, noch nicht fahrenlassen?«

»Keineswegs!« ertönte mit Macht die kurze Antwort Mollers, die von einem trotzigen Blick begleitet war, wobei ihm die braunen Augen aus den Höhlen traten.

»Du drängst dich selbst zur Professur, du selbst? Du solltest nicht so anmaßend sein und solltest warten, bis du von denen berufen wirst, denen es zusteht und die über dich gut unterrichtet sind! Ich dachte, du hättest diese vergebliche Mühe längst aufgegeben, die Magister haben dich doch darüber belehrt, daß du dir mit deinem Vorwitz nur geschadet hast, als du Herrn Thurn um eine Professur ersuchtest, sie haben dir doch gesagt, daß du zudringlich, ambitiosus bist und daß es weder anständig noch klug ist, daß du uns wie sprichwörtliche Tölpel behandelt hast, ich wundere mich darüber, daß es dir gelungen ist, Herrn Thurn zur Unterstützung deines Gesuches zu gewinnen, deine Eitelkeit ist unanständig und ohne Maß!«

Obgleich die Vorwürfe des Prorektors Mollerus allzu eindringlich und heftig vorkamen, kehrte er wieder in seine gewohnte Trägheit zurück und sagte: »Nichts für ungut, reverendissime, warum soll ich mich ducken? Ich erinnere mich gut daran, daß Ihr uns belehrt habt, wie Glaukos und Achill von ihren Vätern immer ermahnt wurden, jederzeit die ersten zu sein und die übrigen zu überragen, auch habe ich

Eure Erzählung von Telamon und Peleus nicht vergessen, die ihren Bruder erschlugen, weil er sie im Wettkampf besiegte. Damals habt Ihr es Philotimie genannt, bei mir, dem armseligen Schulmagister von St. Kastalus, gebt Ihr diesem Ehrgeiz eben die Bezeichnung unanständige und maßlose Eitelkeit. Die Herren Magister pflegen nach den Prüfungen zu urteilen, und wenn ein Baccalaureus, der es nicht für notwendig hielt, alle Bücher durchzulesen, zufällig auf einige Fragen nicht zu antworten weiß, dann ist er für sie bis an sein Lebensende ein hoffnungsloser Dummkopf, und darin irren sich die Herren Magister: ich weiß nicht, warum ich mich ducken soll!«

Das sonst ruhige und würdige Gesicht Kampanus' veränderte sich vor Zorn, seine blauen Augen verfärbten sich ins Bräunliche, und er sagte mit sichtlicher Überwindung: »Magister Moller, du weißt wohl, wie gern ich dich hatte, bei deiner ersten Stelle in Chrudim habe ich an den Rat geschrieben, daß ich ihnen einen frommen, beispielhaften und gelehrten Jüngling sende – schon damals habe ich gelogen, als ich das schrieb; du hast dir durch dein Betragen alles verdorben, ich weiß, daß die Magister nicht immer die besten Männer als Professoren für das Carolinum bestellt haben, sie haben sich oft geirrt, auch meine Fehler kenne ich selbst, und auch du hast sie richtig erkannt, als du in deinem Spottgedicht fragtest, was für Metall in diesem Glöcklein stecke, aber du sollst es wissen: versuche in die Höhe emporzukommen, wie du es denn vermagst, solange ich am Leben bin (Zorn klang in seiner Stimme, und seine Hände zitterten vor Aufregung), solange ich am Leben bin, wirst du nicht Professor werden, nicht wegen deiner argen und berüchtigten Faulheit, nicht wegen deiner geringen und mageren Kenntnisse, aber wegen des Charakters deines Herzens und deines Geistes, und dieser Charakter ist sehr unschön!«

So wie der ruhige und würdige Prorektor aus der Fassung kam, geriet auch der unbewegliche Phlegmatiker Mollerus bei diesem Schwur des Magisters in wilde Leidenschaft. Seine Backenknochen schienen noch mehr als gewöhnlich hervorzutreten, er biß die Zähne so zusammen, daß seine schmalen Lippen verschwanden, er wurde aschfahl, und in diesem Zornesrausch stieß er mit wilder, heiserer Stimme hervor: »Wenn ich nicht freiwillig aufgenommen werde, dann, Magister, werden die Kollegen Magister und du mit ihnen von den Defensoren und den Ständen dazu gezwungen werden. Du, ehrenwerter Magister, warst mir niemals aufrichtig zugetan, ich war für dich immer nur der niederträchtigste Mensch, ich hoffe, daß wir noch einmal miteinander Abrechnung halten!«

»Wärst du mir doch niemals unter die Augen gekommen!« rief Kampanus, aber Moller hörte ihn nicht mehr, denn er war schon auf und davon.

Kampanus war halb tot.

So hatte noch nie jemand zu ihm gesprochen.

Als Mollers schwere Tritte im Gang verhallt waren, erwachte Kampanus aus seiner Erstarrtheit und ging lange ruhelos im Zimmer auf und ab. Oft griff er sich an den Kopf. Lange stand er am Fenster und blickte unverwandt auf den Schnee im Garten. Endlich ließ er sich am Pult nieder – er wollte schreiben;

vor ihm lag ein unvollendetes Gedicht auf die Wiederherstellung des Senats in Kuttenberg und daneben ein eben begonnenes griechisches Gedicht zum Lob der Stadt Louny –

Wohl nahm er die steifen Blätter in die Hand und heftete seine Blicke darauf, aber er sah nichts, er konnte nichts lesen, war von Nachdenken und Überlegungen darüber erfüllt, was eben in diesem Zimmer vorgefallen war.

Der Zorn versank in seinem Herzen, nun überlegte er bloß, ob er gegen Moller nicht doch zu hart gewesen war, vielleicht hätte er den Mann mit milderen Vorhaltungen ohne Vorwürfe und Schmähungen doch dazu gewinnen können, einen besseren Weg einzuschlagen, vielleicht hat man ihn doch zu sehr bedrängt, man hätte ihm mit christlicher Mäßigkeit und Liebe entgegenkommen sollen.

Dann wandte Kampanus wieder ein, daß man Moller lange mit Mäßigkeit und Liebe behandelt habe – ohne ihn zu bessern; immer hatte er sich aufgebäumt, war lauter Trotz, lauter Empörung und Spott, ohne jeden Ernst – der wäre für die nichtreformierte und dahinsiechende Akademie der rechte Professor gewesen, der hätte hier alles aufgehetzt –

Um Böses nicht mit Bösem zu vergelten, entschloß sich Kampanus schließlich, für Moller – falls dieser nicht zu St. Petrus kommen wolle – auf dem Rathause einen würdigen Arbeitsplatz zu erbitten. Als er sich so entschlossen und damit Herz und Gemüt erleichtert hatte, nahm er nach geraumer Zeit wieder das Gedicht an die Bewohner von Kuttenberg und die Verse über die Stadt Louny zur Hand, aber es war ihm nicht möglich, etwas Rechtes auszudenken und in Versform zu bringen.

Er legte die Blätter wieder zurück, wo sie gelegen hatten. Dann stand er auf, um nach seinem Kind zu sehen, dem Vermächtnis, das ihm die zarte Cinara, seine süße Geliebte, hinterlassen hatte – –

Spätabends kam Moller ins Mäuseloch nach Hause gestolpert.

Die Kinder schliefen schon, eines im Gitterbettchen, das andere neben der Truhe auf dem Boden.

Die Tischlampe blinkte matt. Frau Eva fragte voll Ungeduld, hastig: »Nun, wie war's?«

»Ich bin wie ein verprügelter Hund!« antwortete ihr Mann und ließ sich schwer auf die Ofenbank fallen.

»Was denn, was denn?« rief die Frau und bebte schon am ganzen Leib vor Erregung.

»Professor werde ich wohl niemals werden, er hat mich hinausgejagt, mich verflucht, verdammt, verstoßen, hat gesagt, daß ich der ärgste Lump bin –«

Frau Eva stand einen Augenblick starr wie eine Säule da.

Dann aber stürzte sie wie vom Blitz getroffen zum Kinderbettchen, ergriff den größeren der Knaben, hob ihn vom Bettchen auf und redete auf ihn ein, damit er wach werde.

»Mein liebes Bübchen, fürchte dich nicht, Mütterchen ist bei dir, wach auf, nun also, knie nieder, mein Kind, bete, mein Bübchen, sprich, sprich mir nach, fürchte dich nicht, mein Kind, sprich – die Rache Gottes – über ihn, unseren Feind, er soll sterben, sterben soll er – sterben – er soll zugrunde gehen, er und sein Kind – auch sein Kind – soll wie Staub zerfallen – –«

Das schwache verschlafene Kinderstimmchen wiederholte den Fluch gegen Kampanus und sein Kind.

X

Im feindlichen Lager

Im italienischen Kamin aus Marmor prasselten und krümmten sich die glühenden, funkensprühenden Scheite auf einem eisernen Bock, und die lodernden Flammen schlugen hoch empor; durch das Messinggitter strömte die Wärme in ein prachtvolles Zimmer.

Der Erzbischof war gerade mit seiner lateinischen Ansprache zu Ende, in der er Gott den Allmächtigen gebeten hatte, im neuen Jahr, das man sechzehnhundertachtzehn nach Christi Geburt schrieb, allen adeligen Herren und Frauen, die hier anwesend waren, sowie den fernen Freunden in diesem und den folgenden Jahren gute, ja, ausgezeichnete Gesundheit und Erfolg bei allen ihren Vorhaben zu schenken, besonders bei jenen, die sie zum Ruhme Gottes unternehmen.

Dann erhob sich die ganze glänzende Gesellschaft von ihren Stühlen; man trank sich mit dem schweren spanischen Wein zu, der dunkel in den Gläsern leuchtete.

Die Herren gingen umher, drängten sich um den langen Tisch, blieben vor den sitzenden Damen stehen, küßten ihnen die Hände oder die Fingerspitzen und baten sie galant um Zuspruch auf ein glückliches Neujahr. Besonders der Hausherr und Gastgeber,

Herr Slavata, war in emsiger Bewegung und besorgt, beim Zutrinken niemanden zu übergehen.

Der Erzbischof, ein hochgewachsener Mann in scharlachrotem Talar, mit asketischem, Entsagung verratendem Gesicht und einer Mönchstonsur blieb stehen, bis er sich zum Aufbruch anschickte. Es sei – sagte er – schon die Stunde der Vesper und er dürfe sein gewohntes Gebet nicht unterlassen.

Da kamen auch schon drei Pagen mit Wasserschüsseln zum Mundausspülen herbei, und ein anderer Diener trug rings um den großen getäfelten Saal längs der Wand ein Rauchfäßchen, das in dem rauschenden Raum einen angenehmen Duft verbreitete.

Die Damen küßten dem Erzbischof beim Abschied den großen Fingerring, und alle Herren geleiteten den hohen Priester in das geräumige Vorgemach. Nur Herr Harant setzte sich sofort nieder, als der hochrote Seidenrock des Erzbischofs in der Tür verschwand. Die Gemahlin des Gastgebers, Luise Ottilie Slavata, nahm ein zottiges junges Hündchen von ihrem Schoß, legte es auf den der Frau Polyxena Lobkovic und ging mit den Herren hinaus, um dem erhabenen Kirchenfürsten wenigstens bis zur Treppe das Geleit zu geben. Frau Ottilie war ungefähr vierzigjährig, ein wenig beleibt, mit einem kleinen Doppelkinn, aber noch anmutig. Der orangefarbene Damastrock, der mit reinem Gold durchwebt war, stand ihr wohl an.

Freundlich lächelnd, aber mit vor den Herren gesenktem Blick, ging auch der Rektor des kaiserlichen Jesuitenkollegs, Valentin Koronius, mit dem Erzbischof hinaus. Er war von mäßig hoher Gestalt und hatte einen schwächlichen Körper, das dichte Haar, das er sorgfältig nach hinten gekämmt trug, ließ seinen Kopf etwas zu groß erscheinen. Das sonderbare Grau seines Haares schillerte ins Grünliche. Seine Bewegungen waren gemessen, fast hölzern, aber seine Augen sprühten ein durch das gezierte Äußere kaum gedämpftes Feuer. Mit singender, gekünstelt bebender, geschmeidiger Stimme verabschiedete er sich ehrerbietig, ja, unterwürfig von den adeligen Herren.

Die Diele war gedrängt voll. Auch aus dem zweiten Speisesaal kamen Gäste, die sich aber bescheiden an der Wand im Hintergrund hielten. Unter ihnen waren Michna, Fabricius, Kapr und andere, die Herr Slavata heute offenbar als Beamte der Landeskanzlei zum Bankett geladen hatte und deren Augen voll Ehrfurcht erglänzten. Der rötlichblonde Sekretär Michna rieb vor Freude seine Handflächen aneinander; er war unruhig wie Quecksilber, aber gleichzeitig voll Unterwürfigkeit in jeder seiner Bewegungen. Von den Beamten drängte er sich am meisten vor, um die Aufmerksamkeit auf sich zu lenken. Neben ihm drängte sich recht auffällig der Schreiber und Altstädter Ratsherr Fabricius, dessen Gesicht bis auf Augen und Nase in der Fülle der Haupt- und Barthaare verschwand. Beide machten wie besessen nach drei Seiten hin Verbeugungen, und Fabricius warf dabei fast den Käfig mit einem aschfarbenen Papagei um. In enger Vertrautheit umringten sie den Rektor Pater Koronius und sprachen flüsternd ein Weilchen mit ihm.

Der Herr Erzbischof schenkte im Vorgemach den ziselierten und vergoldeten Hellebarden und

Piken, die den Wandschmuck bildeten, ebensowenig Beachtung wie den langen, ausgelegten Schußwaffen, ihn interessierten die Hirschgeweihe nicht, die samt den Schädeln an glitzernden Ketten von der Decke herabhingen. Der hohe Herr blieb vor einem langen Tafelgemälde stehen, das die Geburt Christi darstellte. Dabei bemerkte Slavata lateinisch zum Erzbischof, es freue ihn sehr, daß die böhmischen Maler ebenso schöne Dinge zustande brächten wie die Italiener.

Der Priester machte noch bei einem kleinen Altar aus Ebenholz halt, der den in Alabaster gearbeiteten Salvator auf dem Schoß seiner Mutter zeigte, langte in das Kesselchen mit Weihwasser, das neben dem Altar hing, bekreuzte sich fromm, reichte den zunächst stehenden Herren seine Hand, die sie ehrfurchtsvoll küßten, und verließ das Haus.

Unterdessen zündeten die Diener die Kerzen in den Leuchtern an, die an der Wand und von der Decke hingen, denn schon brach die Dämmerung herein.

Die Männer und Frau Slavata kehrten zurück und ließen sich auf den karmesinroten Stühlen nieder.

Die Damen kamen von den venezianischen Spiegeln zurück, vor denen sie ihre Haartracht und ihre perlenbesetzten, wie Spinnweben dünnen Halskräuslein in Ordnung gebracht hatten. Dabei drückte der junge Kolovrat unbemerkt die Hand der Jungfer Černín, deren rosige Wangen hochrot wurden.

Der alte Herr Adam Šternberk, der langhaarig, langbärtig und vollständig ergraut war und gutmütige blaue Augen hatte, schob seinen seidenen Lehnstuhl an den Kamin heran und wärmte seine Füße, wobei er in das lodernde Feuer starrte. Slavata, der ihm am nächsten war und neben Harant Platz genommen hatte, sagte: »Der Erzbischof ist ein edler Mann, ein heiliger Mensch, streng gegen andere, aber noch strenger gegen sich selbst. Kaum schlug die Vesperstunde, und schon begab er sich zur Andacht!«

Herr Harant, der spielerisch mit einem Löffelcheln gezuckerte Anis in einer Meermuschel durcheinandermischte, wandte Slavata sein erschöpftes Gesicht zu, seine Augen, die unter den dichten Brauen energisch aus einem Netzwerk feiner Fältchen hervorsahen, blickten durchdringend, und er sprach ruhig: »Ärgere dich nicht, Herr Wilhelm, wenn ich dir ohne Zaudern sage, was ich denke; ich bin als Soldat, der ein schönes Stück Welt gesehen und durchlaufen hat, an Geradheit gewöhnt, und ihr, meine Herren Freunde, wisset wohl, daß ich katholischen Glaubens bin wie ihr alle, und werdet kein Ärgernis nehmen. Ich mache dem Herrn Erzbischof keinen Vorwurf daraus, daß er noch nicht Tschechisch kann, aber nach dem Willen des heiligen Paulus soll ein Bischof nicht dem Zorn verfallen; mir will es nicht gefallen, daß er die Bürger von Broumov und Hrob in so schwerer langer Haft hält, zu des Herrn Christi Geburt pflegt man die Häftlinge freizulassen, warum redet ihr ihm nicht zu, daß er sie freiläßt? Unlängst sollen die Frauen und Kinder aus Hrob oder vielleicht aus Broumov einen ganzen halben Tag vor seinem erzbischöflichen Haus geheult haben, gestern kam ich gerade dazu, wie einige Söldner dem Erzbischof auf einem Streifwagen eine Köchin brachten, von der sich ein Pfarrer – man sagt aus Strašecí – nicht lossagen will, er behauptet, daß sie seine angetraute

Ehefrau sei, die hat vor dem Haus laut gejammert, bis man sie in den Hof brachte, und im Hof hat sie noch arg gezetert, bis man sie in ein Kellerloch steckte. Das sind Dinge, die die Gemeinde empören und die uns Katholiken keinen guten Dienst erweisen!«

Der Herr Burggraf Adam Šternberk ließ vom Tisch aus italienischem Marmor verlauten, er sei derselben Meinung und habe es immer gesagt.

Slavata legte das lange Biskuit, das er in der Hand hielt, in die indianische Schale zurück, kniff seine kleinen Äuglein zusammen und begann voll Eifer zu erklären: »Ich will nicht von diesen Köchinnen sprechen, obgleich der Herr Erzbischof auf seinen Kollaturen keinen einzigen verheirateten Pfarrer zu dulden braucht und er ihre liederlichen Frauenzimmer ganz gut verjagen kann, der Herr Erzbischof ist, ebenso wie jeder von uns, Rektor seiner untertänigen Pfarreien, und wir mischen uns auch nicht in die Pfarreien und die Priesterschaft der evangelischen Stände ein. Aber wenn ich auch zugeben wollte, daß es um des allgemeinen Ansehens willen nicht nötig gewesen wäre, diese Weiber nach Prag zu bringen, ist doch der Herr Erzbischof und auch der Abt von Broumov vollständig im Recht, soweit es Hrob und Broumov betrifft! Das sind ungehorsame Untertanen, die ihrer Obrigkeit die Kirchenschlüssel verweigert und sich empört haben!«

»Die Defensoren haben ihnen geboten, sich an den Majestätsbrief zu halten«, entgegnet Herr Harant mit merkbarer Bitterkeit in der Stimme, »der Majestätsbrief ist zugunsten der Glaubensfreiheit herausgegeben worden, ich selbst habe ihn vor neun Jahren mit diesen meinen Händen vom Kaiser in die Kanzlei getragen!«

»Ich weiß«, antwortete Slavata rasch, »außer uns beiden durfte niemand zum Kaiser seligen Andenkens, du hast ihn getragen, aber ich habe ihn nicht angerührt, denn ich bin überzeugt, daß er ohne Genehmigung des Heiligen Vaters, des Papstes in Rom, nicht herausgegeben werden durfte.«

»Da hätten sie lange warten können!« lachte Harant.

»Ich glaube, die Stände und der König können in geistlichen Dingen ebenso nachgeben wie in weltlichen«, meinte vom Kamin her Herr Šternberk, der seine Stimme erhob, um in dem Lärm, den die jungen Leute auf der anderen Seite des Tisches verursachten, gehört zu werden.

»Oh, ihr Alten seid immer und in allem zurückgewichen; wenn es nach euch gegangen wäre, wäre es um unseren Glauben schon geschehen; ihr seid ehrliche, treue Katholiken, habt aber kein Blut in den Adern, ihr kennt die von der pikardischen Partei nicht.«

Martinic trat zwischen die Herren bis dicht an das Feuer heran: »Liebe Schwäger, wenn auch der Majestätsbrief über die Freiheit gelten sollte, auch dann wäre das Recht ganz auf unserer Seite und nicht auf ihrer; der Majestätsbrief gilt ausdrücklich für die Obrigkeiten und nicht für die Untertanen, gilt für die Untertanen des Königs und nicht für die der Geistlichkeit, kein Mensch findet im Majestätsbrief etwas, was dem widerspricht; deshalb sind die Deutschen in Broumov und Hrob weit über den Majestätsbrief hinausgegangen, als sie ihrer geistlichen Obrigkeit zum Trotz ihre Kirchen bauten, und die utraquistischen Defensoren und Stände unterstützen offen den Ungehorsam und entfachen den Brand in unserer Heimat!«

Harant entgegnete düster: »Ei freilich, im Majestätsbrief steht nichts von den Untertanen der Geistlichkeit, kein Wort. Daher kommt ja die Plage. Aber die, die den Majestätsbrief erwirkt haben, meinten, daß die Freiheit für alle gelte, auch für die Untertanen auf königlichem Boden, und die priesterlichen Güter gehören eigentlich dem König!«

Slavata gab rasch zur Antwort: »Ich will gerecht sein und anerkennen, daß sie es vielleicht so gemeint haben, aber ein so schwerwiegendes und neuartiges Recht, das unseren Glauben zugunsten eines fremden Glaubens beeinträchtigt, muß klar sein, stricti juris, und darf keine Winkelzüge in der *Auslegung* zulassen. Und daß die priesterlichen Güter eigentlich dem König gehören, das müßte erst bewiesen werden. Glaub mir, Harant, wir hegen gegen niemanden Haß, wir erfüllen nur unsere heilige Pflicht, niemand darf behaupten, daß wir unser Vaterland nicht lieben, wir wollen auch Frieden haben, wir können den jahrhundertealten Brauch nicht ändern, daß die Obrigkeit den Untertanen in religiösen Sachen befiehlt. Dieser Brauch wurde von Deutschland hergebracht, das haben die Lutheraner in Deutschland ausgedacht, das böhmische Land weint Tränen, immer mehr deutsche Apostel dieses ausländischen Glaubens drängen sich unter die böhmischen Stände, es wird schlimm werden, das fühle ich, ich bin Tscheche, ehrlicher Tscheche, ich kann ja nicht einmal Deutsch! Mag man mich nun wie immer schildern, ich bin ein Mann, der diesem Königreich und seinem Herrn, dem König, nur Gutes will!«

Herr Slavata geriet in solche Erregung, daß ihm der Haarschopf, der sich auf seinem Scheitel bäumte, in die Stirn fiel, seine kleinen Augen funkelten und weiteten sich, und seine Stimme drang – besonders gegen das Ende seiner Rede – so schneidend durch den Lärm der jugendlichen Gesellschaft, die am gegenüberliegenden Ende der Tafel sich neckte und lachte, daß diese immer stiller wurde, bis sie verstummte.

Man konnte das Knistern des Feuers hören, dessen Flammen und Rauch in das breite Schutzschild und in den italienischen Kamin aufstiegen.

»Herr Wilhelm, du bist Tscheche, ich weiß es, wir alle lieben unser Vaterland!« sagte kurz darauf Harant nicht ganz beruhigt, »die auf der anderen Seite sind aber auch davon überzeugt, treue Söhne des Vaterlandes zu sein!« Bei den letzten Worten geriet er schon in Eifer.

Frau Ottilie, die schon geraume Zeit verlegen dagesessen und ihrem Hündchen einen Nürnberger Lebkuchen ins Mäulchen gesteckt hatte, fiel jetzt den Männern plötzlich scharf in die Rede: »Aber, meine Herren, laßt doch endlich diese unerfreulichen Gespräche, Herr Harant soll lieber von seiner letzten spanischen Reise erzählen!«

Am anderen Tischende hub das Treiben der Jugend wieder an. Dort gab es einen Becher, der eine Jungfrau darstellte, und aus dieser breiten silbernen

Jungfrau tranken alle der Reihe nach: die Fräulein wurden zum Trinken genötigt, und die jungen Männer machten dort, wo diese züchtig ihre Lippen angelegt hatten, ein Zeichen. Der junge Černín sagte voll Begeisterung, daß er lieber aus dem Brokatschühlein der Jungfer Šternberk trinken wollte.

Ein anderer Jüngling, von etwas grünlicher Gesichtsfarbe, erzählte einiges von dem Mummenschanz, den er mit seinem Herrn Vater in Antorf sah, wo man einen großen zottigen Lümmel durch die Straßen trieb, der einen langen Schwanz nachschleppte, an dem sich ein nackter Knabe mit verbundenen Augen als blinder Amor festhielt.

Von den beiden hochgeborenen Frau Müttern, die als Hüterinnen des Anstandes unter der Jugend saßen, stellte sich eine, als höre sie nichts, und die andere lächelte nachsichtig.

Die alten Herren am oberen Ende der Tafel hörten schon eine ganze Weile der Erzählung über Spanien zu. Harant, der das Sims mit dem schöngemalten irdenen Geschirr betrachtet hatte, sagte schließlich: »Seht, dort können sie keine solche helle Majolika mehr machen wie früher, und zwar nur deshalb, weil der König die Arbeiter wegen ihres Glaubens vertreiben ließ!«

»Das ist schon lange her!« warf Martinic ein.

»Freilich lange, aber der daraus entstandene Schaden dauert auch schon lange: jetzt machen sie es dort nicht mehr so gut, heutzutage ist das gemalte Geschirr aus Venedig schöner und teurer! Und diese Vernichtung von Arbeit und arbeitsamen Menschen ging nicht ohne Blutvergießen ab, alles wegen der

Verschiedenheit des Glaubens! Das war eine überflüssige Vernichtung!«

»Wieder sprechen sie über Religion!« seufzte Frau Ottilie unwillig und neigte sich zur Frau Polyxena, die jedoch mit der Hand und dem Federfächer abwinkte und kein Auge vom Sprecher abließ.

»Nichts für ungut, meine Herren Schwäger«, fuhr Harant fort, »wenn der Mensch ein Stück der fremden Welt durchstreift hat, kann er sich nicht sofort bei euch eingewöhnen und begreift seine Landsleute nicht: immer wieder habe ich geglaubt, daß der Herrgott den Landesherren Macht und Befehlsgewalt über die Leiber der Menschen, nicht aber über ihre Seelen gegeben hat, bloß über die Leiber, so sagen es auch die Brüder, die ihr Pikarden nennt; Herr Wilhelm weiß es ja, er war einer von ihnen, hat sie verteidigt, hat sich aber von ihnen losgesagt!«

»Schon vor zwanzig Jahren losgesagt von den tölpischen Webern, um seine Seele zu retten!« warf Slavata ein.

»Und um eine schöne, liebenswürdige, vornehme Frau zu gewinnen!« fügte Harant rasch hinzu und verneigte sich galant vor Frau Ottilie.

Diese schob verlegen das Samtkissen, auf dem ihre prächtigen gestickten Schühchen ruhten, ein Stückchen weiter, und tief errötend rief sie, Herr Harant sei ein galanter Witwer, und bat, mit weniger unwilliger als eindringlicher Stimme, dem Gespräch eine andere Wendung zu geben.

Dann wandte sie sich rasch Frau Polyxena zu und brüstete sich damit, daß ihr Herr Gatte ihr aus Wien vom Nuntius zwei vom Heiligen Vater gesegnete Medaillons mit heiligen Reliquien mitgebracht habe, von denen sie eines ihrer lieben Freundin schenken wolle.

Unter den Herren am oberen Tischende und am welschen Kamin herrschte eine Weile Stille; um so lauter machte sich von der anderen Seite des Saales der junge Herr mit den eingefallenen Augen bemerkbar, der noch immer von dem Mummenschanz, dem Schweif und dem blinden Amor erzählte; dieser blinde Amor sei eine scharfsinnige Allegorie und betreffe alle Verliebten.

Der alte Šternberk, der noch immer darüber sinnierte, wie es gekommen war, daß die schöne Frau die Gattin Slavatas wurde, stieß laut hervor: »Herrn Peter Vok hat sie abgewiesen, und dieser Rožmberk war ein schöner Mann, wirklich ein schöner Mann!«

Einige lächelten über die Einfalt des alten Herrn, der so deutlich zu verstehen gab, daß Slavata kein schöner Mann sei.

Aber da warf sich auch schon Frau Polyxena heftig dazwischen, wie ein kampflustiger Ritter, der mit Roß und Lanze in die Schranken tritt. Lange hatte sie geschwiegen und nur zugehört, aber schon eine geraume Weile funkelten ihre grünlichen Augen unruhig mit ihrem sonderbaren Glanz, eine heftige Gemütsbewegung ließ sie erschauern, jeder Nerv in ihr bebte, sogar ihre schwarzen Haare bebten, und die scharfen, männlichen Züge ihres Gesichtes wurden plötzlich hart, als sie ausrief. »Herr Harant setzt sich gar sehr für die Gegner unseres Glaubens ein, als ob ihnen Gott weiß was zuleide getan worden wäre: haben sie denn uns Eingestaltigen, wie sie uns Katholiken beschimpfen, nichts, aber auch gar nichts angetan?«

Dann legte sie den mit einem Spiegelchen verzierten Wedel aus Straußfedern vor sich auf den Tisch und begann mit beiden Händen fuchtelnd zu erklären, wie die Evangelischen im vorigen Jahr in Ústí an der Elbe einen katholischen Pfarrer erschlugen und zum Fenster hinauswarfen, »auf meiner Herrschaft in Litomyšl haben die Evangelischen meinem Priester zur Messe Branntwein gegeben – Herr Harant – Schnaps! Als wir im Sommer in der Prozession gingen, haben sie uns zugerufen, uns soll – Gott soll mir verzeihn – das Donnerwetter oder der Teufel holen; wo in den Prager Städten ein Handwerker oder ein Student einem vereinzelten Mönchsbruder begegnet, da beleidigt er ihn mit frechen Reden und schlägt ihn – mein lieber Herr, auch unserer Beschwerden sind nicht wenige! Ich weiß, daß hier gerungen, gekämpft wird, aber wenn Ihr zugebet, daß sie für ihre sogenannte Überzeugung kämpfen dürfen, warum sollten die Katholiken nicht mit dem gleichen Recht für ihren Glauben kämpfen, der früher da war als jener Glaube?«

Herr Harant machte der Dame eine galante Verneigung: »Edle Frau, Ihr verteidigt Eure Partei geschickt, Euer Gatte hätte seine Freude daran, wenn er hier säße und Euch hörte, vielleicht klingt ihm gerade jetzt in Wien das rechte Ohr – ausgezeichnet verteidigt Ihr sie; was die in Ústí getan haben, ist eine blutige Schmach, aber sie haben es aus Verzweiflung darüber getan, daß unsere Partei ihren Pfarrer vertrieben hat; ich komme jetzt selten in die Städte von Prag, aber es deucht mich, daß dort niemand mehr die schönen christlichen Worte betet: wie auch wir vergeben unseren Schuldigern, sondern im Gegenteil, conterre Domine, inimicos nostros – Herr, vernichte, zerstampfe unsere Gegner, und ich glaube, ein Vergleich wäre leicht, wenn die Parteien sich nur aussöhnen wollten, es würde sich schon ein Weg finden mit Gottes Eingebung, wie das weitergehen soll, der liebe Gott weiß es, die evangelischen Stände haben lange im stillen gemurrt, jetzt murren sie laut, ja, schreien schon, ich fürchte, daß das zu einem allgemeinen Sturm führen wird!«

»Das wird es!« ließ sich Herr Adam vernehmen, indem er aufstand, »gewiß, Budovec hat uns schon versprochen, daß sie uns an den Köpfen zu fassen kriegen!«

»Nun, nun, etwas halten wir aus; Christus, der Herr, hat um der Wahrheit willen mehr gelitten!« meinte Martinic, und Slavata, der geraume Zeit betroffen dagesessen war, nickte zustimmend.

In der einsetzenden Beruhigung herrschte die Stimme des jungen Talmberk vor, der auf der anderen Seite des Tisches den jungen Damen erklärte, daß das Spiel Quintana so wie unser Ringspiel sei, bei dem man im Laufen ein Holz in einen Ring stoßen muß, während man bei der Quintana die Figur eines Türken, eines Mohren oder irgendeiner Puppe zu treffen hat, »wir könnten es heuer im kaiserlichen Ballspielhaus versuchen –«

»Wir haben jeder nur einen Kopf«, sagte der alte Herr Adam Šternberk, »und unsere Köpfe wachsen nicht wie Kraut im Garten – um mich handelt es sich nicht mehr, ich bin schon zur Hälfte im Grab, aber um euch, ich wäre eher für friedliches Verhandeln mit den Gegnern!«

»Was immer geschehe, das geschriebene Recht spricht für uns!« meinte Martinic.

»Nun denn, mit Gott«, sagte Harant mit Ruhe. »Was immer auch geschehen mag, ich bleibe auf Schloß Pecka bei meinem Musizieren, edle Herren und Freunde, ich habe dort fünfzig geübte gute Musikanten und einen geschickten Schreinermeister, der mir die Instrumente macht; kommt nach Pecka, ich werde euch gern begrüßen, wir werden euch etwas vorspielen!«

So leitete Harant selbst das fruchtlose Gespräch auf ein anderes Gebiet über.

In diesem Augenblick trat der rötlichblonde, mit Sommersprossen besäte Sekretär Michna ein, der sich mit unterwürfiger Verbeugung geradeswegs an Slavata heranmachte und ihm ins Ohr flüsterte: »Dieser Baccalaureus ist da, er will seinen Namen nicht nennen, ich wußte nicht, Euer Gnaden, daß das Bankett sich so lange hinziehen wird, ich habe ihn für sechs Uhr bestellt – nun ist er da – Euer Gnaden.«

Eine leichte Wolke überflog Slavatas Stirn und Augen, er ging wortlos mit Michna hinaus. Frau Polyxena blickte ihnen scharf und neugierig nach.

Die Hausfrau hatte das Hinausgehen der beiden Männer nicht bemerkt; sie sprach mit Harant, den sie bat, zu erzählen, wie es auf dem Meere bei einem Sturm sei. »Ich habe zwar in Eurem Buch davon gelesen, aber ich höre Euch immer gern selbst erzählen, Ihr könnt das so lebendig.«

»Oh, mächtig ist der Wein, noch mächtiger der König, am mächtigsten sind die Frauen – ich würde getreulich und gern schildern, was Ihr mich zu erzählen heißet, edle Frau, aber die Schrecken des Meeres lassen sich nicht schildern – selbst der Tag wird plötzlich zur Nacht, Donner kracht, und es blitzt, das Meer heult und speit wie ein Vulkan, es ist nicht leicht, das zu beschreiben, zu glauben, zu begreifen. Da sind wir aus Ägypten zurückgekehrt, wir waren ganz heruntergekommen durch die lange Schiffahrt und die magere Kost; schon näherten wir uns Venedig, das Meer blähte sich auf, die Wellen wuchsen und warfen sich wild empor, der Patron ließ geschwind die Segel zu einem Klumpen zusammenschnüren, und schon goß es in Strömen vom Himmel, als verschmelze das Meer mit den Wolken, dazu Lärm, Donnerschläge, Schrecken, daß ich geglaubt habe, das Ende meiner Tage sei gekommen; wir haben alle gebetet, glaubt mir, wer es nicht kann, lernt hier beten – nach zwei Stunden beruhigte sich das Meer, und der Herrgott befreite uns; Ihr wißt nicht, wie froh mir zumute war, als ich in Venedig mein Bündel auf den Rücken nahm und in das Wirtshaus eintrat; ich bin gern in meinem lieben Vaterland, und ich werde es wahrscheinlich nicht mehr verlassen, aber jetzt ist es nicht schön hier –«

In der Galerie im Hause Slavatas stand Mollerus an einer Säule unter der Wölbung im Dunkel.

Das Geräusch menschlicher Stimmen und Schritte, Türenschlagen, Gläserklirren und das Klappern des Gold- und Silbergeschirres drang aus der großen Diele bis zu ihm.

Moller stand da wie eine steinerne Säule.

Plötzlich fiel Licht auf die Fliesen und die Wand – ein wie ein Pfaffe glattrasierter Lakai trug einen vierarmigen Leuchter heran, nach ihm kam der behäbige Herr Slavata mit Michna, der in aufgeregter Erwartung die Handflächen aneinanderrieb.

Moller nahm den geflochtenen mit Leinwand überzogenen Bauernhut ab, den er bisher tief bis an die Augen gedrückt hatte; im Gesicht des dicken Rektors von St. Peter war weder Demut noch Ehrfurcht vor einem so mächtigen Herrn zu bemerken, nichts davon; ja, auf den ersten flüchtigen Blick konnte man nicht die geringste Bewegung bemerken; er kniff bloß seine kleinen braunen Augen zusammen, und nur daß er sein Spitzbärtchen ziemlich rasch glättete und seine Nüstern sich weiteten, verriet, daß er doch nicht ganz ruhig war.

Slavata dankte kaum für seinen Gruß und murmelte nur etwas zwischen den Zähnen.

Die vier Männer begaben sich in ein geräumiges, kellerähnliches Zimmer, wo sich auf wenigstens zwölf Büchergestellen, die dicht aneinandergereihte und nach Autoren geordnete Bibliothek befand.

Der Lakai stellte den vierarmigen Leuchter auf den Tisch und entfernte sich. Michna blieb im Halbdunkel.

An einer Ecke des Tisches stand Slavata, an die andere Ecke trat ungezwungen Mollerus heran. Die vier flackernden Kerzenpaare ließen den Gegensatz zwischen den beiden in hellem Licht erscheinen. Da steht der prachtvoll in Samt gekleidete Herr, den hohen Hut mit der schwarzen Storchenfeder auf dem

Haupt, mit einer goldenen Medaille geschmückt, an seinem Hals und seiner Brust leuchtet eine goldene Kette mit einer Gedenkmünze des regierenden Kaisers Matthias, und etwas tiefer glänzt an einer seidenen Schnur der goldene Zahnstocher mit dem Ohrlöffelchen.

Ihm gegenüber steht ein offensichtlich selbstbewußter Mensch, der aber armselige, abgetragene Kleider trägt und dessen Haupt unbedeckt ist. Nur daß beide die gleichen stechenden Augen haben. Und diese stechenden Augen trafen sich jetzt und bohrten sich ineinander. Eine Frage liegt in den Augen beider Männer, bei beiden die gleiche: was bist du für ein Mensch, was wirst du mir bringen?

Slavata begann, ohne seinen hohen Hut abzunehmen: »Der Herr Sekretär hat mir mitgeteilt, daß Ihr, Herr Baccalaureus, bereit seid, unserer gerechten Sache zu dienen, wir haben schon einige willige Leute in Eurer Partei, wir wollen nichts anderes als das Recht, wir sind hier an des Königs Statt, müssen überall Augen und Ohren haben, damit nichts zum Schaden und zur Beeinträchtigung des Rechtes geschieht: dürfen wir Euch vertrauen?«

»Ei nun – ich bin Magister Moller, Mitglied der Akademie, die mich schon jahrelang stiefmütterlich behandelt, die Professoren halten mich zu Unrecht von der Professur fern, doch hoffe ich, daß ich bei Euch, hochgeborener Herr, Gerechtigkeit und Hilfe finde, ich habe nicht länger die Absicht, mich schimpflich mit Füßen treten zu lassen. Ich bin zu höheren Diensten und Taten befähigt, als mich mit Abc-Schützen zu plagen, ich habe eine Frau und Kinder, will selbst zu etwas kommen und mich nicht damit zufriedengeben, was mir mein Feind Kampanus eingebrockt hat, der mich seit jeher, schon seit meinem Eintritt in die Akademie und unter die Alumnen, verfolgt! Zweimal wurde ihnen schon vom Herrn Thurn aufgetragen, mich zur Professur zuzulassen, aber sie wollen nicht – –«

»Zur Professur können wir Euch nicht verhelfen, die Akademie untersteht uns nicht, in der Kanzlei auf der Burg ist derzeit auch kein Platz frei, er wird frei sein, je nachdem, was für Berichte mir der Herr Sekretär über Euch erstatten wird. An ihn wendet Euch mit allem. Wir brauchen die Hilfe aller Gerechten, denn wir wissen ja, daß einige Leute in unserer Verwaltung ganz überflüssig überlastet werden, in Eurer Partei gibt es Hitzköpfe, und auch die Magister in der Akademie, die sich an Vergilius und Aristoteles aus Stagira halten sollten, sind unruhig, besonders wissen wir das von Jessenius, geht vorsichtig vor, hütet Euch, wir werden trachten, es Euch getreulich zu vergelten!«

Ohne ihm die Hand zu reichen, aber mit höflichem Kopfnicken, ging der Herr hinaus.

Michna eilte ihm so rasch er konnte nach, um ihm zu Diensten zu stehen. Aber der Herr war schon im Gang zur Diele und schritt behende auf die Lichter zu.

Der Zwerg Michna kam zurück, Moller gegenüber richtete er sich aus seiner ehrfurchtsvollen, vorgebeugten Haltung wieder auf und drückte die Brust heraus, so daß er den Eindruck eines Herrn machte, aber seine Rede war liebenswürdig, nachbarlich und ohne Hochmut: »Herr Magister, wißt Ihr nicht, welcher Drucker das schandbare Evangelium gegen den Papst gedruckt hat?«

»Das weiß ich nicht. Es werden halt auf beiden Seiten Beschimpfungen gedruckt, so daß es, meiner Seel, jetzt in Böhmen recht lustig zugeht; die einen reichen den anderen ganz nette Riechfläschchen!«

Michna zog Moller vertraulich am Rockknopf und legte ihm ans Herz:

»Das evangelium pasquilli beginnt – – eh – dixit papa rapax carpinalibus suis – es ist entsetzlich zu lesen, das hat ein Lotterbube verfaßt und ein Lotterbube gedruckt.«

»Meiner Seel, ich weiß es nicht, aber jetzt kommt mir vor, ich habe gehört, daß so etwas hier ganz in der Nähe, unter der Schloßstiege im Hause des Henyk Valdštýn gedruckt wurde – –«

Herr Michna führte den Magister zu der Wendeltreppe im rückwärtigen Teil des Hauses.

»Ich höre, daß die Magister im Kolleg wegen der Bethlehemskapelle gar sehr widerspenstig sind – sie wollen dort wieder einen pikardischen Prediger einsetzen, sie haben doch kein Recht, selber einen einzusetzen, das Recht der Einsetzung steht dem Bürgermeister der Prager Altstadt mit ihnen gemeinsam zu, und der will es nicht zulassen – Herr Laynhos ist unser treuer Anhänger – er wird es nicht zulassen – er ist ein großer Eingestaltiger, ein wackerer Anhänger Roms, deshalb hat man ihn nicht gern, wir werden ihn zu schützen wissen, Herr Fabricius gehört zu den Stadtabgeordneten, der hält auch die Augen offen!«

»Dem mag wohl so sein, sie sind widerspenstig, aber an der Pfarrei von Bethlehem steht doch geschrieben, daß vor Jahren dort ein Priester eingesetzt wurde a principibus viris Pragae senatus – alsdann, was wollen sie – der Bürgermeister hat das gleiche Recht wie sie, ob es ihnen nun lieb ist oder nicht!«

In diesem Augenblick war im Winkel über dem Treppenhaus Lärm, Stimmengewirr und das Gezwitscher hoher Frauenstimmen zu hören. Die helle Diele füllt sich mit vornehmen Gästen: Lakaien, Pagen, Kammerzofen schlängelten sich zwischen den hochgeborenen Herrschaften hindurch, liefen hin und her und brachten Kleider, Pelzwerk, Hauben, zottige und federgeschmückte Mützen.

Schon war auch Michna wieder da, der wiederum seine ehrerbietig vorgeneigte Haltung eingenommen hatte; nachdem er sich des Leuchters entledigt hatte, rieb er wieder die Handflächen aneinander und empfahl sich hier und dort der Gunst eines hochgeborenen Herrn oder einer Dame.

Der junge Černín stand vor der Jungfer Šternberk und hielt einen Muff aus rotem Samt, der mit weißem Fuchsfell gefüttert war, in der Hand, und während er die goldenen Röschen zählte, sprach er leise auf die errötende Jungfer ein.

Der junge Mann mit der grünlichen Gesichtsfarbe drängte sich mit den Ellbogen an einen anderen heran und erzählte wieder etwas von Amor, dem Venus beide Augen ausgeschlagen hat.

Herr Harant bat Slavata, ihm zu verzeihen, daß er allzu aufrichtig war:

»Ich bin Soldat und lebe auf dem Lande, und wenn ich einmal in die Stadt komme, dann lasse ich mich immer hinreißen!«

Frau Polyxena, die der Gesellschaft keine Beachtung schenkte, neckte in der Ecke den aschgrauen Papagei in seinem Drahtkäfig. Da brachte ihr auch schon ein Diener den mit Marder besetzten Mantel und den Hut mit Möwenfedern, und fast gleichzeitig eilte Harant galant herbei, um der Frau in den Mantel zu helfen. Sie sprach zu ihm mit Nachdruck.

»Lieber Freund, ich fürchte, daß es uns bald so ergehen wird wie Euch einst auf dem Meer, als es stürmte und bis zum Himmel anstieg, wer weiß, für wen dann die Sonne scheinen wird –«

»Bringt mir ihn her, den Lotterbuben, mein Gott, wenn ich mich nur erinnern könnte, wie er ausgesehen hat, das Rabenaas, den erschlag ich, den erschlag ich!« rief der alte Šternberk mit weinerlicher, verhätschelter Stimme.

»Wen denn, wen denn?« fragte man von allen Seiten.

Da erzählte der alte Herr schreiend und weinerlich, er habe von irgendeinem ungewaschenen Dienstboten verlangt, er möge ihm die Schaube bringen, und das Rabenaas sei davongelaufen und habe ihm geantwortet, daß er die Schaube nicht erkennen und finden könne, da der Herr jedesmal eine andere trage!

Belustigtes Lachen war die Antwort auf diese jammernde Erzählung; es war bekannt, daß der alte Šternberk seine Kleider jahrelang trug und nach Jahren die abgetragenen Kleider von einem Flickschneider wenden ließ, um die Kosten zu sparen. Alle wußten, daß der Dienstbote, der in der dichten Menge verschwunden war, den geizigen Herrn auf witzige Art zum Narren gehalten hatte.

Slavata war in Verlegenheit, denn Šternberk schrie auch dann noch kreischend, als die Diener herbeiliefen, ja, herbeiflogen, um ihm zu Diensten zu stehen.

Der junge Talmberk sprach noch in der Tür und versprach dem Fräulein, die jungen Herren würden sie zum Quintanaspiel einladen, so daß die Augen des Fräuleins leuchteten und ihr Mündchen sich zu einem zuckersüßen Lächeln rundete.

Frau Ottilie wendete sich in ihrem breiten orangefarbenen Kleid nach allen Seiten und reichte allen die Hand zum Abschied und zum Kuß.

Die Damen, denen die wie Bretter steifen spanischen Mieder die helle Röte ins Gesicht trieben, langten beim Weggehen in das Kesselchen mit Weihwasser; Herr Slavata hatte schon mehrmals zwei Finger mit Wasser benetzt und reichte beim Abschied den Herren seine feuchten Finger, indem er so mit ihnen freundschaftlich beim Auseinandergehen das Weihwasser teilte. Die Gäste segneten einander mit dem Kreuze und gingen unter vielen heiteren Gesprächen aus der Vorhalle in das breite beleuchtete Treppenhaus und die Stiegen hinunter vor das Haus, wo Pferde, Schlitten, vergoldete und bemalte Sänften sowie eine Menschenmenge ihrer harrten.

Mollerus trat durch die Hintertür in die Dunkelheit der Schloßstiege hinaus.

Er ging mit schweren Schritten.

Dann blieb er stehen.

»Ausgezeichnet«, sagte er einigemal hintereinander – sogar halblaut. Er war mit sich zufrieden. »Der Kniff ist gut eingefädelt!«

Plötzlich schossen ihm Bedenken durch den Kopf; er sagte sich, daß er sich in ein Spiel eingelassen habe, bei dem er sich leicht die Beine brechen könnte.

»Ach was, ich habe ihnen nur versprochen, ihnen behilflich zu sein, soweit es mir paßt, was ist da Böses dabei? Sie haben nicht von mir verlangt, daß ich zu den Romlingen übertrete, sie lassen mir meine Religion – nun, wer weiß, was noch kommt, ist mir die Religion doch ganz gleichgültig. Wenn man mich mit Füßen tritt, ich will doch höher hinauf, was liegt mir schon an den Magistern in der Akademie, was sind die schon wert, nicht einmal Jesenský ließ sich durch meine Bitten rühren – er ist Slowak, ich bin Slowak – er ist aber Ritter, drängt sich unter die Ritterschaft, und für ihn gibt es nur den Majestätsbrief und die Politik, für die Bitten eines solchen Wurms, wie ich es bin, hat er keine Zeit – der Ritter – in Ungarn ist jeder hergelaufene Ackerknecht Graf und Ritter – –«

Sich so vor sich selbst entschuldigend, ging Mollerus aus dem Palast nach Hause; in der dichten Dunkelheit hinter St. Thomas kam ihm wie ein harter Schlag der Name Judas in den Sinn.

Er blieb wieder und recht lange stehen. Er konnte sich von den schrecklichen Worten der Verwünschung nicht losmachen, daß ihn eine Mutter zur Welt gebracht hatte – oh, wäre doch der Mensch nie geboren worden –

Ein Fußgänger mit einer Laterne, der ihm entgegenkam, riß ihn los von dem biblischen Fluch, er schlug sich solche Gedanken aus dem Kopf – ach was, ich werde nichts Unrechtes tun, mir geht ebenso wie jenen Wahrheit und Recht über alles, auch eine schwarze Kuh gibt weiße Milch, guten Menschen habe ich niemals etwas zuleide getan und werde es auch nicht tun; bis ich in der Kanzlei vor dem Pult oder in der Kammer unter den Mächtigen sitzen werde, wird das für niemanden einen Schaden bedeuten – höchstens kann ich den Unseren behilflich sein. Aber Slavata – hat der für mich auch nur aufgeblasene Verachtung übrig?

Dann schlugen seine unruhigen Gedanken eine andere Richtung ein.

Michna ist ein geriebener Kerl, der sich immer nur die Hände reibt, dem ist nicht zu glauben.

Wiederum hielt er an und blieb schon nahe bei seiner Wohnung in der Dunkelheit stehen.

Verachtung – weshalb Verachtung, soll ich mich mit dem Gewinn und mit der Verachtung gleich zufriedengeben? Er hat gesagt, daß sie mehrere willige Leute in unserer Partei haben, das glaub ich wohl, der Basilius, dieser Zwerg, wird einer von ihnen sein. Wenn Verachtung mein Schicksal ist, dann ist Kampanus schuld – das Glöcklein aus Vodňany – es gibt verschiedene Glocken auf der Welt – Kampanus läutet feierlich, läutet im feierlichen und brausenden Rhythmus – das habe ich auch gewollt – sie haben mich verstoßen – ich werde also nicht zur Feier läuten – werde anders läuten – es gibt auch Glocken, die nur Gewitter läuten – so werde ich sein – am Pranger schaukelt auch ein Glöcklein und läutet über den Köpfen der Taugenichtse – auch so ein Glöcklein muß es geben.

Vor dem bescheidenen Häuschen, aus dessen Fensterchen das Licht gespenstig auf die Straße fiel, blieb er wieder stehen.

»Hat mich nicht das Weib in dieses gefährliche Spiel hineingetrieben? Bin ich nicht der Sklave dieses Weibes? Ich bin ein Feigling, ebenso wie der dumme Ratsherr Laynhos, der immer sagt, daß er lieber den Papst zu Rom erzürnen wolle als seine eigene Ehefrau – ich bin ein Feigling, ein Dummkopf, ein Unglücklicher, bin verlottert, mit Blindheit geschlagen, ein Abtrünniger, und das hat die hübsche verfluchte Hexe, mein Weib, getan!«

Er blieb lange, recht lange vor dem Mäuseloch stehen.

Eine Weile hielt er beide Hände vor den Augen, und ein schluchzender Seufzer verriet, daß er dem Weinen nahe war. Er schlug die Fäuste vor die Augen und entfernte sich rasch vom Hause.

Aber seine Schritte wurden langsamer, bis sie stockten und er umkehrte.

Mollerus ging langsam zurück.

Als das Licht im Fenster verlöschte, schlich er in die Wohnung.

Dann sprach er tagelang nicht mit seiner Frau, und die Studenten in der Schule von St. Peter mußten arge Prügel erdulden.

XI

Wellenschlag

Der Storch kam wiederum in den Erker an der Týnkirche geflogen, um sich im gotischen Rankenwerk aus Stein sein Nest zu bauen, wieder legte Prag sein Frühlingskleid mit weißen Blüten in lachendem Grün an und spiegelte sich märchenhaft schön im Wasser der Moldau.

Es ist Anfang Mai und Sonntag.

Bei der Muttergottes am Týn ist die Kirche zur Morgenandacht gefüllt.

Der ehrwürdige Vater Dikast steht voll Grimm auf der Kanzel, wirft sein Haupt zurück, so daß sein grauer Haarschopf wild emporspringt, von Zeit zu Zeit fallen seine Hände wie Schmiedehämmer auf die Einfassung der Kanzel nieder. Er ruft: »O Herr, sei eingedenk dessen, was uns hier geschieht, blicke herab und siehe unsere Erniedrigung. Deine Getreuen werden gequält um des Glaubens willen; den einen hat man dein Heiligtum, die mit großem Aufwand erbaute Kirche, bis auf den Grund zerstört und der Erde gleichgemacht – drei Tage lang waren zweihundert von den erzbischöflichen Leuten mit dem Abbruch beschäftigt, anderen wurde das Gotteshaus gesperrt, mit Balken verrammelt und verschlagen, und deine Getreuen liegen in schweren Ketten im Turm und gehen zugrunde, weil sie sich nicht unterwerfen wollten, so wie sich die Apostel Johannes und Petrus dem Rat von Jerusalem nicht unterwerfen wollten, weil sie wußten, daß man Gott mehr Gehorsam schuldet als den Menschen. Freilich, wir sind sündig, leben wie in einem Gefängnis um unserer Sünden willen, rupfen, schinden und verderben einander selbst, so daß es binnen kurzem bei uns vielleicht weder Kraft noch Geld geben wird, weder würdige und weise Männer noch Zucht, noch Liebe, noch Glauben. Das Evangelium führen wir nur im Munde und fühlen uns unser selbst so sicher, als ob uns die Hand des Herrn nicht berühren könnte. Aber Unheil wird kommen, wenn wir nicht aufrichtig um ein evangelisches Leben und um die Bewahrung unseres größten Kleinods, unseres reinen Glaubens, unserer von allem Tand und Götzendienerei gereinigten Religion bekümmert sein werden. Die Herren der Stände sind im vergangenen Monat schon zweimal zum Schutz dieses unseres Kleinods zusammengetreten, lieber Gott im Himmel, steh ihnen und allen bei! Lasset uns beten, daß Gott im Himmel die Gefangenen befreie, die im Weißen Turm um ihres Glaubens willen leiden, daß er uns allen Schirm und Schutz gegen die bösen Feinde der Wahrheit sei! Singet fromm: Meine Hilfe liegt in Gott dem Herrn, der Himmel und Erde geschaffen!«

Dann erscholl das Lied in mächtigem Chorgesang, in dessen Stärke Erregung, Zorn und Angst zitterten; das Volk rief die Hilfe Gottes an, der Himmel und Erde schuf und dazu die Menschen, damit sie einander lieben.

Nach dem Gottesdienst schleppte sich die alte Vraná mit einem Stühlchen auf den Ring hinaus, zwei andere Frauen und der Jude Hofmann folgten ihr auf dem Fuße und begannen Branntwein zu verkaufen. Rings um die Läden standen Gruppen von Männern, die Greise schüttelten den Kopf, die Jüngeren schimpften und drohten.

Zwei Stunden später predigte bei den Jesuiten zu St. Klement in der neuen Kirche an der steinernen Brücke vor dem Hochamt ein Priester, der vor Wut bebte und vor Aufregung auf die Einfassung der Kanzel eindrosch.

»Die utraquistische Religion ist abwegig, zerschlissen wie ein Kehrbesen, voll von faustdicken Lügen, unsere Religion aber ist altehrwürdig, umfaßt die gesamte Christenheit, ist die einzig wahre, und schon viele gute Tschechen haben das erkannt und sich abgewendet von den abwegigen Irrlehren; deshalb, weil wir den Irrenden den sicheren Weg weisen, erfahren wir Ungemach, werden wir und alles Katholische am Leben bedroht. Die böhmischen adeligen Herren haben von Ihro Gnaden dem König einen Majestätsbrief zugunsten der Freiheit ihrer abwegigen neuen Religion erzwungen, sie haben aber nur einen Schatten erhascht, ihre Hände sind leer, denn der heilige Bischof von Rom hat den Majestätsbrief nicht bestätigt, der Majestätsbrief ist ungültig, was darin steht, sind nur in den Wind gesprochene Worte, er ist ungültig, ungültig – –«

Dabei breitete er seine Arme weit aus und ließ sie dann polternd auf das Pult fallen.

Als der Priester vom Kehrbesen sprach, wurde im

Hintergrund unter dem hohen Chor eine dröhnende Bierstimme laut: man verstand aber nicht, was sie brummte; als der Priester in Feuer geriet und rief, daß der Majestätsbrief erpreßt sei, konnte man unter dem Chor deutlich die Antwort vernehmen: »O nein, zum Henker!« Und als der Priester auf das Brett schlug, daß der Majestätsbrief ungültig sei, schrie der alte Kürschner Pulpit, daß er gültig sei, mordidi, gültig!

Mit ihm zugleich ertönte die jugendliche Stimme eines ungefähr fünfundzwanzigjährigen, schön gewachsenen Jünglings mit reichem Haarschmuck: »Du lügst, Eingestaltiger, der Bischof in Rom gilt für uns nichts!«

Aber der Alte und der Junge schrien nicht lange in der Kirche – beim ersten störenden Laut liefen der Bürgermeister Laynhos und der Schreiber Andreae rasch auf den Kollegshof hinaus, von den Kirchenbänken vorn erhoben sich viele drohende Hände, und hinten sprangen junge und alte Männer auf; auch die Studenten der Jesuitenakademie kamen geschwind herbeigelaufen. Dutzende Fäuste packten die Störer, und Pulpit und der junge Samuel von Veleslavín mit dem üppigen Blondkopf waren – eins, zwei – aus der Kirche draußen; dabei klatschten die Faustschläge, die die beiden einsteckten und auch austeilten.

Hinter ihnen krachte die Tür zu.

Die beiden Hinausgeworfenen schrien und pochten an die Blechtür, eine Menschenmenge kam von beiden Seiten herbeigelaufen, Pulpit schrie, daß dieser Mönch dort mit dem eckigen Barett die Ketzer mit Feuer und Schwert ausrotten will, das Volk hob die Fäuste empor, aber da eilten schon von der Brücke, vom Zollhaus und vom Salzlager drei Büttel herbei, und andere kamen – weiß Gott, wie es geschah – aus dem Hof des Jesuitenkollegs angelaufen. Die wurden vom Bürgermeister Laynhos und dem Schreiber Wenzel Andreae angeführt.

Der Sohn des berühmten Druckers Veleslavín zückte seinen Degen, als er die Büttel erblickte, aber sobald das Volk vor den Bütteln, die ihre Speere gerade vor sich hinhielten, in wilder Hast zurückzuweichen begann, sagte Pulpit weise zu Veleslavín: »Zum Henker, laß das sein, ihre Speerschäfte sind länger als dein Stoßdegen, und wenn sie sie dir, zum Henker, in den Bauch rennen, dann wird es dir übler munden als dem Hund das Stroh – mordidi, komm doch!«

Kurze Zeit später war die Straße leer; die städtischen Büttel verschwanden wieder im Hof, Herr Laynhos und der Schreiber kehrten nach einigem Zögern in die Kirche zurück und setzten sich in die Bank zur Andacht.

Die Brückengasse nahm wieder ihr sonntäglich ruhiges Aussehen an, die Bettler setzten und legten sich wieder auf ihren Platz unter dem schönen Brükkenturm, der auf schmalen und schlanken Stützen hoch zum Himmel emporragte, die Leute gingen in ihren Sonntagskleidern auf der Straße hin und her.

Schwarze Krähen jagen über die Zinnen und das sattelförmige Dach des Turmes; Möwen fliegen wie weiße Pfeile unruhig im großen Bogen über der Moldau. Von den Drei Schwänen in der Herrengasse ertönt nach einer Pause wieder der schwache, klagende Ton des Clavicordiums; sicherlich spielt da der Kaufmann, dem das Haus gehört und der im Trubel des Alltags keine Zeit zum Musizieren hat.

Nach dem Gottesdienst bei den Jesuiten waren die Schenken in der Plattnergasse vom Lärmen zorniger Männer beider Bekenntnisse erfüllt, und die heilige Sonntagsruhe war vorbei.

An diesem Tage gab es Schimpfereien ohne Ende, und der Vogt und die Anführer der Fünfziger- und der Zehnerschaften hatten bis in die Nacht hinein alle Hände voll zu tun, um die Raufenden auseinanderzubringen.

Bei Tatrman in der Zeltnergasse saß Pulpit mit Veleslavín in der Gesellschaft der immer lustigen und leichtfertigen Studenten. Das ganze Wirtshaus war sich darin einig, daß die katholischen Ratsherren – vielleicht ohne daß die utraquistischen Ratsherren etwas davon wußten – die Kirche und das Jesuitenkolleg bewachen ließen, um sie vor Schlimmem zu bewahren, deshalb seien die Büttel wie Hornissen ausgeschwärmt. Pulpit brüstete sich mehrmals im Verlaufe des Abends, daß er ein paar geschmierte und saftige Maulschellen ausgeteilt habe, bevor ihn die Eingestaltigen aus der Kirche hinauswarfen.

Daß er sie auszuteilen verstand, bewies er schließlich schlagend. Als er der Schankwirtin – es war nicht mehr die dicke Hanne, denn die war im Vorjahr gestorben – vorhielt, daß sie, mordidi, volle Krüge anschreibe, aber leere auf den Tisch bringe, schüttete ihm das wütende ältliche Frauenzimmer ein bißchen Bier ins Gesicht, wobei sie sagte: »Da seht Ihr, daß die Kanne nicht leer ist!« Dafür erhielt sie von Pulpit eine Maulschelle.

So endete auch bei Tatrman heute das Beisammensitzen am heiligen Sonntag mit Geschrei und Zwistigkeiten.

Am Mittwoch hielt der schwarzbärtige Magister Troilus im Karlskolleg eine Vorlesung über den Krieg: er behauptete, der Krieg sei nur dann keine Sünde, wenn er um des Glaubens oder des Vaterlands willen geführt werde.

Nach ihm bestieg Kampanus das Katheder und eröffnete die Disputation über die Demokratie. Gleich zu Beginn verwarf er die Anarchie, die ihm ärger schien als die roheste Tyrannei eines einzelnen. Die Demokratie oder die Volksherrschaft wäre dem Magister recht, die Tribunen, die das Volk vertreten, müßten jedoch gut sein, es dürften nur solche Leute sein, die das allgemeine Wohl im Auge haben – Menschen, die um des Wohles aller wegen ihr eigenes Wohl vergessen, habe es zwar nie gegeben, gäbe es nicht und werde es nie geben, deshalb meinte Kampanus, daß eine Regierung der Demokratie unmöglich sei; er führte dafür Beispiele aus der Geschichte an.

Den anwesenden Studenten war dies, wie es schien, alles eins; sie hofften, daß er bald Schluß machen werde, denn draußen war der schönste Tag, und in der Aula des Kollegs herrschte graue Öde.

Nur der oder jener der Prager Baccalaurei und Magister, die mit ihren Schülern gekommen waren, um sich pflichtgemäß an der Disputation zu beteiligen, warf ein paar kurze Sätze ein; Koptiades und Hovorinus waren zur Stelle, jener wie immer glatt gekämmt, dieser noch immer unruhigen und tänzelnden Schrittes, beide jedoch schon beleibt; sie beteiligten sich an dem Disput, indem sie einige lateinische Worte in der Richtung zum Katheder hin sagten, nur um ein peinliches Schweigen zu vermeiden.

Mollerus saß mit zwei Primanern da; er schwieg hartnäckig, beobachtete aber scharf und machte ein griesgrämiges Gesicht. Nach beendeter Disputation verschwand er als erster aus dem Saal, ohne Kampanus zu grüßen.

Als Kampanus von der Disputation in sein Zimmer zurückgekehrt war, meldete sich, noch bevor er sich gesetzt hatte, schon der junge Kamenek, der Sohn des verstorbenen Professors; er trat mit einer gewissen verzweifelten Kühnheit ein. Er war kaum über zwanzig Jahre alt, mager, und in seinem bleichen Gesicht spiegelte sich Qual und Entschlossenheit zugleich.

Er sagte kein Wort.

Kampanus wußte, warum Kamenek gekommen war. Er kam zweimal wöchentlich ins Kolleg, jedesmal zu einem anderen Professor.

Kampanus richtete den Blick seiner tiefen, blauen Augen auf den blassen Jüngling: »Es tut mir leid, aber laß dir sagen, daß wir deinem verstorbenen Vater die hundert Schock nicht schulden, daß nicht wir es sind, die mit der Auszahlung des Salärs ein Jahr im Rückstand geblieben sind, glaub es mir, das ist die Schuld der Stände, denen die Akademie angehört, und nicht wir armen Professoren sind die Schuldner, wir könnten nicht einmal hundert Schock aufbringen; die Stände werden am Kreuzerhebungssonntag zu ihrer Tagung zusammentreten; mir wurde von der Akademie auferlegt, an die Tagung zu schreiben, und ich will in den Text eine Fürbitte für euch Waisen einschalten, vertraue mir, ich werde es gerne tun, aber komme nicht ständig hierhergelaufen, damit quälst du dich selbst und uns überflüssigerweise!«

»Mich schickt meine Schwester, ich muß es tun!«

»Wo ist die Jungfer Katharina Elisabeth?«

»Auf der Bethlehemspfarre, sie unterrichtet die Tochter des Priesters Cyrill, auch mir gibt der Priester zu essen.«

Kampanus schüttete aus seinem Lederbeutelchen dem jungen Mann ein paar Groschen in die Hand, forderte ihn auf, um Unterstützung zu kommen, wenn es ihm schlechtgehe, ermahnte ihn aber, nicht mehr wegen der hundert Schock zu kommen.

Der Jüngling ging schweigend davon. Kampanus bemerkte den Anflug von Röte auf seinen Wangen, der Bedauernswerte war sichtlich gerührt, und die Entschlossenheit, mit der er gekommen war, war nur gespielt und durch übergroße Not erzwungen.

Eine alte Frau trat ein mit dem kleinen Hänschen.

Kinder sind am reizendsten im Alter von zwei Jahren. Da sind sie wie Quecksilber, aber unbeholfen wie junge Hündchen, haben die Nase mehr am Boden als in der Höhe und in der Kehle bald das Lachen und bald das Weinen, aber eher das Lachen.

Das lockenköpfige Hänschen war ein hübsches Bübchen, so hübsch wie die pausbäckigen Kinder auf den Bildern, die Meister Spranger vor wenigen Jahren für den Kaiser Rudolf gemalt hatte.

Sein Vater hatte ihn auch äußerst lieb. Kampanus nahm den Knaben in seine Arme, hob ihn hoch empor, drückte ihn an die Brust und küßte und liebkoste ihn.

Der Knabe hielt nicht still, er wand sich und neigte den Kopf immer nach der Seite, wo das marmorne Damespiel lag, mit dessen Steinen er immer spielte, wenn ihn der Großvater zum Vater schickte.

Als Kampanus in dem Lockenkopf keine kindliche Gegenliebe erwecken konnte, blieb ihm nichts übrig, als den Knaben auf die Erde zu setzen und ihm das Damespiel zu geben.

Über das Kind gebückt, seufzte Kampanus auf; ohne es zu wollen: »Mein Gott, wenn ich sterben sollte, bevor das Kind aufwächst, was soll dann aus ihm werden? Eben war eine Waise, der Sohn eines Professors, hier betteln – –«

»Reverendissime magister, salve!« ließ sich eine muntere, leutselige, tönende Stimme in der Tür vernehmen, und herein trat der sommersprossige, rötlichblonde, unausstehliche Sekretär Michna.

Kampanus zuckte sichtlich zusammen. Er ahnte nichts Gutes.

Er hieß den Herrn artig willkommen, drückte dem Knaben einen Kuß auf den Kopf und führte ihn samt der alten Frau vor die Tür; der Knabe, der zwei Damesteine krampfhaft in den Händchen hielt, weinte jämmerlich und beruhigte sich erst auf der Straße vor dem Karlskolleg.

Michna setzte sich mit ironischem Lächeln: »Jetzt habt Ihr es lustig in den Kollegien, Magister, jetzt gibt's da Kinder und Frauen, das hat es seit alters her und bis vor kurzem nicht gegeben! Hihi!«

Kampanus gab keine Antwort. Er blickte den Herrn fragend an.

»Ich will in aller Kürze sagen, warum ich gekommen bin. Ich bin ein Freund der Akademie und billige keineswegs, was manche fanatische Eingestaltige unter uns gegen euch vorbereiten, Gott ist mein Zeuge, ich will euren Schaden nicht und bin gekommen, Euch zu warnen.«

Kampanus kannte den Ränkemacher, und deshalb machte es auf ihn keinen Eindruck, daß er seine Herren Vorgesetzten Eingestaltige schalt. Er fühlte, daß dies nur von den Lippen, aber nicht vom Herzen kam. Deshalb blieb Kampanus reglos wie eine Steinsäule stehen. In seinen Augen war Unschlüssigkeit zu lesen und die Frage: Was ist geschehen, was wird da geschehen?

»Ich komme zu Euch, reverendissime, zu Euch, nicht zum Rektor – –«

»Der ist mit dem erkrankten Herrn Vizekanzler in Karlsbad – –«

»Mag er sein, wo er will, und wenn er auch in Prag wäre, käme ich doch zu Euch und nicht zu ihm, denn Euch ist an der Schule gelegen, ihm aber nicht. Er ist ein lächerlicher Ungarus, ein Ritter, ein krummes Türkensäbelchen mit verschnürtem Rock – eh, ich komme zu Euch, wir beide werden uns eher verstehen. Ich will gleich sagen, um was es geht. Man ist sehr ungehalten darüber – Ihr wißt wohl, wo –, daß unlängst hier im Kolleg ein Ständetag stattfand, daß hier im Kolleg scharfe Beschwerden gegen die Herren Statthalter aufgesetzt wurden, das Kolleg Karls IV. ist doch für die Musen da, nicht aber für

Aufrührer; nach dem Sonntag der Kreuzerhebung wollen sie hier wieder zusammenkommen, aber diese Versammlung wurde den Ständen im Namen des Königs verboten, ich mache Euch, reverendissime, davon Mitteilung, daß die Versammlung verboten ist; ich bin hergekommen, um zu erfahren, was Ihr, was die Herren Magister, was die Akademie dazu sagt?«

Kampanus antwortete ruhig: »Die Karlsakademie würde sich am liebsten um ihre eigene Reformation, um ihre Ergänzung, um den Lehrstoff, um die Studenten kümmern; gerade bereiten wir eine ausführliche Bittschrift an die Tagung der Herren der Stände vor, die stattfinden soll.«

»Das ist gut so, aber was gedenken die Professoren zu unternehmen, wenn sich die Stände gegen das Verbot des Königs hier breitmachen werden?«

»Nichts.«

»Was heißt nichts? Wieso nichts?«

»Die Akademie gehört nicht uns, wir sind hier nicht die Herren, laut Majestätsbrief sind hier die Stände die Herren, sie haben die Macht und gebieten über uns, gerade deshalb wollen wir uns mit unserer Bitte um eine Verbesserung der Schule an sie wenden!«

»Schon neun Jahre bittet ihr, aber die Herren sind taub, die haben andere Sorgen – eure Herren und die Schule! Hihi! Da unterstützen unsere die Jesuitenakademie anders, aber das geht mich nichts an, ich will wissen, was ihr eurerseits wegen der Ständeversammlung beabsichtigt, die – nehmt euch in acht – verboten ist!«

»Was können wir denn tun?« fragte Kampanus, überzeugt davon, daß man nichts tun könne und nichts tun werde.

Michna faßte Kampanus sanft bei beiden Händen und zwang ihn, sich ihm gegenüber zu setzen.

»Verzeiht, Meister, daß ich Euch durch ein Beispiel belehren will. Die Altstädter Ratsherren wurden von euren Ständen aufgefordert, ihre Vertreter in die Versammlung zu entsenden, waren aber so klug, sie nicht zu schicken, sie kamen nicht, machten Ausflüchte, und doch sind unter ihnen die Leute eures Glaubens in der Mehrheit. Die von der Neustadt haben trotz allem Wettern des Doktor Borbonius den Ständen bestellen lassen, daß sie es mit den Altstädtern halten wollen, und die von der Kleinseite ließen ehrerbietig und deutlich sagen, daß sie dem Beispiel der beiden größeren Prager Städte folgen werden. Das ist klug: Ausflüchte gebrauchen, sich herauswinden!«

»Aber nicht männlich. Es geht um die Religion!« entgegnete der Meister, auf jedes seiner Worte Nachdruck legend.

Michna erbleichte vor Zorn, und die rostbraunen Sommersprossen traten auf seinem Gesicht noch scheckiger und augenfälliger hervor.

»Daß ihr es nur nicht bereut!« drohte er.

»Was denn, sollen wir vielleicht das Tor verschließen und verbarrikadieren, damit die Stände hier nicht eindringen können?«

»Einer so energischen Tat seid ihr nicht fähig, das weiß ich«, warf Michna ein.

»Und was für Ausflüchte, was sollen wir sagen, was tun, wie sollen wir uns vor den Ständen und dem

Landtag auch nur wegen der geringsten Handlung gegen ihren Willen verantworten: Herr, beliebt doch nicht uns zu nötigen, beliebt doch anzuerkennen, daß wir hier nicht die Herren sind!«

»Ihr müßt wenigstens gegen die Versammlung protestieren, die sie im Carolinum abhalten wollen.«

Jetzt erblaßte Kampanus und sagte: »Mein Leben war bis jetzt ohne Schande!«

Michna stand auf und nahm seinen Hut.

»Meister, ich habe Euch für weiser gehalten; der Schaden, den die Akademie haben wird, wird Euch und alle Magister schwer treffen, Ihr werdet es erfahren. Euer Diener, Herr Magister!«

Damit ging er weg.

Kampanus, der den Herrn hinausgeleitete, sprach noch davon, daß die Magister ihre Unschuld beweisen können, daß sie nichts dafür können – aber Michna schritt stolz und diesmal hoch aufgerichtet von dannen.

Kampanus konnte an diesem Tag keinen ruhigen Gedanken mehr fassen. An Michna denkend, wiederholte er einige Male den vorwurfsvollen Stoßseufzer aus der Prophezeiung des Jeremias, daß es Gottlose gibt, die den Menschen Fallstricke legen und sie wie Vögel einfangen und dadurch mächtig, reich und fett werden – –

Gegen Abend kam Herr Thurn ins Kolleg. Er trat polternd ein, ein Wunder, daß er den Flügel der Zimmertür nicht aus den eisernen Angeln riß, setzte sich geräuschvoll nieder und begann gleich zu fluchen.

»Weißt du, lieber Magister, daß sie den Defensoren der Akademie die Zensur entzogen haben, alles, was wir drucken lassen wollen, muß vorher Martinic, Slavata und Michna und Fabricius und wie die rothaarigen und zottigen, abscheulichen Luder alle heißen, vorgelegt werden. Das hat man uns wegen jenes Spott-Evangeliums gegen den Bischof von Rom angetan, aber als unlängst Verse mit achtzigerlei Beschimpfungen gegen Luther verteilt wurden, da war das nichts, das war ihnen recht. Der Teufel, deshalb bin ich aber nicht hergekommen, lieber Magister, laß zum Sonntag Rogationes alle großen Säle im Kolleg vorbereiten, die Stände werden in Prag zusammentreten und hier bei euch Beschluß darüber fassen, was zu geschehen hat; ich glaube, daß wir nicht lange hier sein werden, wir werden zur Burg gehen, das Maß ist voll – jetzt wird Schluß gemacht –, übervoll, diese Herren lassen sich durch nichts anderes mehr überzeugen, nichts anderes zur Besinnung bringen als –« und dabei schlug er mit der vollen Handfläche auf den Knauf seines Schwertes.

Kampanus erschrak, er verstand, und doch verstand er nicht.

Er erkühnte sich einzuwenden, daß Christus der Herr geboten habe, das Schwert in die Scheide zu stecken.

»Kranke Glieder müssen abgeschnitten, abgehackt werden, sonst verfault der ganze Leib!«

»Vielleicht sollte man doch die Heilung mit milderen Mitteln beginnen!« bat Kampanus.

»Ach, ihr Magister seid wie die Pfaffen, ihr wollt alles mit Gebet und Weihwasserwedel erledigen, da sind wir Soldaten anders! Hol's der Fuchs! Soll doch endlich einmal alles über die nichtsnutzigen Häupter derer hereinbrechen, die gegen uns Ratschläge erteilen, nur an sie wollen wir uns halten, gegen den König wird nichts geschehen, du wirst sehen, das Maß derer dort oben ist schon voll, es läuft schon über!«

Kampanus drang noch weiter in den unwirschen Grafen, aber der strich sich den Schnurrbart und sagte beim Abschied fast fröhlich: »Es liegt nicht mehr in meiner Macht, es zu ändern und der Sache einen andern Lauf zu geben, es ist zu spät!«

Kampanus begleitete den Herrn hinaus. Draußen gab er ihm die feste Absicht der Professoren kund, vom Landtag diesmal die Reformation der Prager Hochschule zu verlangen: »Ich verfasse eine Bittschrift, die wir dem Landtag überbringen werden!« kündigte er an.

Der adelige Herr blieb zornig stehen.

»Und was, zum Teufel, wollt ihr eigentlich?« Dabei nahm er seinen großen Hut ab, denn das Blut schien ihm zu Kopf zu steigen.

»Wir wollen eine Verbesserung unserer Einrichtungen, den Verkauf der für unsere Schule nutzlosen Güter, feste Gehälter, mehr Professoren und mehr Lehrstoff, Theologie, die Rechte, wollen eine Reformation, wollen nicht, daß die Schulmönche der Jesuiten über uns triumphieren, denn wir hinken ihnen nach wie Krüppel auf Krücken – die Stände, verzeiht mir, Herr Graf – machen sich der Schule wegen wenig Sorgen – –«

Kampanus sprach so gewichtig und mutig, daß es durch den leeren Gang hallte.

Herr Thurn stülpte sich den zerdrückten Hut auf den Kopf, faßte Kampanus mit seiner breiten Hand an der Brust und sagte kurz angebunden:

»Die Religion zuvor!«

Dann ging er weg.

Kampanus konnte die ganze Nacht nicht den geringsten ruhigen Gedanken fassen; immer wieder bohrte sich ihm die gleiche Frage in Hirn und Herz, ob es nicht eine schwere Sünde vor Gott bedeute, daß er in diesen schlimmen Zeiten immer nur an die einst so hohe, jetzt so tief erniedrigte Karlsschule denke.

Am Sonnabend vor dem Sonntag der Kreuzerhebung füllte sich Prag.

In einigen Gassen war das Gedränge auffallend. Campanus ging nur das kurze Stück Weges vom Carolinum zum alten Revír, um sein Kind zu besuchen, und begegnete dabei sicherlich wenigstens vier Mitgliedern des Herren- oder Ritterstandes, die zum verbotenen Landtag eingetroffen waren. Er bemerkte – oder es schien ihm wenigstens so –, daß die adligen Herren diesmal mit einem größeren Gefolge von Dienstleuten und Bewaffneten gekommen waren als sonst.

Abends erzählte Revírs Haushälterin, daß sie in das Haus des Herrn Šlik einen Trupp Männer habe eintreten sehen, die nicht Soldaten glichen, einige von ihnen hatten Schaufeln, hinter ihnen fuhren zwei Rollwagen mit einer Ladung, sie wisse aber nicht was für einer, jeder Wagen war mit vier Pferden bespannt, und der Schuster Sedmkop von der Kleinseite hätte ihr erzählt, daß sich gestern irgendwelche Männer in den Baumschulen und den Gärten hinter dem Hause der Herrn Mathes Thurn – wie sie ihn nennen – am Hohlweg herumgetrieben haben.

Am Dienstag nach dem Sonntag Rogationes war es schon morgens vor der achten Stunde nach deutscher Uhr im Carolinum recht lebendig.

Im Winterauditorium lärmten viele Stimmen, und immer wieder wurde die Tür geöffnet, um die ankommenden Herren und Ritter eintreten zu lassen.

Kampanus begab sich in das Sommerauditorium zu den Abgesandten der Städte. Es waren ihrer nicht allzu viele. Er wechselte einen Gruß mit Johann Šultys, dem Primator von Kuttenberg, auf den gerade dessen Sohn, Georg Šultys, der Professor, mit viel Feuer einredete.

Der alte Šultys und Kampanus schauten besorgt drein, Šultys fast verängstigt und bedrückt; der junge Šultys dagegen war Feuer und Flamme. Er erklärte seinem Herrn Vater, auf wessen Seite das Recht sei, bezüglich des Majestätsbriefes.

Die zwei Abgesandten aus Slaný, die aus Kuřím, Chrudim, Hošťálek aus Žatec und andere bildeten um Vater und Sohn aus Kuttenberg einen weiten Ring und hörten dem eifernden rothaarigen jungen Mann zu, dessen Wangen rot glühten, und der Funke seiner Rede sprang zündend auf die Abgesandten der Städte, die Primasse und Schreiber, über; der junge Šultys rief:

»Auf wessen Seite auch das Recht sein mag, sie dürfen nicht Richter sein, wenn sie Partei sind, das ist die größte Ungerechtigkeit, ein Verbrechen!«

Dazu nickten alle Beifall und bestätigten laut, daß dies verbrecherisch sei.

Nur der alte Šultys runzelte die Stirn und legte sein Gesicht in bekümmerte Falten. Es war klar zu sehen, daß ihm dies alles Angst einjagte und daß er auch an den übereifrigen Erklärungen seines Sohnes keinen Gefallen fand, er fürchtete für den Sohn.

»Und warum sind so wenige Abgesandte der Städte da? Wo sind die aus Písek, warum sind die aus Ústí und Litoměřice nicht gekommen? Wo sind sie, ich sehe sie nicht?« fragte Šultys, und seine Augen irrten mit mehr vorwurfsvollem als fragendem Ausdruck über die Abgesandten im Sommerauditorium hin.

Der junge Šultys hatte die Antwort gleich bereit:

»Lieber Herr Vater, warum keiner der Stadträte von Prag hier vertreten ist, das ist doch sonnenklar; die Regenten Martinic und Slavata haben überall unter die Ratsherren unseres Glaubens ein paar Männer römischen Glaubens eingeschmuggelt, und als der kaiserliche Vogt sich zu ihnen gesellte, haben sie die Unseren zum Schweigen gebracht; die Minderheit triumphiert über die Mehrheit, ein solcherart hinkender Prager Rat für Stadt und Land verkündet der Welt im Namen der ganzen Stadt, daß er gehorsamst mit allem zufrieden ist, keinen Schutz des Glaubens benötigt, die Tagung der evangelischen Stände nicht beschicken wird, oder er verkündet vorsichtig, daß er warten will, bis er erkennen wird, welche Richtung die Tagung einschlägt. Die Gemeinden schweigen dazu, obgleich sie aufstehen und solche Ränkeschmiede, die ihnen das Maul verschließen, zerschmettern, ja, zermalmen sollten; das ist auch der Grund der heutigen Tagung aller Stände, die irrsinnigen Hetzer sind es, die den Krieg im Lande wollen, nicht wir!«

Der alte Šultys blickte sich ängstlich um, faßte seinen Sohn während dieser Rede einigemal bei der

Hand und sagte schließlich: »Ich habe Nachricht von zu Hause, komm!« Dabei zog er den jungen Mann, in dem die Glut des Zornes nicht zu bändigen war, zum gotischen Fenster zwischen zwei steinernen Sitzen und flüsterte ihm voll Verzweiflung zu, er solle endlich schweigen.

Der Sohn machte nur eine sehr unehrerbietige Handbewegung.

Kampanus fragte die aus Beroun, wie sie mit den Lehrern zufrieden seien, die er ihnen heuer geschickt hat – der Primas von Beroun gab keine rechte Antwort. Aber wer hätte in diesem Treiben auch antworten können.

Der Defensor Theodor Sixtus trat ein. In seinem langen, rötlichen Bart leuchtete schon hie und da ein Silberstreifen, sein hoher, stattlicher Körper war durch Krankheit gebeugt.

Die Abgesandten der Städte sammelten sich in einem engen Kreis um Herrn Theodor, dessen Vater vor siebzig Jahren beim Aufruhr der Stände fast um den Kopf gekommen war. Sie wollten wissen, wie es stehe und was es gäbe.

Sixtus erzählte, daß Michna und Fabricius die Defensoren aus dem Bürgerstande aufsuchten – auch bei Sixtus waren sie gewesen –, um sie dazu zu bewegen, das Defensorenamt niederzulegen und der Tagung fernzubleiben.

»Dabei gab es lauter Drohungen. Ach Gott, wohin soll das führen, wo wird es enden?« seufzte Sixtus.

In diesem Augenblick kam der hochgeborene Herr Graf Joachim Šlik zu den Bürgern in den Sommerhörsaal. Er war ein schwarzhaariger, schwarzbärtiger, selbstbewußter und energischer Mann. Seine bläulichen Augen waren so klein wie Schlehen. Hier und da reichte er jemandem leutselig die Hand.

Alle verstummten.

Der adelige Herr, obgleich ein Deutscher von Geburt, sprach ohne Anstoß tschechisch zu den Bürgern. Er begann: »Meine Herren Brüder!«

Damit hatte er alle gewonnen. Die Bürger waren es nicht gewohnt, von einem adeligen Herrn als Brüder angesprochen zu werden. Das gefiel ihnen.

»Die hohen Herren der Stände entbieten euch ihren Gruß und bitten euch freundschaftlich zu sich; es ist ein Mangel, daß die Prager Herren nicht unter euch sind, daß das Haupt, caput regni, nicht da ist; möge es Gott befohlen und geklagt sein, aber einerlei, Christus der Herr ist unser aller Haupt, und unser Schild ist der Glaube und die Wahrheit – –«

Der adlige Herr sprach noch lange, sprach von der Geschichte des ruhmvollen tschechischen Volkes unter König Wenzel, von den Hussiten, die einer dem andern Bruder waren und die Feinde des Kelches schlugen.

Unterdessen ging es im Sommerhörsaal wie in einem Bienenhause zu.

Was es hier an Pracht gab! Nur Mathes Thurn hatte seinen ledernen, stellenweise abgeschabten Rock an, der an den Ellenbogen schon sehr hell und durchsichtig war; sonst leuchtete hier alles vor Glanz und stolzer Gewandung, faltige und glatte französische Kragen mit feinen Spitzen, die sich schneeweiß von den vielfarbigen Röcken und Mänteln aus englischem Tuch und den glatten und bauschigen Samtstoffen abhoben; Rot und Pfirsich sind die vorherrschenden Farben, spanische, trommelförmige Hosen gab es nur mehr wenige, die Herren trugen lieber breite, über und über mit Bändchen und Spitzen besetzte Beinkleider; nur dieser und jener Ritter vom Lande war mäßiger mit den Bändchen, mancher steckte sogar bloß in hohen Reiterstiefeln und nicht in Seidenstrümpfen und Schuhen aus Korduan mit glänzenden Schnallen und Bändchen.

Und was es hier an echtem und falschem Gold gab! An den Hüten hingen Groschen und Medaillen mit Goldschnüren, mancher Herr trug eine Kette an der Brust, einige wenige mit einer großen Münze; andere Herren hatten breite, panzerartige, aus Ringlein zusammengesetzte Ketten, und die Menge von Knöpfen aus Kristall, Silber und Gold!

Man sah wohl, daß hier, unter der netzartigen Kuppel der altehrwürdigen Schule die reichen Vertreter des stolzen, ruhmvollen Königreichs Böhmen zusammengetreten waren.

Im Gewirr der Stimmen hört man Deutsch und Tschechisch. Bei der Tür spricht gerade Otto von Los mit Thurn und einigen anderen voll Zorn Deutsch, daß die Lotterbuben aus dem Rathaus, Laynhos und Lev von Levengrün, bestellen ließen, die Ratsherren sähen keinen Grund, zu den Ständen zu kommen, der Defensor ihrer Stadt sei der König, und der beschütze sie wohl.

»Das ist nicht verwunderlich«, polterte Thurn, »gibt es doch unter uns Utraquisten – Gerštorf, Michalovic, Talmberk ließen sagen, sie wollten nicht an der Beratung gegen den König teilnehmen, als ob wir etwas gegen den König hätten – und das sind Leute unseres Glaubens. Zum Teufel mit solchen Heuchlern und Wetterfahnen!«

»Der alte Talmberk tut, als ginge er mit uns – und der Junge ist katholisch, daran liegt es eben!« erklärt jemand.

Darauf antwortet ein anderer: »Daran liegt es nicht, meine Frau ist katholisch, und ich gehöre zu euch.«

Ein dritter weist auf Berka hin und sagt: »Was ist das für ein Eiferer, und dabei ist seine Schwester römisch gesinnt! Und Michal Slavata steht auch auf unserer Seite, und was hat der für einen Bruder!«

»Nun, solche Wirrungen sind für uns nicht gesund und werden es nie sein!« meinte wieder der erste.

In einer anderen Gruppe am hohen Tisch schreit Albrecht Smiřický mit hoher, dünner Stimme; er hat sich auch heute vom Barbier schön sorgfältig die Locken drehen lassen, so daß sein Haupt wie ein Mohnkopf aussieht. Der Herr von Náchod schreit in einem fort, es müsse schon einmal Klarheit und ein Ende geben; seine Stimme überschlägt sich in knabenhaftem Diskant.

Die beiden Vchynský und Berka stimmten ihm zu; auch sie riefen, es müsse endlich Klarheit und ein Ende geben.

Wilhelm Popel von Lobkovic, ein verträumter und einsilbiger, starker Mann, stieß prophetisch hervor: »Es wird ein Ende und Klarheit geben!«

In diesem Augenblick schlichen von dieser Gruppe zwei Ritter mit unruhigen, verängstigten

Blicken nach zwei verschiedenen Seiten davon; dem Ritter Vostrovec von Kralovice gelang es, still und ohne Ärgernis zu erregen, aus dem Auditorium hinauszuschlüpfen.

Weniger Glück hatte der Ritter Pětipeský, dessen unruhiges Umherlaufen und verzagte Blicke schon geraume Zeit von Wilhelm von Lobkovic beobachtet wurden. Der starke Mann erwischte den schmächtigen Ritter in der Tür und zog ihn wieder in den Saal zurück. Dabei sagte er ihm leise und mit freundschaftlicher, vertraulicher und gutmütiger Stimme: »Du bist furchtsam, Ritter, überflüssig furchtsam, wir wollen uns doch nur über die Religion beraten, und du willst an der Beratung nicht teilnehmen? Gib acht, daß man dich nicht aus dem Fenster stürzt, wie es zu König Wenzels Zeiten ein paar Wackeren geschah! Das ist ein lobenswerter alter tschechischer Brauch!«

Ritter Pětipeský suchte Ausflüchte, es sei ihm gar nicht in den Sinn gekommen – und – und –. Dann drückte er sich traurig an die Wand.

Als Johann Nostic ihn so traurig dastehen sah, kam er – nicht weniger traurig – zu ihm und sprach sorgenvoll: »Was habe ich hier verloren? Ich habe nur ein kleines Gütchen, aber ich habe zehn Kinder, was soll ich hier, und was, wenn Unheil über uns hereinbricht – zehn Kinder!« – –

Auf der anderen Seite, der Tür gegenüber, saß der alte Kaplíř im Winkel; er war unruhig. Das war schon daran zu sehen, daß er jeden Augenblick seine Uhr aus einem schwarzen Beutelchen hervorzog und mit seinem aus indianischem Holz schön geschnitzten Stock krampfhaft auf die Fliesen schlug. Vielleicht ärgerte er sich über Trčka und Stefan Šternberk, die beide den alten Herrn überzeugen wollen, daß man gegen niemanden allzu ungestüm prozedieren sollte.

Der achtzigjährige Greis läßt sich aber nicht überzeugen, wenigstens schüttelt er fortwährend den Kopf, zerrt an seinem breiten grauen Bart, und wenn seine blecherne Stimme im Lärm untergeht, schlägt er nur um so wilder auf die roten Fliesen des Kollegs.

Trčka und Šternberk verstummten beide plötzlich, als Švamberk, Herr zu Orlík und Třeboň und Nové Hrady, auf Herrn Kaplíř zutrat. Aber der feurige Švamberk, der vielleicht etwas aufgeschnappt oder erraten hatte, sagte rasch zu Šternberk: »Fürchte nicht für den Herrn Burggrafen, für deinen Bruder Adam, der gehört gar nicht zu den Statthaltern, ihm wird nichts geschehen, dort gibt es ganz andere Burschen, die ihre Tracht Prügel verdient haben!«

Šternberk fühlte aus diesen besänftigenden Worten einen Stachel heraus und erwiderte deshalb kurzangebunden: »Ich mache mir keine Sorgen, ich bin utraquistisch, und mein Bruder ist ein Römling, was geht er mich an!«

Budovec stand in diesem Trubel allein und sprach mit niemand. Voll Unruhe strich er seinen grauen Bart. Eine tiefe Furche in seinem Gesicht zeugte von schweren Besorgnissen. Als Thurn plötzlich an ihn herantrat, riß sich Budovec aus seinen Gedanken, und schon gaben beide Herren den Ständen das Zeichen zum Aufbruch.

Die Herren brachen auf und schritten einzeln oder zu zweit aus dem Winterauditorium in die große, mit

Wandmalereien geschmückte Aula das altertümlichen Carolinums.

Dem alten Kaplíř ließ man ehrerbietig den Vortritt.

Er schritt kühn voran, wobei er sich auf seinen indianischen Stock stützte.

An der Tür zur großen Aula stand in seiner Amtstracht der schmächtige Pedell, der den hohen Herren als Pförtner Dienst leisten wollte; weiß leuchtete das Spitzbärtchen, das auf seiner schneeweißen Halskrause lag.

Ritter Pětipeský schritt ganz langsam zur Aula und schielte dabei nach der breiten ausgetretenen Treppe, die auf die Eisengasse hinausführte. Aber hinter ihm ging der starke Lobkovic.

Der armselige Nostic mit seinem verängstigten Blick erzählte schon wieder irgendeinem dicken Herrn, daß er zehn Kinder, aber nur ein kleines Gut habe.

Aus dem Sommersaal kamen auch schon die Bürger.

Der alte Šultys fragte Kampanus und einige der Professoren, die sich entfernten, warum sie nicht mit den übrigen zur Beratung kämen.

»Lieber Herr Primas, Professoren von Beruf ziemt es nicht, an politischen Beratungen teilzunehmen, und außerdem bin ich ebenso wie einige andere unserer Magister nicht einmal Bürger, wir gehören keinem Stande an, und es könnte uns leicht geschehen, daß man uns schimpflich aus dem Ratssaal hinausweist. Da gehe ich lieber nach Hause, in meine Habitation, wo es heute, wie ich sehe und höre, keine Ruhe geben wird – –«

Kampanus dachte dabei an den Auflauf verschiedentlichen gemeinen Volkes, das herbeigelaufen war, um das Schauspiel zu sehen, und die Galerie, die Gänge, die Treppen und den Hof des Kollegs füllte.

Die Apothekergesellen räumten in Eile zwei Mörser von der Straße weg, in denen sie vor dem Karlskolleg Gewürz stampften, und auch Samuel von Veleslavín ließ seinen Buchbinderladen im Keller des Kollegs schließen.

Unter den neugierigen Zuschauern standen Studenten, groß und klein, und hart an der Tür zum großen Saal bemerkte Kampanus zu seinem großen Mißvergnügen den rundlichen Magister Moller, der rasch ein Papier in seinem Ärmel versteckte und in der Menge der Herren, Ritter, Bürger und des gemeinen Volkes verschwand, die den schmächtigen Pedell zur Seite schob und in den Saal eindrang.

Bald war der Saal zum Bersten gefüllt. Die Wappen der Herren und Städte an der Wand des großen Raumes paßten heute wohl zu der Versammlung der Edelleute, aber Apollo und die Musen, die auf dem Parnaß dargestellt waren, schienen große Augen zu machen und sich sehr zu wundern; Smiřický machte wenigstens zu Budovec eine solche Bemerkung.

Bald darauf erscholl aus dem Saal der fromme Gesang vieler Stimmen.

Der Priester Rosacius sprach den Psalm vor, Herren, Ritter, Bürger und Volk fielen alle in rührender Demut auf die Knie und begannen zu singen.

»Meine Zuflucht und meine Burg bist du, mein Gott! Er rettet dich von der Schlinge des Jägers; auf deiner Seite fallen Tausende und Zehntausende zu deiner Rechten, aber an dich kommt es nicht heran; über Löwen und Basilisken wirst du schreiten und den Löwen samt dem Drachen trittst du in den Staub; weil du von Liebe zu Gott erfüllt bist, wird er dich befreien und erhöhen!« –

Das ehrwürdige, verwitterte Haus Karls erbebte in seinem Innersten bis auf das Fundament unter dem machtvollen großartigen Gesang, der mit den Worten des frommen Psalms Gott um Hilfe anrief, dessen Schall aber in den Räumen hallte wie der Sturmwind in den grünen Baumkronen eines riesigen Waldes.

Kampanus stand am Fenster seiner stillen Behausung und blickte träumerisch auf die rosigen Apfelblüten, die im Wind erzitterten und in den Kollegsgarten herabrieselten. Flüsternd bat er Gott, alles zu einem guten Ende zu leiten.

Dabei dachte er voll Inbrunst an die Hochschule Vater Karls.

Er versank in Nachdenken über die Geschichte seines Volkes, und er fürchtete für dieses Volk.

Im großen Saal, auf dem erhöhten Katheder, wo sonst philosophische Disputationen geführt wurden, stand der Priester Rosacius und ihm zur Seite der Priester Dikast und Cyrillus, einige Prager Pfarrer, unter ihnen Tesacius von St. Kastalus, diesmal nicht in schmucker Halskrause, sondern in der ernsten Klerika, mit ernstem Gesicht, ebenso wie alle übrigen Priester.

Rosacius beginnt zu predigen und ermahnt die Stände mit gar ernster, aber durchdringender Stimme, auf ihrem Vorhaben zu beharren und herzhaft die göttliche Wahrheit zu verteidigen.

Die Predigt dauert schon eine geraume Weile. Die Andächtigen rücken auf ihren Sitzen herum, die stehen, treten von einem Fuß auf den anderen, der junge Smiřický flüstert, mit den Augen blinzelnd, seinem Nachbarn etwas zu und stört.

Der Priester endet: »Möge Gott um seiner Ehre und um des glorreichen Namens seines Herzens willen bewirken, daß Ihro Gnaden, der König, unser Herr, sich uns gnädig zuneigt. Amen!«

Wieder fielen alle auf die Knie und sprachen ein Gebet um Gottes Hilfe für die böhmische Religion, für die Beseitigung der schlimmen Ratgeber und Schädlinge und für eine lange Herrschaft Seiner Gnaden des Königs.

Durch diese Erwähnung des Königs wurden der alte Šultys sowie der Ritter Pětipeský und viele andere endlich zufriedengestellt; wenigstens spiegelte sich auf ihren Gesichtern Beruhigung, und ihre gefurchten Stirnen glätteten sich, soweit dies möglich war.

Man erhob sich vom Boden. Da entstand auch schon ein Durcheinander an der Tür, und ein älterer, hagerer, aber kräftiger Herr machte sich mit beiden Ellbogen den Weg in den Saal frei. Alle wendeten sich der Tür zu.

»Wer ist's?« fragte Vater Šultys.

»Der Advokat und Prokurator Fruvein, einer der Unsrigen, ein Deutscher, der Tschechisch kann und eine Pulverladung in sich trägt, Petarde nennt man sie!« antwortete voll Eifer der junge Šultys dem alten.

»Der, der ihm nacheilt, ist Kutnaur, und hinter ihm bahnt sich sein Stiefvater Sušický den Weg, lauter Advokaten, Böhmische Brüder und scharf wie ein zweihändiges, beiderseits frisch geschliffenes Schwert. Nur dreinschlagen! Wenn es nur schon soweit wäre!«

In der Stimme des jungen Professors Šultys lag wieder so unbändiges Feuer, daß ihn der Alte diesmal sehr entschieden an der Hand faßte und mit der flehentlichen Bitte, endlich zu schweigen, an die Wand drückte.

Fruvein drang mit seinen Begleitern zu den Kathedern und den Sitzen vor, wo Thurn, Budovec, von Roupov und andere führende Männer saßen. Die Ankommenden sprachen alle durcheinander, alle zungenfertig, wie es sich für Redner oder Prokuratoren geziemt, dazwischen war Smiřickýs wütende und kreischende Stimme zu hören.

Die Versammlung beruhigte sich, man wollte hören, was die drei erregten Männer brachten, da erhob sich auch schon Budovec, die Versammlung verstummte, und der Herr begann zu sprechen: »Vom Bürgermeister und dem kaiserlichen Vogt der Altstadt wurde allen Bürgern und sogar den Defensoren aus dem Bürgerstande bei schwerer Strafe untersagt, heute in unsere Mitte zu kommen, die Herren sind nun doch gekommen, verlangen aber, daß wir ihnen für den Schaden bürgen und uns ihrer annehmen, wenn sie deshalb ein Unglück ereilen sollte!«

Smiřický rief mit lauter Stimme: »Alle für einen, einer für alle!«

Darauf ertönten dröhnend an hundert Stimmen: »Recht so! Alle für einen!« Viele erhoben die Finger wie zum Schwur.

Budovec fuhr fort: »Die Stände verpflichten sich auf Ehre und Gewissen einem jeden Beistand zu leisten, der wegen seiner Religion verfolgt werden sollte!«

Dann gab es wieder Gedränge an der Tür.

Doktor Borbonius drängt sich in den Saal. Das Blut ist ihm zu Kopf gestiegen, und der Schweiß rinnt ihm von der Stirn. Ihm folgt Kochan von Prachová, ein ausgemergelter, schmächtiger Herr.

Die Herren und die Ritter im Saal machten den beiden Bürgern aus der Neustadt bereitwillig Platz.

Die Versammlung verstummte plötzlich wieder, um zu hören, was geschehen wird. Doktor Borbonius faßte sich jedoch sehr kurz, er sagte, daß die Neustädter an die Seite der Stände träten.

»Unser Schreiber schmiert schon irgendeine Erklärung zusammen, aber mit den Römlingen hatten wir unsere schwere Not!« fügte er hinzu, indem er sich mit einem großen Stück Leinen das heiße Gesicht abwischte.

»Die von der Kleinseite kommen auch, dafür werden wir sorgen!« schreit einer.

Die Versammlung nahm die Worte des dicken Doktors dankbar auf, wenigstens ging ein Raunen durch den Saal, und viele nickten zu gleicher Zeit lobend mit dem Kopf.

Beim Katheder beriet man sich unterdessen.

Nach kurzer Zeit verkündete Thurn den Ständen, daß Herr Martin Fruvein aus Podolí die Ursache der heutigen Zusammenkunft darlegen werde. Gleich darauf bestieg der Prokurator das Katheder.

Der grauhaarige, hagere Mann, unter dessen buschigen Augenbrauen kluge, ein wenig schielende Augen blitzten, berichtete von all den Widerwärtigkeiten, die von der Gegenseite unternommen wurden, besonders auf Antrieb einiger Statthalter.

Seine Stimme zeugte von innerer Unruhe, anfangs zog er manche Worte in die Länge, aber dann faßte er in steigender Erregung die Worte immer eindringlicher zusammen, als ließe er Felsblöcke aus großer Höhe niederstürzen und mit ungeheurer und unwiderstehlicher Gewalt auf Kopf und Herz der Zuhörer hämmern, so daß sich ihnen mehrmals ein Aufschrei des Mitleids, des Zornes und der Rachelust entwand.

So schrien sie einmal auf, als Fruvein schilderte, wie die Statthalter, anstatt die unschuldig wegen ihres Glaubens Eingekerkerten freizulassen – dabei schwenkte er ein Papier hoch über seinem Kopf –, den Ständen sagen ließen, sie mögen sich nicht *fremder* Dinge annehmen; wiederum schrien sie auf, als er von den Ratsherren der Altstadt sagte, daß sie die ganze Prager Gemeinde zum Schwanken brächten, wenn es galt, kühn und offen für die Stände und die Verteidigung der Religion einzutreten und ein Bekenntnis abzulegen, obgleich doch die große Mehrheit der Gemeinde auf die Rettung ihrer Seele bedacht sei; daß die Ratsherren die Gemeinde belögen, und das täten nicht nur die, die sich offen zur römischen Kirche bekennen, sondern auch die von den Unsrigen, die im utraquistischen Glauben flau sind und um des zeitlichen Ruhmes willen jenen Knechtdienste leisten.

»Zu ihnen gehört Michna! Michna gehört dazu!« schrien einige.

»Erschlagt den rothaarigen Lotterbuben!« schrie mit fettiger Stimme Linhart von Felz, hinter dem

Mollerus stand, der mit seinen braunen Äuglein nach allen Seiten auslugte.

»Mit dem werden wir abrechnen!« versicherte Linhart seiner Nachbarschaft, »und die Abrechnung wird ihm wohlschmecken, wie dem Hund die Seife!«

In diesem Augenblick betritt Budovec das Katheder. Er ersucht jeden der Stände, aus seiner Mitte diejenigen Personen auszuwählen, die eine Adresse an Seine Gnaden den König aufsetzen und darin um Entschuldigung dafür bitten sollten, daß die Stände trotz Verbot zum Zusammentritt genötigt waren.

»Wir werden in tiefster Demut darum bitten, uns dies keinesfalls als Ungehorsam anrechnen zu wollen, denn wir sind in allem anderen bereit, seinen gnädigen Willen gehorsam und pflichtschuldig mit größter Aufopferung zu erfüllen, ohne Leben und Habe zu schonen, bis in den Tod! Die Adresse mit einer solchen von Herzen kommenden Bekundung werden wir den Statthaltern auf die Burg bringen!«

»Wir sind von den Päpstlichen angeschwärzt worden!« rief eine Stimme.

»Üble Ratgeber!«

»Martinic, Slavata sind schuld!«

»Diese jesuitischen Paschas!«

Die einzelnen Rufe schwollen zu allgemeinem Geschrei an, dessen stürmische Wellen durch den Saal brausten.

Während dieser Unruhe verfaßten Thurn, Budovec und Fruvein in einem Nebengemach das Schreiben.

»Das soll er den Defensoren sagen!«

»Laßt ihn herein!«

»Verrat!«

»Er soll es sagen!«

So und ähnlich hörte man auf der Treppe und auf dem Gang vor der Aula rufen.

»Stoßt nicht, ich will es sagen«, rief unwillig der alte Wenzel Bílek, der Krämer vom Brückel, »ich will es sagen, deshalb bin ich doch hergekommen!«

Und der bunte Menschenhaufen trug den alten Mann, der mit den Händen gestikulierte, gleichsam in den großen Saal hinein.

Thurn, Fruvein, Budovec kamen aus dem kleinen Kellerraum herausgelaufen und erfuhren vom atemlosen Bílek, was dieser vom Schmied auf der Kleinseite erfahren hatte, nämlich, daß die Statthalter und der Burghauptmann Diviš Černín die Tore besetzen ließen, daß sie die Herren der Stände, sobald sie mit ihren Forderungen ankämen, in die Burg einlassen, aber nicht mehr hinauslassen wollen und daß man den Herrn Grafen Thurn, Herrn Budovec und einige der führenden Defensoren auf der Burg festhalten wolle.

Die Herren mußten diese Neuigkeit nicht erst in der Aula bekanntgeben, denn sie machte mit Windeseile die Runde von Mund zu Mund, und binnen kurzem kam der Zorn und die Leidenschaft mit solcher Plötzlichkeit und solcher Gewalt zum Ausbruch, als hätte man ein Schwefelholz in einen großen Haufen Schießpulver geworfen.

Da erzitterte das altertümliche Haus Karls wieder im Innersten, diesmal jedoch nicht unter dem hehren, feierlichen Gesang eines frommen Psalms, sondern unter dem kurzen, ehernen, durchdringenden und wirren Aufschrei menschlicher Leidenschaft.

Und diese gellenden Schreie, jäh wie Flintenschüsse, waren aus der Aula zu hören; ihnen antworteten Hunderte Kehlen auf der Treppe, im Hof und auf der Straße.

Smiřický rief mit lauter Stimme in den Saal – »Man meint es nicht aufrichtig mit uns! Verrat! Wir wollen hinaufziehen, aber nicht nur mit dem Entschuldigungsschreiben, sondern auch mit den Waffen!«

»Mit den Wagen zur Burg!« wiederholt man draußen.

»Wer weiß, ob es wahr ist!« rief Šternberk.

»Das stimmt nicht!« schrie Trčka.

»Überzeugt euch doch, liebe Herren!« flehte der alte Šultys und mit ihm auch Theodor Sixtus.

Inmitten dieses wilden Lärmens betrat Budovec das Katheder und verkündete, Herr Joachim Šlik werde zu fünft auf die Burg reiten, um sich zu überzeugen; gleichzeitig forderte er auf, unterdessen mit allem weiteren zu warten.

Smiřický schrie dazwischen: »Mögen sie auf die Burg gehen, wir sehen uns aber inzwischen schon gehörig vor und schicken eiligst in unsere Häuser und Losamente und in die Gasthöfe um unsere Bedienten, um Pferde und Waffen! Wir haben große Lust in Waffen auf die Burg zu ziehen! Alle!«

Und wiederum brausten Hunderte Stimmen durch das Carolinum, die wie Schüsse aus ehernen Feldstücken dröhnten.

Schon drängten sich viele der Herren und Ritter aus dem Saal, um draußen ihre Dienerschaft, Pferde und Waffen zu erwarten.

Aus den Reihen des herumlungernden Volkes machten sich viele erbötig, die Bewaffneten herbeizuholen, und viele liefen auch schon nach allen Seiten davon, während wieder andere herbeikamen. Bald gab es in der Eisengasse, vor dem Friedhöfchen von St. Gallus und zwischen den Fleischerläden auf dem sonnabendlichen Fleischmarkt ein recht dichtes Durcheinander von Menschen, Zuschauern, Nichtstuern, Herren, Rittern, Bürgern, Frauen und Kindern. Alles schwärmte aus, als hätte man einen Stein in einen Ameisenhaufen geworfen.

Herr Wenzel Pětipeský verschwand im engen Kamzikgäßchen, um zu seinem Haus »Zum Lamm« am Ring zu gelangen.

Stefan Šternberk und Trčka verließen den Schwarm so eilends nach verschiedenen Seiten hin, als könnten sie die Ankunft ihrer bewaffneten Knechte nicht erwarten, kehrten aber am gleichen Tag nicht mehr zurück.

Der Schwarm wurde immer dichter.

Die Krämer verschlossen flugs die Fenster ihrer Läden, denn sie bemerkten wohl verschiedenes Gesindel in dem aufgeregten Schwarm. Die Kuchenverkäuferinnen und Fischrösterinnen liefen mit ihren Kuchen und Fischen, mit den geflochtenen Strohschüsseln und Tragkörben davon. Die Juden rafften hastig ihren Trödel zusammen und begannen erbärmlich zu jammern, obgleich ihnen noch niemand etwas Böses angetan hatte.

Nach einiger Zeit verstummte das allgemeine Geschrei.

Herren und Ritter rotteten sich hier und da zu Häuflein zusammen, von allen vier Seiten kam Volk und Gesindel mit Äxten, Stöcken, Hacken und Keulen an, auch einzeln kamen sie; da eilte noch ein Haufe herbei, stockte, stand still und verharrte in unheimlicher, drohender Erwartung.

Moller traf an der Ecke bei der kleinen Küche von St. Gallus mit dem immer nett gekämmten Koptiades zusammen. Dort stieß der großschnäuzige Vokoun zu ihnen. Er war rasiert und sah noch jüdischer aus als vor Jahren, als er sich um eine Rektorstelle bewarb.

»Was machst du jetzt?« fragte ihn Mollerus.

»Ei, ich schreibe Rechtsfälle ab, werde Advokat, das paßt mir besser, als mich so wie ihr beide mit den Kindern in der Schule zu schinden!«

»Heute wird es ernst!« meinte Koptiades.

»Gut, daß sie sich aufgerafft haben«, erklärte Vokoun, »es ist höchste Zeit.«

Moller sagte darauf mit ruhiger Predigerstimme:

»Baroni et nobiles
laufen weg und lassen es.«

Da prallte die Menschenmenge vor und riß die alten Schulfreunde auseinander. Von der Eisengasse her hörte man Rufe. Moller drängte sich zur Eisengasse. Dort wollte man den alten Stadtdiener Nikolaus schlagen. Man schrie: »Den haben die Erzschelme vom Rathaus ausgeschickt, um zu sehen, was es gibt!«

Die einen brüllten zornig: »Schlagt ihn!«

»Nicht schlagen!« riefen andere.

Der Greis, der in Soldatenrock und Blechpanzer steckte, zitterte und sagte, er müsse eben gehen, wenn die Herren befehlen, was könne er tun?

Mehrere Leute nahmen sich des Greises an und schoben ihn aus der Eisengasse auf den Ring hinaus, damit er den Herren berichten könne, was er gesehen habe. Zwei abgerissene Kerle riefen ihm nach: »Richte aus, daß wir auf die Juden losgehen!«

»Sag dem Herrn Primas, daß wir gegen die Jesuiten gehen!«

Schon traf das bewaffnete Gesinde der Herren auf dem Fleischmarkt beim Karlskolleg ein, einige Bediente führten gesattelte Pferde am Halfter, andere saßen mit Waffen und Schutzblechen ausgerüstet zu Pferd. Die Pferde der Herren trugen Rüstungen aus preußischem Korduanleder mit vergoldeten und silbernen Buckelchen und vergoldeten Steigbügeln, mancher Sattel war rot gestickt, andere aus schwarzem Flechtwerk, hübsch und prächtig beschlagen.

Einige der bewaffneten Knechte hatten Musketen mit Pulverhörnern und Bandaliere aus rotem Riemenzeug, andere Pistolen oder kurze Reiterbüchsen.

Als sie ankamen, rissen einige die Pistolen aus dem Futteral und spannten den Hahn, als sollte die Schlacht schon beginnen.

Am Markt unter den Bewaffneten konnte man Thurns hohe Gestalt erblicken, der Wind und seine energischen Bewegungen ließen die große weiße Straußfeder an seinem hohen Hut hin und her baumeln, und die Feder war bald hier, bald da zu sehen.

Der adelige Herr teilte Befehle aus. Zehn mit Pistolen Bewaffnete verließen die Eisengasse, um über den Ring zu sprengen. Ohne Zweifel beabsichtigte der Herr, die Ratsherren zu erschrecken, von denen er gehört hat, sie seien versammelt, um zu beraten, ob sie sich den Ständen anschließen sollten oder nicht.

Sobald die Gärtnerinnen am Ring die von Geschrei begleiteten Reiter erblickten, rafften sie ihr Grünzeug in ihre Kittel und machten sich auf und davon.

Der Schreiber Andreae war ein Weilchen zuvor auf die Stufen vor dem Rathaus neben dem kleinen Pförtchen geschlichen, um zu erfahren, was vorging, aber kaum hatte er die Reiter erblickt, da flüchtete er auch schon in das Pförtchen, als hätte sein Kopf Feuer gefangen.

Budovec stand mit Borbonius vor dem Karlskolleg, sein Haupt war unbedeckt, voll Unruhe raufte er seine schütteren grauen Locken. Immer wieder wendete er seine energischen Augen der Eisengasse zu, er konnte die Botschaft der auf die Burg Abgesandten kaum erwarten. Voll Sorge sagte er zu Borbonius: »Lieber Doktor, dieser Augenblick ist entscheidend. Wenn die Burg von Bewaffneten besetzt ist, dann kann nichts mehr diese Menge zurückhalten, dann wird es schlimm. Dies irae – der Tag der Rache – bricht an!«

Der junge Smiřický lief unruhig in der Menge umher, überall war sein kleiner frisierter Kopf zu sehen, seine bauschige weiße Spitzenkrause leuchtete bald hier, bald blitzte sie wieder dort auf.

Er kam zu Budovec gelaufen und sagte ihm mit lauter Stimme, daß man hier inzwischen nicht zögern solle; bevor man zur Burg aufbreche, könnte man einstweilen die Ratsherren aus dem Rathaus werfen, und wenn der kaiserliche Vogt Sezima von Vrtba dort wäre – könnte der auch mit ihnen hinausfliegen! Mit beiden Händen widerstrebte Budovec.

»Nur das nicht! Um Gottes willen, nur das nicht!«

Aus der Gruppe, die um Herrn Budovec versammelt war, stimmten Sixtus und Professor Basilides dem Herrn zu. Wunderlich die Nase rümpfend sagte der Professor der Sternkunde: »Es ist die Zeit der Schelme, die Sterne künden nichts Gutes, nur das nicht!«

Sein Kollege, der junge Šultys, entgegnete rasch: »Zodiak weiß nichts, gestern war der Himmel vernebelt!« Dabei zog der alte Šultys den Jungen am Magistertalar.

Da ertönte plötzlich Geschrei vom Haus »Zum Golias«.

Die Leute drängten mit Fluchen und Schimpfen vom Hause weg, ein Wunder nur, daß die Welle der Menschenleiber die Herren beim Carolinum nicht zu Boden riß. Aus einer langen hölzernen Rinne an diesem Hause begann Wasser zu fließen. Es goß gerade dort in Strömen, wo der gefährliche Haufe am dichtesten stand. Die zurückweichenden, ganz durchnaßten Burschen drohten hinauf.

Bergerus und Basilides, die die Nachbarschaft des Carolinums kannten, erklärten bereitwillig und nicht ohne zu lächeln, daß es der närrische Seifensieder sei, der oft Eimer auf die Leute heruntergieße und dabei ruft, es regnet. Er ist nicht bei gesundem Verstand, und es ist verwunderlich, daß er samt seinen Eimern noch nicht heruntergefallen ist.

In diesem Augenblick entstand Bewegung in der

Tiefe der Eisengasse, und ein Weilchen später kam Herr Šlik auf einem Schimmel in leichtem Trab herangeritten, hinter ihm ein zweiter und schließlich die übrigen Abgesandten.

Schon in der Eisengasse mußten sie dem Volk davon Nachricht geben, daß die Burg nicht von Schützen besetzt sei, das sei ein falsches Gerücht gewesen. Das wiederholten sie unaufhörlich, bis sie endlich beim Carolinum von den Pferden stiegen.

Die Herren begaben sich hinauf in die Aula. Ein Weilchen später kam Thurn, und hinter ihm drängten die nach, die am unteren Ende des Marktes gewartet hatten.

Sobald sich alle drei Stände wieder in dem großen, mit Wandmalereien geschmückten Saal versammelt hatten, betrat Šlik das Katheder und verkündete, was die Statthalter bestellen ließen: »Sie sagten und versicherten uns«, sprach er mit einer Stimme, in die ein wenig Gift und ein wenig Spott geträufelt war, »daß sie niemals daran gedacht hätten, nicht daran dächten und nie daran denken wollten, Unfrieden zu stiften, ja, daß sie als Statthalter Seiner Gnaden des Königs, der abwesend ist, dies nicht einmal tun dürften, ohne ihr Gut und ihr Leben in Gefahr zu bringen; Burggraf Šternberk hätte gesagt, daß wir die Absicht hätten, den Herrn Grafen von Thurn festsetzen zu lassen? Unseren liebsten Eidam und Schwager? Davor möge uns der liebe Herrgott bewahren!«

Nach diesen Worten trat Herr Šlik ab.

»Das ist eine faule Ausrede!« schrie Smiřický mit seinem durchdringenden Diskant auf.

»Glaubt ihnen nicht!« rief Herr von Felz.

»Gehen wir doch hin!«

»Zeigen wir, daß wir uns nicht vor der Falle fürchten, die sie uns stellen!«

Einige Defensoren wollten widersprechen. Thurn entschied: »Heute reiten wir nicht mehr hin, es ist schon 21 Uhr, da werden die Regenten sicher nicht mehr in der Kanzlei sein! Morgen früh werden wir unsere Beschwerdeschrift auf die Burg bringen und den Herren Statthaltern einige Fragen vorlegen. Versprecht, liebe Freunde, daß wir morgen genau um die achte Stunde nach deutscher Uhr alle auf der Burg im Vladislavpalast stehen werden. Punkt acht Uhr! Versprecht es, ich bitte euch darum!«

Da riefen alle: »Wir versprechen es!« und erhoben zwei Finger zum Schwur.

Im Carolinum, auf der Gasse und am Markt kam die Bewegung lange nicht zur Ruhe; selbst dann nicht, als die Stände auseinandergegangen und weggeritten waren.

In der Abenddämmerung schlüpfte Mollerus in Michnas Haus auf der Kleinseite, und es verging kaum ein halbes Stündchen, bis der Herr Sekretär Michna in ärmlicher Verkleidung in das Haus des Erzbischofs eintrat.

Und am Ende dieses stürmischen Tages fuhr Herr Michna in der dunklen, trüben und windigen Maiennacht in einer Kutsche rasch durch das Tor von Strahov aus Prag weg, während der Erzbischof die Stadt durch das Karthäusertor verließ, beide voll Schrecken und überzeugt davon, daß ihr Leben auf dem Spiel stehe.

XII

Die Rache

Es ist Mittwoch, der dreiundzwanzigste Tag im Monat Mai. Ein schöner Morgen. Die Zimmerleute und Maurer gehen schon an die Arbeit. Unterwegs knuspert manch einer eine rohe Zwiebel mit Salz und Brot.

Von Smíchov und von der Letná her ertönt Hörnerschall, der die Winzerinnen und die Winzer zur Frühjahrsarbeit in die Weingärten ruft. Schon kommen Gruppen von Männern mit Hacken auf den Schultern über die steinerne Brücke herbei, mit ihnen und hinter ihnen gehen die robotpflichtigen Frauen; der grobe Zwillich und das rauhe Leinen ihrer Jacken, Kittel und Tücher leuchten in fröhlichen, satten Farben. Vergnügt schreiten die Leutchen ihres Weges.

Auf dem Altstädter Ring bauen die Bäcker ihre Stände auf, alte Weiber kommen mit Fett herbei, breiten Butter und Käse auf weißen Tüchern auf dem Boden aus. Beim Marmorbrunnen stehen die Kärrner bereit, um den Leuten mit ihren Schubkarren und Wägelchen zu Diensten zu sein.

Auf der böhmischen Uhr am Rathausturm rückt die dreizehnte Stunde heran; der alte Diener Nikolaus tritt gähnend aus dem Tor, packt den Strick, der von dem Glöcklein über der Uhr herabhängt, und läutet, um die Herren und die Gemeinde zur Beratung zusammenzurufen.

Bald darauf, nachdem der Alte durch das Pförtchen beim großen Eingangstor fortgeschlichen war, kamen von allen Seiten die Gevatter Bürger der Altstadt herbei, jung und alt, feist und hager, die meisten in Mänteln, einige in leichten Röcken mit Überwurf und Kragen aus Samt und einige beinahe so, wie sie die Werkstatt verlassen haben. Aus dem Viertel am Týn eilte der Redner oder Advokat Benjamin Fruvein, Martins jüngerer Bruder, dessen Haar schon leicht ergraut war, zum Rathaus; er hatte Augen wie Nadeln und einen Kinnbart, der oben breit, unten aber zugespitzt war wie ein Speer; gerade hatte er den Bürgermeister Siegmund Celestinus oder Nebeský eingeholt: »Nun, Herr Nachbar«, begann er, »heute werden wir doch nicht wiederum den Herren der Stände dahin Bescheid geben lassen, daß wir keine Veranlassung sehen, unsere Vertreter zu ihnen zu senden, die Stände verlangen, daß die Altstädter ihnen auf der Burg bei ihrer Beratung über die Religionsfreiheit beistehen. Es ist doch sicherlich unsere Pflicht, dabei zu sein!«

Celestin – ein feister Mann und breit wie ein Faß – quetschte die Worte heraus, als wäre er von Krämpfen befallen; nämlich, daß wenn – er sei gut utraquistisch – erst wenn die Gemeinde – die Gemeinde solle entscheiden, er selbst sei nämlich –

Deshalb war der stammelnde Brauer sehr froh, daß sie den Primas Johann Kirchmajer trafen, auf den Sušický, Kutnaur und Veleslavín alle auf einmal und durcheinander einredeten. Kirchmajer schien durch die auf ihn eindringenden Männer beunruhigt. Immerfort drückte er auf seine falschen Haare, als befürchtete er, sie könnten herabfallen.

»Glaubt mir, Herr Fruvein«, sprach er in gedrückten Ton, »wir sind mit dem Herzen auf der Seite der Stände, aber wir gehorchen dem König!«

Es kamen die Nachbarn aus dem Handwerkerstande, und immer neue traten aus den Haustüren und Fluren. Der Innungsmeister der Goldschmiede Hergsel, ein dunkelhäutiger, schwarzhaariger Mann von hoher Gestalt, sprach wütend auf den dicken Metzger Rohlík ein, der ihn nicht verstehen wollte.

Die Gemeinde füllte bald die Diele des Rathauses, auch Maßhaus genannt, wo zahlreiche geräuschvolle Gespräche geführt wurden. Die Advokaten und Samuel von Veleslavín erklärten bald hier, bald dort, daß man diesmal der Einladung der Stände Folge leisten müsse, und wenn die Räte anders beschließen, wäre das ein unaufrichtiges, ungetreues Handeln zum Schaden des Glaubens und der ganzen tschechischen Nation.

Der Schuster Housenka, ein ehrbarer Innungsmeister, fing diese Worte auf und half den Advokaten, von einem zum anderen gehend, die Versammlung zu entflammen.

Gegenüber diesen eifrigen Schwärmern gab es genug Leute, die stumpf dreinschauten und ruhig dastanden.

Zu denen, die ruhig dastanden, gehörte auch der Advokat Magrle und Michal Pěček Smržický. Aber diese beiden schauten keineswegs stur vor sich hin. Magrle warf im Gegenteil scharfe und neugierige

Blicke umher, rieb sich seine bläuliche Nase, die von häufigem Prosten und Ex-Trinken Zeugnis gab, und Pěček, dessen von Mitessern überzogenes Gesicht nicht weniger von Wohlleben zeugte, stand wie eine Statue da und beobachtete ständig den jungen Veleslavín, dessen hohe Gestalt und rötliche Haare überall zu sehen waren. Dabei war Samuel kühn wie der Teufel. Jetzt zeigt er gerade auf Pěček und sagt dem Meister der Malerinnung Spindler, daß dieser Zuträger Michnas schändlicheren Wucher treibe als die Juden, und von solchen verderbten Kerlen lasse sich die Gemeinde ins Bockshorn jagen.

Als der kaiserliche Vogt Johann von Trnice durch die Menge schritt, entbot ihm die Mehrzahl ihren Gruß, aber die Minderheit tat nichts dergleichen. Das bemerkte der Herr mit seinen zusammengekniffenen Äuglein wohl, aber dennoch verhieß ihm der heutige Tag nichts Gutes, das verspürten auch die Vertreter der zum Draufgehen geneigten Partei; aber die wieder verloren – wenigstens für kurze Zeit – die Hoffnung, die Versammlung an diesem Tag zur Absendung einer Deputation auf die Burg zur Beratung mit dem Herren- und Ritterstand zu bewegen.

Die Türen zum Ratssaal wurden geöffnet, und der erste Schreiber Meister Konecius, ein recht bejahrter Mann, sowie das hagere junge Gerippe, der Schreiber Andreae, forderten, ihrer Pflicht gemäß, die anwesende Gemeinde auf, in das Zimmer vor die Ratsherren zu treten.

Der Stadtvogt Daniel Šípař, seines Zeichens Schmied, stellte sich mit seinem Streitkolben zur Tür, um das unberufene gemeine Volk abzuwehren, falls es ihm in den Sinn käme einzudringen.

Von der Bank der Ratsherren blickten nur Lev von Levengrün und Laynhos kühn und entschlossen auf die Gemeinde, die übrigen Herren duckten sich, der Primas Kirchmajer strich sich bald das kleine Bärtchen unter der Nase, bald drückte er wieder seine falschen langen Haare fest, Celestin starrte wie verhext auf den Tisch, der furchtsame Vokoun saß da wie ein Häuflein Unglück, den Kopf in die Hände gesteckt wie ein wehrloses Kind, das mit Schrecken darauf wartet, von welcher Seite der Streich seine Wange treffen werde.

Der feiste Celestin, der in diesem Monat das Amt des Bürgermeisters ausübte, erhob sich, der Lärm unter der Menge verstummte, der Bürgermeister begann zu sprechen. In stolprigen und holprigen Worten wie ein Schubkarren, der über das höckerige Prager Pflaster fährt, bald aber ermannte er sich, da die Menge still blieb, sein Atem ging jedoch schwer bis zum Schluß.

Vorerst dankte er im Namen seines Amtes, daß die Gemeinde so bereitwillig und zwanglos zusammengekommen war. »Wir sollen den Herren der Stände, die sich heute auf der Prager Burg versammeln, eine Erklärung dafür geben, warum wir, der Bürgermeister und die Ratsherren, auf ihre doppelte schriftliche Aufforderung niemanden aus unserer Mitte zu den Beratungen in das Kolleg entsandt haben, und wenn wir uns auch heute der Tagung auf der Burg nicht anschließen wollen, dann sollen wir eine klare Antwort geben, warum wir es nicht wollen. Jeder der Nachbarn hat das Recht, in dieser Sache seine Meinung zu sagen und seine Stimme abzugeben, jeder kommt an die Reihe, der Herr Primas möge als erster seine Fürsprache vorbringen und seine Meinung bekanntgeben!«

Der Primas Kirchmajer war der Meinung, man solle nicht auf die Burg gehen.

Er sagte dies mit zaghafter und ziemlich leiser Stimme. Der Goldschmied Hergsel, der ungefähr in der Mitte der Versammlung stand, fuhr sich wütend in die Haare und zischte dem neben ihm stehenden Schuster zu: »Wenn alle achtzehn Ratsherren so stimmen werden, dann sitzen dort nicht Ratsherren, sondern achtzehn gehörnte Ochsen!«

In diesem Augenblick gab der katholische Rat Laynhos seine Stimme ab. Er sagte, es sei nicht notwendig, sich den Ständen anzuschließen, weil wegen der Religion niemandem Unrecht geschehe. Seine Zunge war des Tschechischen ungewohnt, aber er sprach energisch, mit dröhnender Stimme, wobei sich sein gelbliches Gesicht ein wenig rötete.

Kaum hatte er jedoch das Wort »Unrecht« ausgesprochen, da wurden plötzlich von vielen Seiten Geschrei und Schimpfworte laut. Fruvein rief: »Euch geschieht kein Unrecht, aber uns!«

»Der utraquistische Glaube wird unterdrückt!« riefen andere.

Der Advokat Sušický warf mit lauter, weit schallender Stimme ein: »Weil es um unsere Religion geht, sollen die Ratsherren, die katholischen Glaubens sind, hinausgehen und nicht mitstimmen!«

»Hinaus mit ihnen, es geht sie nichts an!« schrie Hergsel, und zum Innungsmeister Housenka sagte er:

»Herrgott, Schuster, ich werf ihn hinaus, den Leynhos schmeiß ich mit diesen Händen hinaus, er schaut aus, als ob ihn der Alp drücken tät! Ich werfe ihn hinaus!«

Der erschrockene Innungsmeister erwischte den wutschnaubenden Hergsel, der um sich schlug, als hätte er die Fallsucht.

Der kaiserliche Vogt Johann von Trnice kniff die Äuglein zusammen und bemerkte wohl, daß von den Leuten im Ratszimmer nur ein kleiner Teil lärmte: er erhob sich keck und trat an den Rand der kleinen Galerie, von wo üblicherweise gesprochen wurde, und rief mit einer Stimme, die scharf in die Ohren gellte: »Euere Worte neigen zum Aufruhr, hütet euch, hütet euch!«

»Er droht uns!« schrie Veleslavín. Der Prokurator Sušický ließ sich von Veleslavín und Kutnauer in die Höhe heben und rief über die Köpfe der dichten Versammlung hinweg: »Wer unseres utraquistischen Glaubens ist, kommt mit mir; kommt in den großen Vorsaal!«

»Gehen wir!«

»Was sollen wir hier?«

»Unter den Eingestaltigen haben wir nichts zu suchen!«

»Und unter halb Evangelischen«, ergänzte Veleslavín.

»Hinaus, hinaus!« schrie Fruvein, und schon drängten sie hinaus.

Aber nur wenige Leute drängten hinaus.

Die Gemeinde blieb in der großen Mehrheit im Saal stehen. Pěček und Magrle lachten höhnisch, dieser laut und jener heimlich.

Draußen sagten Sušický und Veleslavín wie aus einem Munde, beide gleich ärgerlich: »Es sind unser ganze zwei Dutzend!«

»Höllisch wenig!« seufzte jemand auf.

»Ei, was werden wir hier so dumm herumstehen?« schrie Hergsel. »Kommt rasch wieder hinein!« befahl er, und gleich darauf zwängten sich die vierundzwanzig aufgebrachten Männer hastig und geräuschvoll in den Saal zurück.

Dort hörten sie auf zu schreien, der königliche Vogt setzte mit seiner schneidenden Stimme etwas auseinander, und die Widersacher verstummten, weil sie hören wollten, was er sagte. Der Vogt sprach mit einer gewissen rechtschaffenen Ruhe und endete in herzlichem Ton, man möge bedenken, wie es den Pragern seinerzeit vor einundsiebzig Jahren ergangen sei, als sie mit den Ständen gemeinsame Sache gegen König Ferdinand machten. »Die Stände ließen eure bürgerlichen Vorfahren im Stich, und man weiß sich zu erinnern, wie tief Prag und alle Stände infolge der Unaufrichtigkeit der adeligen Herrn fielen; die Herren und Ritter kamen gut davon, aber eure Vorfahren, Bürger, die sich gerade hier am gleichen Ort berieten, blieben in der heißen Brühe, im heißen Brei stecken! Überlegt und erinnert euch!«

Die Versammlung stimmte ihm in ihrer Mehrheit bei, so sei es wohl gewesen, es war ersichtlich, daß er ihre Zustimmung fand.

In diesem Sinne und diesem Gedankengang entsprechend erfolgte dann die Abstimmung.

Fruvein steckte einigen die Spitze seines speerartigen Barts zum Ohr und flüsterte ihnen zu, wie sie abstimmen sollten, aber vergebens. Die Bürger stimmten gegen die höheren Stände, stimmten dafür, daß sich die Gemeinde den höheren Ständen nicht anschließen möge.

Als an Fruvein die Reihe kam abzustimmen, schrie dieser: »Nichts!« Seine Gesinnungsgenossen riefen das gleiche.

In dieses Wörtchen »nichts«, in diesen durchdringenden, zischenden Laut legte jeder seinem Temperament nach seinen ganzen Zorn, den ohnmächtigen Zorn darüber, daß diese Versammlung bürgerlicher Klötze nicht zu bewegen war.

Unterdessen war der Weg aus der Altstadt zur königlichen Burg seit halb acht nach deutscher Uhr sehr belebt. Besonders die steinerne Brücke wimmelte von Menschen. Sie gingen die beiden seitlichen Fußsteige entlang, ritten in der Mitte der Brücke, alle in der Richtung zur Kleinseite und von dort zur Burg hinauf.

Es waren größtenteils die Adeligen und Bürger, die gestern im Carolinum waren, unter ihnen auch andere, neuangekommene, prächtig angetane Herren, vermischt mit Volk, das sie begleitete und zusammen mit den Herren einherzog.

Die Bettler, die sonst am Brückentor saßen und lagen, suchten bald Zuflucht beim Zollhaus oder beim Häuschen am Spital der Kreuzherren mit dem roten Stern, wo die Gemeinde Salz feilhielt.

Gerade reiten die Herren von Hodějov in das Brückentor ein, sechs alte und junge Männer, Brüder und Oheime. Sie waren wohl alle im gleichen Gasthof oder im Haus derer von Hodějov am Ring gewesen, da sie alle so beisammen ritten. Am tollsten und auffälligsten unter ihnen gebärdet sich der junge Adam, der eben aus französischen Kriegsdiensten zurückgekehrt ist. Er schaut fröhlich nach allen Seiten, und alles erscheint ihm irgendwie neu.

Da trabt ein munterer Rotschimmel, bräunlich und rötlich gefärbt, mit Herrn Varlejch von Bubna im Sattel. Er hat die Herren von Hodějov eingeholt und tauscht mit Adam herzliche Begrüßungen aus.

Er selbst ist auch Soldat, keine fünfzig Jahre alt, hat einen starken Schnauzbart, und ein doppelter Reitermantel umhüllt seinen stattlichen Körper, seine breiten Schultern und die mächtige Brust. Er erzählt, daß er vorsätzlich aus dem fernen Hradec Králové zur heutigen Landtagssitzung gekommen sei, daß er eigentlich nicht wisse, was es geben werde, daß er aber dabeisein möchte, wenn es zu irgendetwas kommen sollte.

Einige Schritte hinter den adeligen Herren war auf der Brücke ein freier Raum.

Aber schon kommen wieder drei Reiter. Zwei jüngere und in ihrer Mitte ein alter, dessen langer, gelblicher Silberbart ständig im Luftzug flattert. Er sagt, er wäre lieber zu Hause in Ratibor geblieben, »aber Budovec hat mich durch einen besonderen Boten nötigen lassen, daß ich herkommen mußte; ich habe die Gicht, das Podagra in den Beinen, die Ärzte, diese Betrüger, verstehen nichts, ich habe die Füße im eigenen Urin gebadet, auch das hat nichts geholfen, gestern hat mir Talmberk irgendein Felsöl, petroleum, angeraten, das schafft angeblich bei Podagra Erleichterung. Ich werde es versuchen.«

Hinter ihm hört man deutsch reden. Herr Otto von Los spricht mit dem Ritter Berbisdorf, dessen Gut in der Nähe von Brandýs liegt, und mit Šlik, der mit den Herren zusammentraf, als er eben aus seinem den Jesuiten gegenüber gelegenen Haus herauskam. Die Herren unterbrachen ihre angeregte Unterhaltung, sobald jemand in ihrer Nähe auftauchte. Gerade jetzt waren sie wieder verstummt, und Ritter Berbisdorf, der die Gestalt eines stattlichen, fettstrotzenden Metzgers hatte, zog, wie in Verlegenheit, lange genug mit der einen Hand seinen kurzen strohfarbenen Mantel zurecht. Dann begann er von einer neuen Obstart zu erzählen, die man ihm aus Brandenburg geschickt habe und, wie man sagt, Tartuffel oder Kartuffel genannt wird, das Obst, das eßbar sei, ist angeblich in der Erde, und das, was am Strauch wächst, ißt man nicht.

»Ich möchte gern wissen, ob die Altstädter sich anschließen werden!« sprach Professor Troilus und tippte dabei mit dem Finger auf das steinerne Brükkengeländer. Er begleitete die Deputation der Magister der Karlsschule, Kampanus und Šultys. Bedächtig schritt er neben Kampanus einher, während der junge Šultys ungeduldig bald vor, bald hinter ihnen trippelte.

»Ich weiß es nicht, bezweifle aber, daß sie sich anschließen werden«, erwiderte gleichmütig Kampanus, »erinnere dich ein wenig der Geschichte der magistra vitae, ihr Gedächtnis wäre gänzlich versumpft, wenn sie vergäßen, daß nicht die Herren, sondern sie es waren, die beim Aufruhr der Stände im Jahre 1547 draufzahlten, und sobald sie sich daran erinnern, werden sie zögern.«

»Aber es geht doch nicht um Umtriebe, nicht um einen Aufstand«, wandte Troilus ein, »schau dich um, sie gehen und reiten wie auf einem Spaziergang, vor einem Weilchen habe ich einen der Reiter von einem Spürhund sprechen hören, und jetzt gerade schwätzt einer auf deutsch von irgendeiner Obstart – das ist doch kein Aufruhr, das ist doch Ruhe wie zur Schlafenszeit!«

»Gestern hätten sie hinaufreiten sollen!« rief Šultys aus, »das hätte nicht so fröhlich geendet!«

»Wenn es etwas geben sollte, dann gebe Gott, daß es nur ein Frühlingsschauer wird, ein bißchen Regen, und dann wieder die liebliche und schöne Iris.« Das war die Meinung des Poeten Kampanus. Aber dann sprach wieder der Professor der Geschichte aus ihm, als er nicht ohne bitteren Beigeschmack sagte: »Nur einmal war uns Gott gnädig, nämlich als der von Trocnov mit seinem Kriegsvolk den Kelch verteidigte, später, im Jahre 1547, hat Gott die böhmischen Stände nicht mehr erhört – damals kamen sie auch in unserem Kolleg zusammen, wollten den Glauben verteidigen, sangen veni sancte, begaben sich zahlreich wie nie zuvor zum Týn, sangen, ›Wir bitten das liebe Jesukind‹, ein Priester predigte über die Worte Christi, daß, wo immer zwei oder drei in seinem Namen zusammenkommen und worum immer bitten werden – sie haben gebetet – und Gott erhörte sie nicht –«

Troilus nickte schweigend mit dem Kopf, der junge Šultys meinte jedoch, die Stände dürften sich nicht in allem auf Gottes Hilfe verlassen und müßten selbst auch das Ihre dazu tun.

In diesem Augenblick holten sie die Abgesandten von Slaný ein, unter denen sich der alte Šultys und Hošťálek aus Žatec befanden. Der alte Šultys machte heute ein heiteres Gesicht, vielleicht bewirkte es der sonnige Tag, vielleicht hatte er ebenso wie Meister Troilus bemerkt, daß es in der Menge der Landtagsmitglieder, die sich zur Burg begaben, keinerlei aufrührerische Erregung gab.

Da tragen zwei stattliche Burschen Herrn Kaplíř in einer Sänfte vorbei, deren Samt schon recht verschlissen ist. Der alte Herr trägt Staubbrillen auf seiner gebogenen Nase und schaut bald zu diesem, bald zu jenem Fenster hinaus, wobei er ständig grüßend seinen zur Hälfte mit Biberfell besetzten rauhhaarigen Hut lüftet.

Bei den Türmen auf der Kleinseite angekommen, kehrt Troilus nach Hause zurück; nur mit Mühe bahnt er sich den Weg durch die Menge und weicht den Pferden aus. Beim Kreuz auf der Brücke trifft er mit dem Neustädter Ratsherrn Kochan zusammen und begrüßt auch Sixtus von Ottersdorf, dessen mächtiger gebeugter Körper sich auf einen Stock stützt. Kochan ist guten Mutes und scherzt gerade mit Ritter Pětipeský, den er wegen des großen Groschens an seinem Hut hänselt. Lachend meint er, daß auf dem Groschen der römische Held Curtius eingeprägt sei, den sich der wackere Ritter zum Vorbild auserkoren habe.

Beim Weiterschreiten geriet Troilus in ein so dichtes Menschengewühl, daß er stehenbleiben mußte. Er sah Budovec vorbeireiten, der recht finster dreinschaute. Das Netzwerk der Runzeln auf seinem Gesicht schien heute noch tiefer eingegraben. Der Magister aus dem Carolinum bemerkte, daß der adelige Herr die Lider fast ganz über die Augen herabhängen ließ. Und diese Augen selbst waren, wenn er aufblickte, voll Trauer und gleichsam angsterfüllt.

Budovec ritt neben Herrn Smiřický und Ulrich Vchynský. Beide schienen ihm eifrigst zuzureden. Smiřický machte dabei nicht nur mit dem Kopf, sondern auch mit den Schultern, ja, mit dem ganzen Körper ruckartige Bewegungen. Die Augen dieses jungen Mannes verhießen nichts Gutes.

»Führen sie dennoch etwas im Schilde? Schmieden sie ihre Ränke?« fragte sich der schwarzbärtige Professor, und der Anblick des zahlreichen gemeinen Reitervolks, das in zwei Haufen heranritt, gab ihm zu denken.

Bei der kleinen Pforte unter dem Brückenturm blieb der Meister im Schutz der Mauer wieder stehen und blickte den Herren und der bunt durcheinandergewürfelten Menge nach, die der Kleinseite zustrebte. Die ganze Karlsbrücke schien voll zu sein, wie von einem Menschenmeer überflutet, von den Wellen der Körper bedeckt; da waren hohe kegelförmige Hüte mit Federn in allen Farben zu sehen, dazwischen blinkten die runden Stahlhauben mehrerer Reiter, von der dunklen Farbe der Kleider hob sich hie und da auffallend die Farbe eines gegerbten Rocks, eines leuchtenden Damast- oder Samtmäntelchens, die rote Jacke eines Taglöhners oder die weiße Kopfbedeckung einer Frau ab.

Meister Troilus kam bis zur St.-Wenzels-Säule, und ohne sich von dem ungewohnten Anblick losreißen zu können, blieb er nochmals stehen und beobachtete, wie jung und alt vorbeizog, Männer mit blitzenden Augen und starken Armen, Greise, die traurig und weichherzig waren, und solche mit harten und bösartigen Zügen, große aufrechte Menschen und solche mit krummen Rücken, hier gar ein Buckliger, Männer mit feisten Wangen und daneben fleischlose Gesichter mit spitzigen Nasen, schweigend oder ins Gespräch vertieft, im ganzen aber doch alles in Ruhe – bis auf den Reiterzug hier und die zehn bewaffneten Fußknechte dort. Wozu das? Was haben die hier zu suchen?

Meister Troilus entging es nicht, daß ein Jesuitenbruder mit heftigen Worten und Gebärden vom Tor des St.-Klement-Kollegs die Studenten fortjagte, die sich über die Menge lustig machten und sich vor lebhafter Heiterkeit schüttelten.

»Abscheuliche Kerle«, entfuhr es dem Magister laut, »euch wird das Lachen vergehen!« Als er dann in eine Seitengasse einbog, spie er aus.

Die Brücke leerte sich, und der Lärm verstummte. Man konnte wieder deutlich hören, wie die drei großen Räder der Mühle an der Brücke ins Wasser tauchten. Bald kamen aus der Richtung von der Kleinseite her wieder einzelne Menschen, die ihrer Arbeit und ihren Pflichten nachgingen. Auch ein Planwagen poltert schon wieder heran. Zwei schwatzhafte Frauen in breiten Reifröcken schreiten zur Altstadt, nach der spitzenbesetzten weißen Badewäsche zu schließen, die eine junge Magd ihnen nachträgt, sind die Damen auf dem Weg ins Bad.

Im Fenster gegenüber dem Kreuzherrenkirchlein begießt ein Mädchen Basilienkraut und Majoran.

Die Wäscherinnen auf der Schützeninsel schlagen und wringen weiße und bunte Wäsche; auf dem Wasser nähern sich zwei Flöße der Brücke, und die Schiffer in roten und blauen Kitteln rufen einander zu.

Über Prag lag heilige Stille. Die Turmkappen und -käppchen von St. Veit glänzten bunt zwischen den steinernen Zacken im Sonnenlicht, neben ihnen verloren sich die weißen Spitzen der uralten St.-Georgs-Kirche fast im Blau des Himmels, im Gewirr der Häuser, Häuschen und Türmchen, bis zum Fluß hinab spielten und zitterten alle Farben, an den Dächern und Dächlein leuchteten blutrote, schwarz und weiß gestreifte Flecke, die Gärten und der Schloßberg hoben sich grün und schneeweiß ab, ebenso wie die Letná, von wo noch dazu der junge Maienduft bis in die stillen und feuchten kleinen Höfe drang.

Oben am Schloß bei der Staubbrücke sprach Thurn leise mit Adam Hodějovský und Bubna, den beiden Soldaten, die daraufhin nicht in die Burg, sondern seitlich auf das freie Gelände ritten. Dann wartete Thurn gemeinsam mit Wilhelm Lobkovic, wobei sie beobachteten, wer zu Fuß oder zu Pferd ankam. Er wartete wohl auf Budovec, Vchynský, Smiřický und Berbisdorf, denn als diese endlich angeritten kamen, schloß er sich ihnen mit Lobkovic gleich an. Bei der Begrüßung sagte Budovec zu Thurn: »Ich habe heute nacht kein Auge geschlossen; mich bedrückt der Gedanke, daß die Vergeltung Gottes Sache ist. Ich kann mich davon nicht losmachen!« Dabei schaute er sich nach allen Seiten um.

»In der Schrift heißt es: wenn die Felder zur Erntezeit bleich werden, dann wetzt die Sicheln und sammelt das Unkraut!« erwiderte Thurn trokken.

Sie sprachen nicht weiter, denn es näherte sich Trčа, von dem sie wußten, daß er nichts bei sich behalten kann.

Am ersten Tor im Innern der Königsburg stand bei einem Pfeiler der Schloßhauptmann, Herr Diviš Černín: einigen der Herren entbot er seinen Gruß, anderen nicht. An seiner Seite standen einige Burgschützen, teils mit Büchsen, teils mit spitzen Hellebarden bewaffnet. Černín hatte alle Hände voll zu tun, er war vor Anstrengung ganz rot; verdächtige Personen und besonders die Bewaffneten zu Fuß und zu Pferd schickte er zurück und ließ sie nicht zum Tor hinein. Sie mußten draußen bleiben. Der adelige Herr war schon heiser, so oft erklärte er, daß bei Todesstrafe niemand bewaffnet in die Burg dürfe.

Die Soldaten, Fußvolk und Reiterei nahmen ruhig und wie auf Befehl auf dem Gelände vor dem Hause derer von Rožmberk Aufstellung, wo Hodějovský und Bubna sich zu ihnen gesellten. Die Herren begannen leise mit den Reitern zu sprechen.

Als Thurn bemerkte, daß man die Bewaffneten nicht in die Burg einließ, sagte er leise zu Smiřický: »Das haben wir erwartet und gewußt, ich wundere mich nur, daß der wackere katholische Mann nicht von uns verlangt, die Waffen draußen zu lassen!«

»Er ahnt nichts!« zischte Smiřický zwischen den Zähnen hervor und grinste dabei.

Auf dem Hofe vor dem Vladislavschen Palast staute sich eine dichte Menge; einige Männer standen sogar oben auf dem Brunnen, an das Roß und die

St.-Georgs-Statue gelehnt. Der Hof schien die Neuankommenden nicht mehr fassen zu können, und doch kamen immer mehr hinzu.

Die Stände zwängten sich in den Vladislavschen Palast. Hier gab es freiere Bewegung. Mit ihnen drang jedoch auch hier allerlei herumlungerndes und neugieriges Volk ein. Die Herren traten an die Läden und Verkaufsstände heran, die an den Fenstern und an den Wänden des herrlichen Saales aufgestellt waren. Da bewunderten die einen die gemalten Schalen und Teller; der Händler erklärte, daß dies hier türkische Erzeugnisse und dort Erzeugnisse der Wiedertäufer oder Anabaptisten aus Mähren seien; bei einem anderen Laden handelte ein Landedelmann einen kleinen Kindersäbel mit einem Kettchen und eine hölzerne Hellebarde für sein Bübchen ein. Der alte Šultys kaufte ein Feuerzeug aus Messing. Herrn Berka gefiel eine Wildpfeife aus Horn; er feilschte mit dem Verkäufer, einem Italiener, der sehr gebrochen tschechisch sprach, um den Preis.

Einer der Herren betastete im Laden einen jüdischen Leuchter aus Messing und dann irgendeine Kugel zum Anwärmen der Hände.

Am dichtesten standen die Herren beim Verkaufsstand der Waffenhändler. Eine sechsläufige Büchse ging von Hand zu Hand. Auch ein mit Bein ausgelegtes Terzerol fand viel Gefallen. Der Kaufmann schien heute gute Geschäfte zu machen.

Vor dem Eingang in das grüne Zimmer fragte Joachim Šlik einige herumstehende Abgesandte der Städte, ob sie nicht den Sekretär Michna gesehen hätten – er sei nicht in der Kanzlei. Dann schaute sich

Joachim Šlik mit seinen pflaumenfarbigen Augen nach allen Seiten um und sagte leise zu den städtischen Abgesandten: »Ihr wißt wohl, daß uns die Römlinge um den Majestätsbrief bringen wollen, den wir mit Gottes Gnaden schwer genug erlangt haben, aber das lassen wir nicht zu –«, dabei sprach der Schwarzkopf zusammengeduckt, heiser und gedämpft: »Heute werdet ihr furchtbare und unerhörte Dinge zu hören und zu sehen bekommen, wie sie euer Lebtag lang weder ihr noch eure und unsere Vorfahren gesehen und gehört haben: die Herren Stände wollen mit den Verletzern des Majestätsbriefs verfahren, wie es die Gerechtigkeit erfordert; wir höheren Stände stehen mit unserer Ehre dafür ein und werden dafür sorgen, daß der edle Stand der Städte die seinerzeitigen, verlorenen Freiheiten wiedererhält, wir werden die Städte nicht verlassen, selbst wenn es die größten Opfer und Blutvergießen kostet; gebt dies den ehrlichen Leuten eures Standes vertraulich bekannt und bewahrt ansonsten das Geheimnis bei euch!«

»Ihr könnt uns wie einem Felsen oder einer Mauer vertrauen, lapide ist dictum«, versprach Hošťálek im Namen der übrigen.

Šlik mischte sich unter die Menge, um auszukundschaften, ob Michna hier sei, ob er hiergewesen war oder nicht. Hošťálek, der Primas von Žatec, sagte kopfschüttelnd: »Der oder jener der Statthalter ist schon Gott empfohlen, denn er kommt nicht mit dem Leben davon!«

»Michna wird auch nicht wohl zumute sein, deshalb machen sie Jagd auf ihn!« meinte ein anderer.

»Nun, ein paar Maulschellen können seinem falschen Maul nicht schaden!« meinte ein anderer.

Meister Kampanus, der in der Nähe stand, hörte und sah nichts; er war in Gedanken versunken und preßte die Papierrolle in der Hand, die die Bittschrift um die Reformierung der Karlsschule enthielt.

Der geschäftige Kollege Šultys hingegen hatte gehört, daß etwas geschehen werde, was noch kein Auge gesehen und kein Ohr gehört habe. Sobald Šlik weggegangen war, lief Šultys dem stumm dastehenden Kampanus davon, mischte sich unter die Abgesandten der Städte, und als diese nichts Bestimmtes wußten, lief der junge Professor, dem es keine Ruhe gab, im Vladislavsaal hin und her, um Šlik nahe zu sein; er war fest davon überzeugt, wenn etwas geschehen sollte, werde Šlik sicherlich den Anfang machen.

Magister Kampanus gewahrte den rothaarigen Kopf seines Kollegen noch zweimal, als er hier und dort auftauchte, aber dann sah er ihn nicht mehr; dagegen erblickte er zu seinem Mißvergnügen den beleibten Mollerus, der eigentlich in der Schule bei St. Peter sein sollte aber nicht hier. Doch auch ihn verlor Kampanus aus den Augen, denn die Menge geriet in Bewegung, und die Herren, die Ritter und die Abgesandten der Städte strömten in den grünen Saal.

Kampanus gelangte nicht weiter als bis zur Tür, die weit offenstand. Als er sah, daß alle Landtagsteilnehmer niederknieten, fiel auch Kampanus auf die Knie und betete laut mit der Bittschrift in seiner Faust, ebenso wie die Menge im grünen Zimmer, er betete zu Gott im Himmel, daß sein Wille geschehe, wie im Himmel, also auch auf Erden – daß er vergebe seinen Schuldigern – nicht in Versuchung führe, sondern befreie von allem Übel – –

Der Chor der Männerstimmen glich den tiefsten Tönen einer Kirchenorgel.

Nach Beendigung des Gebetes standen alle geräuschvoll auf.

Kampanus konnte hören, daß jemand etwas vorlas; er erkannte, daß das Vorgelesene den Statthaltern vorgetragen werden sollte, es war ihm klar, daß es um ein dringendes Begehren und zugleich um furchtbare Drohungen ging. Die Stimme des Vorlesers drang aus dem grünen Zimmer: »Wir werden beschuldigt, gegen Seine Gnaden den Kaiser eine Verschwörung anzetteln zu wollen; daher fragen wir die Herren Statthalter, durch deren Hände alle Empfehlungen gehen, ob auch sie angeraten haben, die utraquistischen Stände zu vernichten, obgleich es ihre Pflicht ist, eher zur Ruhe als zu Zwietracht zu raten. Wir stehen alle für einen und einer für alle, wer an einen Hand anlegt, legt Hand an alle – und dafür, daß das nicht geschehe, werden wir unser Leben und unseren Kopf einsetzen und wollen dafür die allerschwersten Opfer auf uns nehmen!«

Dann hörte man Budovec mit lauter Stimme fragen, ob an die Herren Statthalter die Anfrage so gestellt werden solle, wie sie vorgelesen wurde.

Recht so! Recht so! rief man überall und von allen Seiten.

Während dieser Rufe, die wie Schüsse aus Feuerwaffen knallten, drängten sich ganz erhitzt und atemlos Kutnaur und Sušický unter die Versammelten.

»Die Altstädter!« schrie jemand.

»Die Altstädter?!« hörte man verwundert fragen.

Ein Weilchen später berichtete Sušický den Herren der Stände, was sich im Altstädter Rathaus zugetragen habe und daß der kaiserliche Vogt die ganze evangelische Gemeinde gleichsam in Gewahrsam halte.

Tumult und donnerndes Tosen folgte.

In diesem Augenblick wurde Kampanus von der Tür weggestoßen, denn die Stände begaben sich in hellen Haufen aus dem grünen Saal quer durch den Palast in die Statthalterkanzlei. Viele der Herren mußten draußen in den Räumen des Palastes bleiben.

Unter den letzten, die von der mächtigen Welle getragen ins Zimmer der Statthalter gelangten, war Professor Šultys. Als er sich nach vorn drängte, bot sich seinen Augen ein wunderliches Schauspiel dar.

Inmitten des großen getäfelten Raumes standen die vier Statthalter, einer neben dem anderen. Der alte Burggraf Šternberk, Děpold Lobkovic, auch ein gebrechlicher Mann, beide in leichten Schauben, Herr Děpold mit dem Malteserkreuz am Überwurf seiner Schaube, Jaroslav Bořita von Martinic und Wilhelm Slavata, beide in steifer spanischer Tracht mit kurzen, schwarzen Mäntelchen, mit vielfach gefaltetem und wie eine Schüssel rundem Kragen, mit Rapier und Dolch an der Seite, und alle schienen starr und voll Entsetzen.

Thurn, Wilhelm Lobkovic, Vchynský und andere überschrien sich gegenseitig und riefen Martinic und Slavata zu: »Wir verlangen eindeutige, klare, offene Antwort!«

»Wir wollen Antwort, und zwar sofort, auf der Stelle!«

Heftiger Zorn entstellte die Gesichter der andrängenden Herren, und ihre Augen blitzten.

Martinic zwingt sich zur Ruhe und entgegnet:

»Geschätzte Herren und Freunde, wir bitten euch, wenigstens ein Stündlein hinauszugehen, damit wir einige der Herren Statthalter herbeirufen und mit ihnen die Antwort beraten können!«

»Wir gehen nicht weg von hier! Wir gehen nicht!« dröhnte es im Chor.

Dazwischen rief der baumstarke Wilhelm Lobkovic: »Wozu brauchen wir Antwort? Wir wissen doch, was diese Herren von dem zugunsten der Freiheit unseres Glaubens erwirkten Majestätsbrief halten, Slavata hat selbst erklärt, wie er mit dem Majestätsbrief verfahren würde!«

»Wir wissen, was Slavata den Evangelischen in Hradec antut!«

»Wir wissen, wie der von Smečno die Leute in Tuchlovice um ihres Glaubens willen quält!«

Slavata breitete die Hände aus, öffnete den Mund und rollte die Augen, wollte sich reinwaschen, sich verteidigen. Er konnte sich jedoch nicht verständlich machen. Martinic schrie in den Lärm rund um ihn, er sei nicht so.

Das reizte die Menge. Höhnische Schreie brachen hervor und wurden lauter: »Du bist der Rechte!« »Schelme!« »Schelme!« »Ihr seid beide die Rechten!« »Schweig, schweig, wir wissen ja, wer du bist!«

Die Schreie waren von schrecklichem, lautem, unheimlichem Lachen begleitet. Die Edelleute wandten sich einer dem anderen mit verzerrtem Mund zu und wiesen mit ihren Gebärden auf die niedergeschlagenen Übeltäter.

»Bruder, er ist nicht so!«

»Haha, er ist nicht so!«

Aber das Lachen klang abgerissen, gezwungen, giftig, furchtbar. Sein scharfer Ton bohrte sich den jetzt gefangenen und ohnmächtigen Magnaten ins Gehör wie das Messerwetzen des Schlächters; alle Augenblicke überlief sie ein kalter Schauer, und ihr Herz erzitterte, das Blut stockte ihnen vor Schrecken in den Adern. Die beiden greisen Adeligen schwankten auf ihren alten schwachen Beinen, Šternberk brach in Tränen aus; Martinic und Slavata wurden bald bleich, bald stieg ihnen in ihrem Entsetzen eine plötzliche Blutwelle zu Kopf, und beide Herren wurden rot im Gesicht. Die fettige Haut Slavatas war bald wachsgelb, bald purpurfarben wie im Fieber.

Der Sekretär Fabricius, der bisher beim Fenster gestanden war, schlich sich an der Wand, an der hölzernen Täfelung entlang, zur Tür fort. Seinem bärtigen, behaarten Gesicht war nicht anzusehen, daß er Angst hatte. Bei der Tür stand aber Šultys, der nicht von der Stelle wich.

Der deutsche Sekretär schlich sich wieder fort.

Bis zu diesem Augenblick hatte niemand die eingeschlossenen Herren angerührt. Litvín von Říčany stand zwar hinter Martinic mit der Pistole in der Hand, und neben ihm trat Smiřický ungeduldig von einem Fuß auf den anderen, wobei er sich mit der Hand in die jetzt nicht mehr sorgfältig gekämmten Haare fuhr.

Aber auch sie legten an die gefangenen Herren nicht Hand an.

Von neuem beginnt man zu reden. Šlik spricht, er spricht abgehackt, zornig, seine Augen sind nicht mehr dunkelblau, sondern schwarz und bohren sich in die Augen der Gefangenen, die das nicht lange ertragen können: Martinic blickt traurig beiseite, Slavata schlägt die vor Angst schon schielenden Augen nieder.

»Ihr nichtswürdigen Jesuitenknechte!« rief Šlik mit vor Leidenschaft bebender Stimme, »ihr betrügt uns mitsamt euren speichelleckerischen, windigen Sekretären; solange die alten rechtschaffenen Herren dieses Königreich verwalteten, ging alles gut, aber seitdem man euch, ihr Jesuitenknechte, an die führenden Stellen gesetzt hat, geht alles drunter und drüber. Mit Seiner Gnaden dem König sind wir wohl zufrieden, aber ihr treibt im Namen Seiner Majestät des Königs, was euch gefällt, ihr seid die Feinde des allgemeinen Friedens, unsere und des Königs Feinde!«

Zweimal fiel Martinic mit Worten voll Zorn und Entschlossenheit Šlik in die Rede, daß sie ihre Unschuld beweisen wollten, daß man ihnen Unrecht tue – aber seine Worte waren umsonst. Šlik redete bis zu Ende, und dann fiel Thurn ein, der sich recht freundlich an die beiden greisen Statthalter wandte: »Die Stände sind wohl unterrichtet darüber, daß ihr nicht gegen uns geraten habt, deshalb soll euch nichts Böses geschehen, bemüht euch gefälligst aus der Kanzlei hinaus, an einen sichereren Ort.«

Die Menge trat mit einem Mal auseinander, und die Greise gingen hinaus.

»Geht nicht!« befahl Martinic. Kläglich bittend rief Slavata ihnen nach: »Verlaßt uns nicht, ihr Väter, verlaßt eure Söhne nicht!«

Aber die Greise, deren Körper in diesem Augenblick mehr von Angst und Verstörtheit als vom Alter gebeugt waren, gingen. Der Malteserritter wurde von seinem eigenen Bruder, dem einsilbigen, starken Wilhelm von Lobkovic, an der Hand hinausgeführt.

Als Wilhelm zurückkam, verschloß sich sofort wieder der Weg hinaus, und zwar so dicht, daß der bärtige Sekretär Fabricius nicht einmal von der anderen Seite her zur Tür vordringen konnte; als er schon ziemlich weit gekommen, stemmte ihm Smiřický die Ellbogen entgegen.

»Macht's kurz!« knirschte Ehrenfried Berbisdorf, Thurn anfeuernd. Aber dieser fuhr fort, den beiden von dem plötzlichen Gericht überraschten Statthaltern ihre Sünden aufzuzählen.

»Ihr habt mich ohne jegliche Schuld als Burggrafen von Karlštejn absetzen lassen, und du, Smečno, hast dich in dieses Amt eingeschlichen. Was ihr mir angetan habt, das mag hingehen, das will ich verzeihen, aber was ihr in eurer Raserei gegen die Landesverfassung angerichtet habt, ist unverzeihlich: die Landesämter werden doch vom Landtag besetzt und nicht von euch und dem Erzschelm, dem Sekretär Michna; das Scheusal hatte Verstand genug, heute nicht hierherzukommen, er hätte einen Denkzettel erhalten; meine Herren, Freunde, Brüder, ich erkläre diese beiden hier, Slavata und Martinic von Smečno, sowie den abwesenden Michna zu Störern der öffentlichen Ordnung und zu Aufrührern gegen das Königreich Böhmen, ich frage euch, ob ihr sie ebenso beurteilt?«

»Jawohl!« lärmte die Menge im Saal so mächtig und dröhnend, daß es schien, daß sich die Balken an der Deckenwölbung biegen müßten. Viele erhoben die Finger, als wollten sie beschwören, daß sie die beiden Herren und ihre Diener für Aufrührer und Abtrünnige hielten.

Das laute Rufen mit dem Schwur war noch nicht verstummt, als eine Stimme alles übertönte: »In den Schwarzen Turm mit den Bestien!« Und noch lauter und schärfer erscholl die Stimme Smiřickýs: »Zum Fenster hinaus!«

»Zum Fenster hinaus! Nach altem tschechischen Brauch zum Fenster hinaus!« riefen Vchynský, Herr von Los, Wilhelm von Lobkovic und andere wie ein Echo, das immer stärker und mächtiger wurde, statt zu verklingen.

Herr Wilhelm sprang zum großen dreiteiligen Fenster, drehte schnell, krampfhaft schnell die Haken herum, um das Fenster zu öffnen, drei bis vier der Herren halfen ihm, das Fenster klirrte, ausgeschlagene Glasscheibchen und Butzen fielen auf die Herren herab und zersplitterten am Boden.

Die Gefangenen warfen sich zwei, drei Blicke zu.

Martinic hat ein totenbleiches Gesicht, seine männlich harten Züge werden noch härter, eckiger, es scheint, daß er den wütenden Herren etwas sagen will, seine Lippen öffnen sich bebend, und mit einem bitteren Lächeln streckt der adelige Herr die Hände nach vorn und rückwärts, als wollte er sich an etwas festhalten, dann schaut er zum Fenster, das voll von

Licht ist, dem Gehege seiner zusammengebissenen Zähne entringt sich ein Gebet – Jesu – miserere mei – mater Dei – Jungfrau Maria – gedenke mein –

Slavata atmet schwer, das Pfeifen und Stöhnen seines röchelnden Atems ist hörbar, die Augen stehen ihm hervor.

Plötzlich packt Thurn Slavata bei der Hand, Smiřický faßt ihn an der Kehle, Lobkovic beim Gürtel, Vchynský packt Martinic. Sie ringen. Mehr Hände kommen zu Hilfe. Ein Menschenknäuel, Verwirrung, Schreien. Stühle werden umgestoßen, gehen in Stücke. Der schwere Tisch mit dem Untersatz ächzt und knarrt, vom Anprall hin und her geschoben.

Martinic wehrt sich mit den Füßen und teilt mit seinen Händen kräftige Stöße aus. Slavata jammert erbärmlich und stößt röchelnd hervor: »Gnade! Gnade!«

Da ruft Fabricius verzweifelt den Herren zu: »Bedenkt, wo ihr seid! Bedenkt, mit wem ihr es zu tun habt!«

»Einen Beichtvater!« ruft Martinic mit vor Anstrengung und Aufregung blutunterlaufenen Augen.

»Was denn nicht gar! Gleich werden wir dir die Jesuitenschelme herbringen!« lacht Smiřický.

»Befiehl deine Seele Gott!« schreit Paul Kaplíř.

Und schon wird der Herr zum Fenster geschleift und getragen, dessen beide Stufen ihm den letzten Halt bieten. Aber im selben Augenblick wird er emporgehoben; Berbisdorf, der seinen strohfarbenen Mantel abgeworfen hat, stößt ihn mit starken Armen auf das Fenstersims, noch zwei, drei Stöße, und der Herr, der sich am Fensterrahmen festklammert, hängt über dem tiefen Burggraben in der Luft; er flüstert: »Maria, Jesu, fili Dei vivi! Maria!«

Aber er hing nicht lange.

Ein Schlag mit dem Kolben einer Pistole auf seine Hand, und er stürzt hinunter. Auf Slavata weisend, ruft Thurn deutsch:

»Edle Herren, da habt ihr den anderen!«

In der Todesangst wuchsen Slavatas Kräfte. Vchynský und seine Helfer hatten mit dem schweren Körper keine leichte Arbeit. Sie zerrissen ihm die goldene Kette, rissen ihm den Rock auf, brachten ihn aber nicht weit. Jetzt warfen sich auch die, die Martinic hinausgestürzt hatten, auf den verzweifelten und furchtbar schreienden Mann, und fast im selben Augenblick war er draußen. Es war gräßlich anzusehen, wie er mit beiden Händen krampfhaft den Fensterrahmen umklammerte, während die Schwere seines Körpers ihn immer tiefer und tiefer hinabzog. Bald war nur noch der Kopf zu sehen, ja, nur mehr eine zerzauste Haarsträhne an der verschwitzten Stirn, und immerfort erscholl sein jammerndes, schreckliches Oh weh, oh weh. Ein Schlag, den ihm Berbisdorf mit dem Knauf seines Dolches auf die dicken Finger versetzte, ließ sie erstarren, und Slavata entschwand mit einemmal den Blicken der wütenden Edelleute.

Während sich diese Tragödie abspielte, drehte sich der Sekretär Fabricius wie besessen im engen Raum hin und her, preßte die Hände zusammen und jammerte laut deutsch und tschechisch, was doch da geschehe, und die Herren mögen bedenken, wo sie sind. Professor Šultys mahnte ihn tschechisch zur

Ruhe: »Schweig, Bärtiger, sei still, flenne nicht, du Nachteule!«

Als Slavata verschwunden war, trat für einen Augenblick tiefes Schweigen ein.

In dieser kurzen, unheimlichen Ruhe weckte das Jammern des Sekretärs die Herren aus ihrer Erstarrung. Berbisdorf schrie ihn deutsch an, er sei auch ein Schalk und ein Schelm.

»Weidet ihn mit den Dolchen aus!« schrie Smiřický.

»Nein!« rief Šlik, »wenn diese Bedientenseele nun einmal gewöhnt ist, gleich seinen Herren den Schelm zu machen, dann soll der Diener seinen Herren nachfliegen!«

Der Sekretär schloß die Augen, stotterte nur noch: »Gott sei meiner Seele gnädig«, Berbisdorf packte ihn unterm Arm, Smiřický an den Beinen, und schon flog der schmächtige Körper des unglücklichen Dieners wie ein Garbenbündel hinaus.

»Der Herrgott begleite dich!« wünschte ihm einer der Herren.

»Ein kühner Sprung!« lobte ein zweiter.

Magister Šultys schaute durch das Fenster hinunter, mit ihm zugleich beugte sich Budovec hinaus, der bisher wortlos und mit betrübtem Blick dagestanden war. Da schreit Šultys.

»Der Sekretär läuft flugs davon! Slavata kugelt den Abhang hinunter, der von Smečno steht auf. Sie sind weich gefallen!«

Berbisdorf schiebt den Professor beiseite, neigt sich hinaus, und schon dröhnt in größter Hast ein Schuß, Rauch hüllt das Fenster ein und dringt in den

Saal; auch Litvín von Říčany schießt aus einer kurzen Büchse hinunter.

»Schade!« ruft Litvin. »Der Kerl aus Smečno wischt Slavata mit einem Taschentuch ab, jemand kommt, ein paar Jägerburschen, ein herrschaftlicher Diener, sie tragen Slavata weg, der Kerl macht sich davon, Donnerwetter, wie rasch er fortkommt!«

»Die Karnickel sind am Leben!« ruft Vchynský zornig.

»Mit den Waffen hinunter und ihnen nach!« feuert Smiřický sie an.

»Mit den Waffen ihnen nach!« riefen einige der Herren und rannten schon zur Tür.

Da trat ihnen der alte Kaplíř mit ausgebreiteten Armen entgegen, und auch Budovec bedeutete ihnen, stehenzubleiben, er wollte etwas sagen.

Die jungen Hitzköpfe hielten ein, blickten aber unwirsch drein.

Budovec sagte mit halb bittender, halb befehlender Stimme: »Laßt sie, ihr Herren Freunde, die dort haben ihre Strafe erlitten, laßt sie schon laufen!«

Dieses Wort, daß sie ihre Strafe erlitten hätten, kühlte den ersten leidenschaftlichen Ansturm ab.

»Wenn ein Verbrecher vom Galgen fällt und wieder zu sich kommt, läßt ihn das Gesetz in Frieden!« begründete Kaplíř sein erstes Wort, und als er dann noch sagte: »Wer weiß, für welche noch härtere Strafe sie der gerechte Gott am Leben ließ«, erstarb und erlosch die Flamme der Rachsucht völlig.

Die Herren blickten schon ruhiger vom Schloß auf die grünen Wiesen hinunter, die mit Lattich und Himmelsschlüsseln vergoldet waren, sahen noch, wie aufgescheuchte Hirsche und leichtfüßige Rehe jählings davonsprangen, wie der schmächtige Sekretär ohne Hut und Mantel in der Tür des ersten Hauses unter der Schloßstiege verschwand, wie hinter ihm der Herr von Smečno hinkte und sich ins Gestrüpp schlug, und Slavata weggetragen wurde.

Unterdessen hatte sich der Vladislavsche Palast wieder mit Menschen gefüllt, die wissen wollten, was vorging.

Als es in der Kanzlei still wurde, trat der Redner Martin Fruvein in den Saal, stieg auf einen der steinernen Sitze beim Fenster und rief über die Köpfe der herbeiströmenden und sich drängenden Leute hin, daß aufgrund eines gerechten Urteils gerade zwei der Statthalter, die dieses Amt zum Verderb des Vaterlandes und zur weidlichen Verunglimpfung der ruhmvollen Königswürde und ihres allergnädigsten Herrn mißbraucht hatten, kopfüber hinausgestürzt und in den Graben geworfen wurden, hinausgestürzt nach althergebrachtem tschechischen Brauch, wie das schon einstens im Alten Testament Jezabel, der Bedrückerin des israelitischen Volkes, geschehen sei und wie das auch die Römer taten, die die Verräter von einem Felsen hinabstürzten.

Diesen Worten folgte ein Raunen, das bald zu lautem Geschrei anwuchs, aber es war kein Frohlocken über die vollzogene Rache, es war eher ein Schreien, das die Besorgnis übertönen sollte; Magister Kampanus, der mit seiner Bittschrift unweit der Tür zur Kanzlei stand, schien es sogar, daß die Leute aus Angst und vor dem Entsetzen, das sie befiel und bedrückte, raunten und schrien und hin und her drängten. Er selbst verspürte dieses Gefühl des Entsetzens. Neben sich hörte er jemanden sagen: »Der Tag des jüngsten Gerichts ist nicht mehr weit, er steht schon vor der Tür!«

Der Kaufmann, der in der Nähe des Magisters rasch seine Ware zusammenpackte, meinte: »Feuer und Schwert wird über uns kommen!«

Durch die Verwirrung, das Hin- und Herlaufen der Menschen, das Stampfen so vieler Füße war der Vladislavsche Saal voll von Staub, der alles, vom Fußboden bis zur Decke hinauf, wie Nebel einhüllte; das prachtvolle gerippte Gewölbe versank ganz in dieser dichten häßlichen Wolke, und als Kampanus hinauseilte, sah er nicht einen Schritt weit vor sich. Im Menschengewühl wurde ihm ein großes Stück vom Kragen seines Magistertalars abgerissen, aber dafür wurde er schließlich in den Hof unterhalb der mächtigen, grauen Kathedrale hinausgedrängt, ja fast getragen.

Beim Anblick des riesigen Domes, in dem die böhmischen Könige ruhen, versank Kampanus inmitten des Ansturms und des Tosens der Menge in Nachdenken und richtete im Geiste an die Toten, die dort unter den schweren Steinplatten lagen und in ihrem ewigen Schlaf gestört wurden, die Frage, ob der heutige Tag nicht den Anfang von Not und Leid bedeute und was noch alles werden solle?

Aus diesen Gedanken riß ihn plötzlich gewaltiges Geschrei vom Weißen Turm her. Dort waren Bubna und Hodějovský mit ihren Reitern; die Türen waren eingeschlagen, die Schloßwache davongelaufen, das Volk und die Herren drangen in das Innere des Turmes ein, und ehe sich Kampanus den Weg bis zum Tor gebahnt hatte, um aus der Burg zu kommen, führten sie aus dem Weißen Turm die Gefangenen aus Broumov, die um ihres Glaubens willen eingekerkert waren, in die Freiheit hinaus.

Es waren zwei Landleute, einer mit einer Fellmütze auf dem Kopf, die Fesseln noch an Händen und Füßen – beide schauten verdutzt, tölpisch und furchtsam drein, sie begriffen nicht, was mit ihnen geschah. Hinter ihnen kamen noch zwei. Der Büttel, der an der Schwelle kniete, löste ihnen bereitwillig unter dem Beifall der Umstehenden auf der Stelle die Fesseln.

Unterdessen kamen einige Herren und der Volkshaufe durch den Hohlweg über die Treppen von der Burg herab. Im Tor begrüßte sie nicht mehr Herr Černín, sondern Varlejch von Bubna.

Kurz bevor der Strom sich aus der Burg herauswälzte, kam Mollerus schlenkernd die Anhöhe herab. Er hatte genug gesehen und in Erfahrung gebracht.

Auf der Kleinseite, fast schon am Ende des Hohlweges, sah er langsam eine Kutsche heranfahren. Als er in das Fensterchen blickte, erkannte er den alten Vokoun und Wenzel Lev, die Altstädter Ratsherren. Es machte ihm nicht viel Mühe, daraufzukommen, daß die beiden mit dem Entschuldigungsbrief auf die Burg fuhren, warum sich die Gemeinde den Ständen nicht anschließen könne. Da fiel ihm auch gleich ein, daß es ihm einmal von beiden Seiten als Verdienst angerechnet werden könnte, wenn er die Männer auf die Gefahr aufmerksam machte, in die sie sich begaben. Er besann sich nicht lange, hieß den Kutscher anhalten, drückte sich ans Fenster und teilte den Ratsherren mit, daß die Statthalter eben aus dem Fenster gestürzt wurden.

Mehr sagte er nicht, und es war auch nicht nötig.

Beide Männer wurden fahl, kamen aber rasch wieder zu sich, öffneten das Türchen der Kutsche und sprangen – auf die Gefahr hin, sich die Füße zu brechen – heraus und flüchteten, der eine nach rechts, der andere nach links.

Und schon waren sie weg.

Mollerus lachte höhnisch auf, und der Kutscher saß eine Weile mit offenem Munde da.

Auf der Brücke holte Mollerus den fettleibigen Doktor Borbonius ein, der die Burg noch vor ihm verlassen hatte.

»Also, was sagst du dazu, Meister Schulfuchs?« fragte Borbonius lächelnd und mit breiter Stimme.

»Ach was – was soll ich sagen – patriarchae et prophetae, wunderlich wächst es im Beete – Deus corda obscurabit, wer leben will, der packt sein Habit –«

»Ei geh doch, du Birnenschädel, mit deinen Reimereien und hochtrabenden Diskursen – aber so irgendwie wird es doch sein – du hast recht – aber du gehst mir zu schnell, mein Blasbalg hält das nicht aus, geh zum Teufel!« So trennten sie sich.

Als Magister Kampanus aus den engen Gäßchen auf die Brücke kam und den prächtigen Strom und die grüne Flur sah, die rechts und links weithin den silbernen Fluß einsäumte, als er im Sonnenlicht wieder den Wald der Turmspitzen und die bunten, grünlichen, lustigen Käppchen der St.-Veits-Kathedrale erblickte, unten am Wasser die Schiffer in ihren roten

Jacken, die ruhig ihre Flöße von den Hängen der Berounka und der Sazava steuerten, als er dann den Wäscherinnen zuschaute, die emsig auf der Insel ihre Wäsche schlugen, als er die stillen purpurnen und grauen Dächer der großen Stadt betrachtete, da kehrte die Ruhe in seine Seele zurück, diese befreite sich von der Angst und hörte auf zu zittern, sein Herz vergaß die Furcht und das Klagen.

Ich hätte gewünscht, daß es anders, ganz anders gekommen wäre – so überlegte er –, ein Glück, daß die dort am Leben geblieben sind, es wird nicht schlimm werden, nicht gar so schlimm – aber die Verbesserung unserer Schule wird warten müssen – dabei betrachtete er das Papier, das er ganz zerknittert von der Burg zurückbrachte, und wieder überfiel ihn Betrübnis.

Der Ratsherr Lev, der in der Ratsstube immer kühn und kampflustig gewesen war, saß lange im Weinberg des Wildparks von St. Johann wie ein Hase unter einen Strauch geduckt, bis die Nachtigall in der Dunkelheit ihr Liebeslied zu flöten begann. Dann erst stand der Ratsherr Lev auf, reckte sich und wagte es, den Weinberg zu verlassen.

In der gleichen Nacht konnte man in manchen Häusern dröhnende Schläge unter der Erde vernehmen.

Die hochgeborenen Herren katholischen und utraquistischen Glaubens vergruben eiserne Truhen, Tonnen und Fässer mit Geld und Kostbarkeiten in der Erde; beim reichen Kaufmann Teyfl arbeitete ein Schreiner die ganze Nacht hindurch, um die Kostbarkeiten in der Zimmerdecke zu verbergen, und die

Frau des Ritters Vostrovec ließ mit ihrem Gemahl drei schwere eiserne Truhen in die finstere Grube des Abtritts hinab, sie glaubte, daß außer dem lieben Herrgott sie niemand sähe.

XIII

Krieg

Mollers wohnen jetzt nicht mehr im Mäuseloch. Sie besitzen eine schöne Wohnung am Florenz, ein Zimmer mit Eichenfliesen und eine Kammer, die gewissermaßen als Kanzlei dient, den Herd in der Diele hat Frau Moller mit der Nachbarin gemeinsam. Frau Moller kümmert sich aber nicht allzusehr um den Herd. Den besorgt die Magd.

Frau Eva ist ein wenig stolz geworden.

Es scheint, daß sie andere Dinge im Kopf hat. Früher war sie keineswegs putzsüchtig, jetzt ist sie es. Im Mäuseloch hatte sie keinen so großen, in Holz gefaßten Spiegel besessen. Ein solcher Spiegel kostet zwei Schock, was die Hälfte des monatlichen Einkommens ihres Gatten ist.

Als Mollerus damals von der Burg nach Hause kam, lag die bleiche schöne Frau Eva in einem gepolsterten Stuhl und hatte die Füße bequem auf einem Schemel ausgestreckt.

Sie las das Buch von der Fee Melusine. Der Magister sagte: »Ich komm von der Burg.«

»Ich dachte, aus der Schule«, entgegnete die Frau träge, stand aber doch gleich auf, um für den Gatten die Pfanne von der glühenden Asche zu nehmen, ihm Gebäck mit Gewürznelken und Ingwer zu bringen.

»Und was hat es auf der Burg gegeben?« fragte sie gähnend. Als ihr Mann keine Antwort gab und nur geräuschvoll schmatzte, ergriff sie eine hübsch gravierte Zinnkanne, um Bier zu holen. Die üppigen Hüften wippten bei jedem ihrer Schritte.

»Wo ist die Magd?« fragte der Magister rasch, bevor sie noch die Tür erreichte.

»Mit den Kindern auf dem Rasen.«

»Auf dem Rasen treiben sich Vagabunden herum, die Kinder werden Krätze und Läuse nach Hause bringen.«

Aber es war ihm doch eigentlich gleichgültig, daß die Kinder auf dem Rasen ihre Unterhaltung suchten, denn er schmatzte eifrig weiter und aß, bis ihm die Lippen glänzten.

Als Frau Eva sich selbst und ihm die goldgeränderten Krüge vollschenkte, begann er zu erzählen, was auf der Burg geschehen war. Als die Frau vernahm, daß die Statthalter aus dem Fenster gestürzt worden waren, sprang sie hurtig aus ihrem gepolsterten Stuhl und schrie heftig, bitter und gleichsam vorwurfsvoll: »Nun also, da hast du es!«

Mollerus antwortete ruhig, wie der zufriedenste Mensch der Welt: »Ach was – was hast du denn – was denn – ich habe sie nicht zum Fenster hinausgeworfen.«

Durch diese Ruhe wurde die Frau über alle Maßen gereizt. Sie redete in steigendem Zorn, und ihre hübschen Augen wurden immer dunkler, je öfter sie aufblitzten.

»Jetzt ist alles aus, bist wieder ein Krüppel, und was ist mit Michna?«

»Weg, entwischt, glatt entwischt, weg ist er, der elende Hundsfott!«

Die Frau sank wie gebrochen auf den Stuhl.

»Jetzt wird es uns wieder schlecht ergehen, jetzt kriegst du nicht mehr das mindeste von ihnen, das alles wird uns entgehen. Michna auf und davon! Nichts will uns glücken!«

»Ach, was denn – wir werden nicht versauern, Michna hat nicht viel gegeben, mehr versprochen, hat nur leere Nudeln gegeben, Abschnitzel.«

»Es wird ärger werden«, jammerte die Frau, jedoch nicht weinerlich, sondern wütend, »es wird ärger werden, gestern war der Jude da und wollte, daß ich die Strümpfe bezahle, heute hat der Kaufmann Gebhart um das Geld für die Handschuhe hergeschickt!«

»Es wird nicht arg werden, du mußt nur sparen, zusammenhalten, wozu brauchst du Handschuhe mit Aufschlägen, wozu Handschuhe mit Bändchen, wozu die Fransen, einfache Handschuhe für sieben Kreuzer tun es auch.«

»Mach mir keine Vorwürfe«, stieß das Weib hervor, »mach mir keine Vorwürfe, sonst werde ich dir auch die Karten vorwerfen und dir sagen, daß du beim Kartenspiel – so wie in allem – ein Pfuscher bist, denn du verlierst immer mehr, als du gewinnst.«

Aber Mollerus kehrte sich nicht an ihr Gerede, trank aus und sprach bedächtig weiter: »Du hast dir angewöhnt, kostspielig und prächtig aufzutreten, was sollen der Pfauenfederhut und die seidenen Spitzenstrumpfbänder, dein Lebtag hast du kein geschnürtes Mieder besessen, jetzt hast du eins aus Damast, wenn ich dich nicht allzugut kennen würde, käme ich auf den Gedanken, daß du einen Liebhaber hast.«

Die Frau blickte forschend auf ihren Mann, sie zuckte zusammen, aber nur mit einer hastigen Bewegung und für einen kurzen Augenblick, während ihr ganzes Aussehen zornig blieb wie zuvor: »Was verdächtigst du mich? Was haben die Schwatzmäuler dir, du Tropf, eingeredet! Was für einen Floh hat man dir ins Ohr gesetzt?«

»Ach was – gar keinen Floh – das schert mich nicht, jetzt geht's darum, was wir tun sollen.«

Die Frau warf sich in den gepolsterten Stuhl, daß seine Holzbeine knackten und die Lehne krachte. In den Augen der anmutigen Frau Eva blitzte es noch ein-, zweimal auf, aber dann nicht mehr.

Es herrschte Ruhe. Stille sank in das freundliche Zimmerchen herab. Moller stützte sich auf die Hand und ließ den Kopf auf den Tisch sinken, schlief aber nicht, denn von Zeit zu Zeit räusperte er sich und spuckte aus.

Plötzlich schnellte Frau Eva wie eine Gerte auf, ihre Haut wurde im Augenblick weiß wie ein Tischtuch; sie packte den Magister am Arm und sagte in befehlendem Ton: »Du gehst zu ihnen! Du gehst zu denen, die sich der Burg bemächtigt haben und wirst nicht mit leeren Händen kommen, bringst ihnen etwas, was sie packt, du schreibst etwas Ordentliches gegen die Jesuiten!«

Den Kopf zu seiner hübschen Frau erhebend, ließ Moller bloß verwundert die Worte fallen: »Aber, zum Teufel, ich?! Ich soll jetzt wieder auf die andere Seite!« – –

In diesem Augenblick ging Mollerus in sich, erforschte seine Seele und empfand Widerwillen gegen sich selbst und gegen die Frau, die ihn verleitete.

Aber sein Widerwille war keineswegs stürmisch. Dazu war sein Blut zu träge, zu schwer. Schließlich sagte er säuerlich: »Du hast deine Weiberzunge ja recht losgelassen.«

Um eine Schrift gegen die Jesuiten, um Spottverse und Verunglimpfungen ging es ihm nicht, das war für ihn immer die leichteste Arbeit, er schmiedete Verse auf jedermann und überall; auch an den Jesuiten war ihm nichts gelegen, er liebte sie nicht, aber an dem Ratschlag seiner Frau war ihm zuwider, daß er jetzt mit dem Strom schwimmen und sich eines neuen Verrates schuldig machen sollte; das ging ihm doch gegen den Strich; dazu gesellte sich noch das Mißtrauen gegen das wilde Treiben, das Prag ergriffen hatte. Mollerus war sehr lau in seiner Lehrtätigkeit und in der Wissenschaft, aber für Menschen und menschliche Begebenheiten hatte er ein klares, scharfes Auge; er hatte, wie er selbst von sich sagte, eine gute Nase, war aufgrund der Erfahrungen aus der letzten Zeit gewohnt, die Menschen nach ihrer Umgebung und dem Boden zu beurteilen, auf dem sie standen, sah auf beiden Seiten den Verfall der höheren böhmischen Stände, immer viel Worte, aber wenig Taten, und sobald sie sich zum Handeln aufrafften, schien dies Mollerus immer zum Schaden der Gesamtheit, ja sogar eher zum Schaden als zum Nutzen der Partei, er sagte wiederholt, und zwar mit Überzeugung, daß die Teufel den böhmischen Garten begießen; er sagte das ohne Rührung, ohne Herzweh, denn er hatte diesen böhmischen Garten nicht in sein Herz geschlossen; er sagte dies als kühler Richter, als Mensch, der mit fremdem, kühlem und daher scharfem Blick beobachtet. Es paßte nicht recht, daß er auf Frau Evas Aufforderung wie im Traum antwortete, daß es Prag sicherlich ebenso ergehen werde wie Jerusalem, daß kein Stein auf dem andern bleiben werde, es paßte nicht, aber seine Antwort entsprach ganz den Gedanken, die ihm durch den Kopf gingen.

Und Frau Eva tat auch so, als hätte sie nichts gehört, sie sprach immer weiter und drang in den Mann.

»Du gehst zu einem andern als zu Thurn, such dir irgendeinen jüngeren, energischen, reichen Herrn aus, der wird dann diese Fässer von Magistern im Kolleg schon dazu zwingen, dich zum Professor zu machen – –«

Professor – –

Jawohl, die Sucht, Professor an der Hohen Karlsschule zu werden, hatte sich in ihm festgesetzt wie eine Krankheit, war wie eine schmerzende Wunde, die niemand berühren durfte, ohne ihn arg zu treffen.

Der junge Smiřický fiel ihm plötzlich ein.

»Smiřický ist ein junger Draufgänger, Thurn ist ein verbitterter Soldat, der nur an sich selbst denkt, Smiřický wird etwas zuwege bringen – ich werde Professor sein – Dekan – mit der Zeit Rektor – ich werde meine Schuld wiedergutmachen – was denn für eine Schuld? Was habe ich mir zuschulden kommen lassen? Hab ich etwas Böses getan? Ich habe Michna gewarnt. Was ist das für eine Schuld, was liegt den

Ständen am Leben eines solchen Rothaarigen, dieses Safranschädels – habe ich ein Verdienst daran, daß ich sie vor einem vierten Mord bewahrt habe –«

In diesem Augenblick stellte Frau Eva ein bleiernes Tintenfaß mit schwarzer Tinte vor ihren Mann hin, entfaltete ein grobes Stück Papier, reichte ihm die Feder und sagte. »Da hast du die Feder und schreib; schreib ein hübsches Liedchen über die Jesuiten!«

Nach einer geraumen Weile stieß Mollerus zögernd aus dem Gehege seiner wenigen Zähne die Worte: »Schon um des lieben Friedens willen werde ich etwas tun!«

»Nein, nein, nicht um des Friedens willen, ich werde dich in Frieden lassen: wenn du es nicht aus Klugheit und wegen deiner Familie tust, die wieder zugrunde gehen soll, dann tue lieber nichts. Laß alles laufen, wie es will!«

Dann war es wieder still in dem von der untergehenden Sonne vergoldeten Zimmer.

Drei Tage später brachte Mollerus seine Verse über die Jesuiten zu Smiřický.

Es war ungefähr um die zehnte Stunde nach deutscher Uhr, als kurz darauf der Pedell aus dem Carolinum in die Eisengasse lief, um nachzusehen, ob der Herr Rektor noch nicht unterwegs sei. Auch Herr Samuel von Veleslavín kam aus seinem Buchbinderladen, um zu schauen, ob er schon komme.

»Wißt ihr, wißt ihr, heute soll der Herr Rektor zum ersten Mal zu uns kommen, er ist gleich nach dem Fenstersturz aus Karlsbad zurückgekehrt, aber – wißt ihr – wißt ihr – er sitzt in einem fort bei Beratungen auf der Burg, unsere Magister – wißt ihr – sie sitzen schon eine Stunde da, Magister Troilus flucht schon –«

So plapperte der Pedell, und dabei flatterte das Spitzbärtchen an seinem Kinn. Der hochaufgeschossene Drucker Samuel erblickte den schmucken Doktor Jessenius eher als der Pedell, der die Augen aus den Höhlen kugelte.

»Er kommt schon«, sagte er, »ich sehe schon das schwarze Bärtchen unter seiner Nase, das ungarische Säbelchen schlenkert ihm an der Seite – der verschnürte Rock – ein stattlicher Mann – nun, eben – ein Ritter –«

»Wißt ihr – Er kommt schon!« rief Jičinský kreischend in die Tür des Sommerauditoriums.

Alle standen auf. Kampanus ging bis auf die Treppe hinaus, seine Kollegen gingen mit und hinter ihm. Sie tauschten Begrüßungen mit Jesenský. Obgleich alle ein feierliches Latein sprachen, war zu merken, daß sie ihn nach so vielen Wochen gern wieder sahen. Hatte sich doch unterdessen so vieles ereignet, und alle fühlten wohl, daß sich viel Sonderbares vorbereite. In einer solchen Zeit mußte auch der Herrgott selbst überall nach dem Rechten sehen, und auch an der Universität sollte der leitende Rektor allezeit auf seinem Platz und am Steuer stehen.

Hinter dem Rektor und den Herren Magistern trat der Famulus Jesenskýs in den Saal, mit den Büchern, die der Rektor sogleich an die Magister als munusculum oder Freundesgabe verteilte. Es war seine neueste Schrift, betitelt Zoroaster seu philosophia de universo.

Sobald die Magister an dem langen Tisch Platz genommen hatten, begann Jessenius, sich den Schnurrbart zwirbelnd, zu sprechen; »Doctissimi, reverendissimi – wir haben uns zusammengefunden, und jetzt, da ich wieder mit euch an die Arbeit gehen sollte, muß ich euch mitteilen, daß wir uns abermals trennen müssen. Ihr wißt, daß die Herren Stände des Königreichs Böhmen aus ihrer Mitte eine neue Regierung von dreißig Direktoren gebildet und ein Kriegsaufgebot beschlossen haben, kein Aufgebot des Stadt- und Landvolkes, denn dieses ist jedes Verständnisses bar, sondern sie beschlossen, vorerst zwei Regimenter geschulten Kriegsvolks anzuwerben, nämlich 6000 Mann zu Fuß und 2000 Reiter, ihr seht und hört ja täglich den Rumor der Söldner um euch herum; es ist erfreulich, wie viele Leute aus aller Herren Länder herbeigeströmt sind, jeder will gern den Böhmen dienen; diesen Leuten muß unbedingt geldliche Hilfe geleistet werden, auch unsere Universität muß ihrer Schuldigkeit entsprechend dazu beisteuern, man muß zum Schwert greifen (dabei senkte Kampanus sein Haupt tief zur Tischplatte herab), die Stände haben untertänigst an Seine Königliche Gnaden geschrieben, sie würden nicht das geringste gegen ihn unternehmen, sie seien wohl mit ihm zufrieden, nicht aber mit seinen Ratgebern, die den König dazu aufstacheln, die Stände zu bestrafen, unsere Widersacher römischer Religion schlafen nicht; nächsten Sonntag werden die Priester in den Kirchen darüber Aufklärung geben, daß es um die Religion geht, es steht zwar an den öffentlichen Plätzen geschrieben und gedruckt, aber nicht jeder kann lesen, die Priester werden daher darüber Aufklärung geben, daß die Werbungen zur Verteidigung unseres lieben Vaterlandes und sowohl der gesamten utraquistischen Partei wie auch der gesamten katholischen Partei vorgenommen werden – jawohl – auch zur Verteidigung der römischen Partei – ich sehe, daß die Magister sich wundern – ich bitte euch zur Kenntnis zu nehmen, daß sich gestern sogar Herr Harant und Diviš Černín, beide katholischen Glaubens, zur kriegerischen Verteidigung der böhmischen Stände gemeldet haben. Sie sind sicherlich zur Erkenntnis gekommen, daß die böhmische Krone durch die Praktiken jener vollends ins Verderben geraten wäre, wenn Gott dies nicht verhütet hätte, als es höchste Zeit war. Die Stände wollen auch Hilfe von ihren nahen und fremden Nachbarn erbitten und rüsten eine Gesandtschaft zum Kurfürsten in die Pfalz, zu den niederländischen Ständen, ins Land der fränkischen Krone, Šlik und Fruvein fahren nach Schlesien zu den Fürsten und den Ständen, die aufgrund von Verträgen zu Hilfe kommen sollen, mir selbst wurde auferlegt, als Legat der böhmischen Herren nach Ungarn, nach Preßburg, zum Landtag zu fahren, ich weiß noch nicht wann, aber es wird bald sein, man stellt mir eine Kutsche mit sechs Pferden zur Verfügung, mit eurer Erlaubnis werde ich mir zwei gewandte Studenten aus der Akademie als Begleitung auswählen, von der deutschen Schule habe ich drei ausgesucht, ich bin überzeugt, daß mein den Ständen geleisteter Dienst auch unserer Universität zu Nutzen und Frommen sein wird, so wie ich fest an Gott glaube, deshalb werdet ihr es vielleicht leichter ertragen, daß der Rektor, der in und bei der Schule sein sollte, wieder abreist – der Herr Magister Kampanus ist es schon gewohnt, an meiner Statt mit euch zu arbeiten.«

Während dieser Ansprache war vom Fleischmarkt her mehrmals geräuschvolles Trommeln zu hören, das diese Rede sehr treffend begleitete. Kampanus, der nur mit halbem Ohr hörte, was gesprochen wurde, überlegte sich seine Antwort. Er ist Prorektor, er muß antworten. Aber er war keines zusammenhängenden Gedankens fähig; vorwitzig und unabweislich prägte sich seiner Seele das Bild ein, das er vor Augen hatte: sieben Professoren sitzen da in ihren Magistertalaren, dem Zeichen des ruhigen Zusammenlebens mit den Musen, der Rektor sitzt da, mit einem Türkensäbel oder einem ungarischen Krummsäbel gegürtet – Frieden und Krieg zeigen sich hier in der Versammlung der Lehrer der Karlsschule.

Als jedoch der Rektor geendet hatte, kam Kampanus mit einemmal wieder zu sich, seine Gedanken zusammennehmend sprach er mit sorgenvoller, betrübter Miene: »Gott befohlen. Daß die Herren Stände Eure Magnifizenz in einer wichtigen Legation nach Ungarn zu senden belieben, gereicht auch uns zur Ehre, ich kann aber nicht verheimlichen, daß ich den Krieg nicht liebe, wieder werden die Musen schweigen, das Carolinum wird verstummen und veröden, die Kriegsgeschehnisse sind an sich gefährlich und ihr Ausgang ungewiß, und wenn der Krieg auch glücklich zu Ende geht – und ich hoffe für seine glückliche Beendigung auf die Hilfe Gottes –, kann er doch nicht ohne Schaden und Vernichtung unschuldiger Menschen verlaufen. Auch mißfällt es mir – verzeiht – ich bin Lehrer der Geschichte – es mißfällt mir, daß, wenn es um die Verteidigung des Vaterlandes und der Religion geht, sich nicht das ganze tschechische Volk erhebt; als es vor zweihundert Jahren um die Rettung der Sprache und des Kelches ging, schlug der schwache Hussitenhaufe unter Žižka von Trocnov Tausende und aber Tausende wütende Feinde aufs Haupt – jetzt werden Fremde angeworben, eine Handvoll Fremder, von denen man befürchten muß, daß sie sich bei der geringsten Unzufriedenheit zur Gegenseite schlagen und helfen werden, diejenigen zu schlagen, die sie ausgeschickt haben. Aber nehmt keinen Anstoß: ich weiß, daß es Schulmeistern nicht geziemt, über kriegerische Dinge zu reden.«

Die Magister schienen den verdrießlichen Gedanken Kampanus' nicht zuzustimmen. Nur Troilus nickte ernst mit dem Kopf.

Der großnasige Magister der Sternkunde Basilides seufzte tief auf, was auch als Einverständnis mit der Rede Kampanus' gedeutet werden konnte.

Šultys dagegen meldete sich voll Eifer zu Wort und sagte mit vor Erregung sich überschlagender Stimme: »Wir müssen uns wehren. Als die Stände der Niederlande mit ihren Bitten nichts ausrichteten, widersetzten sie sich den Spaniern, von denen sie wegen ihres evangelischen Glaubens bedrückt wurden, sie widersetzten sich mit dem Schwert, und Gott segnete sie – –«

Jesenský meinte dazu besänftigend: »Wir müssen uns mit dem Zeugnis unseres Herrn Jesus Christus trösten, der da sagte, er sei auf Erden gekommen, nicht um den Frieden, sondern das Schwert zu senden – durch das ritterliche Wesen wird der Glaube und die

Kirche gestärkt, die Stände haben lange überlegt, wie groß das Kriegsaufgebot sein soll, wenn jetzt ein Häuflein angeworben wird, dann wird binnen kurzem ein zweites, ein drittes geworben. Das Königreich Böhmen ist reich, den tschechischen Menschen in Stadt und Land wird keine Unbill widerfahren, wir werden den Krieg nicht im Lande haben, man wird dem Feind über die Grenzen entgegenziehen, deshalb sei für unsere Schule nichts zu befürchten, die wird noch aufblühen, ich kann euch verraten, daß man an die Austreibung der wühlerischen Jesuitensekte aus dem ganzen Königreich und für ewige Zeiten denkt. Es gibt auch Stimmen aus den Reihen der Gemeinde, die dafür eintreten, gestern wurden schon auf der Brücke, an den Kirchen, an den Prangern darüber Liedchen angeschlagen, die Herren Direktoren haben schon etwas in Druck gegeben, daraus wird unsere Schule doch gewinnen, wer bequem und billig lernen will, muß zu uns kommen, auch die Römischen müssen zu uns, ebenso wie bisher diejenigen Evangelischen, die auf beiden Füßen hinkten, ihre Söhne zu jenen, zu den Jesuiten, ins Kolleg geschickt haben. Nun, mein lieber Magister und Poet, lieber Kampanus, sag endlich amen zu dem, was du nicht abwenden kannst, und vertraue auf Gott. Die Herren Direktoren ordnen Gebete an, sie haben fürs Volk ein tschechisches Gebet gedruckt herausgegeben, ich habe für unsere Studenten ein kürzeres lateinisches Gebet verfaßt, ich bitte euch, es gutzuheißen oder zu verbessern und auch ins Tschechische zu übersetzen, nur bitte ich, daß im Gebet die Zeile verbleibt, der wundertätige Gott möge den Kaiser und König, unseren gnädigen Herrn, zu Frieden und Milde geneigt machen und den drei Ständen, den Direktoren und unserer Akademie weise Erleuchtung schenken – den Segenswunsch für den König haben auch die Direktoren in ihrem Gebet und stellen ihn mit Nachdruck an die Spitze.«

Kampanus übernahm es, das akademische Gebet niederzuschreiben, las es still durch und übersetzte es sofort. Jesenský sprach unterdessen weiter. Er erzählte, daß es ihm gelungen sei, den jungen Kamenek in der Direktorenkanzlei auf der Burg unterzubringen: »Er hat euch genug geärgert, hat euch, wie ich höre, ohne Unterlaß belästigt; Magister Kampanus soll es einige hübsche Schock Groschen gekostet haben – jetzt werdet ihr Ruhe haben, der Junge ist Schreiber geworden und ist dafür dankbar.«

Als die Versammlung der Professoren das Gebet in beiden Sprachen genehmigt hatte, strich sich Magister Troilus aufgeregt über den schwarzen Bart und bat die Kollegen, noch nicht aufzustehen.

»Ich bitte euch alle um die Erlaubnis, die Stelle des ersten Schreibers oder Kanzlers in der Altstadt anzunehmen, der Schreiber Andreae ist ebenso wie Michna davongelaufen, einige Ratsherren katholischen Glaubens sind mit ihm gegangen, und die, die im Rat zurückblieben, wollen, daß ich das Kanzleramt übernehme, was mir nicht unerwünscht ist, in der Schreibstube im Rathaus saßen schon nicht wenige Professoren, Vorgänger von uns. Ich erhebe keine Vorwürfe, aber ihr alle wißt, daß wir es in der Akademie nicht so haben, wie es sich gebührt.«

Doktor Jessenius wollte Troilus einigemal ungeduldig in die Rede fallen – endlich kam er zu Wort.

»Recht so, da wird eine Stelle frei – das kommt wie gerufen, edle Herren, ich bitte euch zu erwägen, ob man auf diesen Posten nicht Magister Mollerus Opatovinus berufen sollte, die Herren Direktoren haben mir auferlegt, ihn euch zu empfehlen, das trifft sich gut, ich selbst kenne Moller nicht näher, aber die führenden Männer unter den Herren Direktoren sähen gerne, daß ihr ihn zur Professur beriefet!«

Diese Rede wirkte so, als wenn ein Soldat eine Sprengpetarde am Tor einer feindlichen Burg befestigt und wartet, daß sie explodiert und eine Bresche schlägt, dem vordringenden Feind einen Zugang verschafft.

Alle wandten sich fragend Kampanus zu.

Der sagte nichts.

Peinliche Stille, die nur vom Rasseln der deutschen Uhr im Kasten unterbrochen wurde.

Der Sterndeuter Basil, der am weitesten entfernt saß, streckte den Hals und verdrehte ihn in der Richtung zu Kampanus hin, wobei er Šultys zuflüsterte: »Und warum denn nicht?«

Der ruppige Šultys brummte ihm bloß ins Ohr: »Sag das nicht, sonst sag ich dir, daß ein Aas dem andern nicht stinkt!«

Dabei machte er mit der Hand und dem Ellbogen eine so unzweideutige, ganz unprofessorenhafte Bewegung, daß Basilides seinen Hals schleunigst wieder in die normale Lage brachte und Nase und Augen starr auf den Tisch richtete.

Doktor Jessenius schaute verwundert von einem zum anderen – er verstand nicht.

Angesichts dieses sonderbaren Stillschweigens

hielt es der Dekan der Fakultät der freien Künste Fradelius für seine Pflicht, etwas zu sagen. Er schob sich die Halskrause, die ihn sichtlich beengte, zurecht und brachte als Einwand gegen Mollerus vor, dieser sei ein Allerweltsschuldner, der jedermann Geld schulde: »Wenn schon in unserer armen Fakultät kein Magister mit einem Haus zur Professur gelangen kann, dann soll ein Magister, der Schulden hat, erst recht draußen bleiben!«

In dem Schweigen war nur die deutsche Uhr und ihr metallener trauriger Schlag hörbar.

Kampanus riß seine Blicke von den Rippen der gotischen Wölbung los und machte der Beratung über den neuen Professor ein jähes Ende: »Es geht um die Ehrbarkeit unserer armen, aber ruhmvollen Schule. Wenn ihr Mollerus beruft, dann verlasse ich sie.«

Rasch und voll Feuer fiel Jessenius ein: »Nur das nicht, das nicht, lassen wir es also, für Ihre Gnaden die Herren Direktoren werde ich schon eine Ausrede finden – seid deshalb nicht ungehalten, es ist nichts geschehen – vergeßt meinen Antrag – hier, liebe Freunde, lege ich euch das Patent der Direktoren über meine Legation nach Preßburg vor, und du, geschätzter Magister Kampanus, unser Stolz, nimm gefälligst das Rektorsiegel aus meinen Händen in Empfang. Möge euch Gott, der Allmächtige, beistehen!«

Mit diesen Worten erhob er sich und segnete alle, wobei er jedem herzlich die Hand drückte.

»Möge dich Gott von seinen Engeln begleiten lassen!« wünschte Kampanus ihm glückliche Reise, und der schmucke ungarische Ritter entfernte sich, seinen Schnurrbart drehend und mit dem Krummsäbel über die Lehmfliesen klappernd.

In der Tür stieß er mit dem hageren, hoch aufgeschossenen Pedell Jičinský zusammen, der ein Papier in der Hand hielt. Seine Augen funkelten dabei nur so, und das Kinnbärtchen schwippte unruhig. Er sprach lateinisch und ziemlich fließend. Es war ersichtlich, daß er sich darauf vorbereitet hatte. Beim Lateinischsprechen fehlte sein Wißt ihr, wißt ihr –. Er sagte mit wenigen Worten, daß er, der Pedell der Karlsakademie, ebenfalls Gebete für unruhige Zeitläufe geschrieben und in Verse gebracht habe, nun wolle er sie dem Rektor und den übrigen Herren als seinen Beschützern mit der Bitte übergeben, bei der Drucklegung der Gedichte behilflich zu sein.

Der ungarische Ritter lächelte freundlich, zog aus der Tasche unter dem Säbel ein kleines Beutelchen hervor und reichte dem Pedell ein größeres Goldstück, es mochte ein Portugaleser sein.

Jičinský war eitel Freude und ganz verwirrt.

»Gratias Magnifice reverendissime – wißt ihr – domine –«

Moller erwartete Basilides in der Eisengasse. Das Warten war nicht leicht, denn fortwährend durcheilte eine Menge Volkes aller Art, Zuschauer und Soldaten, die enge Gasse zum Ring.

Aber er wartete nicht umsonst. Endlich erblickte er in der Menge den großen Kopf mit der Hakennase.

»Also, sprich, Zodiakus, was habt ihr denn ausgeknobelt?«

»Aber nichts, ich habe mich für dich eingesetzt,

wie ich es dir versprochen habe, aber alle sind wie Wespen über mich hergefallen, am ärgsten Šultys!«

»Šultys?« wiederholte Moller, und sein Gesicht rötete sich.

»Ei, ei, so ein Lümmel, Strolch, Rüpel!«

»Ich achte Kampanus«, fuhr der Magister der Sternkunde fort, »er ist unter den Professoren der bedeutendste, aber daß er so heftig und ohne Unterlaß gegen dich ist, darin liegt ein Stück törichte Übergelehrtheit oder übelwollende Halsstarrigkeit; anders kann ich das nicht verstehen – ich habe mich für dich auch gegen ihn eingesetzt, glaub es mir!«

»Ach was, hat mich Kampanus bei den Magistern angeschwärzt, daß ich verheiratet bin?«

»Kein Wort davon, weiß er es überhaupt?«

»Er weiß es sehr gut, natürlich, er hat mir ja vorgeworfen, daß ich mein unschuldiges Weib und die noch unschuldigeren Kinder in Not gebracht habe, er weiß es, alles ist ihm bekannt, dafür sorgen schon die Kollegen.«

Am Ring, wo das Menschengewühl am dichtesten war, trennten sie sich. Basilides behauptete nochmals, er sei wegen Moller mit allen in Streit geraten. Mollerus bedankte sich schließlich und fügte hinzu: »Ich bin ein armseliger Wicht, ein Aschenbrödel, aber ich werde es nicht ewig bleiben, eine Ahnung sagt mir – auch das Aschenbrödel ist Königin geworden, leb wohl!«

Diese Worte fielen am Ausgang der Eisengasse, wo es von Menschen wimmelte. Basilides ging wieder die Gasse hinauf, er wollte sich nicht auf dem Ring herumdrängen, denn er konnte ja auf einem anderen Weg auf die Kleinseite nach Hause gelangen.

Moller keilte sich in den Menschenhaufen ein.

»Mordidi, Herr Magister«, begrüßte Pulpit den Schulmeister von St. Peter, »das sind wunderliche Tage, ich laufe mir auf dem Pflaster die Füße ab, ich komme vom Roßmarkt, wo man Pferde mustert, das war etwas, mordidi, war das lustig, heute ist Schluß damit. Heute soll angeblich alles, was angeworben wird und schon gemustert ist, dem Kommando Thurns unterstellt werden, den haben sie, mordidi, zum Generalleutnant gemacht, er wird wohl da irgendwo sein –

»Das alles weiß ich«, erwidert der gelehrte Magister, »das kannst du dir schenken, aber jetzt leih mir vier Batzen, deshalb wird dich nicht der Teufel holen, vier Batzen können dir doch nichts ausmachen!«

In diesem Augenblick wirbelt hinter den beiden Trommelschlag, man sieht, der Trommler will sich vom Gasthof im oberen Teil der Stadt durch den Haufen einen Weg bahnen. Es sind acht Männer, junge Burschen und bejahrte Leute – Soldaten – zwei haben Musketen, zwei tragen auf der Schulter lange Piken, an denen ein Bündelchen, die ganze Habe der Soldaten, baumelt, drei von ihnen haben vorn auf der Brust einen Blechpanzer, sie alle sind mit irgendeiner Hiebwaffe ausgerüstet. An ihrer Seite schreiten recht wacker vier Frauen einher, zwei von ihnen tragen Kinder auf dem Rücken, die sie mit schmutzigen Tüchern festgebunden haben.

»Mordidi, der hat eine rostige Muskete«, wies Pulpit auf einen von ihnen. Mollerus bemerkte wieder, daß ein anderer löchrige Schuhe habe, und sagte spöttisch: »Nun, Bursche, du bist ausstaffiert!«

Pulpit und sein Freund folgten dem Haufen und gelangten ohne Mühe auf den Ring.

Heißa, hier gab es ein Treiben! Lärm vom holprigen Pflaster bis zu den Dächern der alten Häuser hinauf, überall Menschen, in allen Fenstern Menschen, überall Bewegung.

In der Mitte des Rings war es etwas leerer, aber in den vier Ecken standen vier Menschenhaufen, die schon von weitem durch vier Fahnen auf hohen Stangen bezeichnet waren. Hierher drängte sich allerlei Volk.

Dabei standen die Haufen nicht fest wie eine Wand, sie wogten hin und her, rissen auseinander, hier waren Menschen, dort waren Menschen, und Geschrei gab es mehr als genug.

Mollerus zog Pulpit zu dem Haufen hin, der unter den Lauben bei der Týnkirche eingezwängt stand, denn der rundliche Magister wollte in den kühlen Schatten gelangen; die Junisonne brannte wie toll.

Hart am Eingang in den Vorsaal stand ein derber Tisch, daneben ein Offizier, ein Fahnenjunker oder Fähnrich, zwei Korporäle, ein Feldwebel, und als fünfter saß ein Schreiber da – ei, Moller erkannte ihn, es war der junge Kamenek, der Schreiber der Herren Direktoren.

Auf dem Tische liegt Geld in abgezählten Häufchen, in jedem Häufchen wohl die gleiche Anzahl von Kreuzern oder Groschen, der Schreiber hat ein Bündel von Zetteln und ein Stückchen Rötel, mit dem er den Namen des Soldaten aufschreibt, der eben ein Häufchen Geld in Empfang genommen hat, als Handgeld für den Dienst, zu dem er sich dem Lande Böhmen und den böhmischen Ständen verdingt hat.

Pulpit und Mollerus kamen eben dazu, als die Frau eines Soldaten, der hölzern wie ein Baum dastand, für ihn den Handel abschloß. In einer dem Deutschen ähnlichen Sprache wiederholte sie hurtig immer wieder, ihr Mann sei Doppelsöldner, ein Pikenträger, dem die doppelte Löhnung gebühre, sechs Kreuzer täglich und im Felde das Doppelte, anders mache er nicht mit, aber die Männer am Tische verstanden das alles nicht gleich, es dauerte ein Weilchen, bis sie es begriffen.

Es dauerte wieder eine Weile, bis die Werbekommission auf dem Entlassungsschein den Namen dieses Kerls mit dem stummen, aufgeblasenen Maul entziffert hatte.

Endlich erhielt der Soldat von Kamenek den Doppelsoldschein auf seinen Namen, und wieder verstrich geraume Zeit unter viel Gerede, ehe man ihm erklärt hatte, daß er sich seine Waffe aus dem Rathaus holen müsse, obgleich man immer wieder auf dieses Haus hinwies.

Zwei junge Leute aus Rakovník, ein Bürger und ein Schmiedegeselle, waren rasch abgefertigt und eingetragen. Die Filzhüte auf dem Rücken und ihre Zettel in der Hand, verschwanden sie in der Menge.

Dann trat ein französischer Landstreicher heran, der recht stattlich gebaut war und eine Muskete samt Gabel und Bandelier hatte, auch seine Kleider waren nicht allzu schäbig. Er wollte sich als Korporal einschreiben lassen. Mit ungelenker Zunge und stöhnend feilschte einer der Korporäle mit ihm. Dem

Franzosen waren zwei rheinische Gulden in der Woche zu wenig. Gleichsam zum Abschied und als endgültigen Bescheid sagte der Korporal zum Franzosen: »On ne me paie que deux florins, je suis aussi corporal et je suis content!« Zwei Gulden, zeigte er mit den Fingern, um seinen Worten Nachdruck zu geben.

Ein junger Jude trat heran und wollte unter die Soldaten. Pulpit konnte sich nicht zurückhalten: »Mordidi, jagt den Schmul davon!« Mit großem Hallo wurde der Jude bald aus der Menge hinausgedrängt und gestoßen, dabei grinste der Abgewiesene so, daß man nicht recht erkennen konnte, ob er diesen Schimpf bedauerte oder sich darüber freute, in so gelungener Weise zur allgemeinen Heiterkeit und Unterhaltung beigetragen zu haben.

In diesem Augenblick gelang es Mollerus, aus Pulpit die vier Batzen herauszuschlagen. Die Ringlein beiseite schiebend zog Pulpit sehr gemächlich und wie im Traum die sechzehn Kreuzer aus seinem Beutelchen hervor. Statt zu danken, tröstete der Magister der freien Künste den Kürschnermeister: »Ach was, du betrügst doch irgendeinen Christenmenschen mit deinem haarigen Plunder und hast das Geld wieder im Säckel.«

Dann wandten sich die beiden der gegenüberliegenden Seite des Rings zu. Als sie die Mitte des weiten Platzes erreichten, glaubten sie sich auf einem Jahrmarkt. Alle paar Schritte gab es einen Verkaufsstand, ein Tischchen, einen umgestürzten Tragkorb mit Semmeln, Lebkuchen, Branntwein, und ein flinker Schankbursche schenkte auf einem Wägelchen sogar ein Faß Bier aus. Überall gab es Geschrei, Unterhaltung, Jauchzen. Die Soldaten sprechen wunderliche, unbekannte Sprachen, singen, brüllen, fuchteln mit den Händen, stampfen mit den Füßen, ihre Weiber zerren sie vom Branntwein weg, hie und da hört man das Aufklatschen einer Maulschelle, einmal bekommt sie die Frau vom Mann, bei einem anderen Stand der Mann von der Frau – dort führt eine der lustigen Soldatenfrauen ihren über den neuen Dienst sehr begeisterten Soldaten auf einem Schubkarren weg. Ein aufgeschreckter Hund läuft verzweifelt vor dem Karren und den närrischen Leutchen davon.

Am lustigsten geht es beim Marmorbrunnen unter der St.-Wenzels-Kirche zu, da sitzt der Jude Herold auf einem umgestürzten Korb und spielt sein Liedchen, das besonders den jungen Soldatenweibern und den Prager Gassenbuben gefällt. Hier ist alles wie von einem bösen und ausgelassenen Geist besessen. Ein paar Soldaten zeigen den Frauenzimmern das Krönov-Haus, wo ein paar heidnische Göttinnen nackt aufgemalt sind.

Dieses Leben und Treiben versetzte Mollerus in so heitere Laune, daß er die Schule, Frau und Kinder, die Professur, kurzum alles vergaß.

Beim Pranger, an dem noch ein Restchen Papier mit dem Spottgedicht gegen die Jesuiten hing, konnte sich ein unredlicher Branntweinverkäufer mit einem Soldaten über die Bezahlung nicht einig werden.

»Zum Henker, in welcher Sprache redet dieser Kerl?« fragte Pulpit den gelehrten Moller.

»Ach was – das wird einer von den Nordlandvölkern sein, ein Irländer!« In Wirklichkeit aber hatte

Moller keine Ahnung und wußte nichts, stellte aber Pulpit damit zufrieden und belehrte ihn, daß dieser Soldat zum Nordlandvolk gehöre.

Als der Irländer mit dem Trödler handelseins geworden war, kroch er auf den eisernen Käfig, in den man Sündige und Unzüchtige zu sperren pflegte, da saß das Söldnerlein und streckte zum allgemeinen Gelächter die Zunge heraus.

Da erhob sich plötzlich Gebrüll, ein Auflauf – die Freunde mußten beiseite treten –, ein junger Mönch mit einem Zettel in der Hand wurde unter Jubel herangeführt, und die ihn führten, schrien, der Mönch habe sich anwerben lassen und habe Handgeld genommen; die Prager Jugend brachte ihn zum Rathaus, wo er die Klerika ablegen und seine Waffe in Empfang nehmen sollte.

Beim Uhrturm traf Moller den Ratsherrn Wenzel Bílek. Gerade kam Thurn hoch zu Roß mit seinem Sohn, einem kleinen, aber über die Maßen lebhaften Männchen, und einem zweiten prächtigen Reiter mit hohem, goldbebändertem Hut und einer Goldkette auf der Brust vor das Rathaus gesprengt.

»Wer ist das?« erkundigte sich Moller bei Bílek.

»Das ist doch Hohenlohe, der Herr auf Kosmonos, den haben die Direktoren neben Thurn zum Generalleutnant gewählt; ich glaube, daß Thurn daran keine Freude hat.«

Die Herren ritten weiter, den Ring hinauf. Sie sprachen deutsch.

»Mordidi, lauter Deutsche, den Teufel auch, ich liebe die Kriegsgreuel nicht, jetzt wird es uns an den Kragen gehen!«

»Was hilft das«, erwiderte Bílek, sein graues Haupt schüttelnd, »Herr von Bubna hat uns gestern im Rat gesagt, daß der kaiserliche General Dampiro schon an die böhmische Grenze zieht, wir müssen vorsorgen, Gewalt gegen Gewalt, da hilft kein Jammern!«

Vom Rathaustor bis auf den Kleinen Ring standen in einer Reihe zehn gedeckte Bauernfuhrwerke, die Pulver, Kugeln, Schrot, Schaufeln, Spaten, Hakken und anderes Schanzzeug aufgeladen hatten. Mancher der Wagen war mit zwei Pferden, mancher mit vier bespannt. Der Fuhrknecht oder der Bauer selbst standen dabei, einige von ihnen gut bewaffnet; sie warteten auf den Befehl zur Abfahrt.

Thurns Feldsekretär, ein stattlicher junger Mann mit einem ansehnlichen Schnurrbart, begann sofort, als er des Ratsherrn Bílek ansichtig wurde, sich über einen Bauern aus Vršovice zu beklagen: »Das hat seine Not mit diesen Nachteulen, ein Schock und 15 Groschen wöchentlich ist ihm für den Fuhrknecht zu wenig, den Wagen schätzt er auf 189 rheinische Taler ein, er will die Gewähr dafür haben, daß alles, Wagen, Pferde und Geschirr, unbeschädigt zurückgestellt wird, ich erkläre ihm, daß die Herren Stände ihm alles ersetzen würden, was verlorengehen sollte, aber es ist vergebliche Mühe, mit ihm zu reden, hat dich der Teufel hergeführt, du Tölpel, daß du auf keinen Vorschlag eingehen willst?«

Mit diesen Worten wandte sich der Sekretär an den Bauern, der bereits in aller Ruhe Spitzhacken, breite Schaufeln und Spaten vom Wagen auf die Erde abzuladen begann.

»Hüh, hüh«, schreien da zwei, die eine Karre zum Rathaus ziehen und stoßen.

»Wieviel Pulver schickt da der Salpetersieder?« fragt der Sekretär.

»Drei Zentner, hier steht es aufgeschrieben«, antwortete ihm jemand und reichte ihm einen Zettel.

Einzeln und zu zweit verließen die angeworbenen Soldaten, schon mit den Waffen der böhmischen Stände ausgerüstet, sofern sie ihrer bedurften, das Rathaus. Sie versammelten sich auf dem Ring.

Moller blieb bei Bílek, beide traten in die untere Halle des Rathauses ein.

Ging es schon auf dem Ring wie in einem Ameisenhaufen zu, war hier das Gedränge noch dichter, geräuschvoller, verwirrter. Treppauf, treppab laufen Männer, Frauen, Herren, Bürger, Soldaten, Soldatendirnen, Büttel, Gerichtsdiener, Ratsherren – alles bewegt sich, stößt sich, leuchtet in bunten Farben, jagt umher, spricht, brüllt.

Der Generalwachtmeister Herr von Bubna steht in diesem Wirrwarr unter einer steinernen Säule und beaufsichtigt die Soldaten, die dem Regimentsschultheiß, dem Soldatenvogt, ihre Zettelchen abgeben. Der reicht sie einen nach dem anderen dem Hauptmann und der wieder dem Feldscher. Sie alle sprechen mit den herankommenden Soldaten, soweit sie es können. Am schärfsten beobachtet die Soldaten der Feldscher. Auch Doktor Borbonius steht von Zeit zu Zeit vom Tisch auf, um sich einen Soldaten anzusehen. Einen siechen Mann konnten sie nicht gebrauchen, wohl gab man beim Werbetisch auf dem Ring darauf acht, aber der Teufel schläft nicht, und die Zettel können Unberufenen in die Hände fallen, der Teufel steht diesem Soldatengesindel immer getreulich zur Seite.

Der angeworbene Doppelsöldner konnte sich eine Pike oder einen Spieß aussuchen, von denen ein ganzer Wald bei der Wand lag; die Musketiere mußten hinunter in den gewölbten Saal der Vorhalle und erhielten da die Muskete der böhmischen Stände, sie mußten unterschreiben, daß sie sie zurückerstatten werden, oder sie behielten ihre eigene Muskete, aber die Büchsenmacher – sogar ein zweiter Meister ist da – untersuchen, ob die Büchse des Soldaten geeignet ist oder nicht. Sie untersuchen den Lauf, das Zielkorn und vor allem das Luntenschloß mit dem Schlüsselchen, das zum Aufziehen des Schlosses nach dem Abschuß dient. Im selben Saal teilt der Feldwebel mit einem ständischen Schreiber blecherne Brustpanzer und Blechkragen an die Soldaten aus, aber es langt nicht für alle, und die Blechpanzer sind verschiedener Art.

Sušický oder Samuel Veleslavín nahmen sich all derer an, die zerschlissenes Schuhwerk hatten, und führten sie in eine Nebenkammer, wohin die Prager Schuster am Vortag viele Schock Schuhe und gewöhnliche sowie auch Reiterstiefel gebracht hatten. Sušický war schon heiser, denn er mußte sich mit jedem herumstreiten, keiner wollte für die Stiefel 13 Groschen zahlen. Der stattliche Veleslavín haderte nicht, wenn ein Soldat allzu viele Worte machte, er riß ihm die Stiefel aus der Hand, warf sie auf den Haufen zurück und wies ihm die Tür; dabei sagte er bald lateinisch, bald tschechisch: entweder du kaufst, oder raus! Das verstanden die Soldaten jeder Volkszugehörigkeit und Herkunft sehr gut.

Herr Bubna gestattete gerade einem, die Schuhe auf Borg zu nehmen, der schuldige Betrag sollte ihm vom Tagessold abgezogen werden.

Die Frau des Regimentsschultheißen, ein untersetztes Frauenzimmer mit breitem, rotem Gesicht, führte von oben einen jungen, hübschen Soldaten herein, niemand hätte in ihm den Mönch erkannt; das einzige Kennzeichen, das ihn verriet – die große geschorene Mönchstonsur –, war von der stählernen Kopfbedeckung, einer Sturmhaube, verdeckt.

Als Bubna den Soldaten erblickte und seine Beschützerin angehört hatte, machte er ihn gleich zum Militärschreiber mit zwei rheinischen Gulden Löhnung wöchentlich. Er hieß den Mönch, sich nicht mehr allzuweit zu entfernen, denn binnen kurzem werde der Stab vorausgeschickt werden, und er gehöre zum Stab.

Die Frau des Regimentsvogtes wandte sich wieder dem Jüngling zu und führte ihn hinaus.

»Schau«, sagte Mollerus, »wie wacker die Alte das Mönchlein verführt, das ist jetzt ein Sodom!«

Als Mollerus den feisten Bürgermeister Celestin mit dem Grafen Bubna sehr freundlich, aufgeräumt und mit leuchtenden Augen sprechen sah, sagte er mit beißendem Spott: »Die Herren am Rathaus sind weich geworden und haben sich schnell in ihre neue Rolle gefunden, das steht ihnen gut an!«

Bílek antwortete. »Nun, die Katholiken bleiben zu Hause, der kaiserliche Vogt ist auf und davon, manchem unsrer Ratsherren ist ein zentnerschweres

Gewicht vom gebeugten Rücken gefallen, und er hat sich aufgerichtet. Lebt wohl!« Er reichte beiden die Hand.

»Ei, was denn, wohin?« fragte Mollerus neugierig.

»Wir, die Ratsherren und Gemeindeältesten, sollen uns versammeln, um, sobald das Heer abzieht, mit einigen der Direktoren zum Tor, ich weiß nicht zu welchem, hinauszugehen, um dort, als gutes Beispiel für die Gemeinde, ein jeder ein paar Spatenstiche zur Errichtung und Ausbesserung der Schanzen zu machen; aus den übrigen Rathäusern geht man auch zum nächsten Tor, das hat Budovec ausgedacht, um den Eifer der Gemeinde anzufeuern, ich gehe gern, denn mir gefällt es!«

Mollerus grinste, sagte aber nichts. Als er mit dem Kürschner wieder auf den Ring kam, bemerkte er auf den ersten Blick eine gewaltige Veränderung; die Läden, Tischchen, Verkäuferinnen, Händler, Semmeln, Branntwein, alles war weg, alles irgendwohin in die Winkel verschwunden, die Zuschauer drängten sich auf den gepflasterten Steigen längs der Häuser, in den Lauben und Hausfluren, oder waren in die Gassen zurückgewichen, und auf dem geräumten Platz versammelte sich ein Fähnchen Fußvolk, das eben angeworben, eingekleidet und mit Waffen ausgerüstet worden war.

Einzelne Männer kommen noch immer vom Rathaus her und schließen sich der Gruppe an, in deren Mitte der Leutnant, ein Fahnenjunker mit einer seidenen, an einer langen Lanze befestigten Standarte steht. Auf dem Feldzeichen ist ein Löwe gestickt.

Rund um den Fahnenträger stehen in einem dichten Viereck nach Pulpits Schätzung mindestens achtzig Pikenträger mit erschrecklich langen Piken. Das Viereck der Pikenträger ist eingeschlossen von einem Viereck von Musketieren, die ihre Feuerwaffen, Arkebusen oder Musketen geschultert tragen. Am Gürtel haben sie die Pulverbüchse oder einen Beutel hängen.

Die meisten haben breite Hüte auf dem Kopf, mit oder ohne Feder, einige haben geränderte Helme, andere wieder Helme mit kammartigem Aufsatz. Man sieht Pluderhosen in allen Farben. Einige haben ganz breite, andere enge, die Strümpfe sind hier aus Leinwand, da aus Tuch oder Leder, und mehr als einer hat zusammengeflickte Beinlinge.

»Siehst du, Magister«, schwatzte Pulpit, »da sind nicht mehr als zweihundert Musketiere, und – sieh nur – alle sehen wie die Passauer räuberischen Angedenkens aus, mordidi, ganz wie die Passauer, dieselbe Ordnung, an jedem Flügel ein Kaparel, im ganzen Fähnchen habe ich acht Kaparele gezählt, schau nur, das sind die, die etwas vom Papier herunterlesen, wahrscheinlich die Namen; vorn steht ein einziger Feldwebel, nicht mehr, ein Leutnant, und der hier zu Pferde ist der Hauptmann oder Kapitän. Jetzt sehen die Burschen, mordidi, doch ein bißchen besser aus, jetzt könnten sie einem schon Angst einjagen.«

Mollerus hatte seine Augen anderswo; er beobachtete die adeligen Herren, die auf ihren Pferden seitwärts um Thurn herumstanden. Unter ihnen war von weitem der junge Smiřický zu erkennen, der heute prächtig wie zu einer Hochzeit angetan war.

Thurn trug zwar seinen alten großen grauen Spitzhut, aber die große Straußenfeder daran war sichtlich neu, denn sie leuchtete schneeweiß.

Die Leute wiesen neugierig auf Harant, der prachtvoll gekleidet im blanken Küraß und im Kettenpanzer hübsch ausgerüstet auf einem Apfelschimmel saß.

Aus der Eisengasse ertönten Trompeten. Ihr Schall wurde immer stärker, bis endlich – nachdem das Volk vom Marktplatz abgedrängt worden war – Berbisdorf an der Spitze eines Fähnleins der zuletzt angeworbenen Reiter im Trab aus der Gasse herausgeritten kam. Er entbot den Herren einen ehrerbietigen, soldatischen Gruß.

Thurn reitet ihm ein paar Schritte entgegen und betrachtet aus der Nähe mit Kennerauge die Pferde und die Dragoner, er scheint zufrieden zu sein, wenigstens blickt er nicht finster drein. Manche der Dragoner haben Piken, die meisten haben auf dem Rücken Musketen hängen, und fast alle haben an einem Riemen im Gürtel eine Pistole oder einen Karabiner stecken. Vorn an der Brust sind alle gepanzert, nur wenige haben einen Rückenpanzer. Alle tragen Helme – Pickelhauben – mit blattförmigen Wangenschützern und mit drei Eisenstreifen über Augen und Nase. Hinter einem solchen Gitter sehen die Reiter furchterweckend aus. Die Reiterröcke der Soldaten sind nicht gleich, manche sind so abgewetzt, daß ihre Farbe nicht zu erkennen ist. Die Standarte, auch Kornett genannt, die ein hübscher Offizier in der Faust hält, trägt in Gold die Inschrift: »Fide Deo.«

Langsam trabend suchte und fand das Fähnlein seinen Platz neben dem Fähnlein des Fußvolkes. Gerade beendete der Kapitän, der am meisten von allen mit Eisen behängt war, die Runde um sein Fähnlein, trabte auf den Oberstleutnant zu, der seine Meldung und das Verzeichnis entgegennahm, und ritt dann zum obersten Befehlshaber Thurn, dem er meldete, daß das Fähnlein gestellt sei – 280 Mann – mehr waren es vorläufig nicht. Dabei überreichte er eine Handvoll schmaler langer Heftchen mit den Namen der Soldaten.

Kurz darauf rasselten die Trommeln in wirbelndem Schlag, und die zwei Trompeten und die Pfeifen des Reiterfähnleins gellten dazwischen.

Während sich Thurn mit Herrn Wenzel Wilhelm von Roupov, dem Präsidenten der Direktoren, unterhielt, näherte er sich den Soldaten, dicht hinter ihm ritten die anderen Herren, unter denen Smiřický durch seine prächtige Kleidung und seine fast weibische Geziertheit die Aufmerksamkeit der Zuschauer gefangennahm – er trug wieder Schühchen aus rotem Leder und eine bunte, so hübsch gefaltete Halskrause, daß sich keine einzige der Damen, die aus den Fenstern auf den Ring herabschauten, in ihrer Pracht mit ihm vergleichen konnte.

Joachim Šliks bläuliche Pflaumenaugen suchten in den Fenstern nach seiner Gattin, Frau Ursula, wobei seine Blicke jedoch mit Vergnügen auch an jüngeren und hübscheren Gesichtern haftenblieben, als es Frau Ursula besaß.

Wilhelm von Lobkovic und Kolonna von Felz erweckten mit ihren kräftigen Körpern, der finsteren

Stirn und den strengen Augen einen wahrhaft soldatischen Eindruck.

Herr Varlejch von Bubna und der alte Kaplíř schlossen sich an, beide waren ohne Pferd, Herr von Bubna hatte jedoch einen Reitermantel übergeworfen. Aufgeregt zwirbelte er jeden Augenblick an seinem großen Schnurrbart.

Der gellende Lärm der Trommeln und Trompeten brach ab. Man konnte eine Männerstimme hören, die die Worte so kräftig aus der Kehle stieß, daß das Erz der Stimme von Zeit zu Zeit in ein häßliches Krächzen überschlug. Da las der Oberstleutnant, ein junger Mann, der auf einer hochbeinigen Stute saß, den angeworbenen Soldaten den Fahneneid in deutscher Sprache vor.

»Wir schwören – Gott dem Allmächtigen – den Ständen des Kunigreichs Böhmen – schuldigen Gehorsam zu leisten, unseren – es war nicht zu verstehen, was er schrie – Offizieren – und in dieser vorstehender noth – bei dem Fändl bis im todt beständig und standhafftig sein zu wollen – das helf uns Gott – allmächtige –«

Darauf vernahm man den Sekretär des Oberkommandierenden Thurn mit lauter Stimme, tschechisch: »Wir schwören bei Gott dem Herrn – den Herren Ständen und den Direktoren dieses ruhmvollen Königreichs Böhmen, unseren Obersten und allen vorgesetzten Offizieren in dieser eingetretenen Not vollkommensten Gehorsam zu leisten, wie es ehrlichen Soldaten geziemt, und bei dieser Fahne zu stehen bis in den Tod!«

Die Trommeln wirbelten, und die Trompeten

schmetterten, und das Kriegsvolk zu Fuß wandte das Gesicht der Standarte zu und erhob die Finger zum Schwur; auch die Reiter drehten die Köpfe nach ihrem Kornett, erhoben die Finger und gelobten schweigend, in dieser argen Notlage dieses ruhmvollen Königreichs unter Einsatz ihres Lebens bei der Fahne auszuharren.

Der Befehlshaber Thurn trat mit den Herren ein wenig zurück, und die Soldaten durften den festgefügten Haufen verlassen, hielten jedoch auch weiterhin ihren Standplatz in der Mitte des Ringes besetzt. Mancher der Soldaten, der am Rande stand, machte einen Sprung zum Marketender, dessen kleiner Planwagen gerade die Zeltnergasse verlassen hatte, und wollte trinken.

Unter den Fenstern im Hause des Direktors Dvořecký von Olbramovice neckte zur gleichen Zeit ein Leutnant die Damen, indem er ihnen etwas an den Fingern zeigte, sie liefen vom Fenster weg, waren aber kichernd und von Röte übergossen im Nu wieder da. Pulpit machte seine Bemerkungen: »Mordidi, wie sollen diese fremdländischen Soldaten den Schwur deutsch und tschechisch verstehen? Was sie nicht verstanden haben, das müssen sie nicht halten!«

»Ach was – quatsch nicht, was ein Fahneneid ist, das wissen sie, und daß sie vom Fähnlein nicht davonlaufen dürfen, sonst läßt sie der Regimentsschultheiß aufhängen, das wissen sie auch, und alles andere ist einerlei, ausgenommen vielleicht noch das, daß die Herren ihnen den Sold pünktlicher bezahlen als mir meine Nachbarn von St. Peter, diese Käuze, die Sobotales –!«

»Das werden sie auch tun, mordidi, wo doch –«

»Mich deucht, sie werden es nicht, rechne dir nur aus, mit einem Regiment werden sie nichts ausrichten, da muß man wenigstens zehn Regimenter haben, und jetzt paß auf, wenn ein Regiment nur aus acht Fähnlein besteht – es können ihrer auch zehn sein – zu je zwei- oder dreihundert Söldner aller Art, und jeder von ihnen bekommt 3 bis 4 Kreuzer täglich, dann rechne dir aus, daß das monatlich bis zu fünftausend Gulden ausmacht, dazu gibt es in jedem Regiment neben den zwei Obersten noch acht Hauptleute, acht Leutnants, acht Fähnriche, ich weiß nicht, wieviel die Offiziere bezahlt bekommen, aber sicher sind es 100 und auch 200 Gulden monatlich, dazu gibt es noch einen Haufen anderer, kleinerer Leute, den Feldscher, Schreiber und, wie du selbst gesagt hast, 56 Korporäle. Und was erst die Pferde kosten werden. Wenn der Krieg nur drei Monate dauert, wird der Aufwand so groß sein, daß unsere adeligen und nichtadeligen Stände alle möglichen Ausflüchte machen werden, und wie ich sie kenne, werden sie sehr bald jammern.«

Unter Rufen und Warnungen, sich nicht überfahren zu lassen, fährt der Bauer aus Vršovice mit seinem leeren Wagen in die Eisengasse. Er war den Ständen und dem Regiment einen halben Tag lang zu Diensten gewesen, und da man sich nicht einig werden konnte, hatte er das Schanzzeug beim Rathaus abgeladen und machte sich auf den Heimweg.

In diesem Augenblick erhob sich von der Zeltnergasse her Lärm, und die Menschen gerieten in wirre Bewegung. Gleichzeitig reihten sich die Soldaten auf dem Ring in ihr Fähnchen, die Pferde in ihr Kornett ein, damit alles für den Abmarsch bereit sei.

»Da kommen sie schon vom Spitalviertel her, dort haben sie sich versammelt«, sagte Pulpit.

Aus der Zeltnergasse kommen ein paar leichte Reiter angeritten, und hinter ihnen rattert ein Soldatenfuhrwerk nach dem anderen, jedes von zwei Musketieren bewacht, hinterdrein wälzt sich zu Fuß das erste Fähnlein des Thurnschen Regiments über den Ring.

Thurn steht mit den adeligen Herrn beim Uhrturm des Rathauses, zieht sein Schwert aus der Scheide und winkt dem Kapitän und den Soldaten grüßend zu.

Rasch ziehen die Soldaten über den Großen Ring, und ihre hochaufgerichteten Spieße verschwinden am Kleinen Ring in einer Staubwolke.

Und schon kommt der Hauptmann des zweiten Fähnleins auf einem Schimmel angeritten, gefolgt von seinem ältesten Leutnant auf einem weißen Traber und gleich darauf die ersten Reihen der Pikenträger mit ihren schwarzen Harnischen, der Leutnant und der Fahnenjunker, dann wiederum Musketiere mit sonnverbrannten, zigeunerhaften, hübschen und häßlichen, glatten und bärtigen Gesichtern; mit den Musketen und den Gabeln auf der Schulter, den Degen oder den Säbel an der Seite, schreiten die Soldaten einher, manche in Lederröcken, andre in Tuchröcken, die Taschen mit der Ladung und der Pulverbüchse vorn und hinten am Gürtel. Ihr Schritt ist schwer und wuchtig, ein hochaufgeschossener Mann in riesig gebauschten Pluderhosen pfeift den Marschtakt, und ein zweiter rührt lustig die Trommel.

Nach dem siebenten Fähnlein schließt sich das Fußvolk vom Ring als achtes Fähnlein an, das als letztes dem Regiment zugeführt wurde.

Auf der Standarte, die sich zu Ehren Thurns und der Vertreter des Königreiches Böhmen neigte, blinkte in Gold gestickt der böhmische Löwe.

Der alte Kürschner betrachtete den Löwen, wurde mit einemmal traurig und sagte zu Moller: »Mordidi, Magister, ich könnte heulen, mordidi, da trägt ein Fremder unseren böhmischen Löwen in den Kampf, wer weiß, was für ein hergelaufener Fremdling, mordidi, heulen könnt ich – –«

»Flenn nicht, Gevatter, wisch dir den Bart ab, wenn halt die Tschechen nichts taugen, dann muß eben ein Fremder – –«, gab Moller lachend zurück.

Wiederum rollen einige Kriegs- und Fouragewagen hintereinander über das holprige Pflaster des Rings, die Fuhrleute auf den Sattelpferden knallen lustig mit der Peitsche, es ist ihnen festlich zumute, weil jeder sie betrachtet. Einzeln und zu zweit versehen Musketiere bei den Wagen ihren Dienst und schreiten wacker aus.

Den Heeresfuhrwerken, die mit Pferdefutter, Pulverfäßchen und Kugeln voll beladen sind, schließen sich die kleineren Marketenderwägelchen an, die mit Brot, Bierfässern und kleineren Fäßchen voll Branntwein angefüllt sind.

Und da kommen schon die ersten für den Felddienst ausgerüsteten Reiter.

Der Feldmarschall Colona von Felz löst sich von der Gruppe der Herren, kommt zu den Reitern und trabt mit ihnen an der Spitze weiter.

Das erste Kornett reitet vorbei, dann das zweite, der eherne Klang der klappernden Hufe auf dem steinernen Pflaster vervielfältigt sich geräuschvoll, das dritte und vierte Kornett trabt heran, schließlich kommt das neunte, dem sich die Reiterkompanie vom Ring anschließt.

Mehr als tausend Reiter zogen vorbei, ein schönes Schauspiel. Auch diese Reiter waren weder gleich gekleidet noch gleich bewaffnet, die meisten hatten einen leichten Harnisch mit einem Schutzblech auf der Brust und am Rücken, den Degen oder ein Schwert an der Seite, eine oder zwei Reiterpistolen im Gürtel, in den Fähnlein gab es Reiter, die am Bandelier lange oder kurze Büchsen, Arkebusen und Musketen hängen hatten, die manchmal dünn wie Pfeifenrohre waren.

Die Pferde mißfielen Pulpit ganz und gar. Einige Male sagte er: »Mordidi, die Mähre kommt nicht einmal bis Benešov.«

Einer der Rittmeister wurde von Thurn besonders herzlich begrüßt.

»Ei, ei, das ist ja, das wird wohl der Malovec sein, gestern war ganz Prag voll davon, Malovec, der arme tschechische Edelmann, hat nur dieses Pferd und ist gekommen, dem Vaterland zu dienen, zum Henker, ein wackerer Bursche, das stimmt nicht, Magister, daß die Tschechen nichts wert sind.«

Schafskopf, dachte sich Mollerus, aber kein Wörtchen entschlüpfte seinen Zähnen, wer Mollerus Batzen oder ein paar Groschen borgte, hatte immer ein Weilchen Ruhe vor ihm.

Als die letzten Reiter hinter der Staubwand der

Jesuitengasse verschwunden waren, fragte Pulpit Mollerus, ob er das blaue Bändchen bemerkt habe, das Smiřický vom Halse herabhing, ebenso wie Šlik und dort Roupovec, Berka und die und jene, die er nicht alle aufzählen konnte; lauter blaue Bändchen und daran etwas, was einem plattgedrückten Herzen aus Gold ähnlich sah.

»Das kann ich dir schon sagen«, entgegnete Mollerus, »das weiß ich. Gleich nach dem Fenstersturz der Herren hat Smiřický eine Bruderschaft gegründet, das Herz mit dem Bändchen ist ihr Abzeichen; bei euch gibt es jetzt nur noch lauter Bruderschaften, lauter Vereine und Bünde – –«

»Und was tun sie, was wollen sie?«

»Wenn ich das wüßte. In der Bruderschaft sind die eifrigsten der Direktoren – ich glaube, daß das geschniegelte Herrchen, ihr Innungsmeister, nichts dagegen hätte, wenn man ihn gar zum tschechischen König erwählte!«

Pulpit riß das Maul auf – zum Henker –, dann schaute er sich nach allen Seiten um, ob man nicht hören konnte, was dieser feiste Schulmeister da – –

Mollerus, der sich um das Staunen und den Schreck des Kürschners nicht kümmerte, ging einen Schritt voraus, um das große, von sechzehn Pferden gezogene Feldstück besser betrachten zu können. Diese Kanone, aus der man dreißig Pfund schwere Kugeln abschießen konnte, ließ auch Pulpit vergessen, daß Smiřický gern König sein möchte.

Smiřický hatte unterdessen schon dreimal das Gefolge des Oberkommandierenden Herrn Thurn verlassen und war zum drittenmal ungeduldig in die

Zeltnergasse geritten. Aber immer wieder kehrte er mißmutig zu den Herren zurück.

Moller wollte schon seiner Wege gehen, aber die sichtliche Ungeduld Smiřickýs hielt ihn beim Altstädter Uhrturm fest. Auch Veleslavín, als Soldat gekleidet, trat zu ihm. Er rühmte sich, daß er Hauptmann der Stadtwache sei.

Eine Trompete erscholl, und bald darauf erschienen in der Zeltnergasse Reiter mit einer Standarte.

Smiřický eilte ihnen entgegen. Er gab einen Befehl. Die Reiter hielten am Ring. Es war kein ganzes Kornett, bloß ungefähr neunzig Pferde.

Sie sind jedoch hübsch, schmucker als die vorbeigerittenen sind, und auch besser ausgestattet; alle tragen neue gleiche, weiße und rote Röcke, alle haben die Brust mit einem weißen Schutzblech bedeckt und haben – wie Ritter – Schutzbleche an den Knien, sie schwingen eine lange Lanze als hauptsächliche Angriffswaffe, und am Sattel hängt eine kleine Schußwaffe. Schwere Reiterei auf schweren Bauernpferden.

Ihnen auf den Fersen folgt ein Fähnlein zu Fuß, ein zweites, ein drittes.

Auch sie sind vortrefflich und gleich montiert. Die Pikenträger haben Piken aus neuem Holz, wie an der hellen Farbe zu sehen ist, ihre Musketen und Blechpanzer glänzen wie Silber, alle tragen gelbliche Hüte mit breiten Krempen, sie schreiten in Reihen zu je zehn, und jeder von ihnen hat am linken Ärmel eine weiße Ziffer aufgenäht. Die Ziffern gehen von eins bis zehn und beginnen in jeder Reihe von neuem.

»Das ist also das Kriegsvolk, das der junge Herr Smiřický den Ständen und dem ganzen Königreich auf eigene Kosten auszurüsten versprach!« sagte Veleslavín voll Freude.

»Nun, hübsch ausgerüstet sind sie!« lobte Mollerus, als er mit Pulpit und Veleslavín ziemlich dicht hinter den Herren ging, die sich ohne Zweifel ähnlich lobend zu Smiřický äußerten, denn der lächelte glückselig.

»Das sind unsere Leute, ich möchte heulen, mordidi, das sind unsere!«

»Gewiß, das sind unsere Leute von Smiřickýs Herrschaft, Leute aus Náchod, Hronov, Skály, Ratibořice, die Unseren!« wiederholte Samuel von Veleslavín.

»Ich möchte heulen, das ganze Heer sollte unser sein – mordidi!«

»Ei, was denn – laß doch das Flennen, solch Bauernvolk ist halt lau zum Kämpfen, schau nur, wie traurig sie sind, wie verdutzt, tölpisch, verdrießlich, stur, schwächlich, wie von Schmerz gepeinigt – die machen gar nicht gern mit, die gehen, weil sie müssen – der Bauer muß einfach – ein wunderliches Heer, Gott soll mich – –«

Samuel von Veleslavín warf dem Meister einen scharfen Blick zu und sagte mit schlecht verhehltem Zorn: »Žižkas Bauernkrieger hatten sicher keine anderen Gesichter, die Gottesstreiter waren voll Trauer, Ernst und Düsterkeit – aber sie schlugen sich tapfer. Die Italiener und anderen Ausländer, die hier vor kurzem die Zähne bleckten, schienen voll Feuer zu sein, aber es wird sich noch zeigen, ob sie nicht Reißaus nehmen werden. Und du, Magister, bist nicht von Schmerz gepeinigt, dein Gesicht glänzt wie eine vollgefressene Wanze, laß dich auch zum Kriegsdienst anwerben, du würdest sicher einen besseren, fröhlicheren Soldaten abgeben!«

Dann spuckte er aus und ging.

»Ei, was denn – was liegt mir daran, was ihr für Soldaten habt«, sagte Mollerus zu Pulpit mit einem Grinsen auf seinem feisten Gesicht.

Plötzlich erscholl großes Lärmen vom Rathaus her und kam immer näher, bis deutlich zu verstehen war: »Erschlagt ihn! Erschlagt ihn!«

Zur gleichen Zeit rannte ein keineswegs alter, wie ein Bürger gekleideter, zu Tode erschreckter Mann ohne Hut und ohne Mütze durch die Lücke zwischen Pulpit und Mollerus hindurch und schwenkte hinter die reich ausgestatteten Läden und zwischen die Wagen ein, die gerade aus der Langen Gasse kamen und von Soldatenfrauen und Kindern dicht besetzt waren. Dem Flüchtigen jagten jedoch seine Verfolger mit gezückten Stoßdegen und mit Stöcken nach und wanden sich nicht weniger schnell und geschickt durch die Menge.

»Ei, mordidi, den erschlagen sie! Was hat er verbrochen?«

Der neugierige Kürschner ließ Moller stehen und gelangte bis zum Aufruf der Direktoren an die gesamte Bürgerschaft, der unter einem Vordach am Rathaus angeschlagen war. Hier zeigten die Leute, worüber jener Mensch gemurrt hatte und was er sonst noch gegen das Gedruckte vorbrachte.

»Ich lese da«, erzählte ein runzliger, winziger, aber sehr reger Greis, »ich lese da den Leuten vor, nicht jeder kann ja lesen, ich lese also, daß Seine Gnaden der König unter dem Einfluß schlechter Ratgeber ein Heer gegen unser geliebtes Vaterland auszusenden geruhte, um unsere glorreiche Nation – hier diese Zeilen sind es gerade – ›von ihren Freiheiten zum Gehorsam zurückzubringen und sie zu guter Letzt gar zu vernichten –‹ und als ich das sagte, bemerkte dieser Mensch dazu, daß auf dem Ringplatz da noch ärgere Ratgeber stunden – ich sah mich nach ihm um, andere auch, aber niemand rührte sich, ich lese also weiter, hier, ›es ist an der Zeit, sich im Namen Gottes und dem Beispiel der glorreichen Tschechen, unserer lieben Vorfahren, folgend zu erheben und mit Hilfe Gottes und Ihrer Gnaden der Kurfürsten des Heiligen Römischen Reiches und der umliegenden angeschlossenen Länder unsere evangelische, christliche, utraquistische Religion, dieses teure Kleinod, für unsere Nachfahren zu bewahren –‹ Doch als ich bis hierher gelesen hatte, sagte der vorwitzige Bursche, daß das Kleinod schon recht beschmutzt sei – dafür schmiß ihn Vilímeks Metzgergeselle dort an die Wand, er kam aber wieder her, und als ich den Schluß las – nämlich ›es besteht sichere Hoffnung, daß Gott uns seinen Segen schenkt, um den Ruhm und die Ehre Gottes in diesem Lande zu vermehren, und daß dem ganzen ruhmreichen tschechischen Volke ein rühmliches, unsterbliches Angedenken hinterlassen wird –‹ da begann der Mann so toll zu lachen, als wäre er nicht richtig im Kopf, und da schrie auch schon jemand: ›Das ist ein verkleideter Jesuit –‹ und schon bekam er einen Faustschlag auf den Schädel und lief davon, die anderen hinterdrein – nun, gestern wurde am Florenz auch ein Eingestaltiger zu

Tode geprügelt – warum verkriechen sie sich nicht hinterm Ofen –«

Der Greis erzählte noch immer mit eifriger Miene, als Thurn sich vor dem Rathaus von den Herren verabschiedete und dem Heer nachritt; auch Smiřický verabschiedete sich freundlich von jedermann und eilte Thurn nach – die anderen sprangen von den Pferden und betraten das Rathaus, um von da mit der Stadtbehörde zum Schanzengraben aufzubrechen.

Wieder rattern Wagen vorbei, diesmal sind es nicht schwere Fuhrwerke des Heeres, sondern Wagen, die mit Leder beschlagen sind und grobe, unförmige Körbe haben, aber doch einer Kutsche recht ähnlich sehen. Einige der besseren Wagen fahren am Rathaus vorbei, andere bleiben hier stehen.

Dann besteigen die Feldschere, ein paar Schreiber, der Profos, der Regimentsrichter mit seiner Frau und, siehe da, auch ein Priester, mit Bündeln, Truhen und Fellsäcken die belederten Wagen. Pulpit erkannte in ihm den Kaplan der deutschen Kirche, der jetzt Feldkaplan sein sollte; wieder ging es ihm im Kopf herum, wie die Angehörigen fremder Völker wohl den Deutschen verstehen werden, wenn er ihnen mit Gottes Wort Tröstung bringen wird.

Der letzte Wagen war vom Scharfrichter und seinem Gehilfen besetzt.

»Das glaub ich, für dieses Gesindel ist der Henker wohl nötig! Um der guten Ordnung im Felde willen! Da hilft der Henker mehr als der Pfaffe!« so urteilte der Kürschner bei sich.

Als dann endlich auch der Regimentsstab abgefahren war, brachen mit Geholper auch die Wagen und Wägelchen der Soldatenweiber mit den Kindern vom Ring auf – mitten zwischen Küchengeräten, Töpfen, Kesseln, Beuteln saßen da auf Stroh und in Federbetten Frauen, meistens junge, abgezehrte oder gutgenährte, abgearbeitete, stille und plaudernde, hübsche, häßliche, ernste oder auch schamlose und zigeunerhaft freche.

Langsam wurde der Ring ruhig und menschenleer.

Das erste tschechische Heer rückte auf der Straße nach Tábor zu Felde – –

Kampanus hatte das Carolinum nicht verlassen, sein Bübchen Hänschen spielte auf dem Boden mit den Damesteinen, die Wärterin war davongelaufen, um sich die Soldaten anzusehen, der alte Revír schaute bei Sixtus aus dem Fenster, so daß Vater Kampanus mit seinem Söhnchen allein war.

Er schrieb ein lateinisches Gedicht über den Frieden – querela pacis – Friedenssehnsucht – die Klage des Friedens. In vergilischen Rhythmen schilderte er, wie die großen Stadte im Frieden entstanden, aber durch den Krieg zugrunde gingen, der Friede ist das Paradies der Lust – er wünschte, rief die glückliche Ruhe herbei, die unter dem stillen Kaiser so lange bewahrt worden war; Krieg und Kugeln wünschte er eher den Türken und den höllischen Flammen:

»Pax ego, visa diu miti sub caesare felix,
Ex omni iaculis iam prope parte petor,
Atque illis iaculia, melius quies Turca periret –«

Als es auf der Straße still wurde und Kampanus merkte, daß das Heer fort war, schlich sich schwere Besorgnis in sein Herz, Apollos Schwestern entfernten sich leise wie auf Fußspitzen, die Verse verstummten, Kampanus' Augen wurden feucht, er sank beim Tisch auf die Knie, und seine Lippen baten flüsternd, Gott möge dem tschechischen Volke beistehen: Auf dich, mein Gott, haben unsere Väter gehofft, und du hast sie befreit, dich haben sie angerufen, und du hast ihnen Hilfe geleistet und sie nicht beschämen lassen – mein Gott, steht uns bei und führe uns wieder an stille Gewässer – – –

Klein Hänschen sah sich verwundert nach dem Vater um und konnte lange seine Augen nicht von ihm lassen.

Zweiter Teil

I

Um hohen Einsatz

Auf der Burg der böhmischen Könige, im Saal der Staatskanzlei, herrschte Entsetzen. Tiefes Entsetzen.

Der Bote vom Heer war eben weggegangen, und ein Schreiben lag erbrochen und zerknittert auf dem Tisch.

Eine Weile herrschte gespenstiges Schweigen.

Budovec stand wie versteinert am Fenster, der Präsident der Direktoren, Herr von Roupov, saß wie gebrochen im Lehnstuhl, der Burggraf Berka lief auf und ab und betrachtete schweigend und düster die Balken an der Decke.

Endlich begann Herr von Roupov zu sprechen. Die unruhigen schwarzen Augen in die Fliesen des Zimmers bohrend, stieß er zornig hervor:

»Über ein Jahr lang im Felde, länger als ein Jahr Krieg, und dabei haben sie nichts Rechtes zustande gebracht – nichts – nichts taugt die Armee mitsamt ihren Generälen – gar nichts – und Mansfeld hielten wir für den besten – geschlagen, er ward geschlagen, kam kaum mit dem Leben davon, verlor die Hälfte seiner Leute, dreihundert Fouragewagen, hockt jetzt in Pilsen wie ein Tier, dem das Rückgrat gebrochen, wir sind geschlagen, geschlagen –«

»Und wo war das?« fragt Berka, den Brief mit der traurigen Botschaft in die Hand nehmend.

»Bei Záblatí, verdammtes Záblatí, nomen omen, wir versinken im Morast, ein Jahr lang Krieg und nach einem Jahr – Záblatí. Feind Bukva nimmt und besetzt jetzt alle Ortschaften von Budweis bis Pilsen, alle, vertrieb mancherorts schon unsere Leute aus Städten und Festungen – trieb aus Nové Hrady unsere lieben Soldaten mitsamt dem Hauptmann zum Hohn bloß mit dem Filz am Buckel hinaus – jetzt mag er wohl geradewegs auf Prag losziehen, auf uns – und Thurn schlägt sich in Mähren herum, Thurn muß nach Böhmen, muß, wir befehlen es!«

Budovec steht am Fenster, aus dem ein Jahr zuvor die religiösen Widersacher hinausgestürzt wurden, schaut starr in die leuchtend, jugendfrisch und heiter grünenden Gärten hinab und preßt von Zeit zu Zeit die Hände zusammen. Als der von Roupov mit seiner Rede zu Ende war, wandte ihm Budovec sein verrunzeltes Gesicht zu, das noch viel ausgemergelter war als im Vorjahr: »Freilich, die Generäle richten nichts mit ihrem Kriegsvolk aus, werden faul, bewirken nichts Rechtes gegen den Feind, den Schuldigen wird gewißlich Gottes Rache treffen, und wenn dabei Ränke im Spiel sind, kommt es bald an den Tag – Gott sei's geklagt, wir müssen die Rosse an fremdem Pfahl festmachen – Fremde kämpfen für uns – und schlecht dazu – das ist Gottes Geißel, und Gottes Geißel wollen wir geduldig ertragen – nicht verzweifeln – was immer geschieht, Gott kann die gerechte Sache nicht im Stich lassen, er kann es nicht!«

Der Burggraf Berka kratzte sich an seiner spitzigen Nase und meinte, man solle der Gemeinde die Niederlage nicht so berichten, wie sie war, denn schon bisher gingen die Abgaben sehr flau ein, im Übermaß der Bestürzung würde dann erst recht niemand bezahlen.

Als die Herren dem Burggrafen nicht widersprachen, ging dieser hinaus, damit man im Kanzleistübchen nebenan, wo Fruvein mit den Schreibern arbeitete, für die Gemeinde einen Bericht über die Schlacht bei Záblatí aufsetzte.

Stephan Šternberk und Trčka traten ein.

Der von Roupov nahm in aller Eile den unglückseligen Brief vom Tisch und steckte ihn in den breiten Spitzenbausch, der ihm vom Ärmel herabhing. Die eintretenden Herren bemerkten es. Šternberk lächelte und legte gleich los: »Wir kommen fragen, was geschehen ist, es ist ja schon in aller Munde!«

Der Präsident der böhmischen Regierung entgegnete mit merklichem Verdruß, ohne den neugekommenen Fragern in die Augen zu schauen, daß sich zwar etwas zugetragen habe, solche Scharmützel kämen vor, aber es sei nichts Derartiges geschehen, daß die Eingestaltigen und andere Feinde im Lande ihre Freude daran haben könnten.

Trčka erkundigte sich nur so nebenbei, ob die Herren die Zettel kennen, die gestern, manche in lateinischer Sprache, andere tschechisch, in ganz Prag aufgeklebt worden waren.

»Volabit aquila, cuius volatu delebitur leo – so fängt es an«, sagte Trčka kühl – »der junge Adler wird hoch auffliegen, seine Krallen in den Löwen schlagen – er wird ein wahrer Gedeon sein, denn Gott ist mit ihm –«

Herr Šternberk fügte mit wichtiger Miene hinzu: »Jawohl, auf dem Zettel hieß es auch, daß die böhmische Krone bald blutig sein wird, das Adlergeschlecht wird mit anderen Vögeln um sie raufen!«

Darauf erwiderte Budovec nicht ohne Spott: »Es scheint, die Herren haben sich die verräterischen Zettel recht gut gemerkt.«

Šternberk tat, als bemerkte er den Hieb nicht, und meinte, wenn die Stände sich doch mit einigen Vorbehalten Ferdinand unterwerfen wollten, würde alles wie am Schnürchen gehen; das sei nicht nur seine Meinung.

Budovec schrie auf. Sein Gesicht wurde feuerrot, seine Augen funkelten.

»Jetzt? Jetzt? Nachdem wir drei Schreiben Ferdinands nicht beantwortet haben, jetzt, da Michna, Martinic und andere Landesverräter wider uns raten, jetzt, da man gegen dieses Königreich Soldaten hetzt, die unserem Volk tyrannisch mitspielen, jetzt sollen wir uns demütigen? Jetzt, da von den Bergen Savoyens bis zum Nordmeer Freunde auf uns blicken und herzhafte Taten von uns erwarten, jetzt gibt es nur mehr Kampf bis aufs Messer – ich stehe nicht danach, Christenblut zu vergießen, aber den Ständen bleibt nichts mehr anderes übrig, und wenn es mehr solcher Ratgeber geben sollte wie dieser Herr Šternberk, dann müßten die Stände sie als kranke Glieder von ihrem Leib reißen, abschneiden.«

In diesem Augenblick kam ein Schreiber mit einem Brief. Herr von Roupov erbrach das kleine Siegel und las. Budovec hatte sich wieder zum Fenster gewendet, Šternberk und Trčka standen ohne sichtliche Erregung noch ein Weilchen da und gingen dann ziemlich geräuschvoll hinaus. Trčka wünschte bloß, schon in der Tür, gute Verrichtung in allem.

Der Präsident der Regierung las das Schreiben durch und begann zu wettern: »Lumpengesindel, die kümmern sich weder um Gott noch um die Fahne, noch um unser Königreich und wollen nur Geld haben, Geld!«

»Wer will wieder Geld? Wer schreibt da wieder?!«

»Ei, General Hollach, und dabei läßt er sagen, daß er mit seinen Reitern das Feld verläßt und sich in Person den zurückgehaltenen Sold in Prag holen kommt, so er ihn binnen einer Woche nicht erhält!«

Ein Schreiber meldet die städtischen Sendboten.

Johann Kirchmajer, der Primas der Altstadt, der Schöppe Wenzel Bílek und der Kanzler Magister Troilus traten ein. Wenzel Bílek hat zu dieser Gelegenheit einen fast neuen Sommerrock aus löwenfarbigem englischen Tuch mit Fuchspelzbesatz angelegt, Johann Kirchmajer trug steife spanische Tracht, sein Halskragen war jedoch weder gefältelt noch rund, sondern gerade, glatt, französisch und bedeckte nur seine Schultern. Magister Troilus in seidener violetter Magistersutane entbot weitschweifig seinen Gruß und ergriff das Wort im Namen der drei Prager Städte und des gesamten Bürgerstandes. Er sprach ernst, vorsichtig, weise.

Der kurze Sinn seiner weitschweifigen Rede war, daß der Stand der Stadtbürger sich am kommenden

Landtag gegen die Herren und Ritter zur Wehr setzen werde; Herren und Ritter verlangen, daß die Städte alles Getreide für den Krieg lieferten, aber selbst gäben sie nichts; dabei geruhten die Herren zu vergessen, daß sie für die Feldarbeiten das leibeigene Volk hatten, das im Frondienst alles Getreide erzeugte, während die Städte ihren Landarbeitern und ihrem Gesinde bezahlen müßten, und dazu müßten die Prager noch selbst auf den Märkten Getreide kaufen – eben vom Herrenstande. Das gehe den Städten wider den Strich, und die Herren mögen einen größeren Anteil der Lasten auf sich nehmen, denn das Getreide sei für sie billiger.

Noch während dieser Rede trat Berka ein, und als er begriff, worum es ging, geriet er in heftige Bewegung, faßte nach dem Knauf seines Rapiers, auch Herr von Roupov blähte verärgert die Backen auf und unterbrach ein paar Mal den Magister. Der hatte aber seine Rede wohl aufgesetzt – als Magister verstand er zu sprechen – und hörte nicht auf, ehe er, Punkt für Punkt, zu Ende war.

Als der Meister geendet hatte, trat Herr von Roupov einen Schritt zurück, um den städtischen Herren das Wort zu überlassen. Die kamen aber nicht gleich zu Wort. Berka und der Herr Präsident waren gar zu zornig. Der eine schrie: »Was ihr hier vorbringen ließet, gereicht euch nicht zur Ehre.«

Der andere schrie: »Das ist mir eine entzückende Musik, sie wollen nicht zahlen!« Und wieder der erste: »Einen Ziemer auf die vorsichtigen Bürger!«

Der Primas Kirchmajer griff sich verlegen an seine falschen langen Haare, als befürchtete er, der heftige Wind, den die vornehmen Herren verursachten, könnte sie ihm vom Kopf fegen.

Aber der alte Krämer Bílek ließ sich nicht unterkriegen. Er warf dem Primas einen fragenden Blick zu, und als dieser nichts dergleichen tat, sagte Bílek in entschiedenem Ton, nach Händlerart, jedoch mit freundlichem Gesicht, die Herren mögen es ihnen nicht verübeln, die Bürger verlangten nur, daß auch die Edelleute »die gebotene gute Gelegenheit ergreifen und sich an den Proviantlieferungen für das Heer beteiligen, den Stadtbürgern allein falle es schwer, die Herren sollten auch ein wenig helfen, wenn aber die hochgeborenen Herren die Beutel und Fellsäcke verschnüren, müssen die Stadtbürger sie gleichfalls zusammenschnüren!«

Von dieser beißenden Rede des alten Kaufmanns kam den Herren immer nur ein Stückchen, ein Wort, zu Gehör, denn beide schimpften und wetterten gleichzeitig, Berka sagte, die Bürger blähten sich auf, Herr von Roupov heulte dazwischen, es gehe um den Glauben, das Vaterland und unser aller Kopf, aber Bílek sprach immer weiter, indem er ständig freundlich behauptete »wenn die höheren Stände Bereitwilligkeit zum Zahlen beweisen, auch sie, die Stadtbürger, nicht zurückstehen werden, daß aber so –« dabei zuckte er die Achseln, wie er es in seinem Kramladen am Brückl zu tun pflegte, wenn einer Näherin die Bändchen, die er für einen Groschen abschnitt, zu kurz schienen.

Magister Troilus trat wiederum vor, und gleichzeitig kam Budovec vom Fenster weg zu der erzürnten Gruppe, sichtlich, um sie zu versöhnen.

Troilus bat, man möge sie beiseite treten lassen, um sich zu beraten. Die Herren knurrten noch etwas von Aufruhr und davon, daß es sich über ihren Häuptern zusammenziehe – dann stieß Herr von Roupov zornig und scharf hervor, es sei ihnen vergönnt, sich zu beraten.

Die drei Abgesandten von Prag zogen sich in einen Winkel der Kanzlei zurück und steckten die Köpfe zusammen; Troilus flüsterte den übrigen etwas zu, die beiden nickten zustimmend, und ein Weilchen später trat der Magister vor den Präsidenten der Landesregierung und kündigte ihm an, die Prager würden, falls Herren und Ritter die ganze Last der Proviantlieferung auf der Bürgerschaft beließen, das Ihre tun, auf daß die Städte sich am kommenden Landtag nicht beteiligten.

Die erzürnten adeligen Herren erschraken; Berka riß gar den Mund auf; Budovec fuhr sich mit beiden Händen durch die gelichteten Locken.

Bílek zog den Primas am Rock und sagte: »In Gottes Namen, Gevatter, gehen wir!«

Der Primas machte eine ehrerbietige Verbeugung, und schon schritten sie aus der niedrigen Tür der Böhmischen Kanzlei.

Es dauerte geraume Zeit, bis die Herren wieder zu sich kamen. Dann stritten sie untereinander. Budovec behauptete, man hätte nicht so schroff mit den Bürgern umspringen sollen, da die Einigkeit auf dem Spiel stehe, und in der Einigkeit liege die Stärke.

Als sie sich beruhigt hatten, legte Berka sein Konzept vor, auf welche Weise die Niederlage des Heeres bei Záblatí der Gemeinde verschwiegen werden sollte. Die Herren fanden Gefallen daran.

Kaum war eine Viertelstunde verflogen, als die Schreiber schon für die drei Prager Städte und die Druckereien eine Kundgebung schrieben, die so rasch wie möglich in Druck gegeben und in das ganze Königreich versandt werden sollte, und zwar, daß bei Groß-Záblatí zwischen dem Kriegsvolk des Grafen Mansfeld und dem feindlichen Kriegsvolk ein Treffen stattgefunden habe, bei dem beiderseits nicht wenige auf dem Schlachtfeld blieben, daß aber nicht wahr sei, was von fremden und einheimischen Widersachern ausgesprengt werde, nämlich, daß unser Heer eine gar schwere Niederlage erlitten habe; auf beiden Seiten seien diejenigen umgekommen, die dem armen Volke, statt es zu schützen, arge Bedrängnisse bereiteten, weshalb sie Gott, der Herr, der Allmächtige, zu strafen geruhte und uns alle Ursache gab, uns demütigen Herzens in wahrer Buße seiner göttlichen Barmherzigkeit zuzuwenden.

Just als Martin Fruvein begann, das Patent der Direktoren vier Schreibern gleichzeitig in die Feder zu diktieren, sagte unten auf der alten Schloßstiege der Prokurator Wenzel Magrle mit unwirscher gedämpfter Stimme:

»Ich werde Michna nichts schreiben, weil er mich wie einen Hund beschimpfte und mir vorwarf, daß wir die Gemeinde nicht gegen die Direktoren erhoben.«

»Je nun, das war gar leicht, der Sinn des Volkes ist wetterwendisch, und die Städte gehen nicht gern mit den Direktoren«, antwortete ebenso leise Rudolf Trčka, den großen Biberhut mit der Goldverzierung lüpfend.

Sie standen im Schatten eines Fliederstrauches, der neugierig mit seinen krummen Zweigen vom Garten her weit über die Schloßstiege lugte und die weißen Tellerchen der Fliederblüten der Sonne darbot.

»War gar nicht so leicht!« wehrte sich Magrle, »ein Blutbad wie zu Paris hätten wir nicht erfolgreich zustande gebracht, unser sind wenige, und noch dazu entflohen die Unsrigen, die etwas galten, und andere verkrochen sich irgendwo in der Ecke – da sollen wir die Gemeinde zur Empörung bringen – wir – solch ein Häufchen? – Freilich, unsere Hoffnungen wachsen, noch ein, zwei solcher Schläge wie bei Záblatí, und wir öffnen dem Buquoy die Tore. Ist Frau Slavata schon in Karlsbad?«

»Jawohl, und alles glückt, für alles ist vorgesorgt, Slavata wird ihr so bald als möglich aus Prag nachfolgen, und dies auf geraderen Wegen als Martinic, der sich verkleiden und wie ein Köhler schwärzen mußte. Slavata werden die Direktoren angeblich bereitwillig genug ziehen lassen, damit er in Karlsbad Heilung suchen könne. Nun, und von dort ist es nicht mehr weit hinaus aus Böhmen.«

»Diese Vermaledeiten, die ehrbare Leute wie Fässer aus den Fenstern stürzen, von Tag zu Tag gießen sie mehr Regen in die Traufe, dreißig Direktoren, dreißig Karnickel! Überall suchen sie Hilfe aufzutreiben und wollen auch einen neuen, falschen König wählen!«

»Mögen sie ihn wählen«, lautete die leise Antwort, »dann werden die Kurfürsten und die deutschen Fürsten ihren Mantel nach dem Wind hängen, werden keine Hilfe leisten, werden weder Farbe noch Trumpf bekennen, werden entweder nicht wollen, daß ein neuer König gewählt wird, da doch Ferdinand schon König ist, oder wird jeder von ihnen König sein wollen; das wird ein Spektakel, wird in extrema bis zum Äußersten kommen! Es kann doch nicht zwei, drei Könige geben, sondern nur einen!«

Beide Männer machten eine hastige Bewegung vom weißen Flieder weg, denn von oben kamen Leute; Magrle wischte sich mit seinem Fatzelit oder Taschentuch seine blaue Säufernase, sprach davon, daß es schon ein wenig regnen sollte, es sei viel zu trocken.

Am Tage darauf ging es in den Prager Städten ungewöhnlich lebhaft zu. Überall waren Menschengruppen zu sehen, die von der Schlacht bei Záblatí erzählten, die Niederlage sei jedoch nicht arg, ja, sie sei eine gute Mahnung für das Soldatengesindel, das Freund oder Feind splitternackt ausziehe, das weibliche Geschlecht an den Roßschweif binde und mit sich schleppe, die Straßen in ein Sodom verwandle, plündere und schlage.

Als Magister Kampanus und der rothaarige Šultys gegen Mittag mit ihren Schülern aus der Fronleichnamskapelle traten, wo sie beim Gottesdienst gebetet hatten, Gott möge die böhmischen Soldaten ins Feld geleiten und das Volk nicht verlassen, dröhnte dicht vor dem Rathaus die Trommel des Büttels über den Neustädter Ring.

Jedermann kam zum Büttel gelaufen, selbst der Hufschmied verließ die Pferde in der Hürde und die Weiber ihre Heringsbuden, auch die Studenten mit dem geschäftigen Šultys liefen herbei, und selbst

Kampanus trat näher, um zu hören, was verkündet wird. Das Wirbeln und Schlagen der Trommel verstummte. Ein junger Stadtschreiber begann von einem großen Blatt abzulesen. »Ihro Gnaden der Herr Bürgermeister und die Herren tun kund, daß keine andere Hoffnung besteht, als daß ein jeder Bürger sich entweder selbst zur Musterung stellt oder einen braven Burschen mit langer Flinte oder Muskete ausstattet, besonders die Handwerksgesellen, die fähig sind, mit den Sechzehnjährigen beginnend. Sobald Lärm geschlagen wird, sind die Schenkhäuser sogleich zu schließen, wird zu nächtlicher Zeit Alarm geschlagen, dann hat jede Hausfrau in der Pfanne, wo immer sie festgehakt ist, Feuer anzumachen und besorgt zu sein, solches zu hüten; wo die Pfannen fehlen, ist aus gleichem Haus eine Laterne mit brennender Kerze an einer Latte aus dem Fenster zu stecken; Zimmerleute, Maurer, Juden haben sich sogleich mit Kannen und Äxten zum Feuerlöschen an die Brunnen zu stellen, die drei nächsten Zehnerschaften kommen zum Fahnenjunker zu seiner und der Fahne Geleit, die übrigen Bewaffneten haben sich insgesamt in Reih und Glied auf ihren Lärmplätzen aufzustellen, Weibsleute und anderes unnützes Volk dürfen bei Strafe nicht dabeisein!«

Gleich darauf rasselte wiederum die Trommel, aber nur noch ganz kurz, wie zur nachdrücklichen Bekräftigung der langen amtlichen Ansprache.

»Sie haben schon Angst, Hannibal ante portas!« seufzte Kampanus beim Weggehen laut zu Šultys, und an diesem Tag konnte er sich zu keiner Arbeit mehr aufraffen.

Als es dämmerig wurde, ließ der dicke Doktor Borbonius zwei schwere Truhen mit allerlei Geld und Silberbechern in das Kolleg Karls IV. überführen; die Magister hatten ihm gestattet, die Schätze im festgemauerten Keller, im Fiskus, neben den glorreichen Universitätsprivilegien hinter schweren Eichentüren und doppeltem Schloß zu hinterlegen.

Der sechste Tag des Monats Juli ward in diesem Jahr in der Universität wie in ganz Prag sehr lau gefeiert. Das bemerkte der Pedell Jičinský und wiederholte es mindestens zwanzigmal jedem, den er traf. Jetzt erzählt er es zwei jungen Männern; einer von ihnen ist wie ein Soldat gekleidet, der andre scheint ein Priester zu sein.

»Der Festtag unserer tschechischen Märtyrer, unseres Magisters Hus und Hieronymus, war, wißt ihr, vielleicht noch niemals so traurig; früher, wißt ihr, loderten Feuer, und es wurde geschossen, jetzt darf bei Todesstrafe nicht geschossen werden, angeblich um die Leute, wißt ihr, nicht allzusehr zu schrecken, wer weiß warum, überall sind Soldaten, unser Großes Kolleg wird von zehn Bauern aus Michle bewacht, diese Nachteulen sind heute, wißt ihr, in Prag am fröhlichsten, unser Herr Prorektor gab ihnen den Wein, der laut Fundation am Feiertag des heiligen Magisters aus Leitmeritz geschickt wird, den hat er ihnen geschenkt, die Nachteulen sind seit aller Herrgottsfrühe besoffen – aber der Magister wird sich freuen, Euch zu sehen, er ist dieser Tage ständig wie von Schwermut befallen, nun, wißt ihr, schön ist es nicht bei uns.«

»Das scheint mir sonderbar«, läßt sich der Soldat hören und spuckt dabei in weitem Bogen aus, »Magister Kampanus war sonst immer tatkräftig, es war doch etwas so Olympisches, Ruhiges in ihm, ein großer Denker!«

»Nun das war vielleicht so, aber seitdem ihm seine Ehegattin, Frau Lidunka, gestorben ist, ist das vorbei, er ist weich, oft gar trübsinnig und weich.«

»Und was macht die Karlsakademie?« fragte der Priester.

»Ei, nichts; Meister Troilus ist Schreiber im Rathaus, auch Šultys ist mehr im Rathaus als im Carolinum, lebt nur für den Krieg, hilft Troilus, Studenten gibt es nur wenige, die Disputationen halten wir ohne Ankündigung, wie im Geheimen, nun, es ist jetzt traurig bei uns in der Akademie, aber dafür um so lustiger auf den Straßen.«

Der Soldat legte dem Pedell seine riesige Hand auf das dünne Ärmchen und fragte: »Und was macht Mollerus?«

»Schulden, wißt ihr, ständig borgt er, beschimpft die Leute, mich auch, will Professor werden, unlängst sagte er zu mir, wenn die Stände den neuen König wählen, werde er auch zu ihm laufen wegen Kampanus, daß er, wenn auch Himmel und Erde einstürzen, Professor sein wird, doch lassen wir das faule Faß in Frieden, Kampanus wird Freude an Euch haben, wenn er Euch sieht.«

»Nun, ich weiß nicht«, meinte der Soldat, »mich hat er damals, du weißt doch, wegen des scandalum bei den Prüfungen in den Hühnerstall gesteckt!«

»Aber kommt nur, er ist weich, und das scandalum ist längst in der Hofecke verbrannt und vergessen.«

Als sie das Karlskolleg betraten, hielt die Bauernwache die Treppe besetzt, saß hübsch im Kühlen, und einer nach dem andern trank aus einem mächtigen Blechnapf, der ständig von oben herunter und von unten hinauf wanderte.

Einer der Gevattern aus Michle, der den stattlichen Soldaten für einen Offizier hielt, wollte aufstehen, doch gelang es ihm nicht recht.

Magister Kampanus erkannte sogleich Měřinský.

Kaum sagte dieser »Clarissime rector!«, faßte ihn der Magister auch schon an beiden Händen und blickte mit seinen blauen Augen aufrichtig in die Glotzaugen des ehemaligen Studenten: »Du hast ja ein Gesicht wie ein Bübchen, ein Kind, so lieb und willkommen, willkommen! Ich erkenne dich, ach mein lieber Soldat, aber dein Name ist – dein Name –«

»Knobelius, Magnifice, der, der Euch so geärgert hat!«

»Setzt euch bei mir, seid willkommen, der Pedell soll ein Schlückchen bringen, lasset uns den selig gepriesenen Magister von Husinec feiern – ich ahne wohl, was euch nach Prag geführt – der Krieg, Soldatenpflicht – aber du, Magister Měřinský, was treibst du?«

»Bin Feldkaplan im Regiment des Aufgebots aus dem Kreis Čáslav und Chrudim, will wenigstens auf diese Weise dem Vaterland in schweren Zeiten dienen!«

»Und ich ließ mich im selben Regiment anwerben, Herr Michal Slavata führt uns, Ritter Kordule ist unser Fahnenjunker, mir haben sie, wahrscheinlich weil ich nicht schießen kann und auch sonst nicht viel tauge, einen Spieß in die Hand gedrückt und mich als zweiten Leutnant eingestellt, ich ziehe gern mit Kordulka – so nannten wir, Magnifice, Měřinský, da wir noch unter Eurer Fuchtel standen, Ritter Kordule ist Fähnrich, unser lieber Kordulka Kaplan; ich ziehe mit Kordulka, da wird uns nicht bange sein, und ich will auch gleich sagen, warum ich von der Schule davonlief und unter die Soldaten ging; es ärgerte mich, daß sich in unseren Kreisen die Armen unter der Ritterschaft auf ihre Armut und die Reichen auf ihre Krankheiten ausredeten, um nur nicht in den Krieg zu müssen. Ich weiß es nicht, aber hier in Prag scheint mir der Eifer größer, gestern schloß sich uns der junge Drucker Veleslavín, ein stattlicher Bursche, an; man sagt, er habe vor kurzem geheiratet und zieht doch mit; Rittmeister Materna nahm ihn unter die Reiterei auf.«

Jičinský brachte einen Krug Wein und Gläser. Als Kampanus ihn freundlich einlud, blieb er nicht, da er, wißt ihr, nach dem Wein sehen müsse, von dem sich jeder nach Belieben einschenke.

»Ich glaube, daß auch in Prag kein Eifer ist, dafür überall Angst mehr als genug, jeden Augenblick kommen zu mir in das Kolleg Leute betteln, die von den Soldaten um alles gebracht wurden, sie erzählen, daß Welsche, Spanier und Buquoys Wallonen, besonders aber die Kosaken, einer tollen Horde gleich, tief ins Land einfallen, rauben, denen, die sie für Utraquisten halten, Nasen und Ohren abschneiden, dem Vieh, das sie nicht wegnehmen können, die Beine abhacken, den Kühen die Augen ausstechen, das Volk flüchtet in Scharen samt dem Vieh in die Wälder, an allen Ecken und Enden gibt es Tränen, angeblich soll man schreien hören: Rennet, flüchtet! Es war ein Fehler, daß die Unsrigen Budweis nicht genommen haben – jetzt ist es die Bastion des Feindes Buquoy, jedesmal, wenn er geschlagen wird, sucht er dort Zuflucht und Schutz – nur eines ist lobenswert, daß Mansfeld Pilsen erobert und besetzt und die Pilsener gezähmt hat, aber jetzt wieder der Schlag bei Záblatí – und dazu sind noch die Generäle in allem uneins, Mansfeld ist mit Thurn und Thurn mit den übrigen über Kreuz – hab auch gehört, daß die Generäle keine 50 Pferde im Kornett haben und von den Ständen Zahlung für hundert Pferde verlangen, im Fähnchen haben sie 150 Leute und rechnen zweihundert und auch dreihundert auf; die Stände versprechen, durch ihre Kommissare untersuchen zu lassen, ob die Regimenter die Stärke haben, für die Zahlung geleistet wird. Nun, meine jungen Freunde, trinkt auf unsere Gesundheit und auf das Gedeihen der Karlsakademie!«

Die Gläser klirrten.

»Wir haben draußen gehört, daß das Bauernvolk bei Pilsen – oder irgendwo – sich zusammenrottet und die Soldaten beider Parteien niedermacht.«

»Das war bei Žatec, an die vierhundert Niederländer und Soldatenweiber samt ihren Kindern wurden dort vor kurzem erschlagen; die Bauern zogen unter der schwarzen Fahne und schlugen unerbittlich ihre Peiniger.«

»Und wie geht es Euch, Magnifice, mit den Herren Magistern in unserer lieben Akademie?« fragte der junge Priester.

»Betrüblich, die Musen sind entflohen, die letzte Baccalaureuspromotion fand im vorigen Jahre statt, siebzehn junge Leute legten artig ihre Examina ab, darunter Mitis aus Vodňany, meiner patria, viel Lob heimste auch der junge Vepřecký aus Velvaty ein, schade, jetzt ist es aus, jetzt ist es still in der Akademie, aber wir unterrichten dennoch, freilich nur in einem Auditorium, wenig Studenten haben wir, wenig; heuer haben die Stände auf mein ständiges Drängen in den Landtagsartikeln verlautbart, daß die Prager Universität als Beispiel für die übrigen Akademien im Reich hingestellt werden soll; Gott im Himmel gebe es, daß das nicht nur leere Versprechungen sind.«

»Herr Doktor Jessenius soll, wie wir hörten, in Wien, mit Verlaub – gehängt worden sein – so haben wir gehört, sit verbo venia – verzeiht das harte Wort«, fragte, sich entschuldigend, Knobelius.

»Es ist wohl um sein Leben gegangen, der ungarische Palatin, ein Mann römischen Glaubens, nahm unseren Magister Rektor gefangen; Doktor Jessenius hätte wohl entrinnen können, er war gewarnt worden, flüchtete aber nicht und erklärte, daß er eine Nation vertrete, der die Ehre mehr bedeute als das Leben – das gefiel mir gar sehr, daß er, ein Slowak, dies den Ungarn sagte – der heimtückische und ehrlose ungarische Palatin ließ unserem lieben Rektor den Krummsäbel abschnallen und schickte ihn nach Wien, wo er über zwanzig Wochen lang in einem stickigen Loch eingekerkert saß, dann freigelassen ward, als unsere Stände zwei hier gefangene Katholiken umzubringen drohten. Unser Rektor machte wohl viel durch, er erzählte uns, daß er nach seiner Freilassung an der Schwelle seines Kerkers auf die Knie fiel und in lautem Gebet Gott dankte, daß er ihm so wunderbar die Gesundheit erhalten – aber er ist schon wieder weg, ward abermals von den Ständen nach Ungarn gesandt; wieder vertrete ich ihn hier in der Schule, denn was soll er jetzt hier, besser, daß er den Ständen dient; das Ergebnis der Fahrt unseres Rektors ist schon zu merken, endlich sind die Ungarn und der Fürst von Siebenbürgen mit uns in der Konföderation, Fürst Gabor sandte schon zwei Rotten Ungarn, der Pedell erzählte mir, daß heute schon die dritte Rotte ankam, leider sind diese Ungarn ein Gesindel – ich bin keineswegs für den Krieg und will kein Menschenmorden, aber jetzt, so deucht mir, gibt es kein Zurück mehr, jetzt müssen die Stände eifrig im Ausland Hilfe suchen, seit dem Tode des Königs Matthias berät man ständig über die Wahl eines neuen Königs, aber Ferdinand, der vor zwei Jahren gekrönt wurde, wird sich das Königtum nicht leicht abjagen lassen, schon jetzt ist der Kampf bitter und hartnäckig – die einen der Stände neigen dem Sachsen zu, die anderen dem Pfalzgrafen, die einen dem Lutheraner, die anderen dem Kalvinisten, ich fürchte, wenn die Stände den einen wählen, fällt der andere über sie her – Glaube hin, Glaube her – mir schwant Unheil!«

»Man sagt, die Mährer wollen nicht länger mitmachen?!«

»Seht, Magister, das ist eine wunderliche Sache; es geht um die Religion, aber Thurn mußte die mährischen Herren mit seinem Heer zur Konföderation zwingen, der bucklige Ränkeschmied Žerotín wäre um ein Haar aus dem Fenster gestürzt worden; erst als Thurn ihn hart bedrängte, soll er anerkannt haben, daß das Unterfangen der Tschechen Gott gefällig sei – erst dann hat er zugegeben, es täte wahrhaftig not, daß Hus von den Toten auferstünde und Böhmen Trost brächte, daß die mit Žižkas Haut bespannte Trommel dröhnte und alles Volk Gottes zu Hauf riefe –«

Kampanus erhob sich in seiner Erregung und drückte die Hände an die Schläfen, als ob er den Sturm in seiner Seele besänftigen wollte; die beiden jungen Leute saßen starr vor innerer Bewegung da.

Nach einem Weilchen setzte sich Kampanus still nieder und sprach wie zu sich selbst: »Ich hoffe, daß es doch ganz unmöglich ist, daß unser Volk verlassen bleibt, daß das Evangelium ausgerottet wird, daß der Weg zur Wahrheit versperrt wird, auch wenn ihr auf dem Schlachtfeld verlieren solltet, müssen die anderen evangelischen Brüder um ihres Gewissens willen uns aus dem Unglück helfen – ach, wer dürfte in Trübsal verfallen, solange noch Hoffnung ist. Mich freut es, daß das Aufgebot der Kreise und Städte sich so zahlreich sammelt, man fürchtete schon, daß niemand von den Tschechen in den Krieg ziehen werde, denn seit vielen Jahren waren ja Herd und Ofen die einzigen Schlösser und Burgen, die die Tschechen belagerten.«

Knobelius warf Měřinský einen Blick zu, und ein Lächeln spielte um seine Lippen, als er dem Prorektor sagte: »Ich weiß nicht, reverendissime, wie Ihr mit den Soldaten aus unseren Kreisen zufrieden wäret, wenn Ihr sie sähet!«

»Ei, warum?«

»Die Kreise entledigen sich – scheint es – ihrer Kriegspflicht nur recht nachlässig, in unseren Rotten wenigstens gibt es gar wenige stattliche Burschen, am ehesten noch Gesellen der städtischen Handwerke, sonst aber meistenteils alte Leute und junge Buben, darunter manche sogar siech; und erst die wunderlichen Waffen! Die Soldaten sind ohne Geld, ohne Munition, ich bezweifle, daß sie dem Feind herzhaften Widerstand leisten werden!«

»So ist es«, bekräftigte der Priester, »das Volk hat keine Lust, mitzuziehen, bei uns ward sogar verkündet, daß alles Volk, so der König es mit einem Schlag aus der Leibeigenschaft entließe, ihm zu Seiten stehen und die Obrigkeiten hinmorden würde, dann wäre der Krieg gleich aus.«

Kampanus faltete die Hände: »Mein Gott, mein Gott, das ist betrüblich, diese Dinge weisen weit hin, mein Gott, leite uns, sonst werden wir entblößt, verelendet, vernichtet!«

»Nicht doch, die gute Sache wird siegen; ich bleibe dabei, die Siechen und Feiglinge scheiden aus, und was da bleibt, wird sich tapfer schlagen, nur muß gut vorgesorgt werden, die Leute müssen essen, müssen bessere Waffen erhalten, bessere Stiefel, Geld tut not!« entschied Knobelius.

Rasch fiel Kampanus ein: »Im Geldmangel liegt das Hauptübel aller bisherigen Saumseligkeit und des Mißerfolgs, der Landtag hat sogar schon zugestimmt, daß auch die Lehrer und die Näherinnen Kriegssteuer bezahlen, aber die Steuern gehen sehr zögernd ein, und die höheren adeligen Stände sind gar dickköpfig, Gott weiß, ich kann das nicht recht verstehen; freilich, manche haben nicht viel, Budovec ist ein Held, hat aber nichts, ich kenne ihrer jedoch viele, die mit Gütern gesegnet sind und die ihr Leben gäben für das Evangelium, das Leben, den Kopf, sage ich, würden sie geben, wenn sie aber Geld geben sollen, dann reden sie sich aus – das geht mir nicht recht in den Sinn. Dem Heer schulden die Stände schon sechsmal hunderttausend Schock; wovon sollen die Soldaten dann nun leben, ohne zu stehlen – und wie sollen sie Lust haben, dem Feind zu begegnen! Einzig der Smiřický geizte nicht – schade, daß er starb – jawohl, er starb schon im Herbst vor Budweis am Brennfieber, der lieh ohne viel Bitten dem Land 50 000 Taler – aber selbst er, der Freigebigste der Edelleute, schickte dreimal hunderttausend Dukaten irgendwohin nach Deutschland, angeblich seiner Braut, wahrscheinlich, um sie zu verwahren, aber der Bischof von Speyer ward ihrer habhaft, und jetzt wird mit diesem böhmischen Geld das Heer wider uns bezahlt; wieviel Volk hätte man mit diesem geraubten Geld werben, wie viele Pferde kaufen können, wieviel Kriegsgerät! Unlängst taten die Direktoren einen Griff in den königlichen Schatz, verkauften einige Sachen, damit Geld für das Kriegsvolk eingehe, schickten Gabor kostbare türkische Sättel und Pallasche aus den kaiserlichen Sammlungen, begannen auch mit dem Verkauf der Güter, die den abtrünnigen Söhnen unseres armen Vaterlandes gehörten, sie verkauften die Güter der Slavata, Martinic, Lobkovic, auch die Güter des Erzbischofs, der jesuitischen Sekte –«

»Und was, reverendissime, geschieht mit den Schulen dieser Pfaffen?« fragte Měřinský geschwind.

»Das habt ihr doch sicher auch draußen im Patent gelesen, daß die Jesuitenakademie aufgelöst ist, Gebäude und Bücherei werden jetzt von Sušický und noch einem Stadtbürger bewahrt – glaubt mir, meine jungen Freunde, gleichwohl die Jesuiten stets in hellem Haß wider uns entbrannten, war mir leid um diese Jesuitenmönche, als sie voll Trauer hinter dem schwarzen Kreuz zur Stadt hinausschritten – ich dachte daran, wie machtvoll sie zur Höhe strebten und wie tief ihr Fall war, ich dachte daran, daß das menschliche Glück gebrechlich ist wie Glas, und noch mehr hab ich es bedauert, daß ihnen das Volk in der ersten Wallung des Zorns ihr Haus in Trümmer schlug und viele Bücher aus der Bibliothek hinauswarf und vernichtete – ich schrieb ein Gesuch an die Stände, auf daß sie diese Bibliothek unserer Akademie geben, daß wir sie in Obhut nehmen wollen, aber unsere lieben Herren fertigten mich recht barsch ab – Gott befohlen!«

Měřinský wandte sich schüchtern um, stand auf, er müsse schon gehen, es sei Zeit.

Kampanus ging mit den beiden jungen Leuten hinaus. Zwei Mann der Bauernwache waren auf der Treppe der Akademie in sehr geräuschvollen Schlaf gefallen, einer von ihnen lag beim Brunnen lang hingestreckt am Boden, und die Mägde fuhren ihm ausgelassen mit einem Halm über die Nase, die übrigen Krieger aus Michle waren verschwunden. Měřinský tat, als sähe er nichts, Knobelius lachte, aber nur leise, Kampanus errötete vor Zorn, hielt sich aber zurück und sagte kein Wort. Die Mägde liefen davon.

Als Kampanus mit seinen ehemaligen Schülern zum Kohlenmarkt schritt, sahen sie einen Menschenschwarm Hals über Kopf an der Kohlenhütte vorbei zum Brückel und hinaus auf den Roßmarkt laufen.

Die Ungarn kommen, rief jemand.

Knobelius wollte das leichte Völkchen sehen, und deshalb schlugen alle drei ebenfalls die Richtung über das Brückel zum Roßmarkt ein.

Eine wunderliche Reiterei.

Sie ritten nicht in geordnetem Kornett, auch nicht in kleineren Gruppen, sondern einer, dann ein Stück hinter ihm zwei, drei zusammen, dann wieder einer, trabten scheu, hastig, nach allen Seiten durcheinandergewürfelt dahin, nur die Richtung hatten alle, sichtlich auf Befehl, gemeinsam, um so rasch wie möglich aus den Prager Städten hinauszukommen.

Auffallend war vor allem der glockenartige, hohe und spitze Helm auf ihren Köpfen, ihre Pelzjacken waren verschiedentlich mit hellfarbigen Bändchen benäht, manche Schnüre waren silbern, aber dunkel und verblichen und hie und da zerrissen; die Beinkleider dieser Reiter waren entweder zu eng oder dann wieder viel zu breit, sie waren zumeist aus Leinen und beschmutzt. Fast jeder der Reiter führte an einem Strick noch ein oder zwei Pferde mit sich, von denen Knobelius zweifellos mit Recht behauptete, sie wären unterwegs in Mähren und in Böhmen gestohlen.

Alle Pferde, auch die, auf denen die Reiter saßen, waren mit Beuteln voll Pferdefutter und mit Schnappsäcken behängt, in denen auch manches Wertvolle sein mochte.

»Der dort mit der festgebundenen Pike am Bukkel, das ist ein Husar!« rief jemand unter den Zuschauern.

»Der Kerl hat zwei wunderliche Pistolen am Sattel!« bemerkte ein anderer.

Kampanus sagte leise zu den Seinen:

»Das ist, wie ich seh, ein Mischmasch von allerlei Herkunft, der da ist sicher kein Ungar, das ist ein Türke oder Tatar oder ein anderer Heide, seht, da sind wiederum ein paar gelbe, sogar schwarze Gesichter!«

»Wer immer auch diese Ungarn sind; allen sieht man an, daß sie sich aus dem Mutterschoß ans Licht der Welt erst herauslügen mußten!« meinte Knobelius mit dröhnender Stimme, dem für diese sonderbare Beurteilung das fröhliche Gelächter der Umstehenden zum Lohn zuteil wurde.

Kampanus trat einen Schritt zurück, als wollte er besser sehen.

Irgendein zahnloser Greis erzählte, welch arge Not man allenthalben mit den Ungarn habe.

»Ist jetzt schon Grund genug zur Klage, wenn einer eine Kuh, ein Pferd, ja, Hab und Gut verliert, weil er diese Strafe vom lieben Herrgott verdient, doch das wäre noch erträglich, aber gräßlich anzusehen ist es, daß die Frauen und die Töchter redlicher Leute von einer solchen Horde Gewalt erdulden!«

»Das ist Kriegsrecht!« erklärte einer der Nachbarn.

»Die Kosaken auf seiten unserer Feinde sind auch eine feine Sorte.«

Kampanus nahm seine Freunde unterm Arm und sagte, indem er sich von der Menge entfernte: »Das hätte der polnische König bei allem Unterschied des

Glaubens uns nicht antun dürfen, daß er die polnische Reiterei gegen uns schickte – mich dünkt, viertausend Kosaken, das hätte er nicht tun sollen, die Polen sprechen doch die gleiche Sprache wie wir, und beider Völker Ursprung ist gemeinsam!«

Plötzlich entstand am Ausgang des Brückels eine Stauung. Das Volk drängte sich zusammen, um besser zu sehen.

Bewaffnete führten einen hochbejahrten Mann, einen Juden, der totenbleich, verstört, verweint und blutüberströmt war; Blut rann ihm aus der Nase, von der Stirn, er wischte es mit dem Kaftan ab und verschmierte es sich im Gesicht. Jeden Augenblick schlug jemand auf ihn ein. Er soll bei der Überfuhr am Moldauufer gefragt haben, ob es eine Furt über den Fluß gäbe und wo – also ein Verräter, ein Spion.

»Packt euch, packt euch, wir führen Lunten, die Seiler kommen, packt euch!« so schrien zwei junge Handwerksgesellen in Schürzen, die einen ziemlich großen Karren vor sich herstießen. Das Volk gab den Weg frei, die Seiler mit den Lunten fuhren vorüber, der jüdische Spion ward weggeschleppt.

Auch eine Trommel, die am Kohlenmarkt bei der Köhlerbude erdröhnte, trug dazu bei, den Menschenhaufen zu zerstreuen. Als die Trommel verstummte, schallte weithin die Stimme eines amtlichen Ausrufers.

Der Wind trug Kampanus, der mit seinen Freunden an der mit Malereien geschmückten Wand der Vogtei stand, die Worte zu: »Die Direktoren – kein Geld zur Hand – die dauernde und langerwünschte Vereinigung mit der Markgrafschaft Mähren – mit den Fürstentümern – mit Österreich – bereit – ein treuer Sohn des Vaterlandes hält das schuldige Geld nicht zurück – zum Verderb unserer bewaffneten Expedition – wer laut Landesordnung nicht verteidigen will, geht Ehr und Lebens verlustig – den Stadtbürgern und Ihren Gnaden den höheren Herren der Stände werden auf ihrem Boden und in ihren Hausern Soldaten einquartiert, wenn sie so zögernd zahlen – mag jedermann seines Gelöbnisses und seines Siegels eingedenk sein – es geht um die Krone des Königreichs, um die angeborene Sprache und Religion – in den Schenken Lärmen, Tanzen, nächtliche Gelage, Musik – Pfeifen – Fechterschulen – Lustbarkeiten – sind untersagt –«

Am Hohlweg, jenseits des Tores, traf Kampanus mit seinen Freunden zwei Soldaten in schwarzem Wams und schwarzem Röckchen. Jedermann schaute sich nach ihnen um. Auch Kampanus bemerkte es.

»Was soll das? Wer sind die?« fragte er.

Knobelius erzählte heiter, daß die aus der Stadt Kolín seien, die Kolíner stellten an dreißig Büttel als Soldaten, und weil sie ihnen angeblich kein teueres farbiges Tuch kaufen konnten – die Geizhälse wollten wohl nicht –, ließen sie ihnen Röcke und Wämser aus schwarzem, einheimischem Tuch nähen, und jetzt will sie kein Hauptmann in sein Fähnlein aufnehmen, sie seien ein schlechtes Vorzeichen.

»Sie liegen mit uns dort in den Gärten von Smíchov, aber niemand will sie, sie gehen hin und her wie Gespenster, alle gleich schwarz –«

Selbst am Stadttor machte sich der Krieg bemerkbar, und zwar sehr lebhaft und geräuschvoll. Da saßen, standen, unterhandelten, schrien wenigstens zwanzig Wachsoldaten, einige mit Streitäxten oder Hellebarden, andere mit Musketen bewaffnet.

Eben durchsuchen sie einen Marketenderwagen, der zum Tor hinauswill. Ein Korporal schreit auf den Marketender ein, daß er laut Befehl der Herren Stände nur solche Wagen aus der Stadt lassen dürfe, die zur Hälfte Brot und zur Hälfte Getränke führten; lauter Getränke, das gehe nicht, da die Soldaten sich zu sehr besöffen – daher die Hälfte Brot – »und du, Spickbart, hast keine Hälfte, hast lauter Getränk, lautet Fäßchen, die sollten alle zur Strafe verfallen.«

Ein anderer befragt zur gleichen Zeit an der Pforte einen Ankömmling vom Land, wer er sei, woher er komme, was er in der Stadt zu verrichten habe und wie lange dies dauern werde.

Ein dritter Wächter stößt jemanden von der Pforte weg und heißt ihn in die Stadt zurückkehren, da er ohne Ausweis sei und ohne Ausweis dürfe niemand hinaus.

Während dieses Lärmens nahm Kampanus beide jungen Leute bei der Rechten, drückte und schüttelte sie und sagte zum Abschied: »Möge Gott euch und unser gesamtes Heer zur Schlacht ordnen, möge Gott euch nicht verlassen und euch glücklich führen, zu Ehre und Ruhm seines Namens, zu Ehre und Ruhm unseres schwergeprüften Volkes, kehret mir heil zurück und suchet mich wieder auf!«

Měřinský rollten plötzlich Tränen aus den Glotzaugen.

Der vierschrötige Knobelius weinte zwar nicht, konnte aber vor Rührung nicht sprechen; plötzlich befiel ihn der Gedanke, daß er Kampanus zum letzten Mal in diesem Leben sähe.

Kampanus kehrte in die Stadt zurück, der Soldat und der Priester gingen in die Gärten von St. Jakob – oder nach Smíchov.

II

Diverti nescio

Als im Herbst der Gesang der Winzer in den Prager Weinbergen verstummte, als das Gras an den Hängen überall gelb und welk wurde und die Bäume in den Gärten eine ungesunde Färbung annahmen, stand Magister Kampanus mit Rektor Jessenius und den Professoren der Karlsakademie und vielen anderen Magistern der Prager Schulen auf dem Vorplatz der Prager Burg. Sie waren zur Begrüßung Friedrichs, des neuen Königs, erschienen.

Der Burggraf Berka hatte angeordnet, daß sie gleich beim Tor, aber in der zweiten Reihe stehen sollten; die erste Reihe war der Priesterschaft zugewiesen. Wo sonst der Erzbischof und die Domherren den König zu erwarten pflegten, da standen jetzt in violetten samtenen Chorröcken mit Baretten von gleicher Farbe Bruder Cyrill, der Senior der Priesterschaft der Brüdergemeinde, und Pfarrer Dikast, der Verwalter der utraquistischen Geistlichkeit. Um sie waren die Dekane der ländlichen Kirchen und die Prager Pfarrer geschart, alle in Chorröcken; der Wohlbeleibten gab es mehr denn der Mageren.

Burgschützen liefen auf und ab und drängten die Zuschauer zur Kirche, um das Gelände vor der Vladislavschen Burg und den Wohngemächern des Königs leer und frei zu machen.

Durch das Tor kamen immer wieder allerlei festlich gekleidete Leute beiderlei Geschlechts.

Der Burggraf Berka wurde schon ärgerlich. Er hieß den Hauptmann mehrere Bürger zurückweisen, da ihr Standplatz nicht hier, sondern vor dem Tor sei. Gerade waren wieder der alte Bílek, der Goldschmied Hergsel und der Kürschner Pulpit angekommen und weigerten sich hinauszugehen. Pulpit hatte zu dieser Gelegenheit eine neue blaue Schaube angelegt. Hinter ihnen kam hustend Revír, Kampanus' Schwiegervater, geschlichen.

»Dorthin ihr, die Herren und Ritter hierher!« befahl Berka, indem er die Bürger hinauswinkte.

»Wir wissen aber nicht warum!« antwortete Hergsel.

»Wissen nicht warum!« bekräftigte Pulpit, »mordidi«. Aber dieses Wort sagte er so, daß es ihm fast zwischen den Zähnen steckenblieb.

Der hochgeborene Herr geriet in Zorn. Mit erhobener Stimme rief er:

»Da hätten wir ja gar keinen Vorzug vor euch, da wüßte man nicht, wer niedriger und wer höher ist!«

»Das wäre wahrlich ein Unglück!« stieß der Goldschmied Hergsel hervor, »kommt, Gevatter, hinaus, damit man sieht, wer der größere –« die folgenden Worte verklangen im Torweg, sie waren aber nur ganz kurz. Kampanus wollte Revír zurückhalten und ihn unter die Fakultät stecken, aber der alte, hustengeplagte Herr dankte und schritt rasch zu den Bürgern hinaus.

Aufgeputzte und mit Schmuck behängte Frauen aus dem Adels- und dem Bürgerstande wurden über den Vorplatz in den Vladislavschen Saal geführt. Die Frauen und Jungfrauen waren insgesamt mit Seide, Samt, Tressen, Spitzen, Korallen und Gold, mit Pfauen- und Straußenfedern geschmückt; sie steckten in breiten, schweren, mit Reifen aufgeplusterten Röcken, so daß alles Weibervolk vom Gürtel abwärts einer Tonne glich.

Die jungen Schulmagister unterhielten sich mit den ankommenden Frauenzimmern.

Mollerus, der einsilbig und mit finsterer Miene dastand, murmelte nur ein paar Mal zwischen den Zähnen sein beliebtes Spottwort, daß diese und jene sich spreize wie die alte Brünnerstadt. Bei einer von ihnen wunderte er sich darüber, daß sie noch als Jungfer gekleidet ging, denn »der hatte schon jemand die Kredenz abgeräumt«, aber dann sprangen seine Gedanken zu den Professoren über.

»Basilides ist nicht unter ihnen, schau nur, Třebický, er ist wahrhaftig nicht unter ihnen, das ist ein böses Vorzeichen, wenn der Sterndeuter Zodiakus fehlt! Kann sein, daß die Sterne nichts Gutes anzeigen!« Dabei verzog er sein feistes Maul ganz abscheulich.

Einer der jungen Schulmagister fragte, ob jemand das neue, mit Figuren bemalte Strahover Tor gesehen habe, das dem neuen König zu Ehren aufgestellt worden war. Man sprach vom Tor.

»Und erst das hussitische Kriegsvolk!« begann ein anderer zu erzählen.

»Ich begegnete ihnen auf der Brücke, es waren

ihrer ungefähr 500, das sind Brauer, Zimmerleute, Schiffer, Winzer, haben sich die Gesichter geschwärzt, Bärte umgehängt, haben eine rote Fahne mit dem Kelch und dem Namen Žižkas, tragen Dreschflegel, Sensen, große Schilde, werden von Nikolaus, dem Diener der Altstädter Herren, angeführt und sind beim bemalten Tor aufgestellt.«

»Ach was –« brummte Mollerus, »Vogelscheuchen, Vogelscheuchen, ich wette, die Hussiten waren nicht verraucht und verrußt, hatten keine falschen Bärte, frag doch den Herrn Magister Kampanus, der ist überweise in der Historie; schaut euch den Senior Cyrill an, wie schneidig er ist, wie er sich spreizt, die ersten Bischöfe der Böhmischen Brüder wären nicht in eine Samtklerika gekrochen – tempora mutantur.«

Ein bejahrter, feierlich, jedoch keineswegs prächtig, sondern eher ärmlich gekleideter Mann betrat den Schloßhof, ging geradewegs auf die hochgeborenen Herren zu, nahm den Hut von seinem grauen Lockenkopf und reichte diesem und jenem mit gar untertänigen Verbeugungen ein bedrucktes Blatt. Einige Blätter verteilte er auch an die gelehrten Magister, an alt und jung, worauf er wieder den Hof verließ, Kampanus sagte zu seinem Nachbarn: »Der Poeta Čechicus Simon Lomnický, wo kommt der hierher?«

Die Mitglieder der Karlsakademie lasen die Verse des tschechischen Poeten durch. Sie lasen:

»Drum wenden, König Friederich,
wir uns mit unsrer Bitt' an dich,
vertreib den Feind aus unserm Land,

schütz uns vor seiner diebisch Hand.
Daß frei, in beiderlei Gestalt,
Herrn Jesu Leib und Blut wir bald
empfangen können männiglich,
bewirk es, König Friederich!«

Einige beurteilten das Erzeugnis des begeisterten Dichters. Am kürzesten faßte sich in seinem Urteil Mollerus, der sagte, das sei »eine Suppe ohne Schmalz«.

In diesem Augenblick ritt ein Bote aus dem Tor auf den Burghof, der Burggraf eilte ihm entgegen. Bald wurde verkündet, was der Bote gebracht hatte. Der König und die Königin hätten – so hieß es – die Glückwünsche Ihrer Gnaden der Herren Direktoren auf dem Weißen Berg entgegengenommen, im Sternschloß gespeist und wären schon wieder nach den Prager Städten aufgebrochen.

»Der Weiße Berg«, sagte Kampanus leise und wie zu sich selbst, »der Weiße Berg mit dem Sternschloß, Mons Albanus cum Stella – dort grüßen ihn die Tschechen zum ersten Mal, wird es ein glücklicher Stern sein?«

Im Rücken der versammelten Karlsakademie erhob sich plötzlich das Geschrei zweier Frauenstimmen. Beide zankten sich um ihren Platz. Mollerus wandte sich um und sagte spöttisch: »Ei, die kenne ich, das ist die Wirtschafterin von Magister Skála, das Scheusal mit dem Bärtel unter der Nase ist allzeit noch lebendig, und Veronika Konias, die alte Vettel.«

Ein Burgschütze brüllte zwischen die beiden und zähmte sie, aber sie blökten noch lange, jedoch bereits ruhiger, bis sie zuletzt nur mehr zischten. Die Konias drängte sich schließlich anderswohin.

Plötzlich richteten sich alle Blicke in die Höhe zu den grünlich schillernden Kupferkäppchen des Turmes von St. Veit. Alle streckten die Hälse und rissen die Augen auf: Aus der allerhöchsten der grünen Turmlaternen schwang sich ein junger Knecht mit einer blauweißen Fahne auf die Zwiebel am Turmknauf, während ein zweiter mit einer Trommel in der Laterne sitzen blieb. Von Zeit zu Zeit wehte der Wind unten am Burghof mit furchtbarer Heftigkeit, so daß er in die Knochen fuhr und den Leuten an Hüten und Mänteln riß, man befürchtete, daß die beiden jungen Burschen dort oben jeden Augenblick wie Flaumfedern weggefegt würden.

Kampanus wandte sich ab, er konnte nicht ohne Aufregung zu den vorwitzigen Leutchen hinaufsehen.

Da trat aus der Mitte des Hofes, von der über und über vergoldeten und rotfarbenen Triumphpforte her, Herr Sixtus auf die Magister zu, und hinterdrein schleppte sich an einem Stock der alte Kaplíř, beide Direktoren in der Landesregierung. Sie tauschten mit Jessenius und den übrigen Herren einen Händedruck. Beide jammerten über das trübe Wetter und das Heulen und die Wut des gewalttätigen Windes.

»Habemus regem, jetzt haben wir ihn schon«, begann Rektor Jessenius das Gespräch mit den beiden Direktoren, dann erwähnte er in lateinischer Sprache, daß der König zwar noch sehr jung, aber sehr verständig und recht gelehrt sei.

»Er versprach unseren Abgesandten, sobald wie

möglich das Tschechische zu erlernen«, fügte der Tuchmacher Herr Sixtus hinzu.

In diesem Augenblick fing der Schloßhauptmann, Herr Berka, wieder Streit an, diesmal jedoch mit den Musikanten, die mit ihren Posaunen, Zinken und anderen Musikinstrumenten am Schwibbogen der Triumphpforte standen. Wind und Kälte hatten sie einigermaßen verdrießlich gemacht, und vielleicht liefen sie deshalb immer wieder hinter die Kirche ins Vikarhaus, wo man Bier ausschenkte; beim Hin- und Herlaufen drängten sie sich durch die Zuschauermenge hindurch und verursachten Tumult. Deshalb war Berka erzürnt, und der Hauptmann wetterte.

»Da doch der neu erwählte König das Haupt des evangelischen Bundes im Reich und der Schwiegersohn des Königs von England ist«, sagte Magister Troilus, »können wir wohl ohne Trug darauf hoffen, daß uns von dort Hilfe zuteil werden wird in unseren kriegerischen Schwierigkeiten und Nöten?«

Kampanus wandte dagegen ein: »Ich habe gehört, daß der englische König unentschlossen ist vor übermäßigem Klügeln.«

»Jawohl, man erzählt von ihm, er soll ein reiner philosophischer Possenreißer sein, die Engländer selbst sollen ihn spöttisch einen Salomon heißen, hoffen wir aber, daß er uns nicht im Stich läßt, wenn seine Tochter unsere Königin sein wird«, meinte der alte Kaplíř tröstend, wobei er seinen indianischen Stock auf das holprige Pflaster stieß.

»Ansonsten kann ich den Herren auch berichten, daß der König schon einen neuen General mitbringt, der allen vorgesetzt und General des ganzen Feldzuges sein soll, der muß wiedergutmachen, was unsere bisherigen Generäle versäumt haben. Es ist der Fürst Christian von Anhalt, er kommt samt seinem Sohn. Wir sandten ihm schon vor einer Woche ein hübsches Türkenzelt aus der Rüstkammer Kaiser Rudolfs seligen Angedenkens.«

Der heißblütige Šultys, der Professor, rief aus: »Jetzo kommt es zum Kampf mit Donnerschlag, das ist ein König nach Gottes Herzen, wenn's keinen Krieg gäbe, wie schön wäre es jetzt bei uns, einst schwammen die Katholiken obenauf wie Öl auf dem Wasser, die Evangelischen lagen zuunterst, wir wurden bedrückt, geschmäht, nun ist Ruhe, nun ist Gleichheit in Religionssachen, und dabei wird es bleiben, wenn nur der verdammte Krieg schon zu Ende wäre!«

»Wißt ihr, daß das feiste Bürschchen – Slavata – verräterisch aus Karlsbad nach Bayern entwich?« fragte Kaplíř die Professoren.

»Wir haben ihm gestattet, sich zu kurieren, und er ist fort, über die Grenze entwichen, und jetzt wird er wider uns raten!«

Die Zuhörer konnten sich nicht lange ihrer Verwunderung hingeben, denn vom grünen Turmknauf von St. Veit ertönte schmetternder Trommelwirbel. Der Jüngling unter der Turmzwiebel schwenkte die blauweiße Fahne.

In diesem Augenblick erdröhnte die riesige Glocke Siegmund, und gleich darauf fielen ihre kleinen und kleinsten Schwesterchen am Turm in einem eher ungestümen als majestätischen Gemisch eherner Stimmen in den Orgelton ein. Auf der Burg wurden

Böller gelöst. Das schwere Geschütz war in kurzen Abständen mit donnernden Schlägen zu vernehmen, die leichten Geschütze feuerten unaufhörlich.

Und schon kommen vier Trompeter, ihre langen, glänzenden, mit herunterhängenden Fähnchen und silbernen Fransen geschmückten Trompeten blasend, durch das Tor in den Hof geritten. Die Trompeter werden von einem Trommler begleitet, der wie toll die Trommel schlägt. Den Trompetern folgt hübsch ausstaffierte Reiterei in blauen Röcken mit weißen Streifen, dann wieder Trompeter und dann wieder schwere Reiter, alle in dreifarbenen, roten, blauen und weißen Röcken; in Reihen zu je sieben vorrückend, ziehen sie ziemlich rasch in der Richtung zum St.-Georgs-Kloster vorbei; und wiederum kommen Trompeter, hinter ihnen blauweiße schwere Reiter und ein Banner mit eingesticktem Löwen und dem Wappen von Prag.

»Nun, alsdann«, sagte Mollerus, »das ist also die Prager Reiterschar, junge Stadtbürger, die soll fünfzigtausend gekostet haben, für den Krieg gibt's kein Geld, aber für blaue und weiße Röcklein hat's Geld genug –«

Niemand antwortete ihm, alle blickten auf das Kriegsvolk zu Fuß, das aus dem Tor strömte. Die Soldaten waren zwar nicht gleichartig eingekleidet, aber Gewand und Waffen, die sie trugen, waren nagelneu, sauber und schimmernd.

»Das sind die Niederländer und die Engländer, die der König mit sich führt!« meinte Šultys.

Es dauerte eine Weile, ehe sie vorbeigezogen waren, Šultys zählte dreißig Reihen zu je sieben Mann.

Als das Kürassierkornett vorübergetrabt war, kamen aus dem Tor zwölf prächtige Trompeter geritten, die lange, schmale, silberne, mit blauweißen Damastwimpeln und Troddeln verzierte Trompeten bliesen. Hinter ihnen schritt ein böhmischer Herold mit einem Stab. Der Herold hatte ein rotes, vorn und hinten mit dem silbernen Löwen besticktes Habit.

Die böhmischen Direktoren auf ihren Pferden setzten sich in Bewegung. Sie tauschten Begrüßungen aus mit der Geistlichkeit und der Universität. Mollerus wußte jetzt alles zu bekritteln, nichts war ihm recht. Es mißfielen ihm die Pferde der Direktoren, die sich zur Feierlichkeit angeblich stumpfsinnige Schindmähren ausgesucht hatten, um nicht abgeworfen zu werden. Dies traf jedoch lediglich beim schmächtigen Ritter Pětipesky zu, der heute nicht verstört, sondern eher erschöpft dreinschaute; auch Martin Fruvein, der Direktor aus dem Bürgerstande, hatte ein wunderliches schwarzes Klepperchen. Doch die klugen Augen des Advokaten schielten unternehmend nach allen Seiten hin.

Šlik, Wenzel von Roupov und Wilhelm Lobkovic sahen wahrhaft wie Herren und Ritter aus. Švamberk aus Třeboň drehte sich samt dem Pferde unter der Pforte im Kreise, das Pferd war ohne Zweifel nicht weniger feurig als sein Herr.

Im Hofe sprangen und stiegen die Direktoren von den Pferden, das Gesinde führte die Pferde weg, und die Herren verblieben bei der Triumphpforte.

»Der sollte lieber im Felde stehen!« sagte Mollerus, als er General Hohenlohe erblickte.

Mit Hohenlohe kommt ein prächtiger Edelmann,

nicht alt und nicht jung, in voller Rüstung angeritten; er hat ein männliches schönes Gesicht, ist rötlich blond, sein Spitzbärtchen ist in auffallender Weise zweigeteilt und nach beiden Seiten zurückgekämmt. Er bietet nicht das Bild eines kühnen Helden, eher verrät sein ganzes Äußeres eine gewisse umsichtige Bedachtsamkeit. Er wird von einem Jüngling begleitet, der ihm bis auf den auseinandergekämmten Spitzbart sehr ähnlich sieht. Unter den Zuschauern geht von Mund zu Mund, dies seien die beiden Anhalt.

Mollerus war gleich fertig mit seinem Urteil, der künftige Generalissimus sähe wie ein als Ritter verkleideter Professor aus.

Den Herren folgte eine von zwei Paar Pferden gezogene, mit rotem Leder beschlagene Kutsche. Darin saß ein feister Priester.

Der Priester war an dem kleinen runden Käppchen, dem schwarzen, mit zahlreichen Knöpfen besetzten Rock und am schwarzen Mantel zu erkennen. Sonst trug er nach weltlicher Art eine gestärkte Spitzenkrause, die einer großen kreisrunden Schüssel glich, unter der Nase hing ihm ein buschiger Schnauzbart mit den Spitzen abwärts, und in seinem Spitzbärtchen hatte er nur wenige Härchen. Der alte Kaplíř reichte ihm die Hand in den Wagen und begrüßte ihn, nannte ihn Ehrwürden Skultet, und auch andere Direktoren traten zu ihm. Sichtlich hielt man Skultet für einen Herrn, der beim König allmächtig war. Die Ratsherren der drei Prager Städte traten ein, alle in schwarzem Samt und in Pelzschauben. Als Mollerus den Primator Kirchmajer sah, sagte er:

»Eine vorgeschobene Figur, jeder Primator ist eine Figur, die die Schelme im Rat tanzen lassen, wie es ihnen beliebt.«

Unterdessen hatte ein stattlicher Jüngling, der mit großer Anstrengung die hohe und breite Fahne König Friedrichs trug, die Burg betreten. Der Wind zerrte wütend am gelben Samt, der an der vergoldeten Fahnenstange festgenagelt war, blähte ihn auf, ließ ihn gleich darauf wieder zusammensinken und verbarg das grüne, auf gelbem Grund festgenähte Kreuz, so daß es der Geduld scharfer Augen bedurfte, um die goldenen Buchstaben mit der Losung des neugebackenen Königs zu lesen: »Diverti nescio!«

Hinter der Fahne des Königs liefen die Trabanten in den Hof, die weiß und blau gekleidet waren, in der einen Hand einen Hut, in der anderen eine vergoldete Hellebarde oder einen verzierten Spieß trugen. Der Läufer waren ungefähr vierundzwanzig.

Ihnen folgte der König zu Pferd.

Er war ein hübscher junger Herr mit großen Augen und ein wenig großer – aber nicht allzu großer – Nase, einem kleinen Bärtchen darunter und einem kleinen Spitzbart.

Da er sogleich beim Tor merkte, daß die Priester eine Ansprache vorbereiteten, sprang der König sehr behende von seinem schönen schimmelfarbigen Pferd und reichte sogleich den Senioren der Priester wie alten Kameraden leutselig beide Hände, wobei er sich in seinem dunkelbraunen, mit Silber reich besetzten Rock mit unruhiger Beweglichkeit und Lebhaftigkeit hin und her wandte.

Da war auch schon Herr von Roupov zur Stelle,

um dem König zu übersetzen, was man ihm sagen werde.

Der Priester der Brüdergemeinde Cyrill sprach von Abraham, dem Stammvater vieler Völker, von Josua, dem Siegreichen, von Salomon und der Weisheit seiner Verwaltung, von Josias, dem frommen König, und bat den König, in deren Fußstapfen zu treten; auch über die Gesundheit der gottgefälligsten Frau Königin sagte er etwas. Der Wind riß ihm die Worte von den Lippen.

Der König nahm am Ende der Ansprache seinen Hut ab. Ein schwärzlicher Haarschopf, der gerade am Scheitel hoch emporragte und sehr dem Haarschopf Herrn Slavatas ähnelte, wurde sichtbar, nur daß die Haare dichter und reichlicher waren. Die Ansprache des Priesters war kurz genug, aber der jugendliche König drehte schon ungeduldig den Hut in der Hand und hielt nicht einen Augenblick still, indem er ständig von einem Fuß auf den anderen trat.

Er setzte rasch den Hut auf, reichte wieder den beiden Priestern die Hand und sagte in deutscher Sprache, daß er ihnen seine Gunst erweisen werde, und schwenkte dann von neuem den Hut, wie um die Priester zu grüßen, die in ihren Chorröcken dastanden.

Doktor Jessenius, diesmal im Rektorstalar und einer Pelzschaube, bat Ihro Gnaden in lateinischer Sprache, der Akademie und allen Schulen und den Mitgliedern der Universität ein huldvoller Vater zu sein.

Und wiederum schwenkte der lebhafte junge Herr den Hut, indem er lateinisch sagte, er wolle die

Akademie schützen, und den Professoren wie seinesgleichen herzlich die Hand reichte. Dann begab sich Friedrich von der Pfalz festen Schrittes zur Triumphpforte.

Inzwischen waren drei Paar weiße Pferde mit einem herrlichen, an goldenen Stützen hängenden Wagen in den Hof gekommen. Im Wagen saß die Britin Elisabeth, die Königin von Böhmen. Ihr Haupt schien auf einem dreifachen hohen Kragen zu liegen. Das Leibchen war aus lauter Perlen. Ihre Haare waren zu einer gewaltigen, mit Edelsteinen überladenen Frisur hochgekämmt; eine hübsche Frau mit kleinem Mund, aber mit allzu kühlen Augen. Neben ihr saß ihr Söhnchen, ein kleines Bürschchen.

Der Priester Dikast trat an den Wagen heran, ein Bedienter sprang vom Heck des Wagens, öffnete das Türchen, und Dikast schickte sich an, mit erhobener, weichlicher Stimme in tschechischer Sprache von der gottesfürchtigen Sarah, der heldenmütigen Judith und der so überaus weisen Königin von Saba zu sprechen.

Die Namen verstand die Königin wohl, denn sie nickte jedesmal mit dem Kopf. Schließlich – es hatte nicht lange gedauert – reichte sie dem Priester schweigend die Hand.

In diesem Augenblick ertönte an der Triumphpforte laute jubelnde Musik, die adeligen Herren und das Volk brachen in Rufe aus: »Vivat rex!«

Dazwischen erschollen wieder Glocken und Böller auf der Burg, hinter der Kirche und weit in der Ferne.

Der Lärm der Menschenstimmen, Glocken, Musik und Böller war so übermäßig, daß die Kathedrale in ihren Grundfesten über den steinernen Wald der Fialen hinweg bis zur grünen Turmspitze erbebte, auf der der junge Knecht unermüdlich die blauweiße Fahne, die Farben des neuen Königs Friedrich, schwenkte.

Vor dem Vladislav-Saal verließ die Königin die Hängekutsche, um das Haus der böhmischen Könige zu betreten, und hier, an der Schwelle, nahm sie die Segenswünsche der böhmischen Frauen entgegen.

Der König zeigte in seinen Bewegungen überaus frohen Mut an Geist und Körper, reichte die Hand bald hierhin, bald dahin, nach allen Seiten. Dicht an der Schwelle trat Herr Wilhelm von Roupov an ihn mit der Bitte heran, Ihro Gnaden mögen vor dem Ausruhen ihn als treuen Diener empfangen und die Neuigkeiten vernehmen.

Im Gefolge des Königs betraten die Hofdamen, die ihre Wagen verlassen hatten, den Saal.

Als Veronika Konias von der Burg ging, meinte sie zu den Nachbarinnen, daß die Frauenzimmer bei Hofe schamlose Geschöpfe seien, da sie ihre Brüste allzusehr entblößten; die Königin sei hübsch, aber eher wie eine hübsche Jüdin, und sicherlich sei sie in anderen Umständen, daß sie schwanger ist, sei klar wie die Sonne.

Mollerus wiederum erzählte jemandem auf der Schloßstiege, die Gebärden des Königs seien nicht königlich genug.

Pulpit lief ganz verblüfft durch den Tiefen Weg – er lief nicht allein, denn ein Schwarm von jung und alt lief mit ihm – alle liefen drei englischen Soldaten nach, die, eine Art Röhrchen im Mund, Rauch aus dem Maul bliesen.

»Mordidi, das ist ein Schabernack, die Narren, Rauch aus dem Röhrchen, Rauch aus dem Maul! Wo brennt es denn, mordidi, und was soll das Röhrchen? Es ist aus Messing, daß es dem Kerl nicht das Maul verbrennt?«

Der Kürschner Pulpit gab nicht Ruhe, immer wieder fragte er die Engländer aus, allerdings vergeblich, bis er endlich mit dem Finger auf das Röhrchen zeigte. Da begriff endlich einer der Soldaten, und mit harter Stimme stieß er wie aus einem Mörser hervor: »Dabak.«

Herr von Roupov betrat mit dem König das Zimmer. Ein Diener brachte Kerzen. Roupov bat sehr ehrerbietig und rücksichtsvoll um Entschuldigung, daß er den müden König in seiner Ruhe stören müsse. Die Neuigkeiten seien keineswegs gut. Da sei vor allem ein Schreiben des Kurfürsten von Sachsen.

Der König nahm den Brief rasch an sich, erbrach das Siegel und las.

»Das weiß ich, er schrieb mir schon nach Heidelberg, daß ich die böhmische Krone nicht hätte annehmen sollen, er baut seine Meinung auf wunderliche Schrullen. Ei, was liegt daran! Was weiter?«

»Hier ist die Nachricht, daß Erzherzog Ferdinand, der sich König von Böhmen nennt, zum Kaiser des Reichs gewählt wurde.«

»Das weiß ich, das habe ich erwartet. Was liegt daran?«

»Daß der Bayer sich ihm zur Hilfeleistung verpflichtete und daß der evangelische Bund in Deutschland hinter dem Rücken von Ihro königlichen Gnaden eingewilligt hat, den Böhmen keinen Beistand zu leisten und daher sehr unmännlich und ungetreu die Böhmen verlassen hat!«

Der König erstarrte.

Er erschrak. In seinem Schrecken hielt er sich am kalten Marmortisch fest. Er sprach kein Wort. Nach einer Weile trat er ans Fenster, die Hände an den Kopf gelegt; er sah hinunter auf Prag, das in die Dämmerung wie ins Meer getaucht war, im dunklen Meer verschwamm, in dem nur hier und da ein einsames und mattes Lichtlein aufblinkte.

Geraume Zeit standen die beiden Männer schweigend, wie reglose Statuen, da.

Der böhmische Edelmann erstarb in Angst um Glauben und Vaterland – der neu angekommene König empfand zum ersten Mal Angst um die Königskrone, mit der er noch nicht einmal gekrönt war, und in diese Angst mischte sich der giftige Gedanke daran, daß er zu guter Letzt auch noch um seine heimatliche Pfalz, die herrliche und rebenspendende, am heiligen Rhein, kommen könnte.

Aber der junge Mann erlangte seine Fassung eher wieder als der greise böhmische Edelmann. Er drehte sich hurtig und entschlossen zu Roupov um und sagte ihm: »Meine Losung ist: Diverti nescio, ich kenne keine Umkehr, deshalb, lieber Freund, kehr ich nicht mehr um, ich kam nicht bloß des Ruhmes wegen, ich kam, um eurer bedrängten Nation zu helfen. Diverti nescio!«

III

Der Weiße Berg

Der Mönch bei St. Margarethen in Břevnov läutete das Abendglöcklein, und eine Stunde später begannen die Hunde im Dorf Řepy wütend zu bellen und hörten nicht mehr auf. Bald nach ihnen stießen die Hunde im Dorfe Ruzyně ein furchtbares Geheul aus, und die Hunde bei den Hütten oben in Břevnov antworteten ihnen verängstigt und toll.

Aus einer am Rande von Břevnov liegenden Hütte trat ein Mann auf die Schwelle, ging behutsam um die Hütte herum, trat auf den freien Platz hinaus, über dem das Mondlicht zitterte, sah keine Menschenseele – dabei bellten die Hunde fortwährend wie toll.

Aber am Horizont, dort, wo das Dorf Hostivice liegen mochte, leuchtete Feuerschein, ein Brand – weiter rechts wieder ein Feuerschein, ein zweiter Brand.

Links gegen die Hügel von Košíře und gegen Motol zu entschwindet der Horizont in nebligem Dunkel, auch rechts dunkle Nacht und Stille, bloß im Westen brennt es, und da brennt nicht ein Schober, nicht eine Bauernhütte allein, da brennt ein ganzes Dorf.

Dem Mann kam ein Weib nachgeschlichen, der folgte ein Nachbar, sie standen lange, überlegten, bekreuzten sich, seufzten, dann gingen sie vor Kälte erstarrt in ihre Hütten, die feuchte Kühle drang ihnen in die Knochen, war es doch schon der siebente Tag im Monat November.

Und wiederum gab es auf dem Plateau keine Menschenseele, das matte Mondlicht breitete sich still über ihm aus, so matt, daß der königliche Wildpark, der die bergige Flanke des Plateaus gegen Ruzyně einsäumte, ganz in Schwarz versank, ebenso wie das Sommerschlößchen, das hoch über die Bäume ragte; auch das schärfste Auge hätte in der dunklen Pyramide des Sommerschlosses nicht den sechszackigen Stern erkennen können. Das hie und da am Plateau verstreute, aufwuchernde und wieder verkümmerte Gestrüpp duckte sich gleich lauernden schwarzen Unholden zu Boden, und inmitten der öden Brachfelder sah der weiße Steinbruch wie ein verwunschenes Schloß aus.

Unten, unterhalb der Hochebene, spielt der Mond mit unruhigen goldenen Streifen in den Wässern der beiden Bäche, die das Plateau einschließen, und aus den Sumpflöchern und Faulwässern in der Niederung beim Dorf Ruzyně steigt staubartiger Nebel auf, in dem die Umrisse der schwarzen Erlen zu gespenstisch schwankenden Gestalten verschwimmen. Immer noch leuchten die Brände im Westen rot, und die Hunde bellen schaurig. In den Bauernhütten blinken Lichter.

Die Menschen schlafen nicht. Finden keine Ruhe. Sie schleichen wieder in die feuchte Kälte hinaus und blicken entsetzt auf die Brände im Westen. Mit Schrecken sehen sie einen neuen Brand, da brennt es unten bei Řepy, da brennen die Bauernhütten am Wege – und auf dem Weg Reiter, ein Haufe Reiter, mehr Menschen, eine dichte Menschenkette, schon ist deutlich Wagengerumpel zu hören, das sind Soldaten, die brennende Hütte wirft helles Licht auf sie, die schwarze Kette bewegt sich langsam längs der Straße nach Ruzyně, nähert sich stumm, gespenstisch – Gott im Himmel, schon sind ein paar Reiter unten an der Flanke des Berges beim Brücklein – fort, fort, rettet euch –

Und kurz darauf führen die Männer die Kühe von den Keuschen weg in die Schlucht von Motol, und die Weiber schleppen Bündel und stoßen die verschlafenen Kinder vor sich her – nur fort, fort!

Das Stampfen nähert sich, die Reiter steigen schon den Weg herauf, man hört Stampfen, Waten im Kot, erkennt auch schon Stimmen, kurze, verdrießliche Worte, vielleicht Flüche, Waffen klirren mit ehernem Klang, ein Wagen ächzt. Der Lärm wächst, verstärkt sich, die ersten Reiter – die Vorhut – sind oben. Nach ihnen betreten bald weitere das Plateau.

»So sind wir denn zuletzt mit Gottes Hilfe am Ziel, der Weiße Berg!« sagte Samuel Veleslavín mit freudiger Stimme zum Rittmeister Materna, indem er vom Pferd stieg.

»Wo sind die Ungarn geblieben? Das sind doch nicht alle?« fragt Materna träge.

»Sind in Ruzyně geblieben, führen eine Kiste Dukaten mit sich, sechs Pferde konnten sie nicht heraufziehen, sind unten geblieben, die Diebe, wollten nicht herauf, schlafen vielleicht schon.«

»Wenn es jetzt nur bald ein Feuer gäbe, es ist kalt!« ruft Materna und winkt mit der Hand den Reitern zu, die ihre Pferde führen, und dem Fußvolk, das sich in Scharen auf das Plateau des Weißen Berges ergießt.

Die Unterhaltung wird meist deutsch, aber auch in anderen Sprachen geführt. Das Plateau füllt sich. Die Fouragewagen und die Wagen mit den Soldatenweibern und Kindern fahren durch die lange Gasse, die durch das Lager gebahnt ist, nach Prag weiter. Ein paar Feldwebel erteilen, mit nicht wenig Geschrei, ihre Befehle.

Die Reiter stellen die Pferde zu Hauf wie Herden, binden die Beutel von den Sätteln los und schikken sich an, die hungrigen, müden Tiere zu füttern. Andere kehren zur Straße zurück, um von den gemächlich anrollenden Wagen Futter zu nehmen. Vom Fußvolk, das dem kotigen Weg nach beiden Seiten der Ebene am Weißen Berg hin ausgewichen war, warfen sich einige in das nächste Gestrüpp und blieben kraftlos liegen. Andere dagegen liefen auseinander und brachten im Nu Holz aus den Hütten von Břevnov herbei. Einige stiegen über das Wildgehege, sammelten Reisig und schnitten und fällten dort Frischholz.

Wieder andere zogen aus den ankommenden Wagen Zelte heraus, rammten Pfähle in die Erde, noch andere schleppten Kessel und Pfannen aus den Fouragewagen herbei, die ständig heranfuhren, um das Fleisch, das sie schon bei Rakovník zurechtgemacht hatten, aber rasch wieder auf die Wagen werfen mußten, gar zu kochen und zu essen.

Die weite Ebene füllte sich mit Kriegsvolk und Tieren, und immer neue Reiter und Fußvolk kamen heran. Auch das erste Geschütz kam auf einem knarrenden niedrigen Wagen, gezogen von sechs Paar Pferden, von denen der Dampf aufstieg. Man konnte von unten das schreckliche Geschrei der Männer und das Einschlagen auf die Pferde hören, die mit den Geschützen nicht so leicht heraufgelangten. In ihren Kaleschen kamen auch die obersten Generäle gefahren. Der Quartiermeister Kaplíř führte sie in die Bauernhütten von Břevnov, auf daß sie ein bequemeres Nachtlager in bäuerlichen Betten hätten.

Indes erhoben sich schon hier und dort ein paar Zelte, die blechernen Feuerzeuge wurden geöffnet, Funken sprühten, und man zündete die Holzstöße an, die jedoch bei der Feuchtigkeit nur widerwillig Feuer fingen.

Die Soldaten lehnten die Musketen an die Gabeln oder auch an ein aus Piken und Spießen verfertigtes Gestell, standen und saßen bei den Holzstößen und schrien vor Freude auf, wenn dichter Rauch aufstieg und die Flammen loderten.

Dann drängten sich Tschechen und Deutsche, Welsche und Holländer und allerlei sonstige, die einander gar nicht verstehen konnten, einträchtig um das Feuer, einigten sich über die Plätze am Feuer und teilten sich in sie.

Alle wollten nur Wärme, Wärme. Besonders den Welschen klapperten die Zähne, und ihre Augen waren traurig. Drum ertrugen sie es geduldig, selbst wenn der beißende Rauch sich zeitweise über das Gras hinwälzte und sie würgte.

Wer so glücklich war, noch ein Stückchen hartes Brot zu besitzen, das er aus Rakovník errettet hatte, der biß mit Lust hinein, die anderen waren des Neides voll, hatten sie doch seit früh nichts im Munde gehabt. Wenn es nur inzwischen ein bißchen Wärme gab. Die Soldaten wandten dem Feuer bald ihren Rücken, bald ihre Brust zu, einige legten sich nieder, schnarchten und husteten.

Die Offiziere ritten und liefen von einer Gruppe zur anderen, um ihre Leute zu finden, und versuchten in verschiedenen Sprachen in Erfahrung zu bringen, ob nicht jemand die aus den Prager Städten bestellten Schaufeln und Spaten zum Schanzen gesehen habe.

Jetzt brannten die Feuer schon bis zum Ende des Plateaus am Weißen Berg, über dessen Abhängen und Flanken.

Auch um diese Wachtfeuer lagerten Soldaten in Haufen. Vor ihnen, ein paar Schritte weiter, schritt einer mit einer Muskete und schaute im Gehen in den grünlichen Dämmer unter dem Berge.

Bei einigen Holzstößen erwachte von neuem Leben. Im Kessel siedete das Wasser, und voll Ungeduld fischten die Hungrigen das Fleisch heraus, schnitten, rissen es in Fetzen und gruben gierig die Zähne hinein, wie hungrige und reißende Tiere.

Bei einem der Feuer, beiläufig in der Mitte des Plateaus, sitzt und steht bei einem Offizierszelt eine in rötlichen Lichtschein getauchte Gesellschaft. Unter den Offizieren ist der Priester Měřinský. Er glotzt mit seinen gutmütigen, großen Augen ins funkensprühende Feuer.

»Wohin sind die Rittmeister und Hauptleute verschwunden?« fragt der Fahnenjunker Kordule, sich fester in seinen breiten Mantel hüllend.

»Die sind beim Allerhöchsten zu Rat, Fürst Anhalt ließ sie rufen«, gibt ein anderer zur Antwort.

»Erwartet man einen Angriff?« fragt Samuel Veleslavín rasch.

Adam Hodějovský gibt Bescheid: »Ei, nichts wird sein, morgen wenigstens noch nicht, ist ja doch nichts zu hören vom feindlichen Heer, so trefflich sind wir ihnen entlaufen; und so das Heer auch morgen kommt, dann wird es so müde sein wie heute unsere Leute, und ich sag euch, ein müder Musketier hat keinen sicheren Schuß, ein müder Reiter ist lausig.«

Dann wandte er sich einem jungen schwarzhaarigen, klein gewachsenen Offizier zu, der ein Stück weiter vom Feuer auf einem Stein saß und fragte: »Gelt, Johann Vostrovec, nichts wird es geben, du kennst doch persönlich die obersten Herren, vor denen wir von Rakovník bis hierher ausgerissen sind!?«

Knobelius, der auf den Ellbogen lag und sich den Rucken wärmte, hob den Kopf und flüsterte Měřinský ins Ohr, daß der Ritter da in der vorigen Woche vom kaiserlichen Heer zum böhmischen übergelaufen sei.

»Ei nun, Bukva ist immer bleiern beim Angriff«, erwidert Vostrovec, »und jetzt, da eine Kugel ihn am Hoden und am Schenkel verletzt haben soll, wird er nicht schneller sein; der Fürst von Bayern, der von Kriegsläuften nichts versteht, hat mehr Wildheit in sich, deshalb liegen die beiden obersten Anführer oft im Streit!«

»Wie unsere Obersten!« meint Veleslavín und verzieht dabei höhnisch das Gesicht. »Thurn bleibt nicht gern stehen, Anhalt zögert!«

»Weiß nicht, wie's bei euch steht«, fällt ihm Vostrovec ins Wort, »bin noch nicht mit allem vollends vertraut, aber auf der Gegenseite gab Bukva doch nach jedem Streit dem Max von Bayern nach, achtet ihn als Landesherrn, und ich sah, daß er ihm beim ersten Zusammentreffen, bei der Vereinigung des kaiserlichen Heers mit der bayerischen Hilfe, untertänig die Hand küßte.«

Da trat gerade Malovec ans Feuer, und als er Freunde erkannte, kreischte er sichtlich vor Freude auf: »Was hab ich euch doch gesucht!«

»Schütt aus, was du im Beutel hast!« schreit der Fähnrich Ritter Kordule von Sloupno und winkt mit den Händen.

»Zeig, was du bringst!« schrien die übrigen, und ihre Augen blitzten.

Der Ritter ließ sich nieder und holte aus seinem groben Leinensack sechs dicke Bratwürste aus Hackfleisch und drei Flaschen Wein hervor. Bei jeder Bratwurst, die aus dem Dunkel ans Licht gelangte, bezeugte der Chor der Offiziere laut sein Wohlgefallen, das sich angesichts der Weinflaschen zu Jubel und jauchzender Fröhlichkeit steigerte.

Binnen kurzem hub ein einträchtiges Schmatzen an; die Fahnenjunker und Lieutenants samt dem Priester aßen, daß es ihnen vom Munde troff. Auch der Soldat, der mit Scheiten das Feuer unterhielt, bekam ein Stück.

»Wo hast du das her?«

»Auf Befehl unseres Obersten Herrn sollt ich an das Strahover Tor Bescheid geben, daß man unsere gemeinen Soldaten nicht in die Stadt lasse – ihrer Hunderte liefen nach Prag davon und verschwanden in der Stadt – ich verließ mich nicht auf den Boten, die Straße ist voll von Wagen und Soldatenweibern, da ritt ich selbst als Bote und gab am Tor mit Nachdruck den Befehl weiter, sintemalen ich sah, daß durch das kleine Pförtchen neben den Offizieren immer ein Korporal oder Söldner durchschlüpfte, nun, und im Wirtshaus vor dem Tor erwischte ich die Bratwürste und den Wein. Ich wundre mich, daß im Feld noch so viele von euch geblieben sind!«

»Veleslavín hatte Lust, daheim nach seinem Weib zu sehen!« scherzte Knobelius.

»Morgen ist auch ein Tag!« antwortete Samuel und drehte seine feuchten Stiefel zum Feuer, »bin auch gar nicht guten Muts, kann's doch keinem von uns einerlei sein, daß wir immerfort zurückweichen – von Bukva sagt da Ritter Vostrovec, daß er bleiern sei – und wir sind vor ihm auf dem Rückzug, da muß in jedermann die Courage verlöschen wie die Funken da in der kalten Luft.« Dabei zitterte seine Stimme, und man konnte merken, daß dieser Sohn eines tschechischen Buchdruckers etwas Schweres, Großes auf dem Herzen trug.

Malovec meinte darauf ärgerlich: »Warum wurde die Stellung bei Rakovník nicht gehalten, wir waren oben so wie hier, dort galt es, vorzubrechen und uns wirklich mit dem Feind zu schlagen.«

»Ach, das wollten doch Anhalt und Hohenlohe – Thurn vielleicht nicht –, als aber die Späher und

Kundschafter meldeten, daß die kaiserliche Armee sich gen Prag rüste, da mußte die unsrige auch gen Prag.« So erklärte der Fahnenjunker Kordule.

»Mußte wohl nicht«, widersprach Veleslavín, »in dem einen Jahr hab ich noch nicht allzuviel an Kriegsläuften erlebt, aber so viel versteh ich, daß der Feind sich's überlegt hätte, eine befestigte große Stadt vor sich und unser Heer im Rücken zu haben! Mir scheint, er wollt uns nur aus den Schanzen herauslocken.«

In diesem Augenblick tauchten am Saum des Berges Soldaten auf, die Getreidegarben trugen und hinter sich herzogen.

Adam Hodějovský hielt den ersten Soldaten an, sie konnten sich aber nicht verständigen, erst einer der Nachzügler gab Bescheid darüber, daß sie unten einen Schober auseinandergeworfen hatten und auf Stroh, nicht auf dem feuchten Rasen, schlafen wollten.

Von der anderen Seite her trat geräuschvoll Rittmeister Materna, ein behäbiger, ältlicher Herr mit spitzem, angegrautem Kinnbart und scharfen Augen, an das Feuer. Man begrüßte ihn und fragte, was geschehen solle, was bei der Beratung beschlossen wurde. Als Antwort sagte er: »Beschlossen ward, daß alle Offiziere und Soldaten früh, sobald Gott es tagen läßt, mit ihren Fähnchen zum Sprung bereit sein sollen.«

»Das wird schwer halten«, entgegnete Veleslavín, der wieder sein Gesicht zu einem spöttischen Lächeln verzog, »ich bleib dabei, die Mehrzahl der Offiziere bankettieret in Prag. Haben sich vergnügt aus dem Staub gemacht.«

Materna antwortete nichts, er zuckte nur mit den Achseln.

Dann begannen die jungen Leute verschiedentliche Begebenheiten zu erzählen und sprachen gar viel von allerlei; Materna saß eine Weile da, dann empfahl er sich, ging schlafen.

»Und wie ist der König«, fragte Vostrovec, als der Rittmeister fort war, »als ich bei den Kaiserlichen war, erzählte man oft, er sei ein angenehmer Junge, lieb, reizend, aber kein König, kein Soldat!«

»Nur mit Kindern spielt er gern, meine Frau schrieb mir im Sommer, daß er bei der Mühle oberhalb der Brücke mit dem gewöhnlichen Volk gemeinschaftlich gebadet habe, stolz ist er nicht«, antwortete Veleslavín. Hodějovský fügte hinzu: »Auch ist er, mein ich, nicht furchtsam. Als er zu uns nach Tuškov kam, setzte er sich in den Kopf, die Bayern zu überfallen, hat selbst alles ausgetüftelt, brach nächtlich auf, aber das ungarische Gesindel irrte vom Weg ab und verdarb alles, der König entging knapp der Gefangenschaft. Ich meine, ein Hasenfuß ist er nicht.«

Plötzlich, wie aus dem Boden gewachsen, stand Fürst Anhalt mit seinem Oberstleutnant da. Die Flamme des Holzstoßes beleuchtete das sorgenvolle Gesicht des Oberbefehlshabers des gesamten böhmischen Heeres, ließ ihren Schein auf sein abgeschabtes, beschmutztes, gar nicht fürstliches Gewand fallen. Ehe die Offiziere noch grüßen konnten, verschwand der Fürst mit seinem Begleiter wieder im Dunkel.

»Er visitiert die Wachen«, »Prüft die Stellung«. So sagten sich die Männer beim Feuer.

Da war der Fürst abermals da. Er war umgekehrt.

Wer ihn erblickte, stand auf. Mit harter, starker Stimme sagte er auf deutsch zu Hodějovský, der zunächst stand, er habe am Gespräch die böhmischen Offiziere erkannt, und deshalb frage er sie, ob das böhmische Kriegsvolk gleich beim Morgengrauen mit dem Schanzengraben beginnen werde, es müsse so sein; für das Kriegsvolk der anderen Regimenter wollten die Hauptleute nichts versprechen, da die Soldaten wegen der Nichtbezahlung des Soldes verdrießlich seien.

Veleslavín wollte etwas sagen, aber seiner Zunge fiel das Deutsche schwer.

Hodějovský sagte an seiner Statt, daß auch das böhmische Kriegsvolk schon drei Wochen lang keinen Sold erhielt, daß sich aber Böhmen und Mährer zum Schanzenaufwerfen sicherlich gebrauchen ließen. Der Fürst nickte zufrieden, es sollten nur genug Schaufeln dasein, man habe das Schanzzeug bei Rakovník vergessen, und aus Prag sei neues bisher nicht geschickt worden.

Als er gegangen war, stockte die Unterhaltung.

Měřinský schlummerte schon.

Unweit gab es plötzlich Geschrei am Feuer. Zwei Welsche brüllten und zückten die Degen gegeneinander. Ihre Augen glänzten wie die von Wildkatzen. Aber plötzlich besannen sich beide, bohrten die Waffen in den Boden, warfen sich einander gegenüber auf die Knie und hoben die Finger in die Höhe.

»Zigeunerpack!« rief Knobelius, »bald schlägt sich's, bald verträgt sich's.«

»Buquoys Wallonen sind wie tolle Hunde«, sagte Vostrovec. »Wallonen waren's, die in Prachatice neunhundert Menschen niedersäbelten, während der Unterhandlung nach Písek zogen und an fünfhundert Menschen erschlugen, und erst die Kosaken, die Serben im kaiserlichen Heer, die sind ein grimmiger und arger Haufe!«

»Wie die Ungarn!« meinte Veleslavín, »die sind aber obendrein noch feig, tun so, als wollten sie den Teufel fressen, sind aber nur beherzt gegen wehrloses Volk, insbesondere gegen Frauenzimmer!«

»Sind nicht alle gleich«, entgegnete Měřinský, »die, die so sprechen, daß ich sie versteh, die so sprechen, wie soll ich's sagen, so wie (zu Knobelius gewendet), weißt, wie Mollerus, die sind anständiger, besser, hab vielen schon mit dem Sakrament gedient.«

»Aber ein Stückchen dieser Ungarn gefiel mir über die Maßen«, rief Vostrovec, »da waren wir drunten irgendwo bei Nové Hrady, bayerische Offiziere luden auf drei Wagen, was sie im Schloß zusammengestohlen und geplündert hatten, luden dazu drei ihrer üppigen Ehegesponse, die waren gar nicht so alt, und schickten alles heim über die Grenze. Eure Ungarn überfielen sie, hieben den Konvoi nieder, nahmen und stürzten die Wagen und zogen die drei ehrbaren Frauenzimmer unter freiem Himmel nackt aus, kosten ein wenig mit ihnen und schickten sie dann splitternackig auf der Straße heim ins Bayerland. Lustig, was?«

Lachen erscholl beim Feuer. Die böhmischen Offiziere hatten ihren Spaß an den bayerischen Offiziersehehälften.

»Auf wie stark schätzt du das kaiserliche und bayerische Heer?« fragte Malovec plötzlich Vostrovec.

»Beide zählen an zwanzigtausend, darunter aber viele Kranke.«

»Unser sind nicht so viel«, meinte Malovec, »bis wir uns verschanzen, werden wir daliegen und einer den anderen anknurren wie bei Rakovník, wirst sehen.«

»Von Gabriel, dem siebenbürgischen Fürsten, soll frische Hilfe kommen, sonst werden unser immer weniger, als Kolonna von Völs starb, liefen allsogleich seine Kürassiere auseinander, und als Švamberk starb, zerstob sogleich das Kriegsvolk von Třeboň und andere aus jener Gegend, die in seinem Regiment und unter seiner Zucht standen. Und so geht's immer bergab!«

»Unser werden weniger und vom Ausland keinerlei Hilfe, unsere Abgesandten waren beim König in London, und der rührt sich nicht, soll bereits viertausend Mann Engländer geschickt haben, hab sie aber nicht gesehn, sollen in Spitälern herumliegen, ein paar bewachen Karlštejn, rauchen Pfeife und machen Gestank, das ist alle Hilfe.«

»Kommt schlafen«, mahnte der gutmütige Priester mit den großen Augen, »unser Krieg ist Gottes Krieg. Die Böhmen hatten einst mehr Feinde als jetzt, und Gott half ihnen gegen alle, er wird wieder helfen. Wo wirst du schlafen?« Das galt Knobelius.

»Bei dir im Wagen, Kordulka, glotz nicht; bei dir, wirst mich doch nicht da auf der Erde liegen lassen, unser Wagen steht an der Mauer des Wildparks, hab anbefohlen, daß er dort verbleibt, gehn wir!«

Die Freunde verabschiedeten sich.

Drei traten in ein Zelt, die übrigen wandten sich dahin und dorthin.

Knobelius und Měřinský, die beiden Kameraden von der Karlsakademie, schlugen die Richtung zum Wildgarten ein, der sich schwarz vom mitternächtigen Horizont abhob. Sie wanden sich durch das Kriegsvolk durch, das am Boden lag, und in die Mäntel gehüllt an den meistens schon erlöschenden Feuern kauerte. Unterwegs fragte Knobelius: »Erinnerst dich, lieber Kordulka, wie du mir bei den Prüfungen die Professoren übertölpeln halfst? Was tut jetzt Kampanus?«

»Wenn er weiß, daß das böhmische Heer gen Prag rückt, wird er nicht schlafen können!«

Nach einigem Herumirren gelangten die beiden Freunde zum Wagen an der Mauer. Knobelius beförderte vorerst mit seinen riesigen Händen zwei Musketiere vom Wagen, wo sie wie leblose Holzklötze in tiefem Schlaf gelegen hatten, dann legte er sich, so wie er war, nieder und der Priester daneben, beide unbequem eingezwängt und verkrümmt. Die Musketiere kullerten, ohne zu mucksen, unter den Wagen und schliefen weiter.

Das bleiche Mondlicht ergoß sich über das still gewordene Lager, und als es nach Mitternacht verlosch, breitete sich tiefe Dunkelheit über das ganze schlafende müde Heer, von dessen Stärke und Tapferkeit das Glück der tschechischen Nation abhing.

Der Schlaf währte nicht lange.

Plötzlich erhob sich unten im Dorf Řepy furchtbares Geschrei, ein Brüllen der Wut und Verzweiflung, unheimlich, gräßlich, aus Hunderten Kehlen, abgerissen und sich wieder zu einem einzigen Donner vermengend.

Kurz darauf wälzte sich dann von Ruzyně eine schwarze Wolke, ein Flämmchen züngelte, zwei, drei, ein breiter, gewaltiger, blutig gelber Feuerstrom brach hervor und erhellte die nach Mitternacht zu gelegene, steilste Flanke des Weißen Berges.

Das ganze böhmische Lager fuhr auf. Trompeten schmetterten. Männer wankten verschlafen, manche griffen nach den Waffen, manche eilten zu den Pferden, andre wieder wandten der Seite, wo die Feuersbrunst leuchtete, den Rücken zu, und es war offenkundig, wenn nur ein einziger sich zur Flucht gewendet hätte, wären sie auch davongelaufen.

Im blutigen Feuerschein sah man auch schon, daß Soldatenvolk zu Pferd und zu Fuß die Flanke des Weißen Berges emporkletterte. Manche hatten den Kopf unbedeckt, manche trugen ungarische Mützen. Man erkannte die Ungarn, die mit den geraubten Schätzen unterhalb des Berges nächtigen wollten.

Die Ungarn sind's wohl, aber was soll das schreckliche Gebrüll?

Was ist das? Was soll geschehen? Die Soldaten am Rande erkennen schon deutlich die Husaren mit den Piken, die Hajduken mit ihren Arkebusen.

Warum flüchten sie? Niemand setzt ihnen nach.

Das verzweifelte Brüllen verstummte. Aber sie flüchten dennoch, ihrer hundert, mehr noch, vielleicht zweihundert. Das ist wie eine Hexenjagd. Anhalt, Hohenlohe, der General der Mährer Šlik, Paul Kaplíř sind von ihrem Nachtlager herbeigeeilt; sie laufen hin und her, rufen, schreien, fluchen – Anhalt ist noch wie am Abend gekleidet, ein Beweis dessen, daß er geschlafen hatte, ohne sich auszuziehen. Am Saum des Berges trifft Kornis ein, der Anführer der Ungarn, er hat einen verschnürten Dolman, Glotzaugen, sein Mund steht halb offen. Schon hat jemand vom Berg aus wahrgenommen, daß unten, im Rücken des Dorfes Kosaken hastig davonreiten, manch einer zerrt ein Paar Pferde mit sich fort.

Die auf dem Berg begreifen jetzt, was geschehen ist.

Endlich gelangte der erste Mann mit ungarischer Mütze auf seiner Flucht auf das Plateau des Weißen Berges und machte im böhmischen Lager halt. Andere kamen hinterdrein; manche stießen Verwünschungen aus, einige begannen zu erzählen.

Alles war klar. Die Kosaken des kaiserlichen Heeres, die von irgendwelchen Spähern oder Kundschaftern davon unterrichtet waren, daß die faulen Ungarn unten verblieben waren, hatten diesen einen Besuch abgestattet und ihrer weidlich viele niedergemacht. Als der Ungar Kornis davon hörte, knirschte er mit den Zähnen und wetterte unverständlich in seiner ungelenken, quäkenden Sprache. Wütend brüllte er auf seine abgehetzten Burschen ein, sprach dann zornig zu Anhalt.

Es schien, als wollten die Ungarn vom Weißen Berg fort, einfach das Weite suchen. Viele bestiegen ihre Pferde und warteten bloß darauf, was ihr Führer tun würde. Als aber der Anführer mit Anhalt und Hohenlohe beiseite ging, sprangen die Ungarn von ihren Pferden, standen und gingen lange wie verstört umher, lauschten aufgeregt den Berichten ihrer Kameraden, die dem Tod durch die Kosaken entgangen waren.

Im Lager kehrte für den Rest der Nacht bis zum Dämmern die Ruhe nicht wieder. Der Schreck war allen in die Glieder gefahren, der Schlaf gewaltsam vertrieben, die Erschöpfung geblieben.

Man fachte die Feuer von neuem an. Die böhmischen Soldaten begannen einen Wall aufzuwerfen; vielleicht nur, um sich zu erwärmen; in ihren Mienen war keinerlei freudige Bereitschaft zu lesen; einige türmten eilendst Erdwälle auf, um das schwere Geschütz, die großen Stücke, in Stellung zu bringen. Am Hang gegen Motol zu wurden drei Geschütze aufgestellt, oberhalb Ruzyně sieben Kartaunen und Feldschlangen. Die zehn Donnerbüchsen mit einem Mörser warteten vor den Flanken der Armee nur auf füglichen Einbau und auf Betätigung.

Je näher das Licht und der Tag von Osten heranrückte, um so trüber ward die Witterung, die Nebel fielen und brachten feuchtes Rieseln mit sich, der Horizont hüllte sich in schwermütiges Grau. Alles ringsum triefte vor Nässe, Schollen, Gräser, Gebüsch und Gewandung der Menschen. Kalt zitterten die Tropfen am absterbenden verschwärzten Wegkraut, an den bärtigen Disteln, den Hagebuttensträuchern, den Bäumchen und den Korallen der entblätterten Vogelbeeren.

Der Rauch der verschwimmenden Feuer suchte sich vergeblich mit dem Nebel zu vermischen, senkte sich wieder zur Erde, kroch weiter und biß in die Augen.

Der nächste Umkreis des Plateaus nimmt in der Morgendämmerung Farbe an. Es sind die alten kränklichen Farben des Herbstes, gelbliche und rötliche Flecke an den Bäumen, schimmelndes bläuliches Laubwerk unter den Bäumen; nur die gelbliche Wolfsmilch und die blutroten Steinnelken prangen frisch auf dem Plateau des Weißen Berges. Aber auch da, wo diese Blüten den Boden bedecken, verschwinden die Farben des Hasses und Blutes nicht. Vom Wildgarten her treten nur die weißen Linien der Birken hervor, die Baumkronen und die Pyramide des Weißen Sternschlosses versinken im Nebel.

Im Morgengrauen tritt zugleich das schreckliche Aussehen des Kriegsvolkes zutage. Allen sieht man die Härte ihres bisherigen Lebens an. Selbst an den Offizieren ist alles abgeschabt und zerschlissen, das Gold und das Silber der Tressen und Schnüre geschwärzt, und die zerknitterten Ärmel und Mäntel verraten, daß die Offiziere in den Kleidern zu schlafen pflegen, ohne sie abzulegen.

Und erst die gemeinen Söldner! Da kratzt einer den Kot vom Rock, hält aber ein, da er sieht, daß die aufgenähten Stücke sich in Fetzen lösen und abzufallen drohen; die Knöpfe gingen – wenigstens zum größten Teil – schon längst bei Písek, Rokycany und anderswo im Süden von Böhmen verloren. Da wieder ziehen andere die Schuhe aus, um die blau angelaufenen Füße in Stroh zu betten; dabei mustern sie verdrießlich die Löcher in Stiefeln und Schuhzeug. Die stählernen Blechpanzer an Brust und Rücken, die wie Eis glänzen sollen, sind bei allen Soldaten ohne Unterschied rostbedeckt.

Die unausgeschlafenen, verdrießlichen Gesichter passen zum trüben Grau des Morgens. Kann sein, daß die Gesichter sich nach dem Frühstück aufheitern werden. Das Wasser siedet in den Kesseln, und schon ist geraume Zeit verflossen, seitdem mindestens zwanzig Mann in die Schlucht von Košíře hinabgestiegen sind, um einiges Vieh zu stehlen.

Siehe, da kommen auch schon die Marketender mit ihrer Ware von Prag herangefahren, die Soldaten stürzen auf die Karren zu, man schreit und lärmt. Auf tschechisch und deutsch ist Feilschen und Schimpfen zu hören. Ein Tscheche schreit: »Das soll ein Pfund Fleisch sein, und das Pfund für zwanzig Batzen? Daß dich der Teufel hol!«

»Verfluchter Schelm!« schreit bei einem anderen Wagen ein Deutscher und schwingt ein Stück Fleisch wie einen Lappen. Dort wieder unterhandelt ein Soldat leise mit einem Weib, das Brot verkauft. Er hat kein Geld, bietet einen Dolch als Kaufpreis an.

Viele zahlen ruhig, trinken Branntwein und streichen sich über den Bauch, als wollten sie das Feuer des stinkenden Getränks den ganzen Körper durchdringen lassen.

Und viele, gar viele, stehen abseits und kaufen nichts, markten nicht. Wie denn kaufen, wenn sie seit so vielen Wochen keinen Sold zu Gesicht bekamen. Selbst inmitten des Treibens, das sich im Lager verbreitet, fallen manche der Soldaten auf die Knie, um zu beten. Die Italiener langen aus ihren Hemden Medaillons hervor, die sie an Schnüren um den Hals hängen haben, und küssen das Bild der Madonna.

Buntes Allerlei erfüllt das Plateau; zwischen Pyramiden von Spießen und todbringenden Musketen wird ein Gebet geflüstert in demütiger Frömmigkeit, neben vollen Marketenderwagen krampft der Hunger die Eingeweide zusammen, und zu allem kommen noch Schmutz, Abgerissenheit, Ermattung im Leib, Trauer im Blick oder dumpfe Gleichgültigkeit; möglich, daß der Nebel, in dem sich Himmel und Erde vermengen, dieser kalte Nebel in Herz und Hirn der Tausende eindrang.

Schmetterndes, langgezogenes Trompeten.

Trompeten da, Trompeten dort.

Auf allen Seiten, an allen Enden und in der Mitte des Plateaus am Weißen Berg. Schon trabt eine Reiterschwadron den Berg hinab, um den Feind zu erkunden, die Soldaten nehmen die Spieße von den Haufen, die wie Hopfenstangen, in eine Spitze auslaufend, dastanden, die Zelte werden vom Boden losgebunden und eingerollt; die Reiter begeben sich zu den Pferden und führen sie dorthin, wo die Trompeter blasen, zu denen sie gehören.

Der alte und der junge Anhalt, Hohenlohe, der junge Thurn tauchen zu Pferd bald hier, bald da auf, rufen, geben Bescheid und erteilen Befehle.

Das Heer wird in Reih und Glied gerufen.

Rittmeister Materna verkündet seinen Offizieren, daß laut dem von Anhalt ausgearbeiteten Schlachtplan das Regiment der böhmischen Stände etwa hier an dieser Stelle, im Zentrum der Armee, bleibt. Drauf heißt er sogleich den Trompeter, sein Kornett hier zusammenzurufen. Auch die anderen böhmischen Trompeter begannen das Heer der böhmischen Stände zusammenzurufen.

»Ein trauriger Sonntag!« sagte Veleslavín, der seinen fast bräunlichen Rappen mit blassem Stirnfleck festhielt, zu Vostrovec, »kann mich nicht des Gedankens an meinen seligen Vater erwehren, der sagte immer und druckte es selbst in der Vorrede zu den Chroniken, daß die Tschechen seit jeher die Deutschen zu Feinden hatten und sie lustig zum Land hinaussegneten, jetzt sind die Deutschen mit uns verbündet, führen uns, lenken unser Sach; das ängstigt mich, hab nachts gar viel meines Herrn Vaters gedacht.«

Materna trat wieder zu seinen jungen Offizieren, zupfte unruhig an seinem angegrauten spitzen Kinnbart und sagte mit heiserer Stimme, nicht ohne Bitternis und dazugehörigem soldatischen Sakrament und Potzelement:

»Der Fürst weint schier vor Zorn, da ihm weder der König noch die Stände aus den Prager Städten Schanzzeug gesandt, dreimal während der Nacht hat er Boten dahin geschickt und dreimal vergebens, keine einzige Schaufel kam! Schaut, wie die Redoute aufgeworfen ist, wie niedrig, kurz – nichts, Sakrament – nichts, ein Glück, daß der Feind nicht da ist!«

»Seht euch doch bloß jene Ungarn an!« stichelte Malovec die Herren, »ein wunderlich Heer, keiner sagt was, fressen Knobel und Zwiebel, saufen Schnaps, der dort schläft auf dem Gaul, ihre Rösser sind muntrer, die spitzen wenigstens die Ohren.«

»Wie viele der Ungarn wurden nachts in Ruzyně zusammengehauen?« fragt ein Fahnenjunker.

»An die zweihundert, sagt man«, berichtet Materna, »das ist ein Schlag für sie, aber den verschmerzen sie wohl, ärger ist, daß die Kosaken ihnen die Eisentruhe mit Geld und tausend Pferde abnahmen, sie sollen ohne Wachen geschlafen haben, drum ward die Partie so erfolgreich, liebliche Soldaten, diese Ungarn!«

Man sah schon, wie sich hier und dort die Kompanien und Fähnlein sammelten. Die Trompeten verstummten. Man hörte die Korporale die Namen der Soldaten von gehefteten Blättern herunterlesen.

Aus der Richtung von Motol her wälzen sich drei Kühe und zehn Soldaten aus dem Nebel den Berg herauf.

»Das Vieh haben sie in Košíře oder Motol gestohlen, was soll's jetzt damit?« fragt Vostrovec.

»Ei nun, bis alles in Schlachtordnung steht, gibt's wieder Ruh, und alles wird verspeist«, antwortet Veleslavín.

Kühe und Soldaten verschwanden in der Menge und im Nebel. Der Nebel hing nun schon wie ein Vorhang vom Himmel zur Erde herab; die Menschen, die hundert Schritt entfernt waren, schienen wie betrunken zu schwanken.

Die Soldaten der Regimenter Thurn, Bubna und Kaplíř, Soldaten aus Böhmen, Mähren und Deutsche liefen durch alle Gäßchen im Heer der böhmischen Stände. Trompeten riefen alle in den Raum auf der gegen Mittag gelegenen Seite zusammen.

»Das wird der linke Flügel der Armee sein«, erwägt Veleslavín. Offiziere der genannten Regimenter kommen und gehen und suchen ihre Fähnlein und Kornette. Kommen nach in Prag durchschwärmter Nacht. Vostrovec tauscht mit Ritter Sekerka, Šatný von Olivet, Mitrovský und manchem anderen einen Gruß. An Šatný richtet er die Frage: »Wo habt Ihr Euren General gelassen?«

»Herr Generalwachtmeister von Bubna wird wohl noch in Prag sein!« war die gleichgültig in den Nebel geworfene Antwort.

Kurz darauf mußte das ländliche Regiment der böhmischen Stände von der Mitte gegen die Straße hin rücken. Den Befehl zum Vorrücken überbrachte Thurns Feldsekretär mit dem jungen Thurn. Kurz darauf kamen die Rittmeister des Regiments, Bubna und Kaplíř, angesprengt und nahmen den vom böhmischen Aufgebot freigemachten Platz ein. Adam Hodějovský, der mit den ständischen Offizieren einen Gruß tauschte, war unter ihnen.

»Vom Bergsaum bis hierher«, sagte Veleslavín, der das Ausschwärmen des Heeres von seinem Pferd aus überblickte, »zähle ich zehn Fähnlein Thurns und neun Kornette Bubnas!« Die Freunde machten sich auch daran, zu zählen.

Da kam Herr von Bubna zu den Seinen geritten, zwirbelte den mächtigen Schnauzbart, spähte im Gespräch mit den Rittmeistern hierhin und dorthin, lüftete breit seinen Reitermantel und gab ein Zeichen: sein Kriegsvolk drängte sich dichter, enger im Geviert zusammen.

Auch auf der anderen, gegenüberliegenden Seite, von der Mauer des Wildgartens bis zur Straße, gab es dichtes Gewimmel. Knobelius und der Priester Měřinský konnten lange nicht recht nach vorn durchkommen, um die Ihren aus Čáslav und Chrudim zu finden; teils wurden sie durch die Handelswagen und Karren der Marketender behindert, die man vom Plateau rückwärts verjagt hatte, teils drängten auch Tausende Ungarn zurück, in der offenbaren Absicht, sich soweit als nur möglich zu entfernen; sah doch Knobelius schon mehrere hart an den Bauernhütten von Břevnov, dort, wo sich das Plateau des Weißen Berges schon gegen Prag neigte.

»Luder von Soldaten!« fluchte Knobelius beim Anblick der verdrossenen, feigen ungarischen Horde.

Vom Wildgarten bis zur Straße durchquerten Knobelius und der Priester die Reihen der Mährer und Österreicher, die abends den Raum gefüllt hatten. Knobelius erkannte Heinrich Šlik, den Führer der Mährer, am kurzen Kinnbart und den dichten an den Seiten hochgekämmten Haaren.

»Den preist man tapfer«, sagte Knobelius, »hat schon vielen Herren samt dem Kaiser gedient, soll ein rechter und ganzer Soldat sein.«

»Ist er ein Verwandter des ehemaligen Prager Direktors Joachim Šlik?« fragte der Priester.

In diesem Augenblick machte ein Fahnenjunker des Regiments Hohenlohe, das den Platz an der Straße einnahm, Knobelius darauf aufmerksam, daß das böhmische Kriegsvolk ein wenig weiter links stand. Die beiden Freunde durchquerten also wenigstens acht Fähnlein Hohenlohischen Fußvolks, wanden sich ebenso durch acht oder neun Kompanien Hohenlohischer und Anhaltischer Reiter hindurch, zweimal ritt ihnen ganz aufgeregt der alte Anhalt über den Weg, immer noch trafen sie auf allerlei Händler und Handwerkervolk, desgleichen manchen Feldscher und Priester, bis sie endlich bei ihrem Regiment anlangten, das zwischen dem Anhaltschen und dem Kaplířschen stand, und bald erblickten sie ihr Fähnlein, dessen Standarte Ritter Kordule von Sloupna festhielt. Der Oberste Michal Slavata war nicht zu sehen, er mochte noch in Prag sein. Desgleichen vermißte Knobelius nicht wenige der Unteroffiziere, die sicherlich auch in Prag durch Vergnügungen zurückgehalten wurden. Das Nachtlager in Prag war jedenfalls erfreulicher und wärmer als hier am Plateau.

Der Wind begann ein wenig zudringlich zu blasen. Die Nebel zerrissen zu immer dünneren, spinnwebenfeinen Schleiern. Schon war ziemlich deutlich der gesamte vom Heer eingenommene Raum des Plateaus am Weißen Berg zu überblicken. Vostrovec schätzte die Linie auf eine halbe Wegstunde, Veleslavín auf drei- oder viertausend Fuß.

»Ich versteh schon«, rief Ritter Vostrovec, als er die breite, geräumige Gasse merkte, die auf der ganzen Linie vom Wildpark bis zu den Weingärten oberhalb der Schlucht von Motol entstand, »versteh schon, ist schon gut kenntlich, was die Generale im Sinn haben; schau nur, zwei Glieder, dazwischen eine Gasse, ungefähr 200 Schritt breit, mehr kann's nicht sein, unser vorderes Glied ist in Quadraten geordnet und eingeteilt, im Quadrat ist ein Fähnlein Fußvolk mit einer Reiterkompanie verbunden, ein Durcheinander mit Vorbedacht, schau nur, in den Lücken zwischen den Quadraten des ersten Gliedes hätten die Quadrate des zweiten Glieds Platz, und wenn's geschehen sollt, stehen wir alle da, fest wie eine Mauer. Das ist nicht dumm. Das gefällt mir!«

»Weiß nicht, ob es so gut ist, wozu alles in einer Linie fast bis nach Motol auseinanderziehen, eine Linie, die eine halbe Wegstunde lang ist, die Linie ist viel zu lang, und wenn beide Glieder sich zu einer Mauer zusammenschließen, wird das eine dünne Mauer sein!«

»Das Heer muß doch vom Wildgarten bis ans Ende über Motol stehn, daß uns der Feind nicht umgeht!«

Mit einem Schlag wandten sich aller Augen der Prager Straße zu, auf der neue, unbekannte Soldaten wacker einherschritten, gefolgt von einem hübschen berittenen Kornett, ja schon tauchte ein weiteres auf. Bald war an der blauen und weißen Farbe der Soldatenröcke erkenntlich, daß es Soldaten des bömischen Königs waren. Man erkannte auch die prächtige Samtstandarte mit Friedrichs Lösung »Diverti nescio«.

Anhalt reitet ihnen entgegen, läßt sie haltmachen, ein paar der Herren Offiziere sammeln sich zu Pferd um ihn, dort bewegen sich ein paar hohe Hüte mit großen Federn, man erkennt den Fürsten von Weimar, einer reitet davon, ist scheinbar voll Zorn, kehrt wieder zurück zur unruhigen Beratung im Feld.

Die Beratung ist aus; die Soldaten des Königs kehren um, entfernen sich, nur eine Kompanie und ein Fähnchen der königlichen Garde, die sich zwischen den Regimentern Anhalt und Hohenlohe nach vorn einschieben, bleiben da.

»Wohin führt man sie, warum bleiben sie nicht?« fragt Veleslavín seine Freunde, wohl wissend, daß keiner zu antworten vermag. Die zucken auch die Achseln.

»Waren ihrer gut zweitausend!« fährt der rothaarige Herr Samuel fort.

»Ich mein, weniger!« widerspricht jemand.

»Sei's drum, weniger, aber hier sind sie vonnöten, warum führt man sie weg und wohin?« beharrt Veleslavín mit zorniger Stimme. »Und sind gar hübsch ausstaffiert, unsere Leute sind dagegen wie vagabundierende Bettler!«

Scharfer Wind weht, die Nebel hellen sich auf, ihre Schleier zerreißen immer mehr, die Niederung unter dem Weißen Berg vertieft sich, aus dem Grau taucht das Gemäuer der dachlosen Hütten von Ruzyně, von denen noch Rauch aufsteigt, schon sieht man das gelbliche Schilf; unten am Sumpf hinter dem Dorf, wo die Straße zum Weißen Berg führt, tritt das steinerne Brücklein über den Letovicer Bach aus dem Nebel hervor, man kann nun schon all die schwarzen Erlen zählen, die den Bach auf seinem gewundenen Lauf säumen.

Die Quadrate, in denen das Heer am Plateau des Weißen Bergs gegliedert stand, lösten sich beim tatenlosen Warten auf und zerfielen; die Reiter stiegen von den Pferden, die Offiziere scharten sich vor den Fähnlein oder gingen auf und nieder, um sich in der beißenden Novemberkälte ein wenig zu erwärmen.

Veleslavín mit Vostrovec und Malovec schauten zum Hauptmann der Geschütze hinüber, einem alten dicken Mann, der fruchtlos auf seine Artillerie, einige Bauersleute, die zur Bedienung beim Schießen da waren, einbrüllte; er brüllte auf sie ein, aber diese bewegten sich dennoch gar langsam und bedächtig.

»Schade, daß Harant das Geschütz sein ließ, Wien hat er im Vorjahr trefflich beschossen, jetzt hockt er zu Prag über den Rechnungen der Kammer, schade; deucht dir nicht, daß der schweren Feldstücke zu wenig sind?« fragt Veleslavín Vostrovec.

»Der Feind hat nicht viel mehr, hatte wenigstens nicht mehr, solang ich drüben war; König Friedrich wollte, wie's heißt, alle Prager Glocken zu Feldstükken umgießen lassen, da wären ihrer nun mehr!« »Das hätt er anordnen sollen«, meinte Veleslavín spitz und spöttisch, »da hätt man ihn aus Prag verjagt; was gab's da für wildes Geschrei und kläglichen Jammer, als des Königs Prediger Skultet die Kirche im Schloß ohne weiteres plündern und verwüsten ließ!«

»Ei, Herr Thurn kommt aus Prag geritten, kommt, wenn alles fertig ist!« rief Vostrovec, auf die Schar der Generäle weisend, die sich durch die breite Gasse der Stelle näherte, wo das Heer aus den böhmischen Kreisen stand. Unter ihnen war Thurn in vollem Küraß wie zur Schlacht gerüstet. Anhalt erklärte ihm ohne Zweifel, wie die Armee gegliedert war, denn er wies lebhaft hierhin und dorthin.

Als die hohen Herren gerade das Kornett erreichten, vor dem Veleslavín mit seinen Freunden stand, sagte Thurn deutsch, daß kein besserer Platz und keine bessere Stellung hätte gefunden werden können. Anhalt nahm das Kompliment entgegen, und alle die Generäle nickten, nur Kornis, der Anführer der Ungarn, stand reglos wie ein Klotz und machte eine so finstere Miene, daß seine kleinen Äuglein im gelben Gesicht fast unter den schwarzen Borsten der dichten Augenbrauen verschwanden.

Aber Anhalt erwiderte Thurn sogleich mit dem Vorwurf, warum er denn »die Pragerischen und die Stände« nicht genötigt habe, ihm Schaufeln und Spaten zu senden, wie er im Lauf der Nacht mehrmals bestellen ließ.

Von Thurns Antwort war nur so viel hörbar, daß vormittags sechs Wagen mit Schanzzeug dasein würden.

Die Herren entfernten sich, gingen weiter.

»Ei nun, eine Schande ist's, wer immer auch die Schuld trägt, zur Not könnt der oberste General, Herr Anhalt, statt der Redut und Schanz die Fouragewagen auffahren lassen, ihrer sind doch viele Hunderte, die täten das Heer schützen, wie sie die Hussiten schützten, an Schanz ist nur ein Stückchen aufgeworfen, und unterdes verrammeln und sperren die Wagen die Straße nach Prag.«

In diesem Augenblick erblickt jemand auf der von Hostivice führenden Straße ein paar Reiter.

Die ritten aus dem Wald hervor, als ob sie Ausschau hielten, und machten halt.

Es war nicht zu erkennen, ob sie näher kamen. Sie schienen wie Statuen dazustehen.

Doch, sie nähern sich. Schon ist es zu erkennen.

Man sieht schon ihre langen Lanzen.

Kosaken. Vorhuten.

Der Feind im Anmarsch.

Die Reiter aus Anhalts Schwadron, die man vor zwei Stunden auf Kundschaft ausgesandt hatte, jagen im Galopp über das Brücklein die Straße zum Weißen Berg entlang und frisch bergan. Einige von ihnen bleiben beim Brücklein stehen. Warten vielleicht, bis ihnen Verstärkung geschickt wird, um den Übergang zu verteidigen.

Offiziere aller Fähnlein und Kornetts des vordersten Gliedes laufen an den Bergrand, um zu sehen, was los ist.

Zur Batterie, für deren sieben Stücke die Bauern Kugeln und Pulver in Fäßchen vom Wagen abladen, kommen die höchsten Generäle herangeritten, um von da aus Horizont und Tal zu überblicken.

Unterdes ist die Straße, die sich von Hostivice über mäßige Anhöhen und niedrige Kuppen windet, schon voll Soldaten. Ganz schwarz. Das Heer des Feindes nähert sich gleich einer schwarzen Schlange, die immer länger wächst, ohne daß ein Ende zu sehen ist.

Die Reiter, die an der Brücke wachen, stoßen ins Horn; rufen um Hilfe; von oben antwortet man ihnen. Sie haben verstanden. Lassen die Brücke sein und sprengen den Berg hinauf. So hat der Feind den Weg über den breiten Sumpf frei. – –

Anhalt zieht aus einem Beutelchen eine viereckige Uhr, viele der Offiziere ahmen ihn nach und tun ein gleiches. Es ist die neunte Stunde nach deutscher Uhr. Es ist punkt neun, als die ersten Kosaken zum Brücklein vorstoßen.

Sie betreten es nicht. Bleiben seitwärts stehen.

Schwere Reiter, die Vostrovec als Bayern erkennt, überqueren das Brücklein. Sie reiten ruhig und ohne Hindernis wohl ein Kornett stark. Ein paar hundert Schritte weiter in der Richtung zum Weißen Berg, auf der Seite gegen Řepy zu, bleiben sie stehen. Halten Ausschau.

Da nähert sich den obersten Generälen der Führer der Mährer, Heinrich Šlik, sein Pferd im Galopp über die Ebene des Weißen Berges spornend. Veleslavín und seine Freunde hören deutlich seine Bitte, mit seinen Reitern die vereinsamten Reiter dort unten auseinandertreiben zu dürfen. Hören Hohenlohe spöttisch auf deutsch zischen: »Schlagen, schlagen, ihr wollt allzeit schlagen, ein jeder rede so gut, als er es verstehe!!«

Šlik machte sich verdrossen aus dem Staub. Verdrossen und um vieles gemächlicher, als er herbeigeeilt war.

»Die konnten wir leicht in Stücke hauen, ehe noch der dichte Schwarm dort herankommt«, meinte Vostrovec.

Anhalt gibt unterdes schon dem Geschützhauptmann der Batterie zur Linken seinen Befehl und reitet selbst an den Ruzyně gegenüber aufgeworfenen Wall heran.

Die Kolonne im Tal wälzt sich langsam die Straße lang. Die Wagen und die Feldstücke, die nur schwer durch den Morast gezogen werden, behindern einander sichtlich.

Zu den Bayern am Fuß des Weißen Bergs stoßen Reiter, Fußvolk. Vostrovec erkennt den blauen Mantel des alten Generals Tilly, sieht ihn an der Seite der Straße bald vor-, bald rückwärts preschen, sichtlich ist er recht ungeduldig.

Als Vostrovec und viele andre gleich ihm auf der Straße das Ende des Heeres, das Ende der schwarzen Schlange sahen, leuchtete ihnen ein, was Tilly erzürnte. Tilly gewahrte die Reihen am Weißen Berg, und vom kaiserlichen Heer, vom General Buquoy, war noch keine Spur. Tilly ahnte, daß die böhmische Armee, sobald sie sich nur zur Hälfte von oben herab ergieße, die bayerische Armee wie Spatzen auseinanderjagen könnte, ehe der saumselige Buquoy mit dem kaiserlichen Heer eintraf.

Ungeduld bemächtigte sich der Offiziere Thurns, auch der Oberst Bubna drehte sich wunderlich auf seinem Pferd, als ob er schon hinunterstürmen wollte. Die Offiziere der ständischen Kornette schwangen sich aufs Pferd – Hohenlohe und Anhalt, der vom Geschütz zurückkehrte, boten jedoch das Bild ruhiger Steinstatuen und erstickten mit ihrer Ruhe die Kampflust der eignen Offiziere.

Tilly warf seine Mannschaft gegen Ruzyně, in den Sumpf zwischen den Bäumen.

Vom Weißen Berg heulte der erste Kanonenschuß auf. Es war nicht zu sehen, wo die Kugel einschlug. Unten rührte sich nichts. Zweifellos war die Kugel dorthin geflogen, wo sie der Hauptmann des Geschützes nicht haben wollte.

Endlich erscheinen wiederum Soldaten in der Richtung von Hostivice. Das sind die Kaiserlichen, geführt von Buquoy.

Drunten fährt eine vorn, hinten und an den Seiten von Reitern begleitete Kalesche auf Ruzyně zu. Bleibt unter der ersten der schwarzen Erlen stehen.

»Das wird der Bayernfürst sein«, meint Vostrovec. »Er ist's, der scharlachrote Mantel!«

Es heult der zweite Schuß, das zunächst stehende Fähnlein des ersten Gliedes ist in eine Rauchwolke gehüllt. Die Geschütze sind wohl falsch eingestellt, da sie zu hoch schießen. Das war die Meinung vieler, die wieder keinerlei todbringende Wirkung sahen.

Geraume Zeit verstreicht. Unterdes wird sichtbar, daß Tilly und seine Offiziere ihre Bayern beim

Letovicbach in vier Gruppen einteilen und die Soldaten rasch vier Reduten aufwerfen. Schon wird das achte Feldstück über das Brücklein gezogen.

Einige Kosaken stehen nahe an Ruzyně, das sie in der Nacht in Brand gesteckt hatten, man kann deutlich die schwarzen und roten Wimpel an ihren Lanzen erkennen; andre bleiben jenseits des Brückleins und bewachen das Kriegsfuhrwerk des Fürsten von Bayern. Ohne Unterlaß sprengen einzelne bayrische Reiter dem Kriegsvolk Buquoys entgegen – endlich – endlich betritt die Spitze der Wallonen das Brücklein. Ein paar Heißsporne waten durch den Sumpf.

Vom Weißen Berg her dröhnt ein Schuß. Zu gleicher Zeit gibt es bereits auf dem Brücklein und im Sumpfgelände ein Durcheinander. Der Schuß hat mehrere Reiter niedergestreckt – im Gewühl wird eine gerade Linie sichtbar, wie ein Einschlag im Wald. Auch der zweite vom Weißen Berg abgefeuerte Schuß richtete Schaden an. Der scharfäugige Malovec sah – so sagte er wenigstens –, daß die Kugel einen der Vordersten niederwarf, ein Pferd zu Boden schlug, zwei Kürassiere dahinter, und noch einige weitere sollen ins Wanken geraten und gestürzt sein.

Aber was half das? Die Soldaten Buquoys sind nun einmal da, und beide Armeen sind am Fuße des Weißen Berges vereint.

Das kaiserliche Heer strömt und wälzt sich in die Mulde unterhalb des Weißen Berges und füllt binnen kurzem das Gelände vom Dorf Řepy bis zur Straße auf den Weißen Berg, verliert sich rückwärts in Nebelschwaden.

Bei der schwarzen Erle langte auch schon eine zweite, von schweren Reitern geleitete Kalesche an; ohne Zweifel war es Buquoy, der ankam.

Schon wälzte sich auch aus einer der bayrischen Kartaunen Rauch, und die erste auf den Weißen Berg gesandte Kugel kommt geflogen.

»Die Esel, schießen dem Himmel in die Fenster!« meinte Veleslavín, der sich umwandte.

»Wart, bis sie in schönen Bogen aus Mörsern loslegen, dann können wir die Kugeln von oben auf den Kopf kriegen«, ergänzte Vostrovec.

Nach einem Weilchen gab es Rauch, einen Schuß von Tillys Redute, die Kugel jedoch fiel im Bogen irgendwo im Wildpark nieder.

Dann beachtete niemand mehr ernstlich das feindliche Schießen, das sich übrigens ebenso wie das böhmische nur nach langen Pausen meldete. Besonders die Mannschaft des zweiten, hinteren Gliedes beachtete es nicht. Teils ruhte sie verdrossen aus, teils wieder umringte sie die Fuhrwerke und Karren der Marketender, die zudringlich wie Handelsjuden von neuem in die Gäßchen zwischen den aufgelösten Fähnlein und Kornetten fuhren.

Demgegenüber verfolgen die Offiziere und die Mehrheit der Mannschaft im vorderen Glied um so gespannter, was sich unterhalb der Böschung zuträgt, sie beobachten, wie das kaiserliche Heer sich auf dem geräumigen Feld von Řepy bis zur Straße auf den Weißen Berg formiert.

»Du sagtest, ihrer wären mehr denn zwanzigtausend, mir deucht, daß ihrer nicht mehr sind!« sagt Malovec zu Vostrovec. Ohne zuzuhören, weist dieser mit der Hand auf Řepy und sagt: »Der rechte Flügel, seht ihr sie wohl, das sind Wallonen und Burgunder, Reiter und Fußvolk, die kenn ich, der, der längs ihrer Front dahinsprengt, ist Verdugo, der hat niemals einen Hut, stets einen Helm aus Stahl, den kenn ich, ein guter Soldat, beherzt – schaut, bei dem Haufen weißer Steine – dort – just in der Mitte, dort reihen sich Franzosen und Welsche, General Spinelli hat immer noch sein weißes Roß – siehst du – dort am Ende – bei der Straße, schon bei den Bayern – dort sind die Spanier – der linke Flügel – nun wissen wir also, wer wen zu fassen kriegt – auf uns und die königliche Kompanie und auch aufs Regiment Kaplíř stürmen schnurgrad die Franzosen.«

»Und wer ist im zweiten und dritten Glied? Merkt ihr, daß der Feind drei Glieder hintereinander hat?« fragt Malovec.

»Mag der Teufel das im Nebel erkennen – weiß nicht –«, antwortet Vostrovec, »das werden wohl die Deutschen sein, dort hinter den Wallonen bei Řepy sind die Sachsen, mein ehemaliges Regiment, meine Kameraden!«

Da zeigt Veleslavín gerade zum Horizont gen Norden.

»Schaut euch die polnischen Buben, die Kosaken dort an, das Heer ist längst beisammen, und sie kommen erst angeritten und dazu von der anderen Seite, die waren wohl recht weitab auf Raub aus – schon zuvor dacht ich mir, daß noch nicht alle Kosaken beisammen sind, haben wir ihrer doch dreitausend bei Rakovník gezählt.«

»Viehtreiber sind es und Diebe, ihr seht doch,

daß sie eine Herde Pferde und ander Viehzeug vor sich hertreiben!« fügt Malovec hinzu.

»Wie unsre lieben Ungarn, nur daß die heute wie krepiert sind!« wirft Vostrovec ein.

Zu gleicher Zeit lösen sich die spärlichen Nebelfetzen von den Erlen unten am Bache los. Malovec ruft hastig: »Was ist das dort bei der zweiten Erle, der zweiten vom Brücklein, dort ist was los, dort bereitet sich etwas vor, was zum Teufel schwärmen sie dort, sie tragen was zusammen, sie laufen?«

Niemand vermochte es zu erraten.

Erst als das Kriegsvolk sich ein wenig von der mächtigen Erle entfernte und zwei Kaleschen auf dem leer gewordenen Platz vorfuhren, erkannte Vostrovec, daß eine Feldmesse stattfinden sollte. Dann erkannten bereits alle deutlich den weißen Tisch und den weißen Priester. Jemand behauptete, daß aus einem der Wagen ein Mann ausgestiegen und niedergekniet war.

»Das könnte Maxmilian von Bayern sein, ich seh ihn aber nicht«, bemerkt Vostrovec, »der zweite kriecht nicht aus dem Wagen, weiß Gott, wie hart ihn die Kugel auf den Schenkel geklopft hat.«

Nach langem Schweigen brach vom Weißen Berg wiederum das Donnern der Kartaune los. Der Schuß zielte zweifellos dort zur mächtigen schwarzen Erle hin, wo die Kaleschen standen und es weiß aufleuchtete, schlug aber offenbar seitlich davon zwischen den Wagen bei den Kosaken ein, denn man konnte einige von ihnen in Verwirrung in die Felder rennen sehen.

Zu gleicher Zeit kreischten die Hörner auf, und die Trommel erdröhnte.

Das Kriegsvolk des böhmischen Kreisaufgebotes wurde zum Gottesdienst gerufen.

Hie und da standen schon Häuflein um die Priester geschart. Das Heer der böhmischen Stände schob sich langsam, bedächtig in die breite Gasse zwischen dem ersten und dem zweiten Glied. Vostrovec blieb mit einigen anderen, wo er war, und schaute unablässig zu Tal. Veleslavín ging mit Malovec und anderen Offizieren, das Wort Gottes zu hören. Sie tauschten Grüße mit Knobelius aus, der auf der anderen Seite unter dem Fußvolk stand. Soldaten schoben von der Schanze ein kleines Wägelchen heran, Měřinský schwang sich hinauf, und von dieser Kanzel herab verrichtete er ein Gebet und begann dann zu sprechen.

Seine langen, nach hinten gekämmten Haare flatterten im Wind, seine Stimme klang in rührenden Tönen, es war klar, daß er etwas Großes sagen wollte, etwas, das all die Soldaten, deren Gesichter Schwermut und Erschöpfung verrieten, anfeuern sollte, er mühte sich, in diese abgestumpften Herzen das große Wort fallen zu lassen, das sie für die große Sache entzünden sollte, er suchte nach dem großen Wort, holte Atem, seine lange, hagere Figur auf dem niedrigen Wägelchen wuchs in die Höhe, als er ausrief:

»Gott, auf dich bauen wir unsere Hoffnung, daß du sie aus dem Land vertreibest, denn um deinetwillen gehen wir in den Kampf, deine Wahrheit und den Kelch verteidigen wir, stelle du selbst uns in Schlachtordnung, du allermächtigster, allerweisester Feldhauptmann deines getreuen Volkes, du sollst unsere Losung sein, führe uns an, so wie du das Volk

Israel durch das Rote Meer aus Ägypten führtest, unser Glaube ist, daß die Scharen deiner Engel an unsrer Seite fechten werden für die gerechte Sache, unsre Hoffnung ist, daß du jene mit eiserner Rute zertrümmern wirst wie irdenes Geschirr, wir wissen drum, daß nicht von der Zahl des Heeres der Sieg abhängt, daß aber die Stärke vom Himmel, von dir kommt. Erbarme dich unser, o Herr, erbarme dich unseres Landes Böhmen, Herr Jesus Christus, des lebendigen Gottes Sohn, und beschütze unser Volk – –«

Als der jugendliche Priester, das Gesicht ganz gerötet und mit Tränen in den Augen, gerade von seiner wunderlichen Kanzel herabstieg, durchbrach die Sonne die Nebelschleier und beschien mit einemmal die Gegend bis zum zackigen, violetten Horizont weit hinter Hostivice, in ihrem goldenen Licht traten der Reihe nach die grünen und rostbraunen Kuppen der Motoler Hügel hervor, bis ganz in der Ferne die Marmorhöhen von Třebonice erschienen; die Sonne, die über den Nebel siegte, vergoldete das Plateau des Weißen Berges, aus dem königlichen Wildgarten schimmerte rosig der sechszackige Stern auf seinem grauen mächtigen Gemäuer hervor, und zwischen den entlaubten Bäumen prangte Purpur, und der Goldbrokat des Ahorns und die Vogelbeertrauben brachen mit der Scharlachfarbe ihrer Korallen durch, alles nahm Frische, Leben und Farbe an.

IV

Der Berg der Verdammnis

Tausende wimmelten im goldenen, aber kühlen Sonnenlicht unten im Tal, Tausende oben am Berg. Ein Schuß aus einem kaiserlichen Mörser, abgeschossen nach langer Unterbrechung, zeugte zur Zeit allein davon, daß die Menschen oben und unten einander feind waren.

Überdies war dies der erste Schuß, der oben vielen Schrecken einjagte, der nicht in den Wildpark fiel, sondern wie mit einem Donnerschlag eine Espe an der Straße, wo das Regiment Hohenlohe stand, wegriß, Zweige mit Büscheln gelben Laubwerks fielen zu Boden, und im selben Augenblick brachen zwei Soldaten zu Tode getroffen zusammen.

Malovec, der, von der Andacht kommend, mit Veleslavín unter die Reiter des ersten Gliedes trat, sagte: »Die Sonne zeigt zwölf Uhr Mittag.« Veleslavín gab keine Antwort. Er war in Gedanken versunken. Ein Weilchen später meinte er: »Měřinský sprach voll Eifer und Frömmigkeit, mir deucht aber nicht, daß es diese tschechischen Bauern und Handwerksgesellen gerührt hat.«

Die beiden Gefährten gelangten zu Vostrovec und zu Rittmeister Materna, die gespannt talwärts schauten, woher Trompetenschall laut wurde. Als

Materna seine Offiziere erblickte, bedeutete er ihnen rasch: »Etwas Entscheidendes bereitet sich vor, etwas Entscheidendes!«

Es war hell genug, um zu sehen, daß die feindlichen Quadrate sich stellenweise dichter zusammenballten, andernorts erteilten die Priester ihnen ihren Segen – sicherlich segnen sie, dort, im weißen Mantel – ohne Kopfbedeckung – fuchtelt einer mit einem Kreuz, einem recht ansehnlichen Kreuz, da es von hier aus zu sehen ist – ständiges Trompeten – die Hauptleute sprengen vor die Reihen.

»Mein Gott, wenn wir längs des ganzen Saumes Schanzen aufgeworfen hätten oder wenn wenigstens die Wagen hier lückenlos aufgereiht stünden, dann begrüßten wir sie, da würde sie unser Kriegsvolk abschießen wie Vögel – unterdes gibt's da nur ein Stückchen Schanz – die Schaufeln sind in Prag – der Teufel hol die Menschenseele, die daran Schuld trägt!« So zürnte und klagte Veleslavín.

»Sieh, sieh! Die beiden Kaleschen dort, die eine ist schon fort, die andere verschwindet hinter einer Bastion – so Ihro Gnaden der Fürst von Bayern mit dem dicken Buquoy sich hinter eine Mauer verdrükken, da hebt sicher was Blutiges an!«

Vostrovec hatte noch nicht zu Ende gesprochen, als schon hier und auch dort auf dem Plateau des Weißen Berges Trompeten schmetterten.

Und schon kam auch Bewegung in das Kriegsvolk. Wer zerstreut stand, eilte zum Platz, der frühmorgens bestimmt und mit Fähnlein bezeichnet worden war. Zwei Schreiber Anhalts trabten an Materna heran und reichten ihm ein Päckchen mit dem Befehl, Soldaten und Offiziere hätten weiße und blaue Farben anzulegen.

Vostrovec, der bei seinem Pferd stand, schnürte das Päckchen auf und entnahm ihm ein blaues und weißes Papierchen, schob es hinter die Schnur seines Hutes, Veleslavín und Malovec nahmen zwei Bändchen in den Farben Friedrichs an sich und banden sie an die Knöpfe auf ihrer Brust. Das Päckchen ging von Hand zu Hand und verschwand bald zwischen den Reitern.

Die Hörner schmettern immerfort und in höchsten Tönen, schmettern wohl schon alle auf der ganzen Linie des ersten Gliedes von der Flanke bei Motol bis zur niedrigen Mauer nächst dem Sternschloß. In diesen durchdringenden Schall mischt sich der Ton der Pfeifen und das Dröhnen der Trommeln, kreischen Korporäle, Feldwebel deutsch sowie welsch.

Die Reiter des ersten Gliedes steigen zu Pferd, das Fußvolk steht schon mit seinen Büchsen unter einem Wald von langen Spießen da.

Materna preschte gut dreißig Schritte vor seine Reiter nach vorn, sah schon den jungen Thurn und auch Bubna vor ihren Regimentern Aufstellung nehmen. Zur gleichen Zeit stießen zwei Haufen kaiserlichen Fußvolks von Řepy vor.

Im gelblichen Brei des Ackerfeldes und über die Stoppeln hin bewegen sie sich geschwind; der Weiße Berg neigt sich hier sehr sanft gegen Řepy; da bricht von dort Reiterei hervor, jagt in scharfem Galopp den Berg hinauf, das Fußvolk überholend. Gleichzeitig setzt sich von Řepy auch weiteres Fußvolk in Bewegung, schon zwei ganze wallonische Regimenter greifen an; der, den Vostrovec zuvor Verdugo genannt, führt die Wallonen im Sturmschritt bergan, bleibt manchmal einen Augenblick stehen und schwingt ein Schwert; man sieht schon deutlich, daß die Reiter die Musketen bereithalten, lautes Geschrei ist hörbar, aber nicht verständlich.

Die Wallonen, die beinah schon den Saum des Plateaus am Weißen Berg erreicht haben, richten sich nicht geradeaus gegen den Rand des linken Flügels, sondern gehen schräg zur Seite auf das Regiment los, das – vom Ende gezählt – das vierte ist, am Berg raten alle, daß der Stoß auf das Regiment Anhalt abzielt, der alte Fürst reitet rasch hin und her, gibt Befehle, furchtbares Gebrüll hallt aus hundert feindlichen Kehlen, rauhe und eherne Stimmen brüllen wütend, schon vernimmt man die Worte: Calvinistes heretiques, cochons, chiens – Hunde, kalvinistische, ketzerische Schweine, und mitten im aufzischenden Gebrüll klingt hie und da aus geiferndem Mund der liebliche Name der Muttergottes auf – Santa Maria – –

Die vorderen Kornette des Regiments Kaplíř sind ebenfalls bereit, Bubnas Musketiere sind in der ersten Reihe schon niedergekniet, fertig loszufeuern, die Lunten glimmen, die zweite Reihe steht bereit, über die Köpfe der ersten Reihe hinweg zu schießen, die hinter den Schützen postierten Doppelsöldner senken die langen Piken über den Köpfen der Schützen, wobei sie die Spitzen weit vorstrecken, um die Angreifer aufzuspießen.

Zusammenprall.

Aus ihren Pistolen schießend, prallten die feindlichen Kürassiere mit der Front gegen die Anhaltschen, wurden jedoch in der Flanke von Bubnas Reiterei und Fußvolk gefaßt. Musketenschüsse knallten und krachten, und als der Rauch sich verzog, ward eine große Menge von Menschen und Pferden sichtbar, die sich auf beiden Seiten der feindlichen Heere neben- und übereinander wälzte.

Gar manche Kugel schlug in die Erde, aber andere bohrten sich in Menschen hinein und vollbrachten ihr blutiges Werk ... Manch ein Musketier lag mit dem Gesicht zu Boden und unter ihm die Muskete samt der Gabel. Reiterlose Pferde rannten scheu und irr nach beiden Seiten auseinander. Manch ein Pferd stürzte samt seinem Reiter den Berg hinunter. Ritter Šatný von Olivet läßt seine Waffe fallen, legt sich auf den Hals seines Pferdes, hält ihn fest, aber einen Augenblick später stürzt er unweit des Geschützwalls ins feuchte Gras, und das Pferd läuft längs der böhmischen Reihen weiter.

Hohenlohe sinkt mit dem Pferd um, springt aber hurtig vom verwundeten Tier ab, der General flieht so rasch wie möglich den blutigen Ort.

Die Mehrzahl der Wallonen hält trotz dieses schrecklichen Gegenstoßes noch stand, Fußvolk und Reiter der vorderen Reihen beider Seiten vermengen sich zu einem einzigen wirren Knäuel, schlagen mit Musketen und Gabeln, mit ihren Schwertern aufeinander ein, stechen wütend mit Piken und Hellebarden, treten die Toten, die schreienden Verwundeten mit Füßen.

Unterdessen luden unter dem schützenden Dach der langen Spieße die Musketiere Bubnas in der zweiten und dritten Reihe nochmals ihre Büchsen und feuerten los.

Das gab den Ausschlag.

Die Wallonen flüchten im Durcheinander zu Tal. Bubnas Reiterei ist ihnen auf den Fersen; die Wallonen stürzen entsetzt dahin; Bubnas Kornette wütend hinterdrein.

»Ein glücklicher Anfang!« ruft Materna seinen Offizieren zu.

»Victoria!« antwortet Vostrovec.

Aber da halten die vordersten der Flüchtigen mit einemmal an – sie bekommen Hilfe, mächtige Hilfe, sichtlich sind mindestens acht bis zehn Fähnlein französischen und welschen Fußvolks in Bewegung, und schwere Reiter – wohl tausend Pferde – jagen jäh und frisch bergan.

Bubnas Kornette stocken.

Rittmeister und Offiziere blicken sich nach oben um.

Gegen die Übermacht werden sie doch nicht anrennen. Werden doch nicht kopflos den Hals aufs Spiel setzen.

Erregt sagt Vostrovec zu Materna: »Jetzt, jetzt sollten wir hinunter!«

»Hab keinen Befehl, sie mögen nur herkommen!«

Bubnas Reiter machen geschwind kehrt. Rennen fast davon.

Oben herrscht Ruhe. Fast lautlose Stille.

Plötzlich erschallt im Regiment Thurn die Feldtrompete, dort am Ende des linken Flügels schmettern schon alle Feldtrompeten, und die Trommeln rufen.

Thurn, der einen hochbeinigen Apfelschimmel reitet, schwingt das Schwert, feuert seine Leute an, die bereits die Lunten in Brand stecken.

Das erste Fähnlein bricht auf, das zweite, der Reihe nach die weiteren, mit ihnen Reiterei, die Flut wächst an, Kaplířs Reiterei schließt sich an, auch Bubnas schwere Reiter, mehr als zweitausend Mann, jagen schreiend zu Tal, herzhaft, frisch, jäh, tapfer.

Sie sind schon auf Schußweite am Feind. Hören die Rufe »Santa Maria«, »eretici – eretici«.

Dazu dröhnt das Geschütz von unten und von oben.

Plötzlich stocken die Heerhaufen.

So plötzlich, daß die Rückwärtigen an die Vorderen anprallen. Ein paar Schüsse fallen. Aber sonderbar: Rauch zeigt sich auch auf der Seite, wo kein Feind war. Welch ein Wirrwarr! Die oben können nicht verstehen, vermögen nicht zu begreifen, was geschehen war.

Es kommt noch schlimmer. Einige werfen Arkebusen und Piken weg, wenden sich rückwärts, hinauf, rasch hinauf, fort, laufen wie toll, wie von Sinnen, die Standarten ragen nicht mehr auf, sinken immer tiefer, gehen unter in der Menge, offenbar werfen die Fahnenjunker sie weg; warum, warum?

So fragt am Berg jedermann. Was soll diese Flucht? Warum werfen sie die Fahnen fort, die Ehrenzeichen, bei denen der Soldat gelobt, bis in den Tod auszuharren –. Warum? Sie sind doch noch nicht einmal mit dem Feind ins Gemenge geraten!

Dabei rennen sie wie stumm, in gespenstischem Schweigen, nur das eine ist klar, daß jeder sein Leben zu retten trachtet.

Der alte Thurn spornt ihnen ganz verzweifelt sein Pferd entgegen, reißt die Pistole aus dem Futteral, scheint in seine Leute schießen zu wollen, die wie eine Herde an ihm vorbei auf dem Plateau des Weißen Berges weiterstürmen, sich in die Lücke des zweiten Gliedes und vom Schlachtfeld wegwälzen.

Anhalt bleibt ruhiger, wenigstens scheint es so. Thurn eilt auf ihn zu, sie treffen sich in der Nähe des böhmischen Regiments. Anhalt zuckt die Achseln, und Vostrovec wie Materna, die vor der Front zu Pferd halten, hören den Fürsten zweimal sagen: »Divine volonté, aber nichts verloren.«

Veleslavín sowie Kordule und Malovec wenden sich forschend und nicht ohne Beklemmung nach rechts, nach links und rückwärts, wollen von den Gesichtern ablesen, wie es um den Mut steht.

Wohin sie blicken, bleiche Gesichter.

Das böhmische Kriegsvolk sah nicht, daß der ganze linke Flügel auf der Flucht war, sein Ausblick war behindert durch Anhalts Reiterei und die königlichen Fähnlein, deren Offiziere gerade von Anhalt ihre Befehle erhielten. Der böhmische Heerhaufen sah nicht, was geschah, ahnte es jedoch deutlich. Das Krachen der Handfeuerwaffen war nahe, und das verworrene Geschrei drang bis hierher.

Veleslavín sah wohl, wie sich die böhmischen Soldaten nach jedem Kanonenschuß, ob er nun hier oder dort erdröhnte, wie verängstigte Kinder umsahen; er merkte, daß ihre Verstörtheit mit jedem Schuß wuchs, selbst ungeachtet dessen, daß zunächst nicht zu erkennen war, welchen Schaden das feindliche Geschütz anrichtete, das Schießen heulte jetzt sehr lebhaft von unten herauf, und zwar sicherlich aus mehr als bloß zehn Feldstücken. Selbst die Pferde schnaubten unruhig und wandten sich voll Ungeduld, je nach dem Schießen, hierhin und dorthin.

Veleslavín beobachtet das alles und erwartet nichts Gutes; er flucht laut in seiner Ohnmacht.

In diesem Augenblick brechen in der Nähe des böhmischen Regiments vier Kompanien Anhaltscher Reiter vor, um in die Flanke des kaiserlichen Kriegsvolks zu fallen, von dem einige der vorderen Reihen die Höhe des Weißen Berges erklommen haben und sich anschicken, Thurns fliehende Truppen zu verfolgen.

Auch die königliche Garde erhält Befehl. Hörner werden laut, aber die königlichen Reiter in ihren weißblauen sauberen Röckchen rühren sich nicht und das Fußvolk hinter ihnen ebenfalls nicht.

Anhalts schwere Reiter reiten los – schlagen aber sogleich die Richtung der Flüchtenden ein. Anhalt zückt den Degen, wirft sich zwischen seine Soldaten, teilt hier und da Schläge aus, schreit auf seine Offiziere ein, dieser und jener der Offiziere bleibt stehen, macht mißmutig kehrt, schämt sich vielleicht, aber die gemeinen Söldner laufen wie die Hasen.

In der königlichen Garde siegte schließlich die Angst über Scham und Pflichtbewußtsein, siegte die tierische Furcht über die Mannesehre, die Königsgarde wendet sich zur Flucht, und sonderbar berührt es dabei, daß der Fahnenträger mit der königlichen Fahne flüchtet, auf der geschrieben steht: Ich kenne keine Umkehr, »Diverti nescio«.

Veleslavín lacht krampfhaft auf, die böhmischen Soldaten rings um ihn sind stumm, betreten, bleich.

In diesem Augenblick kommt eilends der Priester Měřinský geradewegs auf Materna zu, berichtet in

Hast und maßloser Erregung, daß der Haufe der Ungarn schon fort sei, und einer habe ihm gesagt, daß alle abziehen würden – einer der höchsten Anführer solle deshalb rasch hinreiten.

Rittmeister Materna hatte seine Botschaft an Anhalt noch nicht recht bestellt, als vom Heerbann der böhmischen Kreise aus beiden Gliedern zwei ganze Fähnlein ausbrachen. Deutlich war zu merken, welch unzurechnungsfähige, irrsinnige Angst diese böhmischen Männer befallen hatte. Die übrigen Fähnlein gerieten ins Wanken. Mehrere Männer warfen die Musketen weg, Materna, Vostrovec ritten schnell, um ihnen den Weg zur Flucht zu versperren.

Měřinský läuft aschfahl hinter den Offizieren drein, hinter dem Fahnenjunker Kordule, der mit den anderen flüchtet, die böhmische Masse stürmt schon dahin, Měřinský wirft sich ihr mit ausgebreiteten Armen entgegen, rollt die blutunterlaufenen Augen, schreit: »Kelch, Glaube, Vaterland!«

Die Menge drängt weiter, der Priester ist eingekeilt, die Menge prallt auf den Priester, der verliert den Halt, fällt, die Menge flüchtet wie eine verwirrte Herde über den Leib des tschechischen Priesters hinweg, wahnsinnig, töricht, in übergroßer Angst, wie in irrsinnigem Fieber, nur weg, weg, dorthin, wohin sich andere, glücklichere flüchteten, weg, wohin immer es sei, bloß nicht nach der Seite, wo der Feind ist.

Und von hinten hieben, stachen, schossen Wallonen und Welsche sowie Deutsche in sie hinein. Eine Schar wallonischer Kürassiere drang in den Haufen der Flüchtigen, trennte rasch einen Teil von ihnen ab und trieb sie auf das freie Gelände, wo noch vor einer halben Stunde der linke Flügel des königlichen Heeres gestanden war, und von da jagten sie sie als Gefangene vom Weißen Berg zu Tal.

Unter den Gefangenen war Knobelius.

Der Führer des siegreichen Haufens, der die Gefangenen mit vergnügter Eile antrieb, schwang fast übermütig die seidene Standarte mit dem goldgestickten böhmischen Löwen und der Losung Fide Deo in die Lüfte.

Vom böhmischen Regiment waren nur einige Reiter geblieben, Materna führte sie dem Regiment Hohenlohe zu.

Vostrovec und Měřinský wurden zur aufgeworfenen Schanze getragen, beide waren tot, Malovec wurde verwundet hinter die Reihen des zweiten Gliedes geführt.

Veleslavín, der sein braunes Mährlein reitet, gibt betrübt dem armen Priester, dieser guten Seele, das Geleit, gibt Vostrovec, seinem guten Kriegskameraden, das Geleit. Das Blut aus dem zertrümmerten Schädel strömt über Vostrovec' schwarzes Haar und sein weißes Gesicht, und die Bändchen, das Abzeichen des Heeres am Weißen Berg, die vor kurzem noch weiß und blau gewesen waren, sind jetzt blutig rot.

»Ein harter Schlag!« flüsterte Veleslavín, und als er in die großen gutmütigen Augen Měřinskýs blickte, die gleichsam im Tode noch voll Verwunderung glotzten, fuhr er sich mit Ärmel und Handflächen ein paarmal über die Augen. Als er gewahrte, wo der klägliche Rest des böhmischen Heeres Aufstellung genommen hatte, ritt er hin.

Er reitet an Hohenlohes Musketieren vorbei, die rasch mit dem Schlüssel das Schloß ihrer Musketen aufziehen, Pulver auf die Pfanne schütten und sich bereit machen.

Materna kräuselt seinen weißschimmernden spitzen Kinnbart, blickt den Flüchtenden nach und sagt zum ankommenden Veleslavín: »Es ist so, wie der Furst vor einem Weilchen sagte, selbst Alexander Magnus hätte das schändliche Pack nicht zum Stehn gebracht!«

»Man kann ihnen schwer einen Vorwurf machen«, erwidert Veleslavín betrübt, »unsere Leute können nicht aus ihrer Haut heraus, sind keine Soldaten, Bauern sind's und Handwerksgesellen, wie sollen sie nicht Reißaus nehmen, wenn sie sehen, welcher Schneid den deutschen richtigen Regimentern in den Beinen steckt!«

Hohenlohes Musketiere zu Fuß und zu Pferd brechen auf. Die Reste des Kaplířschen und der andren gelichteten Regimenter, die Überbleibsel der Flüchtigen, schließen sich an. Sie rücken gegen die Welschen, Wallonen und Deutschen vor, die sich bei der Verfolgung der Böhmen recht weit vorgewagt haben.

Die Mehrzahl der Feinde, bis auf einige Tollkühne, stockt und läßt davon ab, auf die Flüchtenden einzuschlagen, Musketen knallen, Kugeln sausen wie wütende Wespen hin und wider. Rauch hüllt Freund und Feind ein. Es ist aber zu sehen, daß das Heer in diesem Dampf nicht ruhig verharrt, Bewegung, rasche Bewegung in der Richtung vom Berg zum Tal, wird deutlich.

Der Feind flüchtet, läuft feige davon, Hohenlohes Kriegsvolk verfolgt ihn. Teilt mit den langen Spießen harte Schläge aus. Manch einem ward im Laufen die scharfe Spitze in den Rücken gerannt. Und wiederum erklingt auf dem Weißen Berg aus Hunderten Kehlen der jauchzende Ruf – victoria. Mehrere Offiziere laufen zur Seite und schwenken, wie um Verstärkung herbeizurufen, ihre Schwerter und kurzen Speerschäfte.

Aber Hohenlohe ist weg. Wenigstens weder Materna noch Veleslavín erspähten den Chef des Regiments, das mit Lust zu Tale jagte.

Die siegreichen Verfolger hielten einer nach dem anderen die Jagd an – es fehlte die Führung.

»Mein Gott, Herr im Himmel, keiner weiß, was tun, wohin sich wenden!« so klagte Veleslavín zu Hodějovský, als er mit mehreren Herren kehrtmachte. Vor und hinter ihm gingen langsam die Musketiere mit ihren von Schießpulver ganz verrußten Gesichtern zurück.

Oben erfuhren die Offiziere, daß die obersten Heerführer zur Batterie am rechten Flügel gegangen waren, weil die Nachricht gekommen war, daß die Bayern die steile Flanke des Berges mit noch mehr Eifer als bisher zu erklimmen suchten und daß durch den Rückstoß der letzten Schüsse der Balkenuntersatz bei allen Geschützen eingestürzt war, die Feldstücke schlecht gestützt sind, die Verkeilung auseinandergebrochen ist, schlimm, sehr schlimm wird es werden!

Veleslavín war durch alles, was er heute sah und erlebte, bedrückten Mutes, in sein Hirn drang der

Gedanke, daß die Heerführer alle Verräter seien und das unschuldig vergossene Blut ihnen ewig als Schuld angerechnet werden müsse, dieser Gedanke bohrte sich ihm wie ein langer Nagel tief in den Kopf.

Aus diesem unerfreulichen Sinnieren riß ihn die lebhafte Bewegung, mit der an sechshundert Reiter aus dem zweiten, rückwärtigen Glied frisch bis an den Rand des Weißen Berges stießen. Dort machten sie halt.

An ihrer Spitze erkannte er den jungen Anhalt; der saß auf einem schimmelfarbigen Pferd, ein fast bartloses Männchen mit vollen, beinahe knabenhaften Wangen, in der Hand eine Pistole, die er ständig wie einen Marschallstab hoch in der Luft schwang.

»Was hat er vor?« fragten die Offiziere der Fähnlein, die zunächst standen.

»Er ist kaum zwanzigjährig!« sagte jemand.

»Ein Feuerkopf«, meinte ein andrer.

Das Häuflein Offiziere und Veleslavín mit ihnen ritt nach vorn. Der junge Anhalt sprach deutsch, kurz angebunden. Sein Schreiber wiederholte es den Reitern französisch. Anhalt sprach: »Mit Erlaubnis des Herrn Obrist-Leutnants versuchen wir eine Caracole, geht munter ans Werk, es geht um die Ehre, feuert nicht, bevor ich das Zeichen gebe – wir reiten die Caracole dort auf die feindliche Batterie und dann im Bogen zu Maradas Spaniern rechts von der Batterie und wieder hierher bergauf – es geht um die Ehre, formiert euch zur Caracole!«

Da stellten sich die Reiter auf Befehl ihres jugendlichen Anführers – es waren leichte, durch keinerlei Blechpanzer geschützte Reiter – in Reihen zu zehn, fünfzehn hintereinander auf; binnen kurzem verwandelten sich die Vierecke zu einer langgezogenen Schlange. Die Mannschaft bereitete die Arkebusen und zog die Waffen blank. Die Offiziere, die zusahen, schwenkten ihre Hüte und winkten dem jungen Anführer ihr Lob zu. Veleslavíns Augen hellen sich auf. Er beobachtete auch mit Genugtuung, daß die Batterie zur Rechten in kurzen Pausen, was das Zeug hielt, scharf nach Ruzyně hinunter feuerte und daß nach jedem Schuß unter den Bayern ein wunderlich verwirrtes Durcheinander entstand. Hoffnungsfroh blickte er zum rechten Flügel seiner Mitkämpfer, die noch unberührt vom Kampf waren und wie eine Mauer von der Straße bis zum Wildpark standen. Zwar wäre es schlimm, wenn der Feind sich auf einmal mit aller Macht auf diesen Rest der böhmischen Armee stürzte, aber dazu kommt es nicht, denn bisher gab es bloß lauter scaramucci – Scharmützel –, immer noch geht es nur um Zweikämpfe einiger Fähnlein.

Hörner erschallen. Hastend und mit prächtiger Kampflust brechen die Reiter mit dem jungen Anhalt vor.

Die Caracole.

Die Reiter lärmen mit starker Stimme, als ob man auf Erzplatten schlüge. Der Jüngling an der Spitze fliegt von der Anhöhe des Weißen Berges hinab, ihm nach sechs Kornette, sechshundert Mann leichter Reiterei.

Just zu gleicher Zeit sprangen die Ungarn, die in Gruppen hinter dem Heer standen oder träge am Boden lagen, zu ihren Pferden und saßen auf. Veleslavín meinte, die wollten der Caracole nachreiten und sie unterstützen; das wäre gut, mögen sie reiten, bisher hatten sie hier eher nur zu Schmach und Ärgernis gedient, denn ein Drittel von ihnen war feige geflüchtet, und die, die blieben, waren verdrossen und verschlafen.

Die Ungarn jedoch spornten ihre Pferde und wandten sich mit großer Geschwindigkeit zur Flucht, zu verdammter, schändlicher Flucht.

Sie flüchteten seitlich durch die Weingärten in die Mulde auf Motol und Košíře zu. Anfangs brach ungefähr ein halbes Hundert von ihnen zugleich auf, bald folgten ihnen der Reihe nach die übrigen Rotten, die bis zur Straße am Weißen Berg zerstreut gelegen hatten.

Die Ungarn, die jenseits der Straße beim Wildgarten standen, flüchteten noch nicht, sahen sich aber ständig nach ihrem Anführer um.

Sie rannten hin wie aufgescheuchtes Wild, aber selbst in ihrer schändlichen Angst vergaßen sie nicht die Beute; fast jeder der Flüchtenden zerrte hinter sich ein paar Pferde mit.

Da, der alte Fürst Anhalt.

Materna hatte ihn in größter Hast von der Batterie hierher unter die Ungarn geführt. Ihm nach eilten Thurn, der Herzog von Weimar, Bubna, und andere kamen nach. Voll Überraschung, Zorn und selbst mit Bestürzung sprachen die höchsten Generäle, alle zugleich, auf Kornis, den Führer des ungarischen Kriegsvolks, ein.

Der saß im kurzen ungarischen Husarenpelzrock, die hohe Mütze mit der geraden Feder aufgestülpt, zu Pferd da. Von seiner Schulter hing ein schwarzes, zottiges Bärenfell. Er achtete der Herren nicht, zeigte jedoch besorgt immer wieder nach der linken Seite des Schlachtfeldes, wo ein paar schwere Reiter davongaloppierten.

»Germani currunt!« wiederholte er mehrmals rasch hintereinander und wandte auch schon, ohne Scham vor den Generälen, sein Pferd zur Flucht.

Der Herzog von Weimar schrie ihm mit verzweifeltem Nachdruck den Vorwurf zu, daß er, wenn auch die Deutschen davonliefen, nicht selbst davonlaufen müsse, schmeichelte ihm in lateinischer Rede, er solle kein Deutscher, sondern ein Ungar sein.

Thurn spie dabei wutentbrannt aus, rief auf deutsch, man sollte den Kerl niederschießen, erschlagen!

»Diesen tollen Tataren sollt man erschlagen!« wiederholte Materna halblaut zu seinen Gefährten.

Kornis gab seinem Pferd die Sporen, ritt davon. Die Herren hinterdrein. Sprachen auf ihn ein, er solle dableiben.

»Maneas nobiscum!« Anhalt sagte es verzweifelt, Thurn gebieterisch, Bubna weinerlich, bittend.

Es half nichts. Der ungarische Anführer spornte sein Pferd mit wütender Entschlossenheit und galoppierte schon davon, und mit ihm, vor ihm, hinter ihm seine Rotten. Anhalt und Weimar rissen die Pistolen aus den Taschen – spornten ihre Pferde, den Ungarn zu verfolgen, ritten aber nicht weit, kehrten um.

Anhalt wandte sich zu Thurn: »Une nation barbare!«

Unterdes flog die Caracole im Bogen talwärts.

Der Boden schien zu beben unter dem Stampfen der Pferde. Die Reiter flogen dahin wie ein überraschendes und tosendes Unwetter, wie ein wilder und reißender Sturmwind, der niederbricht, was ihm in den Weg kommt. Aus der fliegenden Caracole krachen Büchsen, knallen Pistolen. Dampf wälzt sich aus der Caracole, und dieser Dampf bringt Tod. Manch ein Reiter in der vordersten Reihe des Feindes purzelt vom Pferd, da bricht ein hoher Offizier mit dem Malteserkreuz am Mantel wie ein gefällter Baum zusammen, hier wiederum fliegt ein eisernes Casquette mit mächtiger Feder nach der einen Seite, und der prächtige Reiter stürzt nach den anderen. Hier der, dort jener.

Die Caracole saust dahin, und überall, wo sie vorbeikommt, fallen Verwundete und Tote zu Boden, und Blutlachen bezeichnen die Spur der wilden, hitzigen Reiter.

So wie ein Wirbelsturm das Holz des Waldes zu wirren Haufen weit weg vom Saum in den Wald wirft, so keilen sich auch hier unter dem harten Anprall der erbitterten Reiterei die vordersten Reihen der Feinde in die hinteren Reihen ein, der Wald des Kriegsvolkes verwirrt sich, stürzt, hier, da, allerorts, und dabei gibt es Geschrei, wildes Gebrüll, als ob der Himmel einbräche und zusammenstürzte.

Die kaiserlichen Regimenter weichen zurück, die hinten stehenden wissen nicht, was vorn Schreckliches vor sich geht, wenden sich zur Flucht in die Felder zurück.

Der jugendliche Anhalt ruft: »Victoria!« Seine Mannschaft wiederholt: »Victoria!«

Aber Anführer und Reitervolk vergessen in der Wildheit und im Gelingen ihres Ansturmes, daß sie im Bogen zurückkommen sollten. Sie tun das Gegenteil. Stoßen geradezu in die Reihen der Spanier, kommen ein gutes Stück Weges vor und bahnen sich ihn mit der Waffe, wobei sie zahlreiche Feinde töten.

Aber die Gasse schließt sich hinter ihnen – – –

Und als sie sich gerade den Weg zur Straße auf den Weißen Berg durchgehauen hatten, so daß sie schon aus der Falle zu schlüpfen vermochten, da trat ihnen General Tilly entgegen mit den Bayern, die ihre langen Lanzen und die Büchsen mit brennender Lunte vorstrecken.

Der alte Anhalt beobachtete mit den Obersten vom Weißen Berg aus voll Freude die Caracole, sagte alle Augenblicke anerkennend, die jungen Teufel mit seinem Jungen vollbrächten die Caracole »con tanta risolutione e bravura« – aber als er sah, wie sie in der Gasse festliefen, erbleichte er plötzlich und verstummte.

Der gefangene Knobelius und seine Gefährten, denen alle Waffen abgenommen worden waren, gelangten endlich talwärts zur ersten hohen Erle beim Brückchen. Unterwegs hin und her gestoßen, gewahrten sie vielerorts zwischen den Fähnlein des feindlichen Heeres Jesuitenpriester, von denen Knobelius auch einige aus Prag kannte. Knobelius erkannte den hochaufgeschossenen, hageren Pater Koronius, mit schwarzen Augen und angegrauten Schläfen. Darin erblickte Knobelius den Beweis für die Gewißheit, mit der die Jesuiten darauf vertrauten, nach Prag zurückzukehren. Der Gedanke daran war ihm bitter!

Endlich kamen also die Gefangenen bei der Erle,

dem Standplatz der Führer der kaiserlichen und des bayerischen Heeres, an.

Knobelius drängte sich nach vorn bis zu den Musketieren durch, die die Gefangenen bewachten. Er sah zwei Kaleschen dicht beieinanderstehen. Rund um sie stand eine Leibwache, ungefähr zwanzig bayrische Reiter – die ihre unruhigen Pferde am Zügel hielten. Knobelius vermutete, daß jener, im prächtigeren der beiden Wagen sitzende, recht abgezehrte Herr, von gar ungeschlachtem Körper, roten Haupt- und Barthaaren, der mit einem geblümten Damastrock und in der Sonne glänzendem Blech bekleidet war, niemand anders war als der Fürst von Bayern, Maximilian.

Im zweiten Wagen saß ein Mann von etwa fünfzig Jahren mit großem Kopf, fettiger Haut, dunkelrotem Gesicht, mit schwammigem Doppelkinn. Es war bereits allen klar, daß es der lockenhaarige feiste Herr Graf Buquoy, der Feldherr der kaiserlichen Soldaten, war.

In dem recht schmalen Raum zwischen den beiden Wagen stand ein älterer, dem Jesuitenorden angehöriger Mann und sang mit weithin schallender, eintöniger Stimme »Salve regina, mater misericordiae«.

Die beiden Herren wiederholten, was er vorsang. Sie sangen mit rauhen Stimmen, aber voll Eifer. Der Fürst hielt dabei einen Bernsteinrosenkranz zwischen den Fingern, und Buquoy ächzte von Zeit zu Zeit inmitten des Gesangs laut auf; Knobelius wußte nicht, ob er vor Schmerz oder vor Frömmigkeit ächzte.

Der Gesang von der Himmelskönigin, der Mutter der Barmherzigkeit, ward jedesmal unterbrochen, sobald einer der Offiziere mit einer Meldung oder um einen Befehl kam.

Knobelius stand mit seinen gefangenen Gefährten noch nicht lange da, als Getöse und schreckliches Geschrei hierherdrang, das anwuchs und offenbar näher kam. Da kam plötzlich ein Offizier ganz atemlos und mit gerötetem Gesicht zu den Kaleschen gelaufen und brachte eine Meldung. Gleich darauf näherte sich zu Pferd ein zweiter, sprang vom Pferd ab und meldete Ihro Gnaden voll Angst etwas Unerfreuliches.

Knobelius sah vor sich recht weit entfernt auf der anderen Seite das kaiserliche Heer in sichtlicher Verwirrung zurückweichen, sah die Fähnlein auseinanderlaufen.

Freude erfüllte sein Herz.

Der Jesuit brach den Gesang ab, gerade bei den Worten »ad te clamamus« – dich rufen wir an, die ausgetriebenen Söhne Evas – beide Herren krochen aus den Kaleschen.

Fürst Maximilian schwang sich recht behend herab, Buquoy mit Mühe.

Stallburschen führten zwei Pferde zu den Herren. In diesem Augenblick kam auf einem Pferd, das einer alten zahmen Schindmähre glich, mit dem Kreuz in der Hand, der Kapuze auf dem Kopf, ein Mönch angeritten, ein verschrumpfter, verrunzelter Greis, der jedoch gleichsam brennende, große Augen hatte, ein wie Quecksilber bewegliches Männchen, und dieser blieb vor den Herren stehen und rief zur Sonne aufblickend: »Maria, monstra te esse matrem!«

Maximilian war bleich und erregt. Die Stallburschen halfen ihm auf das Pferd. Mit Buquoy hatten sie schwerere Mühe. Der verzerrte vor Schmerz schier unheimlich das Gesicht.

Der zwischen den Wagen stehende Jesuit, als ob er einen Wunsch ausriefe: »Ad maiorem Dei ac Deiparae gloriam! Nollite aufugere ut pridem antecessores nostri infamem coclitem Žižka! Ad maiorem Dei gloriam!«

»Was ist geschehen? Was ruft der von der Jesuitensekte?« fragten die Gefangenen.

»Er ermahnt sie, nicht zu fliehen, wie einst die Heere vor dem ehrlosen blinden Žižka flohen. Für diese Beschimpfung sollten ihn die Hunde aufs Maul küssen!« erklärt Knobelius voll Zorn.

Da erdröhnten Salven aus Musketen.

Irgendwo vor dem bayrischen Heerhaufen.

Buquoy und Maximilian waren noch nicht zum Heer aufgebrochen, als schon ein Bote kam, der etwas Erfreuliches bestellte.

Daß die Nachricht erfreulich war, war an all den Gebärden kenntlich, die die Leibwache, der Mönch zu Pferde und all die Dienerschaft des Fürsten bis zu den kleinen Jungen, den Pagen, vollführten.

Der Jesuit rief: »Deo gratias! Virgini Deiparae gratias!«

Beide Herren zu Pferd sahen ernst drein. Dann, mit dem gleichen Ernst, stieg Max vom Pferd und kroch wiederum in die Kalesche; Buquoy wurde von der Dienerschaft unterstützt. Mit großem Ach und Weh gelangte er in das Gefährt.

Kurz darauf wurden neue Gefangene zu den bisherigen geführt. Es waren Reiter ohne Pferde, ihre Gesichter von Pulverdampf geschwärzt. Sie erzählten, der junge Anhalt sei verwundet und gefangen worden. Ihn habe man jedoch anderswohin gebracht.

Plötzlich schlugen ihnen höchst sonderbare Laute ans Ohr, als ob Wölfe im Winter vor Hunger heulen. Knobelius bemerkte voll Schrecken, daß Kosaken, die Zügel zwischen den Zähnen und mit Krummsäbel und Pistole in den Fäusten, den Abhang des Weißen Berges hinaufstürmten.

Sie flogen bergan und heulten.

Manche riefen: »Psia krew!«

Kaum waren sie ein Stück bergauf, da bemerkte Knobelius mit noch größerem Schrecken, daß die ganze Armee vom Bach und vom Sumpf, wo weit nur zu überblicken war, in Bewegung geriet und den Weißen Berg erstieg.

Binnen kurzem waren drei Flanken des Berges mit Feinden übersät.

Die Geschütze auf dem Berge verstummten.

Ein schlimmes Zeichen.

Knobelius wankten die Beine. Seine Gefangenschaft grämte ihn wenig, er wußte wohl, wie solche Gefangenschaft zu enden pflegt, zu guter Letzt lassen sie alle laufen; ein Offizier, der Geld in der Tasche oder im Stiefel trägt, der kauft sich eher los, wer kein Geld hat, den läßt man später frei. Darob grämte er sich nicht, aber der Gedanke daran, daß das Heer der Verteidigung des Glaubens und der Freiheit besiegt war, dieser Gedanke würgte ihn so, daß Tränen aus den Augen des jungen Mannes sickerten und erst zu strömen aufhörten, als er die Fäuste ballte und beschwörend rief: »O Weißer Berg, möge Feuer aus deinem Inneren sich gegen sie wälzen, möge sie der

Donner aus deinen Eingeweiden treffen!« Wie von Sinnen bohrte er seine Blicke in die Kaleschen und die bewachenden Musketiere, dann irrte sein Blick über die waffenlosen und gleichgültigen Gefährten, und er verfiel in tiefe Trauer.

Die Heerhaufen stiegen wie riesige Wasserfluten bergan!

Die Kutscher bestiegen die Pferde, die Kaleschen fuhren, von der Leibwache begleitet, ab. Die Küchen- und Fouragewagen hinterdrein.

Auch die Gefangenen wurden genötigt, ihren Standplatz zu verlassen. Es waren ihrer an vierhundert. In dichten Haufen zusammengedrängt zogen sie hinter den Wagen die Straße zum Weißen Berg entlang.

Einer der Gefangenen neben Knobelius zog aus einem Futteral einen viereckigen kleinen Uhrkompaß hervor, der erkennen ließ, daß es ein Uhr nach Mittag war. Das weckte Knobelius aus seiner Trübsal.

»In einer Stunde, in einer einzigen Stunde geschlagen, vernichtet, in einer Stunde!«

Fast verwirrte sich sein Geist.

Je höher sie stiegen, um so häufiger wurden Spuren und Überreste der Schlacht. Die Erde aufgewühlt, zerstampft, hier eine zerschlagene Trommel, dort eine Pickelhaube mit Gittergeflecht, da eine Pike, eine Blutlache, ein totes Pferd, da ein Mensch, den Mund aufgerissen, die Augen hervorgequollen, hier eine zweite Leiche, drei, mehr, immer mehr, da ein ganzer Berg regloser Leiber.

Kläglich anzusehen, wie ein verwundeter Mann auf allen vieren von der Straße zur Seite hin wegkriecht, dort einer sitzt, den Kopf auf die Knie gestützt, vielleicht weinend, weiter hinter ihm brüllt sich ein andrer heiser, zweifellos vor gräßlichen Schmerzen.

Sie kamen auf das Plateau des Weißen Berges gefahren und gegangen.

Zur Rechten der Straße schleppen die Sieger gerade das letzte große Kartaungeschütz von der aufgeworfenen Schanze. Ein Haufen getöteter Menschen liegt ringsum zerstreut.

Aller Blicke richten sich jedoch rasch auf die entgegengesetzte Seite, auf die Seite des Wildparkes, wo noch immer der Purpur und Goldbrokat des Ahorns in der Sonne glänzt. Von dort her dringt schauerliches Getöse.

Die Trompeter trompeteten mitten in dieses vielstimmige Geschrei und bliesen zum Sammeln.

Fußvolk und Reiter zu Pferd jagten dahin, alle dem Wildpark zur Linken der Straße zustrebend. Im Tosen der Stimmen unterschied man die Worte »heretico, picaron, cosacci, Ketzer verfluchte« – zum Wildpark stürmten Spanier, Welsche und Deutsche –

Die Schlacht war nicht zu Ende, nein!

Knobelius krampfte sich das Herz zusammen, traurig fragte er sich selbst, welch ein Epilog dies sei zur heutigen Tragödie Böhmens?

Der Wagen des Fürsten Maximilian blieb stehen, alles hielt an, selbst die Gefangenen machten halt. Alle blickten zur Linken nach dem Wildpark.

Welch sonderbarer Anblick!

Dort an der Mauer steht unter schwarzen Fichtenbäumen ein einsamer Haufe in Schlachtordnung.

Steht reglos. Die Gefangenen rings um Knobelius, die mit einem Schlag ihre Gleichgültigkeit abstreifen, erinnern sich, daß dort an der Mauer von Anfang an die Mährer standen. Man zählte ihrer an tausend. Man erkannte sie. Jawohl, die Ungarn und all die anderen waren schmählich davongelaufen – aber die hier blieben, die stehen hier, stehen vor der Mauer und stehen fest, dicht, reglos wie die Mauer selbst.

Deutlich ist zu erkennen, daß die erste Reihe kniet, die Musketen aufs Ziel gerichtet, die zweite, dritte Reihe steht mit gefällten Spießen da.

Der tschechischen Armee tschechischer Rest, der Ehre im Leib hat.

Welsche, Spanier und Deutsche nähern sich ihnen in wildem Lauf. Die Reiter voran; sie sind schneller – fliegen dahin – fliegen über das Plateau, das plötzlich steil zum Wildpark abfällt, wo harrend die tausend Helden stehen.

Am steilen Abhang fällt das erste, zweite, dritte Pferd, hier eins, dort ein anderes, sie fallen auf die Vorderfüße, die Reiter fliegen über die Köpfe der Pferde und schlagen am Boden Purzelbäume zu Tal.

Die Reiter hinter ihnen halten mit Gewalt, voll Entsetzen an, sehen bereits ein, daß sie zu Pferd nicht an den Wildpark herankommen.

Unterdes läuft das Fußvolk unter Geschrei weiter hinunter, da knallt es, knallt immer wieder, die Mährer feuern, eine Dampfwolke hüllt sie alle ein; der Knäuel der Angreifer stiebt nach allen Seiten auseinander, hält an, aber schon ballt er sich wieder zusammen, dabei feuern auch einige der Welschen gegen die Mährer los.

Als der Dampf verflog, sah Knobelius die Schlachtreihe der Mährer wie zuvor ruhig, gespenstisch ruhig dastehen, nur vorn unter den Spießen der vordersten Reihen ist Bewegung bemerkbar, da laden die Musketiere von neuem ihre Büchsen.

Knobelius bemerkt mit Schrecken, daß die Angreifer, die zurückgeblieben waren, die vordersten Reihen einholten, die Menge der Feinde wird immer dichter, breiter, mächtiger, dabei hören die Trompeten nicht auf, in hohen, kreischenden Tönen zu rufen, und ohne Unterlaß läuft ständig immer neues Kriegsvolk zu der Stelle, wo ruhig das Tausend steht, das Ehre im Leib hat.

Die Richtung, in der der Feind dahinjagt und ausschwärmt, läßt den Befehl und die Absicht erkennen, die ihn antreibt – es kann nicht lange dauern, und die Helden unter den finsteren Bäumen werden von allen Seiten umzingelt.

Dann wiederum Knallen und immer wieder Knallen und eine Wolke Dampfes. Das Gebrüll der Feinde wird stärker, wütender, drohender.

Knobelius und seine gefangenen Gefährten begreifen wohl, warum die Wut des Kampfgeschreis zunimmt; hat sie der Krieg doch darüber belehrt, daß die Wut und der Ansturm mit einemmal ein Ende hätten, wenn die Mährer ihre Waffen wegwürfen. Die Mährer aber stechen, hauen und schlagen schon, die Musketiere dreschen mit ihren Musketen wie mit Streitkolben auf die spanischen, welschen und deutschen Schädel ein.

Jetzt haben die Angreifer von der Seite her in ihrem Lauf die Mauer erreicht – die Mährer sind eingeschlossen, in breitem Halbkreis umfaßt, sind von der Straße aus nicht mehr sichtbar, versinken in der wütenden Menge der Tausende, die sich auf sie werfen.

Der Fürst von Bayern wartet geduldig und begierig, bis sich das Gewimmel des Kriegsvolkes, das beim Wildpark lärmte, lichtet.

Er wartete nicht umsonst

Der heldenhafte Rest der böhmischen Armee wurde niedergemacht, zermalmt von der riesigen Übermacht.

Die Sonne verbarg sich hinter Wolken.

An der Mauer wurde es still, jedoch nicht vollends.

Nunmehr konnte man sehen, wie eine Menge von Soldaten katzengleich über die Mauer in den Wildpark stieg, und ihre brüllenden Rufe, die sämtlich mit einem giftigen »tschi« endeten, zeugten davon, daß der Schimpferei kein Ende war und daß sie jenseits der Mauer noch jemand zu erdrosseln und zu vernichten fanden.

War doch nunmehr hinter der Mauer das schreckliche Rufen vieler Stimmen zu vernehmen, aus dem deutlich das Wort »Gnade« klang.

»Wer ist dort?« fragen die Gefangenen einander.

Aus dem Wildpark krachen an mehreren Stellen Schüsse. Soll das eine Jagd sein?

Das Kriegsvolk, das die Mauer mit eisernem Ring umklammert hielt, läuft auseinander. Von der Straße aus wird sichtbar, was dort an der Mauer verübt wurde. Leichen liegen dort hoch aufgetürmt. Knobelius erinnert sich voll Entsetzen, daß dort an der Mauer eine Mulde, ein Hohlweg ist, diese Mulde ist jetzt voll, gehäuft voll. Da sind denn alle gemeuchelt worden – nein, nicht alle – dort führt man ein Häuflein Gefangener, ein Häuflein von zwanzig Menschen von tausend. Dem Häuflein folgt Šlik, Herr Heinrich Šlik, der Anführer der Mährer. Er ist verwundet. Schreitet traurig einher. Ein feindlicher Rittmeister führt ihn fast freundschaftlich am Arm. Wie konnte es anders sein? Heldentum weckt jedermanns Achtung.

Ehe noch die Kaleschen und Wagen auf den Weg zum Wildgarten einbogen, kamen hie und da aus den Weingärten am Saum des Weißen Berges Kosaken hervorgekrochen; sie kehrten von der Ungarnjagd zurück; jeder führte ein paar Pferde mit sich – ungarische Beute. Einer der Kosaken wischte mit dem Roßschweif Blut von einem Spieß – Ungarnblut.

Als die Gefangenen zum Wildpark einschwenkten, sahen sie die kaiserliche Reiterei, die auf der Straße Prag zustrebte. Sie verfolgte das flüchtende Heer des böhmischen Königs. Von dort wurden Schüsse laut, Beweis dessen, daß das Heer auf der Flucht sich wehrte und zu decken suchte.

Mein Gott, welch eine wunderliche, schreckliche Flucht! Der Hauptweg durch stehende, fahrende und umgestürzte Wagen verstellt und verrammelt, Soldaten, Pferde und Wagen ineinander verstrickt. Veleslavín, von den Seinen abgedrängt, wettert und flucht aller Welt, hält sich an die hohen Herren, denn er möchte erfahren, ob man sich in den Städten von Prag verteidigen wird.

Die Herren aber flüchten stumm vom Kampfplatz. Nur Thurn zeigt schon zum dritten Mal, daß eine Kugel seinen Hut durchbohrt und seine Haare angesengt hat. Soviel hörte Veleslavín, sonst nichts.

Stumm, stumm.

Und die Soldaten, deren ärmliches Gewand mit Kot bespritzt ist, flüchten eng aneinandergedrängt, mit aufgerissenen, verstörten Augen, und auch sie sind alle stumm.

Nur dann brechen sie in Keifen und Fluchen aus, wenn das Gewühl der Flüchtigen auf einen umgestülpten Wagen stößt oder ein Pferd wie von Sinnen die Vorderfüße hoch emporwirft oder mit der Kruppe in die Höhe steigt und auf die verwirrten Köpfe einschlägt.

Kurz vor dem Stadttor gibt es wieder Keifen und Fluchen. Da steht ein Wagen. Schwer und unbeweglich.

Veleslavín hebt die Plache auf. Im Wagen sind Schaufeln, Hacken, Spaten – das Schanzzeug. Hinter dem ersten Wagen ein zweiter, wiederum Schaufeln, Hacken. Von den Fuhrleuten keine Spur. Auch die Pferde sind weg. Bis hierher also waren sie gelangt. Veleslavín spricht wieder laut. Jedoch keineswegs allzu fein. Der Krieg hatte ihn so recht fluchen, alles verunglimpfen gelehrt, was heilig ist.

Gedränge am Tor. Jeder möchte schon die schützende Mauer im Rücken haben. Die Nebel fielen weit und breit über die Gegend und bedeckten all das Unheil und die Schmach.

Es war ein grauer, weinerlicher, trübseliger Nachmittag.

Als Knobelius mit seinen gefangenen Gefährten den Wildpark betrat, erkannte er mit einem Schlag, wo der königliche Heerhaufen blieb, der morgens so glanzvoll auf dem Plateau des Weißen Berges erschienen war. Des Morgens erriet niemand, warum und wohin die Soldaten kehrtmachten.

Sie bezogen zwecklos Wache beim Sternschloß. Standen im Wildpark.

Jetzt liegen hier die Toten wie abgehacktes und zerstreutes Waldholz am Boden, liegen da, blutüberströmt, mit offenem, schwarz gähnendem Mund; soweit der Blick reicht, ist der Boden mit Röckchen in weißer und blauer Farbe, den Farben König Friedrichs, bedeckt. Nur auf den Wegen liegen keine Erschlagenen, wurden von da weggeschleppt, beiseite geworfen, auf daß die Kaleschen der Sieger nicht auf unerwünschte Hindernisse stießen.

Die gefangenen Offiziere und Fahnenjunker mit Knobelius wurden von den gemeinen Soldaten abgesondert. Den Offizieren überließ man es, schlecht und recht vor dem Eingang des kleinen Hofes zu lagern, wo das Waldlustschloß Stern hoch im Nebel zum Himmel aufragt. Die gemeinen Soldaten wurden in das Wildgehege getrieben.

Die gefangenen Offiziere ließen sich auf der Erde, auf der Treppe nieder. Ihre spärliche Wache blieb auch nicht lange auf den Beinen. Setzte sich mit der Waffe in der Faust nieder. Die zwei Kaleschen samt den kämmerlichen Fouragewagen hielten vor dem Hofeingang, und ringsum ging es lebhaft zu, Kämmerer, Pagen, Mannschaften der Leibwache, fürstliche Schreiber, Köche eilten hin und her.

Aus dem Häuschen des Wildhüters trägt man zu viert einen schweren Tisch mit weit gespreizten Beinen und derbem Untergestell, der alte Wildhüter im grünen Rock legt so eifrig mit Hand an, daß es Knobelius schier verdrießt.

Die Pagen bringen silbernes Geschirr, Tischtücher aus besticktem Leinen aus den Wagen in das Lustschloß, einer der Köche zieht dem Wildbret das Fell ab, ein anderer zündet schon den Holzstoß an, ein dritter steckt ein mächtiges Stück Fleisch an den Bratspieß.

Aus dem Schornstein am Häuschen des Jägers und Wildhüters ringelt sich ein bläulicher Rauchfaden, dort kocht man also ebenfalls für Ihro Gnaden die Herren Fürsten und den Grafen Buquoy, der heute mit dem Fürsten von Bayern tafeln soll.

Allerlei Offiziere betreten den Hof, alle sind frohen und stolzen Mutes, manche machen sich auf den Rückweg, andere bleiben im Lustschloß, sie werden heute die Gäste des Fürsten sein und den Braten, der am Spieß schmort, verzehren helfen.

Schon bringen die Pagen die Gerichte aus dem Jägerhäuschen, duftende und leckere Gerichte. Das wird ein Schmaus am Friedhof sein, mitten unter Leichen, die noch nicht in der Erde geborgen sind, die zusehen können mit ihren trüben, leeren Augen.

Aber ein netter, fröhlicher Schmaus wird es sein, schon sechs Pagen, jeder mit fünf Flaschen Wein in den Armen, kamen vorbei. Zum fröhlichen Schmaus werden nur noch ordentliche Musik und schöne Frauen fehlen.

Alles Kriegsvolk und Gesinde sucht im engen Hof unter dem Sternschloß und draußen vor dem Hof zwischen den Wagen ein Weilchen Erfrischung und Kurzweil. Auch manche gefangene Offiziere kommen für Geld zu einem Bissen. Knobelius kauft nichts. Er gedenkt Měřinskýs, der ihm im Getümmel der Schlacht ein Stück Räucherfleisch brachte. Wo blieb Měřinský, die gute Seele, wo ist er jetzt, wie mag es ihm ergehen? Bei der Flucht der Bauernsoldaten entschwand er so rasch den Blicken. Von den eklen Leuten da will Knobelius nichts einhandeln, selbst wenn er Hungers stürbe.

Wer ist das? Was soll das?

Ein geordneter Haufe Soldaten nähert sich, aber jeder von ihnen trägt eine Standarte oder ein Kornett. Jeder einzelne. Knobel erkennt die samtene Fahne des Königs – Diverti nescio – sie ist gleich voran. Kräftig, fröhlich schreiten die Soldaten über den von Leichen gesäumten Weg bis zum Eingang in den Hof. Da machen sie halt.

Nach einem Weilchen tritt der hagere Fürst heraus, und hinter ihm humpelt der feiste Buquoy vor das Türchen. Der Fürst und der Graf winken leutselig mit dem Kopf, der Fürst sogar mit beiden Händen. Ein Soldat legt ihm mit ehrfürchtiger Freude die samtene Fahne des böhmischen Königs zu Füßen. Der Fürst spricht den Soldaten an und klopft ihm auf die Schulter. Da winkt er zum Hof hin, und von dort kommt ein fürstlicher Schreiber mit drei Soldaten der Leibwache, von denen jeder ein ansehnliches Säckchen trägt. Der Schreiber holt Taler aus dem Säckchen hervor, zählt sorgfältig, um nicht zuviel zu geben, zählt lieber noch einmal – –

Die vornehmen Herren entfernen sich freundlich, und der Schreiber zahlt für eine jegliche erbeutete Standarte je zehn Taler aus.

Die Auszahlung zieht sich endlos hin, verzweifelt lange, man zählte bereits mehr denn hundert Fahnen!

Knobelius hatte schon längst aufgehört, das Schauspiel zu betrachten. Er setzte sich in einem Winkel beiseite, um nicht zu sehen, und hielt sich die Ohren zu, um nicht zu hören.

Bei den Wagen flammten zwei Fackeln auf, deren rötlicher Schein gespenstisch Lebende und Tote beleuchtete.

Die Gäste verließen schon das Sternschloß.

Pagen entnahmen einer Kiste weiße Stiefelchen und einen mit Seide gefütterten Pelzschlafrock. Einer der Kämmerer verlangt die »Schlafhaube« für den gnädigen Herrn und sputet sich, denn die Soldaten bringen schon das Feldbett und den Schlafstuhl, und ein Kammerdiener trägt zwei Wärmflaschen herbei, die den Herren in das Bett gelegt werden.

Zuletzt kommt noch irgendein Chirurgus oder Arzt zu den Wagen gelaufen, der unter nicht geringem Wettern das Balsamschächtelchen und die Laudanumkügelchen sucht.

Laudanum und auf der Pfanne gerösteter Wacholder verbreiteten dann auch ihren Duft aus dem Sternschloß bis vor das Türchen hinaus. Knobelius wußte, daß diese Düfte Schlangen und üble Dünste vertrieben – und rundum gab es doch so viele Tote!

Im Wildpark versank alles in Schweigen. Nacht.

Um so geräuschvoller und fröhlicher geht es im Lager vor dem Wildgarten am Plateau des Weißen Berges zu. Das Treiben dringt ohne Unterlaß bis hierher in den schweigenden Wildpark. Knobelius vermag nicht einzuschlafen. Zwei Gefangene an seiner Seite hatten sich schon in das Dunkel des Waldes davongeschlichen, er entschloß sich ebenfalls zu fliehen. War es doch leicht, irgendwo über die nicht allzu hohe Mauer zu springen, das blut- und siegestrunkene Lager wird den fremden Soldaten nicht unterscheiden können. Soldat bleibt Soldat; Nebel und Dunkelheit kommen zu Hilfe.

Das dürre Laub unter seinen Füßen raschelt, erschreckt ihn und macht ihn schaudern; er ist froh, sobald seine Füße auf feuchtes, vermodertes Laub treten. Fäulnisgeruch bei jedem Schritt. Aus der Richtung des Schlachtfeldes am Weißen Berg sieht man jenseits der Mauer den matten Schein der Soldatenfeuer und hört ihre lustigen Liedchen; an der Wand weiterschleichend, hört Knobelius da und dort deutlich Gespräche in fremden Sprachen, das Auflachen kreischender Weiberstimmen und rauher Männerstimmen.

Übermächtige Beklommenheit befiel Knobelius. Würgte ihn. Sein Herz krampfte sich zusammen.

Die Mauer krümmt sich ein wenig, wird niedriger; hinter der Mauer sind Männerstimmen zu hören, das Wort Sakrament ist verständlich. Sie sind außer Rand und Band, fluchen. Knobelius schwingt sich über die Mauer.

Gott, mein Gott, laß den Nebel dichter werden, die Dunkelheit schwärzer, gieß deinen Regen aus über die Feuer des trunkenen Soldatenhaufens, damit ich nicht sehen muß, nicht sehen – –

Am Fuße der Mauer ist ein Graben – darin Berge von Leichen, hoch übereinandergetürmt, breite, hohe Leichenschober – Knobelius erkennt das offene Grab der Mährer – der letzten, der einzigen, die ausharrten bei den Thermopylen – –

Fluchen weckt Knobelius aus der Erstarrung, und er beobachtet mit neuem, wachsendem Schrekken, daß die Soldaten die Leichen an Händen und Füßen wie Getreidegarben von den Schobern herabzerren und ihnen die Kleider ausziehen, die Stiefel abstreifen, ihre Waffen an sich nehmen und ihre Finger untersuchen, die Beute untersuchen beim matten Lichterschein, der vom nächstgelegenen Feuer durch den Nebel sickert.

Knobelius vergißt in diesem Augenblick, daß dies Kriegsrecht ist, brüllt den Burschen tschechisch zu, sie seien reißendes Raubgetier, und stürzt weg von der Mauer in das Dunkel des Waldes, um nicht zu sehen, nicht zu hören. Mit Ekel in der Seele läuft er hinweg, ohne zu wissen und zu sehen wohin, das Gezweig des Dickichts peitscht seinen Leib, Laub und kalte Tropfen regnen auf seine Wangen und kühlen das erhitzte Haupt. Er irrt, ohne zu wissen wo, eilt, ohne zu wissen wohin, strebt nur hinweg von dieser Mauer, hinweg vom Grab des Berges der Verdammnis.

Schweigen umgibt ihn.

Er betritt eine Waldtrift.

Da liegen – weiße und dunkle Streifen an den Röckchen – die toten Soldaten des Königs – er hält inne – hört Schmatzen – schärft den Blick – sieht im Dunkeln schwarze Ungeheuer – mehrere schwarze Ungeheuer – sie grunzen, schmatzen, fressen, beißen den Toten Wangen, Hände ab – die Zunge der Tiere trieft von Menschenblut.

Und wiederum brüllt der junge Mann auf vor Grauen und Wut – und die Eber verschwinden.

Knobelius blickte zum dunklen, wolkenbedeckten Himmel empor. Er drohte hinauf – seine Hände sanken kraftlos nieder, Kleinmut befiel ihn.

»Auf den Bergen wirst du fallen und alle deine Haufen und die Völker, die mit dir sein werden, den Tieren des Feldes werde ich dich zur Weide überlassen, auf der Höhe des Feldes wirst du fallen –« so sprach Gott, und er gab uns preis – warum, mein Gott – wo bleibt deine Gerechtigkeit? Wo?

V

»Das Land schinden wird jedermann, wer seinen Fuß hierhersetzen wird ...«

Magister Kampanus schenkte dem jungen Franzosen schon das zweite Gläschen säuerlichen böhmischen Weines ein.

Der Franzose war Offizier der bayrischen Armee, aber man konnte es Kampanus an seiner Miene zur Genüge anmerken, daß er den Franzosen nicht als Feind betrachtete.

Vorgestern wurde er mit zwanzig bayrischen Musketieren und fünf Soldatenweibern in der Karlsschule einquartiert, und gestern schon nannte ihn Kampanus gar freundlich »mein lieber Herr Magister Cartesius«.

Und der liebe Magister Descartes jagt beileibe niemandem Angst ein. Er ist blutjung – wer weiß, ob er fünfundzwanzig Jahre zählt – zart wie ein Mädchen, rötlichblond, hat aufrichtige Augen, so blau wie der Himmel, wenn sein Blau am sattesten ist.

Kampanus unterhält sich gern mit dem jungen Offizier, dessen schönes Latein ihm Genuß bereitet, aber ihre Gespräche sind nicht heiter.

»Wollet mir glauben, Monsieur Campane, unsre beiden Führer dachten an keine Schlacht, hatten Angst vor eurem Heer, berieten sich lange, endlich versuchten sie eine kleine ritterliche Schlägerei, um auszukundschaften – wir nennen das eine scaramuccia – und dieser kleine Anfang ward zu einer Schlacht – jetzt streitet le comte Buquoy mit dem Fürsten von Bayern darüber, wer von beiden eigentlich der Sieger über die Eurigen ist, dabei ist es keiner von ihnen, die Entscheidung brachte, wer im rechten Augenblick, als die Kaiserlichen zu laufen begannen, machtvoll eingriff, und das war der alte Tilly – Tilly ist der Sieger, nicht sie.«

Kampanus ließ den Kopf hängen und seufzte: »Das ist allerdings heut schon alles eins für uns, wer von ihnen Sieger ist. Gott strafte uns, Gott stand uns nicht bei!«

Da warf der junge Offizier rasch mit feinem Lächeln ein: »Wie ich den Krieg kenne, steht Gott gewöhnlich bei denen, die mehr Reiterei und mehr Fußvolk haben und Entschlossenheit zu rechter Zeit; von den Bayern wäre nicht eine Seele entkommen, wenn die Eurigen sie vor der saumseligen Ankunft der zweiten Armee, die le comte Buquoy anführte, angefallen hätten; keine Seele, sag ich! In unserem Regiment beteten die Soldaten schon den Rosenkranz in Erwartung des Endes – die Eurigen aber standen reglos oben auf dem Berg, so daß die Soldaten die Rosenkränze wieder in die Taschen steckten.«

Als Kampanus seine Meinung darlegte, daß eine so gewichtige Sache, wie die böhmischen Stände sie vertreten wollten, nicht den Händen gemieteter Söldner anvertraut werden dürfe, daß diese leichten Herzens aus dem Felde fliehen, entgegnete Descartes: »Ich weiß wohl, daß der gewöhnliche Söldner ein verderbter Mensch ist, ein Räuber, ein Vieh, das weiß ich, aber das ist und wird auf beiden kriegführenden Seiten gleichbleiben, der schändliche Charakter der Mietsoldaten ist nicht entscheidend, in der Schlacht entscheidet das Kriegshandwerk; die Kriegshandwerker überlegen, wenn sie sich selbst überlassen sind, im entscheidenen Augenblick, ob sie die Arbeit bewältigen, die ihnen bevorsteht, und wenn in ihnen der Gedanke siegt, daß sie sie nicht bewältigen, dann laufen sie davon; die anderen, dümmeren, laufen ihnen nach, das scheue Tier in ihnen erwacht, und schreiend wie die Tiere laufen sie davon. Und warum wehrte sich denn euer König nicht in der Stadt, mit einer einzigen Schlacht war doch nicht alles verloren!«

»Das machte das plötzliche Entsetzen. Am geschwindesten liefen die Ungarn aus der Schlacht, die haben wir zuerst in der Stadt gesehen, sie liefen über die Wehre, das Wasser stand niedrig an jenem Tag, liefen über die Wehre, fielen ins Wasser, wateten durch das Wasser, das waren wunderliche Boten aus der Schlacht, wir begriffen sogleich, daß es arg und sehr arg steht – und von diesen entsetzten Feiglingen sprang die Angst auf die Gemeinde über, immer mehr und mehr kamen angelaufen, der Schrecken wuchs und verbreitete sich, Herren und Ritter waren wie betäubt, auf der Burg soll die Königin nicht daran geglaubt haben, daß mit einem Schlag alles zu Ende sein könne, aber angesichts der traurigen und verzweifelten Gesichter der tapferen Generäle und ihres Gemahls glaubte sie es bald, daß Schluß war; sie flüchteten also vor der unerträglichen Schmach, dem Feind in die Hände zu fallen.«

»Ich versteh, versteh, die Schanzen von Prag sind zur Verteidigung nicht geeignet, sind im Verfall, einer unserer Offiziere erbot sich dem Fürsten am Nachmittag nach der Schlacht, sie binnen weniger Stunden zu sprengen, da wäre die Stadt gesprengt worden, deshalb war es weiser, sich dem Feind durch Verhandlung zu ergeben, so wurde die vollständige Vernichtung verhütet. Aber wenn der König auch Prag verließ, er hätte nicht aus Böhmen fliehen müssen, erwäget nur, Magister, das der Schlacht entkommene Heer konnte wiederhergestellt werden, auf der Burg soll eine nicht geringe Besatzung gewesen sein, frische Hilfstruppen Gabors standen schon unweit von Prag, Mansfeld hielt Pilsen und hält es noch, der Winter vor der Tür, Krankheiten in unserem Heer, fürwahr, er hätte nicht landflüchtig werden müssen!«

»Volk und Herren waren überzeugt davon, daß Gott Böhmen zu strafen beschied, aber ich selbst tröste mich wenigstens zeitweise damit, daß Stände und Fürsten der Nachbarschaft uns helfen, uns vor völliger Vernichtung und Unterwerfung bewahren müssen, die Tragödie würde von seiten der Sieger auf andre übertragen!«

»Ob Deutsche oder auch andre helfen werden, weiß ich nicht, aber der Krieg wird lang sein, das ahne ich. Mich wundert, daß ihr euch hier in Böhmen schon zwei Jahrhunderte lang um der Religion willen herumraufet, du siehst, Magister, wohin das führt!«

Kampanus' Gesicht verfinsterte sich, und er erklärte voll Ernst, daß es den Tschechen stets um die Erlangung der Wahrheit ging.

»Wahrheit, Wahrheit, was ist Wahrheit?« fiel der

jugendliche französische Magister dem alten Professor in die Rede, »guter Gott, was habe ich nicht schon nachgedacht über die Wahrheit; auch im Krieg denke ich darüber nach, dies ist wunderlich, Magister, nicht wahr, bin noch so jung, ging unter die Soldaten und meng mich unter die Philosophen. Ich bin überzeugt, daß alles rundum, was die Sinne vermitteln, nur täuschender Schein ist; wie die Dinge an sich und dem Wesen nach sind, das weiß niemand, denn auch den Sinnen darfst du nicht vertrauen, alles trügt. Anaxagoras behauptete, nur der Eindruck der Sinne habe Geltung, für ihn war die Sonne so groß wie der Peloponnes, dem anderen war die Sonne in Wirklichkeit bloß so groß, wie er sie sah – und dann erst die Gestalt, die Form? Ihr lehret in der Schule, daß der Stoff an sich nicht besteht, daß ihn die Form bestimme – nur sie allein sei wirklich, mag sein, jedoch auch bezüglich der Gestalt täuschen dich die Sinne, die Sonne hat die Form einer runden Scheibe und ist doch keine Scheibe. Der Verstand erkannte, daß sie eine Kugel, eine ungeheuere Kugel ist. Verstand gegen Sinne! Und wo gibt es Wahrheit in Sachen des Gefühls und des Verstandes? Ich dürste danach, versprach – als wir in Neuenburg an der Donau lagen – kniete in der Kammer auf den Boden nieder – versprach der Mutter Gottes eine Wallfahrt nach Loretto, wenn sie mir die Wahrheit offenbaren wollte, nach der ich dürste –«, dabei bebten die zarten kleinen Hände des Jünglings, und seine Augen verdunkelten sich vor Erregung – »und mir deucht, daß ich schon auf gutem Weg bin.«

»Ich lausche dir gern, mein lieber junger Magister, sehr gern«, sprach Kampanus, »befaßte mich zwar eher mit Poesie als mit etwas anderem, aber ich dachte auch über andre Dinge nach; die Scholastik befriedigt mich keineswegs, auch darin geb ich dir recht, daß alles Trug und eitler Schein ist, über Dinge der Religion habe ich meine gewichtigen Zweifel, und manches Mal frage ich mich wie Pilatus, was ist Wahrheit? Ich bin begierig zu hören, wie du zu ihr gelangen willst.«

»Ich habe den Weg noch nicht gründlich erprobt, aber wenn ich an allem und jedem zweifle, an meiner Existenz zweifle ich nicht, von dieser habe ich Kenntnis, denn ich selbst bin doch der, der zweifelt und überlegt, meine Existenz ist die erste und für mich die nächste Wahrheit, und von dieser Wirklichkeit ausgehend gelange ich allmählich zum letzten wirklichen Ursprung aller Dinge, und das ist Gott, der einzige und einige Gott. Das ist der Anfang und das Ende meiner Überlegungen, meines philosophischen Weges. Die übrigen Wahrheiten will ich dann lediglich in mathematischer Ordnung aufsuchen, was nicht durch Verstand und Mathematik beweisbar, das will ich nicht für wahr halten.«

»Da wirst du ewig zwischen Glauben und Verstand hin und her taumeln«, meint Kampanus.

»Kann sein, aber dennoch ist es möglich, Frieden zu stiften zwischen beiden; Gott ist immer ein und derselbe, und daher mag jeglicher bei seiner Art Glauben belassen werden, jeglicher Gottesdienst ist aufs gleiche gerichtet, wozu also einander bedrücken und seinen Nächsten hassen.«

»So, so; oft sagt ich mir, ob es wohl dran liegt, den Leib Gottes in einer oder beiderlei Gestalt zu empfangen; da dies doch eine geistige Speise ist, liegt es an der Liebe, aber öffentlich darfst du das nicht sagen, wirst auch niemanden davon überzeugen, besonders nicht die Pfaffen, weder eure noch unsre.«

Nach diesen Worten erhob sich Kampanus geschwind und trat zum Fenster.

Von der Gasse her verbreitete sich mächtiger, wilder Lärm.

»Mein Gott, schon wieder!« jammerte Kampanus, »Tag für Tag, die unglückliche Stadt! Unglückliche, die wir sind!«

Und zum jungen Offizier gewandt, faßte er diesen mit beiden Händen bei der Hand und bat: »Du versprachst mir, Magister Cartesius, du würdest versuchen, die ständigen Plünderungen zu verhindern, komm, bitte, komm!«

Descartes war einen Augenblick in Verlegenheit.

»Im Namen Gottes, gehen wir!« sprach er ohne allzu feste Entschlossenheit. Er holte sich noch eine Pistole aus seiner Kammer, Kampanus lief rasch in die Professorenhabitation nebenan, wo er gleich am Abend nach der Schlacht den alten Revír samt dem Kind um ihrer Sicherheit willen untergebracht hatte, sagte dem keuchenden Großvater, wohin er gehe, bat ihn, nicht auszugehen, küßte das Bürschchen, zog sich seinen winterlichen Magisterrock an, setzte das kleine Magisterbarett auf und eilte hinaus.

Die Soldaten am Gang grüßten ihn mit gebührender Achtung.

Auf der Treppe sagte dominus Cartesius zum Prorektor, er möge von ihm nicht allzuviel erwarten, er sei unter den geringen Offizieren der geringste, überdies gälte das Plündern einer Stadt nach erfochtenem Sieg in allen Armeen als Regal der Soldaten.

»Ich kann mich bloß darauf stützen, daß unser Fürst sowie Monsieur Tilly unter Strafe des Galgens die Zerstörung der Bürgerhäuser verbot, da die Stadt sich bereitwillig übergab, der Fürst versprach den Prager Schöppen Schutz, ich stand dabei, als sie ihm huldigten und er sein Versprechen gab; so wir also irgendwo Bayern sehen beim Plündern, das kann ich verhindern, so wir jedoch auf Soldaten des kaiserlichen Generals stoßen, da vermag ich nichts; diese Soldaten lassen sich nichts befehlen, das neapolitanische, spanische und wallonische Kriegsvolk ist wie wildes Getier. Zwar glaub ich auch schon fast deiner Vermutung, daß der gubernator civilis, Lichtenstein oder wie er sich nennt, es billigt, wenn die Häuser der Anführer, die die Rebellion ins Werk gesetzt, von Grund auf zerstört werden – da, lieber Magister, vermag ich denn nichts!«

Als sie aus dem Karlskolleg auf die Straße traten, verzog sich das Lärmen des Volkes irgendwo hinter der Ecke, in eine andere Gasse.

Wie wunderlich waren die Prager Gassen doch jetzt nach der unglücklichen Schlacht! Die Läden waren schon eine ganze Woche lang geschlossen, die Häuser versperrt, auf der Gasse spazierten Soldaten auf und nieder, mit ihnen zogen verschiedene Strolche, Prager Bettlervolk beiderlei Geschlechts durch die Gassen, die Bürger hatten es eilig, wenn sie sich auf der Straße zeigten. Die Bürgersfrauen und ihre Töchter blieben in den Verstecken.

Nicht ohne bitteres Lächeln beobachtete Kampanus, daß manche der Bürger die weiße Farbe, die Farbe der Sieger, am Hut stecken hatten. Auch den jungen Vokoun traf er gestern mit der weißen Farbe.

Der junge und der alte Magister schreiten geradewegs vom Carolinum unter die Lauben, wo der Tandelmarkt zu sein pflegt. Heute sind die Kramläden nicht auf den Pfeilern ausgebreitet, Pfeiler und Lauben sind schon viele Tage lang ohne Kramhandel. Aber Trubel gibt es dennoch unter den Lauben, und zwar außergewöhnlichen. Die Lauben sind bis zum Ende des Grünen Marktes in Pferdeställe verwandelt. Allerorts Soldaten, Pferde, Heu, Stroh, Lärm und Gestank.

Ja, sogar der Handel fehlt nicht.

Aus düsteren Untergeschossen kommt hie und da ein Jude, eine Jüdin gelaufen. Kampanus erkennt den jüdischen Musikanten Herold. Der ist aus dem gotischen Gewölbe ans Licht getreten, besieht sich einen Ring oder ein andres Geschmeide; mit ihm trat ein Reiter vor, auf den zwei beleibte Jüdinnen, eine alte mit einer jungen, einreden, wahrscheinlich Herolds Mutter und Schwester, denn sie haben die gleiche große und ebenso mißgestaltete Nase wie jener. Die Jüdinnen vermögen mit dem räuberischen Soldaten nicht handelseins zu werden. Herold gibt dem Soldaten das Gold zurück und ruft den Frauen zu: »Komm, Bejle, komm Pejrle.«

Aber die Jüdinnen gingen nicht weg, selbst der Musikant Herold ging nicht fort, sondern lief samt Bejle und Pejrle dem Soldaten in die Dämmerung des gotischen Laubenganges nach.

Kampanus ward schier übel bei diesem Anblick.

Frost überlief ihn, obgleich die Sonne schien, freilich die Novembersonne. Er sagte dem jugendlichen Magister, daß in diesen Tagen nur das Judenvolk gut daran sei, denn was die Soldaten zusammenstahlen, kauften die Juden für billiges Geld auf.

Aus der Konešvicer Gasse verbreitete sich sonderbarer Lärm, ein eigentümliches Gemisch abgerissener Laute, Jammern, Schläge und Krachen. Wie konnt es anders sein? Plündern doch die Soldaten beim Händler Teyfl.

»Diesen Händler schlug König Friedrich zum Ritter«, berichtete Kampanus dem Magister Cartesius, als sie die winklige Gasse betraten, »deshalb stellen sie jetzt sein Haus auf den Kopf, sieh, der Schwarze dort ist der kaiserliche Vogt, er schaut zu, hat seine Freude daran!«

Cartesius und der Prorektor traten bis dicht an die Menge vor dem Haus. Von unten war deutlich zu sehen, daß die Soldaten die Zimmerdecken in Teyfls Haus durchbrachen. Aus der Mitte des Pöbels riefen manche zu den Soldaten hinauf: »Vergelt's Gott!« »Vergelt's Gott!«

Andere lachten. Besonders der Kaufmann Teyfl, der von einem zersplitterten Fenster zum anderen lief, die Hände rang, sie über dem Kopf zusammenpreßte und auf deutsch jammerte, reizte sie zum Lachen.

Hinter ihm lief mit großem Wehklagen seine ältliche, zerzauste, verzweifelte Frau von Fenster zu Fenster, wobei sie unter großem Geschrei die Hände rang.

Die Soldaten warfen in kurzen Abständen vollgepfropfte Bündel aus dem Fenster, auch ein schwerer

Zobelpelz, Männer- und Frauenröcke kamen herausgeflogen. Unten fingen Soldaten die Bündel auf, schnürten sie auf und machten sich sogleich ans Verkaufen. Bei jedem Wurf stieß die bunte Gemeinde da unten einen durchdringenden, gellenden Schrei aus. Schon ist der Jude Herold wieder zur Stelle und die beiden Jüdinnen mit ihm.

Jetzt ward ein auf Blech gemaltes Konterfei herausgeworfen, es fiel auf das holprige Pflaster, der schmale Rahmen zersprang, das Blech klapperte. Das Konterfei kaufte der Jude um zwei Kreuzer.

Tuche und Seidenstoffe flogen in Ballen durch das Fenster, um diese ward länger gefeilscht, bis irgendein Jude sie verschleppte, und sobald er das Erhandelte in die Gasse beiseite gebracht, liefen andre Juden und mit ihnen einige Christen herbei, die sich zusammenscharten, auf den Juden eindrangen und sich gegenseitig wegstießen.

Ein paar Federbetten flogen heraus, aber eines war so zerrissen, daß die Federn wie Schnee herabregneten.

Cartesius machte sich daran, von Kampanus' Klerika die Federn wegzustreifen. Kampanus war indes schon dabei, sich zu entfernen, denn er hatte übergenug von dem Schauspiel.

Beim Weggehen bemerkte er Wachsoldaten vor dem Veleslavínschen Haus.

»Dies Haus wird bewacht, um es vor Üblem zu behüten, und weißt du, woher diese vorsorgliche Liebe kommt? Veleslavín war unser ausgezeichneter Drucker, sein jugendlicher Sohn bemühte sich in Ehrbarkeit, das väterliche Erbe zu bewahren, nach der Schlacht floh er – ich hörte, daß die patres Jesuitae die Veleslavínsche Druckerei erhalten sollen, drum wird sie für sie bewacht, daher die Liebe!«

Auf dem Kohlenmarkt, von der Köhlerhütte, aus der der Kohlenvogt mit seinen Knechten gleich Mittags nach der Schlacht geflüchtet war, bis zum Ende der Scherbengasse und in allen Lauben des Marktes verweilten, gingen und saßen an kleinen Feuerchen trübselige, verdrossene, wortkarge Soldaten, der Rest der geschlagenen Armee vom Weißen Berg. Das übrige besiegte Heer hatte sich schon drei Tage zuvor unter den Drohungen der Sieger aus dem Staub gemacht.

»Warum gingen die da nicht?« fragte Kampanus seinen Begleiter.

»Sie verlangen die Auszahlung ihres Soldes, dann gehen sie auch.«

Magister Kampanus griff es ans Herz, als er längs der Häuser über den Steig ging und jene Bedauernswerten sah, die vor Kälte erstarrten und hungerten; wie einer eigenen Schuld bewußt, konnte er ihnen nicht geradezu in die Augen sehen; er hätte außer trübsinnigen Augen auch manche recht zornigen und verzweifelten gesehen. Derjenige wenigstens, der da das Schindeldach über einem geschlossenen Laden abriß, hielt, als er Kampanus' und eines feindlichen Offiziers ansichtig wurde, hinter ihrem Rücken die bemooste Schindel so in der Hand, als ob er zuschlagen wollte.

Ohne seiner Umgebung zu achten, erklärte Cartesius dem Prorektor, daß nicht das gesamte geschlagene Heer abgewandert war, zahlreiche Fähnlein auf der Kleinseite ließen sich neuerlich in den Dienst der Kaiserlichen anwerben.

»Aber dies war nicht böhmisches Volk?« beeilte sich Kampanus.

»Nein, solches Volk mag kein General, dem bäurischen Kriegsvolk nimmt der Sieger die Waffen, steckt ihm einen Stock in die Hand und entläßt es mit Hohn nach Hause, mit ihm verhandelt man nicht.«

Bei der St.-Martins-Kirche würgte ein Soldat im Winkel ein Mädchen. Riß ihm das Kleid am Busen entzwei. Das Mädchen war schon am Umsinken, seiner Sinne nicht mehr mächtig. Sechs andre Kerle im Soldatenrock schauten dem ungleichen Ringen zu. Kampanus und Cartesius schrien fast gleichzeitig wie aus einer Kehle auf. Die Soldaten sahen sich um – und im selben Augenblick rannten sie in rasender Flucht davon.

»Das sind Unsrige!« sprach Cartesius.

»Sodom auf der Straße!« klagte Kampanus.

Es währte lange, ehe das Haus gegenüber der Kirche aufgeschlossen wurde und der verstörte Hausvater das Mädchen, das in Cartesius' Armen wie eine Espe zitterte, einließ.

An der Ecke der St.-Martins-Gasse staute sich das Volk.

Kampanus erkannte sogleich, daß es schäbiges, zu allen Schlechtigkeiten bereites und entschlossenes Prager Gesindel war. Aus einem kleinen Hof drang das Geschrei mehrerer Stimmen. Ein Musketier stand als Wachtposten vor dem aufgebrochenen Tor. Kampanus und der Offizier traten ein.

Auf einem stinkigen geräumigen Platz grölten Soldaten wütend auf einen alten Mann ein. Sie redeten in welscher Sprache auf ihn ein und stupsten ihn mit den Händen ständig an die Nase. Irgendein junger Bursche in Handwerkertracht, der augenscheinlich der Dolmetsch war, erklärte dem Greis, daß sie bloß Geld wollten, er möge sich mit Talern loskaufen, gäbe er nichts, dann würden sie ihn kräftiglich spolieren.

Der Greis jedoch zuckte mit dem Kopf zurück, um den Nasenstübern zu entrinnen, und dabei wiederholte er immer wieder, die Soldaten hätten ihm schon vorgestern alles Geld abgenommen, er gäbe nichts, habe nichts.

Einer der Welschen legte zum besseren Verständnis auf deutsch los, er brüllte: »Geld!«

Ansonsten ging es im Hof lustig zu. Sechs Soldaten grölten auf den Alten ein, zehn weitere ließen irdene Töpfe und hohe Krüge die Runde machen, tranken daraus entweder Bier oder Wein, und immer wieder lief einer in den Keller hinunter, um die Krüge zu füllen.

Descartes erfaßte dies alles mit einem raschen Blick und trat entschlossen auf den Korporal zu – der spielte hier den großen Herrn –, schrie ihn an: »Voi ladri, rubate contra la parola data!«

Die Soldaten hielten mit Gebrüll und Trunk inne, der Greis beendete seine Erklärung, und da er ahnte, daß der junge Offizier sich seiner annahm, hob er weinend die Hände zu ihm empor.

Descartes stand mit eifernder und flammender Miene da; hielt die Hand an der Pistole. Kampanus überlegte, was er den räuberischen Welschen lateinisch sagen wollte, Latein sollten sie doch ein wenig verstehen – es kam aber nicht mehr zu dieser Ansprache. Einer der Soldaten warf den Topf auf den Boden und ging; das Klirren des Topfes war für die andern wie ein gebieterisches Zeichen.

Einer nach dem anderen machte sich zum Haus hinaus aus dem Staube. Manch einer blieb zwar noch mit einem verdächtigenden Blick auf Cartesius stehen, aber das währte nur einen Augenblick, dann ging auch er seiner Wege.

Zuletzt ging der Prorektor mit dem Offizier hinaus. Das Tor krachte hinter ihnen zu, und das Rumpeln an der Haustür zeugte davon, daß der Hauswirt sie von neuem befestigte und verbarrikadierte.

Am Perštýn, hart vor dem Tore, gab es einen Umzug; zwei schwer beladene, von drei Paar Pferden gezogene und von ungefähr fünfzig Musketieren begleitete Fuhrwerke. Ein höherer Rittmeister, ein noch junger Mann, folgte zu Pferd den Musketieren. Descartes begrüßte ihn mit soldatischer Achtung. »Das ist le Duc de Hohenzollern, hat eine ziemlich gefährliche Aufgabe, soll die Wagen bis München bringen, muß es auf Umwegen und behutsam tun, die Wege ins Bayrische sind sämtlich in Mansfelds Gewalt; das ist schon die dritte Sendung nach Bayern, der Fürst schickt heim, was er im Schloß für sich an Beute ausgesucht.«

»Himmlischer Herrgott«, klagte Kampanus, »wie sollen denn die Soldaten nicht rauben und nach Beute jagen, wenn der höchste Herr –«

»Vae victis, ein alter Spruch!« lautete die kurze Antwort.

In der winkligen Gasse, die zum Jesuitenkolleg und zur Brücke führte, traf Kampanus alles Leben beinahe ebenso an, wie es in besseren Tagen zu sein pflegte: manche Läden waren geöffnet, Bürger sowie Nachbarinnen und werktätiges Volk gingen ab und zu. Nur darin lag eine Veränderung, daß die Menge auf der Straße mit Soldaten untermischt war. Hier raubten sie nicht, zweifellos aus dem Grunde, weil die Wachen an der Brücke und auf dem Altstädter Ring in der Nähe waren.

Kampanus biegt zur St.-Anna-Kirche ein. Das Haus des Herrn Otto von Los bietet einen gräßlichen Anblick.

Eine Ruine.

Ein Torflügel hängt bloß an einer Angel, der andre, obgleich aus mächtiger Eisenstaffel hergestellt, ist abgerissen, abgelöst. Im Flur häuft sich allerlei zerbrochenes Hausgerät. Alle Fenster sind zerschlagen, und im Haus ist keine Menschenseele. Ebenso leer sind die beiden benachbarten Häuser. Kampanus wehklagt leise: »Wach auf, o Herr, oder hast du uns, o Herr, wie Schafe zum Fraße preisgegeben?!«

Sie schritten wiederum durch eine der fast menschenleeren Gassen. Hier und da gewahrten sie in den Fenstern ein verängstigtes, neugieriges menschliches Antlitz, das sogleich wieder im dunklen Fenster verschwand. In der Karpfengasse war das Haus des alten Kaplíř ganz ausgeraubt und leer. Weiß Gott, welch leichtes Volk darin gehaust hat.

Bei aller Trauer empfand Kampanus dennoch etwas wie einen schwachen Trost, als er sah, daß das Medizinerkolleg nicht geplündert war. Dort wohnten zwar nur arme Leute, und diese mochten die raubgierigen Soldaten nicht anlocken. Im Kolleg hält sich auch Magister Jessenius verborgen, aber davon weiß wohl niemand etwas.

Zwei Häuser weiter zum Gewässer der Moldau hin gibt es wiederum heillose Verwirrung. Im Gang eines vorgeneigten alten Hauses und im winkligen Treppenhaus stehen entsetzte Menschen, zur Flucht bereit, Männer, Weiber mit Kindern, dem Ansehen nach Mietsleute und Bewohner dieses Hauses, und schauen mit entsetzten Blicken alle stumm zur Galerie, auf deren Fliesen ein Mann liegt. Von unten ist bloß sein Kopf nahe dem Geländer sichtbar, und dieser Kopf ist ergraut.

Ein Soldat kniet auf der Brust des Mannes und ein Soldatenweib schlägt mit der rechten Faust den daliegenden Mann auf das Ziegelpflaster, trachtet, ihm einen Bund Schlüssel zu entreißen, den er krampfhaft in der geballten Hand hält.

Die Galerie ist voll von Soldaten. Sie schauen zu.

Unterdes tragen Soldatenweiber Federbetten und Unterwäsche aus mehreren Türen.

Cartesius und Kampanus betraten den Hof im gleichen Augenblick, da die Hand des gemarterten Mannes die Schlüssel losließ. Der Soldat stand auf von seiner Brust, der Mann erhob sich trotz der ausgestandenen Quälereien, taumelte an das Geländer und rang schwer nach Atem, es war zu sehen, daß der alte Mann einen Kropf hatte.

Aber kaum war er zu Atem gekommen, da schrie er mit heiserer Stimme, daß es gellte, einem Soldatenweib zu: »Du Rabenaas, wenn du Kinder kriegst, magst du den Teufel mit drei Mäulern zur Welt bringen und verrecken, Rabenaas!«

Darüber lachte das stattliche Weib und betrat mit den Soldaten die Behausung des kropfhalsigen Mannes.

Cartesius sprach verdrossen zu Kampanus: »Sieh, Magister, der, der eben heraustritt, ist ein wallonischer Lieutenant, da vermag ich nichts; da müssen wir die Armen ihrem Schicksal überlassen. Laß uns weitergehen!«

Draußen seufzte der junge Franzose auf: »Unglückselige Stadt, verlorene Stadt! Magister, mich dünkt, daß es auf euer völliges Verderben abgesehen ist!«

Am Ende der Karpfengasse stand ein Haufen Volkes am Fußsteig bei der Gasse. Stand im Halbkreis da und war wunderlich still. Als Kampanus bei der Gruppe anlangte, trat gerade der Stadtvogt aus dem Hause, und seine vier Büttel trugen eine schwere Kiste heraus. Der Vogt begrüßte den Magister und erzählte ihm, daß sich gestern hier wohl aus übergroßer Angst und vielleicht aus Herzleid über die gegenwärtigen Geschehnisse der verwitwete Bäcker Balzar an einem Strick aufknüpfte und erhängte, daß dessen Haus und Habe als Buße dem Kaiser verfallen sei und er deshalb rasch alles wegtragen und versiegeln müsse, damit es die Soldaten nicht stehlen.

Als der Vogt weggegangen war, begann eine gesprächige Nachbarin Magister Kampanus wie als Draufgabe zu erzählen, daß die Büttel und Knechte des Vogtes auch in den Brunnen steigen wollten, um das Geld zu holen, das Meister Balzar dort liegen hatte, dann aber doch nicht hinunterstiegen.

»Als ich ihnen, den Knechten, sagte, daß im vorigen Jahr der Basilisk zwei Maurern, die den Brunnen reinigen kamen, den Garaus machte, da stiegen sie nicht hinein.«

Cartesius und Kampanus blickten nach der Wand, um zu sehen, warum das Volk sich scharte. Sie entfernten sich sogleich mit Grausen.

Da lag der unselige Bäckermeister neben der verunreinigten Gosse, die voll grünlichen und goldig schimmernden Seifenschaumes war. Er wartete darauf, vom Henker auf den Schindanger in die Mistgrube gefahren zu werden, denn dies war der Friedhof der am Leben Verzweifelten.

Die ringsum Stehenden teilten sich mit ungewöhnlicher Geduld und Ruhe den Strick, mit dem sich der Bäcker zu Tode gewürgt hatte.

Als die beiden Magister die Karpfengasse verließen, blieben sie ein Weilchen am Rand der Judenstadt stehen, denn die nicht enden wollende Prozession der mit Bündeln beladenen Soldaten und Soldatenweiber lohnte das Zusehen.

Sie schleppten die Bündel beidhändig, zu zweit, trugen sie auf dem Rücken, auf dem Kopf, auf dem Bauch, manche hatten ihre Pluderhosen mit Beute ausgestopft, fuhren sogar ihren mit Tränen und Flüchen belasteten Raub auf Schubkarren. Und die Juden rannten ihnen entgegen, zerrten, riefen, begrüßten sie.

Ein wunderlicher Tandelmarkt!

Kampanus bog seitlich ein. Cartesius folgte ihm. Es ekelte die beiden, längere Zeit die Diebe und ihre ehrvergessenen Aufkäufer zu betrachten.

Kampanus traf das Haus des alten Revír unberührt und verschlossen an. Dafür erschollen aus dem Keller gleich nebenan Stöhnen und Weiberjammern sowie Flüche grober Männerstimmen.

Cartesius riß die Pistole aus dem Futteral und feuerte durch das Gitter über dem Keller.

Mit einem Schlag verstummten die Stimmen im Keller, und nach einem Weilchen schaute vorsichtig ein Soldat heraus, rannte Hals über Kopf aus dem Haus, ein zweiter, ein dritter, und hinterdrein lief ein Soldatenweib mit einem Bündel auf und davon.

Den beiden Magistern entging nicht, daß die Burschen ihre weiten Pluderhosen mit Beute – wahrscheinlich Wäsche oder Kleidungsstücken – so vollgepfropft hatten, daß jedes Hosenbein einem Weiberrock glich.

Als sie in das Haus eintraten, stand eine Frau noch völlig verstört da, vor Cartesius – einem Soldaten – erschrak sie von neuem, so daß sie zur Wand taumelte.

Als Kampanus sie getröstet, bat sie, ihr zu sagen, wohin ihre Töchter davongelaufen seien, ob die Soldaten sie nicht mit sich geschleppt haben. Es war nicht leicht zu sagen, wo die Töchter sind.

Am Ausgang des Hühner- und Gänsemarktes, den die Gänse- und Wildbretverkäuferinnen im Stich gelassen hatten, berannten Soldaten das Tor des Eckhauses mit einem hölzernen Bock, den sie in einem verlassenen Laden aufgelesen hatten. Dabei grölten sie: »Lutr, Lutr!«

Einer der Soldaten hielt Ausschau und gab, als er den Offizier Cartesius erblickte, denen, die auf das

Tor einschlugen, ein Zeichen, und die Soldaten, die sogleich den Bock fahren ließen, verschwanden hinter der Ecke.

Cartesius rief aus: »Que le diable vous emporte!« Dann flüsterte er leise, als ob er sich schämte, Kampanus zu: »Das waren Bayrische, also wiederum Unsrige!«

Die beiden Magister gelangten auf ihrer Wanderung auf Umwegen in die St.-Kastalus-Gasse. Da gab es allerorts zahlreicheres Volk, aber die Kramläden waren geschlossen. An der Ecke des Geißplätzchens gab es fröhliches Jauchzen, das sonderbar klang in jenen trübseligen Tagen. Ein trunkener Soldat bot hier dem Prager Volk ein heiteres Schauspiel.

Der Trunkenbold redete nicht, kämpfte jedoch ständig mit einem ledernen Ranzen. Jeden Augenblick rutschte ihm der Ranzen aus der Hand, und zusammengestohlene Strümpfe in allen Farben, Kräuslein, Hemden und anderes Unterzeug, Löffel, Messer fielen zu Boden. Der Mann wankte, bückte sich, fiel auf die Nase, stand auf, las auf, las alles zusammen, stopfte es in den Ranzen, neben den Ranzen; sobald er fertig war, seinen Schatz aufgeladen hatte und zwei Schritte weitergegangen war, plumps, lag alles wieder ausgestreut da.

Kampanus kam mit seinem Freunde gerade zu einem solchen Umfallen und Ausstreuen und bemerkte nicht ohne Lächeln, daß die Gassenjungen beim Auflesen halfen und unter dem Jubel der Gemeinde mit dem, was sie aufgelesen, davonliefen. Wenn sie bis zur St.-Kastalus-Kirche hintaumeln werden, wird weder der alte noch der junge Dieb was aufzulesen haben.

Aus dem Häuschen neben der windschiefen Kastalusschule kamen drei Soldaten gelaufen. Kampanus schien es, daß sie nicht wenig erschrocken waren, und nicht weniger sonderbar war es, zu sehen, daß von ihnen Wasser troff. Sie kamen mit leeren Händen herausgelaufen und stürzten weiter. Bloß der vierte, der letzte, verließ das Haus rückwärts gewandt und fuchtelte mit dem Schwert gegen ein verschrumpftes altes Weib, das mit furchterregender, kreischender, durchdringender Stimme schrie: »Freßt euch an meinem Fleisch satt! Freßt euch an meinem Fleisch satt!«

Sie schrie und schlug um sich, bis ihr die Haube ins Genick fiel und der kahle Schädel sichtbar ward. Sobald der Soldat draußen war, knirschte er mit den Zähnen, sagte deutsch »Teufel, verfluchter«, wandte der Alten seinen Rücken zu und rannte seinen Kumpanen nach.

Kampanus erkannte das alte Weib, jawohl, das Bärtchen unter der Nase – Elschen Hurtig – mein Gott, sie war noch am Leben? Er erklärte seinem Freunde, Herrn Cartesius, daß das kleine Weiblein die ehemalige Haushälterin eines Professors war. Elschen Hurtig erkannte den Magister und zeigte ihm sogleich eine freundliche Miene; mit einem Wortschwall erzählte sie ihm, sie habe sich schon seit gestern wider die Soldaten gerüstet; Beifuß, Nonnenkraut, Schierling, drei Mäuseschwänzchen in gesottenem Wasser aus dreierlei Brunnen, das alles hatte sie wider sie gerüstet; als sie dann kamen, goß sie den Zauber in Form eines Kreuzes vor ihnen auf den Boden und schüttete den Rest über sie aus; die werden an sie und ihr eigenes unchristliches Diebswerk denken, werden verdorren, die Auszehrung muß das Lottergesindel befallen, ganz bestimmt, das ist erprobt.

Beide Magister hörten geduldig die aufgebrachte Vettel an, der eine verstand davon nichts, aber es machte ihm Spaß, zu sehen, wie sie Kampanus unentwegt mit den Händen auf die Brust, das Kinn, ja sogar auf die Nase hämmerte; der andere machte sich unterdes seine Gedanken darüber, wie abergläubisch dieses Frauenzimmer und jene wackeren deutschen Soldaten waren.

Die Herren entfernten sich, und die Vettel sandte ihnen noch einen kreischenden Wortschwall nach, wodurch sie den Herren ihre Gunst und Freude darüber bezeugen wollte, daß sie sich der Soldaten entledigt hatte.

Als sie in die Lange Gasse kamen, gewahrten sie eine erbitterte Schlacht zwischen Brauern und Soldaten. Einige Leute flüchteten hierhin und dorthin, um nicht hineingezogen zu werden, denn sie fürchteten die Folgen, andre hingegen griffen zu und lasen Steine gegen die Soldaten auf, die, soweit man im Getümmel erkennen konnte, etwa zehn an der Zahl waren.

Cartesius blieb mit dem Magister abseits stehen.

Das Kampfgeschrei war verworren, die tschechischen Stimmen in der Überzahl. Kampanus erkannte inmitten der Brauer den Goldschmied Hergsel; er hielt einen Klopfhammer in der Hand, den er wild schwang; es gab keinen Zweifel darüber, daß da, wo der Klopfhammer des Goldschmieds niedersauste, die Knochen entzweigehen müssen.

Jetzt fiel im Gedränge einer der Soldaten nieder und schlug mit den Beinen hin. Als die anderen Soldaten das sahen, nahmen sie in der Richtung zum Wasser Reißaus. Einige der Handwerksgesellen spuckten auf ihre Äxte und setzten ihnen nach, andere jedoch sprangen, als sie des fremden Offiziers ansichtig wurden, rasch in das Tor des Brauhauses. Bloß Hergsel entfernte sich gemächlich und ernst wie auf einem Spaziergang; im nächsten Gäßchen verschwand sein schwarzer Kopf und die hohe Gestalt.

Cartesius trat an den Soldaten heran; er erkannte sogleich, daß dieser zu Tode getroffen war. Achselzuckend sagte er Kampanus, daß er davon Meldung machen müsse, daß er aber gleichzeitig berichten werde, welche Schlechtigkeiten die Soldaten entgegen dem Verbot verübten und zu verüben nicht aufhörten.

Am Ausgang der Straße begegneten sie dem Gerber Magerkraut. Kampanus erkannte ihn sogleich. Er blieb mit den Herren gerade beim Hause des Herrn Fruvein aus Podolí stehen, bei dem Hause ohne Türen und Fenster, und erzählte, daß die Soldaten vorgestern dem unglücklichen Herrn mit Kerzen gänzlich den Schoß ausbrannten, so daß er zeitlebens ein Krüppel bleiben muß, selbst wenn er die Krankheit übersteht, daß sie ihn folterten, seine Frau prügelten, die Töchter wären auf die Traufe und das Dach geflüchtet, wo die Bedauernswerten die ganze Nacht zubrachten.

»Ich gehe ihn besuchen, möcht ihm gern zu Diensten stehen, er ist der Pate meiner Kinder; und bedenkt, Herr Magister, Ihr kennet doch unseren ehemaligen Ratsschreiber, Herrn Kochan, er war auch Landdirektor, den spolierten diese … diese« – er wollte wohl Lotterbuben sagen, stockte jedoch mit einem Blick auf Cartesius – »Soldaten spolierten ihn gar viermal! Gar viermal, dabei hat er sieben Kinder! Jetzt ist er gerupft wie eine Gans. So werden wir gequetscht und gehen zugrunde. Herr Magister, wird diese Quälerei nicht bald ein Ende haben?«

Kampanus wußte darauf nichts Tröstliches zu sagen, hatte er doch auch selbst schon daran gedacht, daß die Städte von Prag untergehen, daß das Königreich untergeht, auch Herr Cartesius hatte es gesagt.

Der Gerber ging ins Haus, die Herren entfernten sich.

Kampanus eilte zu den Kollegien am Fleischmarkt in der Nähe der Zeltnergasse, voll Begierde, zu wissen, wie es dort stehe.

Zu seiner Freude sah er im Fenster des Wenzelskollegs den Pedell Jičinský. Daraus, daß dieser am Fenster stand, schloß er auf eine Besserung seiner Erkrankung. Der Ärmste hatte vor einigen Wochen Blut gespien, und seither kränkelte er, war bettlägerig. Nun stand er am Fenster, war wohl gesundet.

Das Haus war fest verschlossen. Jičinskýs Ehefrau öffnete das Fensterchen, der Pedell spähte heraus. Mit dünnem Stimmchen, unter ständigem Hüsteln, sprach er zu den Magistern: »Zweimal, wißt ihr, waren sie da, diese Lotterbuben, aber jedesmal gingen sie bereitwillig weg, als ich ihnen verkündete, daß, wißt ihr, die patres die Herren dieses Kollegsgebäudes sind. Sobald ich »patres« sagte, schoben die Burschen sogleich ab. Ich dachte an unsere patres, domines professores, wißt ihr, aber die Erzschelme, wißt ihr, dachten an die patres jesuitas!«

Dabei war er voll Freude über seinen frommen Betrug, sein grünliches, verschrumpftes Gesicht ging vor Lachen in die Breite, und die weiße Zottel unter dem Kinn hüpfte fröhlich.

Kampanus wünschte dem treuen Diener Gesundheit und machte sich mit dem Krieger auf, noch das Rečekkolleg zu besichtigen. Am Graben stießen sie bei Vostrovec' Haus auf eine Menschenansammlung, in der Juden und Soldaten den vorderen Platz einnahmen. Gerade waren die Soldaten mit dem Beutemachen fertig, bloß aus dem oberen Stockwerk schütteten sie noch Getreide auf die Straße heraus. Vielleicht aus Übermut. Die Juden trieben ihren Handel, feilschten.

Es hieß, Herr Vostrovec sei eine Weile zuvor nach dem Ring gelaufen, sich bei den Wachsoldaten über die Vorkommnisse zu beklagen. Frau Vostrovec stand in der Einfahrt und weinte.

Irgendein Frauenzimmer sprach leise auf einen Offizier ein, der vor dem Hause stand und voll Genugtuung seinem Kriegsvolk zusah.

Er verstand nicht.

Erst als ein abgerissenes Bürschchen zu Hilfe kam, das »argent« und »latrines« zu sagen verstand, begriff der Offizier, daß im Hinterraum des Hauses oder im Abort Geld versteckt war.

Cartesius und Kampanus kamen eben heran. Kampanus sagte dem Weib, sie sei eine verräterische Metze.

»Gewißlich haben die Vostrovecschen dir manche Wohltat erwiesen, dafür weißt du ihnen solchen Dank, verräterische Metze!«

Der Offizier verstand, worum es ging, spuckte aus und gab seinem Haufen ein Zeichen weiterzuziehen, zu Cartesius sagte er, er sei kein »vidangeur«, Soldaten stiegen nicht in den Abtritt, ein Soldat sei kein Schinder, der in Aborte kriecht.

Aus der Ferne war Lärm und Pfeifen sowie Gefiedel hörbar.

Es schwillt an, kommt näher. Alles wendet sich dem schönen Stadttor zu, das die Zeltnergasse abschließt. Die Menge nähert sich rasch längs des Grabens. Schon ist zu erkennen, was da vor sich geht.

Buben, ein paar Halbwüchsige voran. Ihnen folgen drei Spielleute, die mit dem Bogen wild ihre Fiedel bearbeiten. Jeder spielt etwas anderes. Eine höllische Harmonie.

Hinter den Spielleuten trabt ein Pferd, und darauf sitzt ein Mann, mit dem Gesicht dem Schwanz des Pferdes zugekehrt, den Schweif des Pferdes hält er in der Hand; er ist völlig nackt, scheint jedoch in der feuchten Witterung des Novembertages nicht zu frieren, denn er dreht fröhlich den Kopf nach allen Seiten, bleckt die Zähne, spuckt aus und ruft etwas. Er trägt eine hohe ungarische Mütze auf dem Kopf, hat an einer grünen Binde Büchse, Muskete und Degen hängen.

Hinterdrein trägt ein Soldat an einer Stange ein Papier, auf dem mit Rötel oder Farbe recht unbeholfen und ganz verzerrt der böhmische Löwe gezeichnet ist.

Neben und hinter diesem Schaustück wälzt sich die Menge, jeder will sehen und hören.

»So weit ist es gediehen«, sprach Kampanus bitter und fast den Tränen nahe, »daß jeder beliebige Taugenichts uns verspottet, das ist ein Soldatenpasquill auf unser Volk, ein hundsföttisches, schändliches Pasquill – Gott macht uns zum Spott und sprichwörtlich im Munde der Völker, und was tun wir dagegen?«

Cartesius billigte diese öffentliche Verhöhnung und das scheußliche Schauspiel nicht, meinte aber, die Soldaten seien von jemand angestiftet worden; dies sei nicht ihrem Kopf entsprungen, und er wäre froh, daß die Soldaten nicht zur bayerischen Armee gehörten.

Als die Herren an der Ecke des Brückels anlangten, kam ein Mädchen vom Gesinde aus dem zweiten Hause gelaufen, und ihr nach rannte ein Soldat. Beim Anblick eines Offiziers stockte er. Dann lehnte er sich wie ein Sack an die Wand, rührte sich nicht.

Das Mädchen, das Magister Kampanus erkannte, sank ihm fast an die Brust. Mit gefalteten Händen bat sie ihn, hinaufzugehen, man ermorde dort ihre Hausfrau.

Kampanus erklärte, worum es gehe, warf Cartesius einen bittenden Blick zu, und schon schritten beide durch den finsteren Gang auf die Holztreppe zu.

In der engen Diele sahen sie vier Soldaten, die mit einem eisernem Keil mühsam eine eiserne Truhe zu erbrechen suchten, und zwei Soldatenweiber, die einen Eckschrank leerten. Aus einem großen Zimmer ertönte ununterbrochenes Wehgeschrei. Eine gemeine Männerstimme schnaubte deutsch dazwischen: »Olte Hurre!«

Als Monsieur Cartesius mit seiner Pistole einen der Soldaten recht fühlbar und hart über den Arm schlug, sprangen alle vier auf und machten Miene, Widerstand zu leisten.

Unterdes öffnete Kampanus die Tür zum großen Zimmer. Da krümmte sich die ehrbare alte Veronika Konias am Boden, und ein Soldat quetschte und schraubte unter Beschimpfungen die Finger des gealterten Weibes mit dem Büchsenhahn.

Ein weiterer Soldat und zwei Soldatenweiber zerrten Kleider und Unterzeug sowie Pelzwerk aus den Truhen.

Herr Cartesius packte den Soldaten an der Kehle und krallte seine schmalen Finger in dessen Fleisch. Der Soldat ward schwarz im Gesicht. Er ließ Veronika samt der Büchse fahren, faßte die Füße des Offiziers, aber auch diese ließ er bald wieder los und erstarrte. Der zweite Soldat lief samt den Soldatenweibern sogleich in die Diele hinaus. Dort schrie er hastig, ein Kapitän der Pappenheimer sei da, und im Handumdrehen sprangen selbst diejenigen, die Trotz bieten wollten, sich fast den Hals brechend, die Treppe hinunter. Ihr Trampeln hallte wie kollernde Schollen durch die Stille.

Die Konias hörte auf zu seufzen, dafür begann der Soldat zu röcheln. So ließ denn der Offizier mit seinen Fäusten von ihm ab. Er nahm ihm die Büchse weg und riß ihm das Schwert aus der Scheide. Mit vor Erregung überschlagender, pfeifender Stimme hieß er dann den Soldaten sich trollen.

Dieser trollte sich. Als er draußen war, warf Cartesius zornig die Büchse in einen Winkel.

Frau Veronika erhob sich vom Boden, betastete zuerst ihre abgerissene Beuteltasche, dann untersuchte sie die beiden Kästchen, deren Inneres herausgeworfen war, warf einen Blick hinaus, ob die eiserne Truhe noch ganz war, und erst dann sagte sie zum fremden Offizier, Gott möge es ihn vergelten. Dann sank sie, völlig ermattet, auf einen Stuhl.

Dominus Cartesius war über die Schurkerei der Soldaten ernstlich aufgebracht. Sie schritten längs des Grabens weiter, Cartesius sprach nichts. Um so inniger redete Magister Kampanus und dankte ihm immer wieder.

Vor dem großen geplünderten Hause des Herrn Wilhelm von Roupov machten sie halt. Das Haus bot einen schrecklichen Anblick. Kein einziges Fenster war ganz geblieben.

Von der Straße aus waren deutlich sonderliche, schäbige Gestalten zu sehen, die durch die Zimmer liefen. Hielten wohl Nachlese nach den Soldaten. Kampanus begann wieder zu klagen, als er die Verwüstung sah.

Das Rečekkolleg war unberührt. Dagegen hatte das Nachbarhaus nur zwei ganze Fenster, die übrigen fehlten. Also auch geplündert. Kampanus läutete beim Kolleg, zog die Schnur, so daß sie fast zerriß, aber die Kollegsfamuli, falls sie nicht überhaupt entflohen waren, öffneten nicht, und das war gut so. Schon wollten die beiden Herren fortgehen, war es doch um die fünfte Stunde nach deutscher Uhr, da gewahrten sie einen bejahrten Mann, der behutsam aus dem Tor des Nebenhauses schlüpfte und sich rasch zu dem einen der ganz gebliebenen Fenster wandte, dieses aushob, das Fenster in beide Arme nahm und es, unter der Last ganz gebeugt, davontrug. Kampanus erkannte den alten Pulpit, Pulpit erkannte Kampanus.

»Was soll das, wozu das?« fragte der Magister.

»Ei, mordidi, domine Magister, das tu ich, um die Soldaten glauben zu machen, wir wären schon spoliert; in dieser Gegend waren sie noch nicht, aber der Teufel schläft nicht, wenn sie das Haus ohne Fenster sehen, ziehen sie weiter, wenn nicht, dann sag ich ihnen, mordidi, auf deutsch: daß dich Gottssakrament – bin schon spoliert – und die schauen, daß sie weiterkommen!«

Kampanus lächelte über diese einfältige List.

Sodann gingen die beiden Magister bis zur Überfuhr; das Bad Písaná, auch das Bemalte genannt, war mit Brettern verschlagen und wie ausgestorben, die fünf kupfernen Barbierteller hingen wie sonst am eisernen Arm, klirrten aber heute vergeblich mit heiserem Ton.

Nirgends eine Menschenseele.

Der mächtige Moldaustrom hüllte sich schon in Abendnebel, der Petřín sowie der Berg Sion und die ganze stolze Burg der böhmischen Könige waren in Nebel versunken. Nur die große schwarze Pappel auf der Insel ragte aus dem Nebel und reckte ihre knorrigen Zweige zum düsteren Himmel empor. Am Fuße der Pappel flackerte Licht, und von dort drang das Singen der bezechten siegreichen Soldaten herüber.

Die beiden Freunde schritten wortlos heimwärts.

Des Abends stand Kampanus lange über das Bettchen seines Hänschens geneigt und betrachtete versonnen und düster das pausbäckige Knäblein, das gesund und ruhig schlief.

Dann nahm er die gedruckten Psalmen, die er Jahre zuvor mit glatten Rhythmen in Verse gebracht, aus dem Schubfach und betete daraus, las immer weiter, bis zu den Versen, von denen er in glücklicheren Zeiten nicht geahnt hatte, wie prophetisch, wie erschreckend prophetisch sie waren. – Mein Gott, kehre zu uns zurück, wirst uns doch nicht ewig verfolgen mit deinem Zorn; gerietest in Zorn über den von dir Gesalbten, warfst ihm Thron und Krone zu Boden, machtest seine Feinde vergnügt – das Land schinden wird jedermann, der seinen Fuß hierhersetzen wird – –« Da hörte er auf zu lesen.

VI

Die Unheilstifter

Am selbigen trüben Novembertag, kurz nach Mittag, versammelte man sich beim kaiserlichen Rat Herrn Paul Michna auf der Kleinseite.

Der Herr sitzt auf einem Drehstuhl. Der rundliche Leib des feist gewordenen Männchens ist in einen Dolman aus violettem Tuch und in Marderfell gehüllt; von Zeit zu Zeit streckt der Herr sein dickes Bein in schwarzem Seidenstrumpf und Strumpfbändern mit weißen Spitzen aus der prächtigen Umhüllung hervor.

Der Herr sitzt an der Wand unter grün eingerahmten Gemälden, den Gestalten der Judith und der Venus. Dem Herrn ist nicht anzumerken, daß ihm die Verbannung geschadet hätte. Er ist hübsch rund geworden, die Finnen und Sommersprossen sind von seinem Gesicht verschwunden, es hat dunkelrote Farbe angenommen, und diese leuchtende Farbe verdeckt hübsch die Sommersprossen.

Der Herr hält ein nach Art einer Eichel verfertigtes Apothekchen aus Silber in der Hand, wie er es stets nach reichlicheren Mahlzeiten zu tun pflegt, um die Verdauung zu fördern und die bösen Magengeister daran zu hindern, zu entweichen und sich zu empören.

An einem großen achteckigen Tisch sitzen der feiste Sekretär Daniel Kapr, der Prokurator Přibík Jeníšek, der alle Augenblicke aufgeregt mit den Augen zwinkert und sich durch den angegrauten breiten Backenbart fährt; an seiner Seite ist Mollerus, der ruhigste von allen, bequem hingestreckt, der großköpfige Jesuit ihm gegenüber, Pater Koronius oder Kornerius, mit seinen grünlichgrauen Haaren sitzt gleichfalls ruhig da, aber seine scharfen unruhigen Augen zeugen davon, daß die äußere Ruhe nur vorgetäuscht ist. Herr Pěček von Radostice reckt sein ziegelrotes Gesicht ständig zum Ohr eines jungen Mannes, der ein wenig Michna ähnelt. Auch die gleichen rötlichen Haare hat er.

Die Herren unterhalten sich sehr geräuschvoll.

Über dem Tisch hängt die Melusine mit dem Horn, ein zwölfarmiger Luster, der Tisch ist mit einem Tischtuch aus niederländischer Leinwand mit silbernen Fransen bedeckt, das jedoch an mehreren Stellen begossen und mit frischen Flecken beschmutzt ist.

Auf dem Tisch liegen silberne, über und über mit Email gezierte Löffel herum, die der Diener wahrscheinlich nach dem Bankett abzuräumen vergaß. Auf zwei Porzellanschüsseln liegt verschieden geformtes Zuckerwerk geschichtet.

Die Herren knabbern jedoch die Süßigkeiten nicht, sind ihrer schon satt. Sie trinken bloß aus grünen, breiten, kelchähnlichen Gläsern.

Von Zeit zu Zeit erhebt sich Pěček oder jener rothaarige Jüngling, um einzuschenken, wobei sie den Wein aus einem großen Zinnkrug, der an der Tür steht, holen.

»Lieber Herr Michal«, sprach Michna zu Pěček gewandt, »ich verspreche dir, dich zum Bergmeister der Weinberge zu machen, man sieht dir an der Nase an, daß du gern Wein trinkst, du wirst Bergmeister sein (Pěček lächelte hierzu gar ehrerbietig), aber deine Verse und Witze – hinter welchem Namen hast du dich als Autor verborgen?«

»Rybaldus Peruanus.«

»Nun denn, die Verse des Rybaldus Peruanus sind recht gepfeffert, sind gegen die gesamte böhmische Nation gerichtet, und doch empörte sich nicht die ganze Nation, mit diesen Versen mag ich nichts zu tun haben, hab auch die anderen Herren dahin verstanden, daß sie die Drucklegung nicht billigten, da mußt du mit ihnen zu einem Mächtigeren gehen, als ich es bin, zu Fürst Lichtenstein, es geht darum, den erstickten Brand nicht anzufachen, sie nicht zum Erwachen zu bringen!«

Alle nickten. Nur Mollerus war anderer Meinung.

»Ei, die wachen nicht auf, die Herren Böhmen, rühren sich nicht mehr! Bohemiae domini, vix similes homini!« zitierte er mit der Stimme eines Predigers, aber überzeugend.

Der Herr Rat entschied, Pěček möge bei mächtigeren Herren anfragen, und dabei blieb es.

Man begann von den täglichen Dingen, von den Plünderungen der Soldaten zu sprechen. Der Herr mischte sich bald ein, und sogleich verstummten alle voll Ehrfurcht.

»Herr Prokurator«, sprach Michna zu Přibík, »ich bitt Euch, mit den Amtsleuten in aller Eile die

Protokolle jener Rebellen-Direktoren durchzusehen, wie ich Euch aufgetragen, die anderen Herren wissen vielleicht noch nicht, daß Benjamin Fruvein, nämlich der, der Sekretär bei den rebellischen Direktoren war, der Bruder Martins, des ärgsten Rebellen, mir heimlich die Direktorenprotokolle entwendet hat, wohl um seinem Bruder Martin aus der Patsche zu helfen, dem hilft er nicht mehr, aber vielen verhilft er ins Verderben; diese Protokolle verstricken gar viele ins Netz, hab nur ein wenig in sie eingesehen. Recht bald erwarte ich das Dekret über die Halsgerichtskommission, der Antrag ist schon dem Fürsten überreicht, Herr Přibík wird ohne Zweifel zum Ankläger ausersehen, im ganzen sollen elf Personen für die Inquisition als Richter bestellt werden, auch einige Doktoren aus Wien, heißt es; in der Kommission wird auch jener Wolf Laminger von Albenreyt sein, mit dem wir in Wien gesprochen, erinnert Ihr Euch seiner?« Mit diesen Worten wandte sich Michna geradezu an den Jesuitenpater.

Der nickte mit seinem grünlichen Graukopf und blinzelte mit den Augen, daß er Herrn Wolf kenne, und sprach mit langgezogener, am Ende der Worte zitteriger und süßlicher Stimme: »Ich meine, daß nicht gesäumt werden soll, nach dem ruhmreichen und wunderbaren Siege muß jegliche künftige Gefahr von des Kaisers Landen gebannt werden, muß ohne Ruh und Unterlaß weitergegangen werden. Mögen sie die Zuchtrute geduldigen Sinnes ertragen, was kommt, ist divina Nemesis. In nichts darf gesäumt werden, genug der Schuldigen sind schon mit heiler Haut aus dem Lande geflüchtet, leicht würden auch die übrigen entgehen, sie sind ohnehin auf dem Sprung!«

Darauf Moller: »Ei, was denn – die entlaufen nicht – der Bayernfürst versprach Gnade, als sie ihm am Morgen nach der Schlacht huldigten, und damit machte er sie sicher. Die sitzen jetzt wie Zieselmäuse in ihren Löchern.«

»Fruvein und Jessenius sollt man schon jetzt einsperren«, meinte Přibík. »Fruvein hat die Direktion da eingerichtet und über freie Königswahl geschrieben –«

»Hat auch das Patent über die Austreibung der Gesellschaft unserer lieben Väter geschrieben«, fügte Michna rasch, mit einer höflichen Verbeugung vor dem Jesuitenpater hinzu.

Der erklärte sogleich: »Diese neun Personen, die uns so unbarmherzig das Dekret ins Kolleg brachten, daß wir für ewige Zeiten aus dem Königreich vertrieben seien, auch diese neun sollten längst im Gefängnis sitzen!«

Diese Worte sprach der Pfaffe nicht mit salbungsvoller, zitteriger und feierlicher Stimme, sondern stieß sie in Erregung auf einmal, kurz und energisch aus.

Als Michna ihm dann voll Ehrerbietung recht gab, kündigte er an, daß sie Jessenius anklagen wollten, wegen ihrer Bibliothek, die das Karlskolleg sich aneignen wollte und deren Raub er zuließ.

»Die Schlüssel hatten die Professoren Fradelius und Šultys, der tropfige, rotköpfige Šultys, der Hundsfott« – da stockte Mollerus, denn er erinnerte sich ein wenig zu spät, daß beide, Herr Paul Michna und dessen jüngerer anwesender Herr Bruder, grell rostfarbenes Haar hatten.

Beim Namen Šultys hakte sogleich Kapr ein und begann zu erzählen, wie selbiger Magister Šultys über Herrn Fabricius lachte, als dieser nach den Herren Statthaltern aus dem Fenster gestürzt werden sollte.

»Und jener stolze Verseschmied Kampanus, war der nicht an dem barbarischen Furor beteiligt?« fragt Michna eifrig.

»Er war es«, ist die kurze Antwort Mollerus'.

»Aber er blieb draußen«, fügte der Jesuitenrektor hinzu, »heut wissen wir schon bestimmt, daß er kam, die Stände um die Reformierung der Akademie zu bitten, denn unsere Akademie beschämte die ihrige allzusehr, es läßt sich nicht bestreiten, daß Kampanus stets überaus eifrig um die Hebung der Akademie besorgt war. Seine Bitten waren aber immer vergeblich.«

Moller blickte den Pater finster an.

»Nur bitten ist kein Verbrechen, dafür, daß er auf der Burg war, können wir ihn nicht packen«, entschied Michna, »an Šultys werden wir uns aber rechtzeitig erinnern.«

Dabei erhob sich Michna von seinem Sesselchen, spazierte ein wenig durch das Zimmer, blieb vor dem Rektor stehen, begann die Hände aneinanderzureiben, wie es seine Gewohnheit war, erinnerte sich dann, daß dies die Schankwirte zu tun pflegen, und sprach, indem er eine wichtige und ernste Miene aufsetzte, zu Vater Koronius: »Reverendissime pater, ich lud Euch heut sonderlich deshalb zu mir, um mit Euch über die Karlsakademie zu sprechen. Sintemalen die Magister dieser verrotteten Akademie während der Rebellion Euer Kolleg an sich reißen wollten, möchten die Väter nunmehr nicht das Kolleg jener?«

Nach diesen Worten neigte sich Michna zum Priester und fletschte lächelnd seine rostbraunen Zähne.

Die Karlsakademie zu vernichten war ein neuer, kühner, unerwarteter, ja, ungeahnter Gedanke. Alle waren verdutzt. Nur Moller sagte ruhig: »Gut so, schreiben wir dazu: Hic iacet et tacet Universitas Carolina.«

Die Spötterei verfing nicht.

Niemand lächelte auch nur. Pater Koronius sprach ein Weilchen später noch gezogener und zittriger als sonst – weniger vor Erregung als eher, um jedes Wort länger und damit reiflicher zu überlegen – zum Herrn kaiserlichen Rat: »Ich weiß wohl, daß schon seit den Tagen des gottlosen Ketzers Hus von der Karlsakademie wie vom Trojanischen Pferd alles Ketzertum ausstrahlt und sich verbreitet, ich weiß und wir alle wissen, daß von hier die Anstiftung zur Empörung wie vom Landtag des Satans ausgeht, der letzte Landtag vor der abscheulichen Rebellion ward hier abgehalten, das alles weiß ich und würde ihren Sturz nicht bedauern, den sie selbst verschuldet hat, aber ich weiß nicht, ob unser Orden sie mögen wird, ich bezweifle es, daß er es will, daß die Karlsschule mit der unsrigen zusammengelegt wird, mich dünkt, daß eine solche Verschmelzung uns mitnichten frommen würde, wir haben mit unseren zwei Fakultäten Arbeit genug, dazu kämen dann die Ungelegenheiten mit den Juristen und den Medizinern, deren studia in nostris constitutionibus nicht enthalten sind.«

Paul Michna richtete sich auf, dieweil Pater Koronius mit brüchiger, singender Stimme seine Zweifel vortrug. Mit verwundertem Blick sah Michna seine Gäste der Reihe nach an, forschend, ob sie sich nicht auch darüber wundern.

Alle blinzelten dem Herrn zu, alle waren überrascht, daß der Jesuit nicht mit beiden Händen nach dieser prächtigen Bescherung griff, nach diesem großzügigen Geschenk, an das noch eine Woche zuvor niemand auch nur zu denken gewagt hätte.

Deshalb war Michnas Stimme, als er endlich zu Worte kam, merklich kälter. Er sagte, daß die Herren Väter in den Gütern der Karlsschule einigen Ersatz für die neuen Sorgen hätten, denn die Landgüter der Universität würden auf zehntausend Schock geschätzt; eine Änderung in der Karlsschule werde sicherlich eintreten, der Herr Pater Societatis Lamormain in Wien rate selbst eifrig dazu, und wenn die ehrwürdigen Brüder in Prag die Schule nicht in ihre Verwaltung übernehmen, wird ohne Zweifel ein weltlicher Magistratus der Karlsakademie vorgesetzt, dann werden zwei katholische Universitäten in Prag bestehen, möglich, daß sie einander nicht gern haben werden und daß die Herren Väter dann noch mehr Verdruß haben werden, als wenn sie jetzt das annähmen, was ihnen geboten wird.

Bald ging das Gespräch auf Religionssachen über, und da wünschte Herr Michna den Rat des Paters, besonders jetzt für den Anfang, solange der Herr Erzbischof noch nicht im Lande war.

»Herr Slavata – jetzt müssen wir ihn schon Herr Graf Slavata titulieren – schrieb mir aus Passau und teilte mir mit, daß er im gleichen Sinn in Wien dazu geraten habe, eine Kommission zu errichten, die die Religion im Lande reformieren solle; die Priester der Brüder und Kalvinisten werden wir von hier verweisen, ehe nur kurze Zeit verstreicht; mit den lutherischen warten wir noch zu, das liegt am Kurfürsten von Sachsen, unserem Verbündeten! Man fürchtet, er könnte sich der hiesigen Lutherischen annehmen.«

So verkündete Herr Michna und setzte sich wieder in seinen Lehnstuhl.

Der gefällige Přibík schenkte den anderen und sich selbst Wein in die gläsernen Kelche ein. Der Jesuit wehrte mit den Händen ab, er wünschte keinen Wein. Dann sprach er feierlich in zittrigem, langgezogenem Tonfall: »Man sollte den Versuch machen, ob die lutherischen Priester sich nicht dem Herrn Erzbischof unterordnen wollen, der Herr Fürst soll mit den Priestern der Kalvinisten und der Brüdergemeinde tun, was er für gut befindet, nur würde ich nicht zur Gewalt raten; für das Volk möge in den Kirchen die Lehre unserer althergebrachten, wahren Religion eingeführt werden, alles im Guten, mit Maß, väterlich; wer beichten und unter einer Gestalt empfangen wird, den werden wir vor anderen auszeichnen, allerdings so er sich keiner Verbrechen schuldig gemacht hat, aber auch hier könnte man ein wenig Nachsicht und Milderung bekunden, aber das sind schon politica et criminalia, in die ich mich nicht einmische.«

Die Herren sprachen lange über die Vorschläge des ehrwürdigen Vaters. Alle fanden sie rühmlich.

Lediglich Mollerus, der seine wie Leberwürstchen dicken Finger spreizte, meinte, daß es mit der Reformation nicht so leicht gehen werde, das Volk sei hartköpfig.

Als Vater Koronius aufstand, sagte Michna, fröhlich seine Hände reibend: »Und noch etwas, reverendissime pater, noch etwas Hübsches, Fürst Lichtenstein bestimmte auf meinen Rat, daß Veleslavíns Druckerei und die Druckerei Hynek Valdštýns euch, der Societas Jesu, zukommen soll. Die Entscheidung darüber ist schon gefallen. Schade, daß dieser freche Samuel Veleslavín wie auch der Buchdrucker Melantrich aus der Stadt entschlüpfte, der müßte dreifach mit seiner Haut dafür zahlen, daß er die Prager Städte noch nachts nach dem glücklichen Sieg aufgehetzt hat, dreifach müßte er bezahlen, der Bube. Aber er ist fort!«

In diesem Augenblick trat der riesige Diener Michnas mit einer ehrerbietigen Verneigung ein und meldete auf deutsch, daß Abgesandte der Altstadt zu Ihro Gnaden gekommen seien. Der Jesuit gab mit einem Mal seine starre Körperhaltung auf und stand gar geschwind und behende auf; er wolle nicht, so meinte er, von den Prager Abgesandten hier bei der Beratung gesehen werden, dann schiebe man immer alles, was geschehe, ungerechterweise der Gesellschaft Jesu in die Schuhe, deshalb wolle er lieber jeden Anschein meiden.

Herr Michna, der sich vergaß, rieb sich wieder ein Weilchen nach Gastwirtart dienstfertig die Hände, besann sich aber gleich wieder und nahm eine vornehmere Haltung an. Er sagte, der Diener werde den hochwürdigen Herrn Pater durch das Schlafzimmer über die Hintertreppe und durch den Garten zum Türchen hinaus ans Wasser führen.

Der Diener begriff, öffnete die Tür in die benachbarte Kammer, wo der Herr zu schlafen pflegte, blieb an der Tür, hielt die verzinnte Klinke in der Hand und beugte sich in demütiger Ehrfurcht vor dem hochwürdigen Herrn.

Nachdem Pater Koronius allen die Hand gereicht hatte, sprach er schließlich mit zitternder, singender Stimme: »Laudetur Jesus Christus!« und ging.

Die Herren antworteten voll Frömmigkeit.

»Sag den Abgesandten, sie mögen warten!« befahl Michna dem Diener, als dieser mit dem Priester hinausging.

Dann wandte er sich zu Mollerus.

»Der Fürst, mein lieber Herr Sekretär, gibt seine Einwilligung dazu, daß du gemeinsam mit meinem Bruder Jörgel baldmöglichst die Bücher durchsiehst, in denen die herrschaftlichen Güter verzeichnet sind; morgen wird euch in der Kanzlei ein Blatt mit den Namen übergeben, hab es hier nicht bei der Hand.«

»So wird denn konfisziert werden?« fragte Mollerus vorwitzig.

»Oh, sicherlich und mit Recht«, lautete die Antwort, »die Rebellen haben das Beispiel gegeben, konfiszierten zuerst Slavatas und Martinic' Güter, nun bestehen diese beiden Herren mit dem Fürsten Lichtenstein darauf, daß konfisziert wird, und wenn es nur dabei bliebe, ich glaube, daß man sehr vielen den Hals abschneiden wird.«

Der feiste Herr Kapr bekundete Zufriedenheit:

»Nichts Teuflischeres gibt es, denn einen rebellischen Menschen, der sollte wie ein toller Hund erschlagen werden, verschlingt er doch sonst jedermann!«

In Mollerus erwachte der ihm angeborene Geist der Verneinung, und mit träger, predigerhafter Stimme widersprach er Kapr: »Ei, was denn, keine Not, in Hitze zu geraten, wenn sie wie die Niederländischen gesiegt hätten, würden sie als Helden gepriesen werden, aber unsere Helden haben nicht gesiegt,

haben allzu kühn gewagt
Buquoy nahm mit Tilly Prag,
während es im Schlafe lag;

so geht mein Liedchen.«
Mit diesem Liedchen versöhnte der schlaue Mollerus die Herren wieder. Er merkte, wie über die Stirn des Herrn Michna ein Schatten flog. Als er dann in weiterem Gespräche meinte, die Halsgerichtskommission solle nicht bei allzu vielen den Kopf beschauen, sonst würden hernach alle als Märtyrer angesehen, stieß Michna recht heftig hervor: »Und wollten sie denn nicht damals so edle Herren wie Slavata und Martinic zu Märtyrern machen, als sie sie dreißig Ellen in die Tiefe stürzten?« Darauf gewann er seine Fassung zurück und sagte heiter: »Von mir selbst spreche ich gar nicht, daß sie mir ebenfalls die Märtyrerkrone zugedacht, bloß daß ich ihr glücklich entkommen, mir ist es lieber – jetzt, da der hochwürdige Vater nicht hier ist, darf ich es sagen –, mir ist es lieber, auf dieser Welt zu bleiben, denn als Märtyrer aus ihr zu scheiden. So ist das Glück nun einmal rund

und wendet sich gar sonderbar. Es wird auch biblische Gerechtigkeit drinliegen, wie sie uns, so wir ihnen!«

In diesem Augenblick trat ein Diener ein, auch aus der Neustadt und von der Kleinseite seien Abgesandte gekommen.

Er erhielt den Befehl, sie in die Diele zu führen und ihnen zu sagen, sie mögen warten.

Als der Diener gegangen war, wies Herr Michna auf ihn und erzählte mit ausgelassener Aufgeräumtheit, daß er den baumlangen Burschen in Wien aufgetrieben, daß er Wossrtrink heiße, und leise – mit Augenzwinkern – fügte er hinzu, daß Wossrtrink zwei sehr hübsche Töchter habe, ja, auch seine Frau noch keineswegs verblüht sei.

Die Herren Gäste lächelten das Lächeln willfähriger Untergebener, dabei gefiel ihnen, daß der Herr kaiserliche Rat so aufrichtig war. Schnalzte er doch gar mit der Zunge, als er seine Rede beendete.

»Ich bin dessen froh«, sagte Michna nach einem Weilchen, »daß die Prager Schöppen da sind, wenigstens erfahren sie alles auf einmal; für die Soldaten werden sie tüchtig zahlen müssen; sollen sie zahlen, sie haben doch auch den falschen König und seine Soldaten bezahlt!«

Mollerus spreizte wiederum seine Würstchenfinger und widersprach dem Herrn mit höflichem Augenaufschlag und in ebensolchem Ton: »Für die Soldaten bezahlten sie wenig, für den König nichts; ich muß lachen, wenn ich dran denk, als die Königin hier in Prag im Vorjahr ein Kind, ein Knäblein, zur Welt brachte, da schlug Herr Wilhelm von Roupov vor, höret wohl, die Stände mögen dem König ein zwiefaches Präsent machen: ein geistliches, nämlich ein Gebet, und ein materielles, nämlich Geld. Mich deucht, daß es bloß beim ersten Präsent blieb, das ist billiger, und daß der König außer jenem Gebet nicht ein Häftelchen, nicht einen Knopf erhielt!«

Über diese lustige Geschichte lachten alle gar herzlich.

Wiederum trat Wossrtrink ein, der ein ziemlich umfangreiches, golden glänzendes Waschbecken trug. Die Prager Herren schickten, sagte er, das Waschbecken Ihro Gnaden als Geschenk mit der Bitte, Ihro Gnaden möge geruhen, freundlich in Empfang zu nehmen, was sie aufrichtigen Herzens böten.

Der Herr sprang von seinem Stuhl auf und nahm das Waschbecken, drehte es um, den Boden nach oben, und indem er das Geschenk untersuchte, sagte er dem Diener, sie mögen noch ein Weilchen zuwarten. Dann meinte er kennerhaft: »Silber vergoldet, beiläufig zehn, zwanzig Pfund an Gewicht, das Pfund zu 22 rheinische Taler gerechnet, da möchten sie billig Gnade erkaufen!« – Er setzte sich wieder.

Kapr machte eine Bemerkung über die Soldaten, die auch ihm einen Besuch abstatten wollten, seinen Weinkeller bereits geplündert und ins Fäßchen unten ein Loch angezapft hätten.

Michna erwiderte: »Wir können die Soldaten doch nicht alles ausplündern lassen, gestern hat der Comte Buquoy dem Fürsten beteuert und beschworen, daß ein Ende gemacht wird, und heut plündern sie wieder, heißt es. Sollten schon endlich zur Ruhe kommen. Buquoy bekam für den jungen Anhalt dreißigtausend an Lösegeld, erhielt eine Herrschaft, dem geizigen Berka nahmen Buquoys Soldaten siebenzigtausend ab, das mag unterdes genug sein – daß ich nicht vergeß – Bruder Jörg, wenn du von hier fortgehst, gib Befehl, jedoch behutsam, heimlich, daß der Schinder bestellt werde, und noch heute oder morgen in aller Frühe könntest du mit der Wache zum Graben in das Vostrovecsche Haus gehen und namens der Kammer den Schatz aus der Senkgrube beheben. Der Schinder soll mit seinen Knechten die Truhen herausziehen, sie ordentlich abwaschen, dann bringet ihr sie hierher!«

»Der allwissende Herr Rat!« schmeichelte Kapr.

»Eija, alles erfahren wir, alles tragen die Leut uns zu, geben an, verpetzen um Belohnung und umsonst«, meinte der Herr lächelnd, »die Mietsfrau, die mir vom Schatz berichtet hat, erhält ein halbes Schock Groschen, und die Kammer wird wer weiß wieviel tausend Dukaten herausschlagen und weiß Gott wieviel an Kleinodien, die Vostrovec soll eine elffache Kette von Dukaten um den Hals getragen haben!«

»Aber Vostrovec huldigte nach dem Sieg und schwor Unterwerfung!« warf Přibík ein.

»Er huldigte, aber die Truhen verfallen dennoch, der Herr Ritter nahm an der Empörung teil, war wenigstens bei den Zusammenkünften, und drum wird er schließlich froh sein, wenn er anstatt seiner Truhen den Kopf ganz behält! Nur bitt ich, Jörgchen, sorg dafür, daß mir alles gewaschen, ordentlich gewaschen hierhergebracht wird, mein Magen versagt mir den Dienst.«

Noch kurze Zeit sprach man von dem und jenem, bis schließlich Herr Michna zu Moller sagte:

»Wohlan, Herr Sekretär, du begleitest mich nun auf die Diele, nimm das Täfelchen mit, dort liegt es in Fischhaut gebunden, es wird gut sein, wenn du dir merkst, was sie sagen, es ist gut, einen Zeugen zu haben, wenn mit so behutsamen Nachbarn verhandelt wird. Ihr aber, Herren, verzeiht, wenn es an der Bewirtung mangelte, ich habe noch nicht alles so geordnet, wie sich's gebührt; bin, wie ihr wohl wisset, erst den vierten Tag hier, aber ich bring es mir hier in Ordnung, sobald es ruhig wird, werde mir hier einen Palast bauen, daß mich die stolzesten der Adeligen drum beneiden werden! Gott befohlen, ihr Herren, auf Wiedersehen morgen in der Kanzlei!«

Als die sich entfernenden Herren Sekretäre und Juristen die Diele durchquerten, trafen sie auf die Prager Deputation. Neun Männer standen und saßen da auf der Bank an der Wand. Unter ihnen war der recht wohlbeleibte Siegmund Celestin, Johann Kirchmajer, Vokoun, die die Weggehenden höflich begrüßten. Auf den Mienen aller dieser Abgesandten breiteten sich Kummer und Trauer aus.

In der unteren Diele stellten sich den Herren zwei hübsche, hochgewachsene, üppige Mädchen in den Weg, von denen die eine einen blauen und die andere einen zimtfarbenen Rock aus Taft trug; beide hatten hellgeblümte Busentücher. Die Sekretäre und Juristen spießten die Mädchen schier mit ihren Augen auf. Der feiste Herr Kapr sagte sachkundig zu Moller, daß Michnas Gustus weder blind noch unerfahren sei, und selbst draußen noch schielte er mit unruhigen und begehrlichen Äuglein nach den Jungfern.

Als Michna die Herren von den Prager Räten begrüßte und beinah gutnachbarlich willkommen hieß, wollte Herr Siegmund Celestyn im Namen aller eine vorbereitete Ansprache vorbringen, verhaspelte sich aber nach dem zweiten Wort so, daß Johann Kirchmajer sich in verzweifelter Erregung zweimal mit der Hand die falschen Haare festpreßte, dann, das Wort ergreifend, selbst anhub und nach ein paar unterwürfigen Schmeicheleien zum gnädigen Gönner sprach: »Wir waren inmitten des Aufruhrs unserer Köpfe nicht sicher, wir waren nicht mit allem einverstanden, von vielem wußten wir nicht einmal, als dann jener Pfalzgraf aus der Stadt zog, da hatten wir insbesondere darauf Bedacht, daß die Landes-Privilegien, die Krone und andre Dinge, die von der Burg in die Altstadt gebracht wurden und hart daran waren, weggeführt zu werden, nicht aus der Stadt gebracht werden, was wir auch zuwege brachten, so daß sie in der Stadt verblieben und im Rathaus hinterlegt sind, dann lieferten wir sie dem Herrn, Ihro Gnaden dem Fürsten von Bayern, aus und wurden in Gnaden aufgenommen und –«

Michna unterbrach die lange Rede mit den spitzen Worten, er kenne ihre Verdienste, wisse auch, daß der Pfalzgraf, der sich König nannte, vor seiner Flucht bei Kirchmajer genächtigt habe.

Als der Primas, dem die Schweißtropfen auf die Stirn traten, die Hände emporhebend auf diese Worte etwas erwidern wollte, sagte Michna mit herzlicher, heiterer Stimme: »Nun denn, ich versteh doch, daß ihr die schöne englische Prinzessin nicht unhöflich über Nacht auf der Gasse lassen konntet. Was begehrt ihr also?«

»Wir wurden in Gnaden aufgenommen, aber das Heer plündert und quält uns trotzdem unerträglich, wir werden derart erniedrigt und bedrängt, daß wir nicht das Haupt erheben können, wir bitten Ihro Gnaden um Fürsprach bei den Herren obersten Generälen!«

»Das will ich tun und bürge dafür, daß das Spolieren aufhört, eh der Tag verstreicht; jetzt bekümmert euch nur um Geld und Proviant, ich bin zum obersten Proviantmeister bestellt und will weder bei euch noch bei den Generälen unnötige Ungelegenheiten haben, das Geld müsset ihr in barer Münze haben, sonst wird das Heer mit euch noch ärger umspringen, als es jetzt tut. Unterdes entfällt auf euch bloß die Bezahlung der höheren und niederen Offiziere, den gemeinen Knechten werden täglich je acht Kreuzer gezahlt, das wollen wir den adeligen Herren und den wackeren böhmischen Rittern aufhalsen. Die Prager Städte haben wöchentlich für die Offiziere 676 Rheinische zu bezahlen« – (zu Mollerus gewendet) »So haben wir es berechnet, Herr Sekretär? – zehn Regimenter liegen in den Städten von Prag, das macht wöchentlich 6760 rheinische Gulden!«

Entsetzen befiel die Prager Deputation. Sie blickten einander an. Jeder jammerte in kurzen Worten, wie er es vermochte. Mancher stieß auch nur hervor: »Heilige Jungfrau!«

Kirchmajer sagte, fast weinend: »Euer Gnaden, geschätzter Herr, durch Gott und unsere Pflicht bezeugen wir, daß wir hierzu die Mittel nicht hernehmen und aufbringen können, wir können nicht soviel auftreiben!«

Michna fuhr sich mit seinen gelblichen und behaarten Fingern über die Augen und setzte fort, als hätte der erste Schöppe von Prag kein Wort gesprochen: »Nebstdem rechnet für jedes Regiment ein Siebeneimerfaß Wein zur Aufbesserung für die Soldaten, ihnen ward versprochen, wenn sie siegreich in die Stadt einziehen, daß sie Wein kriegen, jeder Offizier muß einen Eimer Wein allein für sich erhalten.«

Celestyn stieß aufgeregt hervor: »Daß doch, da wär ja –« stammelte er und begann, erbärmlich zu stottern. Die übrigen sagten wie im Chor, daß soviel nicht aufzufinden sei, soviel Wein gäbe es nicht in Prag, die Soldaten hätten schon viel ausgetrunken.

»Diese Auflage verteilet welcher Art immer unter den drei Städten und dann unter euch, wie ihr selbst für gut befindet«, sprach Michna mit stets freundlicher Stimme, mit lächelndem Gesicht, nur in den Augenblicken, wenn sich seine schmalen Lippen beim Lächeln öffneten und seine rostbraunen Zähne sichtbar wurden, machten plötzlich er und seine Worte einen giftigen Eindruck. Der Herr fuhr fort: »Da jener arge und weithin Funken sprühende Brand des ungerechten böhmischen Krieges schon so gut wie gelöscht ist, müsset ihr und die beiden höheren Stände den Aufwand für diesen Krieg aus eigener Habe tragen, wer denn sonst? Das ist doch die gerechteste Sach unterm Himmel, daß jeder bezahlt, was er für sich bestellt. Diese Woche werdet ihr auch 24 000 Laib Brot bakken lassen müssen, den Laib zu drei Pfund, sagt den Bäckern, wenn ein kleinerer gefunden wird, daß eine Buße fällig wird, die Soldaten haben die unschöne Gewohnheit, Fälscher unter den Bäckern zu hängen!«

Darauf fand keiner der vorn stehenden Abgesandten mehr eine Antwort. Sie wandten sich bloß stumm den anderen zu, die weiter hinten standen, was die dazu meinten.

Einige stierten vor sich hin, andre lauschten mit aufgerissenem Mund. Einer von diesen, ein Bäckermeister aus Poříčí, sagte: »Dazu werden sechshundert Strich Mehl nicht genug sein, woher soviel Mehl, woher das Getreide nehmen; niemand bringt was zur Stadt und wird's auch weiter nicht bringen wegen der Kriegswirren. Sei's drum, wir würden schon backen, aber womit?«

Michna kannte kein Erbarmen: »Der allerhöchste Herr General Buquoy fordert von den Pragern eine Unterstützung für seinen Stab, ihr sehet doch ein, daß der Herr, solange er in Prag bleibt, nicht gebunden ist, Küchenmeister, Stallmeister, Lakaien, Tafeldecker, Leibjäger und weiß der Teufel, wer noch zu seinem Stab gehört, aus eigenem zu unterhalten, er will 130 Rheinische die Woche. Mich dünkt, so ist es, ich weiß es nicht auswendig, Herr Sekretär, such bitte in meiner Schreibstub am Tischchen nach, es wird wohl das erste Blatt obenauf sein!«

Mollerus schob sich schwer und träge vom Tisch. Kaum hatte er die Tür geschlossen, nahm Michna Kirchmajer unter den Arm und sprach vertraulich, weich: »Wie gedenkt Ihr wegen des bewußten Dorfes Smíchov zu entscheiden, ich will nicht den Schaden der Altstädter Gemeinde, das will ich nicht, Gott sei mein Zeuge, wenn Ihr mir das Dorf abtretet, will ich bezahlen, was der Anstand fordert!«

Kirchmajer preßte die falschen Haarlocken an

seinen heißen Schädel, so daß er deutlich spürte, wie das Blut darin dröhnend hämmerte. Er müsse, sagte er zaghaft, diese Sache dem Rat und der Gemeinde vorlegen.

»Die Gemeinde darf nicht zusammentreten!« lehnte Michna entschlossen ab und schloß mit den Worten: »Bedenket Euch kurz!«

In diesem Augenblick kam Mollerus mit der Liste. Der Herr warf einen Blick darauf und verkündete sogleich: »Für seinen Stab will er 150 rheinische Gulden wöchentlich, ich war im Irrtum. Ermahnet euere Nachbarn streng, den Soldaten, die bei ihnen im Quartier liegen, die anbefohlenen Portionen richtig zuzumessen, ein Maß Bier und ein Pfund Fleisch für eine jede Person; die Bierverleger, die reichen Prager Brauer, werden zweifellos manch ein Faß umsonst hergeben, auch die Fleischer können manch einen Zentner Fleisch herschenken, die jüdischen Fleischhändler schicken schon das Fleisch als Geschenk, euere Meister wollen sich doch nicht von den Juden auf die Dauer beschämen lassen –«

Die Schöppen der drei Prager Städte sagten nichts mehr. Sie hoben bloß ihre Hände ein wenig in die Höhe oder falteten die Handflächen gleichsam bittend zusammen.

»Sollet auch Hafer, Heu und Stroh vorbereiten, auf daß kein Übel geschehe. Auf je ein Pferd wird täglich ein halber Strich Hafer, acht Pfund Heu und, mich dünkt, drei Bund Stroh die Woche gerechnet. Wieviel Stück Pferdevieh zu nähren sind, weiß ich nicht, die Gemeinde erhält schriftlich Bescheid darüber, unterdes sorgt euch nur vor. Viele Soldaten in den Quartieren sollen gar unzufrieden sein mit den Servizien, müssen, wie's heißt, sich selbst Holz suchen, euere geizigen Nachbarn geben ihnen kein Licht, kargen mit dem Salz, kurz die Servizien, als da sind Heizung, Licht und Salz, sollen sie bereitwilliger und besser leisten, darob gibt es Geschrei, und ich hörte, daß manch ein Hauswirt samt Hausfrau von verdrossenen Soldaten verprügelt wurden: ihr jammert über die Plünderungen durch das Kriegsvolk, kann sein, daß die Nachbarn das Spolieren durch ihre Knauserei selbst verschulden. Krieg ist Krieg. Beinah hätt ich vergessen: In die Spittel, namentlich am Strahov, werdet ihr den verwundeten Soldaten sechs Seidel Bier je Kopf schicken müssen.«

Die Schöppen standen schon wie Statuen da und schwiegen. Manche blickten zur Tür. Dachten vielleicht, wenn sie schon draußen wären, entgingen sie weiteren Schicksalsschlägen und schlimmen Befehlen.

»Eure Salpetersieder mögen hundert Zentner Pulver vorbereiten, den Aufwand werdet ihr wenigstens zum Teil auf die Steuer in Abschlag bringen, da werd ich euch einige Erleichterung gewähren können.«

Mit solch gnädigen Worten und Versprechen entließ der Herr die stumm gewordenen Schöppen der drei Prager Städte. Er reichte jedem gütig die Hand, blickte ihnen aber nicht allzusehr in die Augen, das war nicht der Herren Brauch. Seine braunen Augen irrten immer eher seitwärts.

»Noch eine Kleinigkeit«, rief er dem aufbrechenden Kirchmajer nach, »dem Kutscher, der die Standarten, die dem Feind am Weißen Berg abgenommen wurden, nach Wien bringt, habt ihr acht Rheintaler zu geben, dem militärischen Geleit gebt ihr nichts, diese Erleichterung hab ich für euch unserer alten Nachbarschaft und Freundschaft wegen erwirkt, der Herrgott geleit euch, wegen jenes Dorfes überlegt wohl! Der Herrgott geleit euch!«

Der Herr begleitete die Schöppen bis zur ersten Treppenstufe. Zurückgekehrt, sprach er zu Mollerus: »Der Teufel hat ihnen ihre Rebellion wunderlich mit dem Schwanz gerührt. Werden sich an mancherlei Unangenehmes gewöhnen müssen! Geh nicht fort, mein lieber Herr Sekretär, geh nicht fort, ich habe noch was auf der Zunge, eine Neuigkeit für dich, eine Neuigkeit. Du kennst den Fürsten Lichtenstein, oder kennst du ihn nicht?«

»Wie sollt ich ihn nicht kennen? Aber er hat nicht mit mir gesprochen.«

»Als ich gestern abend mit ihm deinethalben verhandelte, schloß er das kleinere Auge ganz und kniff das größere recht verdächtig zusammen, er glaubt dir nicht, wahrscheinlich hat dich jemand verleumdet, die beiden dicken unfreundlichen Muskeln, die von seiner Nase zur Stirn gehen, krausten sich, als er von dir sprach, er sah aus wie ein Käuzchen, aber ich nahm dich in Schutz, halte meine Hand über dich. Die Neuigkeit ist jedoch andrer Art: du wirst das Haus bekommen können, das nach Bílek verbleibt!«

»Wie das?«

»Bíleks Nachbar, ich glaube, daß er Jungmaier heißt, gab an, Bílek habe geraten, die Katholiken zu erschlagen, daß er in eine Verschwörung verwickelt war!«

»Das ist ganz sicher eine Lüge, Bílek ist ein eifriger Protestant, aber sonst nichts.«

»Nun gut, ich versteh, es ist hübsch von dir, daß du ihn in Schutz nimmst, bist sein Verwandter!«

»Bin's nicht, glaub aber nicht, daß Bílek, der alte Bílek, morden wollt.«

»Dran liegt es nicht mehr, Bílek ward vom Vogt in Haft genommen und ist dort schwer erkrankt; tät am klügsten, wenn er stürbe. Das Haus wird dein sein, und wehr dich nicht mehr! Wir sollen doch einigen Vorteil haben für die mühselige Arbeit, mit der wir im Amt unsere ständige Not haben!«

Der Herr betrat die Schlafkammer, die von einer prächtigen, mit Seidenhimmel ausgestatteten und so großen Bettstatt eingenommen wurde, daß vier Personen bequem darauf liegen konnten.

»Etwas kriegst du, lieber Sekretär«, sprach der Herr zu Mollerus, »du nicht, deine Kinder, aber du wirst es ihnen bringen!«

Darauf nahm Herr Michna zwei Kinderschießgewehre und eine in roten Atlas gekleidete Puppe mit gemaltem Gesicht vom Bett und reichte sie Mollerus.

Mollerus nahm das dargebotene Geschenk für seine Kinder an, dankte dafür herzlicher, als es seine Gewohnheit war, sagte aber doch, er wisse nicht, warum der Herr seiner und seiner Kinder so gütig gedenke.

Und am Heimweg überlegte er ständig, warum der Herr, der die Kinder doch nicht einmal gesehen, warum, warum –

»Und der Herr, der ist eine Meeresspinne, den kenn ich, er hat gierige, flinke Hände, stellt Wild und

Vögeln Fallen, der Herr gibt nicht umsonst – ich seh mich vor!«

Herr Paul Michna blieb allein, jedoch nicht lange. Ein Arzt, ein Chirurgus, erschien. Es dämmerte schon.

Der Chirurgus, ein kleines, rühriges, sehr gesprächiges Männchen, war schon beim ersten Anhören als ein Menschlein mit sehr dürftigem Rüstzeug zu erkennen.

Er brachte dem Herrn kleine Polsterchen, mit denen das Podagra besänftigt wird, und legte sie auf den Tisch.

»Podagra, die Herrenkrankheit, die Herrenkrankheit«, zwitscherte das Männchen, »macht sich die Füße untertan und wirft die Menschen in die Federn, aber Ihro Gnaden bringt es noch nicht so bald zu Fall. Dem wehren wir, wehren wir, wir wissen, was not tut, der Körper ist ein subtilisch Gerät, doch verstehen wir uns darauf, wollet Ihro Gnaden Euch heut abend vor dem Zubettgehen leichtlich Kopf, Hände, Buckel und Füße reiben und kraulen lassen, auf daß sich die Nahrung in den Gliedmaßen verteile und – – –«

»Ei, laß mich in Frieden, du Schwätzer, mit deiner ungehobelten Zunge, die Polsterchen bezahl ich dir, morgen in aller Früh kommst du mich barbieren, und weitere Ratschläge schenk dir, ich hielt mich bislang und halt mich fürderhin an die wahrhaftigen, bewährten Verse:

Balnea, vina. Venua corrumpunt corpora nostra,
Restituunt eadem balnea, vina, Venus.

Verstehst du, und das ist mein Rezept, Bäder, Wein, Liebesspiel, verstehst du, du Pfläumling?! Im Bad war ich morgens, jetzt habe ich aufgehört zu trinken und erwarte die Venus. Und schau schon, daß du fortkommst, geh!«

Der Chirurgus sprang frohgemut davon.

Wossrtrink brachte Wein und kalte Wildbretpastete und erhielt den Befehl, die Diele zu verschließen und nicht mehr zu kommen.

Der Herr fand in der Einsamkeit keine Ruhe. Er blickte jeden Augenblick nach der achtkantigen Uhr, auf deren Gehäuse Tier- und Kindergestalten eingraviert waren. Immer wieder schaute er in den großen venezianischen Spiegel. Er öffnete das Türchen zur Schlafkammer, öffnete das Türchen aus der Schlafkammer zur geheimen Treppe – ließ beide Türen offenstehen, ging ungeduldig auf und ab.

Plenus timoris amor. Die Liebe ist voll Ungeduld und Furcht – –

VII

Wehe den Besiegten

Es schmerzte Kampanus im Herzen, als der Pedell Jičinský starb, der gutherzige Mensch, der der Universität treu und vollends ergeben war, von den Studenten allzuoft gequält und gehänselt. In der Befürchtung, daß die Kollegen es nicht gestatten könnten, lieh Kampanus eigenmächtig zum Begräbnis das prächtige damastene Bahrtuch her, das nur für die Begräbnisse der gelehrten Magister der Karlsakademie, nicht jedoch für ihre Dienerschaft bestimmt war.

Studenten und Schulmagister aus Prag gab es beim Begräbnis nur wenige, woher sollten sie auch kommen? Die Schulen waren leer und ebenso die Kollegien. Die jungen Stimmen lärmten nicht mehr so laut in den Gängen wie einstens.

Das Schicksal sorgte zur rechten Zeit dafür, daß die Magister sich nicht lange über den Tod ihres treuen Dieners grämten und auf andre Gedanken verfielen.

Bei grimmiger, beinahe tatarischer Kälte kam, die verschneite Pelzmütze mit Ohrlappen aufgestülpt, der Bauernvogt von Počernice zu Magister Kampanus und erzählte, indem er die Mütze vom Kopf zog, ganz verschreckt, daß ein Priester, der sich Barmherziger Bruder nannte, mit Soldaten in das

Dorf gekommen sei und durch einen Dolmetscher habe verkünden lassen, er nähme das Dorf für ein Spital in Besitz, der Vogt und die Gemeinde mögen sich nicht mehr an ihre bisherigen Herren wenden, die Herren Magister würden nicht mehr ihre Herren sein, er befahl sogleich einem seiner Schreiber, alles aufzuschreiben, selbst in den Bauernhütten machten sie Verzeichnisse und befahlen, nichts anzurühren.

Kampanus berief daraufhin aus den benachbarten Habitationen Magister Troilus und Magister Jörg Šultys. Das war ein Schlag! Aus Počernice kam ein wesentlicher Teil des Unterhalts für die Professoren. Jetzt, bei so schrecklichen Zeiten, sollten sie um das Stückchen Brot kommen, sie, die auch ohne dieses Dorf arme Teufel waren!

Kampanus, der besorgt die Stirn in Falten legte, meinte, das Dorf Počernice habe seit Menschengedenken ohne Behinderung durch die ruhmvollen Kaiser und Könige dem Kolleg Kaiser Karls angehört und könne daher nicht so leicht geraubt werden, das werde wohl ein Mißverständnis sein. Šultys fluchte sogleich aller heiligen Sakramente und trieb seinen Spott damit, daß jener Bruder ein Barmherziger heiße. Troilus biß sich den Bart und schwieg.

Die absonderliche Gruppe der drei gelehrten Männer, die voll Verlegenheit und Zorn vor dem Bauern standen, von dessen Gewand und Stiefeln der schmelzende Schnee tropfte und eine Lache bildete, wurde von Herrn Cartesius, dem Offizier, überrascht.

Als er sie angehört hatte, wußte er keinen Trost. Lateinisch sprach er: »Jenen Pater kenne ich wohl, das ist Savonatius, vicarius Germaniae und der Spittelbruder des Fürsten von Bayern, wenn er das Dorf in Besitz genommen hat, dann richtet ihr nichts aus, sicherlich nahm er es mit Erlaubnis höherer Herren, nahm es laut Kriegsrecht. Verschmerzet das Dorf!«

Die Magister, die sich nicht an diesen Rat halten wollten, kamen überein, daß zwei von ihnen zum Barmherzigen Bruder gehen sollten, um ihn wegen seiner Anmaßung zu rügen.

An diesem Tag wollte den Magistern das Mittagbrot nicht munden.

Einige Tage darauf nahm der junge Magister Cartesius von den Professoren freundlichen Abschied. Er umarmte Kampanus lange, und sie küßten sich aufrichtig.

Die Soldaten verließen das Kolleg. Auch der alte, kurzatmige Großvater Revír zog mit dem kleinen Hänschen in sein Häuschen unweit von St. Linhart fort.

In Prag wurde es stiller, ein Teil des Heeres zog ab, und den Plünderungen des Kriegsvolkes, die ihren Höhepunkt erreicht hatten, ward durch ein Patent Lichtensteins Einhalt geboten, mit dem jener allen, die zu Schaden kämen, befahl, sich eilends an den nächsten Wachtposten zu wenden, der ihnen Hilfe bringen würde. Zur Bekräftigung und Einschüchterung wurden ein Soldat und ein Lump aus Prag auf dem Ring aufgeknüpft.

Darüber erschraken die Soldaten und das gemeine Volk, das auf ihre Rechnung raubte. Tagsüber öffnete man schon überall die Läden, des Nachts jedoch nach dem Läuten durften nicht mehrere Menschen zusammen auf der Straße sein, auch durften sie nicht ohne Fackeln oder anderes Licht bleiben. Als einst Šultys des Nachts mit drei Freunden daherkam, trieb sie der Wachtposten auf dem Ring auseinander, weil bloß zwei zusammen gehen dürften. Fast wäre er in Haft gesetzt worden.

Inmitten dieser Beruhigung lebte die Karlsakademie ein wenig auf.

Anfang Dezember fanden ein paar Vorlesungen statt, die Professoren wählten Kampanus zum Rektor, da Doktor Jessenius sich noch immer nicht aus seinem Versteck ans Tageslicht wagte. Magister Basilius kündigte am Tor des Großen Kollegs Vorträge an, kam jedoch nicht hin; auf irgendeine absonderliche Empfehlung hin wurde er Sterndeuter des Fürsten Lichtenstein, und Šultys verbreitete von ihm sehr unvorsichtig, daß er schon deshalb aus der Akademie verjagt werden sollte. Ansonsten verspottete er die Sterndeuterei des Professors Basilius, da sei Lichtenstein an den Rechten geraten.

»Ich glaub schon, daß es vielerlei rätselhafte Dinge gibt und daß die Planeten manches erraten lassen, erinnert euch aber daran, daß er vor drei Jahren im Druck erklärte, der Komet habe Stinkendes aus der Moldau aufgenommen, daß es bei uns Unfrieden geben werde, die Böhmen jedoch siegen werden. Sauber haben wir gesiegt!«

Die Vorträge fanden nur vor wenigen Schülern statt. Die Studenten konnten nicht einmal in den Kollegien ins Quartier aufgenommen werden, denn in manchem Kolleg wohnten Soldaten, und in einem anderen Kolleg erwartete Rektor Kampanus jeden Augenblick Soldaten.

Nach langer Pause, voll Trübsal und Jammer, voller Angst, die wie ein schlimmer Wind vom Weißen Berg her wehte, konnte Kampanus sich endlich wieder den Musen widmen. Gern zog er sich in die Abgeschiedenheit seines Zimmers zurück, namentlich in den Stunden, in denen ihn aufs neue Trauer und Angst überfielen.

Er fühlte die Wahrheit der Worte des Livius, daß ein bewegter, unruhiger Geist in der Arbeit Nahrung und Ruhe finde – animus inquies pascitur opere –, verabschiedete sich mit einem hübschen Vers von Gottlieb Jičinský, dem seligen Diener der Akademie, der dahingeschieden war, um auf dem Friedhof bei der Universitätskapelle in Frieden zu schlafen, grüßte wiederum in Versen die böhmischen Städte, die er namens der Musen einlud, in die von Karl dem Landesvater begründete ruhmreiche Schule Studenten zu senden.

In solchen Augenblicken, in denen er mit den Musen koste, wandelte er im Licht und sah die Schatten nicht, die in seinem Rücken länger und schwärzer wurden.

In die Wirklichkeit, aus der er flüchtete, ward er einige Male lieblos und gewaltsam durch schmähliche Verse und Pasquille zurückversetzt, mit denen elende Menschen die tschechische Nation begeiferten. Von solchen Liedchen wimmelte es, sie waren lateinisch, deutsch und leider auch tschechisch. Die schmerzten Kampanus am meisten. Von den lateinischen erregte ihn aufs höchste ein gereimtes Pamphlet, das, von Rybaldus Peruanus verfaßt, irgendwo in »Utopia« mit Genehmigung »Moschovitarum« gedruckt war.

Er erkannte sogleich, daß sich hinter diesem Namen irgendein erbärmlicher Tscheche verbarg, erriet aber nicht, wer es war. Er dachte auch an Mollerus. Wohl glaubte er, daß dieser Mensch zu allem fähig sei, sah aber ein, daß viele andere Leute sich bei den Siegern einzuschmeicheln suchten, so daß es zu guter Letzt nicht leicht war, mit Sicherheit herauszufinden, welcher tschechische homo litteratus diese oder jene gereimte Schändlichkeit verübt hatte.

Gegen jenen Indianus oder Peruanus jedoch, jenen Rybaltus oder Landstreicher, den Sittenverderber, den eine tschechische Mutter in der Stunde der Verdammnis geboren hatte, muß Kampanus ein strafendes Epigramm schreiben und zur Vergeltung drucken lassen. Er muß jenem schmählichen Tschechen, der mit der Feder die Tschechen schmähte und mit seinem Giftzahn zerfleischte, sagen, daß all seine Verwünschungen auf das Haupt des Autors fallen, daß der Name Rybaltus auf ihn zutreffe – ebenso wie der Name Peruanus, denn auf jedem Blatt sei seine barbarische Sinnesart kenntlich. Soviel genügte als Antwort, soviel muß er sagen. So schrieb denn der Meister des Epigramms:

»*Omnes dilaceras cum, Petre Boheme, Bohemos,*
In caput authoris tot maledictis cadunt.
Rybaldi nomen tibi convenit et Peruani:
Barbara mens quovis cernitur in folio.«

Eben war er mit dem Schreiben zu Ende, als aus dem Vorzimmer schwere Schritte laut wurden. Die weiße Klinke klapperte, die Tür öffnete sich, und herein trat ein sehniger, stattlicher junger Mann, den Kampanus sogleich erkannte und begrüßte.

Knobelius.

Er war nicht mehr Soldat. War wie ein Bürgersmann oder ein Baccalaureus in einen langen Tuchrock mit wohlfeilem Lammfell gekleidet.

Kampanus reichte seinem ehemaligen Schüler beide Hände, der ergriff sie mit unbeholfener Innigkeit. Sogleich machten sie einander das Geständnis, daß sie, als sie sich zum letzten Mal sahen und Abschied nahmen, keinesfalls auf ein Wiedersehen gehofft hatten.

Als Knobelius sich auf den angebotenen Stuhl gesetzt hatte, bat er um die Stelle eines Schulrektors in Prag.

»Der Stellen gibt es genug«, sprach Kampanus, »der Schüler jedoch nur wenige, alles läuft zu den Jesuiten, und die Pfarrschulen stehen zur Hälfte leer. Wie erging es dir, Magister, im Krieg, warst du in der Schlacht – hier – in der unseligen Schlacht – vor dem Tor?«

»Ich ward in ebendieser Schlacht gefangen, nun, man hielt mich für keine kostbare Beute, keiner der Offiziere mochte mich als Beute haben, als er erfuhr, ich sei Schulmeister, wußte wohl, daß das Lösegeld nicht erheblich sein wird. Und doch entließen sie mich nicht gleich. Unser siebenhundert Gefangene trieb man in die Städte von Prag. Ich vergess' mein Lebtag nicht, reverendissime, wie sich mein Herz zusammenkrampfte, als man uns am Tor warten ließ, bis von St. Klement her die größten Widersacher und mit ihnen Michna und andere ihrer Schoßhündchen den Weg in die Stadt nahmen. Wir, die gefangenen Soldaten des geschlagenen böhmischen Heeres, standen vor der aufgezogenen Brücke auf der Straße und dienten den zurückkehrenden Patern und anderen Widersachern als Zier und Fest; mir war, als riß man mir die Eingeweide aus …«

Kampanus blickte gedankenverloren zu Boden.

Ein Weilchen herrschte schweres Schweigen.

Bis Knobelius wieder anhub zu erzählen: »Aber noch schmerzlicher drückte es mich, zu sehen, wie die Schöppen vom Burgviertel, von der Kleinseite – auch Herr Professor Basilides war unter ihnen und eine Menge der Unseren, Leute utraquistischen Glaubens –, wie sie die Priester begrüßten, ihnen mit den Hüten zuschwenkten, ihnen entgegenriefen: ›Seid willkommen!‹, wie sie sich an sie herandrängten und riefen: ›Kennet ihr mich? Kennet ihr mich?‹ Da fühlte ich, daß in vielen unserer Menschen etwas Niedriges, Hündisches steckt, und wenn ich mich darauf besinn, wie hochmütig jener hölzerne Pater Koronius, der Kollegsrektor, einherschritt, wie seine schwarzen Augen vor Freude und Hochmut leuchteten, befällt mich Zorn über mich selbst, daß ich ihm nicht an die Kehle gesprungen bin!«

»Damit hättest du nichts erreicht«, sprach Kampanus ruhig, »die Jesuitenbrüder sind da, kaufen Häuser, haben volle Schulen, dem könntest du mit Würgen nicht Einhalt tun.«

»Gott im Himmel, das sind wunderliche Veränderungen!« ließ sich Knobelius nach einer Weile dumpfen Schweigens hören, »heut kam ich eben dazu, als der Erzbischof auf dem Burgviertel einzog, er hatte wohl gut zweihundert Pferde bei sich, ich merkte, daß manche Schweif und Mähne mit Türkenfarbe bemalt hatten, der Herr kehrte allzu geschmückt zurück; unten an der Überfuhr erblickte ich ein hübsches Andenken an die Schlacht beim Sternschloß – dort ist bei der Überfuhr das Eis weit und breit ausgehackt – Fischer zogen eben einen recht aufgequollenen Ungarn in engen Hosen aus dem Wasser, durchsuchten Pelz und Hosen, nahmen ihm sein Geld ab und warfen ihn wieder ins Wasser, ehe die Moldau zufror, soll man täglich einen von diesen trunkenen ungarischen Helden herausgezogen haben, die so eifrig und blindlings vom Weißen Berg Reißaus nahmen, daß sie sogar ersoffen. Ihr, Magnifizenz, habt wohl nach der verlorenen Schlacht schreckliche Tage, schreckliche Stunden durchlebt?!«

Kampanus fuhr sich mit der Hand über die Stirn und antwortete nicht sofort.

Im Ofen rumpelte es, jemand legte von außen ein Scheit auf das Feuer.

Ein Weilchen später knüpfte Kampanus an den Vers des Vergil an, wie jene Königin dem Aeneas befahl, durch die Erinnerung unsagbaren Schmerz zu erneuern, ebenso nötige Knobelius ihn dazu, infandum renovare dolorem.

»Mein lieber junger Freund«, sprach Kampanus, »am ärgsten waren die ersten Stunden, als die trostlosen Nachrichten eintrafen und sich verbreiteten. Ich sah jene Ungarn wie tolle, scheu gewordene Pferde fliehen, ihnen nach flohen sogleich die Nachbarn von der Kleinseite mit Weib und Kind über die Brücke in die Altstadt, um ihr Leben zu retten, der Schrecken wuchs, es gab höllischen Rumor, das Heer vom Weißen Berg strömte hier in den Städten zusammen, blieb auf Gassen und Plätzen zerstreut liegen, Hunderte Feuer wurden von jenen Menschen entfacht, dran wärmten sie sich die ganze Nacht – und meistenteils schwiegen sie. Dieses hartnäckige Schweigen ihrer zusammengepreßten, vor Kälte blau gewordenen Lippen war beredt, klagte an, weinte, fluchte. Ein wehmütiger Anblick, dieses stille, schweigsame Heer.«

Wiederum fuhr sich Kampanus mit der Hand über die Stirn, als wollte er das wehmütige Bild verscheuchen.

»Und der König?« faßte sich Knobelius ein Herz, zu fragen.

»Der König kam mit der Familie auch in die Stadt herabgelaufen. Einige der Stände rieten, sich der Gegend beim Wasserlauf zu bemächtigen; zweimal traf ich Veleslavín, der mit einem Trommler durch die Gassen rannte und rief, Söldner und Bürger sollten sich bis zum letzten Tropfen wehren, sollten wie die alten Tschechen gegen Siegmund mit Lob und Glück gegen ihre Widersacher aufbrechen. Sein Rufen war vergebens. Der Trommel folgend sammelte sich spärlich wehrhaftes Volk, die in den Gassen lagernden Soldaten rührten sich nicht. Einer der Offiziere – ich stand dabei – sagte, Prag werde sich schwerlich halten, der Gewalt wird Prag nicht widerstehen, und wenn der Feind einen Feldtrompeter ausschickt, dann möge Prag sich nur schnell ergeben! Es war greulich, solche Reden anzuhören. Wir im Kolleg durchwachten die Nacht und weinten alle. Wir weinten mit Wehmut im Herzen. Ich wünschte, Freund, vor dem Morgen zu sterben, um nicht zu sehen, nicht zu hören!«

»Ich glaub, die Prager Städte hätten sich halten können, wir Gefangenen trösteten uns morgens nach der Schlacht mit dieser Hoffnung, als wir merkten, daß die Sieger sich nicht rührten.«

»Gerade morgens war alles entschieden. Als der Morgen graute, stürmte Hornerschall und Getümmel in den Gassen, der König und die Frau Königin mit ihrem Hofstaat fuhren zum Kuttenberger Tor – nur hinaus – nur fort; sie eilten gen Osten, während der Sieger unterdes auf der anderen Seite an das Tor pochte. Wir gingen, diese traurige Abfahrt zu sehen. Viele böhmische Herren und auch Fremde und die Heerführer umringten den König. Zweihundert ausgewählte Reiter sammelten sich am Tor. Der König ward gar ungeduldig, bis man vom Bürgermeister die Schlüssel brachte. Das Volk stand dicht, und neue Mengen strömten herzu. Sie glaubten nicht an den Abzug des Königs und der Herren. Manche begannen zu rufen: Geht nicht fort! Dann schrien andere schon kühn: Geht nicht fort! Der König und die Königin waren bleich wie dieses Tischtuch da. Herr von Roupov versprach laut: Sorget euch nicht, wir fahren nicht von euch, wir kommen wieder, bleiben dauernd da! Auch Herr Berka sagte laut was Ähnliches. Die übrigen Herren schwiegen, manch einer sah wie schuldbeladen zu Boden. Ich seh noch jetzt deutlich, wie Veleslavín bitter lächelte. Dies traurige Lächeln besagte, daß Herr von Roupov log. Mir kommt auch mancherlei an unserem unglückseligen Kampf wie eine riesige, gewaltige Lüge vor. – Wir waren in fremder Hand, vertrauten auf Fremdlinge, bei ihnen und auch bei den Unsrigen lauter Unaufrichtigkeit. Ei nun, vorbei! Als am Tag nach der Schlacht das Tor geöffnet ward, da jagten alle, deren Pflicht es war, hier zu bleiben, geschwind hinaus, daß der Kot über Roß und Wagen spritzte. Dann machten sich noch stundenlang gar viele der Reicheren durch das Tor auf die Flucht, ein großer Teil des geschlagenen Heeres zog aus – und was sollten sie auch hier – die Generäle waren fortgeritten –«

»Ich hörte, daß einige Generäle schon in Gnaden aufgenommen sind, Hohenlohe soll in Wien Geheimer Rat geworden sein, ich denk auch, wir wurden verkauft.«

»Mein lieber junger Magister, du würdest nicht glauben, wie zwerghaft die Leute aller Stände waren, als die Sieger, der Fürst von Bayern mit Buquoy, auf dem Burgviertel eingezogen. Ich will nicht schmähen, denn die Prager Städte wurden von jenen im Stich gelassen, die für den Glauben und dieses Land ihr Leben einzusetzen gelobten; alle wurden sie von Angst befallen, wußten nicht, bei wem Unterschlupf suchen. Ich will nicht schmähen, aber ich schäme mich ihrer aller. Manche vergaßen sich soweit, die Sieger dessen zu versichern, daß ihnen deren glücklicher Sieg große Freude bereite, daß sie mit großer Begier ihrer gnädigen Befehle harren. Die Stadträte huldigten und bekannten ihre Verirrung, flehten und fielen auf die Knie, damit den Gemeinden ihre Privilegien erhalten blieben; der Primas der Kleinseite oder der Altstadt, ich weiß nicht welcher von beiden, soll den Fürsten unter Tränen gebeten haben, er möge geruhen, größere Beschwerlichkeiten nicht zuzulassen, wofür ihn Gott der Allmächtige vor allem Bösen und Unglück bewahren und er im himmlischen Königreich reichlichen Lohn finden möge. Herr Kavka von Říčany, der bei der Königswahl als erster dem Pfalzgrafen seine Stimme gab, soll sich auch als erster an die Sieger herangedrängt haben, um Gnade zu finden, Wilhelm Lobkovic, der die Statthalter aus dem Fenster stürzte, huldigte und weinte bitterlich, Stefan von Sternberg erklärte sich sogleich katholisch, auch Jan Nostitz – der hat allerdings viele Kinder – auch der junge Kordule, der als Fähnrich diente, und viele andere suchten sich voll Demut beim Sieger einzuschmeicheln, Herr Heinrich Otto von Los lieferte eilends die Krone des Königreichs Böhmen dem Fürsten von Bayern aus – mich wundert, daß bei diesem furchtbaren Schrecken niemand dieses heilige, kostbare Andenken Karls stahl. Wir von der Akademie gingen auch uns unterwerfen, Doktor Jessenius führte uns. Was blieb uns übrig? Wir konnten doch nicht die Akademie und ihre kargen Besitzungen aufs Spiel setzen! Die Stände beschworen bereitwillig, Ferdinand als echten, rechtmäßigen, erblichen, gekrönten König und Herrn zu erachten und anzuerkennen. Der Fürst versprach dann einem jeden dafür Schutz von Leben und Gut. Dabei wird es wohl bleiben, ich tröste mich damit, daß es bleibt wie versprochen, daß höchstens einige der Führer, die nicht geflüchtet sind, eine Geldbuße bezahlen werden. Dieser Gedanke beruhigt mich in meiner Trauer.«

»Am Land tröstet man sich auch damit«, berichtete Knobelius, »ich war vor einer Woche in Kuttenberg, dort erzählte man, daß die Stadtbürger, als sie durch einen besonderen Boten die Nachricht erhielten, die Hauptstadt Prag habe sich freiwillig unterworfen, die Waffen streckten und Untertänigkeit beteuerten, wobei sie erklärten, daß der Pfälzer kein echter König war. Nur das gefiel mir nicht, daß die Kuttenberger dem Buquoy zehn oder dreizehn schöne Pferde als Geschenk sandten. Der Anstifter dieses überflüssigen und speichelleckerischen Geschenkes war der alte Šultys, der, wie ich gewahrte, vor Angst nicht aus noch ein weiß.«

»So ist es, der alte Šultys hat Angst, sein Sohn, der Professor, erzählte, daß Buquoy die Pferde nicht erhielt, daß die Soldaten sie auf dem Weg stahlen.«

»So haben die Kuttenberger den Marder beim Schwanz erwischt.«

»Der junge Magister Šultys war denn auch gar arg erzürnt über seinen Alten und die Kuttenberger, ich aber verzeihe dies alles, da herrschte und handelte die Angst, und da gibt's nichts zu helfen. Schlimmer ist, daß nach unserer Niederlage so viel nichtsnutzige Leute auftauchten, die übel handeln. Sie kriechen wie die schwarzen Regenwürmer nach dem Gewitter aus dem Boden, wie Nattern an die Sonne, dabei scheint die Sonne der Sieger heut heiß und wärmt diese Nattern.«

Beide Männer, der Rektor der Universität und deren junges Mitglied, versanken in kurzes Schweigen. Ein Weilchen später sprach Knobelius, der selbstvergessen durch das vernebelte Fenster in das Kollegsgärtchen blickte, leise: »Jawohl, Regenwürmer und Nattern. Dieser Moller, hörte ich, hat sich gehäutet, der macht nostrae facultati Ehre.«

»Es ist nicht leicht, ihn zu richten«, antwortete Kampanus ruhig, »die Petersschule war für ihn zu mager, trocken, er warf sich also auf das Schreiberamt, was liegt daran, er sucht anderswo sein Glück, wollt ich ihm doch selbst ein Schreiberamt verschaffen, und unser lieber Professor Troilus war bis vor kurzem auch Schreiber!«

»Wohl wahr, wohl wahr, aber wollet bedenken, Magnifizenz, er soll gestern den römischen Glauben angenommen haben, das ist nicht mehr ein unschuldiges Schreiberamt, da zeigt er schon die Zähne. Und schon mehrere solcher Utraquisten sind zur Gegenseite übergetreten, angeblich auch Magrle, den jetzt die eigene Frau anspeit. Auch ich würde den Kerl anspeien!«

Dabei erhob sich der vierschrötige Knobelius, wünschte dem Herrn Rektor alles Gedeihliche, versprach, falls ihn die Anrainer von St. Peter in die Schule aufnähmen, pflichtgemäß und gern die Disputationen im Kolleg zu besuchen.

»Und im Frühjahr wollen wir uns einmal zusammen aufmachen«, sprach Kampanus mit Innigkeit, »wollen auf den Weißen Berg, um Erinnerungen nachzugehen, du sollst mir zeigen, wo ihr gekämpft habt, wo die liebe gute Seele Měřinský fiel, dort wollen wir für ihn ein Gebet verrichten, er hatte, wie er mir sagte, niemanden auf der Welt.«

»Dort liegt der Arme in irgendeinem Schacht, die Totengräber sollen an fünftausend Tote in Schächte geworfen haben, ein großes Grab ist der Weiße Berg.«

»Und ein trauriges Grab dazu! Es war das stets

ein trauriges Gefild, dem selbst die Vögel des Himmels auswichen, ich denke, daß über ihm niemals die Lerche sang. Und jetzt ist es zerstampft, blutgetränkt!«

Als der junge Magister gegangen war, gelobte Kampanus, im Frühling das große, traurige Grab zu besuchen, im Frühling, sobald die ersten Blüten auf der Petřínhöhe aufschimmern. Schon beruhigt sich alles, bis zum Frühjahr wird alles schon klar und ruhig sein; in der Karlsschule wird es wieder mehr Studenten geben, die Prager Schulen werden besser besucht sein, sie werden es dann schon wieder an Besuch und Regsamkeit den Jesuitenschulen von St. Klement gleichtun, im Frühling wird alles schon besser sein, die Trübsale gehen vorüber, Soldaten, Kriegsgreuel werden das Land verlassen, den Ständen wird endlich verziehen werden, vielleicht werden sie dann doch in ruhigeren Zeiten anerkennen, daß es ihre heilige Pflicht ist, sich der Karlsakademie anzunehmen und ihr durch größere Unterstützungen zur Reformierung und zur Errichtung fester Professuren zu verhelfen, Doktor Jessenius wird sich dann eher den medizinischen Wissenschaften widmen können, wird wiederum Menschenleiber sezieren, wie er es vor Jahren begann, und damit der Schule einen glorreichen Ruf verschaffen und auch Schüler aus der Fremde anlocken, ein bedeutender Jurist wird sich dann schon finden, wenn ihm die Schule Lebensunterhalt und Ehre einbringen wird, eine Juristenfakultät wird errichtet und zur Blüte gebracht werden, wie einst in den ersten Zeiten der Prager Schule, als Karl, der Vater, lebte, und sein Sohn Wenzel, vielleicht wird endlich der Akademie gestattet werden, eigene Theologieprofessoren zu haben – –

Gestattet werden? Von wem? Werden die Sieger das gestatten?

Da stockte Kampanus in seinen Gedanken. Hörte auf, sich darauf zu freuen, daß die künftige reformierte böhmische Universität Theologen haben werde.

Aber er redete es sich aus. Mag die Universität ohne Theologie bleiben. Gab es doch seit so vielen Jahrzehnten keinerlei Eintracht unter den böhmischen Theologen, hie Kalvinisten, hie Lutheraner, hie Brüder – giftige Zwietracht – mag es denn keine theologische Fakultät geben, die Universität wird ohne sie aufblühen, sobald sich nur die Gemüter beruhigt haben, es kommt dazu, kommt dazu, sobald nur wieder Frühling ist, Blüten, Sonne.

Und der Poet Kampanus erfüllte mit solcherlei Träumereien seine Gedanken, sein Herz, und mit dem Frieden einer guten Seele stellte er sich nun in jedem freien Weilchen bei seinen lieben, goldenen, schönen Musen am Gipfel des Parnaß ein, und im Gespräch mit ihnen verfaßte er Verse in leichtfüßigen und langsamen, gewichtigen und wuchtigen Rhythmen, je nachdem, was ihm die Musen zuflüsterten.

Eine Bestellung des Barmherzigen Bruders, des Vikars Germaniae, ließ ihn mit einem Mal aus seiner Poetenarbeit zur schmutzigen und schmerzlichen Wirklichkeit erwachen.

Der neue Pedellus, ein untersetzter, dicklicher Bursche, dessen rote, volle Wangen aus dem spärlichen schwarzen Backenbart wie aus einer Umrahmung hervorlugten, trat ein. Er richtete aus, daß jener mürrische Spitalbruder Savonatius den Magistern bestelle, sie mögen ihm endlich freiwillig jenes Dorf überlassen, andersfalls werde er mit ihnen um Počernice kämpfen, er wisse wohl, daß im Karlskolleg eine Verschwörung im Gang sei, weiter, daß den Kollegiaten alle Dörfer abgenommen werden und im collegium Carolinum die Jesuitenpatres unterrichten sollen.

Rektor Kampanus stockte, als er dem Pedell ankündigte, er solle den Professoren die Einladung zu einer unumgänglichen Zusammenkunft überbringen; seine Hand zitterte, als er die Feder ergriff, um die Einladung zur Versammlung zu schreiben. Nein, er konnte nicht schreiben, war dessen nicht fähig. Den Gänsestiel weglegend sprach er: »Chartam convocatoriam werde ich nicht schreiben; lade, Kredelius, die übrigen Herren mündlich, vielleicht um die dreiundzwanzigste Stunde wird ein jeder kommen können.«

Kredelius ging. Einen solchen Schreck hatte er bei Magister Kampanus noch nie bemerkt, und er kannte ihn doch schon einige Jahre, seit der Zeit, da er den Studien oblag und Famulus war; selbst nach jener unglückseligen Schlacht war Kampanus nicht so fürchterlich erschreckt; er war traurig, hatte häufig Tränen in den Augen, aber daß er am ganzen Leib bebte, das gab es nicht. Weshalb erschrak er denn? Er fürchtete doch nicht gar um das Dorf, der Teufel hole das Dorf, die Bauern wollten ohnedies nicht zahlen, weshalb erschrak er – ei – vielleicht deswegen, weil im Kolleg die Patres unterrichten sollten?! – –

So überlegte der jugendliche schwarzbärtige Pedellus bei sich, als er zum Allerheiligenkolleg schritt, wo zwei der Magister Professoren wohnten, und von da zum Roßmarkt in das Haus, wohin unlängst Magister Troilus samt Familie übersiedelt war, von dort zur deutschen Kirche zu Pfarrer Lippach, bei dem Doktor Jessenius tagtäglich ein paar Stunden lang saß, seit der Zeit, da er wiederum ein wenig offener die Gasse zu betreten wagte.

Der Pedellus erzählte allen Geladenen, wie sehr der Herr Rektor erschrocken sei.

Als der Pedellus das Zimmer des Rektors verlassen hatte, lief Magister Kampanus bis an die Tür der Habitation, die Troilus mit der Frau Gemahlin bis vor kurzem bewohnt hatte, erst an der Tür bedachte er sich, kehrte rasch um, betrat seine Habitation, nahm den Schlüssel zur Schatzkammer und einen Bund kleiner Schlüssel an sich und eilte rasch, als ob er jemand aus großer Gefahr erretten wollte, in den Seitengang, öffnete die schwere Eisentür der Universitätsschatzkammer, des Universitätsfiskus, und blieb in der Tür stehen, wobei er voll Rührung die am Boden und auf den Tischen angeordneten Truhen betrachtete.

»Dies ist unser Schatz, unser Recht, unsere Stärke und Schild«, flüsterte er vor sich hin.

Dann trat er an eine nicht allzu große, mit durchbrochenem und rotledern unterlegtem Blech beschlagene Schatulle heran, öffnete sie, entnahm behutsam, ja, mit einer gewissen Andacht das Pergament mit der goldenen Bulle, las, las gierig, als ob er etwas Neues läse, als ob er es zum ersten Mal läse.

»Nun denn, hier ist die Gerechtsame, die nicht umgestürzt, aufgehoben, vernichtet werden kann – da, da, Carolus Dei gratia Romanorum et Bohemiae rex – ad perpetuam rei memoriam – der Vater unsrer Patria, Karl, seligen Angedenkens gründete – in nostra Pragensi civitate – eine Universität, da steht es geschrieben, daß alle Mitglieder dieser Schule unter dem besonderen Schutz der böhmischen Könige sind und verbleiben – unter dem Schutz der Könige! Anno Domini millesimo trecentesimo quadragesimo octavo – und das hat Gültigkeit, das kann nicht aufgehoben werden. Unsre universitas steht unter dem besonderen Schutz des Königs von Böhmen, der böhmische König, selbst wenn er sie nicht unterstützen sollte, wird, kann und darf sie nicht aufheben!«

So dachte bei sich und sprach laut Kampanus, der im ungeheizten Fiskus über das alte königliche Pergament gebückt stand. Dieselben Gedanken wiederholte er gegen Abend bei der Beratung der Professoren.

Die Magister kamen mit Kampanus dahin überein, gegen den Barmherzigen Bruder um das entrissene Dorf einen Rechtsprozessus zu beginnen, und auf sein Gerede, daß die Jesuiten in das Karlskolleg kommen sollen, nichts zu geben, er habe irgendwo etwas aufgeschnappt, ohne es zu verstehen. Wozu sich damit den Kopf beschweren. Magister Troilus bemerkte hierzu: »Hat man uns doch, als wir studierten und auch als wir die Examina machten, bei den Disputationen oft die Frage gestellt, ob die Herrscher die Akademie aufheben dürfen, und jedesmal stimmte die Fakultät überein, daß die Herrscher die Universitäten eher auszubilden als aufzuheben hätten, neben dem verbrieften Recht ist es daher auch die öffentliche Meinung, die unsere Schule schützt, so irgendwelchen schlimmen Ratgebern und Praktikussen, die jetzt mächtiger sind, als sie einst waren, irgendeine schlimme Absicht gegen uns in den Sinn käme und sie eine List gegen uns aushecken sollten.«

Nur Jessenius schüttelte von Zeit zu Zeit den Kopf, als ob er widersprechen wollte, aber er schwieg. Als die Magister auseinandergingen, sagte Šultys beißend: »Gestern verlautbarte Fürst Lichtenstein durch Patent, daß er die Juden in Schutz nähme und kein Mensch sie bei ihren Geschäften behindern dürfte, so besteht denn die Hoffnung, daß, so er dies Heidenvolk beschützt, er die christliche Akademie schützen wird, die der König gründete und der römische Kaiser bestätigte!«

Auf dem Gang sprach Jessenius, Kampanus unter den Arm nehmend, leise und bitter: »Ich will nicht Gift in den Becher deiner schönen Hoffnungen träufeln, du urteilst zu gutartig über die Leute, weil du selbst ein guter Mensch bist, so viel aber muß ich dir doch sagen, daß ich keinem einzigen der Sieger Glauben schenke; heute verdrießt es mich schon sehr, daß ich aus meinem Versteck in der Karpfengasse ans Licht gekrochen bin, ich bitte dich, lieber Magister, mach mir ein paar Reisegroschen zurecht, ich will aus Prag flüchten, solange noch Zeit ist!«

VIII

Traurige Weihnacht

Drei Tage vor St. Nikolaus saß Kampanus in weihnachtlicher Stimmung im Zimmer inmitten seiner Bücher, er las nicht in ihnen, er schrieb nicht, pflog nicht Zwiesprache mit den Musen, seinen liebsten Freundinnen – er saß am Tisch und klebte Goldstaub, den er beim Goldschläger gekauft hatte, auf die Nüsse, die der Nikolaus seinem Hänschen bringen sollte.

Er wird ihm jedoch mehr als bloß Nüsse bringen, in der Kammer nebenan liegt am Gesimse beim Bett der verstorbenen Frau Lidunka ein großer Hampelmann, eine Puppe mit Augen, die wie lebendig sind, ein Säbelchen und ein Kriegerharnisch aus Papier für die Brust des kleinen Jungen, der um alles in der Welt Soldat werden will. Der ehrenwerte Magister, Professor zweier klassischer Sprachen, Professor der Historie, rector universitatis, klebt Nüßchen, lächelt, da er nicht recht zu kleben versteht, hat stets mehr Goldstaub an den Fingern als auf der Nuß – er lächelt, ärgert sich nicht, treibt sein Spiel, beschäftigt sich im Geist und im Herzen mit Hänschen, freut sich schon, daß Hänschen die Augen aufreißen wird, die so blau sind wie die Kornblume im Feld und so groß, wie sie seine verstorbene Mutter hatte.

Der Pedell Kredelius fällt wie ein ungehobelter Bär in die Tür, braust herein wie ein Wasserfall.

»Zehn Soldaten, der kaiserliche Vogt, im Kolleg König Wenzels, Herr Doktor Jessenius, nahmen ihn in Verhaft, führten ihn weg, durchsuchten seine Habitation, die Kammer, warfen das Bett auseinander, leerten die Laden im Bett, im Tisch, warfen die Bücher aus den Schränken, suchten, führten ihn weg –«

»Und der Magister, was sagte er dazu?«

»Nichts, er ging still mit den Soldaten, war aber gar kopfhängerisch betrübt, wendete sich in einem fort um, als er wegging.«

Dann rannte der Pedellus schon, um den anderen Professoren die wunderliche Nachricht zu künden.

Kampanus fiel schwer auf seinen Stuhl nieder und bedeckte mit beiden Händen sein heißes Gesicht. Alles wirbelte, drehte sich in seinem Kopf, dunkle, wirre Gedanken schwärmten darin und zuckten durch das erregte Hirn wie Funkeln in einem erkrankten Auge. Die Universität, Jessenius, Privilegien, der Vogt, Professoren und wiederum die Karlsschule, die Vorhersage des Barmherzigen Bruders, das alles taumelte in seinem Kopf fast gleichzeitig durcheinander. Er vermochte diese überstürzten, verschiedenartigen Einfälle nicht in eine Richtung, in einen einzigen, bestimmten Gedanken zusammenzufassen, erst als seine Hand matt auf den Tisch sank und die goldenen Nüsse, das goldene Spielzeug, zu Boden fielen, kam der Magister mit einem Mal zu sich und erwachte wie aus schwerem Traum. Dann beschäftigte er sich nur noch mit seinem Kollegen Jessenius. Was haben sie wohl gegen ihn, was wollen sie, in der Universität ließ er sich nichts zuschulden kommen, die Akademie wird sicherlich nicht betroffen sein, er war Rektor, war aber mehr jenseits der Grenzen als zu Hause – das wird wohl die Ursache seiner Gefangennahme sein, – daß er sich in politischen Angelegenheiten jenseits der Grenze aufhielt, jawohl, das wird es sein, nichts anderes können sie an ihm finden, aber auch das geschah nicht durch seine Schuld, er ging dahin, wohin ihn die höheren Stände aussandten, kam nirgend in eigenem Namen, sie werden ihm wohl nichts zuleide tun, das geschieht bloß zur Einschüchterung, man wird ihm wohl deswegen zusetzen, weil er Gesandter der Stände war, und ihn dann wieder freilassen.

So überlegte Kampanus allerlei, auch auf dem Weg zum Altstädter Rathaus, wohin er sich begab, um seiner Pflicht als Rektor entsprechend das Mitglied der Karlsschule gegen die Verhaftung zu verteidigen.

Er sagte sich, er könne und dürfe sich doch nicht unter dem schützenden Dach verbergen, wie es die Leute bei schlimmer Witterung tun. Der Rektor muß hinaus in den Sturm, auch wenn der Donner kracht. Und der Rektor wird den berühmten Medikus in Schutz nehmen. Unterwegs legte er sich zurecht, was er sprechen wollte, wie er Zeugnis ablegen werde davon, daß Jessenius nichts aus eigenem Antrieb unternahm.

Im Rathaus ward er gar geschwind abgefertigt. Die Wächter unten sagten ihm ehrerbietig, der Herr Doktor sitze im untersten, strengsten Verlies.

In der oberen Diele sagte ihm der erste Schreiber

Andreae weniger ehrerbietig, er wisse nicht, warum man den Herrn Magister eingesperrt habe, die Herren Magister im Kolleg würden es wohl selbst besser als er wissen! Dabei verzog das ausgemergelte Gerippe mit der spitzen schmalen Nase die Mundwinkel zu einem abscheulichen Lächeln.

Im Schöppenzimmer sagte ihm Herr Lev von Levengrün, den er allein antraf, vollends ohne jede Ehrerbietung und bündig, daß er niemanden zu Jessenius einlassen dürfe und ihm gar nichts daran liege, warum der Herr Fürst ihn in Haft nehmen ließ; wenn Ihro Gnaden anordne, alle Magister in Haft zu nehmen, dann würde er alle Magister in den Turm stekken.

Kampanus wußte nicht, wie er nach Hause kam. Die Ruhe verließ ihn, und in diesem Augenblick fühlte er mit ganzer Seele, daß betrübliche Zeiten anbrachen. Auch befiel ihn Furcht, nicht um seinetwillen, sondern um die alte, kostbare, ruhmbedeckte Schule, die sein Streben, seine einzige Liebe geworden war. Dann aber, als der erste Ansturm der schweren Angst vorbei war, tröstete sich Kampanus doch wieder selbst, es sei nicht schlimm und werde nicht schlimm werden.

Kampanus verbrachte traurige Weihnachten. Die Professoren machten einander zwar Geschenke, schickten auch Jessenius etwas in den Kerker, obgleich sie keineswegs dessen sicher waren, daß es ihm übergeben würde, aber sie versammelten sich nicht, um die Geburt des Herrn zu feiern und Wachs zu gießen, Weihrauch anzubrennen und gemeinschaftlich den Weihnachtsstriezel und manch feineres Gericht zu verzehren. Rektor Kampanus wenigstens lud niemanden zu sich und besuchte niemanden.

Zu St. Nikolaus und am Weihnachtsfest war es im Carolinum still wie in einer Kirchengruft. In diesen Weihnachtstagen war Kampanus wenigstens zweimal täglich in der Schatzkammer. Jedes Mal nahm er die Goldene Bulle Karls aus dem verzierten Schrein heraus und redete sich Sicherheit ein, daß, was immer auch geschehe, der Hohen Karlsschule niemand etwas anhaben könne.

»Sie können sie hassen, wie die Widersacher es stets zu tun pflegten, können sie behindern, wie sie es zu tun pflegten, als sie die Macht dazu hatten, können die Schule mißachten, wie es die böhmischen Stände bisher taten, aber die Akademie umstürzen wie eine Säule, abhauen wie einen Baum, das nicht, das vermag niemand. Da ist die Aurea bulla Karls, wie eine mächtige Burg, da ist die Bestätigung durch den Papst, hier im Schrank sind die Bestätigungen der Akademie durch alle böhmischen Könige bis zu Rudolf. Nicht ein Dörfchen, nicht eine einzige Keusche können sie uns wegnehmen. Das Carolinum hat hier seine sechsunddreißig Privilegien und Verbriefungen auf die Dörfer – – Quälen können sie uns, vernichten keineswegs!

Während er eine Urkunde nach der anderen in die Hand nahm, versetzte sich Kampanus in Gedanken in vergangene Zeiten, hielt lange das Pergament in der Hand, mit dem den Böhmen in der Universität drei Stimmen zuerkannt wurden und den Fremden bloß eine einzige.

»Ein Verdienst meines Vorgängers, des heiligen

Magisters Jan; wie würde wohl der fromme Magister aus Husinec handeln, wenn er an meiner Statt in den jetzigen wirren Zeitläuften lebte, ei, frag nicht, Kampanus, wie der heilige Magister wohl handeln dürfte, du weißt es wohl, daß er in allem entschlossen, herzhaft, getreulich handeln würde, tu es ebenso!«

Bei der Defensorentruhe blieb er stehen. Die war unter Verschluß. Die Schlüssel hatte jemand von den höheren Ständen, vielleicht Herr Wilhelm von Roupov, in der Truhe ist der Majestätsbrief zugunsten der Freiheit des utraquistischen Glaubens.

Der Majestätsbrief! So schwer erwirkt! Um dieses Majestätsbriefes willen kam es zur Schlacht auf jenem trübseligen Weißen Berge dort hinter Strahov! Wenn sie uns den Majestätsbrief zuvor falsch auslegten, so wird es jetzt für uns noch ärger sein, aber muß es denn so sein? Richtig sagte jener junge Franzose, daß Gott einzig und einig sei. Der Gott der Katholiken so wie unser Gott, warum also leben wir nicht in Liebe nebeneinander?

Den Wandschrank, in dem der jahrhundertelang aufgespeicherte Schatz von goldenen und silbernen Kelchen und Kannen ruhte, streiften seine Augen bloß flüchtig, aber auf die Kelche Karls IV. heftete Kampanus seinen Blick länger. Diese Kelche pflegten bei feierlichen und heiteren Anlässen auf dem Magistertisch zu stehen, schon lange standen sie nicht auf dem Tisch, werden wohl auch lange Zeit unter Verschluß bleiben, es wird für die Akademie stets nur Trauer und Darben geben, wird denn nicht doch wieder einmal ein Tag des Feierns und der Fröhlichkeit anbrechen?

Das waren beiläufig Kampanus' Gedanken, als er sich zur Weihnachtszeit zweimal am Tage hinter den schweren Eisentüren in der Universitätsschatzkammer aufhielt.

Man begann das Jahr sechzehnhundertundeinundzwanzig nach der Geburt des Herrn zu schreiben.

Die Lehrer der St.-Gallus-Schule, als nächste Nachbarn des Karlskollegs, brachten dem Magister Rektor als Geschenk einen Kalender.

Als er die Gabe in Empfang nahm, sprach der Magister den herzlichen Wunsch aus, dieses neue Jahr möge glücklicher sein als das vergangene, glücklicher für die böhmische Nation, glücklicher für die Akademie und alle ihre Mitglieder.

Die Lehrer, die gekommen waren, und der Kantor, der sie begleitete, saßen bei einem Gläschen Neujahrswein im Zimmer des Rektors, als vom Gang her Lärm und Stampfen ertönte, und schon trat geräuschvoll ein Soldat mit einer Palette, einem Zettelchen, ein, daß er über höheren Befehl mit seinen Gefährten, die draußen auf dem Gang warteten, im Kolleg Quartier begehre.

»Schön läßt das Jahr sich an!« sprach der Rektor zu den Lehrern von St. Gallus, als diese sich ehrerbietig von ihm verabschiedeten.

Am gleichen Tag noch machten sich zwanzig Musketiere mit zehn Weibern und fünfzehn Kindern in den Museen und Auditorien des Karlskollegs breit.

Das den Wissenschaften, und den Musen geweihte Haus erscholl den ganzen Tag lang von Menschenstimmen, vom knorrigen männlichen Ton bis zum höchsten Diskant des Geplärrs und des Weinens der Kinder.

Der Rektor erhielt zwar vom Proviantmeister eine Anweisung, in der verzeichnet stand, was die Soldaten an Servizien, Kost und allerhand Bequemlichkeiten zu erhalten hätten, aber er merkte schon am ersten Tag, daß die Soldaten mehr verlangten, als geschrieben und auferlegt war, und beim ersten Erstaunen, das Kampanus darüber bekundete, zeigten die Soldaten wilde Leidenschaft und Unart, ohne daß der Leutnant dazwischenfuhr. Der bekümmerte sich nicht im mindesten um die Soldaten, mochte der Rektor mit ihnen fertig werden, wie er wollte, er selbst wollte von Kampanus nur immer Wein, war der Meinung, weil der böhmische Wein schlecht sei, müsse man ihm mehr geben, als in der Anweisung geschrieben stand, und pflegte an die drei Mal täglich zu brüllen: »Vino è cattivo! Vorrei di piu!«

Der Magister gedachte ständig des lieben hochgebildeten Herrn Descartes. Der war ein goldiger Feind.

Eines Tages, recht früh am Morgen, schritt das Altstädter Gericht und mit ihm vier Musketiere durch schmutzigen Schnee und Nässe vom Ring her die Eisengasse hinauf. Die Hausknechte und Diener hörten auf, den Schnee vom Steig zu kehren. Die Eisenhändler und -händlerinnen steckten neugierig die Köpfe zum Laden heraus oder liefen bis in die Mitte der Straße hinaus, wohin das Gericht sich wohl begebe. Der Kaufmann Treytlar war drauf und dran, den kaiserlichen Vogt anzusprechen, als er aber sah, daß Herr Johann von Trnice unfreundlich mit den kleinen Augen blinzelte und voll amtlicher Strenge finster dreinschaute, getraute er sich nicht, zu fragen, wohin sich der Herr Vogt Ihro Gnaden des Kaisers mitsamt dem Herrn Bürgermeister Laynhos und dem Herrn Schreiber Wenzel Andreae begaben.

Aber es war doch sonnenklar, daß man etwas gar Wichtiges im Schilde führte.

Die Neugier des Kaufmannes und der übrigen Zuschauer aus der Eisengasse ward nicht lange gequält, sie sahen mit nicht geringem Erstaunen das Gericht am Ende der Gasse geradewegs zum Kolleg Karls IV. einbiegen.

Zwei Musketiere blieben vor dem Tor, wahrscheinlich, um die Neugierigen zu vertreiben.

Rektor Kampanus traf die Ankömmlinge auf dem Gange. Der Gedanke befiel ihn, sie seien gekommen, um ihn ebenso wie Jessenius, den früheren Rektor, einzusperren. Er erschrak, das Blut stieg ihm ins Gesicht.

Aber im Nu fiel ihm ein, daß diese Leute gekommen sind, um der Akademie ein Leid zu tun nach den Worten des Barmherzigen Bruders, und er erschrak noch mehr, weit mehr, sein Gesicht wurde plötzlich blutleer, und der große, hochgewachsene Mann wankte, taumelte – fühlte in voller Stärke und maßloser Bitterkeit, daß er es nicht überleben könnte, wenn der Karlsschule ein tödliches Ungemach zustoßen sollte.

Sich am Treppengeländer festhaltend, vernahm Kampanus die bündige, trockene Ankündigung, warum die Herren gekommen waren. Der kaiserliche Vogt, der seiner Gewohnheit nach sehr geschwind mit seinen kleinen Äuglein zwinkerte und blinzelte und nicht in Kampanus' verschreckte große Augen blickte, sagte, daß sie über Anordnung Ihro Gnaden des Herrn Karl, von Gottes Gnaden Fürsten und Regenten des Hauses Lichtenstein, Fürsten von Troppau und Krnov, Kommissars des Königreichs Böhmen, gekommen seien, um den Universitätsfiskus zu versiegeln.

Kampanus atmete auf, er merkte sogleich, daß es nur um eine Art Untersuchung ging, nicht aber um das Verderben der Schule. Indem er sich zu äußerlicher Ruhe zwang, bat er den Vogt, sich mit seinen Kollegen beraten zu dürfen, da es hier um die Privilegien universitatis gehe.

Drauf traten die Herren beiseite und beratschlagten flüsternd. Laynhos' glattem, hartem Gesicht war es anzusehen, daß er dagegen war. Auch der Schreiber Andreae fuchtelte mit den Händen, schüttelte den Kopf und bemühte sich, den kaiserlichen Vogt zu überzeugen. Man konnte verstehen, daß der Vogt ablehnte und Einwände machte.

Nur kurze Zeit verstrich, dann wandte sich der Vogt um, trat an Kampanus heran, der wie versteinert am Geländer stand, und sagte ihm, daß die Magister untereinander beraten können, daß dies aber vergebliche Mühe sei.

Kampanus lud die Herren in das warme Zimmer.

Der Schreiber Andreae winkte, ehe er eintrat, den Musketieren und befahl ihnen, sich dort an die eiserne Tür zu stellen und niemanden an diese heranzulassen. Die lärmenden Krieger stellen sich daher vor die Tür des Universitätsfiskus.

Der Pedell Kredelius und die Küchenmagd brachten nach geraumer Weile die vier Professoren in das Kolleg. Um Basilius war nicht gesandt worden, die Kleinseite war zu weit entfernt. Sobald der rothaarige Šultys die unangenehmen Gäste sah, lächelte er boshaft, und die tückische spöttische Falte verschwand nicht mehr von seinem Mund. Troilus blickte sehr feindselig und finster drein.

Nach einer kurzen Weile gingen die Professoren auf den Gang hinaus, um zu beraten.

Šultys schimpfte leise, Kampanus teilte mit, daß jene, wie er ihren kargen Worten entnommen hatte, gekommen seien, sich durch Versiegeln des Fiskus der Truhe und der Defensorenbücher zu versichern. Das beruhigte die Magister einigermaßen. Sie kehrten zurück. Kampanus begrüßte neuerlich namens aller die abgesandten Herren und das achtbare Gericht und verkündete, daß sie sich nicht widersetzen wollten und keinerlei besondere Protestation gegen das Versiegeln des Fiskus erhöben, bloß verlangten – und dies aufgrund ihres Rechtes als Hochschule –, diese Verschließung möge nicht lange währen.

Jetzt lächelte wiederum Herr Andreae, der Kanzler der Altstadt, boshaft, und Laynhos' gelbliches Gesicht mit dem gespaltenen nackten Kinn ward noch härter. Der Vogt sagte nichts dazu, zwinkerte nur mit den Augen.

Die Herren gingen hinaus, bei der eisernen Tür entnahm der Kanzler einem Täschchen eine Wachskerze, rotes Siegelwachs und vier Streifen steifen Papiers sowie das silberne Altstädter Siegel. Ein Musketier half Licht schlagen, und binnen kurzem war der Universitätsfiskus versiegelt.

Dabei hielt es Magister Kampanus nach einigem Nachdenken für gut, den Herren zu bekennen, daß im Fiskus auch das Gold des Doktor Borbonius hinterlegt sei, das er dort vor den plündernden Soldaten verborgen hatte. Andreae blickte tückisch von der Seite auf Leynhos, als wollte er ihm ein Zeichen geben.

Kampanus mit den zwei jüngeren Magistern begleitete die Herren kühl bis zur Treppe. Šultys verblieb vor dem Fiskus und schaute giftig, boshaft den sich entfernenden unliebsamen Gästen nach, und Troilus krauste die Stirn in ohnmächtigem Zorn.

Seit dieser Zeit kam Kampanus nicht gern mit seinen Kollegen zusammen; bestand doch zwischen ihnen der grundsätzliche Unterschied, daß die Kollegen schon alles in allem schwarz in die Zukunft blickten und Kampanus wenigstens von Zeit zu Zeit eine helle Lichtung in dem schwarzen schrecklichen Walde sah.

Er bekannte zwar und fühlte, daß, was bislang geschah, sehr betrüblich und niederdrückend war, aber dennoch hoffte er noch immer, es werde wieder besser werden. Das erklärte er den Kollegen mehr als einmal, wenn sie die Köpfe tief hängen ließen, erklärte er den Studenten, die sich in immer spärlicherer Anzahl zu den Vorlesungen einstellten. Er erklärte, daß durch die inneren Stürme des Jahres 1547 die Musen bedrückt, aber keineswegs unterdrückt wurden, warum also in dem gegenwärtigen Zerwürfnis an den Musen verzweifeln; es schmerze sicherlich, zu sehen, daß unser Kolleg voll Soldaten, Lehrer und Schüler auseinandergerissen, die Einkünfte der Akademie verwüstet und von Gewalttätern weggenommen wurden, aber dennoch wollen wir hoffen, daß es besser wird, und es wird besser werden!

Mitte Februar rückte heran. Kampanus kam aus dem Rathaus, wohin er von dem wenigen Geld, das er hatte, dem Doktor Jessenius eine kleine Summe zum Lebensunterhalt im schweren Kerker gebracht hatte.

Er schritt verdrossen einher, weil man ihn trotz allen herzlichen Bittens nicht zu Jesenský gelassen hatte, dieweil selbst zu den schwersten Verbrechern der Zutritt jederzeit sehr leicht war. Nur so viel sagte man ihm, daß jener demnächst auf die Burg in den Weißen Turm gebracht werde, wohin am Vortag Martin Fruvein abgeführt wurde – »Das ist der«, sagte der hinkende Arrestverwalter zu Kampanus, »das ist der, der Hofrichter war, dem die Soldaten den Schoß oder die Hoden ausbrannten.«

Kampanus überlegte, wozu der neue Kerker, warum auf die Burg in den Weißen Turm, was hatte man vor?

Er war noch nicht in die Eisengasse gekommen, als sich das rückwärtige Seitentor des Rathauses öffnete und zwei Herolde zu Pferd mit langen Trompeten herausgeritten kamen, hinter ihnen ein Trommler zu Fuß, der gleich beim ersten Schritt auf die Trommel einschlug, hinter ihm schritten vier Altstädter Schöppen samt dem Primas und dem kaiserlichen Vogt.

Kampanus kehrte um. Er erkannte in den Schöppen lauter Katholiken. Als er hinter dem Vogt zwei Prokuratoren der oberen Gerichte und den widerlichen Pěčka von Radostice einherschreiten sah, merkte der Rektor, daß es hier um eine große, gewichtige Gerichtssache ging. Und er selbst sowie das versammelte Volk, das auf das Getrommel hin von allen Seiten zusammenlief, sollten es erfahren.

Inmitten des Rings blieben die Herolde stehen, bliesen dreimal in langgezogenem Ton, und dann, in der eingetretenen Stille, reichte Pěčka einem der jungen Büttel ein umfangreiches Papier. Der Büttel begann, mit eherner Stimme dröhnend zu lesen: »Wir, Karl, von Gottes Gnaden Fürst-Regent des Hauses Lichtenstein« –

»Ei, ich kenne die prahlerischen Titel dieses guten Fürsten wohl, nur weiter, weiter, was will er, was soll es geben?« – so eilte Kampanus, ungeduldig mit den Händen fuchtelnd – bis er dann abermals hörte: »laden euch Hendrych Matthes Graf von Thurn, Gottlob Berka, Wenzel von Roupov, Joachim Grafen Šlik, Berbisdorf, Benjamin Fruvajn, Samuel von Veleslavín –« Und Kampanus hörte voll innerer Bewegung einen Namen nach dem anderen, eine Reihe von Namen, so viele Namen, daß ihm beim Anhören schwer zumute ward, hörte die Namen der bekannten Männer, die bei dem unglückseligen Unternehmen eine Rolle gespielt und aus Prag geflüchtet waren, und hörte zuletzt: »Wir laden euch, auf daß ihr binnen sechs Wochen hier in Prag in Person vor uns zur Stelle seid und vernehmet, was euch im Rechtsprozessus Ursach eurer treulos begangenen rebellischen, ehr- und eidvergessenen Taten zugemessen wird!«

Die Herolde bliesen.

Ein andrer Büttel las dasselbe Patent deutsch vor, und wiederum bliesen die Herolde.

Dann schlugen die beiden Büttel ihre Patente beim Rathause an das Brett. Jetzt hatte Kampanus klare Antwort auf seine Zweifel und Fragen, was man mit Doktor Jessenius vorhabe.

Als die Büttel zu Ende gelesen, ahnte, ja, wußte Kampanus schon, daß der unglückselige Kollege treuloser, rebellischer Handlungen bezichtigt werden sollte, er, dessen ganze Schuld in religiösem Eifer und dem bißchen Ehrgeiz bestand, die Gesandtschaft der Stände des Königreichs Böhmen an die Stände des Königreichs Ungarn auf sich genommen zu haben.

Aber auch jetzt verließ Kampanus seine Vertrauensseligkeit nicht. Er überlegte, daß jener schon geraume Zeit und lange genug um seines Ehrgeizes willen im Kellerloch unter dem Turm gesessen habe, vielleicht wird also auch Fürst Lichtenstein einsehen, daß Jesenský nicht vorwitzig auf eigene Faust gehandelt, daß er ausgesandt ward, und sobald dies festgestellt würde, wird man den ehemaligen rector universitatis sicherlich freilassen – –

Bei der Erinnerung an die Universität stieg Kampanus alles Blut zu Kopf – plötzlich fiel ihm ein, die Richter dort oben könnten vollends allzu eifrig eine Verbindung der Universität mit dem ehemaligen Rektor suchen und auch an der Schule, die noch unschuldiger ist als der Rektor, Rache nehmen. Nein, nein, das kann nicht sein. Das wäre höllisches Unrecht, das erlaubt sich kein Gericht, das wäre kein Gericht, es wäre himmelschreiende Gewalt.

So und ähnlich tröstete sich Kampanus, aber er selbst schenkte seinen Tröstungen nicht mehr vollen Glauben, jeden Augenblick stellten sich die Sorge und die Angst um Jesenský sowie um die Universität wieder bei ihm ein.

Zu diesen schmerzlichen Besorgnissen traten noch die profanen Bedenken wegen des Universitätseinkommens; ein ernährendes Dorf war in der Hand des Barmherzigen Bruders, gegen den es keine Hilfe gab, die übrigen Dörfer waren durch den Krieg so verödet, daß das Bauernvolk den Magistern nach Prag nichts senden mochte und konnte.

Es stand schlimm in den Kollegien. Kampanus, der zu besseren Zeiten um seiner Poetenliebe zu den Musen willen, um seines täglichen freundschaftlichen Verkehrs mit römischen und griechischen Skribenten willen sich nie recht um Geldsachen gekümmert hatte, ja, sich niemals an die schlichte, wenn auch prosaische Regel gewöhnen konnte, das, was er erhielt und wieviel man ihm noch schuldete in Register einzutragen, Kampanus fühlte in diesen trüben Zeiten sehr unliebsame, ja, bittere Bedrängnis darüber, daß er oft nur einige wenige kleine Geldstücke monatlich hatte und daß er schließlich aus all den Tischen, Tischchen, Schränken, Schreinen, Schatullen, so viele es auch ihrer im Carolinum gab, nicht einmal das halbe Schock Groschen auftreiben konnte, das der Pedellus als seinen wöchentlichen Lohn für sich abholen kam. Er war bis zu Tränen beschämt, als der Pedell Kredelius kürzlich dem Rektor mitteilte, er wolle auf sein wöchentliches Salär warten, benötige es derzeit nicht, unterdes böten ihm die Lehrer vor dem Týn Unterhalt, die gäben ihm einen Bissen von ihrem Mittagbrot. Kampanus schämte sich dessen, daß die Universität vom Pedell Almosen in Empfang nahm.

In der Tat ward es um das Carolinum immer traudriger bestellt, und Kampanus pflegte ganze Stunden lang in schwerer Grübelei über einem leeren Blatt Papier dazusitzen, wo doch ansonsten die Feder kaum so rasch über das Papier zu hüpfen vermochte, wie die Rhythmen dem schönen Haupt des Magisters entsprangen.

An jenem Tage, an dem große und kleine Böller von der Burg herabdröhnten und eine große Prozession mit Triumph, Musik und schallendem sowie freudigem Gesang einiger hundert Schüler von der Jesuitenkirche zur Burg schritt, wo die von den Kalvinisten verwüstete Kirche von neuem geweiht werden sollte, am gleichen Tag kam Herr Sixtus von Ottersdorf ins Karlskolleg angehinkt, ein schon völlig ergrauter und infolge innerer Erkrankung, die in den letzten Jahren all seine Kraft zernagte, gebückter Mann.

»Ich komme, reverendissime, mich zu beraten!« sprach er, als er zu Kampanus ins Zimmer trat, »zwar ist es Narrheit, Euch zu belästigen, denn wie auch immer Eure Aufklärung, Euer Ratschlag ausfallen mag, kann ich bei meiner Krankheit, die mich zu Boden drückt, nichts allzu Kühnes unternehmen.«

Als sich die beiden Nachbarn und Freunde einander gegenüber gesetzt hatten, sagte Sixtus, daß es ihm eigentlich mehr darum gehe, seine Ehegattin zu beruhigen.

»Was sagt Ihr, reverendissime, zu dieser Einladung?!« Bei diesen Worten entnahm er einem Ledergürtel ein kleines, mehrmals zusammengefaltetes Papier.

Kampanus las die höfliche Einladung, Herr

Theodor Sixtus von Ottersdorf möge nicht versäumen, sich am 20. Tag des Monats Februar im Altstädter Rathaus einzustellen, man müsse ihm ein gewisses Dekret Ihro Gnaden des Kaisers zur Kenntnis bringen.

»Das ist doch heute!« sprach Kampanus.

»Das ist heute, und verwunderlich daran ist, daß alle, die vor dem Sieg am Weißen Berg Direktoren oder in Ämtern des Königs Friederich waren, die gleiche Einladung erhielten, daß bloß diejenigen, die den höheren Ständen angehören, aufgefordert wurden, sich in Person in der Wohnung des Fürsten Lichtenstein einzufinden, und dies gleichfalls heute, um die zweite Nachmittagsstunde nach deutscher Zählung, und wir Bürgerlichen sind in das Rathaus geladen. Gestern abend sagte es mir Herr Diviš Černín. Was tun? Dieser Höflichkeit trau ich nicht! Glaubt mir, reverendissime, wenn ich jünger und gesünder wäre, dann führe ich auf diese höfliche Einladung aus Prag und aus Böhmen weg, so wie es der Buchdrucker Veleslavín, König Friedrich und die Führer des unglücklichen Heeres taten!«

Der Rektor versank in Nachsinnen.

»Diese Aufforderung«, sprach er nach einem Weilchen, »bringe ich zwar mit der kürzlichen öffentlichen Ladung jener, die aus den Prager Städten und aus dem Königreich geflohen, in Verbindung, irgendeinen Zusammenhang wird es da wohl geben, aber ich selbst bin überzeugt davon, daß gegen jene der Rechtsprozessus gerade deshalb strenge eröffnet wird, weil sie flüchteten, und daß er gegen Euch nicht eröffnet wird, Ihr habt Euch doch unterworfen, so wie wir alle, und allen ward Gnade, Erhaltung von Gut und Leben zugesagt, und Ihr saget, daß auch Černín geladen ist, der ist doch katholischen Glaubens und wurde geladen, so wie ihr alle, daraus darf ich doch schließen, daß es nicht darum geht, Euch zu kränken, Euch zu schaden, vielleicht wird Euch ein Dekret verlesen, daß Euch alles gnädig verziehen wird, weil Ihr doch rechtzeitig gehuldigt habet.«

»Ich will nicht darüber hadern, daß es sich vielleicht so zutragen sollte«, erwiderte Sixtus betrübt, »so erklär ich es auch meiner Frau Ehegattin, die vor Angst dahinwelkt, aber wenn es anders geraten sollt, dann bitt ich Euch, reverendissime magister, um unserer alten Bekanntschaft willen, um der Nachbarschaft des Sixtischen Hauses mit dem ruhmvollen Hause Karls willen, steht meiner Frau Ehegattin bei mit Rat und Hilfe, sie ist ein Weib im gesetzten Alter und erschöpft. Ich bitt Euch!«

Die beiden Männer hielten einander bei den Händen fest und sprachen nicht mehr davon.

Am Abend erzählte der jugendliche Pedell Kampanus, er habe mit eigenen Augen gesehen, daß vor der zweiten Stunde nach deutscher Uhr eine Menge Herren zum Hause Lichtensteins unter der Schloßstiege gefahren kam, er erkannte Herrn Budovec, den alten Herrn Kaplíř, Černín, Wilhelm Lobkovic, eine Menge Volkes lief vor dem Hause zusammen, und ein Weilchen darauf wurden die Herren von Soldaten zu den Wagen herausgeführt und in den Wagen zum Weißen Turm auf die Burg gebracht, wo sie nun alle unter Arrest sind. Der Kammerdiener des Herrn Otto von Los erzählte vor dem Hause, er habe dem

Fürsten Lichtenstein einen Brief über die Erkrankung seines Herrn überbracht, Herr Otto könne sich nicht einstellen, als der Pedell jedoch nach Hause zurückkehrte, begegnete er Soldaten und dem Stadthauptmann, die Herrn Otto von Los auf die Kleinseite, sicherlich auch in den Weißen Turm, abführten.

Kaum hatte der Pedell seine Rede beendet, warf sich Kampanus die Pelzschaube über, ergriff das Marderbarett und lief schon, ganz aschfahl, zu Sixtens Haus.

Er traf Frau Ludmila weinend an. Sie kam gerade aus dem Rathaus, wo man ihr zu wissen gab, daß Herr Johann Theodor Sixtus mit Sušický, Kutnaur und anderen in strengem Gewahrsam verbleibe. Nur so viel gestattete man, daß die Frau ihrem Ehegatten Federbetten schicken und ihm Essen bringen dürfe. Ihn sehen und mit ihm sprechen dürfe sie nicht.

Mein Gott, wie war es doch für Kampanus so schwer, die betrübte Frau zu trösten! Der Rektor sah nun schon klar, daß sich schwere, schwarze Wolken zusammenballten und heranwälzten, zweifelte nicht mehr daran, daß Arges bevorstehe, daß aus den Wolken Donnerschläge kommen werden, fürchtete für seine Bekannten und Freunde, fürchtete für die Religion und vor allem für die Universität. Er war erfüllt von trüben und verzweifelt häßlichen Befürchtungen und sollte die arme Matrone trösten, sollte trösten, obwohl er doch selbst nicht daran glaubte, was er an Tröstlichem sagte.

Am folgenden Tag, es war schon später Nachmittag und tiefe Dämmerung, betraten der kaiserliche Vogt der Altstadt mit dem dürren Kanzler Wenzel Andreae und einem Diener das Kolleg Kaiser Karls IV., rissen die Siegel vom Fiskus ab, sprachen mit niemandem, legten niemandem Rechenschaft ab. Als Kampanus Lärm hörte, kam er aus seiner Habitation heraus. Die angekommenen Herren sagten ihm nur so nebenbei, sie müßten auf Michnas Befehl das Geld des Doktor Borbonius aus dem Fiskus beheben, wo dieses wohl sei, sie würden es wohl finden.

Da geriet Kampanus in Zorn, sein ruhiges Gesicht entflammte, seine Augen funkelten. Er protestierte mit lauter, gestrenger Stimme.

»Dies Geld war mir als dem Probst zur getreuen Hand anvertraut, ich hafte Doktor Borbonius dafür, ich lege meine Protestation dagegen ein!«

Seine Stimme zitterte vor Erregung. Seine Augen funkelten derart, daß der Vogt seine grünlichen, giftigen blinzelnden Augen beiseite wandte, da er Kampanus' Blick nicht ertragen konnte.

Wenzel Ondřej oder Andreae schnüffelte mit seiner dünnen spitzen Nase im Fiskus nach allen Seiten, wobei er über den vergeblichen Eifer des ernsten Magisters lächelte.

Der kaiserliche Vogt sagte, sich zu einem nachbarlichen gleichgültigen Ton zwingend, gegen Herrn Michnas Anordnung werde die Protestation wohl nicht viel vermögen, wenn der Herr Rektor es jedoch wünsche, möge er sie aufsetzen und gehörigen Orts einsenden.

Unterdes fand Andreae eine Truhe, aus der, wenn er sie schüttelte, ein Knarren ertönte, als ob Geld oder Nägel ausgestreut würden. Der ausgemergelte Mann verstand, daß es Münzen waren, die da klirrten und klapperten. Der Vogt fragte den Rektor, ob dies das Geld sei, und als ihm Kampanus, der ihm den Rükken drehte, keine Antwort gab, übergaben die Herren die Truhe dem Diener, versiegelten den Fiskus und gingen wieder.

Der Herr Rektor erlernte in diesen Tagen wahrhaftig das Laufen. Gestern war er zu der verlassenen Matrone mehr geflogen als gelaufen, und heute sprang er so schnell ihn nur seine Beine trugen durch den Straßenkot zu Doktor Borbonius. Erst am Tor bei der Brücke vor dem Roßmarkt hielt er an und blieb ein Weilchen wie versteinert.

Soldaten – zehn Mann mit Musketen – geleiteten einen herrschaftlichen Kutschenwagen, der unter Verschluß war. Kampanus erkannte das bleiche Gesicht des Herrn Harant von Polžice.

Er grüßte, lüftete das Barett. Der Herr verneigte sich traurig.

Also selbst diesen schleppen sie zum Gerichtsprozeß! Schleppen ihn vom flachen Land nach Prag, rissen ihn sicherlich von seiner Musik weg, die seine liebste Beschäftigung war, deshalb war der Ärmste so traurig.

Kampanus ward von Mitleid gerührt und kam zu Borbonius in noch größerer Aufregung gelaufen, als er das Carolinum verlassen hatte.

Borbonius nahm sehr ruhig sein Abendbrot ein, als der Rektor ihm in die Tür fiel. Wildbret und Gewürz dufteten aus der Schüssel, neben der Schüssel stand ein irdener bemalter Krug mit zinnernem Deckel. Der Doktor war in Unterkleidern, das Zimmer war schrecklich überheizt.

Als Kampanus in zorniger Erschütterung berichtete, daß über Michnas Befehl trotz seiner Protestation das Geld weggetragen wurde, erschrak der Doktor dermaßen, daß er den Mund aufmachte und die Augen aus den Höhlen traten.

»Sakramentischer Nimmersatt, nur nehmen, nur nehmen!« stöhnte er wütend, erlangte aber bald darauf wieder seine Fassung. Indem er sich mit der breiten Handfläche über die Stirn fuhr, sagte er bei weitem ruhiger: »Michna ist es wohl geglückt, das Haus des Mathes Thurn an sich zu reißen, es ist ihm geglückt, den Altstädter Schöppen das Dorf Smíchov abzulausen, aber meine Truhen behält er nicht, dafür steh ich ein, die behält er nicht!«

»Wie wollet Ihr es anstellen, daß er das Geld zurückgibt, doctissime?«

»Es gibt höhere Herren, als es Michna ist.«

»Aber die halten mit ihm, halten ihre Hand über ihm.«

Borbonius bot dem Rektor ein Krüglein an, und als dieser ablehnte, trank er selbst, und statt einer Antwort begann er des breiten zu erzählen:

»Ihr wisset, magnifice, daß man im Altstädter Rathaus ihrer einundzwanzig gefangensetzte, bei uns in der Neustadt sperrte man ungefähr zwölf Personen ein, man lud sie vor und gab ihnen bekannt, sie hätten an der Rebellion den größten Anteil gehabt, mögen also fein gehorsam ins Gefängnis gehen und die Entscheidung abwarten. Keinem von ihnen ward etwas Abwegiges bewiesen, und schon sperrt man sie ein – und mich luden sie ebenfalls vor, und wisset, reverendissime, ich kam nicht!«

Als Kampanus sich darob verwunderte, sagte der Doktor aufrichtig, mit breitem Lächeln: »Nun, das ist kein großes Heldentum, nein, Lichtenstein ließ mich rufen, da ihm keiner der Kleinseitner Doktoren zu helfen vermochte, und ich machte ihn in wenigen Stunden gesund, er hatte die rote Ruhr, sein Blut strömte ohn Unterlaß, gut wär es, wenn alle unsre Schädlinge von der roten Ruhr befallen und so ausrinnen würden, daß von ihnen nur die Haut bleibt, aber ich stillte ihm meiner Doktorenpflicht gemäß die rote Ruhr und verhalf ihm zur früheren Gesundheit, deshalb fürcht ich den Neustädter Vogt, den versoffenen Šrepl, nicht, deshalb hab ich keine Angst um meine Truhen, die jeder Gerechtigkeit zuwider aus dem Fiskus genommen wurden; Lichtenstein ist mehr als Michna!«

»Das ist gut so«, fiel ihm Kampanus rasch in die Rede, »ich zweifle nicht, daß Euch Euer Gut, das sie gewaltsam aus meiner Obhut genommen haben, zurückgegeben wird, aber wegen der Ladung des Vogts solltet Ihr je eher, je lieber beim Fürsten Eure Zuflucht nehmen; wenn Ihr nicht zum Rathaus gehet, werden sie aus dem Rathaus hierhierkommen!«

»Ei, keineswegs, sie kommen nicht, jedes Prager Bürgerhaus ist wie eine Burg des Rechts, hier wird nicht verhaftet!«

Kampanus faltete die Hände und bat bewegten Herzens: »Doctissime domine, wenn Ihr der Hilfe des Fürsten so sicher seid, wie Ihr sagt, dann leget für unseren Jessenius und dafür, daß niemand unserer armen Karlsakademie ein Leid tut, ein Wort ein, ich bitte flehentlich!«

»Für Euren ehemaligen Rektor habe ich schon ein Wort gesprochen, aber der Fürst glotzte mich mit seinem Auge an – der Kerl hat das eine Auge größer –, glotzte mich also mit seinem größeren Auge an und sagte kein Wort. Ich behaupte also, daß es Jessenius nicht gut ergehen wird, begreife aber nicht, wie jemand der Universität ein Leid antun könnte, wie jemand sie um ihre Privilegien bringen könnte, das wird nimmer geschehen, ich weiß nicht, wie und warum das geschehen sollte!«

Kampanus ging mit etwas leichterem Herzen heim, als er das Carolinum eine Stunde zuvor verlassen hatte, dennoch senkte er nicht minder den Kopf zu Boden und schenkte unterwegs niemandem Aufmerksamkeit.

Tags darauf ward ihm ins Kolleg die Neuigkeit hinterbracht, daß um ein Uhr nachts der Vogt Šrepl mit den Gerichtsknechten Doktor Borbonius verhaftet und in das Gefängnis unter dem Neustädter Turm, in das Verlies Mazalka, abgeführt hat.

»Also bedeutet für sie ein Bürgerhaus nicht mehr eine Burg des Rechts!« klagte Kampanus bitterlich zu sich selbst. »Mein Gott, wie wird das enden, wo wird dieser Ausbruch der Wut einhalten?«

Gegen Mittag drang Professor Šultys stürmisch in das Vorzimmer zu Kampanus' Habitation ein und sagte in der offenen Tür hastig zum Rektor, daß vor einer Stunde Soldaten seinen Herrn Vater aus Kuttenberg gebracht und ihn im Neustädter Kerker der Gewalt des kaiserlichen Vogtes zugeführt hätten.

Kampanus sprang vom Stuhl auf, faltete die Hände: »Da fällt ein Schlag nach dem anderen geradezu auf Haupt und Herz!« So sprach er mit bebender Stimme, indem er den jungen Šultys bei der Hand nahm. »Kann sein, daß man nur Zeugen zur Untersuchung haben will, vielleicht wird deinem Herrn Vater nichts Widriges zustoßen?!«

»Ich habe auch so gedacht, wich doch mein Vater allem, soweit er vermochte, aus, hatte vor allem Angst, hat nichts verübt, huldigte als einer der ersten, brachte Kuttenberg sogleich an die Seite der Sieger, was denn also – –«

Als der junge Kollege weggelaufen war, vielleicht um seinem Vater im Kerker einige Bequemlichkeit zu verschaffen, auf daß dieser nicht auf Stroh oder auf der bloßen Bank liegen müsse, blieb Kampanus lange in seinem Zimmer stehen und blickte starr im matten Licht des angelaufenen Fensters auf die kahlen Bäume des Kollegsgärtchens. Dann blitzte plötzlich sein trauriger Blick auf, und sein Gesicht hellte sich auf. Er schnalzte mit den Fingern, wie er zu tun pflegte, wenn ihm ein guter Gedanke einfiel. Er sagte sich: »Selbst der schlechteste Mensch hat etwas Menschliches an sich, und was diese Leute Menschliches haben, will ich entzünden, erwecken!«

Er nahm ein Blatt zur Hand, besah den Kiel, beschnitt seine Spitze mit einem scharfen Federmesserchen, setzte sich und schrieb die Überschrift:

»Elegia de optimo victoriae genere, quod est vincere se ipsum.« Mit der linken Hand skandierte er Verse, mit der rechten brachte er zündende Worte auf das steife Papier.

Er begann mit dem Gedanken, daß die Huld, die die Götter den Menschen gleich mache, der Stoff für seine Verse sei. Um solcher Huld willen wende er sich an den Fürsten Karl, das Licht derer von Lichtenstein, der vom Dichterchor bekräftigten Säule. Er erinnere sich, daß der Fürst mit lächelndem Munde den Glückwunsch der Karlsschule entgegengenommen und versprochen habe, wohltuenden Frieden im Königreich herzustellen. Er wende sich an die beiden Mäzene – an die beiden Sterne des böhmischen Landes – »O Čechici lumina bina soli« – an Herrn Paul Michna und an Daniel Kapr – auf daß sie beim Lichtensteinischen Heroen Fürsprache einlegten.

Da machte Kampanus halt und überlegte geraume Zeit. Lumina bina Čechici soli strich er zweimal durch und schrieb es zweimal von neuem. Er kannte die beiden Männer gut, kannte ihren abscheulichen Ruf und ihren anrüchigen Charakter, wußte, daß sie nicht die Sterne des böhmischen Landes, sondern höchstens seine Unglückssterne waren.

Der Dichter feuriger Worte und Schmeicheleien kämpfte in ihm mit der Geradheit des wahrheitsliebenden, aufrichtigen Mannes. Aber um jene beiden ging es eben, sie hatten die Macht in Händen, sie waren die Berater, sie leiteten alles, in ihren Händen lagen jene unbekannten Frevel und Rachetaten, die wie bleierne, schwere, eisige Gewitterwolken über Prag standen. Der Fürst kannte weder Personen noch Dinge, Michna und Kapr, die kannten alles, die konnten mäßigen, versöhnen, wenn in ihnen die Stimme der Versöhnlichkeit, die Stimme der Gnade, die Stimme des Menschenherzens erweckt wurde.

Und schon skandiert und schreibt Kampanus wiederum mit Lust und mit der Geschäftigkeit erregter Nerven an die Herren die Bitte, das Land zur Ruhe zu bringen, der Friede sei schön, aber um so schöner, wenn sie den Zorn überwänden, wenn sie sich selbst überwänden, den Feind schonen wollten, denn höher vermöge die Tugend sich nicht zu erheben: »Pulchrius est ipsum se vincere, pulchrius hosti parcere, nec virtus altius ire potest.«

Und von neuem strömen die Verse auf das Papier, eilt die Feder dahin. Mit brennendem Herzen ruft der Dichter kühn den Königen zu, nicht an das Kriegsglück zu glauben, nicht an die Gunst des Mars zu glauben, mit einem Mal pflege überwältigt zu werden, wer heute der Sieger ist.

»Discite, propitio, reges, diffidere Marti,
vincitur, heu, subito, qui modo victor erat.«

Dieser Wankelmut des Kriegsglückes brachte die Römer, die Herren der Welt, dahin, die Besiegten zu schonen, sie nicht zu schmähen.

In neuen Versen bringt der Dichter die Versöhnlichkeit Karls des Fünften und Ferdinands des Ersten, Königs von Böhmen, in Erinnerung, und rührt voll Gram an die Wunde vom Weißen Berg. Die schwach gewordene Czechia ergriff vergebens die verderbenbringenden Waffen, wurde überwältigt, aber das Vaterland wird sich erheben, wieder aufblühen unter einem gnädigen Herrscher, dessen Zorn mit der Sonne untergeht. Er wendet sich an die Universitas und mahnt sie, die Angst zu überwinden: Leg ab die Furcht, du Geschlecht, festhaltend an den Wahrheiten des Akademos, der Bücher gewohnt, nicht Schaden stiftend – –

»Tu quoque pone metus, Academi vera secutum
assuetumque libris, innocuumque genus!«

Und Kampanus schreibt, schreibt lange, führt Beispiele aus der Historie an, unternimmt im poetischen Kunterbunt der Rhythmen einen verwegenen Ausfall gegen die beiden Herren, wenn er ihnen in Erinnerung bringt, daß er sogar bei den Hunnen menschliche Versöhnlichkeit und Barmherzigkeit fand. In das reiche Beet bunter Phrasen legt der Dichter das tiefe Gefühl einer geängstigten Seele. Er gelangt an das Ende seiner Elegie. Und dieses Ende gilt wiederum den beiden Mächtigen, Michna und Kapr, böhmischen Männern, die er von neuem und zum letzten Mal um Fürsprache anfleht. Ihr, die ihr mit ausgezeichneten Ratschlägen die Welt lenket, leitet die Hände der Sieger zur Mäßigung! In einem glatten schönen Vers verspricht er beiden, daß – täten sie dies – die gedeihliche Zeit eines wohltuenden Friedens sie erfreuen und die dankbare Nachwelt sie zu den Sternen erheben werde:

»Sic vos posteritas grata sub astra vehat!«

Den Magistern, die am folgenden Tag zu den Vorlesungen kamen, gefiel die Elegie, sie steuerten auch Geld für ihren Druck bei, Troilus aber sagte, als er seinen Anteil erlegte, hoffnungslos: »Diese Herren wird der Rektor durch nichts mehr besänftigen!«

Professor Šultys lief dreimal des Tages in die Druckerei, auf daß die Gesellen sich mit dem Setzen und Drucken der Elegie beeilten. Sicherlich ging es ihm um den Herrn Vater, um dessen Freikommen aus dem Kerker er sich bemühte.

Rektor Kampanus eilte mit der gedruckten Elegie in die Kanzlei auf die Burg.

Die Herren, die in der Elegie zu Sternen des böhmischen Landes erklärt wurden, ließen den Rektor nicht zu sich vor. Der feiste Kapr konnte nicht, da er beim Kriminalverhör der verhafteten Rebellen war, und Herr Paul Michna, ohne Zweifel, wollte nicht. Lange wartete der Rektor der böhmischen Universität in dem mit Wappenschildern bemalten Vorsaal, und zeitlebens war er sich nicht so gering, winzig, bedeutungslos, ein Nichts, vorgekommen wie gerade jetzt, als er hinter der Tür wartete, die sich alle Augenblicke öffnete, jedoch niemals für ihn. Kann sein, daß diese Erniedrigung auch der Schreiber fühlte, der Magister Kampanus riet, Ihro Gnaden Herrn Michna des Nachmittags in dessen Wohnstatt zu besuchen, falls er nichts Dringendes, Amtliches im Sinn habe.

Nachmittags gegen die vierte Stunde nach deutscher Uhr trat der Rektor durch das große Tor von Michnas Haus, wobei er die Elegie zusammengerollt und mit einem Goldfaden verschnürt auf seiner Brust trug.

Der große Wossrtrink, der an dem Gewand und dem ernsten Aussehen eine wichtige Persönlichkeit erkannte, erklärte Kampanus recht höflich mit harter Zunge auf deutsch, daß Ihro Gnaden vielleicht schlafe, vielleicht allein sei und schreibe, er Wossrtrink, wisse es nicht, der Herr schließe sich stets nach dem Mittagmahl ein und niemand dürfe dann zu ihm hinauf, manchmal komme Ihro Gnaden Herr Bruder, dann spielten sie mit Kupferkügelchen, heut aber sei er nicht droben, es sei denn, er wäre von hinten, durch den Garten, eingetreten, das könne Wossrtrink jedoch nicht wissen, er hüte nicht die Gartentür. Der geschätzte Herr möge jedoch ein Weilchen warten, das rate er ihm.

Der Rektor ging also an jenem unfreundlichen Februartag auf der kotigen Straße vor dem Hause des mächtigen Herrn auf und ab. Den vorbeikommenden Menschen schenkte er keine Beachtung, da er selbst mit seinen Gedanken genug zu tun hatte. Er bemerkte jedoch, daß ein Soldat in das Haus des Herrn kam, der einen Zettel hinter dem Hut stecken hatte, auch gewahrte er, daß der Soldat sogleich wieder herauskam und ebenso wie er selbst, der Rektor, wartete.

Der Rektor und auch der Soldat warteten lange.

Den Soldaten verdroß es, und er ging fort. Der Rektor war geduldiger. Er hatte sich in den Kopf gesetzt, daß er mit Michna sprechen müsse, und wenn er ihn auf der Gasse erwischen sollte.

Beim Auf- und Abschreiten kam er auch zweimal jenseits der Ecke in einem Seitengäßchen zum Wasser. Als er zum dritten Mal hierhergeschritten kam, knirschte ein Schlüsselchen im kleinen Türchen zu Michnas Garten, und heraus trat – Kampanus erkannte, obgleich sie ein wenig verschleiert war, ihre schwarzen stechenden Augen, ihr weißes Gesicht – Frau Moller.

Das Türchen klappte zu, ehe Kampanus den Mann, der Frau Eva bis zur Tür geleitet hatte, erblicken konnte. Kampanus schien, es wäre Michna gewesen.

Frau Moller war hübsch in eine löwenfarbene Schaube aus welschem Tuch gekleidet, auf dem Kopf hatte sie einen Überwurf mit Silberschaum und ein Samthütchen, sie war voll Leben, üppig, wiegte und drehte sich in den Hüften und schritt stattlich einher wie ein Musketier.

Als sie an Kampanus vorbeikam, lachte sie auf in frechem Trotz, der Kampanus zu sagen schien: »Du hast mich ausspioniert, aber ich fürchte mich nicht!«

»Leichtfertige Dirne«, sagte Kampanus, als sie vorüber war, halblaut und mit plötzlicher Verbitterung, die er nicht zu unterdrücken vermochte, »Allerweltsweibstück, Laterne, Vater und Mutter haben dich hinterlassen wie andre die Sünde – und zu Mollerus passest du wohl!«

Er erinnerte sich mit Ekel daran, daß dieses Weib im Vorjahr einen eigenhändigen Befehl des Königs Friedrich brachte, Moller zum Professor zu wählen, und ihn dann, als Kampanus dem königlichen Befehl Trotz bot, wütend mit unflätigen Worten anfiel und auf dem Gang und auch noch die Treppe hinab Feuer spie.

Ein Weilchen später stand Kampanus vor dem sommersprossigen Herrn Paul Michna.

Der Herr begrüßte den Rektor nachbarlich mit leutseliger, tönender Stimme. Kampanus kannte diese Stimme und die gleißnerische Art, wußte aus alter Erfahrung, daß Schlangengift unter der Lippe steckte.

Und doch sah Kampanus sogleich ein, daß es besser war, wenn Herr Michna leutselig sprach, als wenn er herrisch und hart loslegte, wie der Rektor es erwartet hatte.

Kampanus reichte dem Herrn die Verse mit kurzem Wort, daß er um huldvolle Gnade bitte.

Michna nahm das Papier, focht und schwenkte damit hin und her, sagte, Verse seien Spielereien und hätten in diesen vertrackten Zeiten vollends wenig Geltung. Er werde sie jedoch in einer Mußestunde durchlesen. Und dies sagte er wiederum mit freundlicher Stimme, nur daß Kampanus diesmal aus dem heiteren Ton eine Verhöhnung seiner Arbeit und seiner herzlichen Bitte herausfühlte; er war nicht stolz auf seine gereimte Arbeit, aber der Hohn traf ihn bei dieser traurigen Gelegenheit tief und verletzte ihn bis in die zartesten Falten seines empfindsamen Herzens. Schon drängten sich ihm schlimme Worte auf die Zunge, aber er erinnerte sich der Universität, seiner Liebe, und hielt sich zurück.

Er stand da in finsterer Schweigsamkeit, eine majestätische Persönlichkeit, dem untersetzten dicken Männchen gegenüber, und in diesem Augenblick machte er einen stolzen, sehr stolzen Eindruck.

Michna bemerkte entweder nicht, daß der Dichter beleidigt war, oder machte sich nichts wissen. Er entfaltete die Elegie und begann hie und da ein Stückchen zu lesen.

Dies versöhnte Kampanus ein wenig, und gleichsam als rasche Hilfe zum Verständnis dessen, worum es ging, sprach er mit halbem Munde leise:

»Homines ignoscendo crescunt.«

»Ein hübscher Spruch, hübsch!« lobte Michna, schelmisch blinzelnd, »das habt Ihr, reverendissime, aus Seneca oder aus Marc Aurelius, obzwar ich dessen sicher bin, daß, wenn Ihr gesiegt hättet, Ihr gegen uns als Besiegte einen anderen, weniger liebenswürdigen Spruch hervorgesucht hättet. Aber lassen wir das!

Auf daß Ihr wisset, daß ich ein Patron der Schriftgelehrsamkeit bin, daß ich ein Freund Eurer Akademie bin, verspreche ich Euch denn, vom Fürsten ein Dekret darüber zu erwirken, daß der barmherzige Bruder Romana ohne Pfiff und Kniff das Dorf herausgibt und Euch zurückstellt.«

Kampanus verneigte sich. Michna fuhr fort: »Danket nicht, ich werde daran kein großes Verdienst haben, sehet, ich bin aufrichtiger als der, für den ihr alle mich haltet, ich sage Euch, daß mir keinerlei Verdienst zukommen wird, jenes Dorf von Počernice erhielt der Spittelbruder von Tilly, einem fremden General, und – verstehet wohl – ein fremder General hat bei uns nichts zu verteilen, dafür sind wir da, wir!«

Kampanus erwärmte sich ob dieser Aufrichtigkeit des mächtigen Mannes und schilderte, in welche Not die Universität und die Magister gefallen seien, schilderte, daß an manch einem Tag in allen Kollegien nicht ein halbes Schock Groschen zu finden wäre.

»Das ist gut so«, gab Michna wie im Scherz seiner Zufriedenheit Ausdruck, »wenigstens werden die Magister nicht so üppig sein«, aber gleich darauf, mit plötzlicher Zornesröte im Gesicht sowie auf seinem dicken Hals, fügte er voll Gemeinheit hinzu: »Weshalb hat sich denn jener Schalk und Nichtsnutz Šultys, diese rote Ruhr, der Fuchshaarige, so über den Fenstersturz so geschätzter Herren gefreut, warum verspottete er einen so ehrbaren Mann, den Magister Fabricius, und schüttelte sich vor Abscheu vor ihm? Magister Fabricius beschwerte sich darob in Wien, ein solcher Professor, behaupte ich, richtet Eurer Schule mehr Schaden an als der Magister Mollerus, gegen den Ihr Euch so hartnäckig stemmtet, je schaden könnte. Ihr hättet wahrhaftig zu diesem bübischen Fenstersturz nicht gehen müssen, als Professoren hättet ihr lieber Lektionen lesen sollen – doch das ist vorbei, ist schon geschehen, jetzt bekümmert Euch bloß darum, daß die Akademie dadurch nicht zu Schaden kommt!«

»Deshalb bin ich da«, sprach Kampanus rasch und mit herzlicher Stimme, »wollet, Ihro Gnaden, die schützende Hand über unsere Schule, über uns, ihre bedürftigen Professoren halten, wollet nicht Ärgernis nehmen an Magister Šultys; wir freuten uns nicht über den Sturz der Herren, Gott ist mein Zeuge, wir kamen, um Hilfe für die Universität zu erbitten, waren an keinerlei politischem Rat beteiligt, wollet gnädig sein auch gegenüber dem alten Herrn Šultys sowie auch unserem ehemaligen Rektor, Doktor Jesenský, er wird sicherlich seine Unschuld beweisen, der Arme hat im Kerker schon viele Wochen lang ein hartes Leben, wir haben kein Geld, um ihm Aufbesserung in der Kost schaffen zu können, ich bitte für ihn, bitte im Namen seines Kindes, eines kleinen Mädchens –«

»Er hat ein Kind?« beeilt sich Michna, »wo hat er das Kind?«

Die eilige Frage ließ Kampanus zusammenzucken, er erschrak, ihm war in diesem Augenblick, als begieße man seinen ganzen Körper mit siedendem Wasser, der Überschwang des Gefühls brachte ihm das Kind in den Sinn, jenes fünfjährige Kind, das Kind Jesenskýs, das der Vater verstohlen liebkoste, zu dem er sich jedoch nicht öffentlich bekannte – ein uneheliches Kind. Kampanus warf sich vor, daß er das Kind vielleicht nicht hätte erwähnen sollen, es war aber schon zu spät, er hatte schon verraten, daß das Kind da ist, wollte den Menschen, in dessen Händen das Schicksal des Vaters und auch jenes unschuldigen Würmchens zu liegen schien, zur Barmherzigkeit bewegen.

Michna bemerkte, daß Kampanus aus irgendeinem Grund erschrak. Deshalb fragte er nur mehr gleichgültig von neuem, wo der Magister das Kind aufziehe.

Kampanus vermochte nicht zu lügen.

Er bekannte und verleugnete nicht, daß das Mädchen im Hause des deutschen Priesters Lippach zu St. Salvator war. Und da ihm die Fragen Michnas gar zuwider waren, fing er an, wiederum selbst zu sprechen und aufs neue für alle zu bitten, er bat für seine Schule, wie inniger nicht gebeten werden konnte.

»Ich hege wider Euch keinerlei Zorn, will Euer Fürsprecher sein, weiß aber nicht, wieviel ich vermag, Ihr erinnert Euch, reverendissime, daß ich Euch vor drei Jahren warnte, allerdings vergeblich, ich hege aber keinerlei Zorn. Geleit Euch der Herrgott!«

Nachdem der Rektor weggegangen war, rieb sich Michna fröhlich die Hände, setzte sich nieder und schrieb den Befehl, der Altstädter Vogt möge im Priesterhaus zu St. Salvator eingehend Nachschau halten, ob sich dort nicht Wertsachen, Geld und Schriften des Doktors Jessenius befänden, denn das, was im Kolleg bei Jessenius gefunden wurde, war sehr wenig und werde sicherlich nicht alles sein.

Kampanus schritt heimwärts in der Überzeugung, es sei ihm diesmal gelungen, den berüchtigten Ränkeschmied zum Mitleid zu bewegen und einen Funken menschlichen Mitgefühls in ihm zu entfachen. Er wunderte sich über sich selbst, woher er so viele innige Worte genommen hatte, als er bat.

Ehe die Nacht über Prag herabsank, kehrten die Knechte des Altstädter Vogtes die Wohnung des Priesters Lippach von unterst zu oberst. Was dem Vogt nur einigermaßen gefiel, das trug er davon, wenn auch Lippach verzweifelt beschwor, es sei sein eigen.

Tags darauf konnte Magister Lippach gar nicht begreifen, warum Magister Kampanus bei ihm eintrat und dem Mädchen ohne Unterlaß und lange die Haare streichelte und dabei immerfort Tränen in den Augen hatte. Stumm leistete Kampanus dem Kinde Abbitte.

In der Seele des wortkargen Poeten Kampanus sah es nicht tröstlich aus. Jetzt quälte ihn schon fast unaufhörlich die Angst um die Universität. Zwar hielt Michna sein Wort und sandte sowohl ins Kolleg wie zu den Barmherzigen Brüdern das fürstliche Dekret mit dem Befehl, der pater misericordiae habe das Dorf Počernice der Universität zurückzugeben.

Aber der Pater gab nichts zurück.

Der Pater ließ Lichtenstein ehrerbietig, der Universität weniger ehrerbietig bestellen, daß die Mitglieder des Ordens ebenso wie andere dem Kaiser als Soldaten und überhaupt der gesamten Christenheit bei Krankheit dienen.

»Und dabei bleibt es!« sagte Troilus, als der Brief des Spitalbruders in der Versammlung verlesen wurde.

Dagegen traf vom Fürsten ein weiteres Dekret darüber ein, daß die ausgedehnten Räumlichkeiten im Karlskolleg zur Einlagerung von Heeresgetreide vorzubereiten seien.

Kampanus rang die Hände und jammerte.

Nirgend gab es Abhilfe, um so drückender nun bedrängten und erschütterten seine Seele die Befürchtungen um die alte Schule, nahmen ihm jede Ruhe.

Dazu befielen ihn allerlei Gewissensbisse. Er sah zwar ein, daß die Gewissensbisse ungerechtfertigt waren, aber sie stellten sich immer wieder ein, zudringlich wie ein Wespenschwarm, und stachen und zwickten schmerzhaft. Er warf sich vor, daß er seinen Nachbarn Sixtus von Ottersdorf selbst in den Kerker gelockt habe, als er ihm die Vorladung des Vogtes so unschuldig und harmlos auslegte; jedesmal wenn er bei Frau Ludmila Sixt eintrat, um sie zu trösten, fühlte er sich schuldig.

Neuerlich warf er sich wiederum vor, daß er Michna ganz unnötig auf Jesenskýs Kind aufmerksam gemacht und damit bewirkt habe, daß Jessenius, wenn er etwas versteckt hatte, ratzekahl um alles gebracht würde.

Der Mensch vermag wahrhaftig viel zu ertragen, aber nur dann, wenn er hofft, daß es besser wird, sonst sinkt sein Mut. Kampanus hatte die Hoffnung verloren und begann kleinmütig zu werden. Seine Energie wurde weich und schwand wie der Schnee, wenn ihn der Wind von der warmen Mittagsseite her anknabbert.

Mit dem diesmal recht tränenreichen Frühjahr kamen traurige Osterfeiertage. Welche unendliche

Menge von Gaben aller Art war doch sonst in glücklicheren Zeiten zu Gründonnerstag aus Städten und Städtchen ins Karlskolleg geströmt, was hatte es da an Wildbret, Hühnern, Käse gegeben, wieviel Eier, der Kollegsprobst pflegte in dieser Zeit wie ein Krämer und Höcker zu sein, kaum daß er alles in Empfang nehmen und wieder verschenken konnte.

Heuer nichts, gar nichts.

Den Bürgern war nichts an der Lehrerschaft gelegen, sie begehrten sie nicht, und die Lehrer liefen aus den halbleeren Schulen weg, anstatt der Gaben kamen nur leere Glückwünsche ins Kolleg, in denen sich die Not nach den kriegerischen Verwüstungen meldete.

Kampanus grämte sich nicht darob, daß es zu den Feiertagen keine Geschenke gab, daran lag ihm nichts, die lieben Leute im Kolleg stahlen sie ihm ohnehin jedesmal sozusagen unter den Augen fort. Ihn regten derzeit, neben den alten Schmerzen, mehr die neuen Nachrichten auf, wonach diejenigen der böhmischen Defensoren und ehemaligen Direktoren, die gefangen saßen, ununterbrochen und streng verhört wurden, keiner von ihnen freigelassen, sie bis zum Tode eingekerkert bleiben sollten.

Diese Alarmnachrichten brachte Knobelius dem Rektor, wobei er berichtete, daß die Wiener Doktoren, mit den böhmischen Männern Kapr und Jeníšek um die Wette, die Herren beim Verhör in die Netze trieben. Knobelius, der nichts Gutes ahnte und der solcherlei Dinge nicht weiter anhören wollte, lasse sich lieber nochmals zum Kriegsdienst anwerben, er wisse wohl, wo er den ehemaligen böhmischen König zu suchen habe, wollte zu ihm stoßen und nicht nach Böhmen zurückkehren, es sei denn mit den siegreichen Heerhaufen der Evangelischen.

Er nahm Abschied vom Rektor und verließ die Schule und die Städte von Prag.

Eines Tages, kurz nach den Festtagen, füllte sich das Karlskolleg mit evangelischen Priestern, Tschechen und Deutschen. Vom Administrator Dikast bestellt, kamen sie hierher zum Konsistorium.

Kampanus öffnete das Sommermuseum für sie, denn in den übrigen größeren Zimmern waren das Heeresgetreide und die Soldaten samt den Soldatenweibern und Kindern.

Auch trieb das Soldatenvolk mit den ehrwürdigen Priestervätern seinen Spott, als sie sich versammelten.

Die Priester versammelten sich angstvoll.

Eine Stunde später gingen sie noch erschreckter und unentschlossener auseinander. Was sollten sie beschließen? Administrator Dikast, der als Einleitung allerlei Umschweife machte und sich über den grauen Schopf strich, bestellte allen Priestern gemeinsam von Herrn Michna, zunächst Geld zu erlegen, um bei Ihro kaiserlichen Gnaden Gefallen zu finden.

Die Priester, die in den ersten Reihen standen und saßen, brachen in Geschrei aus, sie hätten nichts. Die Priester, die weiter hinten waren, streckten die leeren Hände in die Höhe. Eine Weile ging es im Auditorium wie in einer Judenschule zu.

Als es nach geraumer Zeit still wurde, trug Dikast Michnas zweite Forderung vor, die Pastoren mögen die Krönung Friedrichs verdammen. Tiefe Stille, die plötzlich den weiten Saal erfüllte, war die Antwort darauf.

Aber die Stille ward unterbrochen.

»Warum nicht?« ließ sich einer der Priester vernehmen.

»Warum nicht?« meldete sich schüchtern ein zweiter. »Friedrich ist weg, Friedrich ist auf und davon, warum nicht?«

Der Administrator Dikast strich sich verlegen über den Schopf und sagte mit zerfließender, unsicherer Stimme, daß man in diesem Punkt den Herren auf der Burg doch einigermaßen willfahren könne.

Aber er hatte noch nicht recht zu Ende gesprochen, als der Sturm vieler Stimmen aufbrauste; eine dünne Stimme schwang sich über alle empor und schrie durchdringend: »Schäm dich, hast ihn selber gekrönt! Schäm dich!«

Pfarrer Dikast blähte seine aufgedunsenen, vor Zorn tief geröteten Wangen und überließ es dem grauen Haarschopf, hierhin und dorthin zu flattern, er gestikulierte lebhaft mit den Händen und erklärte etwas den Priestern, die ihm am nächsten standen.

Diese verschwanden hierauf einer nach dem anderen aus seiner Nähe.

Beim Tisch allein geblieben, streckte Dikast wie auf der Kanzel beide Hände empor, und als der Lärm nicht aufhörte, begann er mit gefalteten Händen um Schweigen zu bitten, durch Zeichen zu verstehen gebend, daß er noch etwas verkünden müsse. Endlich trat Stille ein, so daß er das dritte Verlangen Michnas verkünden konnte. Mit gekünstelt schmerzlicher Stimme sprach er: »Wir sollen vom Erzbischof eine neuerliche Weihe entgegennehmen und unsere ehrbaren Ehefrauen fürderhin nur mehr als unsere Köchinnen betrachten« – und vielleicht um die Versammlung zu versöhnen, fügte er hinzu: »dem können wir nicht zustimmen, unsere Weihe ist gültig – –«

Aber die Priester hörten nicht mehr zu. Hals über Kopf stürzten sie hinaus. Die Priester verließen, viele unter Geschrei, andere in furchtbaren Zweifeln, das Kolleg, Rektor Kampanus in schweren Befürchtungen zurücklassend.

Der ahnte, wenn die Sieger nunmehr darangingen, an die utraquistischen Priester zu rühren, daß auch das Hohe Karlsstudium betroffen werden könnte. Ja, noch viel eher! War die Karlsschule doch wehrlos, während die lutherische Priesterschaft in Böhmen bei ihrem Widerstand auf den Schutz des Kurfürsten von Sachsen bauen konnte, eines evangelischen Fürsten, der ständig beteuerte, daß er gegen Rebellen Hilfe leiste, aber die Evangelischen und den Glauben nicht im Stich lassen werde.

Kampanus zitterte immer mehr um die Universität. Er hätte sich mit seiner Schule schon am liebsten in einer Wüstenei, weitab von den Menschen, gesehen.

Manches Mal fragte er sich selbst, ob denn die herabgekommene und gesunkene Schule für alle diese Ängste und für den Kampf stehe; auch wenn die Widersacher sie in Ruhe ließen, wer sollte dann den Aufwand für ihre Reformierung tragen, da sich doch in besseren Zeiten niemand von den Mächtigen um sie bekümmern mochte.

Dann schämte er sich wiederum solcher Gedanken, mißtraute seiner Liebe zur Schule, hielt solche Augenblicke des Kleinmuts für Treulosigkeit und entbrannte dann um so mächtiger für die dahinsiechende Universität, schloß sich um so tiefer, herzlicher, inniger an sie an, empfand die Möglichkeit ihres Unterganges um so schmerzlicher.

Und dieser Schmerz ward nunmehr schon beständig. Kampanus begrüßte den Abend und die Nacht, da sie Dunkel mit sich brachten und der verängstigte Mann im Dunkeln sein Haupt auf das Bett legte und die Augen schloß. Er hoffte, in der Dunkelheit würden auch die unruhigen Gedanken entweichen.

Aber gewöhnlich verblieben alle Ängste getreulich bei ihm, und wenn dann eine seitab in die Dunkelheit entsprang, dann kehrte sie sogleich wieder zurück und brachte neue, ärgere, fürchterlichere Gedanken mit sich. Der Schlaf mied sein erhitztes Haupt.

Das Licht des Morgens brachte seiner gequälten Seele weder Licht noch Beruhigung. Geändert hatte sich nur, daß die Seelenängste in der Morgendämmerung handfestere, wahrscheinlichere Formen annahmen. Gewöhnlich ward er vom Geschrei der Soldaten in das Morgenlicht zurückversetzt. Diese zankten sich mit der Magd, die die Küche besorgte, oder mit dem Pedell, wobei sie wie im Walde brüllten.

Kampanus fühlte und sah, daß sich eine feindliche Übermacht, mit todbringenden Waffen gerüstet, dem Fortschritt, ja, dem Dasein der Hochschule entgegenstellte; und schon festigte sich in ihm die kleinmütige Überzeugung, daß er sich mit dem Rest der

Professoren der altehrwürdigen Schule dieser Übermacht nicht werde erwehren können. Er ließ sich jedoch durch den härteren Troilus und den feurigeren Šultys davon überzeugen, daß es nicht angezeigt sei, sich zu verkriechen und die tödlichen Streiche wie ein stilles Schaf abzuwarten, sondern daß der Berg von Hindernissen und Feinden umgangen werden könne.

Bei einer solchen Beratung entstand der Vorsatz, sich nicht durch Fürbitte bei den hiesigen politischen Lenkern, die voll Falsch waren, zu wehren, sondern sich geradewegs nach Wien an den Kaiser zu wenden, mit der Bitte um Huld und Schutz, und an den Kurfürsten nach Dresden eine Bittschrift zu senden, auf daß dieser beim Kaiser, seinem Verbündeten, für die bedrohte akademische Schule, die an der Empörung nicht beteiligt war, Fürbitte einlege.

Ende April kam Michnas deutscher Bediensteter, der grobe Wossrtrink, in das Kolleg Vater Karls. Er kam mit der mündlichen Bestellung, der Rektor und der Dekan mögen sich ohne Aufschub in Person in der Kanzlei Ihro Gnaden seines Herrn einfinden.

Der Dekan Troilus setzte in weidlich holprigem und mißlichem Deutsch auseinander, daß sie – als Beamtete der Hohen Schule zu Prag – auf niemandes mündliche Bestellung kommen müßten, daß sie als Beamtete der Hohen Schule zu Prag solche Mißachtung bedauern, daß sie aber zum Beweis ihres guten Willens kommen wollten.

Und sie kamen.

In der Kanzlei auf der Prager Burg polterte Herr Paul Michna in Anwesenheit zweier Schreiber, als er den Rektor samt dem Dekan gewahrte, ohne die übliche Begrüßung, über und über zorngerötet, heraus: »Habt ihr Šultys mit einer Bittschrift nach Wien gesandt?«

Dabei hatte seine Stimme nicht jenen biederen, nachbarlichen, ehernen Ton, der ihm das Vertrauen der Leute gewann, sondern dies war eine zischende, knarrende Stimme, scharf wie das Kreischen einer Säge.

»Jawohl!« antwortete Troilus kurz, entschieden.

»Magister Šultys ging nach Wien, um für seinen Herrn Vater zu bitten, er nahm unsre Supplikation mit sich!« hub Kampanus mit ein wenig weicherer Stimme als sein Kollege Troilus seine Erklärung an.

»Da liegt eure Supplikation, da, da!«, dabei schlug Michna wütend mit der Handfläche auf ein in Briefform gefaltetes und zusammengelegtes Papier. »Der Herr Kanzler Lobkovic hat es nicht für nötig erachtet, Ihro Gnaden den Kaiser mit dieser Supplikation zu belästigen, legte sie nicht vor und schickte sie her zu uns.«

Troilus lachte bitter auf, Kampanus hörte sein eigenes Herz pochen.

Michna fuhr fort, nicht so zornig wie zuvor, aber dafür mit giftiger Ruhe: »Ich las mit großem Vergnügen in eurer Supplikation, daß ihr euch darin schuldig gebet, daß ihr euch zu allem bekennet, daß ihr kniefällig um Vergebung bittet, das ist recht so.«

Dekan Troilus machte ein finsteres Gesicht.

Kampanus, der ahnte, wohin Michna zielte, sprach: »Wir hielten es für vorteilhafter, keine Ausflüchte zu machen, so wir Seiner Majestät dem Kaiser eine Bitte vorlegen. Wozu dem Vater gegenüber Ausflüchte machen? Ausreden reizen auf, Demut macht geneigt; hätten wir einem Richter geschrieben, dann wäre es nötig und gerecht gewesen, stolz niederzuschreiben: uns trifft keinerlei Schuld!«

Michna lachte häßlich, boshaft auf. Zeigte ihnen seine gelben Zähne, blickte von einem zum anderen, als wollte er fragen, ob sie nicht scherzten. Dann hieb er mit der Hand durch die Luft und sprach: »Dort, das ist eine schlimmere Sache, ihr sandtet jenen spottsüchtigen Burschen samt dem Priester Vrbenský mit einer Bittschrift zum Kurfürsten von Sachsen!«

»Wir sandten den Magister und Professor Šultys und den Priester Vrbenský!« verbesserte Kampanus Michnas zornige Rede.

»Den Magister und Professor«, bekräftigte Troilus entschiedener.

Michna kniff die Augen zusammen und warf Professor Troilus einen scheelen Seitenblick zu und den auch nur zu dessen Füßen, womit er seine Verachtung kundtun wollte. Dann fragte er mit der Stimme eines verhörenden und keineswegs wohlwollenden Richters: »Wie konnte ein Priester euer Legat werden?«

»Er ist Mitglied der Universität, ist Magister der freien Künste, ist verpflichtet, ihr Wohl und ihren Nutzen im Auge zu haben«, gab der Rektor ruhig Aufklärung.

Darauf ertönte das häßliche, gezwungene Lachen Michnas, ähnlich dem Schnarren der Holzratschen am Karfreitag. Zwischen jedem einzelnen Geschnarr ward höhnisch laut: »Da hattet ihr Wohl und Nutzen im Auge! Nichts Dümmeres denn das! Wer wies euch an den Kurfürsten?«

Kampanus betonte: »Unsere Verzweiflung, wir hegen schlimme Hoffnung wegen der Universität.«

»Ihr führet beim Kurfürsten Klage, als ob der Akademie unrecht geschähe, ihr ist nichts geschehen und wird nichts geschehen!«

»Das Dorf ist weg!« sagte Troilus schneidend.

Ohne den Dekan einer Antwort zu würdigen, fuhr Michna in seinen Vorwürfen fort: »Alles ist in suspenso, und ihr möchtet euch zu Anklägern des Fürsten aufwerfen; da spielt ihr mit dem Feuer, der von euch ausgesandte Priester beschwerte sich in Dresden darüber, daß der Glaube und die Priesterschaft unterdrückt werden! Wie konnte er sich dessen unterstehen?«

Troilus kleidete seine Antwort in eine kühne Frage: »Wer hat denn den evangelischen Priestern befohlen, sich vom römischen Bischof aufs neue weihen zu lassen, ihre ehrbaren Ehefrauen zu verjagen?«

»Nun werde ich euch denn etwas klarmachen, mich verdrießt es, mit euch weitere Gespräche zu führen, ihr seid durchtrieben und wühlet zur Empörung, wie ihr es gewohnt seid, insbesondere euer rothaariger Lügner, der Täuscher Šultys, ihr durftet ohne den Willen des Fürsten keine Botschaft aus diesem Königreich hinaussenden, ihr bereitet neue schändliche Rebellion vor, ihr hetzt Ihro kaiserliche Gnaden zugleich mit dem Kurfürsten von Sachsen auf, entzweit die Potentaten, dessen müsset ihr euch vor mir verantworten und purgieren, weshalb ihr die Potentaten untereinander entzweit, und ich fürchte für euch, daß ihr euch da nicht so leicht reinwaschen werdet, ich befehle euch namens des Fürsten, dem

Kurfürsten von Sachsen zu schreiben, daß eure Legaten nicht die Wahrheit redeten, daß weder der Schule noch dem Glauben Abbruch geschieht, daß alles, was Ihro Gnaden der Fürst tut, gut getan ist; das Konzept dieses neuerlichen Briefes werdet ihr mir baldmöglichst hierherbringen, ich werde meine Genehmigung geben oder Verbesserungen vornehmen und ihn dann selbst nach Dresden senden!«

Magister Kampanus griff sich mit beiden Händen an den Kopf und ging wankenden Schrittes zur Tür hinaus.

Die beiden Schreiber schauten den großen, ernsten Mann mit offenen Mäulern an.

In Troilus kochte der Zorn, aber es war der Zorn der Empörung. Er wandte sich nochmals an Michna, der im Zimmer auf und ab ging und wütend die Stühle mit den Füßen beseite stieß, und sprach: »Die Universität wird nicht lügen!«

Und damit ging er.

Noch in der Tür hörte er Michna laut schreien und zischen: »Entweder ein neuer Brief nach Dresden oder Sühne!« – – und ihnen bis ins Vorgemach nachlaufend, wo eine Menge Leute stand, wiederholte Michna auf tschechisch und lateinisch, daß die Akademie sich reinwaschen oder die Buße auf sich nehmen müsse – –

Auf der Schloßstiege sprach Troilus: »Der verdammte Talgfresser, dem die Fasern noch in den Zähnen hängen. Mein Gott, unter uns Tschechen gibt es viele schlimme Leute, und die denken sich zu unserem Schaden Dinge aus, worauf Menschen andrer Nationen ihr Lebtag nicht verfallen würden!«

Dann sprach er unterwegs kein Wort mehr.

Am Abend des gleichen Tages kam Magister Šultys in das Karlskolleg, um Abschied zu nehmen. Weder der Rektor noch Troilus, der anwesend war, erkannten den Professor, ihren Kollegen, und das nicht einmal dann, als er sich zu erkennen gab.

War doch Šultys in ein zerfetztes Gewand gekleidet und gänzlich verrußt wie ein Köhlerbursche.

Er sagte, als Vorbild bei diesem Verrußen nach Köhlerart habe ihm der hochgeborene Herr Michna gedient, der seinerzeit bloß unter solcherlei Maske und Mummenschanz aus dem Stadttor gelangte. Solcherart Mummenschanz habe sich also bewährt.

Kaum hatte Šultys sich verabschiedet und war gegangen, als der Vogt mit den Schergen Magister Troilus verhaften kam. Sie trafen den rußgeschwärzten Šultys in der Einfahrt, erkannten ihn jedoch nicht. Troilus führten sie ab.

Kampanus stand lange wie erstarrt, entsetzt, leblos. Dann strich er sich über die Stirn, als ob er sich selbst zum Bewußtsein erwecken wollte, reckte plötzlich die Hand empor, hob zwei Finger zum Schwur: »Ich werde aus diesem Kolleg Karls seligen Angedenkens nicht weichen, geht das Kolleg zugrunde, dann gehe ich mit ihm zugrunde, ich weiche nicht von unserem heiligen Kapitol. Petrarca brach in Klagen aus, als Rienzi vom römischen Kapitol floh, auf dem er doch schöner sterben konnte als wo immer anderwärts; lebendig und tot will ich hier sein, und wenn die Widersacher unser Kapitol auch zur verwahrlosten Hütte erniedrigen, dann werde ich lebend wie tot in dieser verwahrlosten Hütte verbleiben, und wenn sie sie vernichten, dann werde ich mich von hier nicht wegrühren, will mich in ein Erdloch vergraben wie jenes tschechische Mütterchen, als Martinic es um seines Glaubens willen von seiner Herrschaft verjagen wollte und der Bedauernswerten das Dach über dem Kopf abbrechen ließ! Ich bleibe hier, lebend oder tot!«

IX

Dies irae

»Der Kurfürst von Sachsen nahm ihn gefangen und lieferte ihn verräterisch aus?« fragte Kampanus ganz erstaunt.

»So ist es. Der Kurfürst von Sachsen nahm Herrn Joachim Šlik, den böhmischen Edelmann und Bekenner Luthers, gefangen und lieferte ihn aus; gestern brachten hundert Musketiere Šlik nach Prag, und nun sitzt er schon im Weißen Turm!« wiederholte der Doktor und Professor Basilius mit größter Ruhe.

Der Rektor ward still und versank in Nachdenken.

»Ein sauberer evangelischer Potentat!« sprach Basilius mit einem Anflug von Mißachtung, »daraus könnet Ihr, Magnifizenz, leicht abschätzen, welche Hilfe dieser Mensch uns und unserer Akademie bringen wird, nichts wird er tun, nirgends wird er Fürsprache einlegen, ihm liegt nichts am Glauben, er rüstete sich mit eisigem Panzer gegen die Böhmen schon seit dem Augenblick, da sie den kalvinistischen Pfalzgrafen, und nicht ihn, zum König wählten. Wollet, Magnifice, von den Sachsen nichts erwarten und erkennet endlich an, daß die Legation namens der Akademie nach Dresden überflüssig war.«

Und als Kampanus nichts einwendete, fuhr Professor Basilius, nachdem er sich die prahlerische

Halskrause glattgestrichen, fort: »Der Herr Fürst Lichtenstein spricht mit mir niemals über die Universität, einmal oder zweimal wöchentlich weissage ich ihm die Zukunft aus der Stellung der Gestirne und gehe dann meiner Wege. Aber ob jener Dresdner Legation ist er über die Maßen erzürnt. Ich begütigte, entschuldigte, erklärte, er hörte nichts, wollte mich hinauswerfen – so bedenket denn, Magnifice, der Fürst ist zornentflammt, dabei herrscht in Dresden Kühle und Falschheit, ist es da nicht klüger für die Akademie, zu schreiben, was Michna will, wir müssen doch nicht schreiben, daß unsere Legaten logen, aber so viel könnten wir doch schreiben, daß sie aus Angst um den Glauben und die Akademie dick übertrieben, mehr redeten, als wahr ist. Da ich die Meinung des Fürsten und sein böses Auge und seinen bösen Ratgeber Michna kenne, verfertigte ich, um des Wohles unserer Schule willen, ein Konzept – hier ist es, sehet, eh, hier ist es –«

Kampanus las, zuckte die Achseln. Las von neuem. Dann legte er beide Hände auf das Papier und sprach lieber von anderen Dingen: »Was hörst du, Magister, über die Untersuchung gegen unsere armen Defensoren und Direktoren?«

»Nichts Genaues. Die meisten der Fragen sollen die Versammlung im Karlskolleg und die Wahl des Pfalzgrafen betreffen, sehr scharf sollen die Doktoren und Räte aus Wien sein, der ärgste ein gewisser Laminger von Albenreuth, von unseren böhmischen ist auch keiner weich, alle scharf –«

»Das ist schon so unsere Natur, sehr viele von uns pflegen, wenn sie zur Macht gelangen, gar streng und böse zu sein, meinen sich gefällig zu erweisen und den lieben Willen der Höheren zu erfüllen«, sprach Kampanus.

Aber der Knirps von Magister ließ nicht locker: »Die Richter haben an jeden vielerlei verschiedene Anfragen, wissen um alles, sollen sogar die privaten Gespräche kennen, die in der Sturmzeit geführt wurden. Sicherlich gab es unter den Ständen in den Versammlungen Schnüffler.«

»Die gab es leider, ich bleibe dabei, daß unser Magister Mollerus nie weit davon war. Was macht er, wie geht es seiner Familie?«

»Er ist Schreiber in Michnas Kanzlei, spielt Karten, setzt Fett an, wird kahlköpfig, und seine Frau schläft lange, ißt, trinkt, flucht, schimpft, kriegt die Fraisen vor Wut, und Magister Mollerus tanzt wie ein Bär und sagt immer nur alsdann, ach, was denn.«

»Jessenius kommt wohl nicht mit heiler Haut davon?« fragte der Rektor, dem Gespräch plötzlich eine andere Wendung gebend.

»Kaum, er wird alles für die Universität auslöffeln, es sei denn, daß die Akademie sich von jener Dresdner Legation reinwäscht, ansonsten hätte ich schlimme Hoffnung.«

»Und was ist mit Troilus, warum ward er gefangen?«

»Troilus will man bald laufenlassen, jemand sagte mir es gestern. Přibík kreidete unserem lieben Kollegen als Schuld an, daß er während der Rebellion Gemeindeschreiber war, und dies ist doch nichts Arges, geht nicht um den Kopf, bestimmt wird man ihn freilassen!«

Kampanus begleitete Basilius durch die Eisengasse, denn es fehlte noch eine gute Stunde bis zur nachmittägigen Kollegslesung über Vergilius.

Auf dem Ring läuft das Volk zusammen. Hörnerschall durchzittert die Luft. Die Bläser reiten um den Ring. Die Reiter bilden einen weiten Kreis rings um das Galgengerüst am Marmorbrunnen, und fünfzig oder noch mehr Musketiere, die eine Gasse durch die Menge bahnen, begleiten den Altstädter Stadthauptmann und den kaiserlichen Vogt; den beiden Herren folgt der Stadtvogt, hinter ihm der Henker mit zwei Knechten, die irgendwelche schwarzen Holztäfelchen tragen.

Der gesamte wunderliche Aufzug bleibt mit den Täfelchen beim Galgen stehen und wartet. Als die Bläser, die unter Hörnerschall alle Seiten des Ringes abreiten, endlich zum Galgen zurückkehren, tritt ein jugendlicher Büttel vor, derselbe Mann, der sechs Wochen zuvor mit eherner Stimme die aus Böhmen entwichenen böhmischen Herren vor Gericht lud – Kampanus erkennt ihn und schiebt und drängt sich, nicht ohne Beklommenheit, zugleich mit dem herbeilaufenden Volk näher an den Galgen heran.

Der junge Büttel ruft aus, die und die hätten Kopf, Ehre sowie Gut verloren, so daß sie vom Frieden zum Unfrieden überliefert und preisgegeben werden und ihr Leben und Kopf für einen jeden vogelfrei gemacht, sie selbst als Verfemte erklärt und verurteilt wären.

Dasselbe rief dann ein anderer Büttel auf deutsch aus, wobei er mit solcher Anstrengung schrie, daß ihm bei den Worten – ungetreue Rebellen – die Stimme in Pfeifen übersprang.

Als dies verkündet war, bestieg der Henker eine Leiter und schlug am Galgen untereinander sechs schwarze Täfelchen an, auf denen die Namen der entflohenen Rebellen mit weißen Buchstaben verzeichnet standen.

Endlich stießen die Bläser dreimal ins Horn, und die Zeremonie war zu Ende.

Beim Abschied sagte Basilius zum Rektor: »Diese Zeremonie zeigt deutlich, wie wohl das Verdikt gegen jene, die nicht geflüchtet, ausfallen mag; man sieht, daß die Sieger nicht spaßen; wollet, Magnifice, uns so bald wie möglich zur Beratung betreffs des Konzeptes berufen, wir sind jetzt bloß drei im Professorenkollegium, über ein Weilchen werden wir einig sein, es liegt eigentlich nur an Eurer Magnifizenz, es geht um unsere Akademie!«

Das aufgeputzte Hampelmännchen empfahl sich und tänzelte auf dünnen Beinchen unter die Menge.

Kampanus' Herz war von Bitterkeit erfüllt. Er sollte lügen, lügen! Sein Lebtag hatte er nicht gelogen, als Rektor der Hohen Karlsschule sollte er lügen, sollte lügen unter dem Siegel almae universitatis – –

Magister Kampanus kämpfte mit der also anbefohlenen Lüge so ernst und wahrhaftig, als ginge es um sein eigenes Leben. Immer mehr drängte sich ihm der Gedanke auf, daß er durch diese Lüge die Schule vor dem Verderben und der Rache der Mächtigen erretten könne; dieser Gedanke, verbunden mit der Überzeugung, daß dem Kurfürsten von Sachsen an den Tschechen nichts liege, wurde so stark, daß er schließlich traurig das Haupt senkte und zustimmte und nachgab.

Er sandte den Pedell mit dem Konzept zu Herrn Michna, in dem der Rektor und die Magister dem Kurfürsten von Sachsen unter Siegel bekannten, daß der Universität nichts Schlimmes widerfahre.

Das genügte Michna nicht.

Er schickte das Konzept als ungenügend zurück.

Viermal schickte er das Konzept immer von neuem zurück, denn es müsse darin stehen, die Abgesandten hätten in Dresden gelogen.

Kampanus redete nichts mehr.

Basilius schrieb daher in das Konzept, daß die Abgesandten in Dresden gelogen hätten. Er schrieb eine Lüge, und die Professoren unterschrieben, um die Karlsuniversität zu retten.

Basilius selbst trug den Brief ab, weil der Pedellus mit Michna nicht mehr sprechen noch ihn sehen wollte, denn zuletzt habe der Herr ihn mit den Zähnen angefletscht, grausam beschimpft und wie ein recht wenig achtbarer und gröblicher Mensch gescholten.

Als Basilius eintrat, sagte ihm Michna: »Ich hoffe, Kampanus hat es endlich getroffen!«

»Jawohl«, antwortete der Magister, indem er mit einer Verbeugung das Konzept überreichte. Nach dem Durchlesen sagte Michna lobend: »Nun sieh an, gut getroffen, ein Hartkopf ist euer Kampanus, eines ist so und jenes wieder anders, was nicht einmal die gelehrten Magister in ihrer Übergelehrtheit und Torheit auseinanderhalten können; endlich haben sie doch begriffen, als ihnen das Wasser bis an die Kehle stand.«

Sich beim Weggehen verabschiedend, versprach Herr Paul Michna Doktor Basilius seine Gunst:

»Euch, Magister, halte ich für den scharfsinnigsten Kopf im Carolinum, falls Ihr die Lehrerprofession aufgeben wolltet, werde ich oder der Fürst für Euch sorgen!«

Dienernd drehte sich der winzige Doktor mit der großen Nase wie ein Kreisel aus der Tür, und den Degen mit dem weißen Knauf schwenkend, schritt er so glücklich und stolz über die Schloßstiege auf sein Haus zu, als gehöre ihm das ganze dreiteilige Prag.

Dort unten in der Stadt, im Kolleg, trauerte indes Kampanus.

»Die erste Lüge, eine unmännliche, feige Lüge –« warf er sich vor. »Eine Lüge aus Liebe zum Erbe Vater Karls, aus Liebe –« so entschuldigte er sich. Aber das Gewissen dieses überempfindlichen Mannes verstummte nicht und war in ständigem Aufruhr.

Wiederum kam der liebliche Monat Mai in die böhmischen Lande gezogen, goß Blüten und jugendlichen Duft über die Weinberge und Obstgärten rings um Prag, zog verschämt in die Prager Städte ein und streute Blüten über die Schanzgräben und die Gärten, die zwischen den Häusern unter den aus Ziegeln hoch aufgetürmten Giebeln versteckt lagen. Auch dem Kollegsgärtchen im Carolinum fiel sein Anteil am Frühling zu, aber es blieb verlassen, vernachlässigt. Der Herr Rektor schloß sich betrübten Sinnes von allem ab, was ihn ehemals in der Natur erfreute. Gerade daß ihn noch die zwitschernden Vögel, die er an seinem Fenster fütterte, aus der trübseligen Erstarrung rissen und von ihm ein Almosen erzwitscherten.

Der Storch und die Störchin kehrten nicht auf die Týnkirche zurück. Kampanus merkte es, und die

Nachbarn unter den Türmen vor dem Týn legten es sich verschiedentlich aus.

Das Leben in der Stadt brodelte fern und nah fast schon wieder in gleichem Lauf und in gleicher Art, wie es vor der unglückseligen Kriegszeit zu sein pflegte. Im Kolleg selbst öffneten sich die Läden und Verkaufsstände, auch die Seifensiederin mit dem losen Maul stellte wieder ihr Stühlchen in der Einfahrt auf; Veleslavíns Buchbinderladen, der von den Jesuiten bis auf das letzte Büchlein geleert worden, wurde von einem Mann gemietet, der mit Eisen handelte. Kampanus allerdings verließ seither das Kolleg durch die Hintertür, denn er wollte nicht daran erinnert werden, in welche Hände Bücher und Impressen des berühmten Druckers Veleslavín geraten waren.

Gegenüber dem Kolleg saßen wie sonst die Kerzen- und die Kuchenverkäuferinnen alltäglich in ihren Buden und Marktständen unter dem Vordach, und den ganzen Tag lärmte das Leben vom christlichen sowie vom jüdischen Tändelmarkt gegenüber dem Kolleg. Wiederum dröhnte allsonnabendlich unter den Fenstern der Kollegsaula der große Fleischmarkt, vom anmutigen Kapellenbau über den ganzen Freiplatz bis zu den anderen Kollegien nächst der Zeltnergasse.

Als Kampanus einst vom Fenster aus hörte, daß ein Fleischer weder die Münze der böhmischen Stände noch die Münze des ehemaligen Königs Friedrich annehmen wollte, verletzte ihn dies über die Maßen. Die Leute beachteten es kaum, sie stritten mit dem Fleischer, steckten die bessere ständische Münze in den Beutel und reichten die schlechte neue Münze hin, die Lichtenstein eingeführt hatte. Kampanus aber bezahlte solch lebhafte Erinnerung an die kaum vergangene Zeit an jenem Tag mit heftigem Kopfschmerz.

In den Gassen nahm das Leben seinen gewohnten Lauf, wie vor dem Kriege. Schon fuhren wieder riesige Frachtwagen mit vier und sechs Pferden zum »Ungelt« der Händler und in die Fuhrmannsherbergen, die Handwerker arbeiteten schon allerorts in offenen Läden, in deren Fenstern ihre Waren hingen und lagen, Schuhmacher und Schneider stellten mancherorts ihre Stühlchen sogar auf die Gasse hinaus und hämmerten und nähten, was das Zeug hielt, so daß man ihnen keinerlei Verdruß darüber anmerken konnte, daß Lichtenstein alle Innungen und Zusammenkünfte aufgehoben hatte.

In den Höfen der Bierverlegerhäuser waren überall die Böttcher geräuschvoll am Werk, es stank nach Pech, mit dem sie die Fässer sengten und ausbrannten, es sangen die Brauer, die auf der Tenne Malz bereiteten, und noch lebhafter und lauter ging es in den Einfahrten dieser Häuser und in ihren Gaststübchen zu, wo allerhand Gäste ganze Tage lang tranken, plauderten, Vorübergehende herbeiriefen, um zuzutrinken und den ihnen dargereichten Blechnapf bis auf den Grund zu leeren.

Soldaten waren in den Gassen nicht mehr zu sehen. Nur selten tauchte einer allein oder mit einer leichten Dirne auf. Dafür erschienen auffallend häufiger junge Leute, Herren- und Bürgersöhnchen, die aus Pfeifchen Tabak schmauchten, wobei sie den Rauch aus dem Mund bliesen. Kampanus mißfiel, ja, ekelte diese neuartige stinkende Spielerei in so schweren und ernsten Zeiten.

Auf dem Altstädter Ring wurden bereits wieder regelmäßig Fischmärkte abgehalten, täglich die Bäckerschragen aufgebaut, hinter ihnen legten die Gärtnerinnen in Schüsseln und auf Plachen ihre Salate aus, daneben hatten Weiber vom Lande mit Schmalz, Butter und Käse ihren Platz. Desgleichen stellten sich auf den städtischen Ringplätzen Falschspieler mit Würfeln und mancherlei anderes unnützes Volk ein, da schlug unlängst auch ein fahrender Gaukler sein Zelt auf, der ein Lied zu einem auf Leinen gemalten Bild vortrug und sich ein Schwert auf die Nasenspitze stellte, während zwei seiner Buben auf den Händen liefen.

Des Abends wiederum belebten sich die Steine und Bänklein vor den Häusern, die Leute saßen da und erzählten, was jeder von ihnen während der vergangenen Wirren Schlimmes erlebte. Aus ihren Reden konnte man merken, daß sie den Sturm mit seinen wilden Donnerschlägen schon vorbei glaubten und nicht wünschten, daß davon jemals etwas wiederkehre. Auch von den eingekerkerten und in Untersuchung gezogenen Herren war oft die Rede. Man glaubte jedoch, die Herren würden, wie immer, mit heiler Haut davonkommen, die Herren werden bezahlen und davonkommen, ein armer Mann käme nicht so leicht davon; dicke Wespen und Hummeln zerreißen jedes Spinnennetz. Aber auch das erzählten die Nachbarn einander, nämlich daß die Herren die Religion verteidigten und daß sie deshalb nicht so lange gequält und eingesperrt werden sollten.

Gegen Abend wurden auch die in die Dächer gezimmerten Altane und Erker lebendig. Mädchen und junge Frauen neigten sich über die Brüstung der zierlichen Altane und lauschten den Sackpfeifen und Geigen, deren weiches und klagendes Spiel und Gefiedel aus der Ferne kam und über die Dächer in rosige kleine Ohrmuscheln und durch sie in die jungen Herzen drang.

Dem Anschein nach war in den Städten von Prag wiederum alles so, wie es einst zu sein pflegte. Kampanus durfte sich darüber freuen, daß die Soldaten samt Weibern und Kindern, samt all dem Schmutz aus seinem Kolleg weggezogen waren. Sie nahmen herzlichen Abschied. Die Frauenzimmer wollten dem ernsten und traurigen Magister die Hände küssen, hatten ihn liebgewonnen, war er doch so nachsichtig und liebreich zu den Kindern. Hänschen Kampanus schenkte all sein Spielzeug den schmierigen kleinen Zigeunerchen der Soldaten, und als die ungebärdige und ungewaschene Gesellschaft abzog, war Hänschen nicht zu beruhigen.

Kampanus atmete auf, als er der Soldatennot entledigt war, konnte aber keinen ruhigen Gedanken fassen. Er war stets so beklommen, als erwartete er ständig einen tödlichen Streich. Ihm war zumute wie einem wehrlosen Menschen, der durch das Waldesdunkel schreitet, jeden Augenblick dessen gewärtig, daß ein bewaffneter Wegelagerer mit gefletschten Zähnen und blutunterlaufenen Augen auf ihn eindringt. Nicht einmal mehr der Vergilius in der Schule schien ihn zu freuen. Wenigstens kam er mit einer gewissen Unlust, den Vergil in der Hand, in das Auditorium, und kam ganz ermattet wieder heraus.

Am siebten Tag des Monats Juni herrschte in ganz Prag Entsetzen.

Es kam ganz plötzlich und schlug ein wie ein Blitz.

Man sprach von nichts anderem als von dieser schrecklichen Sache, und es gab kein Ende der Erklärungen, von denen keine schön war.

Schrecken schritt wieder durch Prag. Martin Fruvein, einer der Eingekerkerten, hatte die Wachen übertölpelt, sich im Weißen Turm durch den Kamin auf das Dach emporgeschwungen und war in seiner Verzweiflung aus der Höhe in den Graben gesprungen, wo er zerschmettert liegenblieb.

Die Leute erzählten mit Schrecken, Fürst Lichtenstein habe den Leichnam des gewesenen Prokurators der böhmischen Stände in einem Sack auf den Weißen Berg hinausschleppen und dort in vier Stücke zerhacken lassen.

Auf dem Plateau des Weißen Berges, auf dem das Grün des Frühlings und die Schneeblumen im Rasen prangten, wurde ein Stück des toten Prokurators auf einem Pflock hoch aufgepflanzt, um den Raben als Fraß zu dienen. Den mit Eisenruten umkränzten Kopf pflanzten die Henker, wie ein Büttel vermeldete, den Rebellen zur Warnung auf dem Roßmarkt auf.

Mit Schrecken ward Kampanus inne, daß die Henker den Kopf am gleichen Tag aufpflanzten, an dem vor drei Jahren das Mandat über die Vertreibung der Jesuiten herausgekommen war, das Mandat, das der verstorbene Martin Fruvein verfaßt hatte. Kampanus fühlte dabei die gräßliche Absicht, und ein Schauer überlief seinen Körper, wenn er des Schicksals der übrigen Häftlinge gedachte.

An jenem Tage hielt sich Kampanus länger als sonst bei Jesenskýs Kind auf, das Mägdlein erhielt von ihm auch einen größeren Anteil an Zuckerkonfekt, Hänschen den kleineren Teil. Den Abend verbrachte Kampanus dann im Hause Sixtens. Hier erfuhr er, daß die Untersuchung wahrscheinlich schon beendet sei, denn Herr Sixtus war schon mehrere Tage lang nicht verhört worden, ward ohnedies genug gequält, hatte an die hundert Fragen zu beantworten; ohne Zweifel wird der Unsicherheit nun schon ein Ende gesetzt. Herr Sixtus ließ auch seiner geliebten Ehefrau bestellen, daß er zu guter Letzt nichts Gutes erwarte. Die Frau zeigte dem Rektor ein kleines, mühsam und zitterig mit einem Endchen Blei geschriebenes Zettelchen und weinte dabei bitterlich.

An diesem Abend verharrten sie lange zusammen in verzweifeltem Beratschlagen, was zu tun, wie da zu helfen sei. Die Frau setzte es sich in den Kopf, ihren Verwandten, den Domherrn Platejs, um Hilfe zu bitten. Kampanus hatte kein Vertrauen zu solcher Hilfe. Er kannte den Domherrn als heftigen und hochfahrenden Widersacher aller Andersgläubigen, glaubte nicht, daß dieser bereit wäre, aus Blutsfreundschaft Hilfe zu leisten. Aber er wehrte der verzweifelten Frau nicht: mochte sie denn bitten; ein Versinkender hascht selbst nach einem Halm.

Das Haupt des unglücklichen Advokaten Fruvein schreckte schon den achten Tag die Leute auf dem Roßmarkt – und das Gespräch über den beredten und beliebten Mann und sein grausiges Ende wollte die ganze Zeit nicht verstummen. Diese Gespräche waren schon stark mit Vermutungen darüber untermischt, was wohl mit den übrigen Häftlingen geschehen soll.

Am achten Tag wurden die verschiedentlichen Mutmaßungen zum ärgsten bestärkt.

Als an jenem Tag neues Kriegsvolk zu Pferd und zu Fuß am Karlskolleg vorbeizog und kein Ende nehmen wollte, war Kampanus betroffen, aber da er wußte, daß in den westlichen Ausläufern des Landes bislang nicht Ruhe war, legte er dies dahin aus, daß das Heer auf einem Kriegsmarsch von Osten nach Westen Prag nur durchquerte.

Als ihm jedoch der Pedell Kredelius des Abends die Nachricht brachte, daß auf allen Ringplätzen von Prag Fähnlein und Kompanien lagerten, um die Nacht über Wache zu halten und die städtischen Gefängnisse zu behüten – da schloß Kampanus, daß es schlimm bestellt sei, daß es mit den Häftlingen zum Äußersten komme, daß sie bereits über dem Abgrund schwebten.

Es war ein Uhr nachts, als der Rektor zur Matrone Sixt kam, ob diese nichts von ihrem Mann wüßte und wie es mit Domherrn Platejs stehe. Die Frau betete aus einem Buch. Sie saß an einem Ecktisch unter einem herabhängenden Täubchen. Sie saß auf einem schlichten Sessel neben einem großen, hohen, gepolsterten Stuhl, der leer war. Dort pflegte ihr Herr Ehegatte Sixtus zu sitzen.

Kampanus erfuhr nicht viel, aber was er in Erfahrung brachte, war genug, um ihn vor neuerlicher Aufregung die ganze Nacht nicht schlafen zu lassen. Der Domherr hatte gesagt, morgen, am Sonnabend, würden die Häftlinge aus allen Kerkern auf die Burg gebracht, um das endgültige Verdikt zu hören, für Herrn Sixtus habe der Domherr schon zuvor Fürsprache eingelegt, ehe noch die Frau mit ihrer Bitte kam, die Frau Base dürfe nicht denken, daß die katholischen Priester Andersgläubigen gegenüber fühllos seien, er könne nicht mehr sagen, als daß Sixten Erleichterung gewährt wird, und er riet, falls der Herr – wie er selbst hoffe – heil davonkomme, dann möge die Frau Base samt ihm, ihrem Ehegatten, von der abwegigen, aus der Bierstube stammenden deutschen Ketzerreligion zur einzig wahren, zur römischen Religion übertreten, der man die Tschechen auf jede Weise, im Guten oder Bösen, zuführen werde, was immer auch geschehe.

Tags darauf, am Sonnenabend, lief das Volk aus allen Ecken und Zipfeln der Stadt, ja sogar aus den umliegenden Dörfern auf den drei Prager Ringplätzen zusammen, um die Soldaten zu umlagern und die Rathäuser zu begaffen.

Den größten Zustrom von Menschen gab es am Altstädter Ring.

Kampanus kam in der Morgenfrühe hierher, um den ihm bekannten Häftlingen, namentlich Herrn Sixtus, ein tröstendes, freundschaftliches Wörtchen zusprechen zu können, sobald die Häftlinge das Fuhrwerk besteigen würden. Er hatte Frau Ludmila Sixt mit sich genommen. Die Arme hielt, am ganzen Körper zitternd, die Hand des Rektors fest, um nicht zu fallen.

Vor dem verzierten gotischen Eingang in das Rathaus stand schon eine Menge von Weibern und Kindern, alle warteten auf die Häftlinge, ihre Ehegatten, ihre Väter, um sie nach geraumer Zeit, sei es auch nur für ein Weilchen, von Angesicht zu Angesicht zu sehen und, wenn möglich, ihnen einen Kuß zu geben.

Sie mußten lange warten.

Sahen sie, küßten sie aber nicht.

Als die Fuhrwerke herankamen, postierten sich deutsche Soldaten in zwei dichten Reihen vom Gefängnisgitter der unteren Diele bis zu den Wagen und hinter diese. Die beiden Vögte, der städtische und kaiserliche, traten vor das Tor und trieben die Häftlinge möglichst rasch in die Wagen.

Sobald der erste der Häftlinge erschien, begannen die Weiber und Kinder so laut und bitterlich zu weinen, daß es das graue Gemäuer des Rathausturms ergreifen konnte. Herrn Sixtus, der nur schwer zum Wagen schritt, konnte Kampanus nur zurufen, er möge die Hoffnung bewahren. Die Frau wollte zu ihm, streckte beide Hände aus, aber ein Soldat stieß sie weg.

Hunderte Menschen eilten im Trab in die enge Jesuitengasse und weiter. Das Weinen der Weiber und Kinder begleitete sie.

Kampanus schleppte Frau Ludmila mehr als er sie führte, zu ihrem Heim. Sobald er jedoch die Uhr des blinden Jünglings hinter sich hatte, sah er, was er zuvor nicht bemerkt hatte, hart an der Stirnwand des Rathauses inmitten der Soldaten einen Schwarm von Zimmerleuten im Schurz, die mit Beilen und Hämmern an irgendeinem Gerüst arbeiteten. Anderes Taglöhnervolk lud mächtige Balken und lange Bretter von Wagen, die aus der Richtung vom Wasser heranfuhren. Ein Balken ragte schon zum Fenster heraus, ein Strick hing an ihm, Kampanus erbleichte wie der weiße Überwurf, den Frau Ludmila auf dem Kopf und unter dem Kinn trug. Nun wußte er schon, wozu jene Zimmerleute hier waren, wozu die Balken, wozu die Bretter.

Kampanus kannte bereits das Verdikt, um das die Häftlinge auf die Burg fuhren – – –

Die Frau sah auch und verstand. Krampfhaft die Hand Kampanus' ergreifend, sank sie in Ohnmacht. Kampanus bat die Leute in der Menge zu helfen. Alle Welt beiseite stoßend, drängte sich der Kürschner Pulpit heran und faßte behend die beleibte ältliche Frau unter dem Arm und half sie geleiten. Dabei redete er ganz zornentbrannt: »Wie sollt sie nicht, mordidi, in Ohnmacht fallen, ich kenn die Frau, sie kennt mich, der Ehegatte fährt, um das Verdikt zu hören, und die da richten schon das theatrum, das Gerüst zum Köpfen auf, den Galgen zum Hängen, wozu das richterliche Verdikt, wozu der Gerichtsprozessus, wozu die Doktoren und Juristen dabei, das ist eine Maske, das ist eine venezianische Larve, wenn Lichtenstein die Kraft und die Macht hat, soll er hängen und köpfen ohne Maske, ohne Doktoren, ohne Juristen, ohne gerichtliche Verdikte!«

Kampanus zwinkerte Pulpit zu, die ermattete Frau mit seinen Reden zu verschonen, aber vergeblich. Pulpit wiederholte all das noch zweimal, ehe sie Frau Sixt in ihr Haus am Ende des Ringplatzes schleppten.

Nachmittags, zur Vesperzeit, es mochte beiläufig die dritte Stunde nach deutscher Uhr sein, kam der Priester Magister Vrbenský in das Karlskolleg. Er war ein Mann an die vierzig Jahre. Schwarz gekleidet, trug er ein kurzes Tuchwams und seidene Strümpfe; von der schwarzen Farbe seines ansonst recht weltlichen Gewandes stach der große umgeschlagene, schneeweiße Kragen sehr lebhaft ab.

Als der Priester seinen langen Mantel und das samtene Magisterbarett abgelegt hatte, sagte er mit schmerzerstickter Stimme zu Kampanus: »Ich kenne schon die Verdikte, bringe Euch, magnifice rector, Nachricht, weiß wohl, daß Ihr voll ungeduldiger Neugier zu sein geruhet; es geht nicht nur um die böhmischen Herren und Bürger, es geht um uns alle, um unsere Religion, um unser Sein, zehn Rebellen sind zum Gefängnis verurteilt, kann sein, zu sehr langem, soweit ich weiß, ist Euer Freund Doktor Borbonius darunter. Wilhelm Lobkovic, Ihr geruhet ihn zu kennen, der starke Mann, achtundzwanzig Personen sind – zum Schwert verurteilt – drei zum Galgen –«

Kampanus bedeckte sich mit beiden Händen die Augen und fiel schwer auf den Stuhl nieder.

»Mich verwundert, magnifice, daß Euch dies so überrascht, was war denn zu hoffen von fremden deutschen Richtern, die Deutschen sind seit alters her unsere Feinde, jedoch muß ich gerechterweise künden, was man mir sagte, daß es die böhmischen Richter waren, die Erschwerungen ausheckten, besonders Kapr, Přibík, auch wohl Michna; ein mißratener Tscheche ist immer ärger als alle Deutschen zusammen; die Leiber einiger Verurteilten sollen lebend durch Händeabhacken verstümmelt werden, Eurem ehemaligen Rektor soll ein Stück Zunge abgeschnitten, dann soll er geköpft und gevierteilt werden, wer weiß, ob es nicht Michna einfiel, auch einen Teil hier auf das Kolleg zu hängen; ein paar Köpfe sollen angeblich auf der Brücke, Černíns Kopf soll am Burggraben aufgespießt werden, Šultysens will man an das Tor von Kuttenberg schicken, den Hošťáleks nach Žatec. In allem zeigt sich vorsätzliche Grausamkeit, Sušický mit Kutnaur sollen an einem Balken zum Rathausfenster herausgehängt werden, aus demselben Saal, wo sie zur Gemeinde zu sprechen pflegten, darin liegt doch klarer Vorsatz? Der konnte nirgend anders entstehen als im Kopf unserer Leute –«

»Schrecklich, schrecklich«, flüsterte Kampanus, »mein Lebtag sah die Welt nicht soviel Hinrichtungen auf einmal, es kann nicht sein, daß all dies Hinschlachten wirklich vollbracht wird, das ist vielleicht nur als Abschreckung gemeint, es kann nicht sein – –«

»Schon steht das erhöhte Gerüst unter den unteren sieben Spitzenfenstern an der Stirnseite des Rathauses, unter den sieben Statuen neben der Kapelle, ein langer Balken lugt aus einem der oberen Fenster, und ein neuer Galgen ist neben dem alten aufgerichtet, daran sechs hübsche Täfelchen; die Zimmerleute machen das Gelände fertig, über den reichen Läden zimmert man Bänke für die Herren Richter und Vögte, die Zimmerleute sind guter Dinge, der Herr Bürgermeister ließ ihnen ein Faß Weißbier anrollen, auch traf ich einen Malergesellen, der ein Kreuz trug, so auf dem theatrum stehen soll, das geschieht nicht bloß zur Abschreckung, da wird Blut fließen!«

»Mein Gott, mein Gott, wird niemandem Pardon gegeben? Ist es denn möglich, mehr denn dreißig Menschen auf einmal umzubringen?« fragte Kampanus, wobei der Schmerz fiebrig in seiner Stimme bebte.

»Ich weiß nicht, vielleicht wird noch jemandem verziehen, wenigstens nimmt jeder Prokurator und erster Schreiber oben in der Kanzlei von den verängstigten Frauen und Verwandten Geschenke und Geld an, mit dem Versprechen, Fürsprache einzulegen; man nannte mir den geizigen Magrle, Moller – Ihr wißt – jenen Faulpelz, der sich auch im Kolleg zur Professur aufdrängte, diesen Abtrünnigen vom Glauben, man nannte ihrer mehr, wer behält diese Lotterbuben im Gedächtnis? Aber ich glaube nicht an Pardon für jemand, wollet erwägen, daß nicht einmal dem armen alten Nikolaus verziehen wird, Ihr geruhet ihn zu kennen – er war Diener im Rathaus – das ist jener, der namens der Hussiten sprach, als man zu Strahov den neuen König Friedrich begrüßte – der soll mit der Zunge eine volle Stunde an den Galgen genagelt werden, und wie viele zur Geißelung verurteilt wurden, daß ich mir beileibe nicht ausdenken kann, was sie verschuldet haben. Es wird keine Gnade geben, erwartet sie nicht, ich werde morgen im Gefängnis auch niemand damit trösten. Uns lutherischen Priester will man morgen zu unseren armen Verurteilten ins Gefängnis lassen, aufgefordert wurden Lippach, Pfarrer Rosacius von der Kleinseite und ich, für das Schlimmste jedoch erachte ich, daß die Priesterschaft der Brüdergemeinde und der Kalvinisten nicht zu den Verurteilten zugelassen wird, so daß Herr Budovec,

Otto von Los, Kutnaur, Sušický und andre von der Brüderkirche ohne geistliche Vergebung und Tröstung bleiben – sie werden auf ihrem letzten Weg allein sein!«

»So sind denn die schwarzen Würfel ums Leben gefallen!« flüsterte Kampanus, und sein Gesicht, das zu glücklicheren Zeiten weder Zorn noch Weh Raum bot, zog sich unnatürlich in Zorn und schmerzlichem Mitleid zusammen. Er regte sich nicht einmal, als der Priester aufstand und ging.

Kampanus saß, die Hände im Schoße gefaltet, in Erstarrung da.

Am Sonntag gab es nachmittags im Altstädter Rathaus ungewohntes Lärmen und Treiben. Vor dem Hause standen Soldaten mit Büchsen und Hellebarden, in der unteren Diele Soldaten, auf den Gängen Soldaten, überall Soldaten. Aber inmitten der Soldaten auch genug anderlei Volk. Da kamen betrübte Männer, Weiber mit rotgeweinten Augen, scheue und bleiche Mädchen, Kinder, die bestürzt nach allen Seiten guckten.

Diese Frauen und Kinder hatten morgens durch ihr verzweifeltes Weinen dem Fürsten Lichtenstein die Erlaubnis abgerungen, ihre Ehegatten und Familienväter vor der Hinrichtung besuchen zu dürfen. Hie und da kam ein evangelischer Priester in weitem Talar und flachem Barett durch den engen Gang, oder ein Kapuziner mit langem Bart klapperte in Sandalen auf seinen bloßen Füßen über den Gang, oder ein Jesuitenpriester mit eckigem Käppchen auf dem Kopf und einem Lächeln auf den Wangen tauchte auf.

Überall war auch der Stadtvogt mit einem Streitkolben in der Hand zu sehen, er lief mit den städtischen Schergen hin und her, treppauf, treppab, blieb hier an der Tür, dort an der Tür stehen, kein Wunder, da er doch mehr als der Bürgermeister für die Häftlinge verantwortlich war.

Als Kampanus die untere Diele betrat, mußte er sich durch eine Schar herrschaftlicher Diener hindurchdrängen, die mit Kleidern und Speisen auf ihre verurteilten Herren warteten. Diese sollten, man wußte nicht wann, von der Burg hierher heruntergebracht werden, um da die Nacht vor der Hinrichtung zu verbringen. Kampanus erkannte die adelige Frau Elschen von Vchynice, die traurig an einem dem Hof zugewendeten Fenster stand: an ihrer Seite waren zwei prächtige Damen, die jedoch den Kopf durch das Fenster hinaussteckten, als wollten sie nicht sehen und nicht gesehen werden.

In derselben unteren Diele erblickte Kampanus Frau Benigna Michalovic auf der Stufe vor der Eisentür sitzend, neben ihr standen und saßen acht Kinder; morgen schon Waisen. Die Frau schaute nicht verweint drein, ihre Augen irrten zornig umher, als suchten sie einen Feind. Kampanus grüßte ehrerbietig, sie sah ihn nicht, antwortete nicht.

Der Rektor betrat einen Seitengang; an einer der Türen standen zwei Musketiere, und durch die Tür drang frommer Gesang von Männerstimmen. Kampanus blieb stehen, zog das Barett vom Kopf. In diesem Augenblick kam der kaiserliche Vogt der Neustadt, Šrepl.

Kampanus erkundigte sich, wo er Doktor Jessenius finden könne. Šrepl antwortete mit rauhheiserer starker Stimme, er bekümmere sich bloß um die Neustädter, die Altstädter gingen ihn nichts an. Den Gestank bitteren Bieres hinter sich lassend, ging er weiter.

Dann begegnete Kampanus dem Schöppen Leynhos und Lew von Lewengrün, denen der hagere Kanzler Andreae gleichsam auf allen vieren nachschlich. Die wollte Kampanus nicht fragen. Sie beachteten ihn gar nicht, er grüßte sie auch nicht.

»Die Sieger!« dachte er bitter bei sich und schritt durch das Menschengewirr weiter, bis ihm der Altstädter kaiserliche Vogt Ostrstock im Winkel eine Tür wies, vor der eine Wache stand. Zuvor wollte jedoch der Vogt Lichtensteins Zettelchen sehen, daß es dem Rektor gestattet sei, die verurteilten Freunde zu besuchen. Auch aus diesem mächtigen Mann roch bitteres Bier wie aus einem Rakovníker Faß.

Feuchte Brüder, dachte Kampanus bei sich, aber sogleich fand er die Erklärung und Entschuldigung, es sei auch dem verhärtetsten Herzen nicht möglich, völlig nüchtern so viele ausgezeichnete Männer zum Tode zu führen.

Kampanus trat in das winzige Kellerloch zu Jessenius ein.

Sie breiteten die Arme aus und fielen einander an die Brust. Sie weinten lange, ohne zu sprechen. Selbst dann, als ihre Hände niedersanken, sprachen sie noch lange nichts. Stumm, traurig, mit grenzenlosem Mitleid betrachtete Kampanus den unglückseligen ehemaligen Rektor, dem morgigen Tages der Henker die Zunge ausschneiden sollte. Für immer verlöschen sollten jene lebendigen großen Augen, mit dem eigenen Blut besprengt werden sollte jener scharfgeschnittene Graukopf. Jawohl, Jessenius war im Kerker schon völlig ergraut.

»Gräm dich nicht, lieber Freund«, sagte endlich Doktor Jessenius, »habe fünfundfünfzig Jahre lang genug gelebt.«

Als Jesenský dann die großen gutherzigen Augen Kampanus' auf sich gerichtet sah, stützte er sich auf die Schultern des Rektors und sprach: »Ich erwartete dich, aber fürchtete mich vor dir, ich weiß, daß du mit allem Eifer für die Karlsschule entbrennest, und ich, ihr Rektor, habe mich nicht nach Schuldigkeit um sie gesorgt, ich half dir nicht, das ist meine einzige Schuld, aber mich riß fort, was alle übrigen und auch dich wurmte, man zerstörte eure Kirchen, trieb es mit euch ärger als mit den Juden; schon damals, als die Stände im Kolleg zur Verteidigung ihrer Religion zusammentraten, waren sie zum Tod verurteilt, mußten sich widersetzen, ich trat bereitwillig in den Dienst der unterdrückten Nation, wir sind überwältigt, Gott wird beim letzten Gericht erweisen, wer dessen allen Ursach. Wenn nur die Jesuiten mich in Frieden lassen wollten, heute stritten sie da mit dem Priester Lippach über den Papst – stritten über die Worte »Du bist Petrus, und dir gebe ich die Schlüssel« – mein Gott, ich bin unterdes im Geist und Sinn schon in jener Welt – und sie streiten da – gräm dich nicht, Freund, das Leben ist der Weg zum Tode, früher oder später –. Nur das dauert mich, daß mir die Zunge abgeschnitten werden soll, mit der ich vor Fürsten und Königen mit Lob gesprochen – – –«

Kampanus wollte dies und jenes zur Tröstung sagen, aber die Worte erstarrten und erstarben ihm auf der Zunge, denn er erkannte klar, daß dieser Mann, zum Tode entschlossen, seines Trostes nicht bedurfte.

Sie sprachen noch lange von der Universität. Jesenský hörte still an, was die Magister mit Kampanus alles unternahmen, auf daß die Schule in ihrer Gesamtheit bewahrt werde; endlich sagte er: »Du bist als Verteidiger der Karlsakademie bloß in deiner Liebe stark, aber hier wird nicht die Liebe siegen – wider dich und die Akademie sehe ich eine riesige Macht stehen, ich fürchte, sie wird die Schule und auch dich zerschmettern, du kämpfest einen ungleichen Kampf!«

Dann kam der kaiserliche Vogt mit einem Musketier, es sei anbefohlen, die Wachen zu verstärken, dieser Musketier solle hier mit Magister Jesenský bleiben.

Als der Vogt gegangen war, faßte Jesenský plötzlich Kampanus an der Hand, sagte mit gedämpfter Stimme: »Den Magister Lippach bat ich, für mein Kind zu sorgen, für mein liebes Kindlein, auf daß es etwas lerne, ich bitte auch dich, achte von Zeit zu Zeit auf mein Mägdlein – – –«

Er sank auf den Stuhl und weinte.

Kampanus reichte ihm beide Hände und zitterte dabei wie ein Espenblatt. Als dann der Priester Lippach eintrat, umarmte und küßte Kampanus seinen Kollegen zum letzten Mal.

Unsicheren Schrittes trat Kampanus auf den Gang hinaus.

Aus dem Zimmer, aus dem zuvor Gesang erschollen war, trat eben Frau Katharina, die Ehefrau des Neustädter Magisters Kochan, die ihre zwei kleinsten Kinder an der Hand herausführte, fünf größere schritten hinter der Frau einher. Diese Frau mit ihren gedunsenen Augen, den tränenlosen Augen, und die sieben Kinder zu betrachten stach ins Herz. Einer der Musketiere an der Tür strich in menschlicher Rührung den Kindern über die Köpfchen, als diese an ihm vorbei aus dem Zimmer heraustraten, und er sagte auf deutsch: »Kindlein brav.«

Als die Frau Kampanus' ansichtig wurde, berührte sie rasch seine Hand und fragte mit begieriger Stimme: »Ich höre, Herr Magister, daß einigen das Leben geschenkt werden soll?«

Dabei sah sie so voll Ungeduld auf den Mund des Magisters, als ob von dessen Antwort das Leben ihres Mannes abhinge. Kampanus schaute die Frau traurig an, zuckte die Achseln.

»Vielleicht läßt man ihn frei«, fuhr sie in überstürzter Rede fort, »er ist doch unschuldig, sieben Kinder sind da, er bat, ich soll sie nach Haus führen, sonst müßte er weinen, und er will nicht weinen, will angeblich gern sterben, wollet bedenken, sieben Kinder, und er will gern sterben, warum straft Gott uns Unschuldige so schwer?«

»Gott wird euch nicht untergehen lassen, glaubet es, Frau!«

»Ich glaub es nicht«, stieß das verzweifelte Weib hervor, machte mit der Hand eine wegwerfende Bewegung, packte wieder die Kinder und ging von dannen.

Kampanus trat in das Zimmer der Häftlinge.

Es war hier wie in einer Kirche. Rings um einen weitgestreckten Tisch mit doppeltem, derbem Untersatz kniete eine Reihe von Menschen. Der Priester Magister Vrbenský kniete in der Mitte, beide Hände auf den Psalter gelegt. Neben ihm erblickte Kampanus die ehrwürdigen greisen Köpfe Hošťáleks, Šultysens und Sixtens, der ebenfalls schon beinahe ergraut war; neben Sixtus knieten einige Freunde, die gekommen waren, um Trost zu bringen.

Auf einer langen Bank an der Wand erkannte Kampanus die böhmischen Brüder Kochan, Kutnaur und Sušický, neben dem Frau Anna, seine Ehegattin, saß, neben ihr Vodňanský samt Sohn und Frau.

Als Kampanus eintrat, beteten alle im Chor, was der Priester Vrbenský ihnen aus dem Psalmenbuch vorsprach. Der Rektor kniete sogleich ebenfalls an der Tür nieder und sprach das Gebet mit.

In keinem Gotteshaus der Welt konnte inniger gebetet werden als hier in dem ganz schlicht getünchten Zimmer, das sonst offenbar den Stadtschreibern und ihrer langatmigen und stets gleichförmigen Arbeit diente.

Um des Gastes willen wurde das Gebet beendet.

Alle Männer erhoben sich und begrüßten den Rektor.

Kampanus, der auf allen Gesichtern Ruhe, ja, eine gewisse wunderliche Heiterkeit sah, faßte auch sogleich seinen Mut zusammen und sprach mit seiner schönen, ehernen, vollen Stimme: »Seid gegrüßt, seid gegrüßt, ihr in Gottes Wahrheit beständigen Herren Tschechen!« Er drückte allen der Reihe nach die Hand.

»Ein Wiedersehen unter traurigen Umständen«, warf Sixtus ein.

»Wohl suchen unsere Widersacher uns die letzten Stunden so bitter wie Wermut zu machen, aber sie täuschen sich, unser Sinn ist nicht zu Boden gedrückt, die Trübsal wird noch ein weniges dauern, und wir werden erhöht werden vor dem Angesicht Gottes.«

So sprach Kochan, Kampanus' Hand in der seinen festhaltend.

Ihm schloß sich Sušický, der einst so feurige Prokurator, an.

»Mit Gott unserer Sünden wegen und mit dem Nächsten unserer Schuld wegen werden wir uns schon versöhnen und einig werden, sei's auch, daß man unsere Diener Gottes nicht hierher einließ, Gott sieht es und wird uns erhören und uns vergeben. Aber das, weshalb man uns hinrichten will, halten wir nicht für Sünde, bereuen nicht, uns der Empörung angeschlossen zu haben, ging es doch um die Landesfreiheiten und um Gottes Kelch, wir durften die Anschläge gegen die reine Religion nicht länger ertragen, Gott will, daß wir unsere Standhaftigkeit im Glauben mit dem Tode besiegeln. Wir besiegeln sie!«

Die Freunde vertieften sich in Gespräche und allerlei Erinnerungen. Der greise Bürgermeister von Žatec, Hošťálek, erzählte von seinem Verhör:

»Von mir wollten sie ständig über irgendein Schreiben der böhmischen Stände ins Türkenland was erfahren, ich wußte davon nichts, ich weiß nur, daß ich das Vaterland und die Religion zu verteidigen gedachte!«

»Du weißt am besten, Herr Magister«, sagte Šultys zu Kampanus, »daß ich nicht gern Direktor wurde. Ich sprach einige Male mit dir im Kolleg davon, aber heute reut es mich nicht, ich seh schon deutlich, daß ich auch eines der auserwählten Werkzeuge Gottes war, und wenn du mit meinem Sohn sprechen wirst, dann sag ihm das getreulich!«

Der Priester Vrbenský stand mitten im Zimmer und hörte alle diese Worte mit Begeisterung. Kampanus hatte Tränen in den Augen. Und wiederum trat er an alle heran und drückte ihnen in wortloser, tiefer Rührung die Hände. Zu Herrn Sixtus sprach er beiseite: »Ich sehe Euch, Herr Nachbar, an den Augen an, daß Ihr gern fragen möchtet, warum Euer achtbares Weib nicht hier ist, sie läßt Euch grüßen, sie liegt, kann nicht auf die Beine, erschrak ob des Verdiktes, läßt Euch bestellen, daß sie die ganze Nacht für Euch betete und daß sie ohne Unterlaß betet.«

Da trat Nathanael Vodňanský, der mit seinem Weib und seinem stattlichen Sohn in stillem Gespräch abseits gestanden war, an die Gruppe heran, in der Priester Vrbenský war, und führte diesen zu seiner Ehegattin, einer großen, stattlichen Frau, die ein entschlossenes Aussehen hatte und keineswegs alt war.

»Selbst in diesem Gefängnis«, sprach der Pastor, als er nach einigem Gespräch mit der Frau in die Mitte des Zimmers zurückkehrte, »selbst hier zeigt Gott seine Macht. Die ehrbare Ehegattin des Herrn Nathanael, die bislang samt dem Sohn römischen Glaubens ist, will unterrichtet werden und will unter beiderlei Gestalt empfangen, will unterrichtet werden, um einmal dem Tod so heiter in die Augen sehen zu können wie ihr Herr Ehegatte und wie ihr, liebe Freunde, alle.«

Während der Priester dies voll Freude und Erhabenheit verkündete, lag die Frau in den Armen ihres Gatten, der ihren Kopf küßte. Bei dieser frommen Entflammtheit aller Geister genügte es, daß Vrbenský bloß die Hand zum Psalter hinstreckte, und schon fielen alle wiederum auf die Knie und sangen mit tönender, beherzter Stimme das Lied »Ihr Christen, die ihr Gottes Wahrheit liebet«.

In diesen Augenblicken schwebten alle diese Menschen hoch über den rauhen Schollen dieses Tränentales.

Der Haushälter des Rathauses, der das Zimmer betrat, um den Tisch für das Abendmahl vorzubereiten, erzählte, daß eben die adeligen Herren unter Gesang von der Prager Burg hierher in das Rathaus gebracht wurden, um da die letzte Nacht vor ihrem Ende zu verbringen. Herr Kaplíř sei eine Weile an der Tür gestanden und habe dem Gesang gelauscht.

Kampanus nahm von allen Abschied. Beim Auseinandergehen fragte er Sixtus, ob er etwas Sicheres darüber wisse, daß ihm das Leben geschenkt werden solle.

Sixtus entgegnete ruhig: »So sagt man, aber ich weiß es nicht, glaube es nicht, da müßten sie alle, die mit mir hier sind, freigelassen werden, Šultys ist sicherlich unschuldiger als ich – ei, heut gibt uns der Priester Absolution, und um das Morgen ist es am besten sich nicht viel zu bekümmern. Lebt wohl samt der

Akademie, und grüßet mir meine liebe Alte, mein getreues, ehrbares Weib!«

Erst als Kampanus auf den Gang hinaustrat, ward er von Beklommenheit und schwerer Trübsal befallen. Da rief er sich erst mit voller Stärke ins Gedächtnis, daß er jene guten und lieben Menschen zum letzten Mal gesehen habe und daß sie am morgigen Tage so schimpflich und schmerzhaft in jene Welt hinübergeschafft werden sollten.

Er stand eine Weile wie geistesverwirrt.

Soldaten, bekannte Menschen, Unbekannte, alles vermischt, gingen an ihm vorbei.

Inmitten dieses Treibens kam Kampanus wieder zu sich. Er erachtete es als seine Pflicht, einige der adeligen Herrn zu begrüßen, die ihm näher bekannt waren. Vor allem Herrn Kaplíř und Budovec, die greisen, teuren Männer, die das Vaterland so heiß liebten, verdienten einen letzten Gruß und ehrerbietigen Abschied.

Langsam ging Kampanus in das Stockwerk zu den oberen Zimmern, vor denen je vier Mann starke Wachen mit Hellebarden und Büchsen standen. Die herrschaftlichen Diener gingen ungehindert in den Zimmern ein und aus. Sie zeigten Kampanus, wo der alte Herr Kaplíř gemeinsam mit zwei anderen gefangen saß.

Kampanus trat ein.

Im halbdunklen Zimmerchen fand er den Priester Johann Růžička oder Rosacius, der ruhig den beiden Herren, Herrn Otto von Los und Kaplíř, von der Unsterblichkeit der Seele erzählte. In einer Ecke saß, umgeben von seinen Kindern, Michalovic; das kleinste Mägdelein hielt er auf seinen Knien, Frau Benigna stand dicht neben ihm und glich äußerlich der versteinerten Niobe.

Der alte Herr Kaplíř hörte, den Kopf gesenkt und sich mit beiden Händen auf die niedrigen Krückstöcke stützend, dem Priester zu. Infolge des hohen Alters von geschwächter Gesundheit, erhob er sich schwer und erkannte den Ankömmling nicht sogleich. Als dann der Priester Rosacius ebenso wie der Herr von Los den Rektor begrüßten, war Kaplíř aufrichtig erfreut.

»Unser lieber, viellieber poeta, da ging es mir besser, als der Magister das Drama Břetislav und Jitka schrieb, das die Akademie aufgrund des Verbotes mächtiger Herren nicht auf der Burg spielen durfte, das ist viele Jahre her, geschätzter Magister; in meinem Kerker gedenke ich tausendmal Eurer Psalmen, und soweit ich sie im Gedächtnis behalte, sage ich mir sie zum Trost her, zu lesen vermag ich nicht mehr, die Augen tränen, ich bin sechsundachtzig Jahre alt, mir ward schon bang auf dieser Welt, bin froh, daß es zu Ende geht. Vor einem Weilchen sagte ich zum hochwürdigen Herrn, daß ich elender Greis längst den lieben Herrgott bat, mich von dieser Welt abzurufen, aber der Herrgott wollte, daß ich in meinem Greisenalter der Welt zum Schauspiel und ihm zum Ruhme diene, mein Tod wird schimpflich, häßlich, vor Gott jedoch ruhmreich sein!«

»Ich kann nicht glauben, daß es zu einem schimpflichen Tod kommt«, sagte Kampanus angesichts des so gebrechlichen Greises, aber Herr Kaplíř winkte ablehnend mit der Hand und sagte: »Ich ward aufgefordert, beim Fürsten Gnade zu suchen, man versprach, mir das Leben zu schenken, aber ich suche Gnade bei Gott und nicht beim Fürsten. Wollte ich Gnade suchen, dann gäbe ich mich für schuldig, als hätte ich etwas Böses getan und den Tod verdient. Die dort ihrerseits denken sicherlich, wir hätten uns vergangen, aber wir konnten die Bedrückung um der Religion willen nicht ertragen, konnten nicht zu allem schweigen, wir werden die göttliche Wahrheit mit unserem Blute schmücken, ich werde gern dahingehen!«

Herr Otto Los sagte zu Kampanus, daß er in diesen furchtbaren Strafen Rache erblicke, »aber für unseren Tod wird, das glaube ich fest, auch Rache genommen werden, man will unsere Köpfe an Türmen, auf Ringplätzen, in Städten aufhängen, sei's drum, aber ich glaube, daß unsere Köpfe in Ehrbarkeit von dort abgenommen werden, wohin man sie jetzt schmählich geben will, und mögen sie nicht im Staub der Erde ruhen, mögen sie verschleppt werden ins Türkenland, nach Hispanien oder nach Rom und übers Meer: am Tag des Gerichtes finden sie wieder zusammen!«

Herr von Los war entschlossen, aber sehr bitter.

Mit ruhiger, glatter Stimme sprach der uralte Kaplíř, mit dem Krückstock auf die Fliesen pochend: »Zwei Dinge grämen gar sehr mein Gemüt, zum ersten, daß Schwiegertochter und Enkel – meine Schwiegertochter Magda ging jetzt mit Klein Zdeněk fort, ich gab ihr eine Postille, auf daß sie sie aufbewahre, bis Klein Zdeněk aufwächst – das grämt mich im Gemüt, daß Schwiegertochter und Enkel an den

Bettelstab kommen: nicht bloß mein Leben, auch mein Gut verfiel, dabei fürcht ich, Herr Slavata und Martinic samt Lichtenstein mit Michna werden bewirken, daß auch an anderen Menschen der tschechischen Nation sich das Bibelwort erfülle: »Unser Erbe wird anderen Nationen zufallen, unsere Herde Fremdlingen«, ich sehe klar das ganze Gewebe und die schrecklichen Absichten, Gott tröste unser Volk! – Das zweite, was mir Unruh schafft, ist, daß ich am morgigen Tag nicht unbeholfen sein möge, bis man mich niederknien und den Kopf hinlegen heißt, ich fürchte, daß ich fallen könnte, beweg mich kaum mehr fest auf den Krückstöcken, die Widersacher dächten, ich hätte Angst, und die hab ich mitnichten, ich bin dessen froh, daß unser Tod vor dem Antlitz Gottes Märtyrertum sein wird, ich eil ihm entgegen, bin froh, daß er schon gleichsam in der Tür steht, werde fest sein, nur bitte ich den hochwürdigen Vater, mich mit dem Abendmahl des Herrn und mit Gottes Wort zu stärken, und dies wird er gern tun.«

»Unsre Kinder werden an den Bettelstab kommen!« ächzte Frau Michalovic still, wie ein Widerhall auf Kaplírs Seufzer.

Ein Weilchen später nahm Kampanus Abschied, auf daß der Priester Rosacius sich seiner trübseligen Aufgabe widmen könne.

Kaplíř drückte dem Magister die Hand, da bückte sich Kampanus zu dem uralten Mann herab und küßte in frommer Demut und grenzenloser Ehrfurcht dessen Hand.

Als Kampanus sich der Tür näherte, wo Herr Budovec gefangen saß, stürzten zwei Kapuziner recht geschwind aus dem Zimmer. Einer war halbwegs ruhig, der andere, schwarzköpfig, feurigen Blickes, war sehr erzürnt und erregt. Er sprach welsch und lateinisch, Kampanus begriff nur, daß er um den Glauben stritt. Die Leute liefen zusammen, und sogleich war einer der angeheiterten Vögte da, um zu erfahren, was geschehen sei.

Kampanus trat ein.

Er fand Herrn Budovec hart an der Tür und in heftigem Zorn vor. Der Herr war viel abgezehrter, als er es gewesen war, der grauen Löckchen am Kopf gab es nur wenige, aber seine Augen waren ebenso wie einst voll Glut und Leben. Sie leuchteten und flackerten unruhig. An Herrn Budovec' Kehle hing seine greise Ehefrau und bat ihn, sich zu beruhigen. Ihr stand der Sohn Friedrich bei, der die Hände zum Vater hin faltete, aber nicht redete. Im Zimmer auf und ab ging heftig Šlik, der jedoch nicht zürnte, im Gegenteil, er war gewissermaßen heiter.

Als sie Kampanus erblickten, setzte Budovec sogleich ein freundliches Gesicht auf, und Šlik sagte: »Lieber Herr Rektor, unser Herr Budovec als Theologe! Was er sagte, belegte er alles aus der Schrift, und das sogleich, die Kapuziner jedoch vermochten sich auf keinerlei Weise recht an den Text zu erinnern, Budovec obsiegte, obsiegte!«

Am Tisch saßen Harant und Černín, auf dem Tische standen einige mit gelblichem Wein gefüllte Gläschen. Zwei der herrschaftlichen Diener schlugen Soldatenbetten auf.

Alle Herren begrüßten den Rektor, dessen Gesicht tödliche Erschöpfung sowie tiefes Leid verriet.

Als alle sich gesetzt hatten und Kampanus vom Wein nippte, sprach Budovec mit entschiedener, männlicher Stimme: »Ich gedachte Eurer, domine rector, schon mehrmals vor der Schlacht und dann häufig im Kerker, Ihr sprachet einst mit mir davon, daß die Böhmen stets schlimm fuhren, wenn sie sich auf andre, auf Fremde verließen – wir führten einander Beispiele aus der Geschichte an – jetzt weiß ich, was wir hätten tun und wovor wir uns hätten hüten sollen, unsre Nachfahren werden aus der Geschichte mehr als wir zu lernen haben. Daß wir zum Widerstand griffen, das reut mich nicht, das wird uns vor Gott ein Verdienst sein, und das Sterben fürcht ich nicht, halte mich an St. Johann: Sei treu bis in den Tod, dann schenke ich dir die Glorienkrone. Ich habe nur Angst davor, daß die Freiheit der Religion und das gesamte Land sowie das böhmische Volk endgültig zu Fall kommen!«

»Ich kann nicht glauben, edler Herr«, meinte Kampanus leise, »daß Gott unser Land zum Fall vorausbestimmt hat, ja ich glaube noch nicht, obgleich man Euch hierhergebracht hat, daß Gott es zuläßt, die Säulen unseres Landes zu stürzen, das Gehege zu zerschmettern, das Land vollends zu entblößen, stets halte ich noch dafür, daß es bloß um Drohungen geht.«

»Tröstet nicht Euch, tröstet nicht uns!« sprach Budovec, »die Widersacher verzeihen nicht, und wir glauben, daß unser Tod Märtyrertum sein wird, daß wir zur Glückseligkeit erweckt werden, denn wir wollten der Religion und unserem Vaterland helfen. Die Widersacher werden auch unserem lieben Herrn Harant nicht vergeben, daß er für die Landesfreiheiten eintrat, werden weder ihm, geschweige denn uns verzeihen!«

In diesem Augenblick trat der Stadtvogt mit dem Hauswirt des Rathauses ein, der einige Sterbehemden im Arm trug.

Budovec nahm eines der Hemden, faltete es auseinander; es war ein weites Hemd aus schwarzem Taft mit kreisförmigem und sehr tiefem Ausschnitt am Halse. – Herr Budovec legte das Sterbehemd an, indem er es über sein schwarzes Samtgewand zog.

Ein ungewohnter, schrecklicher Anblick.

Die greise Gemahlin Budovec' wandte sich ab und begann, mit den Händen die kühle Wand anfassend, herzbrechend zu weinen, Budovec' Sohn schaute still vor sich hin, konnte aber die Augen nicht vom Vater abwenden.

Kampanus beherrschte sein Inneres, in seinen Schläfen pochte es stürmisch.

Und Budovec lächelte sehr ruhig, wobei er Šlik, der auch das Sterbehemd anprobierte, erklärte, daß das am Halse ausgeschnittene Hemd im Namen des Henkers daran mahne, daß die Herren, die morgen das Gerüst im Wams besteigen wollten, den Kragen vom Wams abtrennen lassen müßten, es sei denn, daß sie das Wams völlig ablegten.

Herr Budovec legte das Sterbehemd ab, zog den Rock aus und hieß den Bediensteten sogleich den Kragen abschneiden.

»Wirf aber den Kragen nicht weg, gib ihn morgen dem Henker, gib ihm alle meine Kleider, er soll ein guter katholischer Mann sein, der Henker vom Burgviertel, den Lichtenstein uns bestimmt hat.«

Diese Reden konnte Budovec' Weib nicht ertragen, sie sank in Ohnmacht. Budovec tröstete die Greisin, versprach, er wolle, bis der ehrwürdige Vater zu Herrn Šlik komme, so beherzt singen, als besuchte ihn selbst ein Priester der Brüdergemeinde, er spüre, wie tapfer er sei, und bitte sie, gleichfalls tapfer zu bleiben.

In diesem Augenblick trat ein Jesuit ein und hinter ihm ein zweiter. Mit leiser Stimme kündeten sie sehr ehrerbietig an, sie kämen, um Herrn Harant zu Diensten zu sein.

Harant erhob sich sogleich und reichte den beiden Priestern die Hand, er kannte sie beide wohl und in Dankbarkeit seit der Zeit, da sie so meisterhaft im großen Chor seine Messe aufführten. Gleich darauf reichte er Magister Kampanus die Hand zum Abschied, wobei er sagte: »Ich war in Stürmen des Meeres, ward verschüttet vom Sand der Wüste, harrte mehrmals des Endes, und immer half Gott, nun soll ich in der Heimat sterben und weiß nicht, warum.«

Einer der Jesuiten sagte, auch der erhabene Erlöser unser aller sei unschuldig gestorben.

»Und Magister Hus desgleichen!« fiel Budovec entschieden ein.

Herr Harant jedoch ging schon in die nebenan gelegene Zelle fort, und die Jesuiten, den Blick zu Boden gerichtet, still hinter ihm, um mit ihm der Andacht zu pflegen.

Auch Kampanus schied von den beiden Herren, verneigte sich ehrerbietig vor Budovec' Frau, drückte dessen Sohn die Hand und ging. In der Tür traf er mit dem Priester Lippach zusammen, der kam, um

Šlik Tröstung zu bringen. Da stach Kampanus unendlich schmerzlich der Gedanke ins Herz, daß Budovec als böhmischer Bruder ohne priesterliche Tröstung bleiben sollte; zu Verbrechern und überführten Mördern ließ man Priester, zu Budovec nicht!

Als Kampanus durch den Gang schritt, gedachte er seiner Christenpflicht, noch diese und jene der Verurteilten zu besuchen, aber als er aus einigen Türen frommen Gesang hörte, ließ er von seinem Vorsatz ab. Auch erwog er, daß der Abend schon einbrach und die Hauptrolle nunmehr den Priestern zufiel. Und außer alldem war der Magister selbst an Geist und Körper so erschöpft, daß er nur mit Mühe und fast wie ein Greis aus dem Treiben des Altstädter Rathauses ins Freie taumelte, wo ein schöner Sommerabend duftete.

Beim Karlskolleg harrten der Pedell und der Universitätsschreiber des Rektors. Die beiden jungen Leuten warteten schon lange, hätten sonst nicht gewartet, denn die Nachrichten, die zu bringen ihre Obliegenheit war, waren keineswegs so wichtig, daß sie nicht auf den nächsten Tag aufgeschoben werden konnten.

Heute aber hätten sie selbst gern etwas vom Herrn Rektor erfahren, wenn er vom Rathaus zurückkehrt, und bis dahin hatten die beiden Universitätsbeamten sich gegenseitig gar wunderliche Dinge zu erzählen. Standen und saßen doch vor dem Carolinum Gruppen von Nachbarn und erzählten einander von den Dingen, die sie gesehen hatten und die sich vorbereiteten.

Den Blick zu Boden geheftet, betrat Magister

Kampanus endlich das Kolleg. In Versonnenheit versunken, sah er niemand, bemerkte er niemand.

Der Pedell mit dem Schreiber gingen ihm nach. Im Zimmer verkündete der Schreiber dem Rektor, er sei dem Befehl gemäß in Michle gewesen, und die von Michle könnten der Universität selbst bei Aufschub nichts zahlen, denn sie seien durch die Soldaten um ihre Gespanne gekommen; nach ihm verkündete der Pedell, daß die Lehrer sowie die Mendikanten und die anderen Schüler von der Prager Schule aus Angst davor, daß man am morgigen Tage die Utraquisten hinmorden werde, auseinandergestoben seien.

Kampanus lauschte den Nachrichten der beiden jungen Männer wie im Traum. Sagte nichts dazu.

Der Pedellus, der der Verschämtere war, quetschte sein Barett und wandte sich schon ab, um zu gehen. Der Schreiber Češbivius jedoch rührte sich nicht und hub von neuem an: »Dies hört man, Magnificie, daß die Utraquisten morgen alle hingemordet werden sollen, aber das ist Geschwätz, ärger ist, was ich von so vielen des gewöhnlichen Volkes hörte, daß sie die Bürger und Herren der morgigen Exekution wegen nicht bedauerten, ein Rohling sagte, daß es jetzt einmal auch scharf gegen Herren und Bürger gehe; odi profanum vulgus, aber das gewöhnliche Volk, zum größten Teil, ist wortkarg und verängstigt und traurig. Ihr geruhtet, Magnificie, im Rathaus zu sein?!«

Kampanus griff sich an die Stirn, der Schreiber traf mit seiner vorwitzigen Frage gerade in das Gedankengewirr, das seine Seele erfüllte, es war, wie wenn der Schmied auf glühendes Eisen schlägt und tausend Funken aufsprühen.

Kampanus sprach voll Eifer: »Wie heute unsere zum Tode verurteilten Bürger und Herren dort auf dem Rathaus handeln, das bringt mir lebhaft die ersten Märtyrer der christlichen Kirchen in den Sinn; sie haben den Kampf der Natur und des schwachen Körpers mit der geängstigten Seele schon ausgekämpft, sind zu Tode entschlossen, wollen ihr Leben mit Freude und herzhaftem Eifer, ja, Todessehnsucht hingeben, sind tapfer. Mein Lebtag habe ich so etwas nicht geahnt.«

Die jungen Leute fingen die Worte des Rektors auf, die mit wachsender Begeisterung seinem Mund entströmten, Kampanus, der im Zimmer auf und ab ging, sprach weiter: »Ich billigte nicht alles an dieser unglücklichen Bewegung, oft warf ich den Ständen Uneinigkeit, Unaufrichtigkeit gegeneinander, Herrschsucht, Kriecherei vor dem Ausland, Geldgier vor, nahm an ihnen genug Sünden wahr, aber welche Schuld immer bei ihnen liegt, vor dem Tode, jetzt, wuchsen diese Männer vor meinen Augen zu heroischer Höhe empor, sie sind überzeugt davon, das Vaterland und das göttliche Gesetz geschützt zu haben, wollen, da Gott ihnen nicht zu siegen vergönnte, mannhaft ihr Leben hingeben, ich sah nicht, daß einer von ihnen zornig oder stumpf oder gar mit schwächlichem Jammern in Ängsten und Bitternissen sein Schicksal erwartet, mich dünkte, sie hätten allen irdischen Lehm von sich abgeworfen und verstoßen, sie stehen und erwarten Läuterung und Erhöhung über die Wirrungen und die Qual des Lebens. Jene erhabene Freudigkeit, mit der sie sich zum letzten Stündlein rüsten, überzeugt mich davon, daß sie bei allen ihren Fehlern Menschen sind und waren, die Gott sowie dem Vaterland lieb sind, daß sie die Verteidigung des Vaterlandes und des Glaubens ehrlich und gerecht meinten, sei's auch, daß der gerechte Weg sie zu einem schimpflichen Tod führte. Es ist in ihnen etwas Erhabenes und Großes, was sie so bestärkt. Mit wie vielen von ihnen ich auch gesprochen habe, alle sind reinen Sinnes und freuen sich, morgen als Märtyrer Gott von Angesicht zu Angesicht zu sehen. – Und die, von denen ich nicht Abschied nehmen konnte, sangen fromm, als ich die schrecklichen Orte verließ – alle sind tapfer, alle sind Helden!«

Kampanus sprach voll Inbrunst, innig und ohne Unterlaß, dann setzte er sich nieder, verstummte und legte den Kopf in die Handflächen.

Die Jünglinge standen noch ein Weilchen da, gerührt bis in die Tiefe ihres Herzens, dann wandten sie sich leise, fast auf den Zehenspitzen, zur Tür. Die Tür knarrte. Weckte den Rektor.

»Ich bitt euch«, hielt Kampanus die Jünglinge zurück, »leget euch die ganze Nacht nicht schlafen, ihr seid jung, werdet den Schlaf überwinden, wachet und gebet mir Nachricht, so in der Nacht die tragoedia zu ihrem Ende gelangen sollte, so man sie in der Nacht hinrichten wollte, dann müßte ich in Sixtens Haus, die arme Matrone, die allein ist, würde aus Angst um ihren Mann ohne Hilfe zugrunde gehen.«

Als sie gegangen waren, öffnete Kampanus das Fenster auf die Gasse und in den Garten. Eine helle Nacht, die Vögel im Garten zwitscherten gar unruhig, da sie nicht einschlafen konnten, von der Gasse drang ständig das gedämpfte Geräusch von Fußgängern herauf, die jedoch schweigend einherschritten, von Zeit zu Zeit stampften polternd Soldatenstreifen vom Ring her und wieder zum Ring hin.

In Kampanus brach die ständig unterdrückte Trübsal über den bevorstehenden Untergang so vieler Menschen, so vieler ausgezeichneter Männer der böhmischen Nation, durch. Bisher hatte er ihre märtyrerhafte Standhaftigkeit bewundert, jetzt in der Einsamkeit der Nacht begann er über sie zu wehklagen, und seine trüben Gedanken übertrugen sich von ihnen auf das ganze Volk.

Gottes Gunst ist da offenbar, sagte sich Kampanus, da sie so herzhaft zu Tode entschlossen sind, wenigstens wird der schimpfliche Tod ihnen nicht so schwerfallen; ob es aber wohl bestellt ist, daß auch der böhmische Löwe sich nicht zum Widerstand aufwirft, daß er siech und erschöpft daliegt, zutraulich wie ein Schäfchen ist? Ich seh, daß anstatt des Feuers, das zu Taten treibt, bei uns schon seit Beginn jener unglücklichen Bewegung das Feuer eines Gehirnfiebers wütet, bei dem man matt wird und stirbt, diejenigen unserer Männer, die in den vordersten Reihen zu stehen pflegten, sind aus Furcht außer Landes gegangen oder welken vor Furcht im Winkel dahin oder sind zum Tode verurteilt, und das gewöhnliche unwissende Volk ist verängstigt, ja da sind solche, die sich darüber freuen, daß die Stadtbürger an der Reihe sind – – Unseren Nachfahren werden Jahrhunderte nicht genügen, um unsere Trübsal und unsere Schwäche wiedergutzumachen – werden die Nachfahren sie gutmachen? Und wann werden sie gutgemacht, oder gehen wir zugrunde wie jene dort an der Saale, an der Elbe, am Baltischen Meer?

Schwere Stunden befielen Kampanus, Stunden, in denen er bedauerte, ja, sich zum Vorwurf machte und sich als schwere Schuld anrechnete, daß er nicht unter den Verurteilten war. Was bin ich denn, wo sind meine Taten? Bin ein elend besaitetes Instrumentum, dem der leiseste Anstoß Klagetöne und weinerliches Erzittern abzwingt, aber weiter nichts, weiter nichts – dereinst fügten sich diese Töne zu Rhythmen und Versen, was auch nicht viel bedeutete, jetzt wehklage und jammere ich nur mehr, was noch weniger ist. Oh, kommet, dämonische Faune, aus euren Hainen, komm, kahlköpfiger trunkener Seilenos, kommet auch ihr übrigen Satyre alle und kichert, lachet mich aus, lachet –

Nach der vierten Morgenstunde verfinsterte, trübte sich das Firmament, und winziger, sprühender Regen wie Pulver senkte sich sanft auf die Weinberge von Smíchov und den grünenden Petřín und auf die Rosen im Garten der böhmischen Könige nieder.

Von Osten her aber sandte die Sonne schon ihr goldenes Licht und ihren prachtvollen Glanz über den ganzen Himmel hinweg – und ein Regenbogen erschien über dem Petřín nach der Seite hin, wo der traurige Weiße Berg lag.

»Ein Regenbogen!« sprach Kampanus, »ein himmlischer Farbenbogen, der Regenbogen des Noe war das Zeichen der Versöhnung – mit diesem prächtigen Regenbogen soll dies irae, der Tag des Wütens, des Zornes, beginnen –«

Der Regenbogen zerfloß nach kurzer Zeit, verschwand.

Der schwarzbärtige Pedellus trat mit der Ankündigung ein, daß ein Regenbogen am Himmel stehe, daß die Zuschauer dies als eine Offenbarung Gottes sowie als günstiges Zeichen für die Verurteilten aufnähmen, daß aber der Henker mit sechs Gehilfen in schwarzer Vermummung sich schon am Gerüst zu schaffen mache.

Der Schreiber Češbivius trat mit der Nachricht ein, daß von der Kleinseite Soldaten, zwei Kornetts und drei Fähnlein anrückten, den Ring füllten, das Volk von da vertrieben und mit den Büchsen den Leuten in den Fenstern drohen, sie mögen zurücktreten und nicht zusehen –

Da fiel ein Kanonenschuß.

Fünf Uhr früh. Der Einundzwanzigste des Juni, des lieblichen Mondes.

Der Schuß ist das Zeichen zur Hinrichtung.

Der Tag des Wütens und des Zornes.

Kampanus lief, so rasch sein mächtiger, schwerer Körper es zuließ, zu Frau Sixt, um sie, seinem Versprechen gemäß, in der Stunde der tiefsten Betrübnis zu trösten. Unterwegs rannte das gewöhnliche Volk, das sich zu dem seltenen Schauspiel begab, an ihn an. Kampanus schlug fast das Gitterchen an der oberen Diele des Sixtischen Hauses ein, so eilte er; er traf die Frau ruhig im Zimmer an, sie schob sich das Häubchen vorn über den Kopf, um die haarlosen Stellen zu verdecken, und nachdem sie den keuchenden Rektor begrüßt hatte, erzählte sie, vor einem Weilchen sei der Domherr Platejs mit der Versicherung dagewesen, daß ihrem Ehegatten das Leben geschenkt werde.

Das hörte Kampanus gern, sehr gern, er drückte der Frau die Hand, wie um ihr für diese Nachricht zu danken, und sogleich kam ihm in den Sinn, daß auch andere von den Verurteilten mit dem Leben davonkommen könnten, daß unter dem Schilde der Gerechtigkeit die grausame Rache nicht vollführt werde.

Da rasselten einige Trommeln.

Kampanus schaute zum Fenster hinaus, von dem aus schräg der Ring sichtbar war. Er sah Soldaten und fast nur Soldaten. Gegen die Mitte des Ringplatzes zu war Reiterei versammelt, sonst überall, wohin das Auge reichte, Fußknechte in vierkantigen Haufen – über den Köpfen der Soldaten, Kampanus gerade gegenüber, im Mittelpunkt des Ringplatzes schimmerte weiß ein neuer Galgen mit einer neuen Leiter. Von dem schwarzen theatrum sah der Rektor bloß eine Ecke; mehr war von Sixtens Fenster nicht zu erspähen. Aus den Fenstern der Ringhäuser schaute niemand heraus.

Aber doch!

Im Hause gerade gegenüber, unmittelbar hinter dem weißschimmernden Galgen, im Hause des ehemaligen Direktors Dvořecký, das schon viele Wochen lang unbewohnt, von Michna konfisziert war, wurden die Fenster geöffnet. Herr Michna stand im Fenster.

Konnte der denn heute hier fehlen, hatte doch hauptsächlich er mit seiner Kanzlei die Personen und ihre Vergehen dem Blutgericht anvertraut und ausgeliefert, warum sollte er nicht kommen, um das Werk zu betrachten, dessen Gehilfe er war?

Irgendeine Bedientenseele öffnet das zweite, das

dritte Fenster – in dem einen, sieh da, ist Fürst Lichtenstein – das ist er – die Haare rückwärts gekämmt, gestriegelt, fast bartlos; neben ihm eine prachtvolle Frau, schwarzhaarig, elastisch in ihren Bewegungen, kann sein, des Kanzlers Frau Polyxena, allerdings, solch Schauspiel hat die Welt nie gesehen und wird es nicht leicht wieder sehen. – Im letzten Fensterchen am Ende des Hauses das affenartige, behaarte Gesicht des Herrn Fabricius. Er kommt, den Tod jener anzusehen, die ihm den Tod durch den Sturz in große Tiefe zugedacht – neben Fabricius nimmt Frau Moller Platz, üppig, bleich, mit einer Pfauenfeder am roten Hut. Jener rundliche, nicht eben große Mann hinter ihr mit den Gläsern vor den Augen ähnelt Magister Georg Mollerus.

Ei, Kampanus wendet voll Ekel die Augen von diesen Fenstern ab, wobei er laut sagt, glücklich seien die Armen im Herzen, denn sie fühlen keinen Schmerz.

Vom Rathaus tönt das Bimmeln eines Glöckleins. Das Sterbeglöcklein?

Da hört der Rektor von unten aus der Menge, die sich in der Zeltnergasse im Rücken der Soldaten drängte, den Namen Šlik rufen.

»Šlik kam heraus! Das ist Graf Šlik!« riefen die Zuschauer, die sich auf Fässer und aus Sixtens Gästestübchen entlehnte Schemel geschwungen hatten.

Eine Stimme vom Rathaus dringt schwach bis hierher; dann, als die Stimme verlöscht, dröhnen Trommeln.

»Er hat zugehauen!« schreit einer auf dem Faß.

»Huh, sie ist gefallen! Und – jetzt zerren sie die

Hand auf den Block, sie ist weiß, ist schon ab!« schreit ein zweiter auf.

»Jetzt raffen sie alles zusammen, tragen's weg!« ruft der dritte.

Die Trommeln verstummen.

»Wen haben sie jetzt herausgeführt?« fragt einer.

»Das ist Herr Budovec!«

»Das ist nicht Budovec!«

Kampanus hörte nicht weiter zu, er riß sich vom Fenster los. Frau Sixt, die beim Fenster saß und im Gebetbuch las, sagte der Rektor hastig etwas Wirres und lief davon.

Seiner selbst nicht mächtig, rannte er über die breite Holztreppe hinunter, von da durch die Einfahrt aus dem Hause hinaus und zwängte sich gerade gegenüber durch das Menschengewühl, das mächtige Tor der Týnpfarrei hinter sich lassend, in die leere Kirche, geschwind unter den Chor, wo seitlich der Eingang zu den Türmen – ein eisernes rundes Türchen – ist. Er kannte es. Oft hatte er den Glöckner mit den Jungen hier eintreten gesehen. Das Türchen hängt bloß an einem Haken; er öffnete es energisch, lief behende die steinerne Wendeltreppe empor, im Dunkeln stieß er mit dem Kopf an die Stufen, blieb stehen, rang nach Atem, Hände wie Füße glitten auf dem kalten Gestein aus … Nur höher hinauf … Nur höher!

»Ich will sehen«, sagte er wahnwitzig zu sich selbst …

»Was denn sehen? Warum sehen? Lauf lieber davon, Kampanus! …«

»Ich lauf nicht davon, will sehen, ob es möglich

ist, so viele Menschen aus dem Leben zu schaffen, sie werden Gnade geben, veniam, das will ich sehen, veniam, veniam –«

Er läuft von der dunklen und steinernen Wendeltreppe auf eine hellere Holztreppe hinaus – der ernste Magister und Rektor nimmt je zwei Stufen auf einmal – und schon ist er in dem offenen gotischen Türchen, schon auf der langen, schmalen Galerie der Kirche der Gottesmutter, gerade unter dem großen vergoldeten Hussitenkelch.

Hier scheuchte er einen Schwarm grauer Tauben auf, die ängstlich und mit lautem Flügelschlag zu den schlanken und schönen Spitzen der Türme des Týn aufflogen.

Kampanus beachtete die Tauben kaum.

Tief aufatmend stützte er die Hände auf das steinerne Geländer und sah mit gespanntester Aufmerksamkeit hinunter. Schaute hinunter über zwei Giebel und die Dächer zweier Behausungen, die tief unter seinen Füßen geblieben waren, schaute über die Köpfe vieler Soldaten hinweg geradezu auf das Rathaus, auf das schwarze Gerüst, was geht dort vor? Was geht dort vor?

Gerade tragen die schwarz vermummten Totengräber einen in schwarzes Tuch gehüllten Körper weg, tragen ihn über die kurze Leiter, unter das Gerüst hinunter.

Dort ist also das grausige Lager.

Der Henker, ein kräftiger Mann, grau gekleidet und mit einem zerdrückten Bauernhütchen auf dem Kopf, wischt mit seinem Lappen das befleckte Schwert ab.

Oberhalb der reichen Kaufläden, just unter der Kapelle, sitzen Männer in dunklen Gewändern, mit breiten weißen Halskrausen, unter spitzigen schwarzen Hüten, in einer Reihe.

Kampanus erkennt die drei kaiserlichen Vögte, Ostrstock, Šrepl und Hegner von der Kleinseite, erkennt an ihrer Seite den beleibten gedunsenen Herrn Kapr, die anderen erkennt er nicht, es sind fremde Gesichter.

Kampanus begreift, daß dies die Herren sind, die Zeugen dessen sein müssen, daß das Urteil vollstreckt wurde. Sie sitzen unter der hübschen Rathauskapelle, unterhalten sich, als sähen sie einer Fechterschule zu, fremdes Leiden ist ohne Zweifel ein Kitzel in wohliger Sicherheit.

Aus einem der großen Fenster, das in eine Tür verwandelt ist, kommt der Stadtvogt über die niedrigen Stufen, ihm folgt Herr Harant fast auf den Fersen, neben und hinter ihm vier Jesuiten mit gefalteten Händen.

Sie beten laut.

Die vier Beterstimmen dringen bis hierher zur steinernen Galerie der Kirche empor.

Harant steht aufgerichtet wie eine Tanne. Er betrachtet den Ringplatz, Herr Harant ist Soldat, der schon gar oft dem Tod ins Auge geblickt. Jetzt blickt er zur Kirche der Gottesmutter empor – sieht er? Sieht er nicht?

Eine dünne Stimme liest Verschulden und Verdikt – ein rotes, ziegelfarbenes Gesicht – es ist Pěček Smiřický, der da liest.

Er hat zu Ende gelesen.

Harant erhebt die Hand, will vielleicht reden.

Man schlägt die Trommel, auf daß nichts zu hören sei, falls er reden wollte. Vielleicht wäre seine Rede den Herren unter der Kapelle nicht lieb.

Harant tritt ans Kreuz heran, kniet nieder, die Jesuiten fallen mit ihm auf die Knie. Die Trommeln rasen.

Der Herr hat die Hände gefaltet, er betet nicht lange.

Steht behende auf.

Ein Diener will dem Herrn das Wams ausziehen. Der Diener ist, vielleicht vor Aufregung und Mitleid, recht ungeschickt – der Herr zieht es selbst aus. Die Jesuiten sprechen ihm zu. Der Herr reicht ihnen die Hand. Kniet am Block nieder.

Der Henker kommt bedächtig näher.

Kampanus stützt sich mit den Ellbogen auf das Geländer und hält, preßt die Fäuste vor die Augen. Und als er die Augen wieder freimacht, da tragen die schwarzen Totengräber eine weitere kostbare Last unter das Gerüst.

Die trüben Wolken zerteilen sich, ein Stück blauer Himmel öffnet sich, sieh, mit einem Mal übergießt die Sonne das ganze Rathaus, den Schmerhof und all die schmalen Häuser der Nachbarschaft mit leuchtendem Gold, bestäubt mit ihrem Gold das schwarze Gerüst, die dichten scharfen, schwärzlichen Schatten der Statuen und Fialen fallen lang hin auf die Rathauswand, das Zymbal am Turm, das aus dem Dachfenster heraushängt, schlägt die siebte Morgenstunde nach deutscher Uhr, seine Stimme bebt, als wehklagte sie.

Und wieder kommt der Stadtvogt aus dem Fenster über die niedrigen Stufen herab … doch erst ein Weilchen nach ihm erscheint im Rathausfenster im vollen Sonnenlicht Herr Kaplíř.

Er stützt sich mit einer Hand auf den Priester Johannes Rosacius, mit der anderen Hand auf den Krückstock.

Ein gebrechlicher Greis, mit abgemagerten Beinen, aber den Kopf hat er aufgerichtet wie ein Ritter, der zum Turnier auf den Kampfplatz schreitet. Mit kleinen Schrittchen schleppt er sich zum Kreuz, fällt schwer und sehr unbeholfen auf die Knie. Mit der furchigen Stirn und dem Grauhaar berührt er die Knie der geschnitzten hängenden Statue Jesu Christi und betet lange.

Pěček hat längst Verschulden und Verdikt verlesen.

Die Herren unter der Kapelle bewegen sich unruhig. Wie sollten sie auch nicht – noch so viele Hinrichtungen, wozu überflüssige Aufschiebungen und Verzögerungen.

Nur der Henker läßt sich nicht anmerken, daß er eilt. Unbeweglich, wie die Steinfigur über seinem Kopf, steht er an die Wand gedrückt. Vielleicht dauert ihn der greise Ritter, vielleicht ist er nicht willens, mit rohem Streich ein welkes Leben zu vernichten, das ohnehin schon zu Ende geht.

Herrn Kaplířs Zwiesprache mit Gott ist zu Ende. Der Diener und der Priester helfen ihm, vom Kreuz aufzustehen. Führen ihn zum Block. Den Herrn zu entkleiden ist nicht vonnöten. Den Kragen des Wamses ließ er schon gestern abschneiden. Der Hals ist nackt, bloßgelegt, so wie er ihn zu tragen pflegte, als er noch ein Kind war.

Unter großer Anstrengung kniet der alte Mann am Block nieder, legt sein zitterndes weißes Haupt auf den blutigen Stock – eine Zeitlang wirbeln schon die Trommeln, der Henker tritt heran, tritt gleich wieder zurück, spricht mit dem Vogt, gestikuliert mit den Händen, der Herr hebt sein Haupt – legt es besser, anders, von neuem hin – man merkt, daß der Henker dem Herrn keinen Schmerz durch einen mißlungenen Streich bereiten will – ja, jetzt wird der Henker schon rasch vollbringen, was ihm aufgetragen, jetzt liegt das Haupt des Herrn recht, der Henker hält schon das breite Schwert mit beiden Händen hoch empor.

Kampanus drehte sich der Kopf, weit öffnete er seinen Mund, und plötzlich brach sein mächtiger Körper in der engen Galerie der Týnkirche zusammen, er erstarrte und war wie entseelt.

Da lag er, völlig eingepfercht und verkrümmt im engen Raume der künstlich behauenen gotischen Quadern, hoch über den Häusern der Menschen, über dem roten Gewirr der Preisendächer und über den gerundeten und zackigen Giebeln. Die wilden grauen Tauben kamen schüchtern herbei, um zu sehen, wer sich wohl in den einsamen Höhen hinstreckte; aber als sie merkten, daß er sich nicht rührte, spazierten sie über die steinerne Brüstung, als wären sie hier allein, blähten sich auf, gurrten und trieben voll Leben und Lustigkeit ihren Schabernack.

Unterdes erscholl von unten in kurzen Pausen die Stimme des Lesenden, ward die Trommel gerührt, und auf dem schwarzen Gerüst nahm die Rache mit blutunterlaufenen Augen, mit blutbefleckten Händen in grauser Regelmäßigkeit und Härte ihren Fortgang.

Das Zymbal vermeldete vom Rathaus mit ehernen Klängen die achte, neunte Stunde, und seine Stimme zitterte noch lange weinend im Winde nach. Kampanus regte sich. Er kam zu sich. Öffnete die Augen.

Erwachte aus der Ohnmacht wie aus einem schweren tiefen Schlaf.

Wußte nicht, wo er war.

Über sich sah er eine unendliche Wand, das geschwärzte Gemäuer, übersät mit steinernen Vorsprüngen, sah auch die dunklen Wolken, die wie Dämonen dahinflogen. Von Zeit zu Zeit teilten sie sich und öffneten den blauen Himmel voll goldener Sonnenstrahlen.

Sich auf den Ellbogen aufstützend, hob er den Kopf. Durch das steinerne durchbrochene Gitterwerk sah er in der blauen Ferne die stille Gegend, seine Augen blieben näher an den grünen Hängen der sanften ländlichen Hügel hängen, er erkannte den kahlen Felsen des Vyšehrad und darunter die hölzernen Einfriedungen. Er richtete sich höher auf, erblickte gegenüber in ganzer Breite den Petřín, aus dessen grünem Schoß das Zion der weißen Mönche hervorlugte, sah inmitten eines dichten grünen Kranzes die Burg der böhmischen Könige, die vom Weißen Turm an einem Ende behütet und am anderen Ende vom Schwarzen Turm verdüstert wurde.

Alles liegt in Licht und großem Schweigen.

Trommeln erdröhnen.

Jetzt weiß Kampanus alles wieder. Gott im Himmel, jetzt weiß er es wieder!

Der Rathausturm, vier Türmchen an den Ecken, am Balken das Zymbal – unten das schwarze Gerüst.

Kampanus schnellt empor.

Er vernimmt die immer gleiche, schreckliche, widerliche Stimme des Lesenden.

Schaut wie in tödlicher Beklommenheit hinunter.

Erkennt den Freund, den Nachbarn, Herrn Sixtus.

Gebückt, mit langem grauen Bart.

Das ist er.

Der Henker betrachtet die Schneide des Schwertes.

Trommelwirbel. In diesem Augenblick kommt ein Mann in schwarzem Talar, im pelzverbrämten Mantel der Schloßdomherren die Stufen herauf. Er bringt den schwarzen Männern unterhalb der Kapelle eine Nachricht, übergibt ihnen ein Papier.

Die verneigen sich.

Der Domherr führt Sixtus über die hölzerne Stiege durch das Fenster weg, wo beide im Dunkel verschwinden. Sixtus ist frei.

Vielleicht wurden und werden noch mehr befreit – besteht doch Sixtens ganze Schuld bloß darin, daß er Direktor war, und solcher gibt es mehr.

Nein, nein, kaum einem wird verziehen. Man sieht das Henkerwerk, am Balken hängen zwei Körper zum Fenster heraus, die Köpfe einander zugewandt, als ob sie sich küßten, Kutnaur, Sušický, sie sind es, die zum Fensterbalken Verurteilten – o Gott, dort am weißen Galgen noch ein dritter Körper in gräßlicher Verkrampfung – –

Der Priester Lippach führt Doktor Jessenius auf das Blutgerüst.

Das ist er! Jessenius.

Lebensprühend, kühn, mit heftigen und elastischen Bewegungen, aber das Haupt und der lange spitze Schnurrbart, bis vor kurzem noch kohlschwarz, schimmern weiß.

Jesenský wirft einen raschen Blick um sich, einen Augenblick lang jedoch verweilt sein Auge auf der Kirche zu St. Salvator – kann sein, daß er an sein kleines Mägdelein denkt, das dort wohnt.

Kampanus ist auf das höchste erregt, spricht: »Gott, Mitleid durchbohrt mir das Herz. Gott, du lässest doch vielleicht nicht jene verunstalten, die dieses Landes Bildung vermehrten, lässest vielleicht nicht dennoch zu, daß die ausgerottet werden, die dich liebten, Gott, der du mit deiner Stimme die Zedern des Libanon brachest, schlafe nicht, schlafe nicht, warum schläfst du?«

Jener elende Advokat und Wucherer verliest das Verdikt.

Kampanus wartet mit Schrecken darauf, daß jemand vortritt, aber niemand, niemand tritt vor, um Pardon zu verkünden, Richter und Vögte sitzen reglos, starr. Der Henker geht langsam an den Rektor der ehemaligen Karlsuniversität heran – er trägt kein Schwert – trägt etwas anderes in der Hand, man wird ihm also doch die Zunge herausschneiden, mit der er zierlich zu reden pflegte, zu Königen und Fürsten.

Was ist das? Ein Blutstrom aus Jesenskýs Mund, der hüstelt würgend, Blut rinnt ihm über die Brust – –

»Schlächterei!« schrie Kampanus auf, »Schlächterei! Schlächterei!« – – – So rief Kampanus mit röchelnder, verzweifelter Stimme und floh in das Zwielicht des Turmes, jagte die Holztreppe hinunter, wobei er sich spitze Späne in die Hände stieß und mit dem Kopf an die Balken schlug, rannte ins Dunkel der Wendeltreppe, ins Dunkel, in die feuchte Kühle, und hier im Dunkeln sank er auf eine Stufe nieder und brach in schreckliches, krampfhaftes, schauerliches Weinen aus –

X

Finis

Kampanus ging wie im Traum umher. Er wich den Menschen aus, sprach nicht, verließ kaum das Karlskolleg. Dem Ringplatz wich er aus, weil dort siebenundzwanzig edle Menschen hingerichtet worden waren, in die Richtung zur Brücke getraute er sich nicht zu gehen, weil dort die Henkersknechte zwölf Häupter in Eimern auf den Turm getragen und in eiserne Körbe gesperrt hatten, er ging nicht vor die Tore, weil dort die Viertel des zerhackten Körpers des Doktor Jessenius in einem Sack an irgendeine Stelle verschleppt und auf Pfählen aufgespießt waren.

Kampanus' Seele war zu Tode erschöpft, war mitgenommen nach all dem maßlosen, übergroßen Entsetzen und dem grenzenlosen Leid. Es gab Tage, da der Magister von einer gewissen Gleichgültigkeit, Gefühllosigkeit und solch einer Kälte befallen ward, daß der alte Revír nicht einmal das Kind zu ihm ins Kolleg schicken durfte; und wenn Hänschen dann dennoch kam, erhielt er einen Kuß und ward geschwind dem Großvater zurückgegeben mit der Entschuldigung, Kampanus liege auf dem Siechbett und müsse allein sein, um wieder zu Kräften zu kommen.

Was Wunder! Der Magister hatte seine fünfzig Jahre keineswegs heftig, fieberhaft verlebt, hatte sie in der Stille von Sommertagen verlebt, an denen goldener Sonnenschein mit kurzen Regenschauern abwechselte. Mehr als die Hälfte dieser Jahre verlebte er in zärtlicher Freundschaft mit den Musen, und seine Ehe, mochte sie auch ein schmerzliches und rasches Ende gefunden haben, hatte in seiner Seele stille Erinnerungen zurückgelassen, in denen sich die Idylle des Buches Ruth mit einer weichen Elegie vermählte.

Was jedoch während der letzten drei Jahre vor Kampanus' Augen geschehen war, das waren durchweg schwere Schläge für die zarte Seele dieses Mannes. War er doch ein Mensch aus lauter Gefühl, wirklich wie ein Saiteninstrument, dem der leiseste Hauch – ein Hauch, den wohl das Espenblatt verspürt, aber nicht das Blatt der Eiche – Töne entlockte, und was zuletzt in seine Saiten schlug, das war eine große ungeschlachte Hand, das war der Tritt eines brutalen Fußes, und wenn auch darob die Saiten nicht rissen, so erschlafften sie wenigstens doch so traurig, daß ihr Schwingen vielleicht auf lange Zeit unmöglich geworden war.

Das Saiteninstrument war verstummt.

Kampanus' Sinnen und Trachten war zu Boden gebeugt und gleichsam begraben. Sein Schmerz war stumm. Das Gewitter war vorbei, es schien, als ob der Donner in weiter Ferne grollte. Auch im Kopf des Magisters sowie in seinem Herzen war es still, die Angst um die Universität schien ihn vollends verlassen zu haben, ja, die große und glühende Liebe zur Schule Vater Karls schien erloschen.

Die Seelenstürme der letzten Jahre hatten auf seinem Antlitz und seinem ganzen Äußeren Spuren zurückgelassen. Kampanus war welk wie das Gras am Letnaberg an brennendheißen Tagen, und er durfte von sich sagen, seine Knochen seien steif geworden und sein Gesicht vor Trübsal verschrumpft und gealtert, auf seinen schwarzen Bart und sein Haupt senkte sich Reif und schließlich sogar Schnee.

Wenn er nicht sprach, ja, nicht einmal antwortete, sagten die Leute, er wäre argen Sinnes, und manch einer rechnete es ihm übel an; der Pedellus, dessen jugendliches Gesicht in den trübsten Tagen wie ein rotes Äpfelchen glänzte, erzählte seinen Kumpanen und den Verwaltern in den Schulen, melancholia habe den Herrn Rektor befallen, und dies sei ein balneum diaboli. Als dann die Lebküchlerin im Carolinum denselben Gedanken, bloß auf gewöhnlichere Art und auf tschechisch, aussprach – daß nämlich der Herr Rektor ohne Zweifel verrückt werde und schon jetzt nicht ganz beisammen sei –, da wollte der junge Pedellus vor Zorn ihren Kramladen zertrümmern. Dann verdächtigte er sie, sie habe dem Magister etwas über den Weg gegossen, auf daß er vor Melancholie verdorre.

Zum ersten Mal lachte der Rektor wieder, als ihm der Pedellus das Patent brachte, mit dem anbefohlen wurde, daß jeder Herr, Ritter, Bürger und Kollegiate zur Erziehung des Kriegsvolkes binnen wöchentlicher Frist aus dem eigenen Beutel je zwei Kreuzer für jeglichen Untertanen zu bezahlen habe; desgleichen für die Kamine nach ihrer Anzahl je drei Batzen zahlen solle, für jeden alten Juden je vier Kreuzer abzuführen seien, für jeden jungen Juden je zwei; wer sich abzuführen weigere, dem werde

Kriegsvolk ins Haus gelegt, so daß ihn solcherart an einem einzigen Tag mehr Schaden treffe, als er binnen eines ganzen Jahres an Kontribution abzuführen habe.

Als der Rektor solches gelesen, soll er laut aufgelacht haben, aber auf gar absonderliche, schreckliche Weise.

Eine Woche danach schickte er den Pedell mit ein paar silbernen Löffeln ins Schmelzhaus und bezahlte die Steuer.

Eines Tages, als sein Kollege, der Magister Troilus Svatopolský, aus dem Kerker kam, war er von Herzen gerührt.

Er umarmte diesen, küßte ihn, und Tränen rieselten aus seinen Augen. Er wurde weich wie Wachs im Feuer.

Troilus war ob der Bewillkommnung erfreut, aber ansonsten lagerte sich sogleich wieder Umwölkung auf sein Gesicht. Er verfluchte jene, die ungerechtfertigt über ihn Macht ausübten, die ihn nach Belieben ins Gefangenenhaus setzten, um ihn zu guter Letzt freizulassen mit der freundlichen Mahnung, er möge Gott dafür danken, daß man gegen ihn nichts Kriminalisches gefunden habe.

»Und der Ränkeschmied Michna ist Graf geworden oder soll es werden«, rief Troilus zornig, »so sagte mir auf der Kleinseite Mollerus, wobei er sich gleich brüstete, mir aus dem Gefängnis verholfen zu haben. Mollerus ist jetzt ein mächtiger Herr! Pěček, der krätzige, rothaarige Bube und Schelm, soll Sušickýs Haus erhalten haben, und andere Schoßhündchen Lichtensteins wurden mit Häusern, Gütern, Weinbergen belohnt – nicht einmal den hageren, elenden Dreckfeger Andreae vergaß man, er bekam das Wappen derer von Velechov!«

Kampanus nahm diese Nachrichten mit kühler Ruhe wie ein Philosoph auf. Von den Lippen glitten ihm die Bibelworte: »In längst vergangenen Tagen beschämte Gott die, die uns haßten, jetzt läßt er die groß werden, die uns peinigten, macht die berühmt, die uns haßten, aber ich hoffe, daß er es nur eine Zeitlang tut!«

»Ich tröste mich nicht, glaube, daß alles auf immer verloren ist, du wirst sehen und daran denken, sie sind mächtig, werden noch weiter gehen; unterdes verbreitet man in den Prager Städten tschechische Reime, um das Volk davon zu überzeugen, daß das Henkerswerk auf dem Ringplatz gerecht war. Lasest du dies?«

Er nahm ein Papier aus dem Ärmel.

Kampanus ergriff das Blatt, auf dem der Titel gedruckt stand »Lied vom vollzogenen Verdikt« – ein Lied des Šimon Lomnický –, lächelte bitter, überflog es mit den Augen, las nicht, bis auf den Schluß:

Schlimmer Anfang hat fast stets
schlimmes End zur Folge …
Habt ein gerecht Verdikt gehöret.
Wer sich der Obrigkeit empöret,
der wird vom Herrgott nicht ernähret.
Zwei Dutzend am Schaffott verreckt,
drei wurden aufgehangen.
So ward das Urteil denn vollstreckt,
auf daß die andern bangen,

gewarnt sei'n mit den Ihren
und nicht mehr rebellieren.

Troilus fuhr auf: »Dieser Skribent verdiente, daß ihm der Henker die Zunge durch das Genick ausreiße! Wo ist der Verräter?«

»Er treibt sich in Prag herum, bittet Michna und andre Herren, ihm eines von den Häusern zu schenken, so nach den Rebellen verblieben, ich bin nur froh, daß dieser Mensch, der sich poetus čechicus unterfertigt, mit unserer Akademie nie etwas zu tun hatte!«

Troilus führte zornig mit beiden Händen einen Hieb in die Luft.

»Auch unsere alma mater brachte solche Blüten hervor, erinnere dich doch an Moller, Pěček – solcher gibt es eine ganze Reihe; der Gefangenenhausverwalter erzählte mir eines Tages nach der Exekution, daß ein Bursche im Küraß einen vollen Nachmittag lang auf einer Schindmähre mit einer Fackel in der Hand durch die Prager Städte ritt, vom Helm hingen ihm angeblich rote Rosen herab, und vier Burschen schritten mit roten Fackeln an seiner Seite, und einer mit einer Laterne führte sie alle an, dies rote Pasquillum sprach dieselbe Sprache wie Lomnickýs Lied und wurde – so sagte der Verwalter uns Gefangenen – von unserem lieben Mollerus und Pěček angezettelt –«

»Davon weiß ich nichts!« sagte Kampanus matt.

»Ich merke, lieber Magister«, entgegnete Troilus ein wenig unwirsch, »daß du nicht weißt, was ringsum geschieht, ich mag deine Ruhe nicht aufpeitschen, aber vor Moller hüte dich, ich weiß nicht, weiß nicht, ob der bauchige Bursche nicht auch wider dich etwas im Schilde führt, jene abgewiesene Professur wird er ohne Zweifel nicht verzeihen!«

Kampanus versank in Nachdenken, sagte jedoch nichts dazu.

Ein Weilchen später einigten sich die Freunde über die Vorlesungen an der Fakultät, Kampanus bekannte, daß diese nur recht vereinzelt stattfanden, drei, vier die Woche, daß die Studenten spärlich seien, jetzt, wenn Troilus zur Arbeit in die Schule zurückkehre, werde es bessergehen.

Aber es ging nicht besser, wenigstens nicht um vieles, denn es gab keine Ruhe in den Gemütern. Keiner der Bürger und selbst der allerärmsten war dessen sicher, daß er nicht vor irgendeine Kommission geladen werde wegen Rebellion oder weil er sie unterstützte, und sei es auch nur dadurch, daß er etwas an Steuern bezahlt hatte. Tag für Tag kam einer der Verängstigten in das Kolleg, weniger zu Kampanus als vielmehr zu Troilus, von dem bekannt war, daß er der Haft glücklich entronnen, und dem die Leute vertrauten als dem ehemaligen ersten städtischen Kanzler, der sich im Recht auskannte. Der wies sie ab, indem er sagte: »Bedauernswerte, das Recht! Jetzt! Das Recht ruht!«

Aber dennoch kamen sie wieder, um sich zu beraten, wie sie aus jenen Fangstricken entrinnen könnten.

Eines Tages kam auch der alte Matthäus Pulpit. Vor dem Kolleg Karls IV. verbarg er sein Tabakspfeifchen in den Stiefel und verdeckte es wohl mit dem Hosenbein. Der alte Kürschner hatte sich nicht verändert. Man sah ihm nicht an, daß die Tage vergingen und daß sie recht unschön waren. Noch immer dasselbe runzlige Gesicht, Halsadern wie Stricke und die eichene Trinkerstimme.

Er kam zu Troilus ins leere Auditorium. Hier traf er Kampanus, der ihm zur Begrüßung schweigend die Hand reichte.

Pulpit wollte nicht recht mit der Sprache heraus, aber endlich gelangte er doch zur Sache, um derentwillen er gekommen war. Er kam mit dem gedruckten Patent hervor, mit dem Lichtenstein aufforderte, jeder möge Meldung erstatten, sollte er erfahren und ausgekundschaftet habe, daß jemand der Obrigkeit und dem Vaterland die Treue gebrochen und in der Untreue verharre, daß er grundlose und erdichtete Reden und Neuigkeiten zur Aufwieglung des gewöhnlichen Volkes ausgestreut habe und ausstreue, einen solchen möge er angeben, daß der Angeber geheim bleibe und dafür sichere Gunst und sowohl ansehnliche Belohnung als auch einen Teil der Habe erwirke, sollte er es aber verheimlichen oder decken, müsse gegen ihn als einen Spießgesellen jener üblen Leute vorgegangen werden.

»Dieses saubere Patent ist mir bekannt«, sprach Troilus, indem er hier und dort mit den Augen das bedruckte große Blatt streifte, »was darin verlangt und was versprochen wird, das geschieht schon seit langem, schon seit der Schlacht, der Judasse gibt es genug unter uns.«

»Grad deshalb, mordidi, bitt gar bescheidentlich, wollet verzeihen«, sprach Pulpit rasch, sich fast verhaspelnd, »grad deshalb bin ich da, ich zieh weg aus den Städten von Prag, mag gern meinem Nachbarn in

Heimlichkeit mein Häuschen abtreten, hier vor dem Herrn Magister, auf daß wenigstens ein Zeuge da wäre, an die Stadtbücher darf ich nicht ran, sitzen die Spürhunde doch im Rathaus, dort ist dieser Ondřej, jetzt nennt man ihn Herrn Andreae von Velechov, ich kenn ihn, mordidi, als kleinen Rotzer, er war niemals was Rechtes –«

»Und warum fürchtest du dich, Herr Nachbar?« fragte lächelnd Troilus, »streust du denn auch grundlose, erdichtete Neuigkeiten zur Aufwieglung des gewöhnlichen Volkes aus?«

»Das nicht, nun, ich schweig zwar nicht, mordidi, aber ich war wilder, rief mit Veleslavín nach jener Schlacht das Volk zusammen, sich zu empören, da redete ich, wollet nicht fragen, wie; leider redeten wir vergeblich, jetzt hab ich erst Angst, daß irgendein Schandbube über mich Nachricht gäbe, ich sag es geradeheraus, wollet es nicht verübeln, ich fürcht mich vor Magister Mollerus, der weiß von mir, was ich tat nach jener Schlacht, vor dem fürcht ich mich, dem sollten, mordidi, die Därme ausrinnen, mein Häuschen steht dafür, es als Buße einzuheimsen, da gäb es Groschen genug fürs Kartenspielen.«

Als Troilus sich mit Nachbar Pulpit geeinigt hatte, was zu tun sei, verabschiedete sich der alte Mann sehr ehrerbietig von den Magistern, kehrte aber vor der Tür zu Magister Kampanus zurück und sprach mit Rührung, die sich in seinen Augen wie in der Weichheit seiner Stimme verriet: »Wollet mir verzeihen, bitt recht bescheidentlich, ich weiß, Herr Magister, daß Ihr mir einst gar zürntet, als ich aus dem niederländischen Röhrchen Tabak schmauchte, nun, freilich, des Anfangs war's – mordidi – die dumme Laune eines alten Kerls, aber, wollet mich nicht auslachen, später, als ich sah, mordidi, wie's uns ergeht, wie sie mit uns umspringen, wie's uns ans Leben geht, da kroch ich in einen Winkel und schmauchte, als ob der Fleischer Räucherfleisch machte, meine Schwermut verflog mit dem Schmauchen, und mir ward leichter zumut, wenn ich dem fliehenden Rauch nachsah. Ich bekenn, Herr Magister, daß ich nicht den geringsten frohen Gedanken hab seit der Zeit, da Ihr im Rečekkolleg aufgeräumt habt, seine Studenten waren mir durch vierzig Jahr hindurch liebe Nachbarn, die Jungen waren lustig, neckten meine Mägde, einmal, mordidi, rissen sie mir die Galerie ein, lustige Burschen, und ich, wollet kein Ärgernis nehmen, war ihr lustiger Gesell, mußt mir deshalb von meiner Seligen manch böses Maul anhängen lassen, lustige Burschen, jetzt ist es dort still, jetzt ist's, als ob es dort geisterte, Herr Rektor, ich bitt gar bescheidentlich, wollet es glauben, ich will auch deshalb außer Landes, ich will hier nicht sein ohne die jungen Leut –«

»Wenn die Zeiten sich bessern, werden wir dort wieder Studenten hinsetzen, jetzt könnten wir sie nicht ernähren!« sprach Kampanus gerührt.

»Ei, die bessern sich nicht, bessern sich nicht, Herr Rektor, bessern sich nicht –« und mit dieser Verheißung schritt der alte Pulpit zur Tür hinaus.

Draußen wischte er sich mit dem Ärmel über die Augen.

Pulpit ging, und andre kamen, solche mit voller Geldkatze und auch Arme, der Ratsuchenden gab es mehr denn der Studenten, es war ersichtlich, daß die

Angst vor den kommenden Dingen nicht mehr bloß die Hochgeborenen ergriff, die in der Sturmzeit das Wort führten. Die Angst zog immer weitere Kreise, wie Ringe auf der Wasserfläche.

Ende Juli wurde der Generalpardon in den Städten von Prag ausgetrommelt und an den Rathäusern unter dem schindelgedeckten Vordach angeschlagen.

Darin ward versprochen, daß niemandem, so an der schmählichen Rebellion Teil hatte, Leben noch Ehre genommen werde.

Magister Troilus brachte Kampanus davon Nachricht. Seine Stimme bebte vor Zorn, seine Augen blitzten, als er erzählte, daß man niemandem ans Leben wolle.

»Aber«, sagte er, »sie hängten ein verdammtes Häkchen daran –«

Kampanus antwortete: »Nun, das ist doch wohlgetan, daß jenes schreckliche Katz- und Mausspiel ein Ende nimmt; lud man doch immerfort Leute auf die Kanzlei vor, ließ sie laufen, hielt sie fest, hast es selbst verkostet – es wird Ruhe geben – und welcherart ist das Häkchen?«

Troilus zürnte ganz wie zuvor: »Pardon wird nur dermaßen erteilt, so jedermann selbst vermeldet, daß und worin er schuldig ist, und sogleich sein Vermögen abschätzt zum Erlag der Buße!«

Kampanus schloß die Augen.

»Das bedeutet, lieber Freund, daß man das Leben beläßt, die Habe genommen wird, die Menschen unseres Glaubens zu Bettlern gemacht werden, die Mehrzahl des Volkes verarmt, denn in dieser Mehrzahl ist jeder schuldig!«

»Ich versteh, versteh! Das macht die Religion, und Tschechen sind in Religionssachen einander feind, die kleinere Partei wird die größere vernichten«, sprach Kampanus und verstummte vollends.

Als die Schulferien oder die Hundstage heranrückten, beendeten die Professoren der bedauernswerten, gelähmten Karlsuniversität das Sommersemester in aller Stille, so still und unmerklich, als ob Wasser im Sand versickerte; die Jesuitenuniversität dagegen beging das Ende des Schuljahres feierlich mit lärmendem Triumph, Schauspiel, Deklamation, welche erstmals wieder von den vornehmen Herren Martinic und Slavata, die nach langer Zeit als von aller Welt bewunderte Helden in das Vaterland zurückgekehrt waren, mit ihrer Anwesenheit beehrt wurden.

Und ebenso still, mit nur wenigen Studenten, eröffneten die Magister des Carolinums im Oktober das neue Schuljahr.

Vor allem wählten sie diesmal Troilus Hagiochoran oder Svatopolský zum Rektor der Universität; Kampanus wollte das Rektorat nicht annehmen, er sagte, er habe keinen eigenen Willen, verstehe sich selbst nicht, sei erschöpft, nicht Herr seiner Seele, wisse nicht, was ihm fehle.

Bevor noch im selbigen schrecklichen Jahr der großen Hinrichtungen die Vorlesungen ihren Anfang nahmen, lief der Pedellus die Pfarrschulen von Prag ab, um nach althergebrachtem Brauch alle Magister und Baccalaurei sowie die unteren Lehrer in den großen Saal des Carolinums zu laden, um als Glieder der Fakultät der freien Künste manch eine Ermahnung wegen der Vergangenheit und Ermunterung zur neuerlichen Arbeit in der Schule anzuhören.

Rektor Troilus erinnerte die wenig zahlreiche Versammlung schweren Herzens daran, daß sie infolge der zeitlichen Wirren schon lange nicht zusammengekommen waren und daß er sie von Herzen ermahne, der ihnen anvertrauten Schulen mit Fleiß zu obliegen und fromm, gerecht, sauber zu leben; voll Schonung hielt er ihnen vor, daß einige von ihnen sich nicht so aufführten, wie sie sollten; endlich bat er fast darum, manchmal selbst die Vorlesungen der Professoren und die Disputationen zu besuchen und auch die reiferen Schüler recht häufig ins Kolleg zu schicken.

Bei der danach folgenden Beratung gab der Rektor seinen drei Kollegen bekannt, daß der oberste Steuereinnehmer, Herr Mitrovský von Nemyšl, ihnen das Dorf Michle abgenommen habe, weil sie nicht die gesamte schuldige Steuer bezahlt hatten.

Der jüngste der Professoren sagte dazu nichts, der war nur immer des Staunens voll. Kampanus blickte angespannt und in tiefem Nachdenken auf die Tischplatte; Basilius strich sich über die krumme Nase und wetzte auf dem Stuhl, war ihm dies alles doch wenig genehm. Troilus schloß daher die Beratung mit den Worten: »Ich weiß nicht, wie man mit uns verfahren wird, ständig hört man, daß man uns, die Akademiker, loswerden wolle, nun – sagen wir lieber – daß man uns von der Schule vertreiben wolle; ich rate, wir sollten uns wohl vorsorgen, derart, als sollten wir schon heut vertrieben werden; zuerst will ich das Heu und das Getreide verkaufen, um Wegzehrung zu schaffen, bis man uns austreibt, und da wir leben und doch auch etwas an Steuern erstatten müssen, um die mächtigen Herren nicht zu reizen, bleibt nichts übrig, als Schulden zu machen und überdies die Löffel zu verkaufen und das Bahrtuch zu verpfänden, wofür wir wenigstens vierhundert Schock erhalten werden.«

Am selben Tag ging der Pedell mit dem Rest der silbernen Löffel in das Schmelzhaus, die Magister hatten mit hundert Schock für die Löffel gerechnet, nahmen aber nicht soviel dafür ein.

Tags darauf trug der Jud Pinkles das prächtige Bahrtuch, das in besseren Zeiten um ein großes Stück Geld für die Begräbnisse der Professoren angeschafft worden war, als Pfand davon, nachdem er dafür zweihundert Schock ausbezahlt hatte, und am selben Tag machte sich Troilus auf, in die Dörfer der Universität und zu den Freunden der Hohen Karlsschule, um Geld zu leihen. Er brachte dessen wenig, aber dies war sicher, daß ohne die Entschlossenheit des Rektors die Professoren – ausgenommen Basilides, der ein reiches Weib und ein Haus besaß – Hungers gestorben wären. Der Einsiedler Kampanus hätte sicherlich nichts zu essen gehabt.

Mit dem Monat Dezember brach ein schlimmer, tatarischer Winter in die Städte von Prag ein. Die Leute heizten in den Wohnzimmern um die Wette und saßen am liebsten auf der Bank am mächtigen Ofen; die Greise krochen auf den Ofen hinauf, da sie sonst überall froren.

Und gerade in diesen schlimmen tatarischen Winter hinaus wurden, wie mit Vorbedacht, die Priester und Prediger der Evangelischen und der Brüdergemeinde aus den Städten von Prag und aus dem Königreich Böhmen vertrieben.

Ein harter Schlag.

Das erweckte Kampanus aus seiner bisherigen Erstarrung. Der Priester Vrbenský betrat das Kolleg mit der Bitte, die Herren Magister mögen einige wertvollere Gegenstände, die er hier zurücklassen müsse und nicht eilends verkaufen könne, in ihre Verwahrung übernehmen; dem Priester Vrbenský fast auf den Fersen folgend, kam der Senior der Brüdergemeinde, der Priester Cyrillus, ins Kolleg mit der Bitte, Bauernwagen zum Umzug zur Verfügung zu stellen.

»Was denn, warum, warum treibt man euch so plötzlich aus?« Kampanus sprang auf wie von der Natter gestochen. »Warum, warum?« fragte er voll Ungeduld. Sicherlich waren in ihm wiederum alle Gefühlssaiten angespannt.

»Das will ich Euch sagen, Herr Prorektor«, meinte Vrbenský, »ich und ohne Zweifel auch der Priester Cyrillus, wir wußten bisher nicht, was wir alles verbrochen hatten, wir närrischen Priester wußten selbst nicht, wessenthalben wir als Geächtete aus dem Lande vertrieben werden sollten. Jetzt wissen wir es. Hier, Lichtenstein und sein Sklave Doktor Kapr – die beiden sind unterzeichnet – die werden Euch sagen, warum wir fortmüssen!«

Er entfaltete ein großes bedrucktes Papier und begann daraus vorzulesen: »›Es ward klar tatsächlich befunden, daß der jüngst vergangenen Empörung und Stürme allervörderster Beginn und Urheber einige böhmische Prädikanten waren und sie jene giftige Rebellion ausbreiteten, viele von ihnen im Jahre 1618 bei der Predigt am Kreuzsonntag in den Kirchen offen eine höhnische, aufreizende Schrift verlasen, einige von ihnen im Kolleg Karls des Vierten Predigten hielten, auf daß sie ständig bei ihrem Vorhaben verblieben, so daß am nachfolgenden Mittwoch die Statthalter grausam, ohn jede Ehrfurcht, tyrannisch aus dem Fenster gestürzet, andre in Arrest gesetzt wurden, sie Friedrich, der sich Pfalzgraf am Rhein nennt, zum unechten König von Böhmen ungültig kröneten –‹ so jetzt wißt Ihr es! Weil einige dies und andre jenes taten, müssen alle außer Landes. Haben doch die Herren eine andre Logik, als an der Schule nach Magister Aristoteles gelehrt wird. Drum müssen wir binnen drei Tagen aus Prag, binnen acht Tagen aus dem Königreich, aus besonderer Gnade ward uns verstattet, bewegliche Sachen mit uns nehmen zu dürfen und unbewegliche Güter vermittels erbetener Personen binnen dreier Monate losschlagen zu können. Wer das Land nicht verlassen und dann ertappt werden sollte, wird ohne Schonung am Leben gestraft werden – so befahlen Fürst Karl und Doktor Kapr. Deshalb gehen wir!«

»Das betrifft nicht die deutschen Priester?« fragte Kampanus, der Lippach und das Kind Jesenskýs im Sinne hatte.

»Mitnichten, das getraut sich der wackere Fürst nicht, um des Kurfürsten von Sachsen willen. Wüßte er, so wie wir es wissen, daß der Kurfürst eine bloße Vogelscheuche im Feld mit löchrigem Hut und mit löchrigem Gewissen ist, dann würd er nichts fürchten, und der Auszug wäre noch größer. So oder so kommt es später doch noch dazu!« schloß der Priester voll Bitterkeit seine Rede.

»Und gibt es denn keine Abwehr, keine Hilfe, kein Erbarmen?« fragte Kampanus.

»Nein, eben kommen wir vom Herrn Fürsten. Wir gingen namens der gesamten Priesterschaft zu ihm. Er hat uns nicht vorgelassen. Was hat er mit Geächteten zu schaffen? Mit denen unterhandelt man nicht. Wir standen draußen vor der Kanzlei wie Bettler aus dem Spital, er ließ uns draußen bestellen, daß alles vergeblich sei, wir baten, uns wenigstens über das Weihnachtsfest Aufschub zu gewähren, er ließ uns durch irgendeinen Schreiber bestellen, daß er uns nicht einmal über das Weihnachtsfest Aufschub gewähren könne. Heut ist der dreizehnte Dezembertag, die Zeiger werden zweimal um die altböhmische Uhr laufen, und wir werden aus den Städten von Prag ziehen, und die Herde wird ohne Hirten bleiben!«

»Alles wohl ausgedacht, schlau angezettelt, jawohl, die Herde ohne den Hirten!« wiederholte Kampanus.

Tags darauf war Kampanus mit Troilus in der Bethlehemkapelle, wo der Priester Cyrill sich von der Prager Siedlung der Brüdergemeinde verabschieden sollte.

Gleich vom Anfang an gab es mehr Tränen als Worte. Der Priester Cyrillus betrat die Kanzel, von der in alten Zeiten Hus predigte. Er begann mit dem Text: Leget an die Rüstung Gottes, auf daß ihr bestehen könnet gegen die Anschläge – dann begann er zu sprechen: »Wir sind die Berufenen, wir stehen nach

St. Paulus fest, nur betet für uns, so wie auch wir euer gedenken wollen in unseren Gebeten!« – – und weiter kam er nicht, seine Stimme begann vor Herzeleid zu stocken, der Priester brach in Weinen aus, die Leute brachen in lautes Schluchzen aus, liefen aus den Bänken, die Männer aus ihren, die Weiber aus ihren, alle liefen und drängten sich zum Altartisch, jeder wollte den Priester berühren und von ihm Abschied nehmen.

Am folgenden Tag geleitete Kampanus mit einem Haufen Volkes den Priester Cyrillus von Třebíč aus dem Bruskator.

Zwei Rollwagen fuhren voraus. Die Männer schritten neben der Karosse einher, in dem Dorle, des Priesters Töchterlein, und Katharina Elsbeth, das ältere gelehrte Mädchen, die Tochter des seligen Professors Kamenek, saßen. Elsbeth sah in ihrer samtenen Haube und dem ärmlichen Pelzjäckchen aus Zwillich, das mit Schaffell besetzt war, schon fast wie ein Großmütterchen aus. Ihr Gesicht war schrecklich mager, und ihre einst goldenen Haare waren ein wenig aschfarben geworden. Dorle in ihrer Schafsfellvermummung sah neben ihr wie eine Knospe im schönsten Sommer aus.

Kampanus, der mit Jungfer Elsbeth ins Gespräch kam, erfuhr von dieser, daß Jungfer Dorle mit Bruder Ámos Comenius verlobt sei, einem jungen Priester und Lehrer, der sich mit neuen Lehrmethoden befaßte. So wie sie ihn kenne, habe sie gehofft, daß er dem Vaterland von Nutzen sein, die Lateinschulen in ein richtigeres Maß bringen werde, jetzt aber sei alles aus, jetzt seien alle Hoffnungen erkaltet wie hier der Schnee.

Kampanus tröstete: »Freilich, kein Prophet bleibt ohne Ehrung, es sei denn in seinem Vaterland und seinem Haus, aber auch dieser Schnee wird tauen, und Ámos und ihr alle werdet zurückkommen können!«

Von ihrem Bruder wußte die Jungfer Elsbeth nichts. Den hatte sie nach der Schlacht verloren, er war vielleicht umgekommen. Kampanus fühlte herzliches Mitleid mit dem vereinsamten Mädchen.

Unterwegs berieten einige Männer noch lange mit Cyrill, wie es zu bewirken sei, daß die Brüdergemeinde in Prag nicht ganz ohne Verbindung mit ihrem Priester bleibe. Es wurde vereinbart, daß Kampanus tröstende und aufmunternde Briefe, die durch heimliche Boten in das Kolleg gelangten, demjenigen ausfolgen sollte, für den sie bestimmt seien.

Jenseits des Bababerges, unterhalb der traurigen Felsen des Žalov, nahm Kampanus von den beiden Frauen und dem Priester Abschied. Dem Priester Cyrill steckte der Magister heimlich einen Ring mit einem böhmischen Diamanten in die Hand, daß er den Ring der Jungfer Elsbeth übergäbe, sobald diese es benötigen werde, und ihr helfe, ihn zu Geld zu machen. Dann fuhren die Exulanten in die trübe, weiße Stille, fuhren längs des zugefrorenen Moldauflusses und weiter in die unendlichen Schneewehen hinaus, in denen da und dort ein schwarzer Baum, von dem schwarze Vögel aufflatterten, den Weg wies.

Im Schneekleid und eisbehängt brach das neue Jahr an, das sechzehnhunderteinundzwanzigste nach der Jungfräulichen Geburt.

Sogleich nach Neujahr traf im Kolleg der Befehl Lichtensteins ein, daß die Magister zu jeder Art von

Zusammenkunft eine besondere Erlaubnis zu erbitten hätten.

Kampanus verspürte gleichsam im eigenen Gesicht den Schlag, der durch diesen Befehl gegen die Privilegien der eigenberechtigten Hohen Schule Karls des Vierten geführt wurde. Wiederum erwachte stürmische Unruhe in ihm, wiederum schwankte und wankte seine Seele schmerzlich in Unsicherheit und Nebel. Ständig brachte er sich in Erinnerung, daß, sobald die Sieger an die Priester Hand anlegten, sie weiter gehen und versuchen würden, die utraquistische Religion zu ersticken, und daß erbarmungslos auch die Karlsuniversität, seit den Tagen des Magisters Jan von Husinec die vorderste Feste und Schirmwehr dieser Religion, miterfaßt werden würde.

Brachte doch jetzt bereits jeden Augenblick jemand Nachrichten ins Kolleg, daß Slavata und Martinic nun nach ihrer Rückkehr um so hartnäckiger danach strebten, die Hohe Schule der Ketzer den Jesuitenvätern und das Kolleg dieser Schule der katholischen Jugend zukommen zu lassen. Kampanus' bemächtigte sich die Überzeugung, daß es auf der Welt keine Gerechtigkeit gäbe, er verlebte jetzt oft schwere und schmerzensreiche Stunden, in denen er sogar an Gottes Gerechtigkeit verzweifelte, mit sich selbst sprach und Gott Vorwürfe machte, und dann flüchtete er wieder mit plötzlicher Wendung zu demselben ewigen Gott, wobei er mit dem Psalmisten um Hilfe rief: »Arg Ding mehrte sich über die Zahl meiner Kopfhaare hinaus, so du nicht zu Hilfe eilest, werden wir zu Schanden gemacht werden!«

Täglich überfiel ihn bittere Beklommenheit und

dann wiederum heftige Erregung, in seinem Kopf entstanden, mehrten und häuften sich Gedanken darüber, was die Universität, was die Magister zur Errettung der Religion, zur eigenen Rettung unternehmen sollten, er sann Wege und Taten aus, verwarf sie aber bald wieder, seine und seiner Kollegen Ohnmacht fühlend und angesichts der Ohnmacht und stumpfen Ergebenheit auf allen Seiten.

In solchen Stunden schmolz sein Herz wie Wachs, und nach langem Schweigen knüpfte er wieder ein Gespräch mit den Musen an, um ihnen zu klagen, um von ihnen Trost zu erlangen, indem er sie, die Gütigen, einlud, mit ihm zu weinen, und, da es den Göttinnen nicht gegeben ist zu weinen, ihm, dem greisen Schwan, liebliche Verse einzugeben.

»Flete piae Musae, aut si non lacrumare dearum est,
Dulcea cygnaeo carmina ferte seni« –

Gegen Abend des vierten Märztages kam ein Bote vom Herrn Michna zu Rektor Troilus mit dem Befehl, die Magister mögen tags darauf um die fünfzehnte Stunde im Karlskolleg zusammentreten und die Herren Kommissare erwarten, die man zu ihnen schicken werde.

Am fünften März vor fünfzehn Uhr morgens saßen die vier Magister harrend im Winterauditorium. Basilius schwieg, die übrigen stellten Mutmaßungen an, warum sie berufen wurden, warum und wozu die Kommission.

Für Kampanus war die Nacht endlos; er schlief nicht, und ständig sagte ihm etwas, daß die Kommission komme, um die Schule endgültig aufzuheben, als aber nach langer Nacht der bleiche Morgen dämmerte, kehrten mit der Sonne heiterere Gedanken bei Kampanus ein, und diese trug er auch mit ruhiger Miene seinen Kollegen vor, als er sprach: »Vor drei Wochen baten wir, dem Brauch gemäß, die Studenten zu den Prüfungen, ad examen pro gradibus philosophicis, laden zu dürfen, und da wir nicht über das Statut verfügen – der Fiskus ist verschlossen –, baten wir, man möge uns den Fiskus für jene Prüfungen öffnen. Antwort ward uns nicht zuteil, mich dünkt, daß die Kommission die Antwort bringen wird, und ich weiß nicht, warum die Antwort nicht günstig sein könnte, was haben unsere Widersacher davon, daß unsere fünf Jünglinge – es sind ihrer nicht mehr – die Prüfungen nicht ablegen, und warum sollte uns zu ihrer Promotion nicht das Statut aus dem Fiskus ausgefolgt werden?«

»Vielleicht weiß Magister Daniel, Lichtensteins Magister Sterndeuter, etwas Gewisses!« bemerkte Troilus nur mit halbem Mund, aber spitz.

»Mich lud er schon drei oder vier Wochen nicht zu sich, ich weiß nichts!« entgegnete Basilius ziemlich mürrisch.

Kaum hatte er das gesagt, als auf der Treppe und auf dem Gang Lärm laut wurde. Der Rektor ging in Erwartung der Gäste hinaus. Ein Weilchen darauf betrat der Hauptmann der Altstadt Herr Hermann Černín, ein Mann voller Lebenskraft, mit dickem Hals, schütterem blonden Haar und mit glänzenden wie eingefetteten Wangen mit Kampanus das Auditorium. Hinter ihm betrat Michal Pěček Smržický, in dessen ziegelrotem, widerlichem Gesicht unter zottigen angegrauten Brauen zwei pfiffige Augen leuchteten, das Zimmer, und der letzte, der eintrat, war Magister Georg Mithiades, der städtische Ratsherr, alt, hochgewachsen, hager, glatt rasiert, finster blickend. Man erzählte von ihm, er sei weltliches Mitglied des Jesuitenordens.

Die drei traten ein.

Der vierschrötige schmutzige Schlosser mit Hammer und Zange, der mit den Herren gekommen war, blieb draußen.

Es waren nicht so sehr die Herren als vielmehr jener Schlosser, der die Leute aus der Eisengasse und vom Gallus-Tendelmarkt aufscheuchte, so daß sie sich neugierig in das Carolinum drängten.

Den stattlichen Pedellus und ein paar Studenten kostete es harte Mühe, ehe es gelang, sie von der Treppe zu vertreiben. Der Jude Herold, der Musikus, verlor dabei das gelbe Fleckchen, das Schandmal der Juden. Er kam auch mit nicht geringem Geschrei wiederholt um das Fleckchen zurück.

Unterdes stand im Auditorium zwischen der katholischen Kommission und den evangelischen Professoren gleichsam eine Wand von Eis.

Sie standen einander kühl gegenüber, die einen in finsterer Neugier, die anderen mit der stolzen Gewichtigkeit ihrer Sendung.

Bloß der winzige, hübsch gestärkte und aufgeputzte Basilius zuckte freundlich mit dem Kopf.

»Sind das denn alle akademischen Magister?« fragte Pěček Smiřický.

Rektor Troilus, der die Frage als Spott auffaßte, entgegnete trocken, aber deutlich: »Wenn man uns die zu Unrecht entrissenen Dörfer und Einkünfte wieder zurückstellt, werden unser mehr sein!«

Pěček bewegte die zottigen Brauen und zog grinsend ein eingerolltes und mit einem Faden verschnürtes Blatt aus der Tasche seiner Marderschaube hervor. Indem er das Blatt entrollte, sprach er mit derselben hochfahrenden Stimme, mit der er dort am Gerüst vor dem Rathause die Verdikte heruntergelesen hatte: »Ich will euch ein Dekret vorlesen, weil ich hoffe, daß ihr euch zu verhalten wissen werdet. Wir wurden von Ihro Gnaden Herrn Fürsten Karl, Regent des Hauses Lichtenstein, an Stelle Ihro Gnaden des Kaisers zu Kommissaren bestellt. Ihro Gnaden geruht uns anzuordnen – wollet, ihr Herren Akademiker, dies beachten – (und nun begann er zu lesen), die Kommissare mögen, so solches Dekret eintrifft, baldmöglichst in das Große Kolleg ruhmreichen Angedenkens Kaiser Karls IV. bemüht sein, die ehrbaren Magister und Kollegiaten dazu anzuhalten, ihnen sogleich auream bullam desselbigen Kaisers Karl, Privilegien, Statuten und alle übrigen auf die Aussetzung, Stiftung und Fundation der Prager Schule bezüglichen Dinge und was des weiteren dieselbigen bestellten Kommissare nach eigenem Gutdünken für nötig befinden, auszuweisen, alles in rechtes Vermerk bringen, von da samt und sonders beheben und in originali in der Böhmischen Kanzlei hinterlegen.«

Er hatte zu Ende gelesen.

Die Magister blickten einander an. Die Stirn zornig gefaltet, nahm Rektor Troilus das Wort: »Ich verlange, es möge uns zugestanden werden, uns miteinander zu beraten!«

»Ei, beratet euch, das macht uns nichts aus«, sprach Herr Černín derart bereitwillig und geschwind, daß er schier husten mußte.

Pěček mischte sich ein: »Aber wollet euch beeilen und einen Schreiber herbeirufen, auf daß er laut Anordnung ein Verzeichnis der Sachen aufstelle, wir werden das doch nicht selbst aufschreiben.«

In Kampanus' Zimmer fand die Beratung statt.

»Was können wir dagegen tun?« fragte Kampanus, als sich die Tür geschlossen hatte und die Klinke einklappte.

»Nichts«, entgegnete Troilus, indem er auf seinen Sitz niederfiel und die Hände wie kraftlos herabhängen ließ.

Stille.

Nach einer Weile sprach Basilius: »Ich denke, daß dies eigentlich nichts Widersinniges ist, die Schlüssel zu unserem Fiskus haben sie schon längst in der Kanzlei, jetzt kamen sie aufschreiben, was im Fiskus ist, das ist alles!«

»Aufschreiben und wegtragen!« ergänzte Troilus finster.

»Wir werden uns auch ein Verzeichnung anlegen, und laut diesem wird uns sicherlich zurückgestellt werden, was die Kommissare wegtragen werden«, meinte Kampanus ein wenig leichtgläubig.

Troil schaute ihn mitleidig an, sagte aber nichts.

Der wortkarge Žabonius, der jüngste Magister, warf, als sie von der Beratung gingen, hin: »Nun denn, das Ende ist das nicht, aber bis zum Ende ist es nicht mehr weit.«

»Du sagst es!« bestätigte Troilus und ging.

Als die Magister wieder vor die Kommissare traten, sprach Troilus als Rektor ernst, aber mit unfreundlicher Miene: »Wir wollen dem fürstlichen Willen nicht zuwiderhandeln, wollen den Gehorsam bewahren; wir bitten bloß das Dekret als ein Dokument abschreiben lassen zu dürfen!«

Der Pedellus ward berufen, und die Magister, die ihre Schauben angelegt hatten, betraten mit den Kommissaren und dem Schlosser den Fiskus, wo es wie in einem eisigen Bierkeller oder in einem anderen Eiskeller war.

Die Kommission schritt an eine Truhe nach der anderen heran; wenn Troilus nicht sogleich den gehörigen Schlüssel zu finden vermochte, war Pěček schon drauf und dran, dem Schlosser einen Wink zu geben. Dazu war der biedere schmutzige Geselle da.

Troilus nahm die alten und die neueren Pergamente hervor, die wohlgefällig geschrieben waren, der Pedellus trug sie unterdes mit einem Bleistückchen in das Verzeichnis ein.

Die den Defensoren und Ständen des Königreichs Böhmen gehörige Truhe mußte der Schlosser mit nicht geringer Gewalt aufstemmen. Die Schlüssel waren bei Herrn von Roupov geblieben, der mit König Friedrich außer Landes gegangen war. Als aus der ständischen Truhe der Majestätsbrief der Freiheit der utraquistischen Religion entnommen und eröffnet wurde, sprach Pěček höhnisch: »Den könnten wir gleich zerreißen!«

»Warum?« stieß Kampanus so plötzlich und heftig zwischen seinen Zähnen hervor, als ob ein Schuß fiele.

»Weil er nicht mehr gilt!« lautete die trockene und bündige Antwort.

»Der Majestätsbrief mit der Unterschrift des Kaisers und Königs Rudolf, der soll nicht mehr gelten?«

»Er ist erpreßt und jetzt wie eine Scherbe zerschlagen!« entgegnete statt Pěček der steife Schöppe Mathiades, indem er auf jede Silbe Nachdruck legte.

Der rotwangige Herr Černín machte dem Gespräch ein Ende.

»Lasset das, wir kamen nicht, um zu streiten!«

Die Reihe kam an den kostbarsten Schrein, in dem die Urkunde mit der Goldenen Bulle hinterlegt war, die Urkunde, mit der Karl der Vierte, Kaiser und König von Böhmen, die Hohe Schule für die böhmische Nation begründet hatte. Kampanus trat aufgeregt von einem Fuß auf den andern, als man den Schrein öffnete; Troilus nahm das kostbare Pergament heraus, Kampanus' Augen verdunkelten sich; als dann Pěček Smiřický jenes heilige Pergament in die Hände nahm, da konnte Kampanus diesen Anblick nicht ertragen – rasch hinaus, hinaus, weg. Der Brief Vater Karls in solchen Händen!

Zwei Stunden später gingen die Kommissare fort, nachdem sie die Goldene Bulle und einige andre wichtige Stücke mit sich genommen.

Das Carolinum versank in Stille.

Die Prüfungen unterblieben.

Kampanus blieb mit seinen drückenden Gedanken allein im Gebäude. Nicht ein einziges Stündchen leuchtete für ihn hell, fröhlich, er sah rings um sich alles grau, ja, schwarz. Selbst die Freude darüber, daß der liebe Nachbar Sixtus aus dem Kerker entlassen war, selbst sie ward gar bald getrübt.

Kampanus eilte in Sixtens Haus, erkannte, daß der liebe Nachbar Sixtus kränker als je war, sein Gesicht war gelb wie Wachs. Die Freunde umarmten einander innig wie herzliche Menschen, die sich aus einem Schiffbruch gerettet hatten.

»Wir werden häufig zusammenkommen«, sprach Kampanus mit bebender und herzlicher Stimme, »ich habe Angst um unsere Schule; habe manches Mal schier wilde, verzweifelte Angst, wenn mich Beklommenheit befällt, dann werd ich hierherkommen, werde zu meinem lieben Nachbarn, meinem Freunde kommen, qui omnium meorum pars magna fuit.«

Der abgehärmte Sixtus schaute traurig in des Magisters große, aufrichtige Augen, schüttelte lange und traurig ablehnend das Haupt: »Wir werden nicht in diesem Hause zusammenkommen, ist doch dies Haus nicht mehr das meine, es verfiel zur Buße, Herr dieses meines Geburtshauses wird jener deutsche Doktor Fabricius sein, den man aus dem Fenster stürzte, Doktor Fabricius von Hohenfall, meine Weingärten riß schon Michna an sich, der schöne Weingarten Mydlářka tut mit leid, den pflanzte mein Herr Vater mit eigener Hand, etwas wird uns vielleicht für die Reise bleiben, wir gehen mit unserer Frau Ehegattin außer Landes.«

Kampanus erschrak, im ersten Augenblick war er nicht einmal fähig, zu reden. Er sah ein, daß der verarmte Sixtus in seinen alten Tagen ein schwieriges Leben haben werde, aber warum außer Landes?

»Ich will nichts Böses prophezeien«, sagte Sixtus,

»aber, lieber Magister, auch du wirst aus unserem unglücklichen Lande ziehen, der Domherr Platejs versicherte mir, daß im Lande außer dem römischen überhaupt kein anderer Glaube geduldet werden soll, so werden denn noch unser mehr auf die Wanderschaft gehen!«

Kampanus schnellte vom Stuhle auf: »Ich gehe nicht fort, gehe nicht fort aus dem Karlskolleg, ich schwur zu bleiben, lebendig oder tot, ich gehe nicht fort, unsere Nachkommen würden fluchen, daß wir ihnen nicht erhielten, was wir vorgefunden.«

»Sicherlich sprichst du wohl, lieber Magister, auch die Schrift lehrt, daß jedermann auf dem Platz ausharren solle, auf den ihn Gott gestellt, aber ich weiß nicht, bezweifle, daß ihr die Akademie retten werdet – du müßtest zu den Römlingen übertreten, und das wäre sicherlich nicht nach deinem Herzen; Platejs ermahnte mich gar eindringlich, zu ihnen überzutreten, versprach, daß mir Erleichterung in der Buße gewährt wird, ich nicht soviel von meiner Habe verlieren werde; ich will es nicht, kann nicht, halt fest daran, worin ich geboren war. Wer übertritt, den will ich nicht richten, der Herrgott soll ihm Richter sein, aber ich mit meiner lieben Alten, wir gehen fort von hier – ich trau auf Gott, daß wir zu besseren Zeiten zurückkehren, vielleicht wendet sich das Glück, der Krieg tobt im Reich, und vielleicht wird der Schwede vom gerechten Gott ermuntert, sich der Evangelischen anzunehmen.«

Darüber, daß es im Lande keinerlei andere Religion außer der katholischen geben werde, dachte Kampanus Tag und Nacht nach. Das war für ihn eine neue, gar scharfe und quälende Sorge. Jetzt erst begriff er in voller Stärke und zornigem Schmerz die Worte jenes Emporkömmlings, des Advokaten Pěček, daß der Majestätsbrief über die Glaubensfreiheit auf der Stelle zerrissen werden könne, weil er ungültig sei. Die Folge wäre, daß mit der evangelischen Religion auch die Schule fällt, die seit Anbeginn die würdige Vertreterin der Religion des Kelches war, gegen diese Folge wehrte sich Kampanus in seinem erschütterten Gemüt, stritt allein darüber mit unbekannten Widersachern, die seine ganze Seele ausfüllten. Von der Goldenen Bulle können die Widersacher nicht sagen, daß sie erpreßt sei, die gab der Kaiser und König Karl, weil er dies Land über alles liebte, alle Könige nach ihm festigten die Gründung Karls, die wird nicht aufgehoben, die wird ohne Fluch nicht aufgehoben.

Die Widersacher in Kampanus' Kopfe schrien: aus der Ketzerschule kamen die Stürme hervor, einen Glauben, einen einzigen wird es geben, und das wird der katholische sein! Und so fand ein Ringen statt in Kampanus' armem Haupte, und das Haupt war davon erhitzt.

Seine Nächte gingen ohne Schlaf dahin, und wenn er doch die Augen schloß, dann befielen ihn wirre Träume, er schrie auf und schlief bis zum Morgen nicht mehr ein. Davon erschlaffte der Magister zusehends.

Mit dem Frühling und dem St.-Georgs-Tag sollte auf der Hohen Karlsschule das neue Semester eröffnet werden, sollten die akademischen Ämter niedergelegt werden und neue Wahlen stattfinden.

Die vier Magister des Carolinums kamen in einem kleinen Zimmer neben der Kapelle zusammen, und Rektor Troilus hub an zu sprechen: »Die Zeit depositionis officiorum ist gekommen, ich lege daher das Amt des Rektors samt Siegel nieder, sollte ich etwas vernachlässigt haben, dann bitte ich inständiglich, daß mir dies zugute gehalten wird, denn die Arbeit war nicht leicht und nicht dankbar in solch unruhigen und unsicheren Zeiten, wie unsre Vorfahren niemals solche erlebten. Der liebe Magister Prorektor Kampanus soll uns sagen, wem die Last des Rektorates jetzt auferlegt werden soll; mir wäre es am liebsten, wenn der Magister dies Amt wiederum selbst auf sich nähme.«

Kampanus erwiderte: »Ich weiß nicht, Dekan Basilius soll sprechen!«

Das Herrchen drehte den großen Kopf hierhin und dorthin, wobei er verlegen mit den Augen blinzelte, endlich ergriff er doch das Wort und sprach: »Auch ich befürworte, daß Magister Kampanus das Rektorat des kommenden Semesters auf sich nehme.«

Magister Žabonius wählte gleichermaßen Magister Kampanus.

»So ist denn Magister Kampanus zum Rektor gewählt«, sprach zuletzt Troilus.

»Ich weiß nicht, wollet bedenken«, fiel Basilius mit seinen Zweifeln in die karge Feststimmung ein, »ich halte dafür, daß weder die heutige Deposition des Rektoramtes noch die Neuwahl viel Gültigkeit hat, denn wir sind in privater Zusammenkunft versammelt. Amtsniederlegung und Wahlen sollen öffentlich, feierlich vor sich gehen, in Anwesenheit aller Magister und Baccalaurei.«

»Das sollten sie wohl, aber Versammlungen jeglicher Art sind uns untersagt!« wandte Kampanus bitter ein.

Basilius, der an seiner Meinung festhielt, schlug vor: »So soll denn Magister Troilus den Gang zum Fürsten Lichtenstein und zu Michna wagen, die werden sicherlich eine öffentliche Versammlung gestatten, wollen wir doch nichts anderes als laut Statut und Privilegien uns aus den bisherigen Ämtern entlassen und für dieselben Pflichten andere erwählen; ich werde als Dekan der Fakultät mit Magister Troilus gehen, wir werden auch darum ersuchen, nach altem Brauch über die Niederlegung und Auferlegung der Ämter eine Intimatio publice an das Tor heften und alle Glieder der Akademie einladen zu dürfen.«

Man redete noch von diesem, von jenem, zu guter Letzt jedoch ward der Rat des Dekans als weise anerkannt. Wozu im verborgenen die Ämter im Carolinum erneuern und das Semester in aller Stille eröffnen, da die Jesuitenschule dies geräuschvoll und mit Glorie tut!

Tags darauf kamen Troilus und Basilius auf die Burg und betraten das Vorzimmer, von dem aus man in die Räume Ihro Gnaden des Fürsten gelangte.

Es waren dies die den Kanzleien nächstgelegenen Zimmer des Königs. Zwei Musketiere und mit ihnen zwei Lakaien hielten im Vorraum Wache. Alle vier blickten jeden, der eintrat, scharf an. Ihro Gnaden war nicht ohne Angst davor, daß irgendein Verzweifelter eine gottlose Tat meuchlerischer Rache begehen könnte. Ihro Gnaden hatten Nachrichten darüber, daß in Böhmen noch immer der Geist des Aufruhrs lebte, und jetzt, da täglich Konfiskationen an Gütern vorgenommen und reiche Leute, alteingesessene Geschlechter auf immer zu elenden Bettlern wurden, jetzt tat Vorsicht um so mehr not.

Die Ankunft der beiden Professoren der Karlsschule erweckte keine Angst. Aber es fehlte auch an Ehrerbietung für sie. Der Fürst ließ durch einen Bedienten, der an seinen Lakaienschuhen riesige, glänzende, vielleicht sogar silberne Schnallen trug, bestellen, daß er für den Augenblick nicht geneigt sei, mit ihnen zu verhandeln, und sie, wenn sie wollen, warten mögen.

Troilus gab unverhohlen kund, daß er nicht Lust habe zu warten, auch entschlüpfte von Zeit zu Zeit ein härteres Wort seinen Zähnen, aber der aufgeputzte Basilius sprach für ein einziges Wort von Troilus deren zehn, rasch und noch lauter, so daß glücklicherweise immer wieder jedes harte Wort durch zehn sanfte erstickt wurde.

Im übrigen schenkten weder Musketiere noch Lakaien der Universitätsdeputation weitere Beachtung. Sie standen und saßen bei der Tür und unterhielten sich laut miteinander.

Ansonsten war es im Vorzimmer und auf dem Gang ständig rege. Beamte und verschiedentliche Herren gingen ein und aus. Einige Male kam Herr Pěček Smiřický daher, auch Magrle, Kapr, auch Mollerus und andere, Bekannte sowie Unbekannte, gleichgültige und auch sehr unliebsame Leute.

Auch ein hübsches Mädchen begab sich mit

einer zugedeckten und duftenden Schüssel in das Zimmer zu Ihro Gnaden, das Mädchen hatte eine schneeweiße Küchenschürze; mit dem Mägdlein ging ein Lakai, der eine wie aus Eis gedrechselte Flasche trug, in der Wein mit dem grünlichen Glanz des Smaragdsteines schimmerte.

Als sie schon allzu lange dastanden, kam jener Mann mit mächtigen Schnallen in seidenen Strümpfen heraus und verkündete den Professoren, sie mögen morgen kommen.

Diese Ankündigung nahm Basilius unter Verbeugungen entgegen, Troilus biß die Zähne auf die Lippen, um nichts zu sagen. Draußen spie er aus, derart, daß Basilius entsetzt die Augen hierhin und dahin spielen ließ, ob nicht jemand zusähe. Dann hatte Basilius gar schwere Mühe mit Troilus, ihn zu Michna zu bringen. Zu Herrn Michna müsse man gehen, Herr Michna sei fast so wie Fürst Lichtenstein. Troilus ließ sich unwirsch wie ein Bär zu Michna führen.

Michna begrüßte die Herren fröhlich, leutselig, freundlich, wie die besten Freunde einander begrüßen.

Wenn nur nicht diese listigen Augen in dem sommersprossigen Gesicht gewesen wären!

Er las das lateinische Begehren, sagte eine Weile lang nichts, dann rieb er sich plötzlich die Handflächen, ging durch das Zimmer und begann, geschwind zu reden: »Ich will dem Herrn Fürsten hübsch raten, will Fürsprecher sein, weiß nicht, warum ihr nicht öffentlich ad depositionem officiorum zusammentreten könntet, warum nicht, warum nicht, ich weiß nicht, warum die Magister und Baccalaurei nicht zugegen sein könnten, es wird gut sein, wenn auch diesmal alle Magister und Baccalaurei anwesend sein werden, warum nicht, mögen nur alle Mitglieder eurer Akademie kommen, möge Magister Kampanus, euer bester Skribent, nur schon die Einladung an alle Glieder verfassen, er versteht dies so gut –«

Als die Magister Michnas Kanzlei verlassen hatten und auf dem Hof der Prager Burg anlangten, sprach Basilius, ganz gerührt vom Liebreiz des großmächtigen Herrn Michna: »Immer denke ich bei mir selbst, daß die Leute diesem Herrn unrecht tun!«

Troilus tat, als hörte er nicht.

Als dann der scharwenzelnde Basilius diesen christlichen Gedanken wiederholte, erwiderte Troilus trocken: »Merktest du, daß aus ihm der Wein riecht wie aus einem alten Weinbergmeister?«

Weiter sagte er nichts mehr.

Als sie allein waren, sagte Troilus zu Kampanus: »Schreib die Einladung, die Feier wird schon stattfinden, das ist sicher, aber bemerkt habe ich, daß dem rothaarigen Fuchs plötzlich irgendeine Tücke in den Sinn kam, aber was es sein soll, das vermag ich nicht zu erraten!«

Dieweil die Magister von der Burg zur Stadt hinabstiegen, trat Michna mit Mollerus beim Fürsten ein. Kurz darauf suchte der Lakai Herrn Pěček aufzutreiben und brachte ihn bald zu Ihro Gnaden. Und die vier verweilten geraume Zeit beratschlagend.

Am frühen Nachmittag kam ein Bote von der Burg ins Kolleg, der die schriftliche Bewilligung dazu brachte, die depositio officiorum publice vorzunehmen, und zwar am neunundzwanzigsten Tag des Monates April um die achte Morgenstunde.

Im Kolleg verwunderte man sich darüber, daß die regierenden Herren selbst Tag und Stunde des Aktes in der Universität bestimmten.

Ehe die Sonne an diesem Tage all ihr rotes Gold irgendwo hinter dem Petřín ablud, war Kampanus mit der schwungvollen Einladung fertig, die der Pedellus noch abends an das Tor des Karlskollegs anschlug.

Unterdessen bereitete auch Troilus schon seine lateinische Rede an die Mitglieder der altehrwürdigen Universität vor. Kampanus lud und rief geschwind von neuem seine Freundinnen, die Musen, in sein Zimmer, denn auch er hatte als Prorektor und gewißlich auch als neuer Rektor eine öffentliche Rede zu halten.

Er wird von den traurigen Zeiten reden, wird behutsam reden, könnten doch auch die Widersacher zur Versammlung erscheinen, die Versammlung ist öffentlich, die Widersacher sind rachsüchtig, es könnte der Schule schaden, die er mehr denn sich selbst liebte. Daher behutsam, aber von der Gründung der Akademie wird er reden, ins Gedächtnis rufen, daß der Kaiser und König sie begründete, daß sie mit Genehmigung des Papstes Klemens, seines Namens des Sechsten, begründet wurde, daß diese Gründung fest und heilig ist, daß sie für die Söhne Böhmens erfolgte, damit diese nicht in der Fremde Brosamen sammeln müssen, dies alles und manches andere wird er sagen – aber hauptsächlich ins Gedächtnis zurückrufen, daß die Gründung Kaiser Karls heilig ist.

Und um die achte Morgenstunde des Freitags, des vorletzten Tages im Monat April, kamen Magister, Baccalaurei und Scholaren von überall her aus den Prager Städten ins Karlskolleg und waren da. Hauptsächlich waren dies die Lehrer der Pfarrschulen. Es gab ihrer mitsamt den Scholaren nicht viele. Das Häuflein, das sie bildeten, verlor sich kläglich und unscheinbar in der großen Aula.

Der Pedellus, der infolge der heutigen Tätigkeit und des Herumlaufens ganz hochrot im Gesicht war, bedeckte gerade das obere Katheder mit einem roten Tuch; in diesem Augenblick traten in den Palast oder die Aula Doktor Kapr, Pěček von Radostice – und Magister Georg Mollerus ein – –

Sie blieben nicht unter den akademischen Mitgliedern unten, sondern begaben sich geradewegs hinauf auf das Podium und nahmen auf der erhöhten Bank am oberen Katheder Platz. Die hohen Hüte legten sie neben sich.

Als sie sich gesetzt hatten, gab Kapr mit hochfahrender Nachlässigkeit dem Pedell einen Wink.

Der trat an den feisten Herrn heran. Der Herr sagte ihm leise einige Worte, und dann betrachtete Herr Daniel Kapr, die Hände auf den Knauf seines Degens gelegt, die Gäste der heutigen Feier.

Unterdes entstand im Zimmerchen neben der Kapelle, wo die vier Professoren der Karlsakademie in ihren faltigen seidenen Talaren versammelt waren, Bewegung. Am meisten betroffen war Kampanus.

Ihm wirbelte durch den Kopf: Wieso denn? Kapr ist schon beim Katheder? Kapr, der zum Galgen verurteilte, Pěček, der die Verdikte verlas, und Mollerus, der die Schuldigen anzeigte? Was wollen die drei? Und warum lassen sie bestellen, die Magister mögen nicht nur die Siegel ihrer Ämter bei der Hand haben, aber auch die Schlüssel, wozu die Schlüssel? Und was soll dieser Mollerus hier beim oberen Katheder? Mollerus, den wir nicht als Professor aufnehmen wollten, was soll der heute hier? – Ach, ach – oder ist er vielleicht gerade deswegen da, weil wir ihn nicht als Professor aufnehmen wollten, führt er etwas im Schilde?

Als die Magister aus dem Zimmer in die Aula hinauskamen, war Kampanus' Gesicht blutleer, fast fahl. In der Tür warf er mit heiserer Stimme zu Troilus hin: »Was tun, so man etwas Schlimmes im Schilde führt?«

Troilus erwiderte nicht allzu leise: »Wo es an Kraft gebricht, da schweigt man!«

Und als die Magister heraustraten, da standen im selben Augenblick jene drei ungebetenen und geheimnisvollen Gäste auf und schritten ihnen entgegen: beiläufig in der Mitte des Podiums, bei dem langen Tisch im Schatten des oberen Katheders, trafen sie zusammen.

Kampanus, dem im Geiste das furchtbare Gespenst des Endes der Universität vorschwebte, heftete seine Augen zuerst auf die kleine von Fleisch und Gesundheit überquellende Figur des Doktor Kapr, von Kaprs feistem Gesicht glitten Kampanus' verängstigte Augen auf ein Papier, das dieser in der Hand hielt, aber von da sprangen des Magisters Blicke auf Mollerus über, den ehemaligen Studenten dieser Schule, der jetzt noch immer Mitglied der Fakultät war.

Magister Mollerus ertrug Kampanus' Blick nicht.

Seine braunen, gelblichen, stechenden Äuglein wandten sich ab und blinzelten mit gewisser Verachtung, wobei sich seine gemästeten Backen derart übermütig aufblähten, daß die kleine Nase in ihnen versank.

Die Versammlung wurde still.

Niemand machte auch nur die leiseste Bewegung, alle hatten das Gefühl, hier werde heute etwas Ungewöhnliches vor sich gehen. Es war Mollerus, der wahrscheinlich allen am meisten in die Augen sprang. Wußten doch alle, wie hartnäckig Mollerus sich um eine Professur bemüht, wie er sich den ehemaligen Defensoren, den Direktoren, ja, selbst dem Pfalzgrafen angebiedert hatte, als dieser hier König war, und daß alles nichts half, Kampanus gab nicht nach – und derselbe Mollerus steht jetzt auf dem erhöhten Platz beim oberen Katheder in der Aula der Akademie. Da steht nun derselbe zurückgesetzte Mollerus demselben Magister Kampanus gegenüber, der ihn mit gleicher Energie von hier zu vertreiben getrachtet hatte.

Alle ahnten, daß sich etwas Ungewöhnliches vorbereitete.

In der eingetretenen Stille konnte nicht ein einziges Wort Kaprs untergehen, schon deshalb nicht, weil Herr Doktor Kapr als Jurist öffentlich zu reden verstand, und dies besonders dann, wenn er wollte, daß kein Wort verlorengehe, daß ihn alle hörten und verstanden.

Herr Kapr sprach kurz, zwar mit Nachdruck, aber ohne Schnörkel, nicht in der amtlichen Sprache der Akademie, der Sprache Ciceros, sondern tschechisch: »Ihro Gnaden Herr Karl, von Gottes Gnaden

Fürst und Regent des Hauses Lichtenstein, anstatt Ihro Gnaden des Kaisers, bestellte uns hier Anstehende, mich Doktor Daniel Kapr, Herrn Michal Pěček Smiřický von Radostice und Herrn Magister Georg Mollerus zu Kommissaren bei euerer heutigen Amtsniederlegung – hier ist das Dekret mit Ihro Gnaden Siegel (dabei reichte er Troilus die Urkunde, der reichte sie sogleich dem zweiten Professor und dieser dem dritten; Kampanus rührte das Blatt nicht an); ich begehre also, der Herr Rektor universitatis, Magister Nikolaus Troilus Hagiochoranus, wolle das Rektorssiegel in meine Hand erlegen (dabei hielt er beide Hände hin, und Troilus reichte ihm schweigend das Siegel), der Herr Dekan Magister Daniel Basilius von Deutschenperk möge das Siegel facultatis philosophicae sowie den Schlüssel des Kollegs Kaiser Karls IV. in die Hände des Herrn Pěček von Radostov erlegen, Herr Magister Jakob Žabonius demselben Herrn Siegel und Schlüssel des Allerheiligenkollegs oder Collegii Angelici und schließlich Herr Magister Johann Kampanus, Prorektor und Probst des Kollegs König Wenzels, Siegel und Schlüssel seines Kollegs in die Hände – des Herrn Magister Mollerus« – –

»In die Hände des Herrn Magister Mollerus«, sagte er langsamer als alles Bisherige und mit deutlichem Nachdruck auf jedem Wort.

Als Kapr zu reden anhub und dem ersten Magister die Aufforderung mitteilte, wem das Siegel zu übergeben sei, da dachte Kampanus sich schon leicht alles übrige bis zum Schlußpunkt. Er fühlte Ekel, Zorn, Betrübnis, alles in wunderlicher und aufregender Vermischung und Verworrenheit; Schamröte überzog einen Augenblick lang sein Gesicht, und sogleich wieder ließ ihn das Gefühl der Nichtigkeit und Bedeutungslosigkeit erbeben; dawider meldete sich berechtigter Stolz, und dazwischen schrie wiederum der Schmerz darüber, was mit der Karlsschule geschehen soll, eine Minute überfiel ihn der lächerliche Gedanke, die Leute zu Hilfe, aus dem Fenster, in die Gasse zu rufen – zeitweise ward er purpurn im Gesicht und dann wieder gespenstisch grün, und dann wieder brannten ihm die Schläfen; seine Augen veränderten sich, ließen erkennen, was im Herzen des großen stattlichen Mannes siedete und was alles in irrsinnigem Wechsel durch seinen grauen Kopf schoß.

Im Augenblick jedoch, als Kapr ihn aufforderte, Siegel und Schlüssel an Mollerus zu übergeben, in diesem Augenblick beherrschte sich Kampanus mit übermenschlicher Kraft, und mit der Ruhe einer antiken Statue reichte er seinem heimtückischen Feinde Siegel und Schlüssel – aber bei dieser ruhigen, ernsten Bewegung waren Kampanus' Augen wie mit Glas überzogen.

Mollerus vermochte, indem er Siegel und Schlüssel an sich nahm, trotz seiner natürlichen Keckheit, seine braunen giftigen Augen nicht zu seinem Lehrer zu erheben.

Er heftete seine Blicke zu Boden, heftete sie auf die zarte Hand des Magisters, die ihm gereicht wurde, dabei bemerkte er, daß diese zarte, weiße Hand bebte. In diesem Augenblick verließ auch schon Mollerus seine phlegmatische Natur, und er fuhr sich in verdrießlicher Erregung mit der Hand durch die schütteren Haare.

Nach Übergabe der Siegel und Schlüssel setzte Kapr mit ein wenig erhobener Stimme fort: »Auf Anordnung Ihro fürstlicher Gnaden werden zu Kommissaren und Verwaltern der gesamten Akademie Karls IV. und ihrer Einkünfte Herr Michal Pěček von Radostice und Herr Magister Georg Mollerus, die beiden hier anwesenden Herren, bestellt!«

Er verneigte sich und ging.

Die beiden anderen verneigten sich ebenfalls und gingen.

Die vier Professoren verblieben wie Statuen.

In der Versammlung sagte jemand: »Finis!«

Fast unwillkürlich und wie ein Echo wiederholten drei der Professoren das schreckliche Wort: »Finis!«

Kampanus war keines Wortes mächtig. Er stand noch lange ganz allein, beim oberen Katheder, nachdem alle längst gegangen waren.

XI

Er ging ein in den Frieden einer anderen Welt

Der behende Magister Basilius holte Magister Mollerus beim Brückenturm ein, gerade unterhalb der zwölf auf eisernen Rosten aufgepflanzten Menschenköpfe, deren tägliche Gesellschaft die Vögel des Himmels, Krähen, Stoß- und Turmfalken waren, die von den Türmen Prags und aus der Umgebung herbeigeflogen kamen.

Mollerus ging mit schwerem, trägem Schritt dahin, ihm zur Seite Basilius. Nach einigen belanglosen Worten sagte Basilius: »So sind wir denn dimissi der Akademie, auf immer entlassen aus der Professur, so bin ich denn nimmer Professor?!«

»So ist's! Ei freilich!« erwiderte Mollerus trocken und bündig.

»Da bitt ich dich, frag beim Grafen Michna an, wann ich mich anmelden soll, leg, wenn du kannst, ein Wort für mich ein, auf daß ich nicht Sekretär bei den jetzigen Konfiskationen werde, wahrhaftig, solch ein Amt, um dessentwillen die Menschen weinen und fluchen, würde ich nicht annehmen, auf der Burg wird es da sicherlich auch noch andre Arbeiten geben, für die ein gewesener Professor eher paßt!«

Mollerus grinste bei den letzten Worten höhnisch. Dann versprach er, ein Wort einzulegen.

»Bin auch in den Konfiskationskommissionen«, fügte er hinzu, »möcht lieber nicht arbeiten, nicht daß es mich schmerzen tät, wann adlige Herren, tapfere Ritter und bedächtige Bürgersleute, allesamt gleich tölpisch und aufgeblasen, um ihre Güter kommen, das nicht, mich lenkte immer eher der Verstand, und ich erriet schon vor Jahren, wohin eure Stände es bringen werden, wie weit sie kommen, roch wohl den Stunk, aber jetzt wiederum wird meinem Verstand der ungeheure, großmächtige Haufe von Konfiskationen zuwider, und mir mißfallen die, die sie durchführen und sich die Taschen spicken, die sind wie reißende Tiere, alsdann ich glaub, daß dadurch eure Patria vernichtet wird, und die tät mir doch leid. Drum bin ich froh, daß Michna mir keine andre Aufgabe gab, die Verwaltung der Universität passet mir wohl, kann sein, daß ich jetzt ins Kolleg umziehe, daß ich dort ständige Bleibe haben werd.«

Basilius wollte etwas sagen, wußte jedoch nicht wie, er zappelte auf seinen kurzen Beinchen.

»Weißt, ärgere dich nicht, verzeih, weißt –«

»Ach, was denn, nun, raus damit«, munterte Mollerus ihn träge auf.

»Ich an deiner Stelle hätte mich nicht in die heutige Kommission gedrängt, ich glaub, daß du aus bloßem Trotz in sie eintratest, es war schrecklich, Kampanus anzusehen, das beschämte ihn, verzeih, daß ich dir das sage, das traurige theatrum im großen Kolleg ist erledigt, war aber schrecklich. Es mußte nicht sein!«

Mollerus schwieg ein Weilchen.

»Ach, was denn«, sagte er dann, »ich sag's dir aufrichtig, bin kein Geheimniskrämer, will niemanden hinters Licht führen, wahrhaftig, ich hatt keine Lust dazu, Kampanus verdiente zwar die Erniedrigung, die ihm zuteil wurde, hast aber recht damit, daß das ohne jenes theatrum geschehen konnte, aber dahinter steckt ein Frauenzimmer, weiß Gott, warum meine Ehefrau gar so bös ist auf Kampanus; ein bißchen Zorn tät ich verstehn, Kampanus tat mir genug zuleid, war seit allem Anfang mein Widerpart, aber ihre Wut gegen ihn ist schier toll. Davon, daß ihr entlassen werdet, wußte sie schon lange, und immer nötigte sie mich dazu, ich solle von Michna zur Aufgabe auserwählt werden, euch zu verkünden, daß Schluß ist. Ich mußte es Michna sagen. Das ist in der Tat die giftige, rachsüchtige Absicht eines Frauenzimmers, zwar meinte sie, daß das für mich eine Art Genugtuung sein wird, aber wie du siehst, bin ich aufrichtig, das war Weiberrache, mein Weib ist eine Meeresspinne, ein Teufel, und ich geb zu, daß mir heut im Karlskolleg in Wahrheit gar sehr heiß war; wenn ich auch so auf ihn einhackte, ich mein, daß ich doch nicht so ein Räuber bin, wie ich mich stell, mir war wie im Feuerofen. Ach, was denn, es war mir leid um ihn, er war so käsebleich!«

»Ich denk«, sprach Basilius, »daß er seinen Sturz nicht überlebt, er ist schon seit einiger Zeit sehr erschöpft, war früher energischer, schien die Last, die der Tag bringt, zu ertragen, aber jetzt weiß ich nicht, ich weiß nicht.«

Damit schieden die Freunde voneinander.

Lange nachdem alle gegangen waren, stand Kampanus beim oberen Katheder, stand lange im leeren Festsaale des altehrwürdigen Carolinums.

Als der Pedellus abermals zu ihm kam und etwas sagte, nahm Kampanus seinen Kopf in beide Hände, als wollte er sich aufwecken, schritt dann bedächtig, ein wenig greisenhaft gebückt, in seine Habitation. Er atmete schwer. Fuhr sich ständig mit der Hand über die Stirn, als wollte er irgendwelche Gedanken verscheuchen.

In der Tür sagte er zum Pedell, daß in seinem Kopf ein Chaos wie auf der Prager Brücke sei, daß ihm der Kopf brause wie das Wasser an den Neumühlen.

Allein geblieben, sank er auf einen Stuhl und flüsterte: »Finis, Schluß – was soll aus mir werden? Was wird Troilus tun, was Žabonius, der so wortkarg, still, geduldig ist? Der ist noch jung, Jugend verzweifelt nicht, aber was wird mit Troilus und mir? Ich gelobte, mich lebendig oder tot nicht von hier wegzurühren – Basilius ist nicht aufrichtig, der wußte wahrscheinlich, welcher Schimpf mich erwartet – Mollerus – der vom Glauben Abtrünnige – der faule Spieler – Verwalter der Akademie! –«

Und wiederum brauste sein Kopf wild wie die Moldau an den Neumühlen; er stand auf, hielt sich am Tisch fest, um nicht zu fallen. Und dann sank er in den breiten Stuhl und sprach laut zu sich selbst: »Tragen wir denn gar keine Schuld an solchem Ende? Trag ich denn keinerlei Schuld? Taten wir denn alles, was wir sollten? Wer von uns tat etwas zur Verteidigung der Akademie? Niemand tat etwas. Warum fuhr ich nicht geradewegs zum König? Ich war untätig, faul, nur auf Ruh bedacht, erbärmlich, schrieb Verse, sprach in Versen zu einer solch harten, tauben Umgebung, schrieb von der Huld, die Cäsar zu einem Gott machte, schrieb den Mäzenen der Akademie, doch solche gibt es nicht, Cäsar ist längst verstorben, verdammtes Alter, das bloß schwätzt und keiner Tat fähig ist!«

Und wiederum faßte er sich an den Kopf, rannte dabei wie ein in einen Käfig gesperrtes Waldtier durch das Zimmer, stieß bald mit dem Ellbogen, bald mit dem Knie an die Wand.

Als er völlig bis zu Tode erschöpft war, wurde er still. Verriegelte die Tür, ließ sich nieder. Dann stand er auf und kleidete sich aus.

Nach einer Weile kleidete er sich wieder an. Er schob den Riegel zurück, ging im Karlskolleg durch den leeren Gang von Tür zu Tür, betrat die Aula. Sobald er das obere Katheder mit seiner roten festlichen Bedeckung sah, griff er sich wiederum mit beiden Händen an den Kopf und rannte in sein Zimmer, schloß sich ein, warf sich aufs Lager, völlig angezogen, wie er war, und blieb starr liegen.

An jenem Tag gelangte nachmittags nicht einmal Großvater Revír mit Hänschen zu ihm, gelangte gegen Abend nicht einmal die Kollegsköchin, die alte Háta, die gekochte Rüben und ein Stückchen Schweinefleisch brachte, zu ihm.

Als man bei St. Gallus zum Abendgebet läutete, öffnete Kampanus das Fenster in den Kollegsgarten und blickte zum bleichen Himmel empor, der ihm just heute kühl, hart, taub, erbarmungslos schien. Auf seine Lippen drängte sich eine Lästerung Gottes, jenes Gottes, der ihn nicht erhört hatte. Anstatt der Lästerung kam ein Vorwurf über seine Lippen, und dieser wandelte sich plötzlich in Tränen –

»Gott, siehe, du ließest zu, daß Karls glorreiches Werk von den Feinden vernichtet wurde – Karls glorreiches Werk«, sagte er, und schon regneten erbsengroße Tränen aus seinen traurigen, verzweifelten Augen – »unsere einzige altehrwürdige Schule – Schluß –«

Kampanus schlief diese Nacht nicht. Und wenn sich auch von Zeit zu Zeit seine Augen in Ohnmacht schlossen und sein Bewußtsein am Verlöschen war, so ward er doch immer wieder heftig emporgerissen und erwachte in finstrer Nacht; jeden Augenblick erhob er sich vom zerrütteten Lager und ging durch das Zimmer, öffnete das Fenster, auf daß ihn das Herzweh nicht ersticke, und legte sich von grenzenloser Trauer bedrückt und entkräftet wieder nieder, um beim ersten Zymbalton der Rathausuhr und beim ersten Pfiff des Nachtwächters wieder vom Lager aufzuschnellen.

Inmitten dieser gräßlichen Unruhe warf der Mond einen Augenblick lang eine Handvoll grünen Lichtes in das Dunkel.

Dieses Licht überflog das Bild Karls des Vierten, des Königs und Gründers – die Erinnerung an die Gründung der altertümlichen Schule durchzuckte Kampanus' fieberig erhitzten Kopf, er sah deutlich jenes große Pergament mit der daranhängenden Bulle vor sich, mit dem der König zu Hause, hier, den Musen einen Schmaus bereitete, auf daß die Söhne dieses Landes nicht von fremden Tischen Brosamen sammeln müßten, er gedachte der ersten Schwierigkeiten, in seinem Geiste ward das abgezehrte bartlose Gesicht des Mannes mit der Priestertonsur, mit den großen tiefen Augen lebendig, des Mannes, aus dessen Mund dort in der Kapelle von Bethlehem einmal edle, wie mit Blumen bestreute Rede strömte, zum andern Mal Ermahnungen an die Sündigen donnerten; er gedachte des Magisters aus Husinec, des Magisters Jan, des Rektors universitatis, der den Tschechen gegen die Fremden zu ihrem Recht verhalf, sah im Geiste den Magister so lebendig wie von Malerhand dargestellt, und der Magister Rektor verfiel in Trauer. In Kampanus' erhitztem Kopf erschien, einem hellen Schatten gleich, eine andre Gestalt, Johann Šindel, der Sterndeuter und Medikus, und in historischer Folge gleich darauf Jakoubek von Stříbro mit dem Kelche.

»Dieser ist mein Vorgänger«, erinnerte sich Kampanus, »er ist es, der den Kelch mit dem Blute des Herrn zum Zeichen unserer böhmischen Hochschule machte, oh, glückliche Zeit der jungen Schule!«

Und Kampanus versank in Gedanken, gedachte des dicken Brauers Reček, des Hofrichters Lauda, die die Kollegien an der Universität stifteten, stellte sich im Geiste den lärmenden Wirbel und das lebendige Treiben in den Kollegien vor, gedachte jenes berühmten Schreibers Prokop, der als erster, und früher als an anderen Akademien jenseits der Grenzen, vom Katheder über Stadtbücher und -rechte sprach.

Langsam wich die innere Beklemmung von Kampanus, je tiefer er in Erinnerungen versank, um so leuchtender gesellten sich zu ihnen die altehrwürdigen Lehrer und Rektoren, die Kampanus so gut aus den in Leder gebundenen und mit durchbrochenem Messing beschlagenen Büchern kannte. Er flüsterte vor sich hin: »Willkommen, willkommen, heiliger Schatten des ersten Magisters, der den erhabenen

Vergilius in die Schule mitbrachte, willkommen, Magister Gregor!«

Und Kampanus gedachte lange und so herzlich jenes tschechischen Römers, als wäre er sein Bruder aus uralten Zeiten. Er erinnerte sich auch des Juristen Kornel von Všehrd, der seine Muttersprache höher schätzte als das Latein der Gelehrtenschaft, in seinen Gedanken lebten Wenzel Písecký und Zikmund Jelenský wieder auf, die das Land des Vergil und des Horaz mehr als das kühle böhmische Land liebten; er machte ihnen daraus keinen Vorwurf; mit dem Kopf nickend lobte er Jelenský, der im Ausland zum Ruhme des böhmischen Namens lebte; durch Kampanus' Kopf huschte auch der heuchlerische Priester Cahera, der erste Rektor evangelischen Glaubens. Lange beschäftigte er sich im Geiste mit Matthias Kolín, dem tschechischen Griechen und Poeten; in seinem Bewußtsein tauchten aus der Tiefe die Toten auf, die Kampanus persönlich gekannt hatte, unter diesen war auch der reiche, aber knauserige Kodicillus, der Magister Jan nach dessen Verbrennung furchtsam verleugnete – –

Kampanus lag schon ruhig auf der Lagerstatt. Still glitt eine Gestalt nach der anderen an ihm vorbei, und der Magister führte mit allen Zwiesprache, herzlich begrüßte er wie im Traum das gute, alte, sorgsame Väterchen der böhmischen Hohen Schule, Magister Bacháček, aber mit einemmal befiel Trauer seine Seele, und Kampanus' Zähnen entglitten leise die Worte: »Wie gut, Väterchen, daß du es nicht mehr erlebtest, wie der Tempel der lieblichen Musen seiner schmückenden Blüten beraubt wird« – –

Kampanus sah im Geiste die kürzlich verstorbenen Kollegen, den mürrischen Skála mit seinem aschfarbenen, vertrockneten Gesicht, den geschäftigen Laurenz Nudožerský, der droht, den Doktor Jesenský, der auch die Hand erhebt – den Mund öffnet – den Mund voller Blut –

Kampanus sprang plötzlich auf und taumelte im Dunkeln in unaussprechlichem Entsetzen und am ganzen Körper zitternd hin und her.

Der Nachtwächter pfiff die sechste Nachtstunde nach böhmischer Uhr.

Warum kamen mir die matten Schatten in den Kopf?

Wer sandte sie?

Warum nickten sie mir zu, warum drohten sie? So fragte Kampanus, obgleich niemand da war, der ihm antworten konnte.

Durch das Fenster wehte ein feuchter, kalter Luftzug in das dunkle Zimmer. Die Kühle brachte den schlaftrunkenen Magister wieder zu sich. Er beruhigte sich.

Er schlug Feuer und steckte den Öldocht des Lämpchens an. Betrachtete eindringlich das Bild Vater Karls. Dann ließ er sich nieder und schaute lange in das matte Licht, das im Lämpchen flackerte.

Plötzlich riß er sich zusammen: Ich weiß, warum sie drohten, versteh, warum sie winkten, ich weiß es, ich will meine Schuld gutmachen, will unsre Schuld gutmachen, werde zwar nichts Großes zustande bringen, vermochte auch zuvor nichts, was vermag ein alter Mann gegen die Gewalt einer so mächtigen und eisernen Hand, was vermochten drei, vier in weltlichen Dingen plumpe Magister gegen so viele Mächtige und Vermögende, gegen Martinic, Slavata, Lichtenstein, gegen den Orden der Jesuitenbrüder? Oh, die sind ein großes und starkes Heer – und gegen sie vier armselige Professoren! – Und die Defensoren der Akademie und der Religion wurden gehängt und geköpft – ihre Köpfe stecken am Turm. Wir vermochten nichts abzuwenden, den Tod der Schule können mir die Vorfahren nicht zum Vorwurf machen, aber ich verstehe, sie können den Vorwurf machen, daß wir die Aufhebung der Schule so ruhig, so still hinnahmen. Wir hatten die Pflicht, sowohl jenen, die sie vernichten kamen, sowie aller Welt zu verkünden, daß Karls Hohe Schule wider Recht und Gerechtigkeit vertilgt und vernichtet wurde; es war nicht recht, auf Troilus zu hören, der sagte, daß man dort schweigt, wo es an Kraft gebricht, wir durften nicht schweigen, der, der schweigt, gibt seine Zustimmung – ich werde protestieren, spät allerdings, aber ich will doch meine Stimme erheben, die Herren auf der Burg hören Proteste nicht gern, drum ward die Trommel geschlagen, damit Budovec, Kaplíř und die übrigen dort auf dem schwarzen Gerüst auf dem Ringplatz nicht reden können, ich werde allein protestieren, geschehe, was will, werde protestieren jenem Fürsten gegenüber! Man darf nicht sagen, wie irgendein Nichtsnutz höhnisch drucken ließ: Hic iacet et tacet universitas Pragensis, jacet et tacet! Man darf nicht sagen, daß die zu Tod gewürgte Akademie schweigt!

Als die Kollegsköchin morgens mit der Biersuppe in Kampanus' Habitation eintrat, war der Magister weg. Er war offenbar in Hast und Verwirrung weggegangen, denn er hatte alle Türen offenstehen lassen.

Den haarlosen Kopf schüttelnd, trug die alte Háta die Suppe wieder weg. Dann kam sie mit der Lebküchlerin überein, daß der Magister nicht ganz gesund im Gemüt sei, daß er vielleicht schlimme Einbildungen habe, des Nachts hatte man ihn mehrmals schreien hören; die Lebküchlerin versprach, ihm etwas zu reichen, auf daß die schlimmen Einbildungen vertrieben würden und der Herr ordentlich schlafe. Dabei vertraute die Köchin der Lebküchlerin an, sie wolle, falls es nicht besser werden sollte, fortgehen, sie wisse ohnedies nicht, wie sie den Meister ernähren sollte, wenn ihr der alte Herr Revír nicht hie und da einen Groschen gäbe, vom Herrn Magister erhielte sie nichts, der kümmere sich um nichts, lebe wie in einer anderen Welt.

Unterdes stand Magister Kampanus schon vor dem Hause des Fürsten unterhalb der Schloßstiege.

Er war auf Umwegen über die untere Moldaufähre dorthin gelangt, um nicht jenen traurigen Turm sehen zu müssen, an dem die Köpfe hingen.

Er setzte sich in den Kopf, den Fürsten, falls dieser ihn nicht vorließ, auf der Gasse anzuhalten. Deshalb schritt er auf dem gepflasterten Steig vor dem Hause wie eine Schildwache auf und nieder und bog nicht einmal um die Ecke. Ein Lakai sagte Kampanus nach geraumer Zeit, daß Ihro Gnaden sich schon ankleide.

Kampanus hatte bald das Gefühl fester Entschlossenheit, bald wiederum fühlte er sich davon bedrückt, wie nichtig und ohne jedes Gewicht ein Professor war, den man von der Schule weggejagt hatte, hatte das Gefühl, er sei von allen Besiegten der kleinste, geringste, schätzte die, die ihr Leben auf jenem schwarzen Gerüst verloren, unendlich höher ein als sich selbst.

Der Lakai kam vor das Haus, der Herr Rektor könne zu Ihro Gnaden eintreten.

Eine Weile später stand Magister Johann Kampanus vor dem Mann, der an der Spitze des Blutgerichtes über die Vertreter des böhmischen Volkes stand.

Ein mittelmäßig hoch gewachsener Mann mit, wegen seiner breiten Kinnladen, leicht birnenförmigem Kopf, zurückgekämmten Haaren, einem unansehnlichen Bärtchen unter der Nase und an der Spitze des Kinns, großen Augen – das rechte Auge größer, schärfer. Zwei harte Muskeln auf der Stirn, oberhalb der Augen, verrieten seine herrische Energie.

Kampanus blieb an der Tür des prächtigen Zimmers stehen. Er erblickte den Herrn und gerade hinter diesem an der Wand ein großes Gemälde des Kaisers und der Kaiserin.

»Willkommen, reverendissime rector, was bringet Ihr?« sprach der Fürst freundlich und schritt Kampanus lächelnd entgegen.

»Ich komme betreffs der aufgelösten Karlsakademie!« antwortete Kampanus, wobei er seine Blicke fest auf des Fürsten Gesicht richtete.

»Der aufgelösten?« fragte Lichtenstein verwundert.

»Jawohl, der aufgelösten!« entgegnete Kampanus mit harter, entschiedener Stimme.

»Die universitas carolina ist nicht aufgehoben

und wird niemals aufgehoben werden«, sprach der Fürst, »das ist wohl ein Mißverständnis; Ihro kaiserliche Gnaden geruhten mir bestellen zu lassen, daß sie nicht auflösen wird, was ihr großer Vorfahr Karl IV. begründete, das ist ein Mißverständnis! Meine Kommissare verkündeten dort doch nicht etwa solches, sie nahmen Siegel und Schlüssel entgegen, die Professoren sind entlassen, aber die Schule bleibt, ich kann Euch, reverendissime, nicht verheimlichen, daß wir darum bemüht sein werden, die Karlsakademie sobald wie möglich in katholische Hände gelangen zu lassen, Karl begründete sie für die katholischen Böhmen und nicht für Hussiten und Kalvinisten, die es zu jener Zeit nicht gab!«

»Soll sie den Jesuitenbrüdern zufallen?« fragte Kampanus mit ruhiger, milderer Stimme.

»Darüber ward nichts entschieden. Es hat jedoch keine Not, Euch zu verheimlichen, daß die Patres von St. Klement Euere Akademie nicht mögen, so kann es denn sein, daß wir weltliche Professoren in die Karlsakademie berufen werden, solche, wie es dort gegeben hat, aber Männer, die verläßlich und unseres katholischen Glaubens sind; dies wird sich in einigen Monaten entscheiden, bis dahin wollet, reverendissime, unbeschwert im Kolleg wohnen, ich hörte, daß drei der entlassenen Professoren eigene Häuser haben, nur Ihr besitzet kein eigenes Haus, wollet denn bis zur endgültigen Entscheidung im Carolinum oder einem anderen Kolleg verbleiben, ich habe den Kommissaren schon in diesem Sinn Auftrag gegeben, ich fühle, wie schwer Ihr von dem Ort, wo Ihr so viele Jahre lebtet und arbeitetet, scheiden werdet!

Der Fürst reichte dem Magister mit einer gewissen freundlichen Geneigtheit die Hand und entließ ihn.

Kampanus war wie umgewandelt.

Die Traurigkeit blieb ihm zwar. Wer so empfindsam war wie er, solch schreckliche Dinge gesehen, erlebt und gefühlt hatte, der verliert niemals mehr die Traurigkeit, bei dem sammelt sich die Trauer an, und sie verbleibt bei ihm.

Aber nach dem Besuch beim Fürsten war Kampanus nicht mehr immer so kleinmütig wie zuvor, er richtete sich ein wenig auf, ein Gedanke erfrischte ihn, erfrischte sein Herz, erfüllte ihn jedoch abermals mit großer Besorgnis.

Er wiederholte sich ständig, daß es in der Karlsakademie ohne Zweifel Professoren geben werde, wie seit jeher, das erfüllte ihn mit Hoffnung, aber daß diese Professoren Katholiken sein müssen, das erfüllte ihn mit Besorgnis.

In diese beiden Gedanken mischten sich stets die Worte des jungen Freundes, jenes französischen Soldaten vom Weißen Berg, nämlich, daß Gott einzig und ebenderselbe in allen Religionen sei, daß jeglicher Gottesdienst in seiner Absicht der gleiche sei.

Nur volle Sicherheit darüber haben, daß die Jesuiten vom hl. Klement die Karlsakademie nicht mochten. Was er täte, wenn er dies mit Sicherheit wüßte, das bedachte er nicht zu Ende, wehrte sich dagegen, es zu Ende zu bedenken.

Viele Stunden lang schritt er, tief in Gedanken versunken, durch die Einsamkeit des Karlskollegs. Über dem Chaos verschiedentlicher Erinnerungen und Gedanken reckte sich stets der Gedanke empor, daß die Karlsuniversität am Leben bleibe und daß es dort Magister geben werde wie einstens; Kampanus war zumute, als hätte er in dichte Nebel geschaut und als zerreiße die Nebelwand plötzlich und eine funkelnde Garbe von Sonnenstrahlen beleuchte einen Streifen Landes – jener Gedanke, der über die anderen emporragte, bedeutete für ihn jenen leuchtenden Streifen Landes.

Anfangs mied er das Wort, daß die neuen Professoren katholischer Religion sein müßten. Das war ihm eine sehr unliebe Bezeichnung. Aber diese widerwärtige Bezeichnung ließ sich nicht von dem Gedanken trennen. Der ganze Gedanke bestand schließlich bloß darin, daß die neuen Professoren Katholiken sein müßten. Der Katholizismus ist der einzige Ausweg aus dem finsteren Wald der Unsicherheit. Er wollte nicht daran denken, aber der Gedanke kehrte wie ein Fieberanfall immer wieder und ließ sich zu guter Letzt nicht mehr verscheuchen. Nahm immer schärfere Formen an.

Kampanus gedachte seines Eides, sich weder lebendig noch tot aus dem Carolinum verjagen zu lassen. Sollte er am Leben bleiben, dann mußte er den Glauben wechseln, sonst müßte er sterben. Der Katholizismus ist die einzige Möglichkeit, dem Tod zu entrinnen.

Die Antwort stürmte in ihm auf: lieber den Tod als Abtrünnigkeit. Und dann scheuchte er den Gedanken an den Tod wieder weg.

In solch einer Stunde, da er am Leben hing und den Tod hinwegscheuchte, begann Kampanus Verse zu schreiben.

Er schrieb eine Elegie von der hehren Jungfrau Maria. Er war Lutheraner, der den Böhmischen Brüdern um ihres sittlichen Charakters willen zuneigte, aber dies hatte ihn nie daran gehindert, jene schmerzensreiche Mutter zu verehren, die da sah, daß man ihren Sohn an das schimpfliche Holz des Kreuzes schlug. Er schrieb über sie eine Elegie, und die Elegie sollte ihm das Leben retten, zwar nicht unmittelbar, dies vermochte die Elegie nicht, aber sie sollte Kampanus den mächtigen Jesuiten näherbringen, ohne daß er dabei seine Religion beleidigte.

Als der junge Pedellus ins Karlskolleg kam, um von den Magistern Abschied und für immer seine Entlassung aus der Akademie zu nehmen, bat Kampanus den Jüngling, ihm diesen letzten Dienst zu erweisen und mit einem Brief zu St. Klement ins Jesuitenkolleg zu gehen.

Der schwarzbärtige, rotwangige Pedellus riß die Augen auf, und seinen Lippen entglitt wie unwillkürlich: »Zu denen mit den eckigen Biretten?«

Als er jedoch die leichte Wolke auf des Magisters Stirn bemerkte, versprach er sogleich bereitwillig, den Brief hinzubringen. Dann, da er den Magister in trauriges Grübeln versunken sah, machte er sich ans Erzählen. Ihn dünkte, daß die Neuigkeit, die er bereithielt, den Magister heiterer stimmen könnte: »Es geschah eine beileibe nicht schickliche Begebenheit, überall spricht man davon, daß es bei Mollers Schreien und Zank gibt, als ob die Hölle los wär. Mollerus verleugnet das letzte Kind, es sei nicht das seine, schimpft sein Weib eine läufige Winkelsteherin, der faule Momoluk ist jetzt munter und wütet, soll ihr vor Michnas Haus ein paar Maulschellen gegeben haben, daß sie schier anschwoll, schier schwarze Ohren kriegte, dann ist sie auch über ihn hergefallen, der Herrgott hat es ihr eingegeben, und auch sie schlug auf ihn ein, je nun, die rechte Hölle, man sagt – – eh, Michna habe ihr den Hof gemacht – wer weiß – und –«

»Das geht uns denn fürwahr wenig an!« sprach Kampanus, dem Gespräch mit dem Pedellus ein Ende machend. Nur bat er nochmals eindringlichst, der Jüngling, dem die Historie mit Moller augenscheinlich wohlgefiel – hörten doch seine Augen nicht auf, lustig zu funkeln, und dies selbst jetzt, da Kampanus nichts mehr hören wollte –, der Jüngling möge den Brief zu den Jesuitenvätern bei der Brücke bringen.

Schon eine Stunde nach dem Abgang des Jünglings kam in Kampanus' Habitation ein Jesuitenpater von recht hoher Gestalt, abgezehrtem Gesicht, aber mit scharfen schwarzen Augen, in denen oft Verschlagenheit aufblitzte, mit einem großen Kopf auf dem dünnen, verschrumpften Hals, mit grünlich schillerndem, ziemlich dichtem Grauhaar, das rückwärts herabgekämmt war.

Er trat gemessen, hölzern ein, indem er mit singender, langgezogener, gekünstelter und bei den letzten Silben zitteriger Stimme »Laudetur dominus Jesus Christus« sagte.

Pater Rektor Valentin Koronius.

Als er sich niedergelassen hatte, lobte er Kampanus' Elegie in Worten, die süßer denn Butter, weicher denn Öl waren. Kampanus hob ein paarmal die

Hand, um die Lobessprüche abzuwehren, aber des Paters Worte glitten singend, ruhig und leise ohne Unterlaß dahin, bis der letzte Ton erzitterte und voll Süße erstarb, wie der freundliche Pater es wollte.

Kampanus begann sogleich von der Universität. Und nach einigen Wendungen platzte er geradezu mit der Frage heraus, die in seinem Herzen obenan war und ihn am meisten bedrückte.

Er fragte, ob die Karlsakademie den Jesuitenvätern zufallen werde.

Der Priester sagte ohne Verlegenheit und Bedenken, daß die Prager Väter schon dermalen aufgefordert wurden, die Akademie zu übernehmen, gestand, daß sie ablehnten, wobei sie dem Provinzial bestellen ließen, sie hätten mit der eigenen Akademie zu St. Klement genug zu tun, mögen für sich keine andere Akademie, das wäre vermehrte Sorge und Arbeit.

»Allerdings«, sprach er, »so ein Befehl der Vorgesetzten käme, müßte man gehorchen, so man mich noch heute nach Indien reisen hieße, machte ich mich noch heute ohne ein Wort auf den Weg nach Indien; wir gehorchen!« So schloß er mit großem Nachdruck.

»So fiele denn die Karlsschule weltlichen Professoren zu?« fragte der Magister.

»Sicherlich ist das möglich, jedoch werden es Katholiken sein, das Dekret, daß es im Lande nur den alleinseligmachenden römisch-katholischen Glauben gebe, erscheint demnächst, und den Andersgläubigen wird nichts übrigbleiben, als unter einer Gestalt zu empfangen oder außer Land zu gehen.«

Die letzten Worte sprach der Pater geschwinder, weniger zitterig, energisch, fast ohne Herzlichkeit.

Diese Worte drangen Kampanus sehr unangenehm ins Ohr.

Er blieb stumm, und der Pater, ein Menschenkenner, lenkte das Gespräch wieder in leisen süßlichen Ton und brach bald auf.

In der Tür lud er Kampanus für einen beliebigen der kommenden Sonntage in die Kirche ein, ein großer Chorus werde die Messe singen, die vom unglücklichen Herrn Harant komponiert ward.

Der Jesuitenpriester ging.

Kampanus wußte nun, was er zu wissen wünschte. Lichtensteins Rede stimmt vollständig mit der Rede des Paters überein, wird also wohl wahr sein; man wird weltliche Lehrer ins Carolinum berufen, aber – und wiederum mochte Kampanus nicht zu Ende denken, daß diese Lehrer anderen Glaubens als er sein mußten. Er suchte sich selbst davon zu überzeugen, daß er auch weiterhin so wie in vergangenen, glücklicheren Tagen der Karlsschule dienen könne.

Der Gedanke, daß man in Karls Haus weltliche Lehrer berufen werde, ward ihm so gewohnt, daß er nicht im mindesten an seiner Verwirklichung zweifelte; er ließ keine Gründe dafür gelten, daß die Sache nicht sicher sei, gedachte dieses und jenes Einwandes, aber ohne Wirkung auf ihn, für ihn ward die Möglichkeit, von der der Fürst sowie der Jesuit gesprochen hatten, so feste Gewißheit wie ein granitner Felsen.

Zu guter Letzt tauchte dennoch von selbst der Gedanke an den Übertritt auf, er tauchte schüchtern auf, Kampanus wies ihn heftig zurück, es war ihm zumute, als ob ihn jemand leicht vor den Kopf stoße, aber der heftig verworfene Gedanke kehrte wieder, führte zu seiner Unterstützung die unvergeßlichen Worte des französischen Kriegsmannes an, daß der Gott der Katholiken ganz ebenderselbe sei wie der Gott der Andersgläubigen und daß die Unterschiede bloß in den Gottesdiensten bestünden; auch schlich einmal einer glatten Natter gleich die Erinnerung an die Widersacher heran, die Kampanus aus der Akademie vertreiben wollten, falls der Magister jedoch übertreten sollte, verbliebe er in der Akademie und seine Widersacher erwiesen sich ohnmächtig gegen ihn.

Aber Kampanus zertrat diesen Gedanken, der ihm allzu niedrig erschien, wie ein Reptil. Er liebte die Akademie leidenschaftlich, und an den Widersachern war ihm nicht allzuviel gelegen. Immer stand der brennende Wunsch obenan, weiter bis an das Ende seiner Tage in diesem altehrwürdigen Haus verbleiben zu können, wo er zwanzig Jahre gelehrt, wo er die schönsten Jahre seines Mannesalters verbracht hatte.

Der Gedanke, um den Preis jeglichen Opfers an der Schule zu bleiben, ward mit der Zeit so stark, daß der Magister sich seiner nicht mehr entledigen konnte; Auftrotzen und Einwendungen dagegen wurden immer schwächer.

Der Gedanke wurde stärker, und die Widerstände dagegen wurden vielleicht auch deshalb schwächer, weil Kampanus jetzt ganz allein im Kolleg weilte, hier mit niemandem zusammentraf; nur einmal die Woche polterte Pěček oder Mollerus, manchmal beide, im

Kolleg, wobei sie hier über die Bauern der Universität zu Gericht saßen und von ihnen Zahlungen einhoben. Dann ward das Kolleg wieder für eine Woche still, und es war da wie in einer Kirche.

Für den Magister waren es trübe Stunden, wenn er anhören mußte, wie Pěček und Mollerus am unglückseligen Tag des bäuerlichen Amtsverfahrens durch die Gänge rasten und sich breitmachten. Zu solcher Zeit schloß sich der Magister fest in seiner Habitation ein und hütete sich besonders ängstlich, Mollerus zu begegnen und ihn zu sehen.

Aber trotz aller Vorsicht irrte er einmal. Als im Kolleg alles still ward, ging der Magister behutsam hinaus und – gleich hinter der ersten Gangecke kam ihm mit einem boshaften Lachen auf den Lippen – Frau Eva entgegen, das blasse, üppige, kecke Weib des Sekretärs und Kommissars Herrn Mollerus, des Magisters.

Kampanus wandte den Kopf beiseite, um die hübsche Frau Eva nicht zu sehen. Die rauschte bedächtig in der Richtung der Galerie davon, bedächtig, sich wie im eigenen Hause bewegend. An einer Kette baumelte Frau Eva am Bauch ein silbernes Äpfelchen, das mit duftendem Moschus gefüllt war.

Dann erfuhr der Magister von der Köchin Háta, daß die Frau lange gewartet hatte, die Köchin dreimal von unten zu ihr hinaufgelaufen sei, was sie hier begehre, jedoch einer schlimmen Antwort von seiten der »Hurentasch und aufgeblasenen Pfauin« begegnet sei.

Kampanus begriff, daß die hübsche Frau ihn absichtlich mit ihrem Blick hatte durchbohren wollen.

Er lachte als Philosoph über solch kleinliche weibliche Giftigkeit.

Kampanus schloß sich zu jener Zeit, soweit dies möglich, noch mehr an das alte Gemäuer an; er konnte sich keineswegs mit dem Gedanken vertraut machen, daß hier andre Leute unterrichten könnten, er aber nicht.

Kampanus begann, mit dem Glauben zu ringen.

Er sagte sich, es gehe um die bloße Form. Er müsse nur einen einzigen Schritt machen, und wenn er dann wiederum den Vergilius und seine anderen lateinischen Lieblinge auslegen könnte, dann werde er nichts mehr mit dem Glauben zu tun haben, werde nicht vom Glauben sprechen, werde nicht gezwungen sein, sich zum Glauben zu bekennen, das werde nicht notwendig sein – – –

Dann warf er sich wieder vor, daß er sich eine Lüge einrede, eine schändliche Lüge und Verstellung.

Er bat Gott um Hilfe – –

»Erhöre mich, Herr, mein Geist ward geschwächt, zeige mir die Wahrheit; führ mich den rechten Weg, den Weg der Lüge wende ab von mir, eile, mir Hilfe zu leisten, sende mir deine Wahrheit, deine Wahrheit reicht bis zuhöchst in die Wolken. Und ich sehe sie nicht, das Licht meiner Augen verließ mich, mein Herz liegt in Zuckungen, Gott, antworte, ward meiner Seele die Grube gegraben? Mögen sie auf Erden mein Leben in den Staub treten, wenn sie nur meiner Seele nicht nachstellen. Erleuchte meine Augen, auf daß mich der Schlaf des Todes nicht überfalle, auf daß der Feind über meinen Fall nicht jubele, offenbare mir, Gott, den Weg des Lebens!«

Ein andermal schien ihm der Kampf um den Glauben ein Kampf mit Gott zu sein. Und in solchen Augenblicken fürchtete er für seinen Verstand. »Ich kämpfe mit Gott wie der Pentheus des Euripides mit Dionysos – Pentheus verlor den Verstand im vergeblichen Kampf und wurde zerrissen –«

Doktor Borbonius kam, aus dem Kerker entlassen, unerwartet ins Kolleg.

Er kam polternd, lärmender, als er es einst gewohnt war. Kampanus erkannte recht bald, daß sich hinter dem Poltern des Doktors eine nicht geringe Gemütserregung verbarg.

Der Doktor kam, um Abschied zu nehmen.

»Sie ließen mich los, diese – ich mag sie nicht nennen – ließen mich los, nicht darum, weil ich schuldlos bin an der Rebellion, sondern darum, weil der Herr Fürst mir – als Medikus – günstig gesinnt und dankbar ist für die Heilung; aber sie nahmen mir alles, mich dünkt, daß ich binnen Wochenfrist aus Böhmen zieh, hier wird es nur eine Religion geben, die Glaubensfreiheit, so schwer erkämpft, wird zunichte gemacht und endlich gar aufgehoben werden, andere ziehen aus, so geh ich denn auch, und was du, reverendissime, was wirst du tun?«

Kampanus mied die Augen des dicken Doktors und sprach leise: »Ich kann dies Haus nicht verlassen!«

»Man wird dich hinauswerfen!«

»Niemals!«

»Ich weiß nicht, wie du das anstellen wirst, mit wem, ich bitte dich, willst du den Handel aufnehmen, du, ganz allein? Lieber Magister, ich kenne dich wohl, du bist ein weichlicher Mensch, du bist Poet, und ich will es dir in poetischer Metapher – oder wie ihr das in der Schule nennet – sagen, du bist eine Linde und kein Eichbaum, in den Eichbaum schlagen Donner und Blitz, sie hauen ihm die Äste ab, daß die Stümpfe wie verkrampft aussehen, reißen ihm den halben Leib weg – und er lebt, an manch eine Linde rührt bloß der Blitz, und sie stirbt. Bleib gesund, ich gehe, ich denk, daß auch du nicht dableiben wirst, du könntest bei deiner großen Kunst anderswo ein neues Leben beginnen, wie Magister Troilus, der sich gleichfalls rüstet, außer Landes zu gehen, hier bist du allein, da bist du wie eine windschiefe Wand, alle Pfeiler fehlen, da bist du wie das verwitterte Carolinum, von dem die Ziegel fallen, dessen Wände bersten. Hier wird dir alles aufs Haupt fallen! Leb wohl! Der Herrgott behüt dich! Gott schenke dir Gelingen!«

Nach dem Weggang des Doktor Borbonius glich Kampanus einem Verwundeten, einem Krüppel, dem die Beine nicht recht dienen und dem weder Krücken noch andre Stützen zu Gebote stehen. Er sagte sich: »Andre ziehen fort, um ihrem Glauben treu bleiben zu können, und du, armseliges Glöcklein aus Vodňany, willst bleiben! Du willst allhier verbleiben – und die Deinen ziehen dorthin, dort weit in die Ferne. Sieh, welch ein Abgrund sich auftut und verbreitert zwischen dir und all den Deinen!«

Schrecken erfaßte ihn, solcherlei Gedanken zerrissen ihm das Herz.

Und wieder erwachte in ihm das Widerstreben, in das immerfort die Stimme des jungen Franzosen hineinscholl, daß Gott ebenderselbe ist, da wie dort.

Kampanus' Sein ward jetzt eine einzige Marter. Es gab Stunden, da er sich selbst verachtete, weinte, sich schämte.

Eines Sonntags betrat er inmitten eines Haufens unbekannter Leute die Jesuitenkirche zu St. Klement.

Es war sein inniger Wunsch, die Gesänge des unglücklichen Herrn Harant zu hören.

Er stellte sich ins Dunkel unter den Chor.

Viele junge Stimmen klangen auf, sangen Kyrie eleison, klangen wie aus einer Kehle, klangen zart, leise, trennten sich wie in Unruhe und strömten gleich wieder in einem Atem, einem einzigen Ton zusammen und stiegen breit empor zu den Höhen der Kirchenwölbung, die von bläulichem Weihrauchdunst erfüllt war, und aus solch weichen Harmonien brach wie ein pathetischer, schmerzlicher Aufschrei plötzlich der kurze Ruf hervor – Christe – Christe –

Sehnsuchtsvolle Menschenstimmen rufen, suchen Christus, auf daß er sich erbarme.

Und eine Weile darauf nehmen jene Stimmen feierlichen Rhythmus an, fliegen in mächtigem Schall zum geheimnisvollen Dunkel in der Höhe der Kirche empor, als schwebten sie auf zu Gottes Thron, andre Stimmen fallen ein, die Harmonien klingen, als ob die um den Thron des einzigen und einigen Gottes aller Menschen gescharten Engel über Bethlehem riefen in heiliger Nacht: Gelobt sei Gott, den Menschen Friede – Gloria in excelsis et pax hominibus – –

Und die jauchzenden Töne brechen ab, werden leiser, milder, süß, wehmütig, mystisch kündet der Gesang, daß Gott zum Menschen ward, et incarnatus ex Maria virgine, und der traurige schwere Dreiklang der Stimmen besagt, er ist gekreuzigt, gekreuzigt auch für uns – crucifixus etiam pro nobis –

Und die Menschenstimmen schnellen bald wellengleich in die Höhe, rufen jubelnd resurrexit, versprechen und drohen zugleich, daß der, der von den Toten auferstanden, kommen wird, zu richten die Lebendigen und die Toten, dann kündigt sich in lieblichem, weichem Zusammenklang der tröstende Glaube an das Leben des kommenden Jahrhunderts an, vita venturi saeculi.

Gleich darauf beginnt ein mächtiger Chor in fünf verschlungenen Stimmen zu jauchzen, es öffnet sich der Himmel, daraus Engel, die auf goldenen Sonnenstrahlen einherschreiten, Sanctus, Sanctus rufen, und Himmel und Erde sind voll des göttlichen Ruhmes.

Zuletzt erschallt die Bitte an das Lamm Gottes das hinwegnimmt die Sünden dieser Welt, erschallt die Bitte um Barmherzigkeit.

Das ist keine Bitte in wildem Aufschrei, verzweifeltem Stöhnen, in dieser Harmonie des unglücklichen Herrn Harant fehlt das Jammern der verdammten, verurteilten Seelen, es ist dies eine ruhige Bitte, aus ihren breiten, sanften Tönen erwächst die feste, wohltuende Hoffnung, daß das Lamm Gottes sie erhören und sich erbarmen wird – – –

Kampanus steht an der Wand, den heißen Kopf an die kühle Säule gelehnt, alle seine Kümmernisse und Beschwerden schwinden als kleinlich dahin, er schaut zum kleinen Altar im Winkel hin, wo selbst im Schein der Wachskerzen die jungfräuliche Mutter mit dem Kinde ist, deren zartes, gleichsam durchscheinendes Gesicht der lieben, goldenen Verstorbenen, seiner Lidunka, ähnelt.

Kampanus schaut zum Bilde hin, hört den Gesang, atmet stoßweise, greift sich ans Herz und hat schließlich die Augen voller Tränen.

Am nächsten Sonntag stand Kampanus abermals an der Säule unter dem Chor.

Ebenso am dritten Sonntag. Selbigen Tages, es war dies der letzte weinerliche und trübselige Sonntag im weinerlichen Monat Oktober, läutete Kampanus, als es schon tief zu Abend dämmerte, am Tor des Jesuitenkollegs an.

Ein dienender Frater sah durch das Fensterchen hinaus, und als er einen Herrn mit dem Magisterbarett am Kopf erblickte, öffnete er ohne Zögern das schwere Tor, obgleich er den im Rock Vermummten nicht erkannte.

Kampanus sprang hastig in den Gang, als ob ihn jemand jagte, als wollte er einer Fährlichkeit entrinnen.

Solch Schreck und Hast schienen dem Frater absonderlich, er erkannte zwar sogleich Magister Kampanus, hatte ihn doch des öfteren sonnabends, da er am Markt beim Kolleg Karls des Vierten Fleisch einkaufte, zu Gesicht bekommen, ließ ihn aber nicht geradezu beim Rektor ein, sondern ging zuvor allein zum Rektor, denn Kampanus gebärdete sich ein wenig allzu närrisch, ja, wie von Sinnen.

So urteilte wenigstens der Frater, und dies sagte er auch dem Rektor.

Ehe noch der Frater vom Rektor zurückkehrte, begrüßte unterdes schon der jüngere Pater Sidecius, der vorbeikam und Kampanus erkannt hatte, diesen in lateinischer Rede mit absichtlich gewählten Worten, wobei er zu verstehen gab, daß die Anwesenheit Kampanus' im Hause allen seinen Bewohnern, den Priestern, den Lehrern, den Studenten im Konvikt, zur Ehre gereiche.

Da näherte sich auch schon gemessen Pater Koronius. Im Dämmerlicht des Ganges schimmerten seine Haare schon von weitem weiß, und als er ankam, leuchteten seine Augen vor Neugier.

Kampanus machte sich rasch von dem jüngeren Priester los, ergriff den Jesuitenrektor bei der Hand und zog ihn beiseite. Dabei zitterte er, und der Rektor erkannte sogleich, daß der Magister aufs höchste erregt war und eine große, schwerwiegende Neuigkeit brachte.

Als sie sich in dem ärmlichen Zimmerchen befanden, in dem es außer dem Bett, einem Tischchen, einem einzigen Stuhl und dem Kreuz an der weißen Wand nichts gab, setzte sich Kampanus auf den Stuhl, und der Rektor ließ sich auf der Kante seines ganz schlichten Bettes nieder, wobei er mit einem Lächeln darauf verwies, daß kein Mitglied Societatis, nicht einmal der General in Rom, in seinem Zimmer zwei Stühle habe.

Nachdem Kampanus sich ein paarmal über die Stirn gefahren war, als wollte er seine Gedanken sammeln, stieß er plötzlich, ohne Einleitung hervor: »Habeo in animo ad fidem catholicam convertere.«

Der Rektor traute seinen Ohren nicht.

Als er jedoch an dem offenherzigen und erregten Äußeren des Magisters erkannte, daß dieser wirklich die katholische Religion anzunehmen gedachte, rief er »Laus Deo«, seine Augen sprühten Funken, und der Mann, der ansonsten saß und ging, als wäre er aus einem Brett geschnitten und unbeweglich, machte nun einige so behende und lebendige Bewegungen, daß sich in Kampanus' Herz, wenigstens für einen Augenblick, über solch aufrichtige Freude des Priesters Mißbehagen einschlich.

Er verstummte.

Der Jesuit begann von Gottes Fügung zu reden, und als er sagte: »Unsere heilige Religion –«, fiel ihm Kampanus rasch, fast leidenschaftlich ins Wort. »Nein, nein, wollet nicht Euer eigen Lob singen, wollet mich nicht überreden, ich will nicht Gründe hören, ich kenne alle, las schon vor Jahren das Büchlein eures Canisius, kenne das Unterschiedliche zwischen uns und euch, weiß alles, weiß wohl, daß auch die katholische Religion eine Menge von Heilmitteln für die kranke Seele in sich birgt, mich bedrückt nicht die unterschiedliche Lehre vom Abendmahl des Herrn, von der Gnade, von den Taten, ich hege ganz gewiß manche Zweifel, jedoch tut es nicht not, mir diese zu widerlegen, ich weiß, daß wir alle Gewürm sind, das nichts Sicheres weiß – ich bitt nur flehentlich, daß die Zeremonie mit mir kurz sei, auch soll es dabei keine Zuschauer geben. So sie öffentlich und feierlich sein sollte, dann bliebe ich lieber, was ich bin; nur ohne Zuschauer, ohne Verhöhnung will ich unter einer Gestalt empfangen –«

Der Jesuitenrektor hörte zu. Nach einigen Worten wurde er unruhig und erhob bedächtig die Hand, aber er schwieg.

Zuletzt sprach er mit seiner singenden, zittrigen Stimme: »Ohne Zuschauer wird dies möglich sein, an irgendeinem Werktag.«

»Gratias ago!« sagte Kampanus erfreut, »und was ist zur Zeremonie nötig?«

»Das ist einfach«, machte sich der Rektor mit langgezogener, hoher Stimme ans Erklären, »einfach, aber erhaben; wer unserer heiligen Kirche beitritt, der kniet mit einer Kerze in den Händen am Altar nieder.«

»Ohne Kerze, ohne Kerze!« rief Kampanus wie von Sinnen.

»Auch das wird möglich sein, so werdet Ihr denn ohne Kerze zum Altar treten, mit zwei Zeugen und Bürgen –«

»Die hab ich nicht, die werd ich nicht haben!« stieß Kampanus hart hervor.

»Auch darin wollen wir willfahren, unsere Brüder sollen Zeugen sein«, antwortete der Priester mit singender und sanft zitternder Stimme.

»Wozu Zeugen und Bürgen?«

»Das sind die Zeugen des Gelöbnisses, daß Ihr mit Gottes Hilfe bis in den Tod im Schoße unserer heiligen Kirche verbleiben werdet, das Hauptstück der Zeremonie jedoch liegt darin, das Credo nach dem Tridentiner Konzil herzusagen und zu bekennen, daß unter einer Gestalt Christus ganz gegenwärtig!«

Kampanus erhob sich rasch zum Abgang.

»Morgigen Tages komme ich am frühesten Morgen das Credo hersagen!«

Und schon entfernte er sich.

Pater Koronius geleitete ihn mit sichtlicher Ehrerbietung über den Gang.

»Ich focht in mir einen bösen Kampf aus!« sprach Kampanus zum Rektor, wobei er tief aufseufzte.

»Das war ein Kampf mit Gott, und mit Gott zu kämpfen ist eitel, da gilt nur Demut, gilt bloß, sich zu unterwerfen, und Ihr, Herr Magister, habt gut getan daran, daß Ihr Euch unterwarfet, so es Mängel und Lücken im Glauben gibt, vertraue ich auf die Hilfe Gottes, sie auszufüllen und zu bessern, seid gegrüßt, Magister, kommet morgen zur Frühmesse, zur Dämmermesse!«

Noch am selben Abend hinterbrachte der silberhaarige Pater dem Erzbischof die treffliche Nachricht von Kampanus und vom großen Sieg der Kirche über die Ketzerakademie.

Es war am ersten Tag des Monats November bei der Frühmesse in der Kirche zu St. Klement an der Brücke, als Magister Johann Kampanus an den Stufen des von Wachskerzen reichlich erleuchteten Altars »Ich glaube an Gott« aufsagte, mit leiser, matter Stimme bekannte, daß unter der Gestalt des Brotes Christus ganz gegenwärtig sei, und, zwei Finger auf das Evangelium des heiligen Johannes gelegt, das da mystisch und erhaben beginnt: Im Anfang war das Wort, beschwor, der neuen Religion treu zu bleiben.

»Ego spondeo, voveo ac juro, sic me Deus adjuvet et haec sancta evangelia!«

Pater Koronius sprach den Magister mit seiner erhobenen, langgezogenen Stimme von allem bisherigen Ketzertum los und nahm ihn in den Schoß der römisch-katholischen Kirche auf.

Zu Beginn der Messe kam die Jugend der Jesuitenschulen leise auf den Zehenspitzen in das finstere

Gotteshaus geschlichen, und als Kampanus im Lichterglanz niederkniete, um seiner bisherigen Ketzerei abzuschwören, war die Kirche vollends gefüllt, all die Neugierigen wollten den trefflichen Rektor universitatis Carolinae sehen. Kampanus, der viel zu aufgeregt war, bemerkte gar nicht, daß er in der Kirche einer zahlreichen Menge zum Schauspiel diente.

Magister Johann Kampanus fand in seinem neuen Stand keine Ruhe. Da in seinem Herzen und seiner Seele den Glauben betreffend eigentlich keine Änderung eingetreten war, täuschte sich Kampanus von Zeit zu Zeit selbst, als ob alles beim alten wäre.

Sobald er sich jedoch nur einigermaßen die verhängnisvolle dämmerige Messe zu St. Klement ins Gedächtnis rief, wurde er sogleich von Bitternis und Scham erfüllt.

In solchen Stunden bat er Gott darum, vergessen zu können, und lediglich der Gedanke an die Karlsuniversität hielt ihn davon zurück, in Verzweiflung zu verfallen.

Seit dem Augenblick, da er von der Dämmermesse zurückgekehrt war, weilte Kampanus wie ein Mönch strengster Regel in der Abgeschlossenheit seiner Habitation, nötigte sich zum Lesen griechischer und lateinischer Verse, verließ das Haus nicht; erst am späten Abend des dritten Tages lief er ein Weilchen zu seinem Hänschen hinüber, wobei er vor Angst zitterte, unterwegs einem seiner Bekannten und Freunde zu begegnen.

Am vierten Tag betrat Magister Troilus Kampanus' Wohnung.

Kampanus erschrak, erhob sich rasch und schaute

auf Troilus' Rechte, doch diese erhob sich nicht zum Gruß.

Troilus reichte Kampanus, seinem Kollegen und Freunde, nicht die Hand.

Das traf ihn schwer.

Kampanus' Gesicht verzerrte sich schmerzlich.

Die Freunde sahen einander nicht in die Augen, sie setzten sich einander gegenüber und schwiegen. Troilus faltete die Hände im Schoß und blickte zu Boden. Kampanus schaute zum Bilde Karls des Vierten hin, als wollte er hier Stärkung schöpfen; hierbei bohrte er in großer Erregung seine Nägel unter die Messingknöpfe, mit denen sein Stuhl beschlagen war.

Einen dieser Knöpfe zog er binnen kurzem heraus, brach ihn ab. Der Knopf fiel zu Boden und erweckte Troilus aus seinem Schweigen: »Morgigen Tages ziehe ich aus Prag und diesem unglücklichen Königreich!«

Erst nach einer Weile fuhr er fort: »Ich kann nicht fortgehen, ohne von dir Abschied zu nehmen!«

Und wieder ein Weilchen später: »Wir werden uns zeitlebens nicht mehr sehen, ich geh, du bleibst!«

Kampanus war zumute, als überströmte ihn eisiges Wasser.

»Meine Ehefrau wollt nicht mit mir hierher ins Kolleg kommen, meine Ehefrau hatte dich und deine Selige sehr gern, du weißt – aber Weiber sind in der Religion härter als wir Männer – sie wollte nicht hierher. Der Priester Lippach läßt dich grüßen, jetzt kommen auch die deutschen Priester an die Reihe, er muß binnen vier Tagen aus den Städten von Prag hinaus, Lippach fährt mit uns nach Pirna, läßt dich grüßen, kommt jedoch nicht hierher, Priester sind in religiösen Dingen noch härter als die Weiber, als ich – und – und als du.«

Kampanus' Herz erstarb, seine Lippen lispelten: »Meine Gefährten ekeln sich meiner Wunden, meine Freunde stehen weit von mir.«

»Ich will nicht Gericht halten über dich, nicht dein Herz erforschen, nur Gott kennt Herz und Nieren, er möge richten!« sprach Troilus, indem er aufstand.

»Sei hier glücklich, der Herrgott möge dir beistehen.«

»Willst mir nicht einmal die Hand reichen?« stieß Kampanus in heftigem Schmerz hervor.

Troilus reichte ihm zögernd die Hand, die Kampanus mit beiden Händen ergriff, und begann zu weinen.

Beide weinten.

An jenem Tag sandte Kampanus Jesenskýs Mägdelein zum Abschied eine große Goldmünze, die zum Andenken an ihren Vater geprägt wurde, als man diesen im Jahre 1618 zum Rektor wählte.

Eines Vormittags, es war der zehnte November, der zehnte Tag nach der Dämmermesse zu St. Klement, hörte Magister Kampanus in der benachbarten Habitation, die einstens Magister Troilus innehatte, nicht geringes Lärmen menschlicher Stimmen.

Er unterschied die eichene Predigerstimme des Magisters Mollerus, die hohe Stimme Pěčeks, die dritte konnte er nicht erkennen.

Hätte sich jene Stimme bloß ein wenig in die Länge gezogen und gezittert, dann wäre es die Stimme des Pater Koronius, des Rektors des Jesuitenkollegs, gewesen.

Aber jene Stimme zog sich nicht in die Länge und zitterte nicht bei den letzten Silben.

Kampanus erinnerte sich dessen, daß des Pater Koronius Stimme; sobald dieser erregt war und sich nicht verstellte, keineswegs singend noch in zitterigem Rollen erscholl. Zu guter Letzt blieb er dann doch dabei, daß dort jenseits der Wand der Pater Rektor sein mochte.

Was sie sprachen, war nicht zu verstehen, aber daß sie stritten, war deutlich zu erkennen.

Kampanus war in der Nähe dieser Leute sehr unangenehm zumute. Es dauerte nicht lange, bis Kampanus sich aufmachte, wegzugehen. Er wollte, wenn es sein mußte, auf die Gasse hinaus; die Freunde waren fort, er mußte nicht fürchten, einem von ihnen zu begegnen. Er mußte jedoch behende aus der Tür schlüpfen, auf daß ihn nicht ein böser Zufall mit jenen dort, besonders mit Mollern, zusammenführe.

Er öffnete ein wenig, setzte jedoch nicht den Fuß hinaus, sondern trat sogleich wieder hinter die Tür zurück, denn im selben Augenblick schlug die Tür von Troilus' Habitation mit heftigem Anprall an die Wand, Pěček von Radostov kam sehr flink, hurtig herausgelaufen, wobei er wütend die Hände hin und her warf und sein Gesicht noch fahler und ungefälliger war als sonst; hinter ihm wackelte ernst der träge, dickbäuchige Mollerus heraus, der jedoch vor Zorn oder infolge eines anderen Affektes arg fauchte und schnaubte.

Pěček wiederholte immerfort abgehackt: »Beweise, Beweise, diebische Wirtschaft, das ist der Lohn für die Arbeit, Beweise, helle Beweise, nicht leere und windige Bezichtigungen und Verdächtigungen, Beweise –«

Und damit rannte er die Treppe hinunter.

Kampanus schlug die Tür zu.

Aber binnen kurzem ward angeklopft.

Er machte nur ungern auf.

Pater Koronius war da.

Oberhalb des dünnen geäderten Halses lächelte freundlich der silbern-grünliche Kopf. Mit langgezogener, zitterig sanfter Stimme bat er um Entschuldigung, so Magister Kampanus ein Weilchen zuvor durch den Lärm gestört ward, ohne Lärm ließ es sich nicht abmachen; die beiden Kommissare wirtschafteten mit den Gütern der Karlsuniversität unlauter, sehr unlauter.

»Ihr konntet, doctissime«, so sprach er, »deutlich hören, was ich ihnen vorzuhalten genötigt war, sie wollen nicht Rechnung legen, haben keine – mit Mollerus wird es kein langes Verhandeln geben, Euch kann ich es sagen. Mollers Maß ist voll, übervoll, das liegt an Mollers Weib, sie und ihr Mann rauften im Palast des Herrn Grafen Michna, so keck sind diese Leute, der Herr Graf will Mollern nicht länger in der Kanzlei haben, der muß hinaus, Herr Joachim Slavata will ihn wohl als kaiserlichen Vogt, ich glaub, nach Polička schicken, mag er gehen, an dem erhaschen wir nichts, aber Pěček besitzt Häuser, er muß sein untreues Wirtschaften bezahlen, dafür wollen wir schon sorgen!!«

Daß der wucherische Advokat Pěček, daß der unverbesserliche Kartenspieler Mollerus mit fremdem Gut, mit fremdem Geld unlauter wirtschafteten, das überraschte Kampanus keineswegs, auch dachte er gar nicht daran, was der Priester ihm des breiten in freundschaftlicher Vertrautheit erzählte. Kampanus hörte bloß mit halbem Ohr zu. Gleich anfangs überfiel ihn eine Frage, die ihn entsetzte: Was geht es denn die Jesuiten an, wie in der Karlsakademie in letzter Zeit gewirtschaftet wurde, was geht das denn die Jesuiten an? Zu welchem Ende gedenkt der Jesuit die unlauteren Wirtschafter, die nicht Rechnung legen wollen, zu belangen? Und als ob er erriete, worüber Kampanus sich verwunderte, antwortete der Priester: »Ihr hörtet, doctissime, und seid Zeuge dessen, welch eine angenehme Arbeit hier unser harrt, wir mochten dies Geschenk nicht, wahrlich, wir mochten nicht, es kam der Befehl, es bleibt nichts übrig, als sich zu unterwerfen. Die Karlsakademie wurde unserem Orden überantwortet, jene netten Kommissare übergaben mir eben die Güter, so zur Akademie gehören, der barmherzige Bruder Savonatius trat uns schon gestern bereitwillig und gern Počernice ab, neuerliche Arbeit und unerwünschte Sorge dringt auf uns ein; sobald wir uns ein wenig umschauen werden, wollen wir im Carolinum eine medizinische Fakultät und eine Juristenfakultät begründen – bei uns zu St. Klement bleibt Theologie und Philosophie –«

Kampanus preßte verzweifelt die Hand ans Herz.

»So wird man denn keine weltlichen Lehrer für die philosophische Fakultät benötigen?« – stotterte er.

»Nein, die unseren genügen, daran wird nichts

geändert. Ihr, doctissime, werdet von hier ausziehen müssen, nicht sofort, da sei Gott vor, bleibet meinethalben über den Winter hier, wir werden erst im Frühjahr das Haus instand setzen, im übrigen, so Ihr wolltet, fände sich auch bei uns im Kolleg ein Kämmerlein für Euch.«

Kampanus überhörte die singende Stimme, die sich in sichtlicher Verlegenheit bei jedem Wort immer mehr in die Länge zog. Ihm trat perlender Schweiß auf die Stirn, seine Augen stierten vor sich hin, und aus diesen Augen lugten Entsetzen, Schrekken und grenzenlose Verzweiflung.

Er war zu Tode getroffen.

Der Priester empfahl sich geschwind. Indem er lateinisch den christlichen Gruß entbot, brach er auf, und seine Stimme zog sich in die Länge und zitterte erschreckt.

Als sich die Tür schloß, fiel Kampanus wie vom Schlag gerührt und zu Tode getroffen zu Boden.

Eine halbe Stunde danach kam die alte Háta, die Beuschel in Essig brachte. Als sie den Herrn am Boden liegen sah, lief sie rasch um die Lebküchlerin. Beide eilten herbei.

»Viellieber Herr, Euer Gnaden, was ist Euch geschehen?« fragte Háta, wobei sie voll Schrecken, aber vergeblich, den daliegenden Körper zu bewegen suchte.

»Er lebt, ist nicht ohne Seel, röchelt ein bißchen«, befand die Lebküchlerin.

Dann drehten sie ihn auf den Rücken und wuschen ihn.

Die Lebküchlerin meinte, er würde eher zu sich kommen, wenn man ihm eine Schwefelkerze unter die Nase hielte. Lange konnte sie ihn nicht erwärmen, er blieb immerfort kalt.

»Der gnädige Herr fällt leicht in Ohnmacht, besonders wenn ihn jemand behext«, sprach Háta, »er ist behext, ich sagt es mehrmals, daß er den Priester von St. Klement nicht an sich heranlassen solle, dieser Priester hat merkwürdige Augen, wie Nadeln, mit mir hat der Priester zweimal gesprochen, ist vielleicht ein guter Herr, aber mir ward danach jedesmal übel, auch mußte ich erbrechen, aber der gnädige Herr ließ sich nichts sagen, da konnt ich reden, was ich wollt, er mochte nicht hören.«

»Gott sei Dank«, rief die andere, das Jammern der Köchin unterbrechend, »er lebt wieder auf!«

Der Magister öffnete, rollte die Augen und wurde ziemlich rasch Herr seiner selbst; er erhob sich, taumelte aber und setzte sich auf den Stuhl, wobei seine Augen blutunterlaufen und verstört waren. Nach einem Weilchen knüpfte er in sonderbarem Ton, gleichsam mit sich selbst redend, ein Gespräch an: »Der böhmische Löwe zieht durch die Wüste und ist am Verenden, Gott zürnt und wird von Volk zu Volk zürnen, die Wolken sind blutig, sehet ihr? Der Himmel wird von der Sonne in Brand gesteckt werden, es wird ihnen heiß werden, sie werden vertrocknen, verschwinden, und man wird fragen, wohin sie kamen. Der Pater belog mich nicht, verpflichtete mich zu nichts, ich selbst log mir was vor, Michna hat einen halben Hasen im Wappen, warum einen halben Hasen, warum nicht ein anderes Tier, ich sah die Krone des Königreichs Böhmen, ich sah Rubine und Saphire im Kreuz, ich hielt die heilige Krone in diesen meinen

Händen, als jener König floh, ich sah das Gorgonenhaupt, uh, ein gräßliches Haupt, das schwarze Gerüst auf dem Ringplatz, unter der Kapelle saßen schwarze Menschen mit eisernen Herzen, auf dem Ringplatz waren fremde Soldaten mit tönernen Hirnen, eine Flut von Blut, ein Meer von Blut, sieh, hier, hier, aus allen Löchern kriechen sie hervor, lachen mich aus, warum verlachen sie mich, verlachet mich nur, verdien ich es doch, haha.«

Die beiden alten Weiber liefen davon.

»Er ist verrückt geworden!« sprach Háta unten im Hof.

»Hat den Verstand verloren«, bestätigte die Lebküchlerin.

»Da wäre ich ja selbst närrisch, wenn ich bei ihm bliebe, ich ziehe aus, Hals über Kopf!« setzte sich die alte Dienerin in den Kopf.

Aber sie zog nicht sofort aus, sondern lief geschwind noch um den alten Johann Revír, damit dieser den Herrn Magister betreuen komme.

Der Alte, der schon weit über siebzig Jahre war, schleppte sich, bestürzt über die schreckliche Nachricht, so rasch wie möglich ins Kolleg, aber wie freudig war seine Überraschung, als er den Magister in derselben Art von Gesundheit und Aussehen vorfand, wie er ansonsten zu sein pflegte – traurig, ernst, weise im Gespräch.

Er begrüßte ihn freundlich, wunderte sich darüber, daß die Köchin über ein bißchen Ohnmacht in solchen Schrecken geraten war.

Revír ließ ihn nicht im unklaren darüber, daß Háta aus dem Kolleg ausziehen wolle, und dies sofort.

Das traf den Magister schwer. Mit einem Mal erwachten Vorwürfe, und sie schrien laut in seiner Seele. Er sagte trübsinnig: »Wie sollten mir die Menschen doch die Treue bewahren, da ich selbst Gott nicht die Treue hielt?!«

Der Greis hörte solche Worte sehr ungern. Er war bemüht, dem Gespräch eine andre Richtung zu geben. Kam darauf zu sprechen und machte das Anerbieten, der Magister möge von heute an zu ihm selbst in Kost kommen, er wolle ihm geben, was er habe, er werde sich dort besser fühlen als hier, es werde ihm nicht bange sein.

Aber Magister Kampanus schien nicht zu hören.

Er verharrte in seiner Versonnenheit, der Gedanke hielt ihn gefangen, daß er Gott nicht die Treue bewahrte und alles nur daher käme.

»Nimm kein Ärgernis an mir«, bat er seinen greisen Schwiegervater, »nimm kein Ärgernis, ich bin ein Abtrünniger vom Glauben, in dem ich geboren ward, bin auf Irrwegen, verhaßt, verachtet, verdammt.«

Revír hüstelte diesmal mehr aus Verlegenheit denn aus Zwang.

Er, der bedauernswerte Alte, wußte nicht, wie er den gelehrten Magister trösten und den trübsinnigen Gedanken entreißen sollte.

Kampanus fuhr in bitterer Selbstanklage fort: »Ich tat es aus grenzenloser Liebe zu unserer glorreichen böhmischen Schule, und Gott strafte mich. Was ist die Hohe Schule im Vergleich mit der Erlösung durch den Glauben? Ich ward zum Verräter – –«

Dem alten Revír fiel glücklicherweise der Gedanke an den heiligen Petrus ein. Er sagte rasch:

»St. Peter verriet den Herrn ganz anders und noch ärger, und der Herr verzieh!«

»Freilich, St. Peter verriet aus Furcht und ich aus Liebe, freilich, vielleicht wird der Herr auch mir verzeihen!«

Dies sagte Kampanus ruhiger, und sie sprachen nicht mehr von solch trübseligen Dingen.

Nach geraumer Zeit verließ der Greis, zufriedener als bei seiner Ankunft, das Kolleg.

Als Magister Kampanus von der Treppe, wohin er den Großvater geleitet hatte, zurückkehrte, blieb er an einem der Fenster, die in den Hof gingen, stehen.

Und da sah er gerade, daß die alte Háta eiligst ihren Umzug bewerkstelligte.

Sie band sich ihre Haube im Hof, nicht in der Küche, fest, eilte fort, nur fort, in unbarmherziger Hast. Kampanus blieb lange an jenem Fenster stehen.

»Sie war an die vier Jahre bei mir, läuft davon, hat Abscheu vor mir. Jetzt bleibe ich allein im alten Haus, alle sind fort, der letzte Mensch entfloh, entfloh, fürchtet sich vor mir, ich ward zum Gespenst, bin schon so gut wie gestorben, wie ein zerschelltes Gefäß.«

In der Einsamkeit des Karlskollegs war Kampanus nicht wohl zumute.

Lange Stunden ging er, strich er durch sein Zimmer, durch die leeren Gänge des ausgedehnten Carolinums, verfiel immer mehr der Beklommenheit und dem Weh.

Jedesmal, wenn seine Seele bei diesen Wanderungen im Kolleg in der Erinnerung an die lieben Menschen, die einst mit Kampanus sowie vor ihm hier lebten, Rast finden wollte, befiel ihn der immer wieder auftauchende Vorwurf, daß er alle diese lieben Leute verraten habe, daß er weder Gott noch den Menschen die Treue gehalten habe.

Und dieser Vorwurf drang ständig auf seine schmerzende Seele ein, er sah ihn in allem, hörte ihn in allem, hörte ihn in dem Schlag der Rathausuhr, der Vorwurf wurde laut, wenn man am Týn zum Gottesdienst läutete, er hörte ihn im Regen, der an das Fenster schlug, er tönte im Wind, der durch das alte Carolinum pfiff und heulte, Kampanus sah und las ihn in jedem Menschenantlitz, das er auf der Gasse antraf und dem er scheu auswich, las ihn sogar in den unschuldigen Augen seines Kindes. Auch das Blumenglöcklein im Kollegsgarten, das bis tief in den Herbst hinein blaute und nun welk und beschmutzt war und im Novemberregen abstarb, rief ihm zu: »Kampanus, ich, campanulla, bin so wie du, schäbig, beschmutzt!«

Für ein Weilchen verdrängten die trübsinnigsten Erinnerungen und die Schrecken der letzten Ereignisse jenen Vorwurf, sie alle brachen mit einem Mal herein, und in schmerzlichem Anstoß bäumte sich alles in ihm auf, seine Seele war wie betäubt.

Manchmal griff er sich an den schmerzenden Kopf und bat Gott, ihm Erleuchtung zu sein, ihn nicht der Vernunft zu berauben, er griff sich ans Herz, fürchtete, daß so viel Weh, wie er durchlitten hatte und ständig durchlitt, darin nicht Raum finden werde.

Nach solchen Anfällen verfiel er in Weinen, dann sank sein Inneres in Ohnmacht dahin, stumpfe

Gleichgültigkeit befiel ihn, er vermochte keinen Gedanken zu fassen, sein Hirn blieb reglos.

Dabei kam er körperlich herab, war bleich, hatte umflorte und glanzlose Augen.

Sogar äußerlich, an der Kleidung, war erkennbar, daß mit dem Magister eine betrübliche Wandlung vor sich ging. Er ging in vernachlässigter Gewandung einher, seine Halskrause war zerfranst, obgleich der alte Revír nach Können um Ordnung bekümmert war.

Und nach Stunden der Erschöpfung erwachte seine Seele wiederum zu den früheren Schmerzen und Vorwürfen.

Die trüben Novembertage vergingen, glitten dahin, es kam ein ebenso trüber Dezember.

Im Carolinum trat kurz nach Mittag die Dämmerung und bald die Dunkelheit ein.

Diese Dämmerung wurde für Kampanus unerträglich. Er pflegte das Haus zu verlassen, streifte durch Prag, irrte oft in Gedanken versunken durch die engsten Gassen, die voll Schmutz und üblen Geruches waren, mitten im ärgsten Gewühl. Er irrte bis zum Spittel hin, wo gar häufig ein Fußgänger beraubt, seiner Kleidung entblößt oder gar erschlagen wurde.

Von seinen Streifzügen ins Unbekannte, über Stock und Stein, brachten ihn einmal die Viehhüter der Prager Fleischer zurück, ein andermal geleiteten ihn Jäger auf dem Rückweg aus Krč, wo Herr Graf Michna Eber jagte, nach Prag zurück.

Oft stand er am Moldauwasser und schaute zu, wie der Widerschein der Mondsichel sich aalgleich durch das Wasser schlängelte, zerriß, in Stückchen zerfiel und wieder zusammenfloß.

Hier, in solcher Versunkenheit über dem silbrigen, glitzernden Wasser, schlich sich der Gedanke an den Tod an ihn heran.

Er dachte sich, daß er so leicht und glatt wie das Wasser ins Jenseits hinübergleiten könne. Der Gedanke an den Tod kam ihm dann häufiger, kam ihm verlockend in den ärgsten Stunden.

Dabei war ihm das eine klar, daß er aller Last des Wehs und des Vorwurfs auf immer entrückt wäre, daß er Ruhe fände, daß der Tod in ihm alle Betrübnisse ersticken und das Gewissen, das sich ständig wider ihn aufbäumte, verstummen würde.

»Ich werde meinen Tag nicht verfluchen«, sprach er zu sich, »ich war, solange die Schule lebte und ich selbst darin, nicht ganz überflüssig und vergeblich auf dieser Welt, aber was nun – jetzt bin ich überflüssig, jetzt bin ich bloß zum Abscheu da!«

Eines Tages, da er in solcher Verzweiflung verharrte, sagte er zu Hänschen: »Bete, daß Gott mich hinwegnimmt, dich wird er erhören!«

Dann fiel ihm ein: »Und was dann, wenn Gott den Menschen, der ungeduldig für sich den Tod verlangt, nicht hinwegnimmt? Sich töten?! Sich mit einem Schlag vernichten?!«

Eines Tages, als Kampanus sich wiederum seinen Erinnerungen hingab und die Reime durchsah, die er einst verfaßt hatte, blieben seine Blicke an den Versen hängen, die da begannen »vos cygnis similes vidit Parca«. – Euch, den Schwänen Ähnliche, gewahrte die strenge Norne, die mit geleerter Kunkel dastand, gewahrte euch, die ihr nach neuen Freuden des Lebens strebtet – da richtete sie die vergifteten Pfeile gegen euch und war voll des Erstaunens darüber, daß eure Brust nicht erzitterte. Warum solltet ihr euch fürchten? Wußtet ihr doch, daß ihr in eine bessere Welt gebracht werdet, nachdem ihr hier auf lustloser Erde so lange gelitten, daß euch im morgenroten Himmel erhabene Ruhe aufnehmen wird – »multa diuque solo passi non laete fuistis, jam requies rutilo capit alma polo«.

»Erhabene Ruhe im purpurnen Himmel«, sprach Kampanus zu sich, »so schrieb ich, so fühlte ich, und nun? Nun schäme ich mich zu leben und fürchte mich zu sterben? Warum bist du, Tod, so furchterregend? Sokrates empfand keinerlei Angst, für die Griechen war der Tod ein schöner, bekränzter blutjunger Bursche, unser Tod ist anders, unser Gott ist strenge – er ist es, der Gewalt hat über Tod und Leben, er führt ein in das Tor des Todes und führt wieder heraus, ich darf Gott nicht zuvorkommen!«

Ein ander Mal geriet er wieder in Schrecken darüber, daß ein Selbstmörder ohne geweihte Kerze stirbt, daß man ihn wie einen Hund an der Mauer begräbt.

»Und am letzten Tag soll ich auferstehen, soll wieder in meine Haut schlüpfen und bestimmt sein – zur Verdammung!«

Aber der Gedanke an einen raschen gewaltsamen Tod kehrte kühner, öfter wieder, blieb, die Einwände dagegen erschöpften sich, die Ruhe des Jenseits war Verlockung, und ständig stachelnde Aufmunterung bedeutete die unauslöschliche innere Stimme, die da immerfort rief: »Kampanus, sei eingedenk dessen, daß du ein Verirrter im Glauben bist, ein treuloser und dahingegangener Mensch!«

Eines Abends, als er am Wasser weilte, erwog er, ob das Menschenleben dafürstehe, an ihm zu hängen, da er doch so schwer leide.

»Es steht geschrieben, volle siebenzig, falls einer von stärkerer Natur ist, achtzig Jahre, und selbst das, was das Gedeihlichste in ihnen ist, sind Arbeit und Not. Die Tage des Menschen sind auf Handbreite zugemessen, das Menschenleben gleicht einem Nichts, jeglicher Mensch ist bloße Eitelkeit, vergänglich wie ein Schatten, wie Wasser, das im Erdreich versickert« – – so und ähnlich sprach er zu sich und schloß daraus, wie überflüssig es ist, diesem menschlichen Schatten das Leben zu verlängern.

Als er nach Hause kam, befiel ihn dagegen abermals solche Angst, daß er infolge der Verzweiflung seiner Seele Beschwerlichkeiten in jener Welt werde erdulden müssen. Er betete bis tief in die Nacht hinein.

»Reiße, Gott, meine Seele aus der Grube, mein Leben hat sich dem Grabe genähert, ich ward unter die Toten beiseite gelegt, und dies nicht einmal in solcher Ehrbarkeit wie jene dort, die da tot am Weißen Berge liegenblieben. Wenn ich Flügel hätte, eilte ich, dem Wind und dem Wirbelsturm zu entgehen, meine Schritte gleiten unsicher, schon reichen die Wasser bis an meine Seele, ich versinke in der Tiefe der Gewässer, versinke im Sumpf, der ohne Boden, über mir schließt sich der Schlund, Gott, Gott, Gott!«

Und durch den kalten, dunklen Saal ward Schluchzen aus tiefster Seele laut.

Und abermals irrte er durch Prag und dessen Umgebung, als ob er Vergessen oder den Tod suchte.

Einmal kehrte er so spät zur Nacht nach Hause zurück, daß er niemandem mehr begegnete. Er schritt in der Finsternis und wie im Traum durch die kotigen Gassen.

Am Himmel jagten die Wolkenblöcke in wildem Durcheinander dahin, von Zeit zu Zeit tauchten dahinter aus schwarzem Krater die Mondstrahlen auf, die den Saum der ungeschlachten wolkigen Trümmer versilberten.

Plötzlich ließ ein Hindernis Kampanus stillstehen.

Eine nicht allzu hohe steinerne Wand mit Figuren darauf versperrt ihm den Weg – Kampanus erkennt im Schimmer des Mondlichtes den Brunnen, hört sein verschlafenes Geplätscher, kommt zu sich, weiß jedoch nicht, wo er sich befindet; aus dem Fenster eines schwarzen Hauses wird das durchdringende Weinen eines Kindes sowie eine weiche Frauenstimme laut, die das Kind zur Ruhe bringt.

Kampanus richtet seine Blicke geradewegs vor sich, schreitet jenseits des Brunnens weiter, das Mondlicht beleuchtet die Fläche einiger Häuser, diese Fläche ist wie gläsern und ganz weiß, der Magister sieht eine runde Tür, darin zwei schwarze Flecke – das ist keine Tür, das ist ein Totenkopf, der Magister schaut verdutzt um sich, da ist der Pranger, da ist das Holz, der Galgen mit den sechs Täfelchen.

Mit Grauen wird er inne, daß auf diesen Täfelchen die Namen jener stehen, die nach der Schlacht dem Halsgericht entrannen; er erkennt, daß er auf dem Ringplatz steht, dem er eineinhalb Jahre lang ängstlich ausgewichen war, er steht vor dem Rathaus, sieht die schwarzen Läden, auf deren Dächern die Vögte saßen. Mit aufgerissenen Augen starrt er zum Fenster, aus dem die zwei armen Schlucker, Kopf an Kopf, als ob sie einander küßten, heraushingen, totenbleich starrt er zum Fenster, aus dem sie auf das schwarze Gerüst herausschritten, die gläsernen Butzenscheiben jenes Fensters klirren in der bleiernen Fassung, Kampanus hört es, hört es wohl, will rufen, seine Kehle ist ausgetrocknet, er will davonlaufen, es geht nicht, er taumelt, dreht sich im Kreise, geht aber nicht fort, vermag es nicht.

Und dann bemüht er sich nicht mehr wegzugehen, es ist vergeblich, er ist wie gelähmt, zittert, fürchtet die Schatten derer, die entschlossen in den Tod gingen, nicht riefen, sich nicht wehrten, still den Kopf auf den Block legten. In unaussprechlichem Schrecken erwartet er, daß der alte Herr Kaplíř heraustritt, der, als er sich das Leben erbetteln konnte, zu betteln verschmähte und lieber starb.

Besonders vor jenem Greis ängstigt er sich, rollt die Augen empor zu den Fenstern, den gotischen Baldachinen und den Statuen an ihrer Seite.

Aber nirgends rührt sich etwas, die Schatten der Toten bleiben unsichtbar, still schläft alles ringsum in dieser unglücklichen Stadt.

Nachtwächter mit Laternen kamen heran.

Einer von ihnen hob die Laterne hoch und erkannte den Magister aus dem Carolinum, der wie Espenlaub zitterte. Mit schonender Biederkeit faßten sie ihn an den Händen und geleiteten ihn bis in die

Mitte der Eisengasse, wo der Magister sich ihren Händen entwand; dann leuchtete nur mehr einer von ihnen dem Magister bis zum Kolleg auf den Weg.

Seit dieser Zeit verlor der Gedanke an den Tod für Kampanus seinen Schrecken.

Tags darauf trat der Magister zur Zeit des Mittagsmahles zu Großvater Revír ins Zimmer. Er legte ein Päckchen auf den Tisch.

Der Großvater, der den Magister seit zwei Tagen weder gesehen hatte noch ihn aufzufinden vermochte, bewillkommnete ihn dankbar, freudig.

»Jetzt lass ich dich nicht fort, lieber Herr Schwiegersohn, heut lass ich dich nicht fort, jetzt wollen wir ein Hühnchen essen, es ist reichlich und säuberlich gefüllt, es wird dir munden, und zum Abendbrot werden Kalbsklöße in Brühe bereitet, die aßest du gern!« Der Großvater hüstelte fast, so schien es, vor Freude.

Kampanus erwiderte mit traurigem Lächeln: »Ich habe keine Lust zu essen, bin wie ein abgehetztes Pferd. Aber es wird wieder gut werden.«

»Du bist nur deshalb abgehetzt, weil du allerwegen ein schweres Gemüt hast, schau, ich bin älter und an Gesundheit nicht zum besten, und mir wird nicht bange, ich huste ständig und ertrage geduldig alles, was an Traurigem geschah, es war Gottes Schicksal.«

»Lieber Großvater«, bemerkt Kampanus ein wenig gekränkt, »wenn man dich um des Glaubens willen aus dem Lande vertreibt – –«

»Ei, man vertreibt mich nicht, ich gehe nicht«, entgegnet der hüstelnde Großvater schlagfertig, »ich bin schon viel zu gebrechlich dazu, um in Deutschland in der Fremde ein Hundeleben zu suchen, und ich denke auch, wenn wir alle von hier fortzögen um des Glaubens willen, wer bliebe dann, wo wären die Tschechen, so wie du bleibst, so auch wir mit Hänsel, ich werd mich von da weder losmachen noch umsiedeln, ich schätz mein Haus auf achtzehnhundert, um die brächt ich Hänsel nicht gern, du ziehest jetzt zu uns, ich kann dich wie auch den Jungen ernähren, alles wird euch gehören, werd ich doch nicht mehr lange sein, alles, alles wird euer sein, ihr werdet leben und euch an den alten Großvater erinnern, der euch dies erhielt und hinterließ.«

»Aber der Glaube?« fragt der Magister.

»Macht bricht Eisen, ich bleib, mag kommen, was da will, man verlangt jetzt nur einen Beichtzettel; unlängst schloß man vier Würstlern die Läden und stellte ihnen das Gewerb ein, gestern wurden sie ihnen wieder aufgemacht, weil sie einen Zettel vom Priester brachten. Den Zettel wird mir der neue hiesige Pfarrer geben, er ist Pole, ein braver, freundlicher Mann, tschechisch kann er nicht, ich sprach gestern mit ihm, wir verständigten uns schwer, aber ich hoffe, daß er den Zettel hergibt, will ihm etwas zustecken, die Pfarrei ist arm!«

Kampanus sagte nichts dazu, lächelte bloß über des Großvaters Listigkeit.

Nachdem er gleich darauf dem Bündelchen ein gefaltetes Papier und ein sehr hübsch in rotes Leder eingebundenes und mit silbernen Spangen verschlossenes Büchlein entnommen hatte, sprach er zu Revír: »Wenn ich von hinnen gehe, gib dieses Gebetbüchlein der Pflegemutter meines Hänschens, sie zog mein

Kind von Geburt an auf und pflegt es noch immer, und da ist der Schein über den Weingarten, den ich vor Jahren kaufte und abzahlte, der gehört Hänschen.«

Danach entnahm er dem Bündel zwei goldene Knöpfchen, drei Ringe, ein paar dicke Silber- und Goldgroschen, die Hänschen als Angebinde zur Taufe erhalten hatte, zog auch ein Scheibchen Gold und Gold in zwei Klümpchen heraus.

»Dies sind Andenken an meine Lidunka, nimm sie zu dir!«

»Und warum wohl?« fragt der Alte rasch, in Verwunderung.

Kampanus antwortete darauf, daß es im Kolleg nicht genug sicher sei.

»Ich bin auch um meine Bücher besorgt«, sprach er, den Blick auf den Tisch gesenkt, »meine Bibliothek ist kostbar, die Väter zu St. Klement würden sie gern kaufen, denke daran, lieber Großvater, daß sie sie kaufen würden, das wird auch einmal ein Stückchen Erbe, ein Stückchen wertvolles Gut für Hänschen sein.«

»Nun, wir wollen weder ans Erben noch ans Sterben denken, der liebe Gott sei gelobt, daß wir gesund sind!«

In diesem Augenblick jagte Hänschen heran, der mit seinen Schühlein wie vier Füllen lärmte.

Das Bübchen hatte volles Haar und war bildhübsch.

Der Magister nahm das Kind auf den Schoß, schaute ihm lange und traurig in die Augen, bis es Hänschen schier verdroß, küßte ihn auf das blonde und zarte Köpfchen, das jenem der verstorbenen Lidunka, seiner Mutter, glich. Beim Mittagstisch erkannte und bekannte Kampanus, daß das Huhn reichlich und säuberlich gefüllt war, aß aber nur sehr wenig davon.

Der Großvater stellte ein bis obenan gefülltes Glas würzigen Bieres vor den Magister, Kampanus trank aber wenig davon.

»Möge das Kind, wenn es heranwächst, in der Schule nicht zurückbleiben, möge Gott ihm Weisheit schenken!« sagte der Magister beim Mittagessen wie nebenbei, aber ein Weilchen später wiederholte er es.

Dann saß der Magister da und redete nicht. Nur so viel warf er wie nebenbei hin, daß der Großvater gute, liebe Augen habe und daß es ihn bedünke, als wären aus seinem Munde immer nur herzliche und gutgemeinte Worte gekommen.

»Nun, uj, uj!« wehrte der runzlige Greis heiter ab.

Als die Pflegemutter hereinkam, um den Tisch abzudecken, nahm Kampanus den Jungen wieder zu sich, dabei flüsterte er: »Mein Täubchen, mein unschuldiges, unglückliches Engelchen!« und er drückte einen langen Kuß auf den Scheitel des blonden Köpfchens, drückte dem Großvater die Hand, faßte ihn an der Schulter, als wollte er ihm etwas anvertrauen oder ihn um etwas ersuchen, aber er sagte nichts, merklich war er im Augenblick nicht mehr imstande zu sprechen. Nur seine Augen sprachen, und die waren sehr traurig und ein wenig feucht, und die Lippen zuckten bloß, statt zu sprechen. Revír gewahrte die Erregung seines Schwiegersohnes, aber er dachte sich, dies sei wieder die vertrackte Melancholia, die vorbeigehe. Darum brummte und hüstelte er bis vor das Haus hinaus, als ob er gegen solche Melancholie ankämpfte.

Als Kampanus auf der Straße allein zurückblieb, sagte er sich: »Glöckchen, du tönest nicht mehr, du bist geborsten, hast deine Stimme verloren, und wenn du sie auch bewahrtest, würde sie rauh und heiser sein; geh doch schon nach Hause, leg dich schlafen!«

Nachmittags nahm er von den Mauern des alten, verwitterten Kollegs Karls des Vierten Abschied.

Er verweilte lange in der Aula, wo er unzählige Mal zu großen Versammlungen gesprochen.

Hier herrschte Ruhe und Traurigkeit wie in einer Kirche.

Er ging hin und her, besah sich die gemalten Wappen an den Wänden, das Bild des Parnaß – las die Verse Vergils, die an der Wand geschrieben standen. Er setzte sich auf das höher gelegene Magisterkatheder und gedachte hier lange besserer Zeiten.

»Von hier hat man mich vertrieben«, sprach er zuletzt abermals, indem er aufstand, »damit hat man mich zum Tode verurteilt –«

Lange stand er an der Tür der ehemaligen Wohnung Troilus', durchquerte einige Male die Galerie, die auf Konsolen in den Hof hinausragte. Fast jede der Fliesen, jedes Sims, jede einzelne der Türen brachte ihm ein Stück seines Lebens in Erinnerung, brachte ihm in Erinnerung, was war, was nicht mehr ist und nie mehr sein wird. Er sah und fühlte, was er verloren hatte, was tot war, was niemals wiederkehrt.

Er betrat die Auditorien; alles war hier ebenso wie damals, als er vor mehr als dreißig Jahren aus

Vodňany, seiner Patria, kommend, als Studiosus zum ersten Mal diese Säle betrat.

Alles hier war noch genauso. Nur ging damals die altböhmische Uhr, jetzt steht die altböhmische Uhr schon viele Jahre lang zerbrochen im Schrein an der gleichen Stelle und zeigt stets gleich die vierundzwanzigste Stunde, die Stunde, mit der der Tag endet.

»Das ist meine Stunde«, sprach Kampanus, als er vor der Uhr stand, »die letzte Stunde, novissima hora!«

Vor dem Fiskus überlief ein kalter Fieberschauer seinen ganzen Körper, er konnte nicht in den Fiskus hinein, die Priester an der Brücke hatten die Schlüssel, und die Privilegien sind weggeschleppt.

Ein Fieberschauer überlief ihn und machte ihn frösteln, rasch hinweg von der eisernen Tür.

Es war schon recht dunkel, als Kampanus seiner Habitation zuschritt.

Unten am Hof knirschte die Kette, da schöpften Frauenzimmer Wasser aus dem Kollegsbrunnen. Es waren junge Frauenzimmer, denn sie kicherten gar fröhlich.

Das erste seiner Zimmer betretend, wo eine schlichte Bettstatt mit kärglichen Federbetten stand, brach der Magister in Tränen aus.

Auf dieser Bettstatt verschied Lidunka, Cinara, die Geliebte – sie war gestorben …

Er beweinte sein kurzes Glück.

Im Winkel hingen zwei ihrer Röcke und ihr Leibchen, und er streichelte diese lieben Andenken mit seinen Händen.

Meine Lidunka wird mich über den Styx führen, wird mich hinführen zum Sohn Gottes, der barmherzig richten wird, Lidunka wird mich führen, sie wird ein mildes Urteil für mich erbitten. Christus Jesus wird sich meiner erbarmen, wird sich erbarmen, Christus Jesus wird der Beschützer meines Kindes sein, wird sein Leben verlängern, das Kind trifft keinerlei Schuld, es weiß nichts davon, was sein Vater im Sinn hat.«

Er betrat das zweite Zimmer, blieb am Fenster stehen – es schien ihm, als fiele Schnee, in der Tat war auf den Bäumen des Kollegsgärtchens der erste staubfeine Belag, der erste Schnee.

Er dachte daran, daß die Vögel, die er einst zu füttern pflegte, aber dann so weit vernachlässigte, daß sie nicht mehr zum Fenster geflogen kamen, übel daran sein werden.

Gegenüber bei Goliáš war Licht, man sieht alt und jung, auch die jüngsten bei Tisch.

Kampanus wandte sich ab, schlug Feuer und zündete eine Kerze im hölzernen Leuchter an.

Er nahm eine Handvoll Giftmehl, mit dem der Pedellus die Kollegsratten vergiften mußte, aus dem Wandschrank, schüttete es in ein Glas, damit es sich im Wasser auflöse.

Mit der Kerze in der Hand trat er noch einmal an das Totenbett seiner Lidunka.

»Sie wird mich auf Wiesen führen, wo die Asphodelosblüte wächst – dort wird mich mein Liebling Vergilius begrüßen, dort wird es himmlische Ruhe geben, Ruhe, Ruhe, – requies aeterna – ewige Ruhe.«

Er lehrte das Glas auf einen Zug. Sprach: »Schon tret ich ein ins Schattental, schon tret ich ein!«

Eine geraume Weile später begannen zuckende,

zerrende, beißende Krämpfe; der Magister griff sich an den Kopf, stöhnte: »Der Kopf zerschlagen, zerschmettert, es schmerzt, es schmerzt.«

Ihm war heiß. Er öffnete das Fenster. Im Gaststübchen bei Kamziks wurde gesungen.

Er legte sich auf das Bett, krümmte sich in Krämpfen, warf sich hin und her.

Er stand auf, erbrach, Blut trat aus dem Mund – dann ward ihm leichter, er wurde wieder seiner mächtig, aber er rollte die Augen wie ein Irrer und redete: »Ich schließe die Tür des Lebens, mein Tag wird zur Finsternis, dort, dort ist Klarheit, glaubet, das sind verderbte Tschechen, die sind geraten, die mißratenen, verderbten Tschechen. Sie würgen die Ihrigen, sitzen in Goldbrokat mit schönen Frauen an polierten Tischen, grünen Wein in hohen, spitzen venezianischen Gläsern, der Hund wedelt mit dem Schweif und macht Männchen, solange man ihm gibt; ihnen gibt man, sie nehmen, um der tiefsten Barmherzigkeit willen, ich will dieses Blutbad, dieses schwarze Gerüst nicht sehen, will diese Menschen mit eisernen Herzen nicht sehen, ihr habt uns die Schüler auseinandergetrieben, Schluß mit der hohen, hellen tschechischen Schule, ich wollte, daß das Mägdelein mit meinem Hänschen zusammen aufwächst, als Kinder zweier Professoren, man wollte es nicht, ich geh schon, mein goldiges Mütterchen, ich geh schon, der Herr Vater ist dort hinter der Schmiede auf dem Feld, ich geh schon – –«

Und er phantasierte, phantasierte in unverständlichen Worten, wiederum nagten die Schmerzen; er stand auf, legte sich nieder, wand sich in Krämpfen, verlor sich und zerbrach wie ein großer Baum im Walde bei todbringendem Sturm.

Er wurde plötzlich still, flüsterte: »Die Tageslast – sie fällt – von mir – Finsternis – Finsternis – schlafen –«

Und so ging er ein in die Ruhe einer anderen Welt, ein unglücklicher Mensch.

Am fünfzehnten Tage des Monats Dezember begrub man beim Universitätskirchlein am Viehmarkt gegenüber dem Neustädter Rathaus feierlich und in Ehren Magister Johann Kampanus, Professor der Poetenkunst, der Historie und der griechischen Sprache.

Alle Jesuitenschulen kamen zum Begräbnis, und Pater Sidecius hielt eine hübsche Rede.

Anmerkungen

Seite

1 *Magister Kampanus* – lebte 1572-1622, stammte von Bauern aus Vodňany im südlichen Böhmen ab; Kampanus, in der Übersetzung Winters: Glöcklein, ist sein Humanistenname, eigentlich hieß er Kampan; der Roman gibt eine Schilderung seines Lebens vom Herbst 1612 bis zum Dezember 1622.

7 *Kolleg* – war zur Zeit, in der der Roman spielt, die Bezeichnung des Universitätsgebäudes, wo die Professoren und die Studenten wohnten und sich verköstigten und wo auch Vorlesungen stattfanden.

Rečekkolleg – gegründet im J. 1438 vom Mälzer Johann Reček, war für 12 Studenten bestimmt und stand unweit der Kirche zu St. Stephan in der Mauer.

Alumnen – damalige Bezeichnung der im Kolleg wohnenden Studenten.

Měřinský, Knobelius, Vokoun, Mollerus, Bergerus usw. – historische Personen, deren Schicksale Winter in seinem Roman schildert.

8 *Baccalaureus* – Student auf der ersten Stufe der akademischen Würden.

Aristoteles – griechischer Philosoph (384-322 vor unserer Zeitrechnung); seine Philosophie war der hauptsächliche Lehrgegenstand der philosophischen Fakultät.

propter ingenii infirmitatem (lat.) – mangels Festigkeit des Geistes, d. i. wegen schwacher Kenntnisse.

9 *Salvete, domini* (lat.) – seid gegrüßt, ihr Herren.

10 *Bierverleger* – Eigentümer eines Hauses mit Brauberechtigung.

Famuli – Studenten, die ein Stipendium erhielten, die Professoren bedienten und deshalb im Professorenkolleg wohnten.

Carolinum (auch: *Karolinum*) – das Hauptkolleg der Universität, wo damals die Mehrzahl der Professoren wohnte und der größte Teil der Vorlesungen stattfand; benannt nach Karl IV., dem Gründer der Prager Universität.

auf der Insel – gemeint ist die Schützeninsel.

vulgo (lat.) – laut üblicher Bezeichnung.

11 *Weinberge von Zion* – am Strahov; der südliche Abhang des Petřín und des Strahov waren fast bis zum Beginn des 19. Jahrhunderts mit – damals schon verwahrlosten – Weinbergen bedeckt.

12 *Hundstage von St. Jakob bis St. Gallus* – die Hauptferien vom 25. Juli bis 16. Oktober.

Magister (lat.) – der zweite Grad der akademischen Würden, soviel wie Doktor, der Titel Magister wurde von Philosophen und Theologen, der Titel Doktor von Ärzten und Juristen gebraucht.

logische Formeln Barbara, Darii, A est B, B est C – Behelfsworte zum Merken der verschiedenen Formen der logischen Urteile.

13 *Podskalí* – der unter dem Berg Vyšehrad gelegene Teil von Prag, wo alle Moldauschiffer und -flößer wohnten.

15 *Pinte* – Hohlmaß (ungefähr 1 ½ Liter).

16 *Vivat Pulpit, vivat academia* (lat.) – es lebe Pulpit, es lebe die Akademie.

Akademie – die Universität.

18 *Schule am Týn* – Lateinschule bei der Pfarrkirche am Týn.

Daniel Třebický – historische Person, Verwalter der Schule am Týn, 1612-17 Universitätsschreiber.

Magister Nudožerský – Laurenz Benedikti von Nudožer (1555-1615), Slowake, Professor der lat. Sprache, übersetzte einige Psalmen ins Tschechische und verfaßte eine hervorragende lateinisch geschriebene Grammatik der tschechischen Sprache.

Clementinum (auch: *Klementinum*) – Jesuitenkolleg gegenüber der Karlsbrücke.

19 *Huberus* – Adam Huber Meziříčský von Ryzmpach (1546 bis Juni 1613), berühmter Arzt, begann im J. 1612 nach mehrjähriger Unterbrechung wieder seine Vorlesungen an der Universität.

Sudetus – Johann Matthias von Sudet (stammte aus Budějovice, war 1612-17 Professor der Rechte an der Karlsuniversität.

Magister Kamenek – Nikolaus Albrecht von Kamenek, einer der Übersetzer der Kralicer Bibel, lebte in bedrängten finanziellen Verhältnissen, da er beim Einfall der Passauer (1611) sein Vermögen auf der Kleinseite verlor und die Professoren sich weigerten, ihn aus den Einkünften der Universität zu bezahlen, denn Kamenek erhielt die Professur nicht aufgrund der sonst üblichen Wahl, sondern wurde der Universität von den Defensoren aufgezwungen.

20 *Haus der Finsternis, ad noctuam* – rückschrittlich.

insigne decus Bohemiae (lat.) – hervorragende Zierde Böhmens.

Rhetorik – Lehre von der Redekunst, damals eher Stilistik.

21 *Zodiakus* – der Tierkreis (in der Astronomie).

carmina (lat.) – Gedichte.

22 *Olymp* – Gebirgsgruppe im nördlichen Griechenland, in der griechischen Mythologie der Sitz der Götter.

Apollo – griechischer und römischer Gott des Lichtes, der Dichtkunst, der Musik und der Weissagung, Anführer des Musenchors.

Parnaß – Gebirge in Griechenland, an dessen Fuße die Stadt Delphi mit dem Orakel lag; dem Apollo und den Musen geweiht.

Professor Skála – Simon Skála von Kolinec (gest. im August 1617), seit 1595 Professor der Logik, Ethik, Geschichte, des römischen und des Stadtrechts an der Prager Universität.

Birett – besondere Art von Käppchen, Barett, damals übliche Kopfbedeckung.

31 *St. Linhart* – gotisches Kirchlein am Ende des Kleinen Ringes in der Altstadt, im J. 1795 abgebrochen.

vor sechsundachtzig Jahren, als König Ludwig in Ungarn im Sumpf versank – in der Schlacht bei Mohatsch im J. 1526, aus dieser Bemerkung zu schließen, beginnt die Handlung des Romans im Herbst 1612.

32 *Ferdinand der Erste* – (1526-64) aus dem Hause Habsburg, mit Anna, der Tochter Wladislaw Jagellos, verheiratet.

Majestätsbrief – Urkunde, mit der der Herrscher ein Privileg erteilte.

34 *St. Michael* – wahrscheinlich alte gotische Pfarrkirche in der Nähe des Kleinen Ringes.

Schamlatt – Gewebe aus Kamelhaar.

Kotrkal – Reifrock, Krinoline.

35 *parva logicalia* – Grundbegriffe der Logik.

37 *Wörterbuch des Dasypodes* – Wörterbuch des Straßburger Magisters Peter Dasypodius, möglicherweise in der lateinisch-tschechischen/tschechisch-lateinischen Bearbeitung von Rešl aus den J. 1560 und 1562.

41 *Kirche des Magisters Hus am Hohlweg* – erbaut 1586, abgebrochen 1654.

sechste Stunde nach deutscher Uhr – sechs Uhr abends.

Probst (aus lat. praepositus, d. i. Vorgesetzter) – führte im Kolleg die Wirtschaft, wurde alljährlich am St.-Georgs-Tag gewählt.

42 *Mönche von St. Jakob* – die Minoriten begrüßten den Erzbischof Johann Lohelius (1549-1622), Erzbischof seit 1612.

43 *Sphären* – Geometrie und Astronomie.

Logik – hier: die Lehre des Aristoteles von den Urteilen und den Beweisen.

Dialektik – hier: die Kunst, genau und verständlich zu unterrichten.

Habitation – Wohnung.

bei Tatrman – das so bezeichnete Haus stand »Am Graben« in der jetzigen Nationalstraße, der Autor überträgt es in die Zeltnergasse.

47 *den Majestätsbrief über die Religionsfreiheit hat euch der Kaiser vor drei Jahren unterschrieben* – im J. 1609 erwirkten die evangelischen Stände unter der Führung des W. Budevec von Budov von Kaiser Rudolf II. einen Majestätsbrief, der allen Utraquisten, die sich zur sog. Böhmischen Konfession bekannten, Religionsfreiheit und Gleichberechtigung ver-

bürgte; auch wurde die Universität in das Eigentum der Stände übertragen.

Theodor Sixtus von Ottersdorf – Sohn des berühmten Juristen und Historikers J. S. v. Ottersdorf (1500-83).

die Römlinge wollen die Freiheit gar nicht anerkennen – der Majestätsbrief wurde tatsächlich durch die Drohung eines bewaffneten Aufstandes gegen Rudolf II. und die katholische Partei erzwungen.

48 *doctissimi* (lat.) – Anrede der Gebildeten, Gelehrteste.

studero, studeo, studes (lat.) – verschiedene Formen des Zeitwortes studere, d. i. streben, wie sie die Schüler aufsagen mußten. Das lat. Wort stultum bedeutet dumm und hat mit dem Zeitwort studere nichts zu tun.

als im vorigen Jahr beim Einfall der unmenschlichen Passauer Horden der Herr von Donin auf dem Rathaus deutsch sprach – im Februar 1611 brach das Heer der Passauer (Söldner des Fürsten Leopold, der statt Matthias König werden wollte) in Prag ein, besetzte die Kleinseite und das Burgviertel und plünderte sie entsetzlich. Im März zogen die Passauer wieder ab. Abraham von Donin war Gesandter des Kaisers Rudolf II. an die im Altstädter Rathaus versammelten Stände.

49 *sie (die Deutschen) bauen sich in Prag eine Kirche* – wahrscheinlich die in den Jahren 1611-14 erbaute Salvatorkirche in der Altstadt; aber gleichzeitig bauten die Lutheraner die seinerzeitige Dreifaltigkeitskirche auf der Kleinseite.

unser gekrönter Dichter Georg Karolides – G. K. von Karlsperk (1569-1612), öffentlicher Notar und Richter; das Nationalbewußtsein in seinen Gedichten war gegen die Fremden gerichtet.

50 *Oremus usw.* – lasset uns beten, weiter unzusammenhängende lateinische Worte, die keinen Sinn ergeben.

Edite, bibite, cari sodales, collegiales! – lateinisches Studentenlied, Esset, trinket, liebe Gefährten, Kollegiaten!

Fiat voluntas tua! (lat.) – dein Wille geschehe!

52 *St. Nikolaus* – auf der Kleinseite, damals noch gotische Pfarrkirche an Stelle der heutigen Barockkirche.

est probatum (lat.) – ist genehm.

55 *blähst dich auf wie Äsops Frosch* – Anknüpfung an die Fabel des Aesop vom Frosch, der sich aufblähte, weil er ein Ochse sein wollte; Aesop (gest. um 564 vor u. Z.), griechischer Fabeldichter.

aus der Zeltnergasse »Zu den Juristen« – die Bezeichnung blieb nach den Hussitenkriegen dem Platz erhalten, wo vordem seit 1373 die Juristen ihr Kolleg hatten.

56 *gekrönter Dichter* (*poeta laureatus*) – (mit einem Lorbeerkranz) gekrönter Dichter: der Titel wurde vom König erteilt.

Defensor des Glaubens – Verteidiger des Glaubens; der Majestätsbrief Rudolfs II. gestattete den Evangelischen zum Schutz ihrer Rechte sog. Defensoren zu bestellen; jeder der drei Stände, nämlich Herren, Ritter und Städte, sollte je 15 Defensoren wählen.

63 *Kollegsökonom* – gewöhnlich ein hervorragender Famulus, der die übrigen betreute und Gehilfe des Probstes bei der Wirtschaftsführung und gleichzeitig Pförtner des Kollegs war.

66 *Worüber dann Kampanus in seiner Historie Verse drechseln könnte* – Kampanus brachte die tschechische Geschichte seit Stammvater Čech bis z. J. 1616 in Verse.

67 *maladetto* (ital.) – verflucht, verdammt.

69 *patres Jesu* – Jesuiten.

71 *Roßmarkt* – heute Wenzelsplatz im Zentrum von Prag.

Maria Schnee – seit 1606 Franziskanerkirche am heutigen Jungmannplatz.

Motette – mehrstimmige kurze Komposition in raschem Tempo für Gesang, ohne musikalische Begleitung.

Herr Kaplíř von Sulevice – Kašpar K. von Sulevice, Burggraf der Burg Karlstein, seit 1617 einer der Führer der Aufständischen gegen die katholische Partei.

80 *Pedell* (lat. Pedellus) – Universitätsbediensteter zur persönlichen Bedienung und feierlichen Begleitung der Dekane und Rektoren.

Gottlieb Jičinský – hist. Person, Verfasser lateinischer Gedichte, über sein Schicksal berichtet Winters Roman.

83 *Auditorium* (lat.) – Hörsaal.

84 *Rektor Bachacius* – Martin Bacháček von Nauměřice (1540 bis 17. Februar 1612), Professor der Mathematik und Astronomie, langjähriger Rektor der Universität.

85 *Magister Troilus* – Nikolaus Troilus Hagiochoranus (griechisch: aus Sv. Pole, nach seinem Geburtsort in Böhmen, lebte 1571-1631), Seit 1604 Professor der Logik, Ethik und Geschichte an der Prager Universität.

Dekan – Hochschulprofessor, der für ein Jahr (oder ein Halbjahr) zum Leiter einer Fakultät gewählt wurde.

86 *pro prima laurea* (lat.) – um die ersten Lorbeeren, hier: zum ersten akademischen Examen.

87 *Veni sancte Spiritus* (lat.) – Komm, heiliger Geist.

88 *Disputation* – gelehrtes Streitgespräch über die Richtigkeit einer These.

Magister Vratislavský – Daniel Vratislavský aus Mladá Boleslav, 1610-14 Professor der Rhetorik.

92 *Minerva* – in der römischen Mythologie Göttin der Weisheit, die Erfinderin der Wissenschaften, der Künste und des Handwerks.

94 *Böhmische Konfession* – die einzelnen Artikel der Böhmischen Konfession wurden mit Genehmigung Kaiser Maximilians II. am Landtag d. J. 1575 niedergeschrieben; vereinheitlichte in sehr tolerantem Geiste die bis dahin zersplitterten Bekenntnisse der Evangelischen und der Brüdergemeinde.

97 *Hedwigskolleg* – gegr. 1379 von der Königin Hedwig (gest. 1411) für 12 litauische und tschechische Studenten.

Magnifizenz – Titel des Hochschulrektors.

99 *Kollegiaten* – im Kolleg wohnende Studenten.

101 *Magnifice* (lat.) – Anrede des Universitätsrektors, bedeutet: erhaben, prächtig.

103 *Grammatik des Melanchton* – lateinische Grammatik des deutschen Reformators Melanchton (1497-1560), die in Böhmen noch im 18. Jahrh. benutzt wurde.

Melantrich – Georg Melantrich von Aventinum (1511-80), hervorragendster der damaligen Prager Buchdrucker, gab im J. 1580 eine Bearbeitung der Grammatik von Melanchton heraus.

104 *Etymologie* – Lehre von der Herkunft der Wörter.
poetische Figuren – Sprachmittel der Dichtung, entstehen durch kunstvolle Gruppierung der Wörter und Sätze ohne Änderung des Wortsinns.

107 *Tropen* – Sprachmittel der Dichtung, deren Wesen in der Änderung des Wortsinns liegt.

108 *in palaestram certaminis philosophici* (lat.) – auf den Kampfplatz des philosophischen Wettstreits.

109 *Kategorien des Aristoteles* – allgemeinste Begriffe in der Philosophie, die alles Existierende oder Denkbare umfassen.

111 *tentamina* (lat.) – Versuche, der erste Teil der Examina.
sagen euch bonum nuntium (lat.) – gute Botschaft.

112 *Syllogismus* – logisches Urteil, aus drei Sätzen bestehend; wenn die zwei ersten Sätze (Prämissen) wahr sind, muß auch der Schlußsatz (conclusio) wahr sein.

114 *Museum* – den Musen, d. i. der Kunst und der Wissenschaft geweihter Raum, hier: Lehrsaal.

115 *Als ihn vor Jahren der närrische Junge Jizbic mit Schmähversen anfiel* – Paul Litoměřický von Jizbice gab im J. 1602 als neunzehnjähriger Student in Wittenberg eine Gedichtsammlung heraus, in der er Kampanus und andre Magister verspottete; wurde 1607 erschlagen.

116 *Physik des Aristoteles* – enthielt die Lehre vom Weltall, von der Erde als dessen Mittelpunkt, von der Pflanzen- und der Tierwelt und vom Menschen.

117 *das Tschechische Kolleg* – gegr. 1403; wenn es an Studenten fehlte, vermietete der Probst die Kollegszimmer an Arbeiter, Marktfahrer u. dergl.; auch Marynek war hier eingemietet.

125 *Cicero* – lebte 106-43 v. u. Z., der größte Redner im antiken Rom, berühmt wegen seines gewählten Stils.
argumentum (lat.) – Grund, hier: Thema, Gegenstand der Aufgabe.

126 *Veleslavíns Witwe* – Anna, Tochter des Georg Melantrich von Aventinum; nach dem Tode seines Schwiegervaters übernahm Daniel Adam von Veleslavín dessen Druckerei und wurde der berühmteste Buchdrucker von Böhmen; die Witwe Veleslavíns starb schon im J. 1606; Veleslavín mietete im Carolinum einen Laden.

135 *Großes Kolleg* – Bezeichnung des im J. 1383 gegr. Carolinums.

136 *Wenzel Budovec* – W. B. von Budov (1551-1621), bedeutendes Mitglied der Brüdergemeinde, vielgereist, hochgebildet, besonders in der Theologie, weilte 1577-84 in Konstantinopel, wo er den Islam studierte, verfaßte einen Antikoran; Führer der Stände im Kampf um den Majestätsbrief, sein weiteres Schicksal wird in Winters Roman geschildert.

137 *Herr Sušický* – Simon Sušický von Sonnenstein, Advokat, Näheres über ihn im Text.

Valentin Kochan – V. K. von Prachová, Magister, Universitätsprofessor, seit 1595 Bürger der Neustadt, Defensor.

Mathematicus Kepler – Johann K. (1571-1630), erforschte die Bewegungsgesetze der Planeten, Hofastrolog Kaiser Rudolfs II., nach dessen Tode im J. 1621 verließ Kepler Prag.

Doktor Borbonius – Matthias Borbonius von Borbenhaim, mit dem tschechischen Namen Burda, Landesarzt unter Rudolf II., Defensor.

138 *Paläologus* – der abenteuernde Humanist Jakob Palaelogus von Chios, den Kolín in Prag zu Gast hatte; die Gedenktafel wurde im J. 1568 errichtet.

Kolín – Mathes Kolín von Chotěřina (1516-66), erster Professor der griechischen Sprache an der Prager Universität (1541-60), lateinischer Dichter.

139 *Camillus* – Marcus Furius Camillus (gest. 365 v. u. Z.), römischer Heerführer, gefeiert als zweiter Begründer Roms.

Kapitol – Burg auf einem der sieben Hügel, auf denen Rom erbaut wurde.

141 *Applausus gratulatorius* – beglückwünschender Beifall.

Tacitus – der berühmteste römische Geschichtsschreiber (55-117 n. Z.)

Konstantinopolis – Konstantinopel, im J. 1453 von den Türken erobert.

142 *König Matthias* – Nachfolger Rudolfs II., regierte in Böhmen 1612-19.

Wenzelskolleg – benannt nach dem Gründer, König Wenzel IV., gegr. 1381, Professorenkolleg.

143 *Jupiter* – in der römischen Mythologie der oberste der Götter.

Pythagoras – altgriechischer Philosoph und Mathematiker (580–481 v. u. Z.).

145 *alma mater* (lat.) – Nährmutter, Bezeichnung der Universität.

147 *Polyxena von Lobkovic* – geb. von Pernštejn, verwitwete Rožmberk, heiratete im J. 1603 den obersten Kanzler Zdeněk Popel von Lobkovic, starb 1642.

Slavata – Wilhelm Slavata von Chlum und Košumberk (1572–1662), trat im J. 1597 von der Brüdergemeinde zum Katholizismus über und erlangte höfische Würden, unter Matthias II. königlicher Statthalter in Böhmen; nach der Schlacht am Weißen Berg der Urheber des Planes, die Schuldigen zu bestrafen.

Martinic – Jaroslav Bořita von Martinice und auf Smečno (1582–1662), Nachfolger Thurns als Burggraf auf Karlstein, gemeinsam mit Slavata königlicher Statthalter in Böhmen; wurde von den Jesuiten als Katholik erzogen und war einer der eifrigsten Gegner aller anderen Religionsbekenntnisse in Böhmen.

Hrob – Bergstadt im Bezirk Duchcov, Erzbischof Lohelius ließ hier im J. 1617 die protestantische Kirche zerstören.

150 *wichtiges Konsilium* (lat.) – Versammlung; das Kapitel beschreibt viele historische Begebenheiten der Jahre 1609–11, also ältere als das erste Kapitel des Romans.

154 *Bona res quies* (lat.) – Ruhe ist eine gute Sache.

a logicis ad ethica (lat.) – von der Logik zur Ethik (Sittenlehre).

155 *Exspectate, exspectate* (lat.) – wartet, wartet!

156 *vom städtischen Zehnherrengericht* – Zehnrichterkollegium, besonderer Gerichtshof der Prager Altstadt, der in Streitigkeiten über Schulden entschied.

Primas – auch Primator, der Erste unter den städtischen Ratsherren, besorgte hauptsächlich die wirtschaftlichen Angelegenheiten der Stadt.

albicapillus, pedibus mobilis (lat.) – weißhaarig, zu Fuß beweglich.

159 *Quästor* – Kassenverwalter, besorgte die Wirtschaftsangelegenheiten der Universität.

Prokurator – hier: Advokat, Anwalt.

vanis et sterilis (lat.) – leer und unfruchtbar.

160 *communitas* (lat.) – gemeinsame Wirtschaft, Gemeinschaft.

Wiedertäufer – plebejische Sekte, entstand in Deutschland im 16. Jahrh. vor dem Großen Bauernkrieg; die W. lehnten die kirchliche Hierarchie ab, glaubten an einen baldigen Weltuntergang und das »Jüngste Gericht«, u. a. verlangten sie, daß nicht Kinder, sondern nur Erwachsene getauft werden, und tauften die Erwachsenen nochmals. Anfangs bloß passiven Widerstand predigend, gingen sie unter Thomas Münzer zum aktiven Kampf gegen die herrschenden Mächte des Feudalismus über. Nach der Niederlage der Bauern wurden sie grausam verfolgt und verließen Deutschland. Sie beeinflußten in England die Indepedenten und in Böhmen die Brüdergemeinde.

Zölibat – Ehelosigkeit der Priester.

162 *Venerare doctos homines, aeternitatis vasa!* (lat.) – die Gelehrten, die Gefäße der Ewigkeit, ehren!

165 *Jena* – Sitz einer berühmten, im J. 1558 gegr. Universität.

Altdorf – Städtchen südöstlich von Nürnberg; von 1623 (!) bis 1809 Sitz der Nürnberger protestantischen Universität.

166 *Scipio* – Publius Cornelius Scipio (Africanus) rettete seinem Vater (gleichen Namens) das Leben, als das römische Heer im J. 218 v. u. Z. in der Schlacht am Ticinus, einem Zufluß des Po in Norditalien, von Hannibal besiegt wurde.

Joachim Šlik – J. Andreas Schlick (1569-1621), oberster Richter in der Niederlausitz, Gegner Ferdinands II., einer der Führer des Aufstandes von 1618.

168 *Vergilii Bucolica* – Vergils Hirtenlieder; Publius Vergilius Maro (70-19 v. u. Z.), einer der bedeutendsten römischen Dichter.

Tertia pars Ovidii – Dritter Teil des Ovid; Publius Ovidius Naso (43 v. u. Z.-18 n. Z.) römischer Dichter.

Ciceronis Orationes – Die Reden Ciceros.

169 *clarissime domine rector* (lat.) – erlauchtester Herr Rektor.

Präzeptor – Hauslehrer.

175 *Weinerliche Brüder* – hussitische Sekte; weinerlich deshalb, weil die ganze Gemeinde nach Verlesung des Evangeliums

zu weinen begann, damit der Heil. Geist denjenigen erleuchte, der das Evangelium auslegen sollte.

177 *Carmen de nata Lidomila, filia Rosacii* (lat.) – Gedicht über die Geburt der Lidmila, der Tochter des Rosacius.

Rosacius – Adam Rosacius von Karlsperk, 1589-92 Professor der Mathematik, der Sternkunde und der klassischen Sprachen an der Karlsuniversität.

179 *Catull* – C. Valerius Catullus (87-54 v. u. Z.) römischer Lyriker, am besten sind seine kleinen Liebesgedichte.

Bacchus Bromius – Bacchus, eig. Dionysos, der griechische Gott der fruchtbringenden Kraft der Erde, die sich am deutlichsten in der Weinrebe äußert, daher später vor allem Gott des Weines; wurde mit lärmenden Festlichkeiten gefeiert, daher der Beiname Bromius, d. i. geräuschvoll, laut, jauchzend.

Venus in vinis, ignis in igne (lat.) – Venus im Wein, Feuer im Feuer.

Theophrast – Th. v. Hohenheim, genannt Paracelsus (1493-1541), deutscher Arzt und Philosoph.

Sokrates – griechischer Philosoph (470-399 v. u. Z.), lebte in Athen, seine Frau war Xantippe.

181 *Chelčický* – Petr Ch. (1390-1460), südböhmischer Bauer, origineller religiöser Denker, geistiger Vater der Brüdergemeinde.

Zelot – Eiferer.

184 *Plautus* – T. Maccius Plautus (250-184 v. u. Z.), römischer Komödiendichter.

185 *mit dem Brunswick Mittag essen* – d. h. wie Brunswick Hunger leiden; B., eine alttschechische Sagenfigur, nährte sich einmal drei Tage lang von Eicheln und Bucheckern, manchmal mußte er sogar diese schmale Kost entbehren.

189 *Moschusäpfelchen* – mit Moschus, dem duftenden Bauchdrüsensekret des Bisam- oder Moschustieres, gefüllt, wird als Parfüm benutzt.

190 *Marienkirche »an der Lache«* – gotische Kirche am ehemaligen Marienplatz, abgebrochen im J. 1791.

192 *In studiis Phoebi genus insuperabile Čechi, Si modo sint Bromii toxica dira procul* (lat.) – im Dienste des Phoebus (Apollos,

d. i. in der Poesie) sind die Tschechen unübertrefflich, wenn sie sich der grausamen Gifte des Bromius enthalten.

Georg Tesák – G. T. Mošovský, lutherischer Pfarrer von St. Gallus, ausgezeichneter Prediger, lateinischer Dichter und Dramatiker, gest. 1617.

Lidmila, Lidunka – Kampanus war zweimal verheiratet, und Lidunka war seine zweite Ehegattin.

195 *Der Schritt der Jahre* – in diesem Kapitel sind die Ereignisse mehrerer Jahre (etwa 1615-17) zusammengefaßt.

Laudas Kolleg – im J. 1460 von Matthias Lauda von Chlumčany gegründet, stand neben der Bethlehemkapelle.

197 *Et rex David senuerat* (lat.) – und König David alterte.

199 *Historia des Plinius* – drei Bände Naturalis historiae, d. i. der Naturgeschichte des Plinius; C. Plinius Secundus (23-79 n. Z.), römischer Geschichtsschreiber und Naturwissenschaftler.

203 *Klotho* – Parze, die den Lebensfaden spinnt.

204 *Angeluskolleg* – auch Allerheiligenkolleg genannt, Professorenkolleg, gegr. 1366 von Karl IV., stand gegenüber der St.-Nikolaus-Kirche, abgebrochen 1909; Kampanus war in den Jahren 1606-17 Probst des Kollegs.

205 *Quästor Hippius* – Johann Hippius aus Vodňany war 1612-17 Quästor.

207 *Radslav von Vchynice* – (Kinský), 1611-18 königlicher Hofmeister, einer der reichsten böhmischen Herren, starb kinderlos im J. 1619, vermachte seine Güter seinen Neffen.

208 *Georg Šultys* – mit dem Prädikat von Felsdorf, seit 1615 Professor.

Johann Jesenský, Johannes de Magna Jessen (Jessenius) – slowakischer Herkunft, in Breslau geboren, Arzt und Vertrauter Kaiser Rudolfs II. und seines Nachfolgers Matthias; Chirurg, berühmter Anatom (1566-1621), wird im Roman ungarischer Ritter genannt, weil die Slowakei damals zu Ungarn gehörte.

schon vor siebzehn Jahren – und zwar vom 8. bis 12. Juni 1600 im Rečekkolleg.

Anatomia pragensis – Prager Anatomie, das Werk des Jessenius erschien 1601.

209 *eques ungarus* – ungarischer Ritter.

dem verstorbenen Magister Kamenek – K. starb erst im Dezember 1617, Jessenius wurde schon im Oktober zum Rektor gewählt.

210 *Anna Jagello* – (1503-47), Tochter des Wladislaw Jagello (regierte in Böhmen 1471-1516), Gattin Ferdinands I. von Habsburg (1526-64).

211 *Landtag des Königreichs Böhmen* – am 5. 6. 1617.

Herr von Roupov – Wenzel Wilhelm von Roupov (nach der Burg Roupov bei Přeštice), feuriger Utraquist, beteiligte sich von Jugend an in hervorragender Weise an den religiösen und politischen Ereignissen, darunter in den J. 1608-09 am Kampf um den Majestätsbrief.

212 *Hošťálek* – Maximilian Hošťálek von Javořice.

Ferdinand … als König anerkannt – Ferdinand von Steiermark regierte in Böhmen bis 1637, seine Krönung fand am 19. Juli 1617 statt.

213 *Kammerpräsident* – entspricht dem heutigen Finanzminister; die Kammer war das höchste Finanzamt im Lande.

217 *Horaz* – Quintus Horatius Flaccus (65-8 v. u. Z.) gehört zu den besten römischen Lyrikern.

Cinarae breves annos fata dederunt (lat.) – das Schicksal hat Cinara nur wenige Jahre geschenkt.

Kampanus verlor seine Cinara – in Wirklichkeit wurde Kampanus von Frau Lidunka und zwei Kindern überlebt.

222 *sobotales* – Entgelt der Lehrer, das jeden Sonnabend eingehoben wurde.

226 *Mäuseloch* – damals Sackgasse in der Nähe der Welschen Gasse.

237 *Albrecht Smiřický* – Johann Albrecht aus Smiřice bei Hradec Králové (lebte 1594-1618), besaß ausgedehnte Güter im östlichen Böhmen, einer der eifrigsten Utraquisten.

238 *Kollatur* – Pfarrbezirk.

241 *das Dorf Michle* – heute Michle, damals ein Gut der Universität, das zum Rečekkolleg gehörte.

Bethlehemskapelle – gehörte stets zur Universität, deren Magister das Recht hatten, den Prediger zu ernennen, zur damaligen Zeit wirkte hier der Prediger der Brüdergemeinde Cyrus.

242 *die Jesuitenschule zur Akademie erhoben* – durch Dekret des Kaisers Matthias vom 27. August 1616.

244 *pecuniam a scholasticis collectam* (lat.) – das von den Schülern eingehobene Geld.

246 *Glaukos* – trojanischer Held.

Achill – berühmtester griechischer Held im trojanischen Krieg.

247 *Telamon, Peleus* – Figuren der griechischen Heldensage, erschlugen ihren Bruder Phokus, weil ihr Vater angeblich diesen mehr als sie liebte.

253 *Herr Harant* – Christoph (Kryštof) Harant von Polžice und Bezdružice (1564-1621), gebildet, weitgereist, Günstling Rudolfs II., unternahm eine Pilgerfahrt nach Palästina, die er im Buche Reise aus dem Königreich Böhmen nach Venedig, von da über das Meer ins Heilige Land usw. beschrieb (1608), besuchte 1614 Spanien.

Valentin Koronius – Rektor des Jesuitenkollegs in den J. 1616-22, machte sich um dessen Aufblühen verdient.

254 *Michna* – Paul Michna von Vacinov, Sohn eines Fleischers, seit 1609 Hofsekretär, wegen seines Eifers nach der Schlacht am Weißen Berg (M. wurde von den Jesuiten in Ingolstadt erzogen) in den Herrenstand erhoben, starb 1632 bei Nürnberg als Generalkommissar des kaiserlichen Heeres.

Kapr – Daniel Kapr von Kaprstein, Näheres über ihn im Roman.

Fabricius – Philipp Fabricius, Magister der freien Künste, Deutscher aus Mohelnice in Mähren, nach der Schlacht am Weißen Berg von Ferdinand in den Ritterstand erhoben (von Rosenfeld und Hohenfall), starb 1631.

255 *Salvator* – Erlöser.

der alte Herr Adam Šternberk – aus der Linie Konopišt des Geschlechts Šternberk, war nacheinander Oberster Landesrichter, Kämmerer und Burggraf, verließ nach 1618 Böhmen und lebte in Deutschland, starb 1623.

257 *das lange Biskuit … in die indianische Schale* – längliches Biskuit (damals modische Speise) … in die indische Schale.

259 *stricti juris* (lat.) – nach strengem Recht, d. h. juristisch genau.

261 *der junge Černín* – Hermann Černín von Chudenice.
Antorf – alte deutsche Bezeichnung des Hafens Antwerpen.
Majolika – Töpferware mit weißer oder farbiger Glasur.

263 *Peter Vok von Rožmberk* – letzter männlicher Nachfahre des Geschlechtes Rožmberk (1539-1611).

264 *Euer Gatte* – Zdeněk Albert Popel (1568-1628) aus der Linie Chlumec des Geschlechtes der Popel von Lobkovice, seit 1599 Oberster Kanzler, der immer in der Nähe des Königs weilte, daher unter Maximilian in Wien; wurde von Jesuiten erzogen, eingefleischter Gegner des Majestätsbriefs und Feind der utraquistischen Partei.

265 *der junge Talmberk* – Friedrich von Talmberk, eifriger Katholik, seit 1616 Präsident des Apellationsgerichtes, nach der Schlacht am Weißen Berg gehörte er dem Gericht an, das die Rebellen verurteilte; starb 1643.

267 *Patron* – Schiffskapitän.

271 *evangelium pasquilli* ... (lat.) – Schand-Evangelium – eh – sagte der reißende Vater zu seinen Raufbolden (gemeint: der Heilige Vater zu seinen Kardinälen).
einen pikardischen Prediger – einen Prediger der Böhmischen Brüdergemeinde; im März 1618 starb der Priester der Brüdergemeinde Cyrus, und die Professoren übergaben noch im gleichen Monat gegen den Widerstand der Katholiken die Schlüssel der Bethlehemskapelle dem Priester der Brüdergemeinde Johann Cyrill Třebíčský.
Eingestaltiger – Anhänger der römisch-katholischen Partei, die das Altarsakrament unter einer Gestalt empfing.

272 *a principibus viris Pragae senatus* (lat.) – von den führenden Männern des Prager Senats.

278 *Týnkirche* – Kirche des utraquistischen Konsistoriums in Prag.
Vater Dikast – Georg Dikastus (1560-1630), seit 1614 Mitglied des utraquistischen Konsistoriums und Pfarrer am Týn, seit 1619 der letzte Administrator des utraquistischen Konsistoriums.

279 *der Weiße Turm* – es handelt sich nicht um den heutigen Weißen Turm an der nördlichen Befestigung der Prager Burg, sondern um einen alten Turm aus Tuffstein am west-

lichen, damals dem Haupteingang in die Burg; diente als Staatsgefängnis.

282 *Clavicordium* – Vorläufer des heutigen Klaviers.

285 *Kreuzerhebungssonntag* – der fünfte Sonntag nach Ostern, auch Bittsonntag genannt.

286 *Meister Spranger* – Bartolomäus Spranger, das Haupt der holländischen Maler am Hofe Rudolfs II.; malte mythologische Szenen und antik dargestellte Allegorien.

292 *der Sonntag Rogationes* – Bittsonntag, der fünfte Sonntag nach Ostern.

296 *der kaiserliche Vogt* – der nach dem ständischen Aufstand des J. 1547 vom Kaiser als unmittelbarer Vorgesetzter der städtischen Richter eingesetzte Beamte, gegen dessen Willen die Stadt nichts unternehmen durfte.

297 *um Herrn Theodor, dessen Vater* ... – im J. 1547 widersetzten sich die Stände den Bestrebungen Ferdinands I., die landesherrliche Macht zu vergrößern; Ferdinand unterdrückte den Aufstand, zwei Ritter und zwei Bürger wurden zur Warnung hingerichtet; die ganze Schwere der Strafe traf die Städte, die fast alle ihre Vorrechte verloren, da die Herren und Ritter die Städte im Stich ließen. Sixtus von Ottersdorf spielte dabei als Prager Kanzler (erster Stadtschreiber) eine wichtige Rolle, wurde dann eingekerkert und sollte gefoltert werden.

298 *caput regni* (lat.) – das Haupt, die Hauptstadt des Königreiches.

299 *Korduanleder* – aus feinen, verschiedenfarbigen Häuten, aus Ziegen- oder Schaffellen; nach der Stadt Cordoba in Spanien bezeichnet, wo man mit der Herstellung begann.

Otto von Los – Heinrich Otto von Loos, gebildeter, eifriger Utraquist, um den Majestätsbrief verdient, Defensor des Glaubens, 1618 zum Direktor gewählt; Friedrich von der Pfalz machte ihn zum Kämmerer der Königin und zum Burggrafen auf Karlstein; 1621 hingerichtet.

Gerštorf – Ulrich v. G., aus einer alten Lausitzer Ritterfamilie, gebildeter Helfer der tschechischen Literaten, Defensor des Glaubens, i. J. 1618 zum Direktor und Landesverweser gewählt; starb schon im J. 1620.

Michalovic – Gottlieb v. Michalovice, aus einer Patrizierfamilie aus Žatec stammend, erlangte eine hohe, besonders juristische Bildung, 1612-17 Vizekanzler, seit 1918 Direktor; Friedrich von der Pfalz ernannte ihn zum Burggrafen des Kreises Hradec Králové; hingerichtet am Altstädter Ring.

Talmberk – Georg v. T., seit 1613 Oberster Landesrichter, seit 1618 Oberster Kämmerer, als Defensor des Glaubens begrüßte er Friedrich von der Pfalz beim Sternschloß. Nach der Schlacht am Weißen Berg ergab sich T. den Siegern, wurde jedoch 1621 trotzdem eingekerkert und seine Güter wurden eingezogen. Auf Bitte seines Sohnes Friedrich wurde er freigelassen; er starb 1623.

300 *Gottlob Berka* – von Dubá und auf Loukovec, eifriger Anhänger des Aufstandes, Direktor, Verweser des Landes Böhmen.

Michal Slavata – Bruder des bekannteren Wilhelm S., nahm aktiv am Aufstand teil, verließ 1628 das Land, kehrte jedoch 1636 zurück und trat zur katholischen Kirche über.

beide Vchynský – Radslav, der jüngere Vchynský (Kinsky) und dessen Bruder Ulrich; Radslav war seit 1618 Direktor, beteiligte sich aktiv an den Kämpfen gegen den Kaiser, flüchtete nach der Schlacht am Weißen Berg nach Holland und starb hier 1660.

Wilhelm Popel von Lobkovic – aus der Bíliner Linie der Popel v. L.; war später Hofmeister Friedrichs von der Pfalz, nach der Schlacht am Weißen Berg zum Tode verurteilt, jedoch begnadigt, eingekerkert, i. J. 1622 wegen schwächlicher Gesundheit entlassen, starb 1626.

301 *Ritter Vostrovec von Kralovice* – Johann, seit 1618 Direktor, wurde 1621 deshalb zum Tode und zum Verlust der Güter verurteilt, verstand sich jedoch zu rechtfertigen, wurde mit Wilhelm v. Lobkovic und anderen auf der Burg Zbiroh eingekerkert, aber schon 1623 entlassen.

Ritter Pětipeský – Wenzel Šťastný, Direktor, nach der Schlacht am Weißen Berg deshalb zum Tode und zum Verlust der Güter verurteilt, jedoch begnadigt und bis 1623 auf der Burg Zbiroh gefangengehalten. Später erlangte er sogar bedeutende Würden, starb 1637.

Johann Nostic – J. Adam Nostic aus einer Lausitzer Ritterfamilie, die sich kurz zuvor in Böhmen niedergelassen hatte; kam nach der Schlacht um sein ganzes Vermögen, nur Kounov wurde ihm zurückgegeben.

indianisches Holz – indisches, wahrscheinlich Eben- oder Sandelholz.

302 *Stefan Šternberk* – Bruder des Adam S., beteiligte sich am Aufstand der Stände, trat aber nach der Schlacht am Weißen Berg zum Katholizismus über, starb 1625.

Trčka – Johann Rudolf T. von Lipa, kümmerte sich mehr um die Vermehrung seiner Güter als um politische Dinge, unterstützte den Aufstand nur schwächlich, spielte erst zur Zeit Wallensteins, gemeinsam mit seinem Sohn Adam, eine wichtigere Rolle, starb 1634.

Švamberk – Peter v. S., Sohn des Johann Georg v. S., der alle Rožmberkschen Güter erbte.

306 *Martin Fruvein* – Martin Frühwein von Podolí, sein Schicksal wird im Roman geschildert.

Kutnaur – Johann Kutnauer (1581-1621), Ratsherr der Altstadt, das jüngste Opfer der Hinrichtungen am Altstädter Ring.

309 *Linhart von Felz* – Linhart Colona v. Völs (Felz) aus einem deutschen, in Böhmen ansässigen Herrengeschlecht, war schon 1617 dagegen, Ferdinand II. als böhmischen König anzuerkennen, nach dem Fenstersturz oberster General des ständischen Heeres.

311 *Diviš Černín* – von Chudenice, aus einer Nebenlinie der Familie, kaiserlicher Rat, später Oberster Hofmeister Friedrichs von der Pfalz, weiteres über ihn im Roman.

312 *Losament* (aus dem Franz.) – Heeresquartier.

314 *Baroni et nobiles* (lat.) – Barone und Adelige.

316 *dies irae* (lat.) – Tag des Zornes.

317 *Sezima v. Vrtba* – wurde nach der Schlacht am Weißen Berg in den Herrenstand erhoben, Hauptmann der Neustadt, Kammerpräsident, gelangte zu großem Reichtum, starb 1648.

319 *Karthäusertor* – Tor am Újezd (Hohlweg) in der Hungermauer unter dem Petřín.

322 *Michal Pěček (Pěčka) Smržický von Radostice* – lateinischer Verseschmied, Prokurator, ein charakterloser Mensch, wie Winter ihn schildert.

323 *Stadtvogt* – von den Prager Ratsherren gewählter Beamter, hielt die öffentliche, die Polizeigewalt, die politische Verwaltung und das Gerichtswesen in Händen; leitete zeitweise auch die städtische militärische Bereitschaft.

327 *königlicher Vogt* – dasselbe wie kaiserlicher Vogt.

328 *die Herren von Hodějov* – Bernhard d. Ältere, Ulrich und die Brüder Bernhard d. Jüngere, Johann Georg, Gottlieb und Adam; nach der Schlacht verließen alle, bis auf Johann Georg, Böhmen; Adam war der Befehlshaber der aufrührerischen Bauern in der Gegend von Kouřim i. J. 1628, später diente er im schwedischen Heer, starb 1646 in Mähren.

329 *Varlejch von Bubna* – Johann, der Jüngere, Varlich v. B., begleitete nach der Schlacht Friedrich von der Pfalz und blieb in dessen Diensten.

330 *Berbisdorf* – Ehrenfried Berbisdorf von Berbisdorf, stammte aus einer deutschen Ritterfamilie, die erst im 16. Jahrh. nach Böhmen einwanderte; wegen seiner Teilnahme am Aufstand 1621 zum Tode und zum Verlust der Güter verurteilt, entkam jedoch nach Deutschland.

von einer neuen Obstart, die man aus Brandenburg geschickt habe – Kartoffeln, wurden in Böhmen jedoch erst am Ende des 17. Jahrh. gezüchtet und verbreiteten sich von da (samt der Bezeichnung) erst im 18. Jahrh.

magistra vitae – Lehrerin des Lebens.

331 *Iris* – Personifikation des Regenbogens, Götterbotin.

332 *der römische Held Curtius* – stürzte sich in den Abgrund, um das Vaterland zu retten.

333 *Ulrich Vchynský* – hochgebildet, beherrschte acht Sprachen, einer der aktivsten Teilnehmer an den Ereignissen von 1618, starb 1620.

St.-Wenzels-Säule – Winzersäule mit St.-Wenzels-Statue (heute vor der Kreuzherrenkirche), stand beim Schilderhaus an der Brücke, hier anachronistisch, denn die Säule wurde erst i. J. 1676 errichtet.

335 *Staubbrücke* – über den Hirschgraben.

336 *vor dem Hause derer von Rožmberk* – gemeint ist wahrscheinlich das heutige so genannte Schwarzenbergpalais, das damals Peter Vok von Rožmberk gehörte.

337 *in den Vladislavschen Palast* – den Vladislavschen Saal der Prager Burg; zur Zeit Rudolfs II. fanden hier Märkte von Kunstgegenständen statt.

Erzeugnisse der Wiedertäufer – künstlerisch ausgeführte Schalen und Teller, die die mährischen Wiedertäufer herzustellen begannen, tauchten schon in den J. 1610-11 auf den Prager Märkten auf.

341 *Děpold Lobkovic* – aus der Bíliner Linie der Popel v. L.; verhielt sich als Statthalter unparteiisch, starb 1621.

Malteserkreuz – ungefähr einem achtarmigen Kreuz ähnlich, Abzeichen der Malteserritter, der Johanniter.

343 *Litvín von Říčany* – aus dem Herrengeschlecht von Říčany, Defensor des Glaubens, nach der Schlacht am Weißen Berg zum Verlust aller Güter verurteilt.

346 *Schwarzer Turm* – auf der Ostseite der Prager Burg, neben dem Eingang in die Burg; Rest der alten romanischen Befestigung; diente als Gefängnis (hauptsächlich Schuldgefängnis).

347 *Jesu, miserere mei* (lat.) – Jesus, erbarme dich meiner!

mater Dei (lat.) – Mutter Gottes.

Paul Kaplíř – aus der nach der Burg Ostrý benannten Linie derer von Sulevice, war mit Kašpar Kaplíř nicht verwandt.

348 *Maria, Jesu, fili Dei vivi!* (lat.) – Maria, Jesus, Sohn des lebendigen Gottes!

354 *patriarchae et prophetae* (lat.) – Patriarchen und Propheten.

Deus corda obscurabit (lat.) – Gott wird die Herzen verfinstern.

357 *Buch von der Fee Melusine* – (Volksbuch aus dem J. 1470) von der Fee M., der Stammutter des Geschlechts de Lusignan; trat in die tschechische Literatur als Übersetzung aus dem Deutschen ein.

364 *Zoroaster seu philosophia de universo* (lat.) – Zoroaster oder die Philosophie des Weltalls.

366 *zum Kurfürsten in die Pfalz* – zu Friedrich von der Pfalz, der das Haupt der i. J. 1608 entstandenen protestantischen Union der deutschen Fürsten war.

ins Land der fränkischen Krone – nach Frankreich an den hugenottischen (kalvinistischen) Adel, der so selbständig war, daß er einen Staat im Staate bildete; der hugenottische Adel hatte das Recht, ein eigenes Heer zu unterhalten und sich auf besonderen Landtagen zu versammeln.

fahren nach Schlesien – die schlesischen Stände waren bereit, Böhmen zu unterstützen; tatsächlich brachte Johann Georg, der Markgraf von Krnov (Jägerndorf), militärische Hilfe.

nach Ungarn, nach Preßburg, zum Landtag – Jessenius traf jedoch zu spät, erst kurz vor Beendigung des Landtages, ein und erlangte keine Hilfe.

368 *die Stände der Niederlande* – besonders im letzten Drittel des 16. Jahrh. nahmen die Holländer unter Führung Wilhelms von Oranien und seines Sohnes Moritz von Nassau gegen die spanischen Statthalter Alba, Don Juan d'Austria u. a. Stellung, und ihr Kampf wurde i. J. 1609 durch den Abschluß eines 20jährigen Friedens und durch die Anerkennung der Lostrennung der Niederlande von Spanien beendet.

372 *Fakultät der freien Künste* – später philosophische genannt, diente der Vorbereitung zum Studium an den übrigen Fakultäten.

Fradelius – Peter F. Šťávnický, im J. 1610 Universitätsprofessor, später Erzieher in adeligen Familien, seit 1617 (nach dem Tode Skálas) wieder Professor, beteiligte sich an den politischen Ereignissen im Dienste der Stände und starb 1621 in Breslau.

373 *Portugaleser* – portugiesischer Gulden, neben der einheimischen Münze war damals in Böhmen viel fremdes Geld in Umlauf.

Gratias, Magnifice, reverendissime domine (lat.) – Dank, Erhabener, würdigster Herr.

375 *Generalleutnant* – damalige Bezeichnung für den Oberbefehlshaber der gesamten Armee (in Stellvertretung des Herrschers).

378 *On ne me paie …* (franz.) – mir zahlt man nur zwei Gulden, ich bin auch Korporal und bin zufrieden!

380 *Hohenlohe, Herr auf Kosmonos* – Georg H. aus dem deutschen Fürstengeschlecht Hohenlohe-Neuenstein, das kalvi-

nistischen (helvetischen) Bekenntnisses war, Vertrauter Friedrichs von der Pfalz.

381 *der kaiserliche General Dampiro* – Henri Duval Dampierre (1580-1620), geborener Franzose, kämpfte als österreichischer General mit wechselndem Glück gegen die Türken in Ungarn, 1617 in Görz gegen die Venezianer, wurde 1617 mit 10 000 Mann nach Böhmen geschickt, jedoch von Thurn bei Čáslav besiegt, mußte deshalb den Oberbefehl an Buquoy abgeben. Fiel im Kampf gegen Bethlen Gabor bei der Belagerung von Preßburg.

386 *Kaparel* – Korporal.

387 *Fide Deo* (lat.) – Vertraue auf Gott.

390 *Dvořecký von Olbramovice* – Prokop D. v. O. war Oberster Steuereinnehmer, im J. 1618 Direktor und Landesverweser, unter Friedrich von der Pfalz auch Kämmerer, 1621 geköpft, seine Güter wurden konfisziert.

394 *Malovec* – Wenzel oder Johann, aus alter tschechischer Adelsfamilie.

401 *Pax ego, visa diu miti* ... – frei übersetzt in den vorangehenden Zeilen.

405 *Um hohen Einsatz* – das Kapitel schildert die Ereignisse des J. 1619.

Burggraf Berka – Gottlob Berka, der Verwalter der Prager Burg.

Mansfeld – Peter Ernst Graf Mansfeld (1580-1626), aus einem alten deutschen gräflichen Geschlecht, trat 1610 der protestantischen Union bei, wurde 1618 von Friedrich von der Pfalz nach Böhmen gesandt, eroberte Pilsen (am 21. November 1618) und hielt sich hier ganze zwei Jahre auf. Dann zog er sich nach Deutschland zurück, kämpfte gegen Wallenstein, schlug sich durch Mähren zu Bethlen Gabor durch, als Bethlen sich dem Kaiser unterwarf, wollte M. nach Venedig gelangen, starb aber unterwegs in Bosnien.

406 *nomen omen* (lat.) – bedeutungsvoller Name.

Záblatí – Groß-Záblatí, Dorf bei Písek im südlichen Böhmen, Mansfeld wurde hier am 10. Juni 1619 von Buquoy besiegt; Záblatí bedeutet im Tschechischen etwa: Im Morast.

Bukva – volkstümliche Aussprache des franz. Namens Buquoy (Bucquoy); Karl Bonaventura de Lonueval, Baron de Vaux, Graf Buquoy (1571-1621), geborener Franzose, hatte ungeheure Güter in Holland und Belgien, kämpfte in spanischen Diensten gegen die Niederländer, trat 1614 in die Dienste des Kaisers Matthias und später Ferdinands II., übernahm von Dampierre den Oberbefehl über die kaiserlichen Armeen gegen Böhmen, fiel im Krieg gegen Bethlen Gabor bei der Belagerung von Nové Zámky in der Slowakei (1621).

Thurn schlägt sich in Mähren herum – Th. wurde von den Direktoren nach Mähren geschickt, um es zum Anschluß an den böhmischen Widerstand gegen Ferdinand II. zu zwingen, dies gelang ihm im Mai 1619; darauf griff er sogar Wien an, aber das rasche Eintreffen von Dampierres Kürassieren hinderte ihn an der Eroberung. Th. zog dann nach Südböhmen, um die nach Mansfelds Niederlage bei Záblatí entstandene Lage zu bessern.

407 *Volabit aquila* ... (lat.) – der Adler wird auffliegen und wird in seinem Flug den Löwen vernichten (Anspielung auf die Wappentiere des deutschen Kaiserreichs und Böhmens).

408 *Freunde von den Bergen Savoyens bis zum Nordmeer* – gemeint ist vor allem der Herzog von Savoyen Karl Emanuel I. (1580-1630), der, auf die Erwerbung der böhmischen Königskrone hoffend, das Heer, mit dem Mansfeld nach Böhmen zog, aufstellte.

409 *General Hollach* – Hohenlohe.

414 *Blutbad von Paris* – Bartholomäusnacht in Paris, vom 23. auf den 24. August 1572, Ermordung der franz. Kalvinisten auf Befehl der Königinmutter Katharina Medici.

416 *Lärmplatz* – Alarmplatz der bewaffneten Bürger.

Hannibal ante portas (lat.) – riefen die Römer, als der karthagische Heerführer Hannibal i. J. 216 v. u. Z. das römische Heer bei Cannae besiegte und Rom bedrohte.

417 *das Große Kolleg wurde von zehn Bauern aus Michle bewacht* – die Universität mußte auch Soldaten stellen.

419 *Clarissime rector!* (lat.) – Erlauchtester Rektor!

Ritter Kordule – Johann Burghart Kordule aus Sloupno bei Bydžov (1600-29).

420 *Rittmeister Materna* – Johann Heinrich M. von Květnice, floh nach der Schlacht aus Böhmen und diente im schwedischen Heer.

421 *die Bauern zogen unter der schwarzen Fahne* – als Zeichen des Aufruhrs und des Widerstandes.

422 *der ungarische Palatin* – der Stellvertreter des Königs.

423 *sind die Ungarn und der Fürst von Siebenbürgen mit uns in der Konföderation* – im Bündnis mit uns; Bethlen Gabor, von den Türken als König von Siebenbürgen anerkannt, wurde im August 1620 auch zum König von Ungarn gewählt, unterstützte die böhmischen Stände militärisch und politisch, schloß aber schon im Januar 1622 in Mikulov (Nikolsburg) mit dem Kaiser Frieden.

seit dem Tode des Königs Matthias berät man ständig über die Wahl – Matthias starb am 20. März 1619, am 19. August erklärte der ständische Landtag die Absetzung Ferdinands und wollte einen neuen König wählen; es gab eine Reihe von Kandidaten.

die einen der Stände neigen dem Sachsen zu – gemeint ist der sächsische Kurfürst Johann Georg (1585-1656), ein Lutheraner; für ihn traten die böhmischen Lutheraner ein, nämlich Joachim Šlik, Linhart Colona v. Völs (Felz) u. a.; Kurfürst Friedrich von der Pfalz (1596-1632) war Kalvinist; seine Wahl wurde von der Mehrheit der Direktoren mit Wilhelm von Roupov an der Spitze unterstützt.

der bucklige Ränkeschmied Žerotín – Karl der Ältere v. Ž. (1564-1636), gebildetes und erprobtes Mitglied der Brüdergemeinde, einflußreicher Adeliger in Mähren, der die Unvorbereitetheit des böhmischen Aufstandes sah, die Mährer von der Teilnahme abhielt und die böhmischen Stände mit dem Kaiser versöhnen wollte.

429 *der polnische König* – Zikmund III. (1587-1632), aus dem schwedischen Geschlecht Wasa, ein gefügiges Werkzeug der Jesuiten, unterstützte bereitwillig die deutschen Kaiser im Kampf gegen die Protestanten.

430 *die Vereinigung mit der Markgrafschaft Mähren* – Stand der Dinge in der Mitte des J. 1619, als Thurn durch Mähren zog und Wien bedrohte; die Fürstentümer sind die schlesischen,

denen die Direktoren größere Unabhängigkeit von Böhmen gewähren wollten.

434 *Diverti nescio* (lat.) – Ich kenne keine Umkehr.

Im Herbst – Ende Oktober 1619.

437 *tempora mutantur* (lat.) – die Zeiten ändern sich.

Simon Lomnický – S. L. von Budeč (1552-1622), Vielschreiber unbeständigen Charakters, lebte in Ševětín in Südböhmen, kam 1618 nach Prag, wo er sich kümmerlich mit Gelegenheitsgedichten ernährte.

439 *Habemus regem* (lat.) – Wir haben einen König.

440 *der englische König* – Jakob I., aus dem Hause Stuart (reg. 1603-25), schädigte sehr durch seine schwankende und engstirnige Politik die Sache der protestantischen Stände in Deutschland und in Böhmen.

indianischer Stock – aus indischem Holz.

441 *Christian v. Anhalt* – (1568-1630), einer der hervorragendsten Diplomaten seiner Zeit, Kalvinist, stand lange vor seiner Ankunft in Böhmen mit böhmischen Adeligen in enger Verbindung, trachtete die Habsburger zu schwächen, riet Friedrich, die böhmische Königskrone anzunehmen; die Schlacht am Weißen Berg machte seiner politischen und militärischen Laufbahn ein Ende.

444 *Skultet* – Abraham S., der Hofprediger des Königs.

447 *die Britin Elisabeth* – die Tochter des englischen Königs (1596-1662).

Vivat rex! (lat.) – Es lebe der König!

449 *Dabak* – Tabak; Tabakblätter waren den Apothekern in Böhmen schon seit langem bekannt, aber das Tabakrauchen begann erst zu der im Roman geschilderten Zeit; die ersten Pfeifen fand Winter in Prager Inventarien aus d. J. 1622;

Erzherzog Ferdinand – wurde am 28. August 1619 auf dem Reichstag in Frankfurt zum Kaiser gewählt.

der Bayer – Maximilian I. (1573-1651), Kurfürst von Bayern, von Jesuiten erzogen, eingefleischter Feind des Protestantismus, das Haupt der Katholischen Liga, d. i. des 1609 gegründeten katholischen Fürstenbundes in Deutschland.

der evangelische Bund – die sog. Protestantische Union aus d. J. 1608, deren Haupt Friedrich von der Pfalz war.

450 *Angst um die Königskrone* ... – Friedrich wurde erst am 4. November gekrönt, drei Tage später die Königin.

457 *Johann Vostrovec* – Vetter des Johann Ostrovec von Královice, über den im Roman mehr erzählt wird.

467 *Dolman* – langer, fast bis zu den Füßen reichender Rock oder Pelz, mit Verschnürungen an der Brust.

472 *in der Vorrede zu den Chroniken* – nämlich zu den »Zwei Chroniken von der Begründung des Landes Böhmen« aus d. J. 1585, verfaßt von Eneas Silvius (Papst Pius II.) und Martin Kuthen v. Springsberg.

473 *Ritter Sekerka* – Georg Burian S. von Sedčice; verließ nach der Schlacht am Weißen Berg Böhmen.

Šatný von Olivet – wahrscheinlich der Sohn Johanns v. O., aus einer Buchdruckerfamilie in Litomyšl stammend.

Mitrovský – aus dem Geschlecht M. von Nemyšle.

475 *Österreicher* – das Heer der österreichischen protestantischen Stände.

Heinrich Šlik – nicht verwandt mit dem Mitglied des Direktoriums Joachim Schlick, kämpfte in Holland, Ungarn, Savoyen, trat nach der Schlacht am Weißen Berg in die Dienste des Kaisers, kämpfte gegen Wallenstein, starb 1650.

476 *viertausend Fuß* – Fuß = ungefähr 32 cm.

478 *Schade, daß Harant das Geschütz sein ließ* – im Juni 1619 befehligte Harant die Artillerie im Heere Thurns und beschoß wirksam die Wiener Burg.

479 *die Kirche im Schloß ohne weiteres plündern und verwüsten ließ* – Skultetus ließ einige Tage vor Weihnachten 1619 aus dem Veitsdom alles entfernen, was an den Katholizismus erinnerte, und schonte selbst Kunstwerke nicht.

482 *General Tilly* – Johann Tserclaes Graf Tilly (1559-1632), Wallone, von Jesuiten erzogen, kämpfte im spanischen Heer gegen die Holländer, dann in Ungarn gegen die Türken, trat 1609 in die Dienste der Katholischen Liga, reorganisierte deren Armee, wurde 1620 Oberbefehlshaber; einer der fähigsten Generäle des 30jährigen Krieges, aber rücksichtslos gegen alle Nichtkatholiken.

495 *victoria* (lat.) – Sieg.

496 *Santa Maria, eretici* (ital.) – Heilige Maria, Ketzer.

497 *Divine volonté* (franz.) – Gottes Wille.

501 *Alexander Magnus* – Alexander der Große (356-323 v. u. Z.), der berühmteste Heerführer des Altertums.

503 *Caracole* (franz.) – Reiterangriff mit Rückkehr zum Ausgangspunkt, verlief gewöhnlich im Kreise.

Maradas – Don Balthasar M. (1560-1638), Spanier, Mitglied des Johanniterordens, lebte am Hofe Rudolfs II., seit 1622 Reitergeneral in kaiserlichen Diensten, berüchtigt wegen seines rücksichtslosen und grausamen Vorgehens gegen die Rebellen, so daß sich selbst Lichtenstein beim Kaiser über M. beschwerte.

504 *scaramuccia* (ital.) – Scharmützel.

505 *Herzog von Weimar* – Johann Ernst, starb im Dezember 1626 in Martin in der Slowakei.

506 *Germani currunt* (lat.) – die Deutschen laufen.

Maneas nobiscum! (lat.) – Bleibe mit uns!

Une nation barbare (franz.) – Eine barbarische Nation.

508 *con tanta risolutione e bravura* (ital.) – mit solcher Entschlossenheit und Tapferkeit.

509 *Salve, regina, mater misericordiae* (lat.) – Gegrüßet seist du, Königin, Mutter der Barmherzigkeit.

510 *Maria, monstra te esse matrem* (lat.) – Maria, zeige dich als Mutter.

511 *Ad maiorem Dei* ... (lat.) – Zum höheren Ruhme Gottes und der Gottesmutter! Lauft nicht davon wie einst unsere Vorfahren vor dem berüchtigten einäugigen Žižka! Zum höheren Ruhme Gottes!

Deo gratias! Virgini Deiparae gratias! (lat.) – Gott sei Dank! Der jungfräulichen Gottesmutter Dank!

512 *Psia krew* (polnische Verwünschung) – wörtlich: Hundeblut.

525 *Thermopylen* – Engpaß zwischen dem nördlichen und dem mittleren Griechenland, wo i. J. 480 v. u. Z. der spartanische König Leonidas gegen eine persische Übermacht kämpfte, wobei alle Griechen fielen.

527 *Descartes*, lat. *Cartesius* – René D. (1596-1650), franz. Philosoph und Gelehrter, in der Erkenntnistheorie war D. der Begründer des Rationalismus, er lehrte, daß die Wahrheit un-

mittelbar durch den Verstand mit Hilfe der Intuition erkannt wird, Kriterium der Wahrheit war für ihn nicht die Praxis, sondern lediglich das begriffliche Denken. Einer seiner bekanntesten Sätze lautet: Ich denke, daher bin ich. Winter umschreibt in den folgenden Sätzen den hauptsächlichen Inhalt von D.s Schrift: Abhandlung über die Methode.

531 *Anaxagoras* – griechischer Philosoph, Mathematiker und Astronom, lebte 500-428 v. u. Z. in Athen.

534 *Regal* – feudales Privileg auf Einhebung gewisser Gebühren und Abgaben.

gubernator civilis – Haupt der zivilen (nicht der militärischen) Landesverwaltung.

Lichtenstein – Karl v. L. (1569-1617), war ursprünglich Mitglied der Brüdergemeinde, trat zum Katholizismus über, war Landeshauptmann von Mähren; nach dem Fenstersturz flüchtete er aus dem Lande, beteiligte sich im kaiserlichen Heer an der Schlacht am Weißen Berg, wurde dann zum Landesverweser und darauf zum Statthalter ernannt.

540 *Voi ladri, rubate contra la parola data* (ital.) – Ihr Diebe, ihr raubt gegen das gegebene Wort.

541 *le Duc de Hohenzollern* (franz.) – der Herzog von H.

545 *der Basilisk zwei Maurern ... den Garaus machte* – damals verbreiteter Volksaberglaube, die Maurer starben an einer Kohlenoxydvergiftung.

547 *Que le diable vous emporte!* (franz.) – Der Teufel soll euch holen!

552 *unsere patres, dominos professores* (lat.) – seine Väter, die Herren Professoren.

argent (franz.) – Geld.

553 *vidangeur* (franz.) – Kanalräumer.

555 *Pappenheimer* – Regiment Gottfried Heinrichs v. P. (1594-1632), eines berüchtigt kühnen, aber höchst undisziplinierten Reitergenerals im Heere Tillys; im Roman wird der Angriff seiner Reiterei gegen die Mährer unter Schlick geschildert.

560 *Přibík Jeníšek* – P. J. von Újezd, aus alter tschechischer Adelsfamilie (gest. 1615) war während des Aufstandes Parteigänger des Kaisers, flüchtete aus Böhmen, wurde nach

der Schlacht am Weißen Berg öffentlicher Ankläger beim Halsgericht gegen die aufständischen Herren und bereicherte sich ungeheuerlich an ihren Gütern.

562 *Wolf Laminger von Albenreyt* – Wolf Wilhelm L. v. A. (starb 1635) aus einer bayerischen Ritterfamilie, seine Brüder beteiligten sich am Aufstand, wurden verurteilt und flüchteten, ihre Güter fielen Wolf Wilhelm zu.

divina Nemesis (lat.) – göttliche Nemesis, Rachegöttin.

564 *furor* (lat.) – Wut.

reverendissime pater (lat.) – ehrwürdigster Vater.

565 *Hic iacet* ...(lat.) – hier liegt und schweigt die Karlsuniversität.

566 *in nostris constitutionibus* (lat.) – in unseren Vorschriften.

Pater Societatis Lamormain – Pater der Gesellschaft (Jesu) Wilhelm German L. (1570-1648), stammte aus Luxemburg, studierte in den Jesuitenkollegien in Prag und Brünn, unterrichtete dann in Prag, später in Graz, war seit 1624 der Beichtvater Ferdinands II.; nach L.s Plan wurde in den böhmischen Ländern die Gegenreformation durchgeführt.

569 *Laudetur Jesus Christus!* (lat.) – Gelobt sei Jesus Christus!

576 *spolieren* (aus dem Lat.) – plündern.

577 *Eimer* – ungef. 1,5 Liter.

583 *Balnea, vina* ... (lat.) – Bäder, Weine, Venus schädigen unseren Körper, dieselben Bäder, Weine, Venus stellen ihn wieder her.

585 *Barmherziger Bruder* – Mitglied des Ordens, der sich der Krankenpflege widmete; wurde vom Portugiesen Johann von Boho gegründet und 1572 vom Papst bestätigt.

586 *vicarius Germaniae* (lat.) – Vorgesetzter des Ordens der Barmherzigen Brüder in Deutschland.

589 *Livius* – Titus Livius (59 v. u. Z.-17 u. Z.), römischer Geschichtsschreiber.

590 *homo litteratus* (lat.) – gebildeter Mann.

Omnes dilaceras ... (lat.) – in den vorangegangenen Zeilen fast wörtlich übersetzt.

593 *Türkenfarbe* – dauerhafte und unschädliche Farbe.

die Königin befahl Aeneas – die karthagische Königin Dido forderte Aeneas auf, vom Untergang Trojas zu erzählen.

infandum renovare dolorem (lat.) – unsäglichen Schmerz zu erneuern (Vers aus dem II. Buch der Aeneide des Vergil).

595 *Herr von Roupov versprach* … – sie kehrten auf kurze Zeit i. J. 1631 mit einem sächsischen Heer zurück; auf Veranlassung Roupovs wurden die Köpfe der hingerichteten Herren vom Altstädter Brückenturm herabgenommen und feierlich in der Týnkirche bestattet.

598 *macht nostrae facultati Ehre* (lat.) – macht unserer Fakultät Ehre.

602 *chartam convocatoriam* (lat.) – Einladung.

Kredelius – Adam K., Verwalter der St.-Gallus-Schule, seit 1620 Universitätspedell.

603 *Carolus Dei gratia* … (lat.) – Karl, von Gottes Gnaden römischer König und König von Böhmen … zum ewigen Angedenken … in unserer Stadt Prag … Im Jahre des Herrn eintausenddreihundertachtundvierzig.

610 *Goldene Bulle Karls* – die Gründungsurkunde der Karlsuniversität vom 7. April 1348.

Aurea bulla (lat.) – Goldene Bulle.

613 *Vino* è *cattivo! Vorrei di piu!* (ital.) – Der Wein ist schlecht! Ich will mehr davon!

618 *Hofrichter* – Gehilfe des Obersten Kämmerers; entschied in Streitsachen, die nicht vor das städtische Schöppengericht gehörten.

631 *Elegia de optimo* … (lat.) – Elegie über die beste Art des Sieges, welche der Sieg über sich selbst ist.

633 *Discite, propitio* … (lat.) – Übersetzung vorstehend.

Akademos – griechischer Heros, dem der Hain und der Übungsplatz nordwestlich von Athen gewidmet war, wo Plato seine Philosophenschule, die Akademie, gründete.

638 *Homines ignoscendo crescunt* (lat.) – die Menschen wachsen durch das Verzeihen.

Seneca – Lucius Anaeus Seneca (4 v. u. Z.- 65 n. Z.), römischer stoischer Philosoph, Erzieher Neros, predigte Nächstenliebe.

Marc Aurelius – (121-180 n. Z.) römischer Kaiser, Stoiker, verkündete Toleranz, Verträglichkeit.

646 *hast ihn selbst gekrönt* – mit dem Senior der Brüdergemeinde Johann Cyrill Třebíčský am 4. November 1619.

651 *Vrbenský* – Viktorin V., Pfarrer zu St. Nikolaus in der Altstadt, religiöser Schriftsteller, starb 1630 in Zittau.

652 *in suspenso* (lat.) – schwebend im Ungewissen.

purgieren – reinigen.

654 *Petrarca* – Francesco P. (1304-74), ital. Diplomat und Dichter, einer der ersten Humanisten.

Rienzi – Cola di Rienzo (1313-54), Humanist, stand unter dem antiken Titel eines Tribunen an der Spitze der römischen Republik, die i. J. 1347 gegen das Papsttum erneuert wurde. R. schwärmte für eine Föderation der Städte in Italien. Nach einer Reihe administrativer Reformen setzte der römische Adel seine Vertreibung durch. Im J. 1354 kam Rienzi von neuem zur Macht, wurde aber infolge eines Konflikts in Steuerfragen von den römischen Bürgern auf dem Kapitol erschlagen.

656 *der Kurfürst von Sachsen nahm ihn gefangen* – der Kurfürst ließ Joachim Schlick am 18. März 1621 gefangennehmen und am 29. Mai 1621 auf die Prager Burg bringen.

663 *die schlechte neue Münze* – Lichtenstein, Albrecht Wallenstein und Paul Michna kauften gemeinsam mit dem holländischen Kaufmann Jan de Witt und dem reichen Juden Jakob Baschewi die alten Münzen auf und ließen sie zu neuen Geldstücken mit weniger Silbergehalt umgießen.

664 *Ungelt* – Zollhaus, wo die Abgabe für die in die Stadt eingeführten und hier verkauften Waren entrichtet wurde.

668 *Domherr Platejs* – P. von Plattenstein, Vikar des päpstlichen Gesandten Caraffa.

677 *Elschen von Vchynice* – geb. Trczka von Lipa, Gemahlin Wilhelms v. V., der i. J. 1634 zugleich mit Wallenstein in Eger ermordet wurde.

Benigna Michalovic – geb. v. Vrtba, verließ 1628 Böhmen, kehrte zweimal im Verlauf des Krieges zurück und wurde 1638 endgültig aus Böhmen ausgewiesen.

682 *Vodňanský* – Nathanael Vodňanský von Uračov, Bürger der Altstadt, Registrator der böhmischen Kammer, tschechischer Schriftsteller, Direktor aus dem Bürgerstande.

683 *Schreiben der böhmischen Stände ins Türkenland* – darüber verhandelte der ständische Landtag im März 1620; man er-

wog, auch dem türkischen Sultan Geschenke zu schicken; der Landtag der ungarischen Stände in Banská Bystrica in der Slowakei, an dem sich auch die Gesandten der böhmischen Stände mit Jessenius an der Spitze beteiligten, ließ am Anfang des Herbstes 1620 eine starke Gesandtschaft nach Konstantinopel abgehen, um sich der türkischen Unterstützung zu versichern, unterdessen kam es in Böhmen jedoch am Weißen Berg zur Katastrophe.

687 *glich äußerlich der versteinerten Niobe* – der griechischen Sage nach lästerte Niobe, die stolze Königin von Theben, Latona, die Mutter der Götter Apollo und Artemis; dafür wurde sie grausam bestraft; Apollo und Artemis töteten Niobes 14 Kinder, diese versteinerte aus Gram.

das Drama Břetislav und Jitka – der Kanzler Zdeněk v. Lobkovic verbot die Aufführung, die am 16. August 1604 stattfinden sollte.

688 *meine Schwiegertochter Magda ging jetzt mit Klein Zdeněk fort* – Kašpar Kaplířs Sohn Albrecht starb schon im J. 1614 und hinterließ die Söhne Ulrich und Kašpar Zdeněk; »Klein Zdeněk« ist der spätere berühmte kaiserliche Heerführer und Verteidiger Wiens gegen die Türken im J. 1683, er starb 1686.

690 *der Sohn Friedrich (Budovec)* – richtig: der Enkel; Friedrichs Vater Adam B. flüchtete nach der Schlacht am Weißen Berg aus dem Lande und lebte seit 1621 im Haag.

695 *der Schreiber Češbivius* – Magister Johann Stříbrský Č., der letzte Notar der Karlsuniversität, wurde am 24. August 1617 mit diesem Amt betraut.

odi profanum vulgus (lat.) – ich hasse die gemeine Menge.

699 *dämonische Faune* – in der antiken Mythologie die guten Götter der Felder, Wälder, Hirten; dämonisch, weil sie zu den niederen guten Geistern gehörten.

Seilenos – der älteste Satyr, der Pflegevater des Bacchus.

Satyre – Dämonen der Berge und Wälder, durchtrieben, sinnlich, fröhlich, lieben den Wein, gehören zum Gefolge des Dionysos-Bacchus.

der Regenbogen des Noe – laut biblischer Erzählung erschien ein Regenbogen, als Noe die Arche verließ und Gott ein Opfer brachte.

706 *Schmerhof* – historisches Gebäude in der Nähe der Týnkirche.
709 *das Zion der weißen Mönche* – Strahov, das Kloster der Prämonstratenser, deren Ordenskleid weiß ist.
713 *Finis* (lat.) – das Ende.
714 *Idylle des Buches Ruth* – ein einfaches, zufriedenes Leben, wie es im alttestamentarischen biblischen Buche Ruth geschildert wird.
715 *balneum diaboli* (lat.) – Teufelsbad.
721 *niederländisches Röhrchen* – Tabakspfeife.
723 *Generalpardon* – allgemeine Strafnachsicht.
727 *Senior der Brüdergemeinde* – Vorstand eines Seniorates der Böhmischen Brüder, d. i. eines mehrere Gemeinden umfassenden Verwaltungsbezirkes.
728 *Prädikanten* – Prediger.
731 *Jenseits des Bababerges ...* – im Moldautal nördlich von Prag.
böhmischer Diamant – Kristall.
733 *Flete piae Musae ...* (lat.) – in den vorstehenden Zeilen übersetzt.
734 *ad examen pro gradibus philosophicis* (lat.) – zur Prüfung zwecks Erlangung der philosophischen akademischen Würden.
Hermann Černín – H. Černín von Chudenice (1579-1651), der Bruder des hingerichteten Diviš Černín, unternahm i. J. 1598 mit Harant v. Polžice eine Pilgerfahrt nach Palästina und in den J. 1616 und 1645 zwei erfolgreiche diplomatische Reisen nach Konstantinopel, wobei er einen Krieg mit den Türken abwendete; begründete den Reichtum des Geschlechtes Černín; wurde 1618 zum Hauptmann der Altstadt ernannt und nach der Schlacht am Weißen Berg wieder in das Amt eingesetzt.
Hauptmann der Altstadt – nach dem ständischen Aufstand d. J. 1547 eingeführte Obrigkeit, die vom König ernannt wurde und der gesamten städtischen Selbstverwaltung übergeordnet war, nächster Vorgesetzter des königlichen Vogtes.
735 *das gelbe Fleckchen, das Schandmal der Juden* – seit 1551 mußten die Juden im Verkehr mit Christen auf der linken Brustseite einen kreisförmigen Fleck aus gelbem Tuch tragen.

736 *in originali* (lat.) – im Original.

740 *qui omnium meorum pars magna fuit* (lat.) – der ein großer Teil alles dessen war, was ich besaß.

741 *der Krieg tobt im Reich* – i. J. 1622 wurde hauptsächlich um die Pfalz gekämpft, Tilly siegte über Mansfeld und alle Verbündeten Friedrichs und eroberte im September Friedrichs Residenz Heidelberg; der schwedische König Gustav Adolf griff erst 1630 in den Kampf gegen den Kaiser ein.

743 *depositionis officiorum* (lat.) – der Amtsniederlegung.

747 *publice* (lat.) – öffentlich.

749 *scholares* (lat.) – Schüler.

755 *dimissi* (lat.) – Entlassene.

758 *Basilius ist nicht aufrichtig* – B. trat zum Katholizismus über, wurde Sekretär der böhmischen Kanzlei, Rat des Apellationsgerichtes, in den Adelsstand (von Deutschenperk) erhoben, starb aber plötzlich i. J. 1628.

759 *Mäzen* – Unterstützer.

761 *Magister Jan* – Hus, der 1409 von König Wenzel IV. das sog. Kuttenberger Dekret erwirkte, laut dem die Böhmen an der Universität drei Stimmen hatten, die Fremden nur eine.
Johann Šindel – Arzt Wenzels IV., wirkte an der Universität in der ersten Hälfte des 15. Jahrh.
Jakoubek von Stříbro – (gest. 1429), seit 1400 Professor, Gefährte des Hus im Kampf um die Lehre Wicleffs und gegen die Ablässe, der Urheber des Abendmahls unter beiderlei Gestalt und des hussitischen Symbols, des Kelches.
der Schreiber Prokop – (1390-1482), Schreiber der Neustadt, unter Ladislaus Posthumus (1440-57) Professor des Stadtrechts, Verfasser der Neuen Chronik und des ersten tschechischen Werkes über die Abfassung von Urkunden und Briefen.

762 *Magister Gregor* – Gregor Hrubý von Jelení (gest. 1514), Bürger der Altstadt, einer der ersten tschechischen Humanisten, Übersetzer aus dem Lateinischen ins tschechische.
Kornel von Všehrd – Viktorin Kornel von Všehrd (1460-1520), gebildeter Humanist, der auf die Veredelung der tschechischen Sprache hinwirkte, Verfasser eines berühmten neunteiligen Werkes über das Recht, die Gerichte und die Landtafeln des Landes Böhmen.

Wenzel Písecký – (1483-1511), 1508-09 erster Professor der griechischen Sprache und Literatur an der Prager Universität; übersetzte aus dem Altgriechischen ins Tschechische, war später der Erzieher des Zikmund Hrubý von Jelení, mit dem er nach Italien ging; erlag in Venedig der Pest.

Zikmund Jelenský – S. Hrubý von Jelení (1497-1554), Sohn des Gregor Hrubý, einer der hervorragendsten Humanisten seiner Zeit, lebte seit 1523 in Basel, wo er als Herausgeber und Übersetzer der griechischen Klassiker ins Lateinische arbeitete, gab 1537 das Lexicon symphonum heraus, ein vergleichendes Wörterbuch des Griechischen, Lateinischen, Deutschen und »Slawischen«, nämlich des Tschechischen und des Kroatischen gemeinsam.

der heuchlerische Priester Cahera – Gallus Cahera, der Sohn eines Fleischers aus Žatec, war zuerst Lutheraner und stand sogar in persönlichen Beziehungen zu Luther, später schloß er sich der utraquistischen Partei des Johann Pašek von Vrtba an, war Pfarrer der Týnkirche und Administrator des utraquistischen Konsistoriums, Rektor der Universität seit 1527, wurde 1529 aus Prag und aus Böhmen vertrieben.

Kodicillus – Peter K. von Tulechov (1533-89), seit 1560 Professor des Griechischen und der Mathematik an der Universität; vielfacher Rektor, der viel zur Verbesserung der Universität beitrug; verleugnete Hus, indem er in den Kalendern, die er alljährlich herausgab, in den J. 1585-87 den Gedenktag an Hus wegließ; dadurch brachte er die gesamte tschechische Öffentlichkeit gegen sich auf.

770 *Momoluk* – Mameluk, als Beschimpfung gemeint, ursprünglich Soldat der aus bewaffneten Sklaven bestehenden Leibwache der ägyptischen Sultane.

771 *Laudatur dominus Jesus Christus* (lat.) – gelobt sei der Herr Jesus Christus.

772 *Provinzial* – Vorsteher der Klöster (hier der Jesuiten) in einer Kirchenprovinz.

777 *Pentheus des Euripides* – Euripides (480-405 v. u. Z.), altgriechischer Tragödiendichter, verfaßte 92 Stücke; Pentheus war König von Theben, gottlos und grausam; als der jugendliche Gott des Weines, Dionysos, in sein Reich kam,

befahl Pentheus, Dionysos gefangenzunehmen und ins Gefängnis zu werfen, jedoch vergeblich, denn Pentheus wurde zur Strafe von Bacchantinnen zerrissen.

Doktor (Borbonius) kam, um Abschied zu nehmen – er verließ Böhmen erst 1627 und begab sich nach Zittau, später übersiedelte er mit anderen Exulanten nach Thorn in Polen, wo er am 16. Dezember 1629 starb. Winter läßt am Ende des Romans die Ereignisse rascher ablaufen.

779 *et incarnatus ex Maria virgine* (lat.) – und wurde zu Fleisch aus der Jungfrau Maria.

780 *resurrexit* (lat.) – stand auf (von den Toten).

Sanctus (lat.) – heilig.

781 *Pater Sidecius* – Simon Sedecius.

782 *Habeo in animo ad fidem catholicam convertere* (lat.) – ich beabsichtige zum katholischen Glauben überzutreten.

783 *Laus Deo* (lat.) – Gott sei gelobt.

Canisius – Peter Canisius (1521-97), eigentlich de Hondt, wurde heiliggesprochen, der erste holländische Jesuit, Ordensprovinzial, führte 1556 die Jesuiten in Prag ein, hielt sich auch später hier auf; Kampanus las den Katechismus des Canisius.

784 *Gratias ago* (lat.) – ich danke.

Credo nach dem Tridentiner Konzil – Glaubensbekenntnis (wörtlich: Ich glaube), wie es vom Kirchenkonzil in Trient (1545-63) festgelegt wurde; das Konzil war zusammengetreten, um eine Einigung mit den deutschen Protestanten herbeizuführen, verschärfte aber in Wirklichkeit den Gegensatz.

785 *Ego spondeo ...* (lat.) – Ich verspreche es, verpflichte mich und beschwöre es, dazu verhelfe mir Gott und diese heiligen Evangelien.

787 *Morgigen Tages ziehe ich (Troilus) aus Prag* – er zog aber tatsächlich erst 1628 nach dem Tode seiner Gattin und mehrerer Kinder weg und starb 1631 in Pirna in Sachsen.

790 *Joachim Slavata* – der Bruder des berüchtigten Wilhelm; ursprünglich ebenfalls Mitglied der Brüdergemeinde, trat er schon vor d. J. 1620 zum katholischen Glauben über und erhielt dann wichtige Ämter.

794 *Gorgonenhaupt* – Haupt der Medusa mit Schlangen statt Haaren, wer ihr schreckliches Gesicht ansah, versteinerte.

800 *multa diuque* … (lat.) – in den vorstehenden Zeilen übersetzt.

809 *Styx* – der schrecklichste Strom der Unterwelt, bei dem die Götter schworen.

810 *Asphodelos* – lilienartige Pflanze der Mittelmeerländer, von deren Knollen sich nach antikem Glauben die Verstorbenen nährten, eine Asphodeloswiese war der Ort, wo sich in der Unterwelt die Seelen aufhielten.

Vergilius – laut Dantes Göttlicher Komödie war Vergil dessen Begleiter durch die Unterwelt.

812 *Pater Sidecius hielt eine hübsche Rede* – in seiner Geschichte der Prager Hochschulen schreibt Winter, daß Pater Beškovius, der Regens des Konvikts war, die Grabrede hielt; es handelt sich offenbar um Jakob B. von Lipovice (lebte 1579-1624).

Der Aufstand von 1618 und die Schlacht am Weißen Berg

Peter Demetz

Die intransigenten Katholiken hatten sich geweigert, ein Dokument zu unterzeichnen, das allen christlichen Konfessionen die gleichen Privilegien zusicherte, und als Matthias, der neue böhmische König, nach Rudolfs Tod den kaiserlichen und königlichen Hof wieder nach Wien verlegte, begannen die Prager Katholiken – massiv unterstützt von der spanischen Partei am Wiener Hof und von dem neuen Prager Erzbischof Johannes Lohelius –, verstärkt Druck auf die Protestanten auszuüben. Unweigerlich führte dies dazu, daß eine radikale Gruppierung unter den böhmischen Ständen über gewaltsame Lösungen nachzudenken begann, da alle anderen Mittel versagten. Es herrschte beinahe ein Bürgerkrieg durch administrative Zermürbung. Protestanten verloren traditionelle Ämter, die Selbstverwaltung der Prager Städte wurde schrittweise eingeschränkt, und besonders böses Blut gab es, als zwei neu erbaute protestantische Kirchen – sie standen auf Grundstücken, die einem Benediktinerkloster und dem Erzbischof gehörten – eingerissen wurden. Die Katholiken sahen die Protestanten, die ihre Gotteshäuser auf Ländereien der katholischen Kirche errichtet hatten, im Unrecht; die Protestanten ihrerseits setzten voraus, daß alles Kirchenland letztlich dem König gehörte (eine schwierige Frage, die sich anhand früherer Dokumente nie befriedigend klären ließ). Die nichtkatholischen Stände beriefen sogleich eine Versammlung ins Carolinum ein, um ihre Beschwerden an den König zu formulieren, doch eine Gruppe von Radikalen – darunter Václav Budovec von den Böhmischen Brüdern und der stürmische Graf Matthias Thurn – traf sich im Stadthaus Jan Smiřickýs von Smiřice auf der Kleinseite, um die Ermordung des königlichen Statthalters auf dem Hradschin zu planen. Als die Mitglieder der Stände von der kompromißlosen Antwort des Königs auf die böhmischen Beschwerden erfuhren, entschieden sie sich, zum Schloß zu ziehen und den königlichen Räten und Statthaltern entgegenzutreten, die sie für den herablassenden Tonfall der königlichen Antwort verantwortlich machten. Es war genau die Gelegenheit, auf die die radikalen Verschwörer gewartet hatten.

Die Städte waren unruhig, als am Morgen des 23. Mai 1618 die Mitglieder der Stände zum Schloß zogen und – wie die radikale Gruppe es geplant hatte – die Treppe und die Amtsräume der Statthalterei besetzten. Sechs der Beamten, die witterten, daß etwas in der Luft lag, waren in plötzlichen Geschäften nach Wien abgereist, und vor den zornigen protestantischen Delegierten standen nun Adam von Sternberg, Děpold von Lobkovic, Vilém Slavata von Chlum und Jaroslav von Martinic, die zu erklären versuchten, sie seien nicht persönlich für die Antwort des Königs verantworlich. (Das stimmte – sie war in der Hauptsache von Kardinal Melchior Khlesl abgefaßt worden, der grauen Eminenz am Hofe von Matthias.) Die

Radikalen wollten von diesen Beteuerungen nichts hören, waren allerdings noch besonnen genug, die zwei Moderaten unter den kaiserlichen Beamten nur in ein Nebenzimmer zu drängen und dort in Ruhe zu lassen. Übrig blieben Martinic und Slavata, die seit zwanzig Jahren zu den aktivsten unter den intransigenten Katholiken gehörten. Für einen Austausch von Meinungen – wenn ein solcher denn je stattgefunden hatte – war nun nicht mehr die Zeit: Graf Thurn, der Militär, forderte (wahrscheinlich auf deutsch), daß man handeln und nicht lange Reden führen solle, und viele Hände ergriffen Slavata und Martinic und warfen sie aus dem Fenster. Slavata, der nach seinem Beichtvater rief, klammerte sich noch an das Fenstersims, bis ihm jemand mit einem Dolchknauf auf die Hand schlug und er auch hinausstürzte; als die Verschwörer bemerkten, daß der Sekretär Johannes Fabricius leise den Raum verlassen wollte, ergriffen sie auch ihn und warfen ihn zum guten Schluß hinterher. Ein paar ungezielte Pistolenschüsse wurden ihnen nachgefeuert, aber glücklicherweise überlebten alle drei den Fall, weil sie, so behaupteten die Protestanten, auf einen Misthaufen stürzten – während die Katholiken beteuerten, die Jungfrau Maria habe sie mit ihrem Mantel aufgefangen. Fabricius hinkte davon und entkam; später wurde er vom Kaiser mit dem Prädikat »von Hohenfall« geadelt. Slavata, der eine schwere Kopfverletzung hatte, schleppte sich zum Haus des kaiserlichen Kanzlers und blieb dort unter dem persönlichen Schutz von dessen couragierter Frau Polyxena von Lobkovic, bis die Wunde geheilt war. Als die Nachricht vom Fenstersturz sich in den Städten verbreitete, wurde das Volk (das sich sehr gut an die Hussitenzeit erinnerte) wild und brandschatzte wieder einmal die Kirchen und Klöster; Franziskaner wurden ermordet, und wie üblich drang der Pöbel in die Judenstadt ein, um zu rauben und zu plündern. Man hatte allgemein das Gefühl, daß sich etwas Wichtiges ereignet hatte, und dem war auch so.

Die Stände wählten dreißig Anführer, je zehn für den Hochadel, die Ritter und die Städte, und obwohl an der Spitze dieses Kollegiums Radikale standen, war die Mehrheit gemäßigt und hielt dafür, daß man in der neuen Situation zu guten altmodischen Verhandlungsstrategien greifen sollte (schließlich hatten die Stände im Sommer 1617 Erzherzog Ferdinand ohne großen Widerstand als König von Böhmen akzeptiert). In Wien wollte Kaiser Matthias, der wie stets zögerte, ebenfalls auf Verhandlungen setzen, während die spanische Partei und Ferdinand die protestantische Opposition erbarmungslos unterdrücken wollten. Gleichzeitig begannen Prag wie Wien, sich um internationale Unterstützung zu bemühen und die ersten Armeekorps zusammenzuziehen, die in Südböhmen aufeinanderstießen; Graf Thurn operierte schon in unmittelbarer Nähe Wiens, mußte sich aber wieder zurückziehen.

Als Matthias 1619 starb, folgte ihm Ferdinand auf den Kaiserthron nach, und Katholiken und Protestanten rüsteten sich zu einem internationalen Konflikt. Die österreichischen Habsburger suchten die Unterstützung Spaniens, Bayerns, Sachsens, Polens und der Toskana, während die Prager Stände, die erkannten, daß sie allein nicht durchhalten konnten, über finanzielle Hilfe von England, Venedig und Piemont diskutierten. Ihre unerfahrenen Diplomaten gingen zwar erstaunlich geschickt vor, doch sie machten sich auch große Illusionen: Nur wenige waren bereit, für Prag zu kämpfen und zu sterben. Im Sommer 1619 bildeten die böhmischen Stände (denen sich die protestantischen Stände Nieder- und Oberösterreichs anschlossen) einen Bund aller Feinde Habsburgs in den Kronlanden, wiesen die Jesuiten »für alle Zeiten« aus Prag aus und konfiszierten katholisches Eigentum, um den Krieg zu finanzieren. Ferdinand wurde förmlich abgesetzt, und die Stände boten die Krone Friedrich, dem kalvinistischen Kurfürsten der Pfalz, an, einem jungen und international nicht unbekannten deutsch-protestantischen Herrscher, der mit Elisabeth, der Tochter von König Jakob I. von England, verheiratet war. Es war klar, daß die Wahl von der Hoffnung auf internationale Unterstützung bestimmt war.

Friedrich und Elisabeth hätten in guten Zeiten ein beispielhaftes und sehr dekoratives Königspaar abgegeben, nicht aber zu Beginn des Krieges, der Europa dreißig Jahre lang verheeren sollte. Er war dreiundzwanzig Jahre alt, als er den »göttlichen Ruf«, wie er es nannte, annahm, die Revolte des böhmischen Adels zu legitimieren. Durch französische Kalvinisten gut ausgebildet, schlank, elegant, ernsthaft und in Krieg und Diplomatie ganz und gar unerfahren, besaß Friedrich wenig Energie und Urteilskraft; das Beste, was man von ihm erwarten durfte, so bemerkte sein französischer Erzieher einmal, war, daß er gutem Rat auch folgen würde. Seiner Frau Elisabeth (unter deren früheren Bewerbern der französische Dauphin und der schwedische Kronprinz Gustav Adolf gewesen waren) fehlte es nicht an Witz und hoher Intelligenz – Ferdinand »würde einen lausigen Kaiser abgeben«, sagte sie; doch sie war ständig schwanger und im übrigen zu wohlerzogen, um nicht alles, wofür ihr Gatte sich entschied, fröhlich hinzunehmen. Ihrem Wesen nach waren die beiden verzogene Kinder, die gern Feste gaben, ausritten und auf die Jagd gingen, und so waren sie ihrem Schicksal hilflos ausgeliefert. Spät im September 1619 verließen sie Friedrichs Residenz in Heidelberg mit einem Troß von 153 Wagen, Hunderten von Dienern und tausend Soldaten und wurden an der Grenze Böhmens auf lateinisch willkommen geheißen. Sie zogen am 21. Oktober 1619 in das jubelnde Prag ein, um im Veitsdom in feierlichen getrennten Zeremonien zum König und zur Königin gekrönt zu werden.

Während die Armeen der katholischen Liga und der protestantischen Union, zum größten Teil aus Söldnern gebildet, sich in großem Maßstab zu sammeln und zu organisieren begannen, spielten Friedrich und Elisabeth hingebungsvoll das Königspaar. Zunächst hieß man sie überall willkommen, aber sie waren doch anders, und das zeigte sich auch. Als sie die Prager Bürgerschaft um ein persönliches Darlehen zur Bezahlung der Armee ersuchten, wurden sie brüsk abgewiesen. Friedrich verbrachte seine Zeit damit, die (meist unbezahlten) Truppen zu inspizieren und mit Botschaftern zu verhandeln; Elisabeth (in berühmten Gedichten von John Donne und Sir Henry Wotton gefeiert) versuchte, zu allen nett zu sein, und irritierte doch die Böhmen mit ihren teuren Kleidern, ihrer exotischen Frisur und dem tiefen Dekolleté. (Ihr Hofkaplan Scultetus löste inzwischen fast einen Volksaufstand aus, weil er den Veitsdom in ein kalvinistisches Bethaus zu verwandeln versuchte.) König und Königin unterhielten sich auf französisch, sie unternahmen keinen Versuch, die Sprachen des Landes zu lernen, und als sich Anfang November 1620 die Katholiken anschickten, in Prag einzuziehen, verließen sie die Stadt in so würdeloser Hast, daß die Königin versehentlich (das hoffen wenigstens die Biographen) den jüngsten Säugling allein im Schloß zurückließ, so daß er ihr, hastig eingewickelt, von Baron Christoph Dohna noch durch das Fenster der abfahrenden Kutsche nachgereicht werden mußte. Sie waren jetzt ohne Heim und Land; nach einer langen Wanderschaft über Küstrin und Berlin ließen sie sich in Holland nieder, wo Friedrich fortfuhr, sich König von Böhmen zu nennen (er starb 1632); Elisabeth kehrte erst ein Jahr vor ihrem Tod nach England zurück. »Eine anmutige, wenn auch nicht sehr hübsche Frau«, notierte Samuel Pepys, als er sie in London zu Gesicht bekam.

Im Lauf des Jahres 1620 trafen die Protestanten der Union und die katholischen Heere der Liga in blutigen Zusammenstößen in den Provinzen aufeinander, um dann vorsichtig auf Prag vorzurücken, wo sie unvermeidlich in einer heftigen, kurzen Schlacht aufeinanderprallten. Dies ist der traurigste Tag der tschechischen Überlieferung (er läßt sich nur mit jenem anderen melancholischen Tag vergleichen, als Präsident Eduard Beneš sich nach der Münchner

Konferenz 1938 entschied, es nicht mit der deutschen Wehrmacht aufzunehmen, und die bereits mobilisierten tschechischen Soldaten, die kampfbereit waren, nach Hause schickte). Am 8. November 1620 lag der taktische Vorteil auf seiten der Protestanten, die mit etwa 21 000 Mann die ebene Anhöhe eines Hügels mit dem Namen »Weißer Berg« besetzt hielten (heute leicht mit der Straßenbahnlinie 22 zu erreichen). Die Katholiken, etwa 28 000 Mann stark, waren numerisch überlegen, standen aber unterhalb des Hügels und mußten sich die Steigung erkämpfen. Allerdings waren die Protestanten erst nach langen Märschen auf dem Weißen Berg angekommen, waren aus Mangel an Schlaf erschöpft und unterließen es, Gräben für die Kanonen auszuheben, wie sie es hätten tun sollen. Das Unionsheer, das aus Tschechen, Mährern, Österreichern, Deutschen und Ungarn bestand, war auf »holländische« Manier aufgestellt, die der Kriegskunst als flexibler galt: drei Säulen aus drei Reihen gemischter Infanterie- und Kavalleriekompanien (die Leibgarde des Königs nahm ihre Positionen im Garten der Villa Hvězda ein). Die Katholiken der Liga, eine ebenso internationale Gruppe aus Bayern, Spaniern, Wallonen, Deutschen und Franzosen (unter ihnen der spätere Philosoph René Descartes), zogen die »spanische« Postierung vor, die für stabiler gehalten wurde: vier Rechtecke dichtgereihter Infanterie, flankiert jeweils von Kavallerie und locker disponierten Fußtruppen. Ein starker Querriegel von Lothringern und Deutschen stand dem rechten Flügel der Protestanten gegenüber, den der mutige Joachim Schlick kommandierte.

Die Schlacht begann mit einem tastenden Angriff der Katholiken auf dem linken Flügel der Protestanten: Der kaiserliche General wollte lediglich die Stärke des Feindes prüfen, doch es entwickelte sich rasch ein wildes Gefecht, als die Ungarn flohen und Thurns erfahrenere Männer sich einer scharfen Attacke ausgesetzt sahen. Der protestantische Gegenangriff versuchte das spanische Zentrum aufzubrechen, während die mutigen Mährer den rechten Flügel der Katholiken berannten; die lothringischen und deutschen Reserven der Liga wurden ins Gefecht befohlen. Nun wandte sich die Schlacht gegen die Protestanten, und die königliche Garde im Hvězda-Garten wurde von italienischen Truppen niedergemacht. Nach einer Stunde waren über zweitausend Mann auf beiden Seiten gefallen, und während die Mährer und Österreicher letzte Gefechte lieferten, um die protestantische Sache noch zu retten, versuchten ihre Kameraden bereits, Prag zu erreichen, und die siegreiche Armee rastete auf dem Schlachtfeld. Auf dem Hradschin diskutierte der Kriegsrat die Nacht hindurch. Graf Matthias Thurn und der österreichische Kalvinist Georg Erasmus Tschernembl forderten, Prag zu verteidigen, aber man überstimmte sie, und am anderen Morgen packten das Königspaar und die Führer der Revolte ihre Bagage. Die kaiserliche Armee zog ohne einen Schuß in Prag ein, und noch am selben Tag unterwarfen sich die Protestanten förmlich Maximilian von Bayern, der ihre Demütigung im Namen Kaiser Ferdinands II. akzeptierte.

Maximilian von Bayern zog nach einer Woche mit seinem langen Wagentroß voll Beutegut ab, und der Kaiser, der die moderaten Prager Katholiken ignorierte und sich auf die spanische Partei stützte, ernannte Karl von Liechtenstein (einen Konvertiten, der ebenso begierig war, sich zu bereichern, wie eifrig in seinem neuen Bekenntnis) zum Vorsitzenden der Kommission, die jene verfolgen sollte, die für die Revolte verantwortlich waren. Die Bürokratie in Wien und die Prager Kommission gingen leise und konsequent vor; sie wußten gut, wer ins Ausland geflohen war (in bester NKWD-Manier wurde ein Oberst Tiefenbach aus der Schweiz entführt und auf österreichischem Boden hingerichtet; er glaubte naiverweise, man würde ihn verschonen). Der Befehl, die auf der Liste der Kommission Stehenden zu verhaften, erging erst im späten Februar 1621; Gefangene saßen mittlerweile im Weißen Turm des Hradschin und im Altstädter Rathaus fest. Um dem Verhör unter der Folter zu entgehen, beging Martin Frühwein, ein literarisch gewandter Magistrat der Altstadt, der eine Flugschrift zur Verteidigung der Stände geschrieben hatte, Selbstmord, indem er aus dem Fenster sprang, doch sein Leichnam wurde noch gevierteilt, und die einzelnen Teile wurden auf verschiedenen Plätzen zur Schau gestellt, der Kopf und eine Hand an den Galgen genagelt. Im Spätfrühling reichte die Kommission ihren Vorschlag nach Wien weiter, er wurde nach einigen rabiaten Abänderungen von Einzelheiten rasch gutgeheißen, und die Hinrichtung von siebenundzwanzig Baronen, Rittern und Bürgern – alt und jung, tschechisch und deutsch, protestantisch und (in einem Fall) katholisch – wurde auf den 21. Juni 1621 angesetzt.

Die Stadt war voller Soldaten, neununddreißig Arbeiter hatten vor der Mauer des Altstädter Rathauses ein hohes Gerüst aufgeschlagen, und die Trommeln wirbelten; ein Augenzeuge schrieb: »Man konnte sein eigenes Wort nicht verstehen und auch nicht das eines anderen.« Die Hinrichtungen folgten der Rangordnung. Zuerst wurde Joachim Andreas Graf Schlick enthauptet (seine lutherischen Vorfahren waren unter den Führern des Aufstandes von 1547 gewesen) und nach ihm der vierundsiebzigjährige Václav Budovec, Patriarch der Böhmischen Brüder, und Kryštof Harant von Polžice und Bezdružice, ein berühmter Musiker am Hof Rudolfs II. und Artilleriekommandant während der kurzen Belagerung Wiens durch Graf Thurn. Unter den vielen Rittern waren der achtundsechzigjährige Kašpar Kaplíř von Sulevice, Bedřich von Bílá, Otto von Loos, Bohuslav von Michalovice (dem vor dem Kopf die rechte Hand abgehauen wurde) und der Katholik Diviš Černín von Chudenice, der den tödlichen Fehler begangen hatte, am Morgen des Fenstersturzes den Repräsentanten der Stände die Tore des Hradschin zu öffnen. Drei deutsche Beamte waren dabei, Leander Rüpel aus der Pfalz, Georg Hauschild vom Appellationsgericht und Dr. Friedrich Georg aus Oldenburg. Unter den Bürgern aus der Altstadt, der Neustadt und den anderen Städten wurde Valentin Kochan hingerichtet, weil er bei der Ständeversammlung 1617 die Stimme gegen Ferdinand erhoben hatte; Johann Kutnauer, jüngster unter den Städtern, wurde an einen Balken gehängt, der aus einem Fenster des Rathauses ragte. Im Falle Jessenius' hatte Seine Majestät der

Kaiser die Empfehlung der Kommission revidiert: Erst wurde ihm die Zunge abgeschnitten (er hatte für die Stände mit den Ungarn in Preßburg Verhandlungen geführt), und dann wurde er geköpft und gevierteilt, nicht umgekehrt. Geringere Vergehen wurden später bestraft: Einige Bürger wurden öffentlich ausgepeitscht, die zu lebenslanger Haft Verurteilten wurden nach Burg Zbiroh gekarrt, und Mikuláš Diviš wurde zwei Stunden lang mit der Zunge an den Galgen genagelt, weil er die Kühnheit besessen hatte, Friedrich und Elisabeth an der Spitze einer fröhlichen Gruppe von Leuten willkommen zu heißen, die sich als hussitische Bauern gekleidet hatten und mit ihren Dreschflegeln einen Riesenlärm veranstalteten, wie Königin Elisabeth bemerkte. Zwölf abgehauene Köpfe wurden in eisernen Körben zum Turm der steinernen Brücke getragen und dort ausgestellt. Erst 1631, als Prag kurz von den Sachsen besetzt war (unter ihnen der unverwüstliche Graf Thurn), wurden die Köpfe abgenommen und in der Týnkirche begraben, wo man sie 1766 fand.

Nach den Exekutionen dauerten die Konfiszierungen und Enteignungen zwei Jahre und länger an, und Prags soziale Struktur änderte sich gründlich. Der Kaiser schenkte weite Ländereien, die für den protestantischen Adel verfallen waren, an seine spanischen Generäle und österreichischen Berater weiter (die Eggenbergs bekamen die Länder der Rožemberks in Südböhmen), und der neue Erzbischof und die anderen kirchlichen Würdenträger, welche die Wiedererstattung all dessen forderten, was ihnen einst von den Hussiten genommen worden war, hatten kaum Grund, sich zu beklagen. Die kaiserliche Kommission verurteilte 680 Personen und fünfzig Städte in ganz Böhmen zum gänzlichen Verfall ihres sämtlichen Eigentums, und wer der direkten Konfiszierung entging und seinen Besitz verkaufen durfte, wurde in Münze bezahlt, die einen geringen Silbergehalt hatte – er wurde bestohlen. Alle nichtkatholischen Geistlichen mußten das Land verlassen; Lutheraner, die durch die sächsischen Alliierten des Kaisers einen gewissen Schutz genossen, durften noch ein Jahr bleiben. 1622 vereinigten die Jesuiten, die St. Klemens wieder in Besitz genommen hatten, das alte Carolinum und das Clementinum zu einer neuen Universitätsinstitution; außerdem erhielten sie die Aufsicht über alle Schulen und Druckerpressen in Böhmen (Bedřich Bridel, der Hauptzensor der Jesuiten, sollte sich übrigens als der begabteste Dichter barock-manieristischer Lyrik in tschechischer Sprache erweisen). 1624 wurde die katholische Religion zur allein rechtmäßigen erklärt, und es wurde eine Sonderkommission für die durch die Umstände erzwungenen Konversionen eingerichtet (binnen sechs Monaten, oder man hatte die Folgen zu tragen). Eine neue Welle von Exilanten – deutsch lutherische Bürger und tschechische Böhmische Brüder, darunter der Erzieher und Philosoph Comenius – zog fort, um in der Fremde zu arbeiten, zu beten, zu lehren und zu sterben, insgesamt etwa 36 000 Familien. 1627 wurde die kaiserliche »Verneuerte Landesordnung« erlassen, im Grunde eine neue Verfassung, die Böhmen zu einem habsburgischen Erbland erklärte (dessen König also nicht länger gewählt wurde), das ausschließlich katholisch war und dessen Stände lediglich solche Rechte besaßen, die nicht im Widerspruch zu den Absichten und Forderungen des Hofes in Wien standen. Die Frage, wer oder was für die vollständige Niederlage des Adels verantwortlich war, wurde bereits 1620 von dem scharfsichtigen Österreicher Tschernembl beantwortet; er beklagte, daß seine Waffengenossen, die böhmischen Adligen, nicht bereit gewesen waren, die Bauern – die sie fürchteten – gegen die kaiserliche Macht zu bewaffnen, zu einer levée en masse nach alter hussitischer Art. Palacký, der Vater der tschechischen Geschichtsschreibung, kam zweihundert Jahre später zu einem ähnlichen Schluß.

In dieser Epoche der Hinrichtungen und Enteignungen wurde die Judenschaft von der kaiserlichen Politik deutlich begünstigt, und die Prager Juden, die sich über die böhmischen Stände wenig Illusionen machten, empfanden der Dynastie gegenüber zunehmend loyal, ganz ähnlich wie die Juden von Wien und Prag im späteren neunzehnten Jahrhundert. Als die katholische Armee die hilflosen Prager Stände unmittelbar nach der Schlacht am Weißen Berg mit Plünderung und Notzucht heimsuchte, schützten Soldatenposten die Judenschaft; Ferdinand bestätigte und erweiterte 1623 und 1627 die jüdischen Privilegien durch zwei Edikte. Die Treue der Juden zum Herrscherhaus wurde 1648 auf die Probe gestellt, als die Schweden die Kleinseite und den Hradschin besetzten und die Altstadt mit Artilleriebeschuß und einer massiven Attacke über die steinerne Brücke bedrohten. Die Stadt wurde von den Soldaten einer kleinen

Garnison verteidigt, von Studenten der Universität (angeführt von ihren jesuitischen Lehrern) und von Juden, die halfen, Brände zu löschen, die Verwundeten versorgten und sich am Kampf beteiligten. Zweiundzwanzig Juden starben, viele wurden verwundet, und die Schweden kamen nicht über den Fluß.

Goethe hat diese Episode, mit der der Dreißigjährige Krieg ganz am Ende zum Ursprungsort zuruckkehrte, in würdevoller Prosa beschrieben, doch war er sich keineswegs im klaren darüber, was es eigentlich zu bedeuten hatte, daß die Bewohner von Prag so tapfer gegen eine schwedische Armee kämpften, in der viele bedeutende tschechische Exilanten dienten – nach dreißig Jahren Gehirnwäsche wußten die mutigen Verteidiger nicht mehr so recht, wer Freund und Feind war. Das Haus Habsburg war hocherfreut, Ferdinand III. schenkte der Judengemeinde ein Banner mit dem Davidsstern und einem Judenhut, und er gestattete der Altstadt gnädig, ihr Wappen zu verändern: Traditionell hatte es eine dreitürmige Mauer mit einem offenen Stadttor gezeigt; nun erschien im Tor ein mächtiger Arm, der ein Schwert gegen den Feind zieht. Kafka hat eine kleine Prosameditation über »Das Stadtwappen« geschrieben und dieses noch einmal abgeändert: Es zeigt kein Schwert mehr, nur noch eine Faust, und der Text endet mit der Prophezeiung, daß eine solche Riesenfaust die Stadt einmal zerschmettern werde – wegen der Wankelmütigkeit ihrer zerstrittenen Bewohner?

Über Zikmund Winter

Eckhard Thiele

In einer Umfrage unter tschechischen Kritikern und Literaturwissenschaftlern nach den hundert besten tschechischen Prosawerken des 20. Jahrhunderts wird auch »Magister Kampanus« angeführt, ein historischer Roman über den folgenreichsten Umbruch der böhmischen Geschichte, die Niederlage in der Schlacht am Weißen Berg und die Gegenreformation. Es ist das Opus magnum des Schriftstellers und Historikers Zikmund Winter.

Zikmund Winter wurde am 27. Dezember 1846 als Sohn eines Glöckners in der Prager Altstadt geboren. Er besuchte in seiner Heimatstadt das Akademische Gymnasium und studierte an der Philosophischen Fakultät der Karlsuniversität. Als Gymnasialprofessor für Geschichte war er im ostböhmischen Pardubitz, im westböhmischen Rakovnik und schließlich in Prag am hochangesehenen Akademischen Gymnasium tätig. In Rakovnik begann er mit dem systematischen Studium historischer Quellen. Das Archiv des Provinzstädtchens enthielt reiches Material über den Handel, das Gewerbe und das Alltagsleben im 16. und 17. Jahrhundert. Vor allem dieser Zeitraum beschäftigte ihn auch bei seinen Forschungen in Prager Archiven. Mentalitäts- und

Sozialgeschichte, so die heutige Terminologie, wurden seine Domäne, und er wählte, ebenfalls ein seinerzeit nicht üblicher Begriff, ein positivistisches Herangehen, indem er sich den Alltagsdingen zuwandte und sie unideologisch zur Kenntnis nahm. Dadurch entging er den intellektuellen, politischen und nationalen Grabenkämpfen, die sich nur allzuoft auf die Interpretation historischer Ereignisse und Entwicklungen auszuwirken pflegten.

Dank seinem profunden, auf eigene Archivstudien gestützten Wissen wurde er als Experte für die böhmische Geschichte und Kulturgeschichte insbesondere des 16. und 17. Jahrhunderts geschätzt. Er veröffentlichte zahlreiche wissenschaftliche Studien, zum Beispiel: »In der altväterlichen Bürgerstube« (1882), »Wie teuer war das Leben in alten Zeiten« (1888), »Das kulturelle Bild der böhmischen Städte« (1890-1892), »Die Geschichte der Volkstracht in den böhmischen Ländern von den ältesten Zeiten bis zur Zeit der Schlacht am Weißen Berg« (1891-1894, zusammen mit Č. Zíbrt), »Das Kirchenleben in Böhmen« (1895-1896), »Geschichte der Prager Hochschulen« (1897), »Über das Leben an den Prager Hochschulen« (1899), »Doktoren und Ärzte im 16. Jahrhundert in Böhmen« (1901), »Die Geschichte des Handwerks und des Handels in Böhmen im 14. und 15. Jahrhundert« (1906), »Die goldene Zeit der böhmischen Städte« (1913).

Aus den gleichen Stoffgebieten schöpfte er Themen und Material für belletristische Skizzen und Erzählungen, die durch Detailgenauigkeit und historische Stimmigkeit bestechen. Genannt seien: »Der ausgelassene Bakkalaureus« (1883), »Altertümliche Bilder aus Rakovnik« (1886), »Kleine Geschichten aus dem alttschechischen Leben« (1888), »Historische Arabesken« (1888), »Prager Bilder« (1893), »Altprager Novellen aus dem 16. und 17. Jahrhundert« (1896), »Miniaturen« (1899), »Aus tschechischer Vergangenheit« (1902), »Geschichtliche Erzählungen und Bilder« (1904), »Rosina, der Findling« (1905), »Gewitter und Schauer« (1907), »Seine kleine Welt« (1911). »Magister Kampanus. Ein Historienbild« (Zeitschriftenfassung 1905–1907, Buchausgabe 1909) ist sein einziger Roman.

Zikmund Winter starb am 12. Juni 1912 während einer Kur in Bad Reichenhall.

Die Schlacht am Weißen Berg 1620 ist ein Wendepunkt der böhmischen Geschichte und ein nationales Trauma der Tschechen. Hier scheiterte der Aufruhr gegen die Herrschaft der Habsburger. Die 21 Führer des Aufstands wurden auf dem Prager Altstädtischen Ring hingerichtet. Das Land der protestantischen Hussiten veränderte sich nachhaltig. Die Tschechen, zur Unterordnung verdammt, gerieten im Verlauf der nächsten zweihundert Jahre schließlich in Gefahr, als Volk unterzugehen.

Dieses Faktum bestimmte den immer auf die nationale Frage bezogenen tschechischen Geschichtsdiskurs von František Palacký bis Tomáš Garrigue Masaryk und darüber hinaus – bis in die Gegenwart. Weil eine nationale Katastrophe die spätere Folge war, wurde schon das auslösende Ereignis – der gescheiterte Aufstand, die verlorene Schlacht am Weißen Berg – als nationales Verhängnis interpretiert. Das aber ist eine Vereinfachung, die in die Irre führen kann wie die

Interpretation des Hussitentums als nationale Bewegung. Jan Hus stritt für sein Verständnis vom Gotteswort und starb 1415 als Märtyrer für seinen Glauben, die Hussiten, die Boží bojovníci (Gottesstreiter), zogen in Religionskämpfe. Auch bei dem Aufstand der protestantischen böhmischen Stände gegen das Haus Habsburg Anfang des 17. Jahrhundert, der Schlacht am Weißen Berg, der grausam durchgesetzten Gegenreformation handelte es sich um Religionskämpfe, zudem um politische und dynastische Machtkämpfe – ein Kampf der einen Nation gegen die andere, ein Sieg der einen über die andere war es mitnichten, Nationalitätenstreit ist ein Übel, das sich erst im 19. Jahrhundert entfaltete. Vielmehr lag es an den religiösen, sozialen und politischen Umwälzungen in der »Zeit nach dem Weißen Berg«, daß die Tschechen ins Hintertreffen und schließlich fast ins Verderben gerieten.

Die Gegenreformation wälzte die böhmischen Länder um, unter dem geistlichen und geistigen Diktat der Jesuiten. Zikmund Winter war, wie Freunde berichteten, erschüttert, als er in der Chronik der Karlsuniversität auf die leeren Blätter stieß, die auf die Eintragungen aus der Zeit vor der Schlacht am Weißen Berg folgten. Ein Memento des Schicksals, das die protestantische böhmische Intelligenz, und nicht nur sie, ereilt hat. Die siegreichen Katholiken unter habsburgischer Führung verfolgten unnachsichtig ihre geschlagenen protestantischen Gegner, tschechische wie deutsche. Sie vertrieben und vernichteten die alten Eliten, gleichviel, ob Tschechen oder Deutsche, sofern es sich um standhafte Protestanten und Widersacher im Machtkampf handelte.

Sie schufen eine neue Oberschicht aus herangeholten und aus den böhmischen Aristokraten – Tschechen und Deutschen –, die zur Unterwerfung und Anpassung bereit oder schon zuvor auf habsburgisch-katholischer Seite gewesen waren.

Es war eine Zeit der Gewalt, der Erniedrigungen, der Verdächtigungen und der Heuchelei, wahrlich eine finstere Zeit. Die folgenden zwei Jahrhunderte bis zur nationalen Wiedergeburt sind als doba temna (Zeit der Dunkelheit) ins nationale Gedächtnis und in die Geschichtsbücher eingegangen, nicht zuletzt deshalb, weil die Zukunft des tschechischen Volkes im dunkeln lag.

Die später aufscheinende Kehrseite der Geschichte bleibt unter diesem Blickwinkel außer Betracht, obwohl ihre schönen Hervorbringungen vor aller Augen sind: die Pracht des böhmischen Barock. Denn Staatswesen, Wirtschaft, Kunst und Bildung lagen nicht darnieder, ganz im Gegenteil, die böhmischen Länder prosperierten wie wenige europäische Regionen.

Palacký, der 1836-1842 mit seiner »Geschichte von Böhmen« das Selbstbewußtsein der als Nation wiedererweckten Tschechen untermauerte, und Masaryk, der 1918 Gründungspräsident der Tschechoslowakischen Republik wurde, sahen im protestantischen Hussitentum die Tradition, auf die sich die erneuerte Nation berufen sollte. Der Katholizismus, durch die als nationales Unglück verstandene Gegenreformation wiederetabliert, wurde hingegen ins historische Abseits gestellt. Negativ erschienen auch die seit Jahrhunderten in Böhmen lebenden Deutschen: als ewige Gegner der Tschechen (Palacký) oder als randständige

Kolonisten (Masaryk). Die Geschichte bot den tschechischen Schriftstellern reichlich Stoff für nationale Ideologie, gezielte Interpretationen und pathetische Darstellungen. Als Beispiel sei Alois Jiráseks historische Belletristik genannt, die trotz ihrer Langatmigkeit jahrzehntelang größte Popularität genoß.

Zikmund Winter war mit Jirásek befreundet, blieb aber in der Literatur sein Antipode. Anders als dieser stand er den modernen literarischen Strömungen nahe und war nationaler Ideologie und nationalen Illusionen abhold. In »Magister Kampanus« schildert er das Leben in Prag, die Niederlage von 1620 und die schrecklichen Repressionen. Geschichte war für ihn der Alltag des Volkslebens, und den kannte er nach seinen jahrelangen intensiven Archivstudien bis in die Einzelheiten. »Als Kind Prags hatte Winter das Geschichtliche aus allen Ecken und Winkeln, Kirchen, Klöstern, Palästen, Bürgerhäusern und Plätzen von jungauf eingeatmet«, schreibt Josef Mühlberger in seiner »Geschichte der tschechischen Literatur«. »(...) das Leben der Bürger und Kaufleute, der Studenten und Gelehrten erlebte er aus dem Altprager Milieu, das ihm intim vertraut war, noch einmal nach. (...) Die Historie erscheint bei ihm nicht wie bei Jirásek freskenhaft ausgebreitet, sondern plastisch durchgestaltet und tiefer im menschlichen Schicksal, in menschlicher Tragik verwurzelt. (...) Er gestaltet die Geschichte nicht ihres Kolorits, ihrer bewegten Handlung und nationalen Tendenz wegen, sondern wegen des allgemein Menschlichen und Lebendigen, das sich ihm aus ihr offenbart.«

Winter bezeichnete seinen monumentalen Roman als Historienbild. »Bilder« sind eine in der tschechischen Literatur tradierte Form des Romans. Schon Božena Němcovás Roman »Die Großmutter«, ein Portalwerk der tschechischen erzählenden Literatur, trägt den Untertitel »Bilder aus dem ländlichen Leben«. Gleichwohl genoß diese Romanform lange Zeit einen eher mäßigen Ruf. Die lockere, nicht auf stringente Handlungsführung angelegte Komposition zeuge, so meinte man, von künstlerischer Unvollkommenheit, gar von Rückständigkeit. Indes besteht gerade darin ihre Modernität. Wie in einer Collage kann Unterschiedliches aneinandergefügt und in Zusammenhang gebracht werden: Erzählungen, Reportagen, Gedankenprosa, Poetisches, Szenen, Dokumente. Die Perspektive wechselt, Erzählhaltung und Erzählton variieren, aus den vielen Facetten ergibt sich die Lebendigkeit eines erzählten Gemäldes.

In Winters Historienbild finden sich Alltagsszenen mit dem historischen Prager Lokalkolorit, insbesondere Szenen aus dem Studentenleben, Schilderungen der Schlacht am Weißen Berg, der Hinrichtungen auf dem Altstädter Ring, Berichte über das Schicksal der von den Verfolgungen heimgesuchten Familien. Im Mittelpunkt steht Johann Kampanus aus Vodňany, der letzte protestantische Rektor der Karlsuniversität. Er ist Beteiligter und Chronist der Katastrophe, die über das Land hereinbricht, der Unterjochung und Erniedrigung, die in eine ungewisse Zukunft führt. Weil es ihm letztlich an Tapferkeit mangelt, vermag er in seinem Amt nicht zu bestehen, wie es ihm Überzeugung und Gewissen gebieten. Er kann nichts retten, nichts verhüten, muß mit ansehen, wie im Land und in seiner Universität eine andere Macht, ein anderer Glaube, ein anderer Geist regieren. Auch die Selbsterniedrigung, die versuchte Anpassung durch den Glaubenswechsel, nützt ihm nichts, sein Scheitern ist unabwendbar.

Als »Magister Kampanus« erschien, war das alles fast dreihundert Jahre her: der Einbruch einer brutalen Macht, die in den böhmischen Ländern ein Schreckensregime errichtet. Drei, vier und sechs Jahrzehnte später wiederholte sich in der Wirklichkeit das nationale Trauma, dessen Urbild Zikmund Winter in seinem Roman gestaltet hat. Erst seit 1990 sind die Tschechen wieder Herren ihres eigenen Schicksals.

Zu dieser Ausgabe:

Die Originalausgabe »Mistr Kampanus. Historický obraz« (Magister Kampanus. Ein Historienbild) vom Verlag Nakladatelství Naše vojsko, Praha 1956, wurde zum Vergleich herangezogen.

Wir drucken die 1957 bei Artia Prag erschienene Übersetzung von Alfred Dressler »Magister Kampanus. Ein historisches Gemälde« einschließlich der Anmerkungen, mit einigen Korrekturen und verändertem Untertitel: »Ein Historienbild«. Die Schreibung der Personen- und Ortsnamen wurde beibehalten.

Aus dem Buch von Peter Demetz »Prag in Schwarz und Gold. Sieben Momente im Leben einer europäischen Stadt«, Piper Verlag, München, Zürich, 1998, Seite 338-349, entnehmen wir: »Der Aufstand von 1618 und die Schlacht am Weißen Berg«.

Zur Aussprache tschechischer Namen

Die Betonung liegt im Tschechischen auf der ersten Silbe. Die Vokale á, é, í, ó, ú (ů) und ý sind lang; a, e, i, o, u, y sind kurz; ou ist ein Diphtong (o + u, nicht u).

Vom deutschen Alphabet abweichende Laute:
c – z
č – tsch
ď – dj
ě – je
ň – nj
ř – Verschmelzung von r und sch
s – stimmloses s
š – stimmloses sch
ť – tj
z – stimmhaftes s
ž – stimmhaftes sch (französisch »journal«)

Zu beachten ist ferner, daß »ch« immer wie deutsch »ch« (ach) zu sprechen ist; vor i und ě werden t, d, und n palatalisiert.

Die Tschechische Bibliothek

Mit der Tschechischen Bibliothek in deutscher Sprache soll die Aufmerksamkeit auf die Literatur unseres östlichen Nachbarn gelenkt werden, mit dem Deutschland die längste Grenze gemeinsam hat. Die deutsch-tschechische Geschichte umfaßt ja nicht nur die verhängnisvollen Jahre vor, während und nach dem Zweiten Weltkrieg, sondern viele Jahrhunderte enger und für beide Seiten fruchtbarer Verbindungen.

Die Tschechische Bibliothek wird in dreiunddreißig Bänden eine Auswahl der wichtigsten Werke der tschechischen Literatur für deutschsprachige Leser bieten – sie will damit zur besseren Wahrnehmung der tschechischen Kultur beitragen.

Die Tschechische Bibliothek steht unter der Schirmherrschaft des Staatspräsidenten der Tschechischen Republik, Václav Havel, und des Bundespräsidenten der Bundesrepublik Deutschland, Johannes Rau.

Wir danken der Robert Bosch Stiftung, die sich der Völkerverständigung verpflichtet fühlt und deshalb diese Edition initiiert hat. Wir danken der Deutschen Verlags-Anstalt, der die Tschechische Bibliothek ein besonderes verlegerisches Anliegen ist.

Für Unterstützung danken wir auch dem Kulturministerium der Tschechischen Republik, der Botschaft der Tschechischen Republik in Deutschland, der Tschechischen Akademie der Wissenschaften und dem Goethe-Institut in Prag. Und wir danken all jenen, die uns Anregungen gegeben haben.

Die Herausgeber

Inhalt

Titel der Originalausgabe: »Mistr Kampanus. Historický obraz«

Die Deutsche Bibliothek – CIP-Einheitsaufnahme

Ein Titeldatensatz für diese Publikation ist bei
Der Deutschen Bibliothek erhältlich

Satz: Wallstein Verlag, Göttingen
Druck und Bindearbeit: Clausen & Bosse, Leck
Printed in Germany
ISBN 3-421-05241-7